"A collectible book."

Jagannath Prasad Das
Saraswati Samman winning writer

"Odia short story is a powerful genre in Indian literature. Classic stories by writers are at par with world-class story. I hope this will be appreciated by Odia readers worldwide."

Pratibha Ray
Jnanapitha award-winning writer

"This meticulously prepared collection of Odia classic short stories mirrors the ethos of life in Odisha through the prism of time. While the characters are unique in themselves confronting the challenges as time brings upon them, they symbolically transcend the boundaries of time and place."

Ramachandra Behera
Sahitya Academy award-winning writer

"A selection of classic Odia short fictions. The best of Twentieth century Odia literature."

Tarunkanti Mishra
Sahitya Academy award-winning writer

"Short stories everywhere carry two very important things, the tang of the soil from which they grew up and the universality of the human psyche. A highly successful story is both local and global at the same time."

Dash Benhur
Sahitya Academy award-winning writer and columnist

"Unputdownable."

Gourahari Das
Sahitya Academy award-winning writer and Editor-Katha

"For Odia readers, this superb collection of some of the best-known short stories is a treat. Read them in any order you wish, dipping into Odisha's rich cultural and social history while you enjoy each story, written in its author's unique and distinctive style. Or start from the beginning with Fakir Mohan's 'Rebati' and see the form grow and change, reflecting new concerns."

Satya P Mohanty
Professor of English, Cornell University

କାଳଜୟୀ ଓଡ଼ିଆ କ୍ଷୁଦ୍ରଗଳ୍ପ

କାଳଜୟୀ ଓଡ଼ିଆ କ୍ଷୁଦ୍ରଗଳ୍ପ

ସଂକଳନ: ଅତୁଲ ବଲ

BLACK EAGLE BOOKS
2019

 BLACK EAGLE BOOKS

7464 Wisdom Lane
Dublin, OH 43016
E-mail: info@blackeaglebooks.org
Website: www.blackeaglebooks.org

First International Edition published by
BLACK EAGLE BOOKS, 2019

Kalajayee Odia Kshudragalpa
Collected by **Atul Bal**

Cover: Atul Bal
Interior Design: Ezy's Publication

ISBN- 978-1-64560-025-1 (Paperback)
       978-1-64560-029-9 (Hardbound)

Printed in United States of America

ଆଦ୍ୟ କଥନ

କେହି ଜଣେ କହିଥିଲେ, ଏ ପୃଥିବୀ ଗଳ୍ପମୟ। ଆମ ଚାରିପଟେ ଆତ୍ମଯାତ ହେଉଥିବା ଚରିତ୍ରମାନେ ଗୋଟେ ଗୋଟେ ଗଳ୍ପର ଅପୂର୍ବ ଜୀବନ୍ମୟ ପରିପ୍ରକାଶ। ଆମ ଭାରତୀୟ କାହାଣୀ ପରମ୍ପରା ଅତି ସମୃଦ୍ଧ। ସଂସ୍କୃତ ସାହିତ୍ୟରେ ପଞ୍ଚତନ୍ତ୍ର ଓ ହିତୋପଦେଶ, ଗୁଣାଢ୍ୟଙ୍କ ବୃହତ୍ କଥା, କ୍ଷେମେନ୍ଦ୍ରଙ୍କ ବିରାଟ କଥାମଞ୍ଜରୀ, ସୋମଦେବଙ୍କ କଥା ସରିତ୍ ସାଗର, ଶିବ ଦାସଙ୍କ ବେତାଳ ପଞ୍ଚବିଂଶତି, ବତ୍ରିଶ ସିଂହାସନ, ଶୁକ ସପ୍ତତି ପ୍ରଭୃତି ଆମ କଥା ଓ କାହାଣୀର ପରମ୍ପରାକୁ ପରିପୁଷ୍ଟ କରିଛି। ଏତଦ୍‌ଭିନ୍ନ ଦଶକୁମାର ଚରିତ, ବୌଦ୍ଧଜାତକ ଗଳ୍ପ ଆମ ଲୋକ ସମାଜରେ ବହୁ ଆଦୃତ। ଆମ ଓଡ଼ିଆ କଥା ପରମ୍ପରାରେ ବ୍ରଜନାଥ ବଡ଼ଜେନାଙ୍କ 'ଚତୁର ବିନୋଦ' କାହାଣୀଧର୍ମୀ ଗଦ୍ୟ ରଚନାରେ ଏକ ସ୍ୱତନ୍ତ୍ର ସ୍ଥାନ ଅଧିକାରର ଅପେକ୍ଷା ରଖେ।

ଓଡ଼ିଆ ସାହିତ୍ୟରେ ଊନବିଂଶ ଶତାବ୍ଦୀର ଶେଷ ଭାଗରେ ଆମ ସାହିତ୍ୟ କାବ୍ୟଧର୍ମୀ ହୋଇଥିଲେ ବି କ୍ଷୁଦ୍ରଗଳ୍ପ ପରି ବିଭବର ଉଦୟ ହୋଇଥିଲା। ଓଡ଼ିଆ ଭାଷାଣ ବିଲୁପ୍ତ ହେବାର ସଂକଟ, ମୁଦ୍ରଣ ଯନ୍ତ୍ରର ପ୍ରତିଷ୍ଠା ଏବଂ ଜାତିପ୍ରାଣ ସାରସ୍ୱତ ପ୍ରତିଭାମାନଙ୍କର

ପତ୍ରପତ୍ରିକାର ପ୍ରକାଶନ କାରଣରୁ କ୍ଷୁଦ୍ରଗଳ୍ପ ସୃଷ୍ଟି ପାଇଁ ସୁଯୋଗ ସୃଷ୍ଟି ହେଲା। ସେହି ସମୟରେ ଫକୀର ମୋହନ ସେନାପତି, ଚନ୍ଦ୍ରଶେଖର ନନ୍ଦ, ବାଙ୍କିନିଧ୍ ପଟ୍ଟନାୟକ, ଦିବ୍ୟସିଂହ ପାଣିଗ୍ରାହୀ, ଲକ୍ଷ୍ମୀକାନ୍ତ ମହାପାତ୍ର, ଚିନ୍ତାମଣି ମହାନ୍ତି, ଗୋଦାବରୀଶ ମିଶ୍ର, ଦୟାନିଧ୍ ମିଶ୍ର, ଗୋପାଳଚନ୍ଦ୍ର ପ୍ରହରାଜ କଳାଧର୍ମୀ ସଂସ୍କାରପ୍ରାଣ ଓ ସମାଜ ସଚେତନ ଅଭିବ୍ୟକ୍ତି ମାଧ୍ୟମରେ ଗଳ୍ପ ରଚନା କରି ପାଠକୀୟତା ସୃଷ୍ଟି ସହ ଓଡ଼ିଆ ଭାଷାର ସୁରକ୍ଷା ପାଇଁ ସାମାଜିକ ଚିତ୍ର ବହନ କରୁଥିବା ଗଳ୍ପ ରଚନା କରିଥିଲେ।

ଏଇ କଥାକାରମାନେ ଆମ ସମୃଦ୍ଧ ଭାଷା ଓ କଥା ପରମ୍ପରାର ପ୍ରାତଃ ସ୍ମରଣୀୟ ପଥକୃତ୍। ଏହାର ପରବର୍ତ୍ତୀ ଅବସ୍ଥାରେ ସବୁଜ ଆନ୍ଦୋଳନ ଓ ନବଯୁଗ ସାହିତ୍ୟ ସଂପଦର ପ୍ରେରଣା କ୍ଷୁଦ୍ରଗଳ୍ପ ସୃଷ୍ଟି ପାଇଁ ଏକ ଅପୂର୍ବ ସୁଯୋଗ ସୃଷ୍ଟି ହେଲା ଏବଂ ଆବିର୍ଭାବ ହେଲେ ସଚ୍ଚିଦାନନ୍ଦ ରାଉତରାୟ, ଅନନ୍ତ ପ୍ରସାଦ ପଣ୍ଡା, ଭଗବତୀ ଚରଣ ପାଣିଗ୍ରାହୀ, କାଳିନ୍ଦୀ ଚରଣ ପାଣିଗ୍ରାହୀ ପ୍ରମୁଖ ପ୍ରଭାବଶାଳୀ ସ୍ରଷ୍ଟା। ଗାନ୍ଧିକ ସଚ୍ଚିଦାନନ୍ଦ ରାଉତରାୟ ଏହି ସମୟରେ ବହୁ ଜୀବନଧର୍ମୀ, ପ୍ରଗତିବାଦୀ ଗଳ୍ପ ସୃଷ୍ଟି କରି ଚର୍ଚ୍ଚିତ ହୋଇଥିଲେ।

ଏହାର ପରବର୍ତ୍ତୀ ଅବସ୍ଥାରେ ଗୋପୀନାଥ ମହାନ୍ତିଙ୍କ ବିପୁଳ ଭାବଭୂମିରୁ ନିଃସୃତ କଥା ଓ କାହାଣୀ ସହ ରାଜକିଶୋର ରାୟ, ପ୍ରାଣବନ୍ଧୁ କର, ରାଜକିଶୋର ପଟ୍ଟନାୟକ, ନିତ୍ୟାନନ୍ଦ ମହାପାତ୍ର, ଗୋଦାବରୀଶ ମହାପାତ୍ର, କାହ୍ନୁ ଚରଣ ମହାନ୍ତି ପ୍ରମୁଖ କଥାକାରମାନେ ସାମାଜିକ ସମସ୍ୟା ପ୍ରତି ସଂବେଦନଶୀଳ ହୋଇ ଜୀବନର ବହୁବିଧ ସମସ୍ୟାକୁ ପ୍ରତିଫଳନ କରି ଅନେକ ସାର୍ଥକ ଗଳ୍ପ ରଚନା କରିଥିଲେ।

ଦ୍ୱିତୀୟ ବିଶ୍ୱଯୁଦ୍ଧୋତ୍ତର କାଳରେ ଯେଉଁ କେତେଜଣ ତରୁଣ ଲେଖକ ଓଡ଼ିଆ ଗଳ୍ପ ସାହିତ୍ୟର ଶ୍ରୀ ବୃଦ୍ଧି ସାଧନରେ ରତ ହୋଇ ଆମ କଥା ସାହିତ୍ୟକୁ ସମୃଦ୍ଧ କରିଛନ୍ତି, ସେମାନଙ୍କ ମଧ୍ୟରୁ ସୁରେନ୍ଦ୍ର ମହାନ୍ତି, ମହାପାତ୍ର ନୀଳମଣି ସାହୁ, ବାମାଚରଣ ମିତ୍ର, କିଶୋରୀ ଚରଣ ଦାସ, ଅଚ୍ୟୁତାନନ୍ଦ ପତି, ଅଖିଳମୋହନ ପଟ୍ଟନାୟକ, ବିଭୂତି ଭୂଷଣ ତ୍ରିପାଠୀ, ବ୍ରହ୍ମାନନ୍ଦ ପଣ୍ଡା ଉଲ୍ଲେଖଯୋଗ୍ୟ ନାମ।

ଏତଦ୍‌ଭିନ୍ନ ଓଡ଼ିଆ ଗଳ୍ପରେ ନୂତନ ପରୀକ୍ଷାନିରୀକ୍ଷା କରି ସ୍ୱାଧୀନୋତ୍ତର ସାମାଜିକ ଘଟଣାବଳୀର ଘାତ ପ୍ରତିଘାତକୁ ନିଜ ଗଳ୍ପର କଥାବସ୍ତୁ କରି ଆମ ନିକଟରେ ଗୁରୁତ୍ୱପୂର୍ଣ୍ଣ ଆସନରେ ଅଧ୍ୟିଷ୍ଟ, ସେମାନଙ୍କ ମଧ୍ୟରେ କୃଷ୍ଣପ୍ରସାଦ ମିଶ୍ର, ବସନ୍ତ କୁମାରୀ ପଟ୍ଟନାୟକ, ଚନ୍ଦ୍ରଶେଖର ରଥ, ଫତୁରାନନ୍ଦ, ବସନ୍ତ କୁମାର ଶତପଥୀ ପ୍ରମୁଖ ଉଲ୍ଲେଖଯୋଗ୍ୟ ନାମ।

ସ୍କୁଲରେ ପଢ଼ୁଥିବା ସମୟରେ ଆମ ପାଠ୍ୟକ୍ରମରେ ପ୍ରଚଳିତ ଥିଲା 'ଗଳ୍ପ ଓ ଏକାଙ୍କିକା' ଶୀର୍ଷକରେ ଏକ ସାହିତ୍ୟ ବିଷୟ। ସେଥିରେ ଆମ କଥା ସାହିତ୍ୟର କାଳଜୟୀ ଗଳ୍ପସବୁ ସ୍ଥାନିତ ହୋଇଥିଲା। ଏବେ ବି ସେହି ସବୁ କାହାଣୀ ମୋତେ ଆବେଗିକ ଭାବେ ଆକ୍ରାମାକ୍ରା କରେ। କିନ୍ତୁ ବହୁ ଚେଷ୍ଟା କରି ସେହି କାହାଣୀଗୁଡ଼ିକୁ ସଂଗ୍ରହ କରିବା ସମ୍ଭବ ହେଉନାହିଁ। ମୋ ପରି ଅନେକ ଗଳ୍ପପ୍ରେମୀ ସେହି ଗଳ୍ପଗୁଡ଼ିକୁ ଖୋଜୁଛନ୍ତି; କିନ୍ତୁ ସେସବୁକୁ ଖୋଜି ପାଇବା ସମ୍ଭବ ହେଉନାହିଁ।

ଆମେରିକାରେ ରହୁଥିବା ଓଡ଼ିଆପ୍ରାଣ ସାରସ୍ୱତ ସାଧକ, 'ପ୍ରତିଶ୍ରୁତି'ର ସମ୍ପାଦକ ଏବଂ 'ବ୍ଲାକ୍ ଇଗଲ୍ ବୁକ୍'ର ପ୍ରକାଶକ ବଡ଼ଭାଇ ସତ୍ୟ ପଟ୍ଟନାୟକ କାଳଜୟୀ ଓଡ଼ିଆ କ୍ଷୁଦ୍ରଗଳ୍ପର ଏକ ସଂକଳନ କରି ଏହାକୁ ବିଶ୍ୱବ୍ୟାପୀ ପ୍ରସାରଣ ପାଇଁ ମୋତେ ଉସ୍ସାହିତ କରିଥିବାରୁ ଏପରି ସଂକଳନ ସମ୍ଭବ ହୋଇପାରିଛି।

ଏ ସଂକଳନକୁ ଲୋକଲୋଚନକୁ ଆଣିବାକୁ ସାନଭାଇ ଓ ଓଡ଼ିଶାର ପ୍ରତିଷ୍ଠିତ ସୃଜନଶୀଳ ଅକ୍ଷରଶିଳ୍ପୀ ଅଶୋକ ପରିଡ଼ା ସହଯୋଗ କରିଥିବାରୁ ମୁଁ କୃତଜ୍ଞ।

ଏହି ସଂକଳନ କେବଳ ଓଡ଼ିଶାରେ ନୁହେଁ ବରଂ ଆନ୍ତର୍ଜାତିକ ସ୍ତରରେ ଆଦୃତ ହେବ, ଏ ବିଶ୍ୱାସ ମୋର ଅଛି। ଓଡ଼ିଆ ଗଳ୍ପ ସାହିତ୍ୟର ସାହିତ୍ୟିକ ଓ ଶୈକ୍ଷିକ ମୂଲ୍ୟବୋଧ ଯେ କେତେ ଉନ୍ନତ– ଏହାର ଆକଳନ ଆପଣମାନେ କରିବେ।

– ଅତୁଲ୍ ବଳ

ସୂଚୀପତ୍ର

ରେବତୀ / ଫକୀର ମୋହନ ସେନାପତି — ୧୫

ଲକ୍ଷ୍ମୀ / ନନ୍ଦକିଶୋର ବଳ — ୨୬

ଭାଇ ଭାଗ / ଗୋଦାବରୀଶ ମିଶ୍ର — ୩୬

ବୁଢ଼ା ଶଙ୍ଖାରି / ଲକ୍ଷ୍ମୀକାନ୍ତ ମହାପାତ୍ର — ୪୩

ଲଛମନ୍ ଜି / ବାଙ୍କନିଧି ପଟ୍ଟନାୟକ — ୪୯

ମାଗୁଣିର ଶଗଡ଼ / ଗୋଦାବରୀଶ ମହାପାତ୍ର — ୬୫

ଡାହାଣୀ ଆଲୁଅ / ଉପେନ୍ଦ୍ର କିଶୋର ଦାସ — ୬୯

ମାଂସର ବିଳାପ / କାଳିନ୍ଦୀ ଚରଣ ପାଣିଗ୍ରାହୀ — ୮୩

ପହିଲା ପରେ / ଅନନ୍ତ ପ୍ରସାଦ ପନ୍ଥା — ୯୫

କ୍ଷଣିକା / କାହ୍ନୁଚରଣ ମହାନ୍ତି — ୧୦୦

ଶିକାର / ଭଗବତୀ ଚରଣ ପାଣିଗ୍ରାହୀ — ୧୦୫

ଅନ୍ଧର ଅହମିକା / ନିତ୍ୟାନନ୍ଦ ମହାପାତ୍ର — ୧୦୯

କାଠ / ବସନ୍ତ କୁମାର ଶତପଥୀ — ୧୧୫

ପିମ୍ପୁଡ଼ି / ଗୋପୀନାଥ ମହାନ୍ତି — ୧୨୨

ଆଚାର୍ଯ୍ୟ ଥିଲେ ବୋଲି / ରାଜକିଶୋର ରାୟ — ୧୩୯

ସୁଅ ମୁହଁର ପତର / ପ୍ରାଣବନ୍ଧୁ କର — ୧୪୭

ମିମିର ସାହିତ୍ୟ ଶିକ୍ଷା / ବାମାଚରଣ ମିତ୍ର — ୧୫୭

ବିଜୁଲି ସାହାବଙ୍କ ବାହାଘର / ଫତୁରାନନ୍ଦ — ୧୬୩

ମଶାଣିର ଫୁଲ / ସଚ୍ଚିଦାନନ୍ଦ ରାଉତରାୟ — ୧୭୩

ଘାସ / ରାଜକିଶୋର ପଟ୍ଟନାୟକ — ୧୮୧

ଯୋଜନା / ବିଭୂତି ଭୂଷଣ ତ୍ରିପାଠୀ — ୧୮୫

ନାଚେ ବେନୁଆଁ ନାଚେ / ଭୁବନେଶ୍ୱର ବେହେରା — ୧୯୨

ଭୋଳି କକା / ବ୍ରହ୍ମାନନ୍ଦ ପଣ୍ଡା — ୨୦୩

ସାରୀପୁଭ / ସୁରେନ୍ଦ୍ର ମହାନ୍ତି — ୨୧୩

ଭୋଜି / ବସନ୍ତକୁମାରୀ ପଟ୍ଟନାୟକ — ୨୨୦

ଠାକୁର ଘର / କିଶୋରୀ ଚରଣ ଦାସ — ୨୨୫

ଅନ୍ଧରାତିର ସୂର୍ଯ୍ୟ / ମହାପାତ୍ର ନୀଳମଣି ସାହୁ — ୨୪୭

ଝଡ଼ର ଇଗଲ ଓ ଧରଣୀର କୃଷ୍ଣସାର / ଅଖିଳ ମୋହନ ପଟ୍ଟନାୟକ — ୨୬୨

ସ୍ୱପ୍ନଭଙ୍ଗ / ଚନ୍ଦ୍ରଶେଖର ରଥ — ୨୭୦

ନାଏଗ୍ରା ଓ ଦେବଯାନୀ / କୃଷ୍ଣପ୍ରସାଦ ମିଶ୍ର — ୨୭୬

"When you reread a classic, you do not see more in the book than you did before; you see more in you than there was before."

- Cliff Fadiman

ରେବତୀ

ଫକୀର ମୋହନ ସେନାପତି

ରେବତୀ – 'ଲୋ ରେବି – ଲୋ ନିଆଁ, ଲୋ ରୁଲି'
କଟକ ଜିଲ୍ଲାର ହରିହରପୁର ପ୍ରଗନା ମଧ୍ୟରେ ଗୋଟିଏ
ମଫସଲ ଗ୍ରାମ, ନାମ ପାଟପୁର । ଗ୍ରାମ ମୁଣ୍ଡାମୁଣ୍ଡିରେ ଗୋଟିଏ
ଘର । ଅଗିଲି ପିଛିଲି ଚାରିବଖରା, ଖଞ୍ଜା ପାଚିରି ଚାଳିଆରେ
ଢେଙ୍କିଶାଳ, ଅଗଣା ମଧ୍ୟରେ କୂଅ, ଆଗକୁ ଦାଣ୍ଡଦୁଆର,
ପଛକୁ ବାଡ଼ିଦୁଆର । ଦାଣ୍ଡଦୁଆର ମେଲାଘରେ ଦାଣ୍ଡଲୋକେ
ବସାଉଠା କରନ୍ତି, ପ୍ରଜାମାନେ ଖଜଣା ଦେବାକୁ ଆସି
ଏହିଠାରେ ବସନ୍ତି । ଶ୍ୟାମବନ୍ଧୁ ମହାନ୍ତି ଜମିଦାର ତରଫରୁ
ଗ୍ରାମର କରଣ, ମାସକୁ ଦରମା ଦୁଇଟଙ୍କା । ଦରମା ଛାଡ଼ି
ପାଉଚି ବିଶୋଧନୀ, ବାହାଲହଣା ଇତ୍ୟାଦିରୁ ଦୁଇପଇସା
ହାତପୌଠ ହୁଏ । ସବୁ ମିଶାଇଲେ ମାସକୁ ଚାରିଟଙ୍କାରୁ
ଉଣା ହେବ ନାହିଁ, ସଂସାର ଏକରକମ ଚଳେ । ଏକରକମ
କିଆଁ ? ବୋଇଲେ ଭଲ ଚଳେ । ଏଇଟା ହେଲା ନାହିଁ,
ସେଇଟା ଘରେ ନାହିଁ, ଏପରି କଥା ଘରର କାହାରି ମୁହଁରୁ
ଶୁଣାଯାଏ ନାହିଁ । ବାଡ଼ିରେ ଶାଗମୁଗ ଛାଡ଼ି ସଜନା ଦୁଇଗଛ ।

ଘରେ ଲଗାପଡ଼ିଆ ବରଷ ବିଆଣୀ ଗାଈ ଦୁଇଟା ବନ୍ଧା; ଦୁଧ ଟିକିଏ ଘୋଲ ମଦାଏ ହାଣ୍ଡିତଳେ ଲାଗିଥାଏ। ବୁଢ଼ୀ ଚଷୁ ମିଶାଇ ଘଷି ପାରିଦିଏ, କାଠ କିଣା ବାଧେ ନାହିଁ। ଜମିଦାର ସାଢ଼େ ତିନିମାଣ ଜମି ଚଷିବାକୁ ଦେଇଛନ୍ତି; ଧାନ ବଳେ ନାହିଁ କି କମେ ନାହିଁ। ଶ୍ୟାମବନ୍ଧୁଟି ବଡ଼ ସିଧାସଳଖ ଲୋକ, ପ୍ରଜାମାନେ ମାନନ୍ତି, ସୁଖ ପା'ନ୍ତି। ବାପରେ ଧନରେ କହି ଦୁଆର ଦୁଆର ବୁଲି ଖଜଣା ଅସୁଲ କରେ, କାହାରିଠାରୁ ଅନ୍ୟାୟରେ ପଇସାଟିଏ ନିଏ ନାହିଁ। ପ୍ରଜାମାନେ ଖଜଣା ଦେଇ ପାଉତି ମାଗନ୍ତି ନାହିଁ; ସେ ଚାରିଅଙ୍ଗୁଳି ତାଳପତ୍ରରେ ଖଣ୍ଡେ ପାଉତି ଲେଖି ବେଲବେଲେ ଚାଲରେ ଗୁଞ୍ଜି ଦେଇଯାଏ। ଜମିଦାର ପିଆଦା ଆସିଲେ ଗାଁକୁ ଛାଡ଼େ ନାହିଁ, ଆପେ ହାତ ଓଠ ଧରି ଧୂଆଁଖିଆ ଦୁଇ ପଇସା ଅଣ୍ଟାରେ ଗୁଞ୍ଜି ଦେଇ ବିଦା କରେ। ଶ୍ୟାମବନ୍ଧୁଙ୍କ ଘରେ ଖାଇବାକୁ କୁଟୁମ୍ବ ଚାରିଜଣ, ଆପେ ଦୁଇ ପରାଣୀ, ମା' ବୁଢ଼ୀ, ଦଶ ବରଷର ଗୋଟିଏ ଝିଅ। ଝିଅଟିର ନାମ ରେବତୀ। ଶ୍ୟାମବନ୍ଧୁ ସଞ୍ଜବେଳେ ପିଣ୍ଡାରେ ବସି 'କୃପାସିନ୍ଧୁ ବଦନ' ଗାଏ, ଆଉ ଆଉ ଭଜନ ଗାଏ, କେବେକେବେ କାଠ ଦୀପରୁଖାଟି ଉପରେ ବଇଠାଟିଏ ଥୋଇ ଭାଗବତ ପଢ଼େ, ରେବତୀ ପାଖରେ ବସି ଶୁଣୁଥାଏ। ସେ ମୁହେଁ ମୁହେଁ ଢେର୍ ଭଜନ ଶିଖିଗଲାଣି, ତା' ପିଲା ମୁହଁକୁ ଭଜନଗୁଡ଼ିକ ଖୁବ୍ ମାନେ। ସଞ୍ଜବେଳେ ବାପା ପାଖରେ ବସି ଭଜନ ଗାଇଲେ ଗାଁର କୌଣସି କୌଣସି ଲୋକ ଆସି ଶୁଣନ୍ତି। ରେବତୀ ବାପା ପାଖରୁ ଗୋଟିଏ ଭଜନ ଶିଖିଥିଲା, ସେଇଟି ଗାଇଲେ ଶ୍ୟାମବନ୍ଧୁ ବଡ଼ ଖୁସିହୁଏ। ପ୍ରତିଦିନ ଝିଅକୁ ଗାଇବାକୁ କହେ, ରେବତୀ ଗାଏ–

'କା' ଆଗେ କରିବି ଗୁହାରି ?

ତୁମେ ନ ଚାହିଁଲେ ନାଥ ଗରିବ ଯିବ ସରି।

କର ବା ନକର ତ୍ରାଣ ପଦେ ସମର୍ପିଛି ପ୍ରାଣ

ହୃଦେ ଅଛି ତମ ନାମ ଧରି।

ତୁମ୍ଭ ବିନା ତ୍ରିଜଗତ ଶୂନ୍ୟ ହେ ହରି।

ଶୀତଳ କର ଜୀବନ ପ୍ରେମାମୃତ ଦାନ କରି।'

ଦୁଇ ବରଷ ତଳେ ସ୍କୁଲ ଡେପୁଟି ଇନ୍ସପେକ୍ଟର ମଫସଲ ଗସ୍ତକୁ ଯିବା ସମୟରେ ପାଟପୁରରେ ରାତିଏ ରହିଯାଇଥିଲେ। ଗ୍ରାମର ମୁଖିଆ ମୁଖିଆ ଚାରିପାଞ୍ଚଜଣ ଲୋକ କୁହାପୋଛା କରିବାରୁ ଦିପୋଟିବାବୁ ଓଡ଼ିଶା ବିଭାଗର ଇନସପେକ୍ଟରଙ୍କଠାକୁ ରିପୋର୍ଟ କରି ଗୋଟିଏ ଅପର ପ୍ରାଇମେରୀ ସ୍କୁଲ ବସାଇ ଦେଇଅଛନ୍ତି। ଶିକ୍ଷକ ବେତନ ମାସକୁ ଚାରି ଟଙ୍କା। ଏହି ଚାରି ଟଙ୍କା ସରକାରରୁ ମିଲେ। ଏହାଛଡ଼ା ପ୍ରତି ପିଲା ମାସକୁ ଅଣାଏ ଲେଖାଏଁ ଦିଅନ୍ତି। ଶିକ୍ଷକଟି କଟକ ନର୍ମାଲ ସ୍କୁଲର ଅବଧାନ ବିଭାଗର

ଉଭୟାର୍ଷ ଛାତ୍ର, ନାମ ବାସୁଦେବ । ନାମଟି ଯେପରି ବାସୁଦେବ, ଲୋକଟା ମଧ ସେହିପରି ବାସୁଦେବ । ଟୋକାଟାର ଭିତର ବାହାର ସୁନ୍ଦର । ଗାଁ ମଝିରେ ଚାଲିଯିବା ବେଳେ ମୁଣ୍ଡ ଟେକି କାହାକୁ ଚାହେଁ ନାହିଁ । ବୟସ ଅନ୍ଦାଜ କୋଡ଼ିଏ । ସୁନ୍ଦର ରୂପ, ଯେମନ୍ତ ଗୋଟିଏ ଚାଉଳରେ ଗଢ଼ା । ପିଲାଦିନେ ପିହୁଲା ରୋଗ ହୋଇଥିଲା । ତା’ ମା’ ମୁଣ୍ଡରେ ତତଲା ବୋତଲ ମୁହଁ ଚିହ୍ନ ଦେଇଥିଲା । ସେ ଚିହ୍ନ ଆଜିଯାଏ ଅଛି । ବରଂ ସେ ଚିହ୍ନ ତାକୁ ମାନେ । ବାସୁଦେବ ପିଲାକାଳରୁ ମା’ବାପ ଛେଉଣ୍ଡ, ମାମୁଘରେ ରହି ମଣିଷ ହୋଇଛି । ବାସୁଦେବ ଜାତିରେ କରଣ, ଶ୍ୟାମବନ୍ଧୁ ମଧ କରଣ । କେବେ ପୂନେଇଁ ଗୁରୁବାରରେ ଘରେ ପିଠାଟା ପଣାଟା ହେଲେ ଶ୍ୟାମବନ୍ଧୁ ପାଠଶାଳାକୁ ଯାଇ କହିଆସେ, “ବାପା ବାସୁ । ସଞ୍ଜବେଳେ ଟିକେ ଆମ ଘରକୁ ଯିବ, ତୁମ ମାଉସୀ ଡାକିଅଛନ୍ତି ।” ଏହିପରି ଯିବାଆସିବାରେ ସେମାନଙ୍କ ମଧରେ ଗୋଟାଏ ମାୟା ଲାଗିଗଲାଣି । ରେବତୀମା’ ବାସୁକୁ ଦେଖିଲେ କହେ, “ଆହା, ମା’ ଛେଉଣ୍ଡଟି କ’ଣ ଖାଏ, କିଏ ତା’ ଖାଇବା ଦେଖୁଛି ।” ବାସୁ ପ୍ରତିଦିନ ସଞ୍ଜବେଳେ ଯାଇ ଶ୍ୟାମବନ୍ଧୁ ପାଖରେ ଘଣ୍ଟାଏ ଘଣ୍ଟାଏ ବସି ଆସେ । ବାସୁକୁ ଦୂରରୁ ଦେଖିଲେ, “ବାସୁଭାଇ ଅଇଲେ, ବାସୁଭାଇ ଅଇଲେ” ବୋଲି ରେବତୀ ପାଟି କରି ବାପକୁ କହେ । ରେବତୀ ସଞ୍ଜବେଳେ ବାପ ପାଖରେ ବସି ପ୍ରତିଦିନ ପଠିତ ପୁରୁଣା ଭଜନଗୁଡ଼ିକ ବାସୁକୁ ଶୁଣାଏ । ବାସୁକୁ ସେହି ଗୀତ ନୂଆନୂଆ ପରି ଲାଗେ । ଦିନେ ଏକଥା ସେକଥା ପଡ଼ୁପଡ଼ୁ ଶ୍ୟାମବନ୍ଧୁ ଶୁଣିଲେ, କଟକରେ ଗୋଟିଏ ଝିଅ ସ୍କୁଲ ଅଛି, ସେଠାରେ ଝିଅମାନେ ପଢ଼ନ୍ତି, ଲୁଗାସିଅଁା ଶିଖନ୍ତି । ସେହିଦିନଠାରୁ ରେବତୀକୁ ପାଠ ପଢ଼ାଇବାକୁ ଶ୍ୟାମବନ୍ଧୁଙ୍କର ମନ ହେଲା ଏବଂ ଆପଣା ମନର କଥା ବାସୁଦେବକୁ କହିଲା । ବାସୁ ଶ୍ୟାମବନ୍ଧୁକୁ ପିତୃତୁଲ୍ୟ ମାନେ; କହିଲା, “ଆଜ୍ଞା, ମୁଁ ସେହି କଥାଟା କହିବି କହିବି ହେଉଥିଲି ।” ଦୁଇଜଣଙ୍କ ପରାମର୍ଶରେ ରେବତୀକୁ ପାଠ ପଢ଼ାଇବାର ସ୍ଥିର ହେଲା । ରେବତୀ ପାଖରେ ବସି ଶୁଣୁଥିଲା, ଦୁଇ ଚିଲାରେ ଘର ଭିତରକୁ ଯାଇ ମା’କୁ ଆଉ ଜେଜୀକୁ, “ମୁଁ ପାଠ ପଢ଼ିବି, ମୁଁ ପାଠ ପଢ଼ିବି” ଖବର ଦେଲା । ମା’ କହିଲେ, “ହଉ ହଉ ପଢ଼ିବୁ ।” ଜେଜୀ କହିଲେ, “ପାଠ କ’ଣ ଲୋ! ମାଇକିନିଆ ଝିଅଟା ପାଠ କ’ଣ ? ରନ୍ଧାବଢ଼ା ଶିଖ, ପିଠାପଣା କରିବାକୁ ଶିଖ, ଝୋଟିଦିଆ ଶିଖ, ଦହିମୁହଁ ଶିଖ, ପାଠ କ’ଣ ?”

ରାତିରେ ଶ୍ୟାମବନ୍ଧୁ ପିଣ୍ଡାରେ ଖଣ୍ଡେ ଆମ୍ବକାଠ ପିଢ଼ା ଉପରେ ବସି ଭାତ ଖାଉଅଛନ୍ତି, ରେବତୀ ସାଙ୍ଗରେ ବସି ଖାଉଅଛି । ବୁଢ଼ୀ ଆଗରେ ବସି ଭାତପୁଞ୍ଜାଏ ଆଣ, ଡାଲିପାଣି ଟିକିଏ ପକେଇ ଯା, ଲୁଣ ଟିକିଏ ଦେ’ ଇତ୍ୟାଦି କଥା ବୋହୂ ପ୍ରତି

ଆଦେଶ କରୁଛନ୍ତି । କଥାରେ କଥାରେ ବୁଢ଼ୀ କହି ବସିଲେ, "ହଁରେ ଶ୍ୟାମ ! ରେବୀ ପାଠ ପଢ଼ିବ– ପାଠ କ'ଣରେ, ତିରିଲା ଝିଅର ପାଠପଢ଼ା କ'ଣ ?" ଶ୍ୟାମବନ୍ଧୁ କହିଲେ, "ହେଉ, କହୁଛି ତ ପଢ଼ୁ । ଝଙ୍କଡ଼ ପଞ୍ଚନାୟକ ଘର ଝିଅମାନେ ଯେ ଭାଗବତ ବୋଲିପାରନ୍ତି, ବୈଦେହୀଶ ବିଲାସ ଛାନ୍ଦ ଗାଆନ୍ତି ।" ରେବତୀ ଭାରି ଖପ୍ପା ହୋଇଯାଇ ଜେଜୀକୁ ଗାଳି ଦେଇ କହିଲା, "ଯା ଲୋ ବୁଢ଼ୀ ଡୁଗୁରିଟା ।" ତାହା ବାଦ୍ ଅଳି କରି ବାପାକୁ କହିଲା, "ନାଁ ବାଁପାଁ, ନାଁ ବାଁପାଁ, ମୁଁ ପାଁଠ ପଁଢ଼ିଁବିଁ ।" ଶ୍ୟାମବନ୍ଧୁ କହିଲେ, "ହଁ, ହଁ, ତୁ ପଢ଼ିବୁ ।" ସେଦିନ କଥା ଏତିକି ।

ତହିଁ ଆରଦିନ ଉପରଓଳି ବାସୁଦେବ ସୀତାନାଥବାବୁଙ୍କ ପ୍ରଥମପାଠ ଖଣ୍ଡିଏ ନେଇ ରେବତୀକୁ ଦେବାରୁ ସେ ବଡ଼ ଖୁସି ହୋଇ ବାପା ପାଖରେ ବସି କିତାପର ମୂଳ ପୁଡ଼ାଠାରୁ ଶେଷପୁଡ଼ାଯାଏ ଓଲଟାଇ ଓଲଟାଇ ଦେଖ୍ଲା । ସେଥିରେ ହାତୀ, ଘୋଡ଼ା, ଗୋରୁ ଇତ୍ୟାଦିର ଛବି ଦେଖ୍ ଭାରି ଖୁସି ହୋଇଗଲା । ରଜାମାନେ ହାତୀ, ଘୋଡ଼ା ବାନ୍ଧି ଖୁସି ହୁଅନ୍ତି, କେହି ହାତୀ, ଘୋଡ଼ା ଚଢ଼ି ଖୁସି ହୁଏ, ଆମ୍ଭ ରେବତୀ ଛବିଟା ଦେଖ୍ ଖୁସି । ରେବୀ ଧାଇଁଯାଇ ମା'କୁ କିତାପର ଛବି ସବୁ ଦେଖେଇଲା; ତାହା ବାଦ୍ ଜେଜୀକୁ ଦେଖେଇଲା । ଜେଜୀ କିଞ୍ଚିତ୍ ବିରକ୍ତ ହୋଇ କହିଲା, "ହଁ ଯା ଯା ।" ରେବୀ ତାହାକୁ 'ଦୂର ଦୂର' ଗାଳି ଦେଇ ଫେରିଆସିଲା ।

ଆଜି ଦିନଟି ଭଲ–ଶ୍ରୀପଞ୍ଚମୀ । ରେବତୀ ସଖାଲୁ ବୁଢ଼ ପାରି ଗାଧୋଇ ନୂଆ ଲୁଗା ଖଣ୍ଡିଏ ପିନ୍ଧି ଘର ବାହାର ହେଉଅଛି; ବାସୁଭାଇ ଆସିଲେ କିତାପ ପଢ଼ାଇଦେବ । ବୁଢ଼ୀ ଭୟରେ ବିଦ୍ୟାରମ୍ଭର ଆୟୋଜନ କିଛି ହୋଇ ନାହିଁ । ବେଳ ଛ' ଘଡ଼ି ସମୟରେ ବାସୁ ଯାଇ ପଢ଼ାଇଦେଲା, ସ୍ୱରେ–ଅ, ସ୍ୱରେ–ଆ, ହ୍ରସ୍ୱ–ଇ, ଦୀର୍ଘ–ଈ, ହ୍ରସ୍ୱ–ଉ, ଦୀର୍ଘ–ଊ; ଇତ୍ୟାଦି । ପ୍ରତିଦିନ ପଢ଼ା ଚାଲିଲା, ପ୍ରତିଦିନ ସନ୍ଧ୍ୟା ସମୟରେ ବାସୁ ଯାଇ ପଢ଼େଇ ଦିଏ । ଦୁଇ ବରଷ ମଧ୍ୟରେ ରେବତୀ ଢେର୍ ପଢ଼ିଗଲାଣି । ମଧୁରାଓଙ୍କ ଛାନ୍ଦମାଳା ପଢ଼ିଯିବା ବେଳେ ମୁହଁରେ ବାଟୁଳି ବାଜେ ନାହିଁ ।

ଦିନେ ରାତିରେ ଶ୍ୟାମବନ୍ଧୁ ବସି ଭାତ ଖାଇବା ବେଳେ ମା'ପୁଅ ଦୁଇଜଣ କଥାବାର୍ତ୍ତା ହେଲେ । ପୂର୍ବେ ବୋଧକରୁଁ କିଛି କଥା ହୋଇଥିଲା, ଆଜି ସେହି କଥାର ଉପସଂହାର ।

ଶ୍ୟାମବନ୍ଧୁ–କି ମା, ଭଲ ହେବ ନାହିଁ କି ?

ବୁଢ଼ୀ–ହଁ, ଭଲ ତ ହେବ; ଜାତି କଥାଟା ବୁଝିଛୁ ନା ?

ଶ୍ୟାମବନ୍ଧୁ – ମୁଁ ଆଜିଯାଏ ଆଉ କ'ଣ ବୁଝ୍ଥିଲି ? ଭଲ କରଣ, ଗରିବ ପୁଅ, ହେଲେ କ'ଣ ହେବ, ଜାତି ଭଲ ।

ବୁଢ଼ୀ – ଧନ ଦଉଲତ ନାହିଁ ବିଚାର,

ଜାତି କଥାଟା ଆଗେ ପଚାର।

ଘରେ ରହିବ ତ ?

ଶ୍ୟାମବନ୍ଧୁ–ଘରେ ନ ରହି କୁଆଡ଼େ ଯିବ ? ହଜାର ହେଲେ ମାମୁ ମାଇଁ ନା, ଆଉ କ'ଣ ?

ରେବତୀ ପାଖରେ ବସି ଭାତ ଖାଉଥିଲା, ଏହି କଥାର ଅର୍ଥ ସେ କ'ଣ ବୁଝିଲା ସେ ଜାଣେ; ମାତ୍ର ସେହିଦିନଠାରୁ ତାହାର ଭାବଭଙ୍ଗୀ ଅନ୍ୟ ରକମ ଦେଖୁଅଛୁ। ତାକୁ ବାପା ଆଗରେ ବାସୁଭାଇ ପଢ଼ାଇଦେଲେ କିପରି ଗୋଟାଏ ଲାଜ ମାଡ଼େ; ଅକାରଣ ସକାରଣ ସବୁବେଳେ ହସ ମାଡ଼େ, ମୁଣ୍ଡ ତଳକୁ ପୋତିଦେଇ ଦୁଇ ଓଠ ବୁଜି ହସ ଲୁଚାଏ। ଏଣିକି ବାସୁ ପଢ଼ାଇଦେଲେ କେତେବେଳେ ତୁନିତୁନି ପଢ଼େ, କେତେବେଳେ ଖାଲି ହୁଁ ହୁଁ କରେ; ପଢ଼ା ସରିଲେ ପାଟି ବୁଜି ହସିହସି ଘରକୁ ପଳାଇଯାଏ। ପ୍ରତିଦିନ ସଞ୍ଜବେଳେ ଦାଣ୍ଡଦୁଆର କବାଟକୁ ଧରି କାହାକୁ ଚାହିଁଥାଏ, ବାସୁ ଆସିଲେ ଘରକୁ ପଳାଏ, ପାଞ୍ଚ ଡାକରେ ବାହାରେ ନାହିଁ। ଏଣିକି ରେବତୀ ଦାଣ୍ଡକୁ କେବେ ବାହାରିଲେ ବୁଢ଼ୀ ଖପ୍ପା ହୁଏ।

ଦେଖୁଦେଖୁ ପଞ୍ଚମୀକୁ ପଞ୍ଚମୀ ଦୁଇ ବରଷ ହୋଇଗଲାଣି। ବିଧାତାଙ୍କର ବିଧାନ କାହାର ଦିନ ସମାନଭାବରେ ଯିବନାହିଁ। ଫଗୁଣମାସିଆ ଦିନ, କାହିଁ କିଛି ନାହିଁ, ଅଚାନକ କାହୁଁ ବାଡ଼ି ଆସିଲା, ସଖାଳେ ଗ୍ରାମରେ ଶୁଣାଗଲା ଗୁମାସ୍ତା ଶ୍ୟାମବନ୍ଧୁ ମହାନ୍ତିଙ୍କୁ ବୁଢ଼ୀ ଧରିଛି। ମଫସଲ ଗାଁରେ ବାଡ଼ି ପଡ଼ିଲେ ତାଟିକବାଟ ପଡ଼ିଯାଏ। ବାଡ଼ି ବୁଢ଼ୀ ସତେ ଯେମନ୍ତ ଟୋକେଇଟିଏ କାଖେଇ ଦାଣ୍ଡରେ ମନୁଷ୍ୟ ଗୋଟାଉଅଛି, ଏପରି ସମସ୍ତେ ଜ୍ଞାନ କରନ୍ତି। ଦୁଆରକୁ କାହାରି ଆସିବାର ନାହିଁ। ମାଇକିନିଆ ଦୁଇଟା କ'ଣ କରିବେ ? ପିଲାଟା ଡକା ପକାଇ ଘର ବାହାର ହେଉଅଛି। ବାସୁଦେବ ଶୁଣି ସ୍କୁଲ ଛାଡ଼ି ଧାଇଁଲା। ଡର ନାହିଁ, ଭୟ ନାହିଁ, ଆପଣା ଶରୀର ପ୍ରତି ଭାବନା ନାହିଁ, ଶ୍ୟାମବନ୍ଧୁ ପାଖରେ ବସି ଗୋଡ଼ରେ ହାତ ବୁଲାଉଥାଏ, ପାଣି ଟୋପାଏ ଟୋପାଏ ମୁହଁରେ ଦେଉଥାଏ। ବେଳ ତିନି ପ୍ରହର ସମୟରେ ଶ୍ୟାମବନ୍ଧୁ ବାସୁ ମୁହଁକୁ ଚାହିଁ ଖନେଇଁ ଖନେଇଁ କହିଲା, "ବାଁ–ସୁଁ ଏଁ–ବଁ ଆଁ–ଗିଁ–ଲା।" ବାସୁକୁ ଭୋଭୋ କରି ଡକା ପଡ଼ିଲା। ଘରେ ଚହଳ ପଡ଼ିଗଲା। ରେବତୀ ଭୂଇଁରେ ପଡ଼ି ଗଡ଼ୁଥାଏ, ଗ୍ରାମର ଲୋକେ ଶୁଣି କହିଲେ, ହୋଇଗଲା ପରା। ଦେଖ–ଦେଖ–ଦେଖ, ସଞ୍ଜବେଳକୁ କିଛି ନାହିଁ। କ'ଣ କରିବେ–ବାସୁଟା କାଳିକା ପିଲା, ଆଉ ଦୁଇଟା ଭୁଆସୁଣୀ। ଗ୍ରାମର ବନା ସେଠୀ ଧୋବା ଜଣେ ଜାଣିବା ଶୁଣିବା ଲୋକ, ତା' ଦେହକରେ ପଞ୍ଚାଶ କି

ଷାଠିଏ ପାର କଲାଣି । କାଲି ହେଲେ ଯିବାକୁ ହେବ, ଆଜି ହେଲେ ଯିବାକୁ ହେବ, ଲୁଗାପଟା ଦି'ଖଣ୍ଡ ମଧ ମିଳିବାର ଭରସା । ଗାମୁଛାଟାଏ ଅଣ୍ଟାରେ ଭିଡ଼ିଦେଇ କୁରାଢ଼ିଟାଏ କାନ୍ଧରେ ପକାଇ ହାଜର ହୋଇଗଲା । ଗ୍ରାମରେ କରଣ ସେହି ଘରକ; ଶାଶୁ, ବୋହୂ ବାସୁଦେବ ତିନି ଜଣ ଧରାଧରି କରି କର୍ମ ଚଳାଇଲେ । ସେ ସମୟର କଥାଗୁଡ଼ାକ ଲେଖିବାକୁ ଆମ୍ଭେମାନେ ନିତାନ୍ତ ଅକ୍ଷମ । ଶ୍ମଶାନରୁ ଫେରିଆସିବାକୁ କୁଆଁତାରା ଉଇଁଲାଣି । ଘରେ ପଶିବା ମାତ୍ରକେ ରେବତୀ ମା' ପୋଖରୀପାଣି ଗଲା, ଦେଖୁ-ଦେଖୁ ଦିନ ଦ୍ୱିପ୍ରହର ବେଳେ ଗ୍ରାମରେ ହାଟ ହେଲା ରେବତୀ ମା' ନାହିଁ ।

ଦିନ ଚାଲିଯାଏ, କାହାରି ଲାଗି ଦିନ ବସି ରହେ ନାହିଁ । କାହାର ପାଲିଙ୍କି ଉପରେ ପାଟଛତା, କାହାରି ବେଢ଼ି ଉପରେ କୋରଡ଼ା । ଦିନ ଯାଉଛି ସମସ୍ତଙ୍କର, ଯିବ ସମସ୍ତଙ୍କର । ଦେଖୁଁଦେଖୁଁ ତିନିମାସ କଟିଗଲାଣି । ଶ୍ୟାମବନ୍ଧୁ ଘରେ ଦୁଇଗୋଟି ଗାଈ ଥିଲେ, ତହବିଲ ବାକୀ ଟଙ୍କା ସକାଶେ ଜମିଦାର ଘର ଲୋକେ ଆସି ବାନ୍ଧି ଘେନିଗଲେ । ଆମ୍ଭେମାନେ ଜାଣୁ, ଜମିଦାର ଘର ଟଙ୍କାକୁ ଶ୍ୟାମବନ୍ଧୁ ଶିବନିର୍ମାଲ୍ୟ ପରି ଜ୍ଞାନ କରେ, ଟଙ୍କାଟିଏ ଅସୁଲ ହେଲେ ଜମିଦାର କଚେରିରେ ପୈଠ ନ କରିବାଯାଏ ତାହାର ନିଦ ନାହିଁ । ମାତ୍ର ତାହା ଉପରେ ଟଙ୍କା ଥାଉ ବା ନ ଥାଉ ଗାଈ ଦିଓଟି ବଡ଼ ଦୁଧିଆଳୀ, ଏକଥା ପୂର୍ବରୁ ଜମିଦାରଙ୍କୁ ଜଣାଇଥିଲା । ଏହାଛଡ଼ା ଜମିଦାର ଚଷିବାକୁ ଯେ ତିନିମାଣ ଜମି ଦେଇଥିଲେ ତାହା ଛଡ଼ାଇ ନେଲେଣି । ହଳିଆଟା ବା ଘରେ ଆଉ କିଆଁ ରହିବ ? ଦୋଳପୂର୍ଣ୍ଣିମା ଦିନ ସେ ଛାଡ଼ିଗଲା । ବଳଦ ଦୁଇଟା ସାଢ଼େ ସତର ଟଙ୍କାରେ ବିକା ଯାଇଥିଲା, ଦୁଇଜଣଙ୍କ କ୍ରିୟାରେ ଖରଚ ଯାଉ ଯାହା ବଳିଥିଲା, ସଚାବଚା କରି ମାସେ ଚଳିଲା । ଆଜି ଭାଲଟା କାଲି ପିତଳଟା, ସଚାବଚା ବନ୍ଧାଛନ୍ଦାରେ ଆଉ ମାସେ ଗଲା । ବାସୁ ଦୁଇ ଓଳି ଦୁଆରକୁ ଆସେ, ରାତି ଘଡ଼ିଏ ଯାଏଁ ଥାଏ, ଆଈ ନାତୁଣୀ ଶୋଇବାକୁ ଗଲେ ବସାକୁ ଯାଏ । ବାସୁ କିଛି ଟଙ୍କାପଇସା ଦେଲେ ଆଈ ବା ନାତୁଣୀ କେହି ନିଅନ୍ତି ନାହିଁ । ବଲେଇ ବଲେଇ କିଛି ଦେଲେ ତାହା ଠାରେ ପଡ଼ିଥାଏ । ବାସୁ ଜାଣିପାରି ଆଉ କିଛି ଦିଏନାହିଁ । ବୁଢ଼ୀ ପାଖରୁ ଗୋଟାଏ ଦୁଇଟା ପଇସା ନେଇ ସଉଦା କିଣିଦିଏ, ସେହି ଦୁଇ ପଇସାର ସଉଦାରେ ଆଠ ଦଶଦିନ ଚଳିଯାଏ । ଘରର ଚାଳ ଉଡ଼ିଗଲାଣି, ଛାଉଣି ଦରକାର । ବାସୁ ଦୁଇଟଙ୍କାର ନଡ଼ା କିଣି ବାଡ଼ିରେ ଗଦେଇ ଅଛି, ଶରଣ ହେବାରୁ ଛପରବନ୍ଦୀ ହୋଇପାରିନାହିଁ । ବୁଢ଼ୀ ଏବେ ଆଉ ଦିନ ରାତି ବସି କାନ୍ଦେନାହିଁ । କେବଳ ସଞ୍ଜ ହେଲେ ବସି କାନ୍ଦେ । କାନ୍ଦିକାନ୍ଦି ତଳେ ପଡ଼ିଯାଏ, ସେହିଠାରେ ରାତି କାଟେ । ରେବତୀ ଧକେଇ ଧକେଇ ପାଖରେ ପଡ଼ିଯାଏ । ବୁଢ଼ୀ ଆଖିକି ଏବେ ଭଲ ହୋଇ ଦିଶୁ ନାହିଁ; ବାୟାଣୀ ପରି ହୋଇଗଲାଣି । ଏବେ କାନ୍ଦିବାର ଉଣା କରି ରେବତୀକୁ

ଗାଳିଦେବାକୁ ଆରମ୍ଭ କରିଛି । ଏତେ ଯେ ଦୁଃଖ, ଏତେ ଯେ ଦୁର୍ଦଶା ସବୁର ମୂଳ କାରଣ ରେବତୀ, ଏହା ସେ ମନ ମଧ୍ୟରେ ସ୍ଥିର ସିଦ୍ଧାନ୍ତ କରିସାରିଲାଣି । ରେବତୀ ପାଠ ପଢ଼ିବାରୁ ପୁଅ ମଲା, ବୋହୂ ମଲା, ହଳିଆ ଛାଡ଼ିଗଲା, ବଳଦ ବିକାଗଲା, ଜମିଦାର ଘର ଗାଈ ବାନ୍ଧି ଘେନିଗଲା । ରେବତୀ କୁଲକ୍ଷଣୀ, ସେ କୁଢ଼ଙ୍ଗୀ, ସେ ଲକ୍ଷ୍ମୀଛୁଡ଼ୀ । ବୁଢ଼ୀ ଆଖିକି ଯେ ଦିଶୁ ନାହିଁ, ତାହାର କାରଣ ରେବତୀର ପାଠପଢ଼ା । ବୁଢ଼ୀ ଗାଳିଦେବା ବେଳେ ରେବତୀ ଆଖିରୁ ଦୁଇଧାର ବହି ଯାଉଥାଏ, ଡରେ ବୁଢ଼ୀ ପାଖରେ ସେ ଛିଡ଼ା ହୋଇପାରେ ନାହିଁ । ବାଡ଼ିଦୁଆରେ ନୋହିଲେ ଘର କୋଣରେ ମୁହଁ ଘୋଡ଼ାଇ କାଠି ପରି ବସିଥାଏ । ବାସୁ ମଧ୍ୟ ଦୋଷୀ, କାରଣ ରେବତୀ ତ ଏତେଦିନଯାଏ ପଢ଼ୁ ନ ଥିଲା, ସେହି ଆସି ସିନା ପଢ଼ାଇଦେଲା । ମାତ୍ର ବୁଢ଼ୀ ବାସୁକୁ କିଛି କହିପାରେ ନାହିଁ, ବାସୁ ନ ହେଲେ ଘର ଦଣ୍ଡେ ଅଚଳ, ପୁଣି ଜମିଦାର ଘର ଲଟ ଛିଡ଼ି ନାହିଁ । ଜମିଦାର ଘର ଲୋକ ଆସି ଆଜି ଏ ହିସାବଟା, କାଲି ସେ ହିସାବଟା ମାଗେ । ବାସୁ ନ ହେଲେ ପାଞ୍ଜିବିଡ଼ାରୁ ପଢ଼ି ପତର କାଢ଼ିଦେବ କିଏ ? ତଥାପି ବାସୁ ନଥିଲାବେଳେ ସେ ସହଜ କଥାରେ କେବେ କେବେ ଆପଣା ମନ୍ତବ୍ୟ ପ୍ରକାଶ କରିଥାଏ । ରେବତୀ ଆଉ ଏଣିକି ପିଲା ନୁହେଁ । ତାହା ପାଟି ଆଉ କେହି ଶୁଣି ନାହିଁ । ବାପା ମାଆ ଗଲାଦିନୁ ତାକୁ ଦାଣ୍ଡଦୁଆରେ ଆଉ କେହି ଦେଖି ନାହିଁ । କେତେଦିନଯାଏ ଭୋ-ଭୋ କରି ଡକା ପଡୁଥିଲା, ଏବେ ଆଉ ପାଟି କରି କାନ୍ଦେ ନାହିଁ, ମାତ୍ର ଦିବାରାତ୍ର ଆଉ ଆଖିରୁ ପାଣି ଶୁଖିବାକୁ ନାହିଁ । ତାହାର କ୍ଷୁଦ୍ରପ୍ରାଣ – ତହିଁରୁ ଅତିକ୍ଷୁଦ୍ର ମନଟି ଏକାବେଳକେ ଭାଙ୍ଗିଯାଇଅଛି । ତା' ପକ୍ଷରେ ବର୍ତ୍ତମାନ ଦିନରାତି ସମାନ । ସୂର୍ଯ୍ୟରେ ଆଲୁଅ ନାହିଁ, ରାତିରେ ଅନ୍ଧାର ନାହିଁ । ସମସ୍ତ ଜଗତ ଶୂନ୍ୟ । କେବଳ ପିତାମାତାଙ୍କ ମୂର୍ତ୍ତି ହୃଦୟ ପୂର୍ଣ୍ଣ କରିଅଛି । ମା' ଏହିଠାରେ ବସିଅଛନ୍ତି, ବାପା ଚାଲିଯାଉଅଛନ୍ତି, ତାହା ଆଖିରେ କେବଳ ଏହି ଦୁଇଟା ଦିଶୁଅଛି । ବାପାମା' ମରିଯାଇଅଛନ୍ତି, ଆଉ ସେମାନେ ଆସିବେ ନାହିଁ, ଏକଥା ସେ ବିଶ୍ୱାସ କରିପାରୁନାହିଁ । ପେଟରେ ଭୋକ ନାହିଁ, ଆଖିରେ ନିଦ ନାହିଁ, ଦିବାନିଶି ଅନୁକ୍ଷଣ ପିତାମାତା ଧ୍ୟାନ । ଜେଜୀମା' ଡରରେ ଖାଇବାକୁ ବସେ । ଭୁଇଁରୁ ପ୍ରାୟ ଉଠେ ନାହିଁ । ଦେହରେ ହାଡ଼ ଚମ ଦୁଇଖଣ୍ଡ ଅଛି । କେବଳ ବାସୁଦେବ ଘରକୁ ଆସିଲେ ଉଠି ବସେ, ବଡ଼ବଡ଼ ଆଖି ଦୁଇଟିରେ ଜଳଜଳ କରି ବାସୁକୁ ଚାହିଁଥାଏ, ବାସୁ ଅନାଇଲେ ସାନ ନିଃଶ୍ୱାସଟାଏ ପକାଇ ମୁଣ୍ଡ ପୋତିଦିଏ । ବାସୁ ପାଖରେ ଥିବାଯାଏ ତାକୁ ଚାହିଁ ରହିଥାଏ । ସେତେବେଳେ ଆଉ କିଛି ଜ୍ଞାନ ନଥାଏ-ଆଖିରେ ବାସୁଦେବ, ଚିନ୍ତା ବାସୁଦେବ, ସମସ୍ତ ହୃଦୟଟା ବାସୁଦେବମୟ ।

ଶ୍ୟାମବନ୍ଧୁ ମରିବାର ଆଜିକୁ ହାତଗଣିତରେ ପାଞ୍ଚମାସ। ଜ୍ୟେଷ୍ଠମାସିଆ ଦିନ, ଠିକ୍ ଦିନ ଦ୍ୱିପ୍ରହର ବେଳେ ବାସୁ ଦୁଆରେ ଡାକିଲା। ଏତେବେଳେ ସେ କୌଣସି ଦିନ ଆସେ ନାହିଁ। ବୁଢ଼ୀ କୁଟ୍ଟେଇ କୁଟ୍ଟେଇ ଯାଇ ଦୁଆର ଫିଟାଇ ଦେଲା। ବାସୁ କହିଲା, "ଜେଜୀମା (ବାସୁ ବୁଢ଼ୀକୁ ଜେଜୀମା ବୋଲି ବରାବର ଡାକେ), ଦିପୋଟି ଇନ୍‌ସପେକ୍‌ଟର ହରିହରପୁର ଥାନାରେ ବସି ପାଠଶାଳା ପିଲାମାନଙ୍କୁ ପାଠ ପଚାରିବେ, ସବୁ ସ୍କୁଲର ପିଲାମାନେ ଯିବେ, ମୋ ପାଖକୁ ଚିଠି ଆସିଛି, ମୁଁ ପିଲାମାନଙ୍କୁ ନେଇ କାଲି ସକାଳେ ଯିବି, ପାଞ୍ଚଦିନ ଲାଗିବ।" ରେବତୀ କବାଟ କ'ଣରେ ଛିଡ଼ାହୋଇ ଶୁଣୁଥିଲା, ଲଥ୍‌କରି ବସିପଡ଼ିଲା, ଭାଗ୍ୟେ କବାଟ ଧରିଥିଲା ନଚେତ୍ ବୋଧହୁଏ ପଡ଼ିଯାଇଥାନ୍ତା। ବାସୁ ପାଞ୍ଚଦିନ ସକାଶେ ଚାଉଳ, ଲୁଣ, ତେଲ, ବାଇଗଣ କିଣି ଆଣି ଅଗଣାରେ ଥୋଇଦେଇ ବୁଢ଼ୀକୁ ଜୁହାରଟାଏ ହୋଇ ଶନିବାର ମୁହଁସଞ୍ଜ ବେଳେ ବାହାରିଲା। ବୁଢ଼ୀ କହିଲା, ବାପା, ଖରାରେ ବୁଲିବୁ ନାହିଁ, ଦେହପାଆକୁ ଚାହିଁବୁ, ବେଳରେ ଦି'ଟା ମୁହଁରେ ଦେବୁ। ଏହା କହି ନିଃଶ୍ୱାସଟାଏ ପକାଇଲା। ରେବତୀ ଏକଧାନରେ ବାସୁକୁ ଚାହିଁଥାଏ, ଆଜିକା ଚାହାଣି ଅନ୍ୟରକମ। ଆଗେ ବାସୁ ଚାହିଁଲେ ମୁଣ୍ଡ ତଳକୁ ପୋତି ଦେଉଥିଲା, ଆଜି ସେ ଭାବ ନାହିଁ, ଏକଧାନରେ ବାସୁକୁ ଚାହିଁ ରହିଅଛି। ବାସୁର ମଧ ଆଜି ଆଗକା ଚାହାଣି ନୁହେଁ। ଆଗେ ବାସୁର ଯେମନ୍ତ ଖୁବ୍ ଇଚ୍ଛା-ରେବତୀକୁ ଭଲକରି ଦେଖିବ, କିନ୍ତୁ ଅନାଇପାରେ ନାହିଁ। ଆଜି ଚାରିଚକ୍ଷୁର ମିଳନ, ଆଖି ଫେରାଇବାକୁ କାହାରି ଆୟଉ ନାହିଁ। ବାସୁ ଚାଲିଗଲାଣି, ଆଉ ଦିନ ନାହିଁ, ଘର ବାହାର ଅନ୍ଧାର ପୂରିଗଲାଣି। ରେବତୀ ଯେପରି ଚାହିଁଥିଲା, ସେହିପରି ଚାହିଁଅଛି। ବୁଢ଼ୀ ଡାକିବାରୁ ତାହାର ଚେତନା ହେଲା, ଘର ବାହାର ସମସ୍ତ ଅନ୍ଧକାରମୟ।

ରେବତୀ ବସି ଦିନ ଗଣୁଛି, ଆଜି ଛ'ଦିନ। ବାପମା' ଗଲାଦିନୁ ଦାଣ୍ଡଦୁଆର ଦେଖି ନ ଥିଲା, ଆଜି ସଖାଲୁ ଦାଣ୍ଡଦୁଆର ଆଗରେ ଦୁଇଥର ମୁହଁ ମାରି ଗଲାଣି। ବେଳ ଅଦାଜ ଛ'ଘଡ଼ି; ହରିହରପୁରରୁ ସ୍କୁଲ ପିଲାମାନେ ଫେରି ଆସିବା ମାତ୍ର ଲୋକେ ବୋଲାବୋଲି ହେଲେ-ହରିହରପୁରରୁ ଫେରି ଆସିବା ସମୟରେ ଗୋପାଳପୁରର ବରଗଛ ମୂଳରେ ପଣ୍ଡିତଙ୍କୁ ବାଡ଼ି ଢଲା, ଚାରିଥର ପୋଖରୀପାଣି ହେଲା, ଅଧରାତି ବେଳେ ଚାଲିଗଲେ। ଗ୍ରାମ ଲୋକମାନେ ହାୟ ହାୟ କଲେ। ପୁଅ ଝିଅ ମା' ମାଇକିନିଆମାନେ ପାଟିକରି କାନ୍ଦି ପକାଇଲେ। କେହି କହିଲା, ଆହା କି ରୂପରେ! କେହି କହିଲା-କି ଧୀରରେ! କେହି କହିଲା-ଦାଣ୍ଡରେ ଚାଲିଯାଉଥିବ ଯେ ମାଛିଟିକି ମର କହିବ ନାହିଁ।

ରେବତୀ ଶୁଣିଲା, ବୁଢ଼ୀ ଶୁଣିଲା । ବୁଢ଼ୀ କାନ୍ଦିକାନ୍ଦି ତାହା କଣ୍ଠ ରୁଦ୍ଧି ହୋଇଗଲା, ଆଉ କାନ୍ଦିପାରିଲା ନାହିଁ, ଶେଷରେ ଉଠି କହିଲା, "ଆହା ବାପ, ବିଦେଶକୁ ଆସି ଆପଣା ବୁଦ୍ଧିରେ ପ୍ରାଣ ହରାଇଲୁରେ ।" ଅର୍ଥାତ୍ ସେ ଦୁର୍ବୁଦ୍ଧି କରି ରେବତୀକୁ ପାଠ ପଢ଼େଇବାରୁ ମରିଗଲା, ନଚେତ୍ କେବେ ମରି ନ ଥାନ୍ତା । ଶୁଣିଲାବେଳୁ ରେବତୀ ଘରେ ଯାଇ ପଡ଼ିଛି–ସୋରଶଦ ନାହିଁ । ସେ ଦିନଟା ଗଲା, ତହିଁଆର ଦିନ ସକାଳେ ବୁଢ଼ୀ ରେବତୀକୁ ପାଖରେ ନ ଦେଖି ପାଟିକରି ଡାକିଲା, "ଲୋ ରେବତୀ, ଲୋ ରେବି, ଲୋ ନିଆଁ, ଲୋ ଚୁଲି !" ବୁଢ଼ୀ ବାୟାଣୀ ପରି ହୋଇଗଲାଣି, କାନ୍ଦବୋବାଲି ନାହିଁ, କେବଳ ରାଗରେ ରେବତୀକୁ ଗାଲି । ପଡ଼ିଶା ଲୋକେ, ଦାଣ୍ଡଗଲା ଲୋକେ ଯେତେବେଳେ ଇଚ୍ଛା ସେତେବେଳେ ଶୁଣୁଅଛନ୍ତି, "ଲୋ ରେବତୀ, ଲୋ ରେବି, ଲୋ ନିଆଁ, ଲୋ ଚୁଲି ।" ବୁଢ଼ୀ ଆଖିକି ଦିଶୁନାହିଁ, ଅନ୍ଦାଲି ଅନ୍ଦାଲି ଯାଇ ରେବତୀକୁ ପାଇଲା, ଡାକିଲା, ଜବାବ ନ ପାଇ ତା' ଦେହରେ ହାତ ବୁଲାଇ ଦେଖିଲା, ଭାରି ଜ୍ୱର, ଦେହରୁ ନିଆଁ ବାହାରୁଅଛି, ଜ୍ଞାନ ନାହିଁ । ବୁଢ଼ୀ ଢେର ବେଳ୍ୟାଏ ବସି କ'ଣ ପାଷ୍ଲା । କ'ଣ କରିବ କାହାକୁ ଡାକିବ, ମନ ମଧ୍ୟରେ ଜଗତ ସଂସାର ଖୋଜିଲା, ପାଖରେ କାହାକୁ ଦେଖିଲା ନାହିଁ । କିଛି ସ୍ଥିର କରି ନ ପାରି ଖପ୍ପା ହୋଇ କହିଲା, "ଯାହା ଆପଣାକିଆ, ତହିଁକି ଇଲାଜ କିଆ ?" ଅର୍ଥାତ୍ ତୁ ପାଠ ପଢ଼ିବାରୁ ଜ୍ୱର ହେଲା, ମୁଁ କ'ଣ କରିବି ?

ଦିନେ ଗଲା, ଦୁଇଦିନ ଗଲା, ତିନିଦିନ ଗଲା, ଚାରିଦିନ ଗଲା, ପାଞ୍ଚଦିନ ମଧ୍ୟ ଗଲା, ରେବତୀ ମାଟିରେ ଲାଗିଯାଇ ଅଛି, ଆଖି ପିଟାଉ ନାହିଁ, ଡାକିଲେ ଉତ୍ତର ନାହିଁ, ଉଁ–ଚୁଁ ହେବାକୁ ମଧ୍ୟ ନାହିଁ । ଆଜି ଛ'ଦିନ, ରେବତୀ ସଖାଳୁ ଦୁଇ ଚାରି ଥର ପାଟି କଲାଣି । ବୁଢ଼ୀ ପାଟିଶୁଣି ପାଖକୁ ଗଲା, ଦେହରେ ହାତ ବୁଲାଇ ଦେଖିଲା, ଗୋଡ଼ ହାତ ଶୀତଳ, ଡାକିଲେ ହୁଁ ହୁଁ ଜବାବ ଦେଲା, କଟମଟ୍ କରି ମୁହଁକୁ ଚାହୁଁଅଛି, କିଛି ନ ପଚାରିଲେ ମଧ୍ୟ କେତେକଥା କହିପକାଉଅଛି । କୌଣସି କବିରାଜ ଦେଖିଲେ, "ତୃଷ୍ଣା ଦାହଃ ପ୍ରଲାପଶ୍ଚ" ଇତ୍ୟାଦି ଶ୍ଲୋକ ପଢ଼ି କହନ୍ତେ, 'ସନ୍ନିପାତସ୍ୟ ଲକ୍ଷଣଂ ।' ମାତ୍ର ବୁଢ଼ୀ କିଛି ଖୁସି ହେଲା । ଦେହରେ ତାତି ନାହିଁ, କଥା କହୁ ନ ଥିଲା, ପାଟି ପିଟାଇଲାଣି, ଚାହୁଁ ନଥିଲା, ଆଖି ପିଟିଲାଣି, ପାଣି ପିଇବାକୁ ମାଗିଲାଣି, ଛ' ଦିନ ହେଲା ଜିଭରେ ପାଣି ଟୋପାଏ ବାଜି ନାହିଁ । ଚାରିଟା ପଥ ପେଟରେ ପଡ଼ିଲେ ଢେଠଟା ଉଠି ବସିବ । "ତୁ ଶୋଇଥା, ମୁଁ ଚାରିଟା ପଥ ରାନ୍ଧି ଆଣେ" ଏହା କହି ବୁଢ଼ୀ ବାହାରକୁ ବାହାରି ଆସିଲା । ପଥ ରାନ୍ଧିବ କ'ଣ ? ଘରେ ପାଇଁଆ କୁଣ୍ଢେଇ ହାଣ୍ଡି ଆଟିକା ସବୁ ଖୋଜିଲା; ମୁଠାଏ ଚାଉଳ ନାହିଁ । ନିଃଶ୍ୱାସଟାଏ ପକାଇ ବସିଲା । ବାସୁ ପାଞ୍ଚ ଦିନକୁ ଚାଉଳ ଡାଲି କିଣି

ଦେଇ ଯାଇଥିଲା, ସେଠାରେ ଦଶଦିନ କିଆଁ ଚଳିଗଲା; ବୁଢ଼ୀର ଦୃଷ୍ଟିଶକ୍ତି ଥିଲେ ବୁଝିପାରିଥାନ୍ତା। ବସି ବିଚାର କଲେ ବୁଦ୍ଧି ଦିଶେ। ଘରେ କାଂସାବାସନ କିଛି ନାହିଁ; ହାତରେ ଗୋଟାଏ କଣା ଢାଳ ପଡ଼ିଲା, ସେଇଟା ଧରି ହରି ସା ଦୋକାନକୁ ବାହାରିଲା। ହରି ସା ଘର ଗ୍ରାମ ମଝିରେ, ତାହାର ରୀତିମତ ଦୋକାନ ନାହିଁ; ଚାଉଳ ଡାଲି, ଲୁଣ ତେଲ ରଖ୍ଥାଏ; କୌଣସି ଦିନ ବିଦେଶୀ ଲୋକ ପହଞ୍ଚିଗଲେ କିଣନ୍ତି– କେବେ ହେଲେ ଗ୍ରାମ ଲୋକଙ୍କର କିଛି ଦରକାର ହେଲେ ଢାଳଟା ଦେଖ୍ ଅର୍ଥଟା ବେଶ୍ ବୁଝିଗଲା। ବୁଢ଼ୀ ଆପଣାର ଅଭିପ୍ରାୟ ଜଣାଇବାରୁ ହରି ଢାଳଟା ହାତରେ ଧରି ଚାରିପାଖ ଦେଖ୍ କହିଲା, “ନାହିଁନାହିଁ, ମୋ ଘରେ ଚାଉଳ ନାହିଁ, ଆଉ ଏହି କଣା ଢାଳଟା ରଖ୍ କିଏ ଚାଉଳ ଦେବ।” ହରି ଘରେ ଯେ ଚାଉଳ ନ ଥିଲା ତା’ ନୁହେଁ, ଦେବାକୁ ମଧ ଇଚ୍ଛା, ତେବେ ଶସ୍ତାରେ ନେବାର କଥା। ଚାଉଳ ନ ଥିବାର ଶୁଣି ବୁଢ଼ୀ ମୁଣ୍ଡରେ ତ ବଜ୍ର ପଡ଼ିଲା। କ’ଣ କରିବି, ଝିଅଟା ଜରରୁ ଉଠିଛି, ତା’ ମୁହଁରେ କ’ଣ ଦେବି? ଘଡ଼ିଏ ବସିଗଲା; ବେଳ ବୁଡ଼ିଗଲାଣି; ହରିକୁ ଦୁଇଥର ଅନାଇଲା। ଯାଆଁ ଝିଅଟା କ’ଣ କରୁଛି ଦେଖ୍ଁ। ଢାଳଟି ଧରି ଉଠୁଛି, ହରି କହିଲା, “ଦିଅ ଦିଅ, ଢାଳଟା ଦିଅ, ଦେଖେ ଘରେ କ’ଣ ଅଛି।” ହରି ଢାଳଟା ରଖ୍ ଚାରିମାଣ ଚାଉଳ, ଅଧମାଣ ଜାଇ, କିଛି ଲୁଣ ଦେଲା। ବୁଢ଼ୀ ଚାରି ଛ’ ଜାଗା ବସି ଉଠି ଘରେ ପହଞ୍ଚିଲା। ଏ ପର୍ଯ୍ୟନ୍ତ ବୁଢ଼ୀ ଦାନ୍ତରେ ଦାନ୍ତକାଠି ବାଜି ନାହିଁ, ଦେହ ମନର କଷ୍ଟ କଥା କ’ଣ କହିବୁଁ? ଘରେ ପହଞ୍ଚ ରେବତୀକୁ ଡାକିଲା। ତାହାର ବିଶ୍ୱାସ, ରେବତୀ ଭଲ ହୋଇଗଲାଣି, ପାଣି କାଢ଼ିଦେବ, ସେ ଭାତ ରାନ୍ଧିବ। ରେବତୀ ଜବାବ ନ ଦେବାରୁ ସେ ଭାରି ଖପ୍ପା ହୋଇଯାଇ ଡାକିଲା, “ଲୋ ରେବତୀ, ଲୋ ରେବି, ଲୋ ନିଆଁ, ଲୋ ଚୁଲି।” ଜବାବ ନାହିଁ।

ଏଣେ ରେବତୀର ସନ୍ନିପାତ ରୋଗ କ୍ରମଶଃ ବଢୁଅଛି, ଭୟାନକ ଯନ୍ତଣା; ଦେହରୁ ନିଆଁ ବାହାରୁଛି, ଜିଭ ଶୁଖ୍ଲାଣି, ଭୟଙ୍କର ପିପାସା, ଜିଭଟା ଯେମନ୍ତ ଭିତରକୁ ଚାଲିଯାଉଅଛି। ଥଣ୍ଡାଜାଗାକୁ ଯିବାର ଇଚ୍ଛା, ଘରଯାକ ଗଡ଼ିଗଡ଼ି ବାହାରକୁ ଆସିଲା, ସୁଖ୍ ଲାଗିଲା ନାହିଁ। ବାଡ଼ି ଦୁଆରକୁ ଯାଇ ପିଣ୍ଡାରେ ବସିଲା। ଦିନ ଶେଷ ହୋଇ ଆସିଲାଣି। ଖୁବ୍ ପବନ ବହୁଅଛି, ବାଡ଼କୁ ଆଉଜି ବସିଲା। ବାଡ଼ିଯାକ ଅନାଇଲା। ବାପା ଗଲା ବରଷ ଏହି କଦଳୀ ଗଛ ଲଗାଇଥିଲେ, ଭଣ୍ଡା ବାହାରିଲାଣି, ଦୁଇ ବରଷ ତଳେ ମା’ ଗୋଟିଏ ପିଜୁଳି ଗଛ ବାଡ଼ିରେ ରୋଇଥିଲେ, ରେବତୀ ଧାଇଁ ଧାଇଁ କୁଅରୁ ଢାଳେ ପାଣି ସେ ଗଛରେ ଦେଇଥିଲା, ସେ ଗଛ କେଡ଼େଟିଏ ହେଲାଣି, ଫୁଲ ଧରିଲାଣି। ସେ ଗଛ ଦେଖ୍ ମା’ ମନରେ ପଡ଼ିଲେ। ବୁଦ୍ଧି ସ୍ଥିର ନାହିଁ, ମନ ଚଞ୍ଚଳ, ଲଗାଲଗି କିଛି କଥା ମନରେ ପଡୁନାହିଁ, ମାତ୍ର ମାତାର ଆନଦମୟୀ ମୂର୍ତ୍ତି ଆଉ ମନକୁ

ଛାଡୁନାହିଁ । ସଞ୍ଜ ଗଡ଼ିଗଲାଣି, ଗଛ ମୂଳରୁ ଡାଳ ଉଡ଼ାଲରୁ ଅନ୍ଧକାରଗୁଡ଼ାକ ବାହାରି ବାଡ଼ି ପୂରିଗଲାଣି, ଆଉ କିଛି ଦିଶୁନାହିଁ । ଆକାଶକୁ ଚାହିଁଲା, ପହରକିଆ ତାରାଟିରୁ ଧକଧକ ହୋଇ କିରଣ ବାହାରୁଅଛି । ଏକ ଧାନରେ ରେବତୀ ସେହି ତାରାକୁ ଚାହିଁଅଛି, ଆଖିରେ ଆଉ ପଲକ ପଡୁନାହିଁ । ତାରାର ଆକାର କ୍ରମଶଃ ବଢ଼ିଯାଇଛି, ଚକ୍ର ପରି ଆକାର ହୋଇଗଲାଣି, ଆହୁରି ବୃଦ୍ଧି, କ୍ରମଶଃ ବୃଦ୍ଧି, କ୍ରମଶଃ ଉଜ୍ଜ୍ୱଳ । ଆହା ! ଏ କି ମୂର୍ତ୍ତି ତାରା ମଧ୍ୟରେ ? ଶାନ୍ତିଦାୟିନୀ ପ୍ରେମମୟୀ ଆନନ୍ଦମୟୀ ମାତାଙ୍କର ଅଭୟା ମୂର୍ତ୍ତି ବସି ସ୍ନେହରେ କୋଳକୁ ନେବା ସକାଶେ ଡାକୁଅଛନ୍ତି । ମା' ଦୁଇଗୋଟି କିରଣ ହସ୍ତ ବଢ଼ାଇଦେଲେ । ସେହି କିରଣ ଦିଓଟି ଆସି ଦୁଇ ଚକ୍ଷୁ ସ୍ପର୍ଶ କରି ହୃଦୟରେ ପ୍ରବେଶ କଲା । ସେହି ଅନ୍ଧକାର ମଧ୍ୟରେ ଆଉ କୌଣସି ଶବ୍ଦ ନାହିଁ । କେବଳ ନିଃଶ୍ୱାସ ଶବ୍ଦ । ସେ ଶବ୍ଦ କ୍ରମଶଃ ପ୍ରବଳ; ଖୁବ୍ ଦୀର୍ଘଶ୍ୱାସ, ଶେଷରେ ମା-ମା' ଦୁଇଥର ଅସ୍ପଷ୍ଟ ଶବ୍ଦ ଶୁଭିଲା । ବାଡ଼ି ନିସ୍ତବ୍ଧ, ନିରବ ।

ଏଣେ ବୁଢ଼ୀ ଘୁଷୁରି ଘୁଷୁରି ଯାଇ ରେବତୀ ଶୋଇବା ଜାଗା ଦେଖିଲା, କେହି ନାହିଁ । ଘରଯାକ, ବାହାର ଅଗଣା, ଢେଙ୍କିତଲ ଢେଙ୍କିଲାଞ୍ଚି କାହିଁ ନାହିଁ । ମନେକଲା, ଜ୍ୱର ଭଲ ହୋଇଗଲାଣି, ବାଡ଼ିରେ ବୁଲୁଥିବ । ସେହି ଡାକ, 'ଲୋ ରେବତୀ, ଲୋ ରେବି, ଲୋ ନିଆଁ, ଲୋ ଚୁଲି ।' ବାଡ଼ି ଦୁଆରକୁ ଗଲା, ଅଣ୍ଟାଲି ଅଣ୍ଟାଲି ପିଣ୍ଢାକୁ ଉଠିଲା । ପିଣ୍ଢାଟା ଭୂମିଠାରୁ ଦୁଇହାତ ଉଚ୍ଚ; ହାତେ ଚଉଡ଼ା ।

'ମଲା ତୁ ଏଇଠି ବସିଛୁ ?' ଦେହରେ ହାତ ଦେଇ ବୁଢ଼ୀ ପ୍ରଥମେ ଚମକି ପଡ଼ିଲା, ଆଉ ଥରେ ଭଲକରି ଗୋଡ଼ଠାରୁ ମୁଣ୍ଡଯାଏ ହାତ ବୁଲାଇଲା; ନାକରେ ହାତ ଦେଇ ଗୋଟାଏ ଉକ୍ରଟ ଶବ୍ଦ କଲା, ସଙ୍ଗେସଙ୍ଗେ ପିଣ୍ଢା ତଳେ ଦୁଳଦାଳ ଶବ୍ଦ !

ଶ୍ୟାମବନ୍ଧୁ ମହାନ୍ତି ଘରର କୌଣସି ପ୍ରାଣୀକୁ ଜଗତରେ ଆଉ କେହି ଦେଖିନାହାନ୍ତି । ପଡ଼ୋଶୀମାନେ ରାତି ପହରକ ସମୟରେ ଶେଷ ଶବ୍ଦ ଶୁଣିଥିଲେ – 'ଲୋ ରେବତୀ, ଲୋ ରେବି, ଲୋ ନିଆଁ, ଲୋ ଚୁଲି ।'

■■

ଲକ୍ଷ୍ମୀ ସତକୁ ସତ ଲକ୍ଷ୍ମୀ। ନୋହିଲେ କି ତା' ବିଭାଘରେ ବାପକୁ ସାତ ଶ ଟଙ୍କା ମିଳନ୍ତା ? ଲକ୍ଷ୍ମୀର ବୟସ ୧୪ ବର୍ଷ— ଏତେ ବଡ଼ ଝିଅ ବ୍ରାହ୍ମଣ ଘରେ କିପରି ରହିଲା ? ତା' ବାପର ସେ ଏକମାତ୍ର ଝିଅ। ସାହୁଏ ଝିଅକୁ ବଡ଼ ଯତ୍ନରେ ପାଳୁଥିଲେ। ଭଲ ଖାଇବାକୁ, ପିନ୍ଧିବାକୁ ଦେଉଥିଲେ। ତାଙ୍କ ବଦୋବସ୍ତ ଅନୁସାରେ ଲକ୍ଷ୍ମୀ ଗାଁ ସ୍ତ୍ରୀମାନଙ୍କଠାରେ ମୁଣ୍ଡ ବନ୍ଧାଇ ଆସେ। ଅନ୍ୟମାନେ ହଳଦୀ, କଳା ଲଗାଇ ଦେହକୁ ବିକୃତ କରନ୍ତି। ଲକ୍ଷ୍ମୀ ପିତାଙ୍କ ଇଚ୍ଛାନୁସାରେ ଗ୍ରାମର ବାଳିକା ବିଦ୍ୟାଳୟକୁ ଆସିଥିବା ମିଷ୍ଟ୍ରେସଠାରୁ ଲୁଗାପିନ୍ଧା ଓ ମୁଣ୍ଡବନ୍ଧା ଶିଖିଛି। ମାନୁ ନ ଥିବାରୁ ଏ ବିଷୟରେ ପୁରୁଣା ରୀତିରେ ବିକୃତ ହେବାକୁ କେହି ଆକଟ କରୁ ନ ଥିଲେ। ସୁତରାଂ ସେ ବନର ମାଲତୀ ପ୍ରାୟ ସ୍ୱଭାବ ହସ୍ତରେ ପ୍ରତିପାଳିତ ହୋଇ ବଢ଼ୁଥିଲା।

ବଲରାମ ଗୋତ୍ରୀ ବ୍ରାହ୍ମଣମାନେ ସମସ୍ତେ ଧନୀ। ଅନନ୍ତପୁର ଗ୍ରାମର ଦୁଃଖୀ ଖୁବ୍ ଊଣା। ଏମାନଙ୍କ ମଧ୍ୟରେ

ଝିଅର ଯେତେ ବୟସ ଓ ସୁନ୍ଦରପଣ, ତେବେ ଅଧିକ ଟଙ୍କାରେ ବିକାଯାଏ। ତେଣୁ ଲକ୍ଷ୍ମୀ ବିଭାଘରରେ ଏତେ ଡେରି। ଲକ୍ଷ୍ମୀର ବାପ ଧନୀ ମିଶ୍ର ଲକ୍ଷ୍ମୀର ବୟସ ଗଣି ୧୪୦୦ଟଙ୍କା ହାଙ୍କି ଅଛନ୍ତି। ଡାକ ଶୁଣି ଅନେକ ବାହୁଡ଼ିଗଲେଣି। କେହି ୩୦୦ କେହି ୫୦୦ ଯାଏଁ ଗଲେ। ରୂପ, କୁଳ, ଗୁଣ– କିଛି ସାହୁଏ ପତ୍ରରେ ପକାଇଲେ ନାହିଁ। କେବଳ ଟଙ୍କା। ଯେ ଦେବ ସେ ଲକ୍ଷ୍ମୀକୁ ନେବ। କେହି ଗରାଖର ଆଗ୍ରହ ନଦେଖି ସାହୁଏ ଏବେ କିଛି ନରମିଗଲେଣି। ମନର ଭାବ–କେତେଦିନ ଆଉ ଖୋଇବି ? ରଖୁଁ ରଖୁଁ ମରିଗଲେ ମୂଲରୁ ଯିବ।

ନାରାୟଣର ବୟସ ବଳେଇ ଗଲାଣି। ଆଜିୟାଏଁ ଭୂତ ପରି ଏକୁଟିଆ। ଲକ୍ଷ୍ମୀ ପରି ପାତ୍ରୀଟିଏ ଆଉ ମିଳିବ ନାହିଁ। ତେଣୁ ୭୦୦ ଟଙ୍କା ଦେବାକୁ ଜବାବ ଦେଲା। କିନ୍ତୁ କାର୍ଯ୍ୟତଃ ଦେଲାବେଲେ ବଡ଼ କଷ୍ଟ ହେଲା। ଚାରିଆଡ଼ ଅନ୍ଧାର। କାହୁଁ ଏତେ ଟଙ୍କା ଆଣିବ ? ସବୁ ଟଙ୍କା ହେଲା। ବାକୀ ଟ.୩୦ ଋଣ। ଫଦଲାଣ ବଳଦ ବିକିଦେଲା। ଏ ଟଙ୍କା ମହାଜନ ଘରୁ ଘରଡିହ ବନ୍ଧା ଦେଇ ଆଣିଲା। ପିତୃପିତାମହଙ୍କ ଭିଟାମାଟିର ମାୟା, ଚାଷର ଫନ୍ଦି– ସବୁ ମାୟା ଲକ୍ଷ୍ମୀ ମୁହଁକୁ ଛାଡ଼ିଲା।

ଲକ୍ଷ୍ମୀର ବରଟି ଖୁବ୍ ପାଠୁଆ। ନାମ ନାରାୟଣ। ହେଲେ କ'ଣ ହେବ ଟିକିଏ ଆଢ଼ବାୟା, ଜ୍ଞାନପାଗଳା ଭଳିଆ ବୋଲି ଗ୍ରାମରେ ରାଷ୍ଟ। ତହିଁରେ ସେ ବି ଏକୁଟିଆ– ଘରେ କେହି ନାହିଁ। ପିଲାଟି ଦିନୁ ମା' ବାପ ଛେଉଣ୍ଡ। ଜଣେ ବାବୁ ସଙ୍ଗରେ ରୋଷେଇ କରୁକରୁ ବିଦେଶ ବାହାରି ଯାଇ ଅନେକ ଦିନ ବିଦେଶ ବୁଲି ତୀର୍ଥ କରି ଅନେକ ଇଂରାଜୀ, ଦେବନାଗରୀ ପାଠ ପଢ଼ି ଆସିଚି। କିନ୍ତୁ ଚାକିରି ନ କରି ବ୍ୟବସାୟ କରିବାକୁ ଇଚ୍ଛା କରି ପ୍ରଥମେ ଗୋଟିଏ ଛୋଟ ଗୋଦାମ କରିଅଛି। ଧୋଟ କିଣିବା ପାଇଁ ଗାଁ ଗାଁ ବୁଲୁବୁଲୁ ଲକ୍ଷ୍ମୀକୁ ଦେଖି ବିଭା ହେବାକୁ ଇଚ୍ଛା କରିବାରୁ ତା' ବାପ ନାରାୟଣକୁ ଏକୁଟିଆ ଦେଖି, ଲକ୍ଷ୍ମୀକୁ ଦରିଆରେ ଭସାଇ ଦେବାକୁ ଇଚ୍ଛା ନକରି ୧୪୦୦ଟଙ୍କା ହାଙ୍କିଲେ। ଅନିଚ୍ଛା କେବଳ ବାହାନା। ଟଙ୍କା ଦେଲେ ପିଶାଚ ହାତରେ ମଧ ସେ କନ୍ୟାକୁ ଦେବାର ଲୋକ। ନାରାୟଣ ତ ସତ୍ପାତ୍ର। ପ୍ରଜାପତି ଘଟସ୍ତୁତ୍ର। ଲକ୍ଷ୍ମୀର ବାପ ୧୪ ବର୍ଷକୁ ୧୪୦୦ଟଙ୍କା ଧରିଲେ। ଭଲ ଲୋକ ୧୪ ବର୍ଷକୁ ୭୦୦ଟଙ୍କା। ଭାଙ୍ଗି ଦେଲେ। ନାରାୟଣ ନିଜର କଷ୍ଟ ଉପାର୍ଜିତ ସମସ୍ତ ସଂଚିତ ୭୦୦ଟଙ୍କା ଦେବାକୁ ରାଜି ଅଛନ୍ତି। ତାଙ୍କର ଧୋଟ କାରବାରରେ ବାଧା ହେବ। ଯେହେତୁ କି କିଛି ଧାର ହେବ। ରଣ ମହାବିଷମ। ବତୁ ବତୁ କାହିଁ ଉଠିବ–କିଏ ଜାଣେ ? ନାରାୟଣଙ୍କ ଏତେ ଟଙ୍କା ଦେବା କାରଣ କ'ଣ ଲକ୍ଷ୍ମୀର ବୟସ ବେଶୀ। ଗୃହଯୋଗ୍ୟ ହୋଇଛି। ଘରେ ପଶିଲାକ୍ଷଣି ଘର ସମ୍ଭାଲି ନେବ। କିନ୍ତୁ ଏଇଟା ବଡ଼

କଥା ନୁହେଁ। ଘରକରଣା କ'ଣ ତାଙ୍କର ଲେଖାଯୋଖା ବିଧବା ପିଉସୀ ଚଲାଇ ନେଉନଥିଲେ କି ? ଅସଲ କାରଣ, ନାରାୟଣ ଲକ୍ଷ୍ମୀର ଚନ୍ଦ୍ରମା ପରି ମୁହଁକୁ ଦେଖି ତାଙ୍କ ଆଖି ଲାଖିଯାଇଛି। ତା'ପରି ତାକୁ ଆଉ କେହି ଦିଶୁ ନାହାନ୍ତି। ସେ ଆଉ ସେ ମୁହଁଟି ଭୁଲିପାରୁନାହିଁ। ସେ ମୁହଁଟି ତା ଗୃହପ୍ରାଙ୍ଗଣ ଉଜ୍ଜ୍ୱଲ କରିବା ଆଗରୁ ତା ପ୍ରାଣାକାଶ ଉଭାସିତ କରିଅଛି। ଆହା ! କି ସୁନ୍ଦର, କେତକୀ ଗୌର, ତପ୍ତକାଞ୍ଚନନିଭ ବର୍ଣ୍ଣ, ସ୍ୱର୍ଣ୍ଣତାଲ ସଦୃଶ ମସୃଣ ଦେହକାନ୍ତି, ତହିଁରେ ଖେଳୁଥିବା ତରଙ୍ଗାୟିତ ସ୍ୱପ୍ନାବେଶପୂର୍ଣ୍ଣ ଭୂଭଙ୍ଗୀ, ଆକର୍ଣ୍ଣବିସ୍ତୃତ ନୀଲାବ୍ଜସଙ୍କାଶନେତ୍ରଯୁଗଲ, ଅମଲଗଣ୍ଡସ୍ଥଲଶୋଭୀ ଚୂର୍ଣ୍ଣକୁନ୍ତଲ, ରକ୍ତାଭ ଅଧରୋଷ୍ଠ ଶଙ୍ଖସଦୃଶ ଗତି, କି ସେ ଅପରୂପ ଲାବଣ୍ୟ ! ଏ ଯେ ତରୁଣୀଲଲାମ ଅନ୍ତର୍ନିହିତ ରମଣୀରତ୍ନ ! ସାତଶ ଟଙ୍କା ! କି ଛାର ! ନାରାୟଣ ସର୍ବସ୍ୱ ପ୍ରାଣ ପର୍ଯ୍ୟନ୍ତ ଦେଇପାରନ୍ତେ। କେବଳ ଏତିକି ନୁହେଁ। ନାରାୟଣ ଲକ୍ଷ୍ମୀର କେବଳ ରୂପ ଦେଖିନାହାନ୍ତି, ଗୁଣ ମଧ ଅନୁଭବ କରିଅଛନ୍ତି। ନାରାୟଣ ଯେତେବେଳେ ଝୋଟ କିଣିବା ପାଇଁ ଗାଁ ଗାଁ ବୁଲୁଥିଲେ ସେତେବେଳେ ଲକ୍ଷ୍ମୀ ଅକୁଣ୍ଠିତ ଚିଉରେ ତାଙ୍କ ସହିତ କଥା କହୁଥିଲା। ପିତା ବାଧା ଦେଲେ ନାହିଁ। କାରଣ ସେ ଜାଣନ୍ତି, ଅର୍ଥଗୃଧ୍ନୁ ପିଶାଚର ସକଲ କାଣ୍ଡ ପୈଶାଚିକ। ଲକ୍ଷ୍ମୀ ସରଲା, ସେ ତ ଆଉ ଜାଣିନଥିଲା ଯେ ନାରାୟଣ ଗୋଟାଏ ବାଘ, ସାପ, ଅର୍ଥାତ୍ ତା' ବର। ଲାଜ କରିବା ବା କାହିଁକି ? ସମସ୍ତଙ୍କ ଆଗରେ ଯେପରି ହୁଏ, ଝୋଟବାବୁ ଆଗରେ ମଧ ସେପରି। ଲକ୍ଷ୍ମୀଘର କିଛି ନଳିତା କରିଥିଲେ। ନାରାୟଣ ତାଙ୍କ ଘରକୁ ଝୋଟ ନେବାକୁ ଆସି ଲକ୍ଷ୍ମୀର ଘରକରଣା ପାଇଟି, ପାନଭାଙ୍ଗିବା ଢଙ୍ଗ ସବୁ ଦେଖିଥିଲେ। ଦିନେ ଦୂରରୁ ଆସି କ୍ଲାନ୍ତ ହୋଇଥିବାରୁ ଲକ୍ଷ୍ମୀର ପଡ଼ିଶା ଆନନ୍ଦ ମିଶ୍ରଙ୍କ ଘରେ ଜଳଖିଆ କରି ଲକ୍ଷ୍ମୀପରଷା, ପୁରି, କାକରା, ଛୁଞ୍ଚିପତ୍ର ମଧ ଖାଇ ଯାଇଥିଲେ। ସେହି ସ୍ନେହସୁଧା ପାନ କରି ସେ ଆଉ ଭୁଲି ପାରିଲେ ନାହିଁ। ତେଣୁ ଅବଶେଷରେ ଧନୀ ମିଶ୍ରଙ୍କୁ ୭୦୦ଟଙ୍କା ଦେଇ ଲକ୍ଷ୍ମୀକୁ ନେବାକୁ ରାଜି ହେଲେ। ଦେଖୁ ଦେଖୁ ସ୍ୱୀକାର ଗଲା। ସମ୍ପ୍ରତି ଆସିଲା। ଧନୀ ମିଶ୍ରର ପିଉସୀ ବାହୁନି କାନ୍ଦିଲେ। ଲକ୍ଷ୍ମୀର କିନ୍ତୁ ବେଶୀ କାନ୍ଦ ନାହିଁ। ଗାଁ ସ୍ୱୀମାନେ କଥାବାର୍ତ୍ତା ହେଲେ।

୧ମ- ଆ, ଏ କି ଝିଅଟା ଲୋ ! ଏ କଥା ତ କେବେ ଦେଖା ନ ଥିଲା। ଏଡ଼େ ଝୁଅଟା ଆଖିରେ ଲୁହ ନାହିଁ ନା ତୁଣ୍ଡରେ କଥା ନାହିଁ। କି କଲିକାଲ ହେଲା ଲୋ !

୨ୟ- ସେ ଝିଅଟା ତ ସବୁଦିନେ ଏହିପରି। ମୁହଁରେ ଓଢଣା ଦେବ ନାହିଁ। ତାକୁ ଓପରେ ଲୁଗା ଥିବ। ବାଟରେ ମିଣିପିଙ୍କୁ ଦେଖିଲୋ ପଲେଇ ଲୁଚିବ, କ'ଣ ନା ମୁହଁକୁ ତଳକୁ ହାସିଦେଇ ଦଶହଜାରି ପରି ଚାଲି ଯାଉଥିବ। ମୋ ଝିଅଟା ମିଣିପଙ୍କୁ ଦେଖ ଚିଲପରି ଦଉଡ଼ିଯିବ। ସେତେବେଳେ ତା' ଦେହରେ କ'ଣ ଲୁଗା ରହିବ !

୩ୟ- ସେ ବାପ ବି ସେହିପରି। ପିଲାଙ୍କୁ ଆକଟ ସିନା ଭଲ। ସେ ତ ତାକୁ କିଛି ନକହି ଗେହ୍ଲା କରେ। ଝୁଅର ସୁନ୍ଦରପଣ ଦେଖେଇ ହୁଏ। ତେଣୁ ତା' ମନ ବଢ଼ିଯାଇଛି। ସେହିପରି ବୋଲଣା ହେବ, "ଦୁହିତା ଦୁଇ କୁଳକୁ ହିତା, ନୋହିଲେ ପିତା।"

୨ୟ- ସେ କାନ୍ଦିବ କାହିଁକି ? ଛୋଟବାବୁ ତ ତା'ର ଚିହ୍ନା ! ସେ ତ ତାକୁ ଖାଇବାକୁ ଦେଇଛି। ଜରସମନ ବଢ଼ିବ ବୋଲି ବର କନ୍ୟାର ପରୀକ୍ଷା ହୋଇଯାଇଛି।

୧ମ- ତାକୁ ବି କ'ଣ ଝିଅ ମିଳିଲା ନାହିଁ ? ଏଇ ଅଣ୍ଡିରାଚଣ୍ଡିକୁ ୩୦୦ ଟଙ୍କା ଦେଇ ନେଲା !

୨ୟ- ପ୍ରଜାପତି ଘଟସୂତ୍ର। ଯେ ଯାହା ହାଣ୍ଡିରେ ଚାଉଳ ପକାଇଛି ନା। ଢୋଲ ବାଇଦ କୋଶେ, ତୁଣ୍ଡ ବାଇଦ ସହସ୍ର କୋଶ। ନାରାୟଣ ଏକଥା ଶୁଣିଲେ। ଶୁଣି ଲକ୍ଷ୍ମୀର ସରଳତା, ସ୍ୱାଭାବିକତା, ଟଙ୍କା ପ୍ରତି ଆସକ୍ତି ଓ ତାଙ୍କ ଗୃହକୁ ଆସିବାର ଇଚ୍ଛା ଜାଣିପାରି ସେ ଆନନ୍ଦିତ ହେଲେ। ଯେଉଁ ବାଳିକାଗୁଡ଼ାଏ ବନେଇ ବୂନେଇ ଅନର୍ଗଳ ବାହୁନିପାରେ ସେ ଧୂର୍ତ୍ତ ବୋଲି ସେ ମନେକଲେ। ଲକ୍ଷ୍ମୀକୁ ସେ ସ୍ୱର୍ଗର ଦେବୀ ବୋଲି ମନେ କଲେ ଏବଂ ପୂର୍ବପଠିତ କବିତା ତା' ଉଦ୍ଦେଶ୍ୟରେ ଆବୃତ୍ତ କଲେ।
"କେବଣ ଅଜ୍ଞାତଲୋକେ ଗୋ ସୁରସୁନ୍ଦରୀ
ଦେଖ୍ଲିଣି ତୋ' ଲାବଣ୍ୟ ବେନି ନେତ୍ର ଭରି !
ନୀଳନଭେ କୃଷ୍ଣଘନେ ଲୋଲ ସୌଦାମିନୀ-
ରୂପେ, ଦେଖୁଥିଲି ତୋତେ ହେ ରୂପ-ଗର୍ବିଣୀ !
ଶାରଦଚନ୍ଦ୍ରିକାଧୌତ ଅନ୍ତରୀକ୍ଷଦେଶେ
ବୁଲୁଥିଲୁ ବରାଙ୍ଗୀରେ ଜ୍ୟୋତ୍ସ୍ନାଶୁଭ୍ର ବେଶେ।
କାଳକ୍ରମେ ଆସିମିଳା ମଧୁର ଯୌବନ
ବହିଲା ହୃଦୟ ବନେ ଦକ୍ଷିଣା ପବନ।
କାହୁଁ ଉଡ଼ିଆସି ତୁ ରେ ବସନ୍ତ-କୋକିଲ
ସେ ବନେ କଲୁ ତା' ସ୍ୱନେ ଆନନ୍ଦ-ଆକୁଳ !"

ଆଜି ହର୍ଷରେ ବିଷାଦ ! ହିନ୍ଦୁ ଘରେ ବିବାହ କ୍ରିୟା ମହାବିଡ଼ମ୍ବନା। ଅନୁଷ୍ଠାନ ତ ନୁହେଁ, ଲୁଟ୍‌ପାଟ୍‌। କଥାରେ କହନ୍ତି, "ବାହାଘର ନୁହେଁ, ବୂହାଘର।" ଏବଂ ବିଧେ କାର୍ଯ୍ୟେ ପୁରନ୍ଧ୍ରୀଣାଂ ଏବ ପ୍ରଗଲ୍‌ଭତା।" ସ୍ତ୍ରୀ ଗୁଡ଼ାକ ସଂସାରର ଆବର୍ଜନା। ମାଇପିଜାତି, ନାକ ନଥିଲେ ଖାଆନ୍ତି। ଗୋଲମାଲ, କୋଲାହଲ, ଦିଆନିଆ, ଖିଆପିଆ ଇତ୍ୟାଦି। ବିଶେଷତଃ ନାରାୟଣଙ୍କ ଘରେ ନିଜର କେହି ସ୍ତ୍ରୀ ନାହାନ୍ତି। ପରଦ୍ୱାର କାର୍ଯ୍ୟ। ତେଣୁ

କେହି କିଛି କଲେ ଅନ୍ୟ ଜଣେ ସ୍ତ୍ରୀ ସଫେଇ ହୋଇ କହେ, "ଦୁଧ ଗୁଡ଼ ନେଇ ଲିମ୍ବ ମୂଳେ ଦେଲେ ଲିମ୍ବ କି ମଧୁର ହୋଇବ ?" ଅର୍ଥାତ୍ "ହେ ନାରାୟଣ ! ଅନ୍ୟମାନେ ତୁମ୍ଭର ସବୁ ନଷ୍ଟ କରୁଛନ୍ତି । ମୁଁ କେବଳ ନିଜର ।" ଏହା ଶୁଣି ଅନ୍ୟମାନେ ରାଗିଯାନ୍ତି । ଗୋଟାଏ ତୁମୁଳ କାଣ୍ଡ ହୁଏ, ପୁଣି କେତେ ସାଧସାଧନାରେ ବନ୍ଦ ହୁଏ । ନାରାୟଣ ମନେ କରିଥିଲେ ଲକ୍ଷ୍ମୀ ଆସି ଗୃହରେ ପାଦ ଦେଲେ ସମସ୍ତ ଦୁଃଖ ଯିବ । ଗୃହ ଆଲୋକିତ ହେବ, ସେଠାରେ ପୁଷ୍ପବୃଷ୍ଟି ହେବ । ସକଳ ପରିଶ୍ରମ, ତ୍ୟାଗ ସ୍ୱୀକାରର ପୁରସ୍କାର ହେବ । "ଚକୋର ଦେଖିବ ଚନ୍ଦ୍ରମା ବଦନ ।" କିନ୍ତୁ ହାୟ ! ଈଶ୍ୱର ଯାହା ବିପକ୍ଷରେ, ତାହା ଲଲାଟରେ ସୁଖ କାହିଁ ? ନବବଧୂକୁ ବନ୍ଦାପନା କରି ହୁଳହୁଳି ଦେଇ ପୁରନ୍ଧ୍ରୀମାନେ ଗୃହ ଭିତରକୁ ଘେନିଗଲେ । ଗଲାବେଳେ ତାହାର ଅସ୍ୱାଭାବିକ ଗତି ଓ ଶରୀରାର୍ଦ୍ଧଭାଗର ପୃଥୁଲତା ଦେଖି ପରସ୍ପର ମୁହଁ ଚାହାଁଚାହିଁ ହୋଇ ଜଣଜଣ କରି ନିଜ ନିଜ ଘରକୁ ଚାଲିଗଲେ । ଗଲାବେଳେ ଥୋକେ ବିକୃତ ହସ ହସିଲେ । ଥୋକେ କେତେଟା ଢଗ ପକାଇଲେ । କେତେ ଜଣ ପ୍ରବୀଣା "ହା କପାଳ" ବୋଲି ବ୍ୟାକୁଳ ଭାବରେ ମୁହଁ ଶୁଖାଇ ଗଲେ । ନାରାୟଣ କିଛି ନ ବୁଝିପାରି ନିଜର ଜଣେ ଲେଖାଯୋଖା ଚଳନ୍ତି ମଣିଷକୁ ଡାକି ପଚାରିଲେ, "କଥା କ'ଣ ?"

ସ୍ତ୍ରୀ-କଥା ମୋ ମୁଣ୍ଡ । ଗୌଣୀଏ ଟଙ୍କା ଦେଇ କଳଙ୍କ ବୋଝେ କିଣି ଆଣିଛ । ଏହା କହି ଘରକୁ ଚାଲିଗଲା ।

ଗୃହ ଶୂନ୍ୟ । ନାରାୟଣ ମୁଣ୍ଡରେ ବଜ୍ର ପଡ଼ିଲା । ନିର୍ଜନରେ ବ୍ୟାକୁଳ ହୋଇ ବସିଲେ । ଲକ୍ଷ୍ମୀ ! ହା ଲକ୍ଷ୍ମୀ ! ମୁଁ ତତେ ଦେବୀ ବୋଲି ମନେ କରିଥିଲି । ତୁ ପିଶାଚୀ । ତୋ ମୁଖମଣ୍ଡଳ ଦେଖି ତ ସେପରି ବୋଧ ହେଉନଥିଲା !
"କେଉଁ ମହାପାପୀ ନାରକୀ ତୋର ମା
କଲା ଏ ଘୋର ଦୁର୍ଗତି
ଏ ଘୋର ଅନୀତି କେମନ୍ତ ସହିଲେ
ବିଶ୍ୱଧାତ୍ରୀ ବସୁମତୀ ।"

ଇତିମଧ୍ୟରେ ଘର ଭିତରେ ଲକ୍ଷ୍ମୀ ବ୍ୟାକୁଳ ହୋଇଉଠିଲେ । ମନେକଲେ ସ୍ୱାମୀ ମନରେ ସଂଶୟ ଜନ୍ମାଇବା ଅନୁଚିତ । ପରିଣାମ ବିଷମ ହୋଇପାରେ । କିନ୍ତୁ କ'ଣ କରିବେ ? ଘର ଶୂନ୍ୟ ନହେଲେ ତ କିଛି ହେବ ନାହିଁ । ପରେ ସମସ୍ତେ ବାହାରିଯିବାରୁ ଅଳଙ୍କାର ରଣଝଣ କରି ଲକ୍ଷ୍ମୀ ସ୍ୱାମୀଙ୍କୁ ଆସିବାର ସଙ୍କେତ ଦେଲେ । ନାରାୟଣ ମନେକଲେ ଗୃହସଂସାର ଛାଡ଼ି ବୈରାଗୀ ହୋଇଯିବେ । ପୁଣି ମନେ କଲେ, ଲକ୍ଷ୍ମୀକୁ ଯେ ପିଶାଚୀ, କଳଙ୍କିନୀ କରାଇଲା, ତାକୁ ହତ୍ୟା କରି ଫାଁସି କାଠରେ ଝୁଲିବେ

ପୁଣି ମନେ କଲେ, ପର ପାପରେ ନିଜକୁ କଳଙ୍କିତ କରିବା ଉଚିତ କି ? ରେ ବିଦୀର୍ଣ୍ଣ ହୃଦୟ ! ଧୈର୍ଯ୍ୟ ଧର। ପୁଣି ମନେ କଲେ, ସମାଜର ଏହିପରି କଳଙ୍କ ମୋଚନାର୍ଥ ସେ ସ୍ୱଜୀବନ ଅର୍ପଣ କରିବେ। କିନ୍ତୁ ଲକ୍ଷ୍ମୀ ତ ଏହିକ୍ଷଣି ଅରକ୍ଷିତା, ସମାଜ-ପରିତ୍ୟକ୍ତା, କୁଳକଳଙ୍କିନୀ, ତାହାର ଜୀବନ ସଂଶୟ ଉପସ୍ଥିତ। 'ବସନ୍ତଗାଥା' ର ଅମୂଲ୍ୟର ଦେବବାଣୀ ସ୍ମୃତିପଥରେ ଆରୂଢ଼ ହେଲା।

"କେ ଚାହିଁବି ଚାହୁଁ ତୋତେ ଗର୍ବ ଅବଜ୍ଞାରେ

କିନ୍ତୁ ଲୋ ଭଗିନୀ ! ମୁହିଁ ତୋ' ଦୁଃଖେ କାତର।"

ହୃଦୟ ଲୌହମୟ କରି, ଜୀବନର ସକଳ ସୁଖ ସମ୍ଭୋଗର ଆଶା ବିସର୍ଜନ କରି ପତିତ-ଉଦ୍ଧାର ବ୍ରତୀ ହୋଇ ସେ ଅଲକ୍ଷ୍ମୀମୂର୍ତ୍ତି ଲକ୍ଷ୍ମୀ ନିକଟକୁ ଗଲେ। କିଛି ଦୂର ଅଗ୍ରସର ହୋଇଛନ୍ତି, ବକ୍ଷ ସ୍ପନ୍ଦିତ ହେଲା। ନାରାୟଣ ଅଗ୍ରସର ହୋଇ ନପାରି ଦଣ୍ଡାୟମାନ ହେଲେ। ଲକ୍ଷ୍ମୀ ଲଜ୍ଜାରକ୍ତ, ଈଷତ୍ ହାସ୍ୟଯୁକ୍ତ ମୁଖରେ ହସ୍ତଠାରି ନାରାୟଣକୁ ଡାକିଲା। ସେ ସଲିଳହାସ୍ୟ ଦେଖି ନାରାୟଣ ପତିତା ଉଦ୍ଧାର ରୂପ ପବିତ୍ର କରୁଣ କର୍ତ୍ତବ୍ୟ ବ୍ରତ କ୍ଷଣକାଳ ବିସ୍ମୃତ ହେଲେ। କ୍ରୋଧ, ଲଜ୍ଜା, ଘୃଣା ତାଙ୍କୁ ସହସ୍ର ଫଣା କାଳୀୟବତ୍ ଦଂଶନ କଲା। ସେ କର୍ତ୍ତବ୍ୟଭ୍ରଷ୍ଟ, ବ୍ରତଚ୍ୟୁତ, କ୍ରୋଧାନ୍ଧ, ଭୂତାବିଷ୍ଟ ସ୍ୱରୂପ ହୋଇ ଅଧର ଦଂଶନ କଲେ। ପୁଣି ଆତ୍ମସମ୍ବରଣପୂର୍ବକ ଉଚ୍ଚୈସ୍ୱରେ କହିଲେ, "ହୃଦୟ ଧୈର୍ଯ୍ୟ ଧର।" ସେ ପ୍ରଳୟ ମୂର୍ତ୍ତି ଦେଖି ଲକ୍ଷ୍ମୀ କିଞ୍ଚିତ ଶଙ୍କିତା ହେଲେ। କିନ୍ତୁ ଏପରି ସ୍ଥଳରେ ପୁରୁଷ ଅପେକ୍ଷା ନାରୀର ଧୈର୍ଯ୍ୟ, ସହିଷ୍ଣୁତା, ବିକ୍ରମ ସହସ୍ର ଗୁଣରେ ଶ୍ରେଷ୍ଠ। ତା ନ ହୋଇଥିଲେ ରମଣୀ ବିଶ୍ୱବିଜୟିନୀ ହୋଇଥାଆନ୍ତେ କି ? ପୁରୁଷ ମିଥ୍ୟା ବଡ଼େଇ କରେ। ଜଗତରେ ନାରୀର ବିଜୟ ପତାକା ଉଡ୍ଡୀୟମାନ। ସୀତାରାମ, ଲକ୍ଷ୍ମୀନାରାୟଣ, ସାବିତ୍ରୀ ସତ୍ୟବାନ, ସର୍ବତ୍ର ନାରୀ ବିଜୟିନୀ। ଲକ୍ଷ୍ମୀ ନାରାୟଣଙ୍କୁ କରୁଣ ନେତ୍ରରେ ଅନାଇ ପୁଣି ହସ୍ତ ସଙ୍କେତ କଲେ। ନାରାୟଣ ପାଖକୁ ଆସନ୍ତେ ଲକ୍ଷ୍ମୀ କମରରେ ଗୁଡ଼ା ହୋଇଥିବା ୧୦୦ଟଙ୍କାର ଥଳିଆଟି କାଢ଼ି ତାଙ୍କ ପାଦତଳେ ଥୋଇ ଦେଇ ପ୍ରଣାମ କରି ପଦଧୂଳି ଗ୍ରହଣ କଲେ। ନାରାୟଣ କହିଲେ, "ଏ କି ଟଙ୍କା ?" ଲକ୍ଷ୍ମୀ କହିଲେ, "ଏ ତୁମ୍ଭ ନିଜର ଟଙ୍କା ଯାହା ବାପାଙ୍କୁ ଦେଇଥିଲ, ନିଅ।" ଏହି କଥା କହି ଠିଆ ହୋଇ ଏପରି ଭଙ୍ଗୀ ଦେଖାଇଲେ ଯେ ତାହାଙ୍କର ସ୍ୱାଭାବିକ କ୍ଷୀଣ, ଉପବାସ ଓ ପିତୃବିଚ୍ଛେଦରେ କ୍ଷୀଣତର କଟି ଦେଖି ନାରାୟଣଙ୍କର ସକଳ ସନ୍ଦେହ ଦୂର ହେଲା। ପରଦିନ ଲକ୍ଷ୍ମୀର ବାପ ଟଙ୍କା ଥଳୀ ନପାଇ କ୍ଷିପ୍ତବତ୍ ହୋଇ ସମସ୍ତଙ୍କୁ ପଚାରିଲେ। ଲକ୍ଷ୍ମୀର ସଖୀ ଚମ୍ପା କହିଲା, "ଲକ୍ଷ୍ମୀ ନେଇଯାଇଛି। 'ଖୋଜିଲେ କହିବୁ' ବୋଲି ମୋତେ କହି ଯାଇଛି।" ଲକ୍ଷ୍ମୀର ବାପ ବିଜୁଳି ପରି

ଧାଇଁଯାଇ ଲକ୍ଷ୍ମୀକୁ ପଚାରିବାରେ ଲକ୍ଷ୍ମୀ ସ୍ମିତରହାସ୍ୟ ହସି କହିଲା, ଯାହାର ଟଙ୍କା ତାକୁ ଦେଲି। ଛି ବାପା, ମତେ ବିକି ଟଙ୍କା ଖାଇଥିଲେ ତୁମ୍ଭର ଭଲ ହୋଇଥାନ୍ତା ? ତୁମ୍ଭର ପୁଅ ନାହିଁ। ମୁଁ ତୁମ୍ଭର ପୁଅଝିଅ। ଚିରକାଲ ତୁମ୍ଭକୁ ପୋଷିବି। ଉପବାସରେ ଶୋଇ ତୁମ୍ଭ ମୁହଁରେ ଖୁଦକୁଣ୍ଡା ଦେବି। ତୁମ୍ଭର ଏତେ ଟଙ୍କା ଅଛି, ମତେ ବିକି ଆଉ ଏ ଟଙ୍କା ନିଅ ନାହିଁ।” ଏହା କହି ପଣତକାନି ଗଳାରେ ପକାଇ ପିତାଙ୍କ ଚରଣକୁ ଧରି ଅଶ୍ରୁଜଳରେ ଭସାଇ ଦେଲେ। ପିତା ଶତଭର୍ଷନାଥାରୁ ତୀବ୍ରତର ଲିମ୍ବ ଫଳବତ୍ କନ୍ୟାଠାରୁ ମଧୁର କଥା ଶୁଣି କନ୍ୟାର ମସ୍ତକରେ ପଦାଘାତ କରି ନିରାଶ ହୃଦୟରେ କପାଲକୁ ଆଦରି ଶୂନ୍ୟଗୃହକୁ ଫେରିଗଲେ। ଲକ୍ଷ୍ମୀ ଦେବପ୍ରସାଦବତ୍ ସେହି ପିତୃପଦଚିହ୍ନ ମସ୍ତକରେ ବହନ କରି ଧୀରେ ଧୀରେ କହିଲେ, “ବାପା ଭାରି ରାଗିଛନ୍ତି। ତାଙ୍କ ରାଗ ବେଶୀଦିନ ରହିବ ନାହିଁ।”

ନାରାୟଣଙ୍କ ଗୃହ ଆଜି ଲକ୍ଷ୍ମୀ ଆଲୋକିତ କରିଛନ୍ତି। ସମସ୍ତ କଷ୍ଟ ଦୂର ହୋଇଛି। ଶୋଭା ଓ ସମ୍ପଦର ଅଧିଷ୍ଠାତ୍ରୀ ଦେବୀ ମୂର୍ତ୍ତିମତୀ ଲକ୍ଷ୍ମୀ ଆଜି ତାଙ୍କ ଘରେ। ଲେଶମାତ୍ର ଦୁଃଖ, ଦୈନ୍ୟ, ଅଭାବ, ଅପୂର୍ଣ୍ଣତା ତାଙ୍କ ଜୀବନରେ ନାହିଁ। ନାରାୟଣଙ୍କ ପ୍ରାଣ, ମନ, ହୃଦୟ, ଆଶା, ଗୃହ, ସଂସାର ଆଜି ପରିପୂର୍ଣ୍ଣ। ନିତ୍ୟକର୍ମ ସମାପନାନ୍ତେ ଶଯ୍ୟା ପ୍ରସ୍ତୁତ ହେଲା। ନିର୍ଜନ ଗୃହରେ ସ୍ତିମିତ ଦୀପାଲୋକରେ ସ୍ୱାମୀ ସ୍ତ୍ରୀ କଥାବାର୍ତ୍ତା ହେଲେ। ଲକ୍ଷ୍ମୀର ବିଲୋଲ କଟାକ୍ଷ, ସହାସ ମଧୁର ମୁଖ, ବୀଣାବିନିନ୍ଦିତ ବାଣୀ ନାରାୟଣଙ୍କ ନିକଟରେ ଗଭୀର ଅପୂର୍ବ ପ୍ରହେଲିକାବତ୍ ପ୍ରତୀୟମାନ ହେଲା। ଯେତେ ଦେଖିଲେ, ସେତେ ଆତ୍ମଜ୍ଞାନ ହରାଇଲେ। ଲକ୍ଷ୍ମୀର ବୟସ କେତେ ? କହିବା ତ ସହଜ ନୁହେଁ। ବାଲିକାର ଆର୍ଜବ, ପ୍ରୌଢ଼ାର ଗାମ୍ଭୀର୍ଯ୍ୟ, ଯୁବତୀର ଲାବଣ୍ୟ ଏକାଧାରରେ ସମାବିଷ୍ଟ।

ନାରାୟଣ ପଚାରିଲେ-ଲକ୍ଷ୍ମୀ! ମୋତେ ଭଲ ପାଅ ?

ଲକ୍ଷ୍ମୀ-କ’ଣ ମନେ କର ?

ନାରାୟଣ- ଭଲରୂପେ ଜାଣେ ନାହିଁ ? ବୋଧହୁଏ ଭଲପାଅ।

ଲକ୍ଷ୍ମୀ-ସନ୍ଦେହ କାହିଁକି ?

ନାରାୟଣ-ଜାଣେ ନାହିଁ, ତୁମର ସ୍ନେହ ବୋଧହୁଏ ମୋ ପକ୍ଷରେ ଏତେ ମୂଲ୍ୟବାନ ଯେ ମୁଁ ବିଶ୍ୱାସ କରିପାରୁନାହିଁ ଯେ ସେ ଅମୂଲ୍ୟ ନିଧି ମୋର ହୋଇଅଛି।

ଲକ୍ଷ୍ମୀ-ପୁଣି ଭଲପାଏ ବୋଲି ବୋଧହୁଏ କିପରି ?

ନାରାୟଣ-ତୁମ୍ଭର ଚାହାଣି ଭଙ୍ଗୀରୁ, ତୁମ୍ଭର ଚାଲିଚଲନରୁ ବିଶେଷତଃ ତୁମ୍ଭର ସ୍ନେହପ୍ରବଣ ହୃଦୟରୁ। ଏଡ଼େ ସୁନ୍ଦର ମୂର୍ତ୍ତି ! ଏହା ବି ସ୍ନେହବିହୀନ ହୋଇପାରେ ?

ଲକ୍ଷ୍ମୀ-ସୁନ୍ଦରୀ ପିଶାଚୀ କି ନାହାନ୍ତି ?

ନାରାୟଣ–ଅଛନ୍ତି । କିନ୍ତୁ ତୁମେ ସେପରି– ଏହା ମୋର ବିଶ୍ୱାସ ନୁହେଁ । ବିଶ୍ୱାସ କଲେ ମୁଁ ବଂଚିପାରିବି ନାହିଁ । ମୋର ଜୀବନ ଅସାର, ସୁଖହୀନ, ଜୀବନ୍ମୃତ୍ୟୁରେ ପରିଣତ ହେବ ।

ଲକ୍ଷ୍ମୀ– ତେବେ ଯେଉଁଟା ବିଶ୍ୱା କଲେ ତୁମ୍ଭ ମନରେ ସୁଖ ହୁଏ, ସେହିଟା ବିଶ୍ୱାସ ନକରି ଏତେ ପଚାରୁଛ କାହିଁକି ?

ନାରାୟଣ–କେଜାଣି କାହିଁକି ତୁମ୍ଭ ତୁଣ୍ଡରୁ “ଭଲପାଏ”, ଏ କଥା ଶୁଣିଲେ ପ୍ରାଣ ସୁଧାସିକ୍ତ ହେବ ।

ଲକ୍ଷ୍ମୀ– ମୁଁ କହିଲେ ବିଶ୍ୱାସ କରିବ ?

ନାରାୟଣ–ହଁ, ବିଶ୍ୱାସ କରିବି । କିନ୍ତୁ ପ୍ରାଣର ଅନ୍ତଃସ୍ଥଲରେ କି ଏକ ଅଭୁତ ରହସ୍ୟପୂର୍ଣ୍ଣ ବିରାଟ ଶୂନ୍ୟ ଅଛି, ସେଠାରୁ ଅନନ୍ତ ଜିଜ୍ଞାସା ବାହାରୁଅଛି । କୋଟିବାର ଶୁଣିଲେ ମଧ ସେହି କଥା ପଚାରିବାକୁ ଇଚ୍ଛା ହୁଏ ।

ଲକ୍ଷ୍ମୀ– ଯେବେ, ‘ନାହିଁ’ କହେ ।

ନାରାୟଣ– ସମ୍ଭବତଃ ଠାଟାରେ ‘ନାହିଁ’ କହୁଛ–ମନେ କରିବି । ସ୍ତ୍ରୀମାନଙ୍କ ‘ନାହିଁ’ ଅନେକ ସମୟରେ ‘ହଁ’ ସଂଗେ ସମାନ ବୋଲି ରସିକମାନେ କହନ୍ତି । ତୁମେ ପ୍ରକୃତରେ ‘ନାହିଁ’ କହିଲେ ମୋର ଦାରୁଣ ଯନ୍ତ୍ରଣା ହେବ ସତ୍ୟ, କିନ୍ତୁ ଏକାବେଲକେ ନିରାଶ ହେବି ନାହିଁ । କାରଣ ଏପରି ହୋଇପାରେ, ତୁମେ ନିଜ ହୃଦୟ ନ ବୁଝି, ‘ନାହିଁ’ କହୁଅଛ । ଆଉ ଗୋଟିଏ କଥା । ମୋର କି ଯୋଗ୍ୟତା ଅଛି ଯେ ମୁଁ ତୁମର ଷୋଲଣା ସ୍ନେହ ପାଇବି । ମୋତେ ସମୁଦ୍ରରୁ ବିନ୍ଦୁଏ ଯଥେଷ୍ଟ । ତୁମେ ସତୀ, ଲକ୍ଷ୍ମୀ ଦେବୀ । ତୁମର କୃପା କଣିକାଏ ମୋ ଜୀବନକୁ ଅମୃତମୟ କରିଦେବ । ସମୟରେ ମୋର ସେବା, ସ୍ୱାର୍ଥତ୍ୟାଗ ଇତ୍ୟାଦି ଦେଖି ଷୋଲଣା ଭଲ ପାଇପାର ।

ଲକ୍ଷ୍ମୀ– ନୂଆବେଲେ ଯେବେ ନାହିଁ, ପୁରୁଣା ହେଲେ ତାହା କିପରି ହେବ ?

ନାରାୟଣ– ଲକ୍ଷ୍ମୀ ! ସ୍ତ୍ରୀର ମନ ବୁଝିବା ଅସାଧ୍ୟ । କେହି ପାରିନାହିଁ । କିନ୍ତୁ ତୁମେ ହିନ୍ଦୁନାରୀ, ହିନ୍ଦୁମାନେ ସ୍ୱାମୀଙ୍କୁ ଦେବତା ଜ୍ଞାନ କରନ୍ତି । ମୁଁ ତୁମ୍ଭ ପାଇଁ ପ୍ରାଣ ଦେଇପାରେ । ତୁମ୍ଭକୁ ଚାତକ ପରି ଅନାଇ ଅଛି । ତୁମେ ମୋର ସର୍ବସ୍ୱ । କୃପା କରି ଭଲପାଅ । କିନ୍ତୁ ହାଁ, ମୁଁ ଜାଣେ କୃପା ଯେଉଁଠାରେ ଥାଏ, ପ୍ରେମ ସେଠାରେ ନଥାଏ । କୃପାପାତ୍ର ପ୍ରଣୟପାତ୍ର ହେବା ଅସ୍ୱାଭାବିକ । ଆଚ୍ଛା ମୋତେ ବିବାହ କରି ପ୍ରେମରୁ ବଂଚିତ କରିବା ନ୍ୟାୟ କି ?

ଲକ୍ଷ୍ମୀ– କ୍ଷମା କରିବେ । ମୁଁ ଯେବେ ତର୍କଛଲରେ କହେ, ତୁମେ ମୋ ଶରୀରକୁ

କିଶିଛ, ତାହା ସଂଯୋଗ କର। ପ୍ରେମ କେବେ ଦେଲ ? ତୁମ୍ଭର ମୋର ତ କଥାବାର୍ତ୍ତା ନାହିଁ।

ନାରାୟଣ– ମୁଁ ଆଉ ଭାବିପାରିବି ନାହିଁ। ତୁମ୍ଭର ପ୍ରେମହୀନତା ମୋ ପକ୍ଷରେ ଅସହ୍ୟ। ମୁଁ ତୁମ୍ଭ ଶରୀର ସଂଗେ ସଂଗେ ମନ, ହୃଦୟ ପାଇବା ଆକାଂକ୍ଷା। ମୋର ହୃଦୟ ସାକ୍ଷୀ, ତୁମ୍ଭେ ମୋତେ ଭଲପାଅ। ନିଜ ପାଇଁ ପିତାଙ୍କୁ ବଂଚିତ କରିବା ତୁମ୍ଭ ପକ୍ଷରେ ଅସମ୍ଭବ।

ଲକ୍ଷ୍ମୀ– ମୋତେ ଏତେବଡ଼ ମହତ୍ ଭାବିବାର ଯଥେଷ୍ଟ କାରଣ କାହିଁ ? ବରଂ କୃତଘ୍ନତାର କାର୍ଯ୍ୟ କରିଅଛି। ଲୋକେ ଆପଣା ପରି ଜଗତକୁ ମଣନ୍ତି। ମୁଁ ମହତ୍ ହେଲେ ମଧ କେବଲ ନ୍ୟାୟ ବୁଦ୍ଧିରେ ଚାଲିତ ହୋଇ ତୁମ୍ଭ ଟଙ୍କା ତୁମ୍ଭଙ୍କୁ ଦେଇଥିବି।

ନାରାୟଣ– ମୋ' ଟଙ୍କା ତ ନୁହେଁ। ମୁଁ ପଣ ଅନୁସାରେ ପ୍ରତିଜ୍ଞାବଦ୍ଧ ହୋଇଥିଲି।

ଲକ୍ଷ୍ମୀ– ବିବାହ ତ ହେଲା ପରସ୍ପର ଆଦାନପ୍ରଦାନ। ଟଙ୍କା ନେବା ଉଚିତ ନୁହେଁ, ଏ କଥା ମୁଁ ଖଣ୍ଡେ କାଗଜରେ ପଢ଼ିଥିଲି। ସ୍କୁଲରେ ପଢ଼ିବା ସମୟରେ ମିସିବାବା ମଧ ମତେ ଏସବୁ କଥା ବୁଝାଇ ଦେଇଥିଲେ।

ନାରାୟଣ– କିନ୍ତୁ ତାହା ଭସା କଥା। ଭିତରେ ପ୍ରବେଶ କରି ଦେଖ୍ଲେ ବୁଝିପାରିବ ଯେ, ପ୍ରତିଦିନ ସ୍ୱାଧୀନ ପ୍ରଣୟ ବା ସ୍ୱୟଂବର ନହେବ ସେତେଦିନ ଧନ କିମ୍ଵା ଜାତି, କିଛି ହେଲେ ପଣର ବିଷୟ ରହିଥିବ।

ଲକ୍ଷ୍ମୀ– ଟଙ୍କା ଦେଇ ମୋତେ କିଣିଥିଲେ ମୋ ପ୍ରତି ତୁମ୍ଭର ଘୃଣା ହୁଅନ୍ତା।

ନାରାୟଣ–ମୋ ପ୍ରତି ପ୍ରଣୟ ନଥିଲେ ମୋ ଘୃଣାରେ କ୍ଷତି କ'ଣ ?

ଲକ୍ଷ୍ମୀ– ଗ୍ରାମରେ ଲୋକେ କ'ଣ କହନ୍ତେ ? ଲୋକନିନ୍ଦା ତ ଅଛି।

ନାରାୟଣ– ଧରା ପଡ଼ିଯାଉଛ। ତୁମ୍ଭେ ତ କାହାରିକୁ ଟଙ୍କା ଦେଖାଇ ନାହିଁ। ବରଂ ଆଉ ଗୋଟିଏ ଅଧିକତର ଭୟଙ୍କର ଲୋକନିନ୍ଦା ବହନକରି ମୋତେ ଗୋପନ ଭାବରେ ଟଙ୍କା ଦେଲ।

ଲକ୍ଷ୍ମୀ– ତାହା ତୁମ୍ଭଙ୍କୁ ଭୁଲାଇବାକୁ ହୋଇପାରେ। କହୁଥିଲ ପରା ସ୍ୱାମୀମାନେ ବଡ଼ ଚତୁରା, କପଟଶୀଲା। କିମ୍ଵା ତୁମ୍ଭ ପ୍ରତି ଦୟାର୍ଦ୍ର ହୋଇ ଏପରି କରିପାରିଥାଏଁ। ବାପାଙ୍କର କେହି ନାହିଁ। କିଏ ଖାଇବ ? ଦୁଷ୍ଟ ଲୋକେ ନିଅନ୍ତେ। ଏଣେ ତୁମ୍ଭର ବଡ଼ କଷ୍ଟ ହୁଅନ୍ତା। ତେଣୁ କୃପା କରିଥିବି ଏବଂ ତୁମ୍ଭେ କୃପା ପ୍ରେମର ବିରୋଧୀ।

ନାରାୟଣ– ତୁମ୍ଭର ପ୍ରଖର ବୁଦ୍ଧିରେ ମୁଁ ସ୍ତବ୍ଧ, ଚକିତ ଓ ପରାସ୍ତ। କିନ୍ତୁ ବୁଦ୍ଧିରୁ କି ପାଇବି ? ମୁଁ ପ୍ରେମପ୍ରବଣ ହୃଦୟ ଚାହେଁ। ପ୍ରାଣର ଏ ଆଶା କି ପୂର୍ଣ୍ଣ ହେବ ନାହିଁ ? ହା ! ଅମୃତ ନଦୀତଟରେ ବସି ତୃଷାରେ ପ୍ରାଣ ଯିବ ?

ପ୍ରେମମୟ ସ୍ୱାମୀଙ୍କର ଆଗ୍ରହପୂର୍ଣ୍ଣ ବିଷଣ୍ଣ ମୁଖମଣ୍ଡଲ ଦେଖି ପ୍ରେମମୟୀ ଲକ୍ଷ୍ମୀ ଆଉ ରହିପାରିଲେ ନାହିଁ। ତାଙ୍କର ସମଗ୍ର ହୃଦୟ ପ୍ରିୟତମଙ୍କ ହୃଦୟରେ, ଦେହ ଦେହରେ ମିଶିବାକୁ ଅଥୟ ହେଲା। ଯେପରି ତରଙ୍ଗିଣୀ ସିନ୍ଧୁରେ ଆତ୍ମ ବିସର୍ଜନ ଦିଏ, ଲକ୍ଷ୍ମୀ ପ୍ରିୟତମଙ୍କ ବକ୍ଷରେ ମୁଖ ଲୁଚାଇ ଅବିଚଳ; ପ୍ରେମାଶ୍ରୁ ବର୍ଷଣ କଲେ। ନାରାୟଣଙ୍କ ସକଳ ଦ୍ୱିଧାଭାବ କାହିଁ ଭାସିଗଲା। ନାରାୟଣ ହୃଦୟପ୍ରତିମା-ସତୀର ଅଶ୍ରୁସିକ୍ତ କପୋଳରେ ଚୁମ୍ବନ କରି ସକଳ ଦୁଃଖ ଦୂର କଲେ। ଯେଉଁ ଲାବଣ୍ୟ-ପ୍ରତିମାକୁ ପାଇ ଗୃହ ପୂର୍ଣ୍ଣ ହୋଇଥିଲା, ତାହାଙ୍କୁ ପୁଣି ହୃଦୟରେ ପ୍ରେମ-ପ୍ରତିମାରୂପେ ପାଇ ପ୍ରାଣ ପୂର୍ଣ୍ଣ ହେଲା, ହୃଦୟ ତୃପ୍ତ ହେଲା। ବୃନ୍ତହୀନ ପୁଷ୍ପ ସମ ଏହି ଅଭୁତ ପ୍ରାଣୀ ଦୁଇଟିର ଯୁଗଳ ଆତ୍ମାର ମିଳନ, ପ୍ରକୃତ ବିବାହ ଏତେବେଳେ ସମ୍ପନ୍ନ ହେଲା।

■■

ଭାଇ ଭାଗ

ଗୋଦାବରୀଶ ମିଶ୍ର

ପ୍ରାୟ ଦେଢ଼ମାସ ହେଲା ନରହରିଙ୍କ ଘରେ ମହା ଗୋଲମାଲ ଲାଗିଛି, ସକାଳୁ ସନ୍ଧ୍ୟା ଓ ସନ୍ଧ୍ୟାରୁ ପୁଣି ରାତି ଅଧ୍ୟାଏ ପ୍ରଚଣ୍ଡ ତୁଣ୍ଡ ପାଟି କୋଲାହଲ । କେତେବେଲେ କିଏ କାହାକୁ ମାରୁଛି, କିଏ ବା କାନ୍ଦରେ ଘର ଫଟାଇ ଦେଉଛି । ଗ୍ରୀଷ୍ମକାଳୀନ ବର୍ଷା। ସମୟର ଆନ୍ଦୋଳିତ ମେଘରାଶି ଆକାଶରୁ ହଠାତ୍ ଦୁମ୍‌ଦାମ୍ କୁଆପଥର ଅସରାଏ ବର୍ଷ ଟିକିଏ ଶାନ୍ତ ହେଲାପରି, କିଏ ବା ରାଗି ପାଟିକରି ପରେ ବିଧା ଗୋଇଠା ମାଡ଼ରେ ସେ ରାଗ କିଛି ସମୟ ପାଇଁ ଖଲାସ କରୁଛି । ଦୁଇ ଚାରିଟା ଠେଙ୍ଗା ବାଡ଼ି ଭାଙ୍ଗିଗଲାଣି, କାହା ମୁଣ୍ଡ ଫାଟିଲାଣି, କାହାର ହାତ ଗୋଡ଼ ଜଖମ ହେଲାଣି, ତଥାପି କଳିର ବିରାମ ନାହିଁ। ମନର କ୍ରୋଧ ହିଂସା, ମାନ ଅଭିମାନ କେତେବେଲେ ମୁହଁର ଫାଙ୍କା। ଶବ୍ଦରେ କେତେବେଲେ ବା ହାତ ଗୋଡ଼ର ଭାରମୟ ଓଜନି ।

ନରହରିଙ୍କ ଦୁଇ ପୁଅ ନୀଳକଣ୍ଠ ଓ ରାମଚନ୍ଦ୍ର । ବୟସରେ ଅଳ୍ପ ସାନ ବଡ଼ । ଦୁହେଁ ବେଶ୍ ଖୁସିବାସରେ

ଚଳୁଥିଲେ । ଗ୍ରାମର ଲୋକେ ତାଙ୍କର ମେଳ ଦେଖି ତାଙ୍କୁ 'ରାମ ଲକ୍ଷ୍ମଣ' ନାମ ଦେଇଥିଲେ । ଆଗ ନୀଳକଣ୍ଠର ଭାର୍ଯ୍ୟା ଆସିଲା, ତାକୁ ମଧ ଲୋକେ 'ସୀତା' ବୋଲି କହିଲେ; ମାତ୍ର ରାମଚନ୍ଦ୍ରର ଭାର୍ଯ୍ୟା ଆସିଲା ଦିନୁ ଘରେ ନାନା ଖଳ । ସେ ଟିକିଏ ନ ଥିଲା ଘର ଝିଅ । ବାପଘରୁ ସାମାନ୍ୟ କିଛି ବୋଝଭାର ଆଣି ପହିଲି ପାଲି ଆସିଥିଲା; କିନ୍ତୁ ସେ ବୟସରେ ପିଲା ଓ ରୂପରେ ଟିକିଏ ସୁନ୍ଦର ହୋଇଥିବାରୁ ଶାଶୁ ଶ୍ୱଶୁର ତାକୁ ଆହ୍ଲାଦ କରୁଥିଲେ । ତାହା ଦେଖି ନୀଳକଣ୍ଠର ଭାର୍ଯ୍ୟା ଦିନକୁ ଦିନ, ଅଇଘରା ଗଦା ପରି ଅଧିକ ଅଧିକ କୁହୁଲିବାକୁ ଲାଗିଲା । ଶେଷରେ ଦିନେ ହଠାତ୍ ଜଳି ଉଠି, ଜିଦ୍‌ଧରି ବସି କହିଲା, "ନା, ରାମ ଭିନ୍ନ ନ ହେଲେ, ମୁଁ ଅନ୍ନ ଛୁଇଁବି ନାହିଁ ।"

ପ୍ରଥମେ ପ୍ରଥମେ ନୀଳକଣ୍ଠ ଓ ରାମଚନ୍ଦ୍ର ରାତିରେ ଶୋଇଲାବେଳେ ମଧୁଶଯ୍ୟା ଉପରେ ଆପଣା ଆପଣା ଭାର୍ଯ୍ୟାଠାରୁ ଭାଇଭାଗ ବାଣ୍ଟିବାର ମନ୍ତ୍ର ଗୋପନରେ ଗ୍ରହଣ କରୁଥିଲେ; ମାତ୍ର କିଛିଦିନ ମଧରେ ଅନନ୍ତପୁରରେ ନରହରିଙ୍କ ଘର ବିଧି ମତେ ଗୋଟିଏ ଚାଟଶାଳୀରେ ପରିଣତ ହେଲା । ଭାଇଭାଗ ବଣ୍ଟା ବିଦ୍ୟା ସେଠାରେ ଯେ କେବଳ ସେହି ଘରର ଦୁଇଜଣ ନବବିବାହିତ ଯୁବକ ଶିଖିଲେ, ତାହା ନୁହେଁ, ସେ ଗ୍ରାମର ଓ ଅନ୍ୟାନ୍ୟ ଗ୍ରାମ ଅନ୍ୟ କେତେକ ଲୋକ ମଧ କ୍ରମେ ସେଠାରେ ମନ୍ତ୍ର ନେଇଯିବାର ସୁବିଧା ପାଇଲେ । ଫଳରେ ଅନନ୍ତପୁରର ସେ ଘରଟି ସେହି ସମଗ୍ର ଅଞ୍ଚଳର ଗୋଟିଏ ପ୍ରସିଦ୍ଧ କେନ୍ଦ୍ରସ୍ଥଳ ହୋଇପଡ଼ିଲା ।

ଘର ଦାଣ୍ଡପଟେ ନୀଳକଣ୍ଠ ଓ ରାମଚନ୍ଦ୍ରଙ୍କ ଭିତରେ ଯେପରି କଳହ ଏବଂ ପିଟାପିଟି, ବାରିପଟେ ତାଙ୍କର ଦୁଇ ପ୍ରେୟସୀଙ୍କ ମଧରେ ତା'ଠାରୁ ଆହୁରି ଅଧିକ । ମୋଟ ଉପରେ ନରହରିଙ୍କ ଛୋଟିଆ ଘର ଖଣ୍ଡିକରେ ଦୁଆଆଡ଼େ ଦୁଇଟି କ୍ଷୁଦ୍ର ମହାଭାରତ ଯୁଦ୍ଧ, କିନ୍ତୁ ନରହରିଙ୍କର ଜିଦ୍ ଯେ ସେ ଭାଗ ବଣ୍ଟାଇ ଦେବେ ନାହିଁ । ସେ କହନ୍ତି, "ତୁମେମାନେ ମୋ ଅନ୍ତେ ଯାହା କରିବ, ମୁଁ ଜିଇଥିଲା ଯାଏ ଏ ସମ୍ପତ୍ତିରେ ହାତଦେଇ ପାରିବ ନାହିଁ, କି ବାଣ୍ଟି ପାରିବ ନାହିଁ ।" ଭଦ୍ରଲୋକ କେତେଥର ଆସି ଫେରି ଗଲେଣି । ନରହରି ପୁଅ ବୋହୁଙ୍କର ହାତ ଗୋଡ଼ ଧରୁଛନ୍ତି, ନତମସ୍ତକ ହେଉଛନ୍ତି, କହୁଛନ୍ତି, "ଆଉ କେଇଟା ବର୍ଷ ବଂଚିବି ଅବା ମୁଁ? ଏହି ତ ତୁମ୍ଭ କଳିଗୋଲ ଦେଖ୍ ବୁଢ଼ୀ ଆଖ୍ ବୁଜିବା ଉପରେ ବସିଲାଣି । ଧନ ମୋର, ବାପ ମୋର, ମା ମୋର ମିଳିମିଶି ଚଳ, ମୁଁ ମଲେ ତେଣିକି ଯାହା କରିବ । କେତେ କଷ୍ଟରେ ଏହି ହାତରେ ଧନ ସମ୍ପତ୍ତି କରିଛି, ମୋ ଦେହ ସହିବ କିପରି?" ଏହା କହି, ସେ ଯେଉଁ ହାତରେ ଧନ ସମ୍ପତ୍ତି କରିଥିଲେ, ତାହା ଦେଖାନ୍ତି; ମାତ୍ର ପୁଅ ବୋହୁ ଦେଖନ୍ତି ନାହିଁ, ଆଖ୍ ବୁଜି ରହନ୍ତି ।

ଅନନ୍ତପୁରର ସୋମନାଥ ସେ ଅଞ୍ଚଳର ଦଶ ପାଂଚ କୋଶ ଆୟତନ ମଧ୍ୟରେ ଜଣେ ବିଶେଷ ଜଣାଶୁଣା ଲୋକ। ବାଡ଼ି ଆଗରେ ଗୋବାଏ ଜମିବାଡ଼ି ନାହିଁ, ପେଟରେ ବିଦ୍ୟା ମଧ୍ୟ ନାହିଁ, ଘରେ ପିଲା ପିଚିକା ନାହାନ୍ତି; କେବଳ ମାମୁ ମାଇଁ ଦୁଇ ପ୍ରାଣୀ। ତେବେ ତାଙ୍କର ଇଲମ ଅଛି। ପୋଲିସ୍ ଥାନାରୁ ଯେ ପଇସାଟିଏ ପାଏ, ସେ ବାଘ ପାଟିରୁ ଆହାର କାଢ଼ିନେଲା ପରି କଠିନ କାର୍ଯ୍ୟ କରେ। ସୋମନାଥ ଥାନାରୁ ବର୍ଷକେ ଦଶପଚିଶ ଟଙ୍କା, ଆୟଦିନେ ଆୟଟାଏ, ପଣସ ସମୟରେ ପଣସଟାଏ ପାଇଥାନ୍ତି। ତା'ଛଡ଼ା, ଚରଣଗିରି କରି ସେ ଅଞ୍ଚଳର ଲୋକଙ୍କୁ ସହରର ଓକିଲ ମୁକ୍ତାର ମୋହରିରଙ୍କ ପାଖକୁ ପଠାଇବା ମଧ୍ୟ ତାଙ୍କର ଆଉ ଏକ ପେସା। ସେଠାରେ ସେମାନଙ୍କ ଠାରୁ ପାଉଣାରୁ ତାଙ୍କୁ ଅଂଶ ମିଳେ। ଏ ସବୁରେ ତାଙ୍କର ଛୋଟିଆ ପରିବାରଟି ଖାଇ ପିନ୍ଧି ବେଶ୍ ଚଳିଯାନ୍ତି।

ସୋମନାଥଙ୍କ ପରାମର୍ଶରେ ନୀଳକଣ୍ଠ ବାପା ନରହରି ଓ ଭାଇ ରାମଚନ୍ଦ୍ରଙ୍କୁ ପକ୍ଷ କରି ଦେବା ଅଦାଲତରେ ସମ୍ପତ୍ତି ବଣ୍ଟରା ମକଦ୍ଦମା ଦାୟର କଲା। ରାମଚନ୍ଦ୍ର ସଂଗେ ସଂଗେ ନୀଳକଣ୍ଠ ନାମରେ ଫୌଜଦାରି ଅଦାଲତରେ ଏକ ମାରପିଟ ମକଦ୍ଦମା ଚଲାଇଲା। ତାହା ମଧ୍ୟ ସେହି ସୋମନାଥଙ୍କ ମନ୍ତ୍ରଣାରେ। ସେ ଅଞ୍ଚଳର ଦୁଇଜଣ ମହାଜନ ଏକ ଏକ ପକ୍ଷ ଆବୋରି ନେଇ ମକଦ୍ଦମା ଖର୍ଚ୍ଚ ନିମନ୍ତେ ଟଙ୍କା ପଇସା ଯୋଗାଇଲେ। ସେମାନଙ୍କ ମନ୍ତ୍ରଣା ଓ ମହାଜନମାନଙ୍କ ଅର୍ଥରେ ମକଦ୍ଦମା ଦୁଇଟି ବେଶ୍ ଧମାଧମ ଚାଲିଲା। ଓକିଲ, ମୁକ୍ତାର ଓ ମୋହରିରମାନେ ହାତରେ ଦୁଇ ଚାରି ପଇସା ଧରିବାକୁ ପାଇଲେ।

ନରହରିଙ୍କ ସମ୍ପତ୍ତି ମଧ୍ୟରେ ଚବିଶ ଦସ୍ତିରେ ସାତମାଣ ଦୁଇପା ଶାରଦ ଜମି, ଦୁଇମାଣ ବଗାୟତ, ପାଂଚମାଣ ପଡ଼ିଆ, ମିହ୍ନ ଡିହରେ ଦୁଇ ବଖରା ଘର, ସତରଟା ନଡ଼ିଆ ଗଛ, ଗୋଟିଏ ଓଦାଳିଆ ଗାଈ, ହଳେ ବଳଦ ଓ ଗୋଟିଏ ମହାଦେବଙ୍କର ବୁଲା ଷଣ୍ଡ। ଏହାଛଡ଼ା ବାସନକୁସନ, ଲୁଗାପଟା, ହାଣ୍ଡିକୁଣ୍ଡେଇ ଆଦି ମଧ୍ୟ ଏକ ଅନୁପାତରେ ବେଶ୍ ଥିଲା।

ମକଦ୍ଦମା ଅନେକ ଦିନ ଚାଲିଲା, ଅନେକ ସାକ୍ଷ୍ୟ ପ୍ରମାଣ ନିଆଗଲା। ଫୌଜଦାରି କଚେରିରେ ନୀଳକଣ୍ଠକୁ ଜରିମାନା ହେଲା। ତହୁଁ ସେ କସରତରେ ତଳେ ପଡ଼ିଗଲା ମାଲ ପରି, ପୁଣି ହୁଂକାର କରି ଉଠିଲା। ମହାଜନଙ୍କ ଟଙ୍କାର ଫଣ ଫଣ ଶିଢ ଓ ସୋମନାଥଙ୍କ ପରାମର୍ଶ ସେ ହୁଂକାରକୁ ଆହୁରି ଟାଣ କରି ପକାଇଲା। ଫଳରେ ରାମଚନ୍ଦ୍ରକୁ ଥାନା ହାଜତ ଭିତରେ ଯାଇ ହାଜର ହେବାକୁ ହେଲା। ସୋମନାଥ ଗୋପନରେ ଦାରୋଗାଙ୍କ ସହିତ ପରାମର୍ଶ କରି ଟଙ୍କା ପଇସାର ସ୍ରୋତ ବୁହାଇ,

ତା'ର ଖସିବା ବାଟ ସରଳ କରି ନଥିଲେ, ମକଦମା ବିଚାରରେ ହୁଏ ତ ରାମଚନ୍ଦ୍ରକୁ ଜେଲଖାନା ଯିବାକୁ ପଡ଼ିଥାନ୍ତା। ଫୌଜଦାରି ଅଦାଲତର ଏ ସବୁ ଗୋଲମାଲ ଏଣେ ଚାଲିଥିବାବେଳେ ଦେବାନି ଅଦାଲତରେ ହାକିମ ରାୟ ଦେଲେ ଯେ ବାପ ଓ ଦୁଇ ପୁଅଙ୍କ ଭିତରେ ସମ୍ପତ୍ତି ତିନି ଭାଗରେ ବିଭକ୍ତ ହେବ।

ରେଲ ଷ୍ଟେସନରେ ଯାତ୍ରୀମାନେ ଚାଲବୁଲ, କଥାବାର୍ତ୍ତା, ଗୋଲମାଲ, କିଣାବିକା, ଖିଆପିଆ କରୁଥାନ୍ତି; କାହାରି କିଛି ଧୋକା ନଥାଏ; ମାତ୍ର ହଠାତ୍ ଘଣ୍ଟା ବାଜିଗଲେ, ଗାଡ଼ି ଛାଡ଼ିବାକୁ ବିଲମ୍ବ ଥିଲେ ସୁଦ୍ଧା ଯେପରି ସେମାନେ ଯେ ଯାହା ସ୍ଥାନକୁ ଯାଇ ଜାଗା ଆବୋରି ବସି ପଡ଼ନ୍ତି, ଦେବାନି ଅଦାଲତ ହାକିମଙ୍କ ହୁକୁମରେ ନୀଳକଣ୍ଠ ଓ ରାମଚନ୍ଦ୍ର ସେହିପରି ତାଙ୍କର ନିତ୍ୟନୈମିତ୍ତିକ କଳିଗୋଳ ପିଟାପିଟି ଆଦି ଛାଡ଼ିଦେଇ, ଟିକିଏ ସ୍ଥିର ହୋଇ ବସିଗଲେ। ସମ୍ପତ୍ତିର ତାଲିକା ହେଲା। ଜମିବାଡ଼ି, ବାସନକୁସନ, ଲୁଗା ପଟା– ଘରର ଯାବତୀୟ ଆସବାବ, କୁଲା ଛାଞ୍ଚୁଣୀ ପର୍ଯ୍ୟନ୍ତ ସ୍ଥାବର ଅସ୍ଥାବର, ଚଲନ୍ତି ଅଚଲନ୍ତି–ସକଳ ସମ୍ପତ୍ତି ତାଲିକାରେ ଭୁକ୍ତ ହେଲା। ବଣ୍ଟରା କରିବାର ଦିନ ମଧ୍ୟ ଧାର୍ଯ୍ୟ କରାଗଲା। ପଞ୍ଚାୟତ ଭଦ୍ରଲୋକ ସ୍ଥିରହୋଇ ରହିଲେ।

ଭଦ୍ରଲୋକମାନେ ଏକତ୍ର ନୋହିପାରିବାରୁ ସମ୍ପତ୍ତି ବିଭାଗ କରିବାରେ କିଛି ବିଲମ୍ବ ଘଟିଲା। ଏପରି ସମୟରେ ଦିନେ ହଠାତ୍ ଅଦାଲତ ଚପରାସୀ ଘର କୋରଖ କରିବାକୁ ଆସି ହାଜର। ସମ୍ପତ୍ତି ବଣ୍ଟା ନୋହିଥିଲେ ସୁଦ୍ଧା ନୀଳକଣ୍ଠ ଓ ରାମଚନ୍ଦ୍ର ମହାଜନ ଟଙ୍କାରେ ପୃଥକ୍ ଅନ୍ନର ବ୍ୟବସ୍ଥା କରିଥିଲେ; ସେହି ଘର ଭିତରେ ଅଲଗା ଅଲଗା ଦୁଆର ପିଟାଇ, ଭିନ୍ନ ଭିନ୍ନ ସ୍ଥାନରେ ରୋଷେଇ ଘରର ଚୁଲି ପକାଇଥିଲେ। ନରହରି ସାନ ପୁଅ ରାମଚନ୍ଦ୍ରଙ୍କ ରୋଷେଇରେ ଓ ତାଙ୍କ ଭାର୍ଯ୍ୟା ବଡ଼ପୁଅ ନୀଳକଣ୍ଠଙ୍କ ପାଖରେ ଖାଉଥିଲେ। ଅଦାଲତ ଚପରାସୀ ଅସ୍ଥାବର ସମ୍ପତ୍ତି ବାହାର କରିବା ନିମନ୍ତେ ଘରେ ପଶିବାକୁ ଯିବାରୁ ନୀଳକଣ୍ଠ ରାମଚନ୍ଦ୍ରର ଦୁଆର ଓ ରାମଚନ୍ଦ୍ର ନୀଳକଣ୍ଠର ଦୁଆର ଦେଖାଇବାରେ ଲାଗିଲେ। ଜଣେ କହିଲା, "ଚପରାସୀ ବାବୁ, ଏ ଘର ନୁହେଁ ସେ ଘର।" ଆର ଜଣକ କହିଲା, "ହଜୁର, ସେ ସଇତାନ କଥା ଶୁଣନ୍ତୁ ନାହିଁ, ସେହି ଘର।" ମାତ୍ର ଚପରାସୀ ଘର ବାଛିବାରେ ଅସୁବିଧା ହେଲାନାହିଁ। ନୀଳକଣ୍ଠ ଓ ରାମଚନ୍ଦ୍ର ଉଭୟଙ୍କର ଦୁଇ ମହାଜନ। ତା' ସମ୍ପତ୍ତି ଚିହ୍ନଟ ଦେବାକୁ ଆସିଥିଲେ। ଚପରାସୀ ଉଭୟ ଦାରବାଟେ ଘରେ ପଶି ସମୁଦାୟ ଅସ୍ଥାବର ସମ୍ପତ୍ତି ଗୋଟି ଗୋଟି କରି ବାହାର କରି ନେଲା। ଏପରିକି ଲିପିଲା ମାଟି ଗୋବର ଲଣ୍ଡା ସୁଦ୍ଧା ରଖିଲା ନାହିଁ। ମହାଜନମାନେ ମକଦମା ଖର୍ଚ୍ଚ ଲାଗି ଯେତେ ଟଙ୍କା କରଜ ଖାତାରେ ଲେଖି ଦେଇଥିଲେ, ସେ ସବୁ ଅଦାଲତରେ ଏକତରଫା ଡିଗ୍ରୀ ହୋଇଥିଲା। ନୀଳକଣ୍ଠ ଓ

ରାମଚନ୍ଦ୍ର ଚପରାସୀକି ବାଧା ଦେବାକୁ ଗଲେ; ମାତ୍ର ଚପରାସୀ ସରକାରୀ ଟକମା ପିନ୍ଧିଛି, ଅଦାଲତର ହୁକୁମ ଆଣିଛି, ସେ ବଳରେ ସେ ପର୍ବତ ଟାଳିପାରେ, ଚନ୍ଦ୍ର ସୂର୍ଯ୍ୟକୁ ଆଗୁଳି ପାରେ। ସେ ରାଗିଲା, ଗାଳିଦେଲା ଏବଂ ମନ ଓ ମୁହଁର ବ୍ୟବହାର ଛଡ଼ା ହାତର ବାଡ଼ି ଖଣ୍ଡ ମଧ୍ୟ କାର୍ଯ୍ୟରେ ଲଗାଇଲା। ଏଥିପୂର୍ବେ ନୀଳକଣ୍ଠର ବାଡ଼ି ରାମଚନ୍ଦ୍ର ମୁଣ୍ଡରେ ଏବଂ ରାମଚନ୍ଦ୍ରର ଠେଙ୍ଗା ନୀଲକଣ୍ଠ ପିଠିରେ କେତେଥର ପଡ଼ିଛି; କେତେଥର ଦାରୋଗାଙ୍କ ବେତ ଉଭୟଙ୍କ ପିନ୍ଧା ଲୁଗା ତଳେ ଦେହର ଚମ ଉପରେ ଲମ୍ବା ଲମ୍ବା ରକ୍ତବର୍ଷ ଚିହ୍ନମାନ ତିଆରି କରିଛି। ସେତେବେଳେ ନୀଲକଣ୍ଠ ଗାଳି ମାଡ଼ ଅପମାନ ଖାଇଲେ, ରାମଚନ୍ଦ୍ର ଖୁସି ହେଉଥିଲା, ରାମଚନ୍ଦ୍ର ଉପରେ ପ୍ରହାର ବସିଲେ, ନୀଲକଣ୍ଠର ହୃଦୟ ଆନନ୍ଦରେ ନାଚୁଥିଲା। ଆଜି କିନ୍ତୁ ହଠାତ୍ କି ପରିବର୍ଦ୍ଧନ ହେଲା ! ଅଦାଲତ ଚପରାସୀର ବ୍ୟବହାରରେ ପ୍ରତିବାଦ କରିବା ପାଇଁ ନୀଲକଣ୍ଠ ଓ ରାମଚନ୍ଦ୍ର ଏକତ୍ର ବାହାରିଲେ। କହିଲେ, "ଚପରାସୀ, ତୁମେ ଜିନିଷ ନେବ ତ, ମାରିବ କିଆଁ ? ସେ ହେଉ, ମୁଁ ହୁଅ– କାହାରି ଦେହରେ ହାତ ଲଗାଇଲେ ତୁମେ ଦେଖିବ, ଆମେ ଦେଖିବୁ।"

ଅସ୍ଥାବର ସମ୍ପତ୍ତି ଯଥା ସମୟରେ ନିଲାମ ହେଲା। ମାତ୍ର ସେଥିରୁ ମହାଜନମାନଙ୍କ ପାଉଣାର ଚଉଠେ ସୁଦ୍ଧା ଉଠିଲା ନାହିଁ, ସୁତରାଂ, ସେମାନେ ଜମିବାଡ଼ି ଆଦି ସ୍ଥାବର ସମ୍ପତ୍ତି ନିଲାମ କରାଇ ବାକି ଟଙ୍କା ଆଦାୟ କରିନେଲେ। ନରହରି ଦୁଇପୁଅଙ୍କ ବିବାହ ସକାଶେ ବିଧିମତେ କରଜ ତମସୁକ ଲେଖିଦେଇ ଯେଉଁ ମହାଜନଠାରୁ ଭିନ୍ନ ଭିନ୍ନ ସମୟରେ ଦୁଇଶ ଟଙ୍କା ରଣ ଆଣିଥିଲେ, ସେ ଜାତିରେ ପଣ୍ଠା ବ୍ରାହ୍ମଣ। ବୈଦିକମାନଙ୍କ ସହିତ ବିବାହ ସମ୍ପର୍କ ତାଙ୍କର ଚଲେ ନାହିଁ। ତଥାପି ସେ ନରହରିଙ୍କ ଏକମାତ୍ର କନ୍ୟାକୁ ବିବାହ ଜିଦ୍ ଧରିଥିଲେ। ନିଜ ବଂଶମର୍ଯ୍ୟାଦା ରକ୍ଷା କରିବା ନିମନ୍ତେ ନରହରି ସେ ପ୍ରସ୍ତାବରେ ନାରାଜ ହୋଇ, କନ୍ୟାକୁ ଅନ୍ୟତ୍ର ସତ୍କୁଳରେ ଦେଇଥିଲେ। ବିବାହ ପରେ ଚଉଠ ଦିନ କନ୍ୟା ଅବଶ୍ୟ ମରିଗଲା; କିନ୍ତୁ ତା'ର ଚିତାଗ୍ନିରୁ ସମଗ୍ର ଉତ୍ତାପ ମଧୁ ପଣ୍ଠାଙ୍କ ମୁଣ୍ଡରେ ଯାଇ ଜମା ହୋଇରହିଲା। ମଧୁ ପଣ୍ଠା ଜଣେ ବେଶ୍ ବୁଢ଼ାମାରି ରହିବା ଲୋକ। ସୁଧ ମୂଳ ହିସାବ କରି ନରହରିଙ୍କ ଠାରୁ ତମସୁକ ବାବଦ ସମୁଦାୟ ସାତଶ ତେଷଠି ଟଙ୍କା ପାଞ୍ଚଆଣା ଆଠପାହୁଲା ଅଧେ ବୁଝି ନେଇଥିଲେ ସୁଦ୍ଧା ଦଲିଲଟି ତାଙ୍କୁ ଉଆପସ ଦେଇନଥିଲେ। ନରହରି ଦଲିଲ ମାଗିଲାବେଳେ କହିଥିଲେ, "ଦଲିଲ ନେଇ ଆଉ କ'ଣ ଚାଟିବ, ମହାପାତ୍ରେ ? ଟଙ୍କା ତ ଦେଲେ, ଗଲା। ଆଉ ଦଲିଲରେ କ'ଣ ଥାଏ ?" ନରହରି ସେଦିନ ଦଲିଲ ନ ନେଇ ଅବଶ୍ୟ ଫେରି ଆସିଲେ; ମାତ୍ର ତା'ପରେ କେତେଥର ଯାଇ ମାଗିଛନ୍ତି। କେତେବେଳେ ମଧୁ ପଣ୍ଠା କହନ୍ତି, "ପୁଥ ପାଖରେ ଅଛି,

ଆଉ ଦିନେ ଆସିବ ।" ଆଉ କେତେବେଲେ କହନ୍ତି, "ସିନ୍ଦୁକର କୁଞ୍ଚିକାଠି ହଜିଯାଇଛି, ଯାଅ, ମୁଁ ପରେ ପଠାଇଦେବି ।" ମାତ୍ର ନରହରି ଚାଲିଗଲେ, ନିଜେ ନିଜକୁ କହନ୍ତି, ଏ ଜିନିଷ ହାତରୁ ଛାଡ଼ିବାର ନୁହେଁ । ଏ ଯେତେଦିନ ମୋ ପାଖରେ ଅଛି, ସେ ବ୍ରାହ୍ମଣ ଟୋକାର ରୁଟି ମୋ ହାତରେ ରହିଛି । ସଜ ଉଣ୍ଟି ଦିନେ ଦେଖିବି, କେମିତି ଭଟ ମିଶ୍ର ସାଆନ୍ତ ସେ, ଆଉ ମୁଁ ହାଡ଼ି ପାଣରୁ ହୀନ ।"

ନୀଳକଣ୍ଠ ଓ ରାମଚନ୍ଦ୍ରଙ୍କ ମହାଜନମାନେ ନରହରିଙ୍କ ସମଗ୍ର ସ୍ଥାବର ଅସ୍ଥାବର ସମ୍ପତ୍ତି ନିଲାମ କରାଇ ନିଜ ନିଜ ପାଉଣା ଅସୁଲ କରିନେଲା । ପରେ ମଧୁ ପଣ୍ଡା ସେ ପୁରୁଣା ଦଲିଲ ବାବଦ ତିନିଶ ଅଶୀ ଟଙ୍କାର ଡିଗ୍ରୀ ଆଣି ପହଂଚିଲେ । ତାହା ଦେଖି ନରହରି ତଟସ୍ଥ । ସବୁ ସମ୍ପତ୍ତି ଯାଇ କେବଳ ଘରର ଛପରଟି ବାକି ଥିଲା । ଡିହଖଣ୍ଡି ମିନ୍‌ହା ହୋଇଥିବାରୁ ତାହା ନିଲାମରେ ଯାଇ ନଥିଲା । ମହାଜନମାନେ ନରହରିଙ୍କ କାକୁତି ମିନତି ଶୁଣି ଘରର ଭୁଆସୁଣୀ ବୋହୂମାନଙ୍କୁ ପଦାରେ ନ ପକାଇବା ପାଇଁ ଛପରଟି ଛାଡ଼ି ଯାଇଥିଲେ । ମଧୁ ପଣ୍ଡା ଛପରଟି ଭାଙ୍ଗି ନିଲାମ କରାଇଲେ, ସେଥିରୁ ତାଙ୍କର ସମୁଦାୟ ପ୍ରାୟ ଟଙ୍କା ଉଠିବା ତ ଅସମ୍ଭବ । ସୁତରାଂ, ତାଙ୍କର କ୍ରୋଧାନଲ ଉପରେ ପାଣି ସିଂଚି ତାକୁ ଶାନ୍ତ କରିବା ନିମନ୍ତେ ନରହରି ନିଜର ଦୁଇ ନେତ୍ରରୁ ଅଶ୍ରୁଧାରା ଢାଲିବାକୁ ନିଜ ଘର ଛପର ନିଲାମଲବ୍ଧ ଧନ ଖାଇ ଦେବାନି ଫାଟକରେ ରହିଲେ । ତାଙ୍କୁ ରହିବାର ବାସ ଓ ଖାଇବାର ଭାତ ଲାଗି ଚିନ୍ତା କରିବାକୁ ପଡ଼ିଲା ନାହିଁ ।

ଏଣେ ନୀଳକଣ୍ଠ ଓ ରାମଚନ୍ଦ୍ର ମା' ଏବଂ ଭାର୍ଯ୍ୟାମାନଙ୍କୁ ଧରି ଘର ଭିତରୁ ପଦାକୁ ବାହାରି ଦେଖିଲେ ଯେ ତାଙ୍କୁ ଆଶ୍ରୟ ଦେବାକୁ ଜଗତରେ ସ୍ଥାନ ନାହିଁ । ବାଘ ବାଘୁଣୀଦଲ ବନରେ ମରାମରି, ଲଢ଼ାଲଢ଼ି ହେଉଥାନ୍ତି, ଶିକାରୀ ଆସିବାର ଦେଖିଲେ ହଠାତ୍‌ ଯେପରି ଯାଇ ଏକା କୋତରରେ ସମସ୍ତେ ପଶନ୍ତି, ବର ଭାର୍ଯ୍ୟା, ଚାରିଜଣ ସେହିପରି ବିରହ କାତର ବୁଢ଼ୀଟି ସହିତ ଯାଇ ଗ୍ରାମ ବାହାରେ ବରଗଛ ଛାଇରେ ବସି କାନ୍ଦିଲେ, ଭାଗ୍ୟକୁ ନିନ୍ଦିଲେ, ମହାଜନମାନଙ୍କୁ ଗାଲିଦେଲେ, ସୋମନାଥଙ୍କ ସାତପୁରୁଷର ଶ୍ରାଦ୍ଧ କଲେ, ମଧୁ ପଣ୍ଡାଙ୍କ ଉପରେ ଅଭିଶାପ ବର୍ଷିଲେ । ଜୀବନର ଅନେକ ଦିନ ଏକା ଘର ମଧରେ ରହି ସୁଦ୍ଧା ସେମାନେ ଏ ପ୍ରକାର ଏକତ୍ର କେବେହେଲେ ଅନୁଭବ କରି ନଥିଲେ । ଆଜି ସମସ୍ତଙ୍କର ଏକ ଉଦ୍ଦେଶ୍ୟ, ଏକ କର୍ତ୍ତବ୍ୟ, ଏକ ଲକ୍ଷ୍ୟ । ନୀଳକଣ୍ଠ ଓ ରାମଚନ୍ଦ୍ରଙ୍କ ମଧରେ ଭ୍ରାତୃଭାବର ଉଦୟ ହେଲା । ଟଙ୍କା ସହିତ ଲକ୍ଷ୍ମୀ ଯାଆ ହୋଇ ପରସ୍ପର ପ୍ରତି ସ୍ନେହ ମମତା ଦେଖାଇ ଚଲିଲେ । ବୁଢ଼ୀ କ୍ରମେ ପତିଙ୍କ ବିଚ୍ଛେଦ ଯାତନା ଅଳ୍ପ ଅଳ୍ପ ଭୁଲି, ପୁଅ ଓ ବୋହୂମାନଙ୍କ ସହିତ ରହିବାରେ ଅଭ୍ୟସ୍ତ ହୋଇ ଆସିଲେ ।

ଯେଉଁଦିନ ଦେବାନି ଫାଟକରେ ନରହରିଙ୍କର କାଲ ହେଲା, ତାଙ୍କର ଶବ ଆଣି

ଦାହକରି, କ୍ରିୟା ଧରିବାକୁ ନୀଳକଣ୍ଠ ଓ ରାମଚନ୍ଦ୍ରଙ୍କ ହାତେ ପାହୁଲାଟିଏ ସୁଦ୍ଧା ନାହିଁ। ତେବେ ଚମ୍ପା ଓ ଲକ୍ଷ୍ମୀ ଦୁହିଁଙ୍କ ହାତେ ପଟେ ପଟେ ବଳା ଥିଲା ପୁଷ୍ପିତ ଲତାର କୁଡ଼ମା ଶେଷ ଫୁଲ ଗଣ୍ଠାକ ପରି। ଶ୍ମଶାନରେ ନରହରିଙ୍କ ଚିତା ଜାଳିବା ନିମନ୍ତେ ତାହା ମଧ ପରିଶେଷରେ ଝଡ଼ି ପଡ଼ିବାକୁ ରହିଥିଲା।

■■

ବୁଢ଼ା ଶଙ୍ଖାରି

ଲକ୍ଷ୍ମୀକାନ୍ତ ମହାପାତ୍ର

ପ୍ରାୟ ଫଗୁଣ ମାସ ଶେଷ ସରିକି, ଉଦୁଉଦିଆ ଖରାବେଳେ ବୁଢ଼ାଟିଏ ଗୋଟିଏ ଗାଁ ମଝିରେ ଯାଉଥିଲା । ଷାଠିଏ ବରଷର ବୁଢ଼ା, ଦାନ୍ତଗୁଡ଼ାକ ସବୁ ପଡ଼ିଗଲାଣି, ମୁଣ୍ଡବାଲ ତେଣିକି ଥାଉ, ଛାତି ବାଲଗୁଡ଼ାକ ପାଚି ଧୋବ ଫରଫର ଦିଶୁଛି । ବୁଢ଼ା ମୁଣ୍ଡରେ ଗୋଟିଏ ଟୋକେଇ, ଧୂଳିରେ ଆଣ୍ଠୁଯାକେ ବୁଡ଼ିଛି, ଅସ୍ତାଙ୍ଗ ଝାଲରେ ବୁଢ଼ି ଗୋଡ଼ ବାଟେ ବହି ଯାଉଛି ।

ଗାଁ ମୁଣ୍ଡରେ ଗୋଟିଏ ଘର, ପକ୍କା ପିଣ୍ଡା, ସାତସେଣିଆ ଛପର, ଯାଉଁଲି କବାଟ । ବୁଢ଼ା ସେହି ପିଣ୍ଡାରେ ବୋଝଟି ଥୋଇ ଦେଇ ନଥ କରି ବସିପଡ଼ିଲା । କିଛିକ୍ଷଣ ପରେ ସେ ଘରୁ ଗୋଟିଏ ଦାସୀ ବାହାରି ଆସିଲା । ଦାସୀ ବୁଢ଼ାକୁ ଚିହ୍ନେ । ପଚାରିଲା, "କିହୋ ଶଙ୍ଖାରି ପୁଅ, ଶଙ୍ଖା ଆଣିଛ କି ?" ବୁଢ଼ା ଉଉର କଲା, ହଁ । ପୁଣି କହିଲା, "ଝିଅ ତୋପାଏ ପାନି ଦିଅନ୍ତୁ, ବୁଢ଼ାମଣିଷ, ଖରାରେ ତଣ୍ଟି ଶୁଖି ଗଲାଣି ।" ଦାସୀ ପାଣି ଆଣିବାକୁ ଚାଲିଗଲା ।

କିଛିକ୍ଷଣ ପରେ ଲୋଟାଏ ପାଣି ଘେନି ଦାସୀ

ଫେରିଆସି ବୁଢ଼ା ପାଖରେ ଥୋଇଦେଲା । ବୁଢ଼ା ଉପରକୁ ଆଁ କରିଦେଇ ଢକଢକ କରି ଅଧଲୋଟା ପାଣି ଟେକିଦେଲା । ପାଣି ପିଇ ସାରି ବୁଢ଼ା ଚଉରସ ନିଃଶ୍ୱାସଟି ମୁହଁ ବାଟେ ପକାଇ କହିଲା, 'ଝିଅ, ତୋର ବଡ଼ ଧରମ ହେଲା ?' ଦାସୀ କହିଲା, 'ହଉ ହେଲା ତ ହେଲା ପଛକେ, ଚାଲ ବୋହୂ ସାଆନ୍ତାଣୀ ଡାକୁଛନ୍ତି, କିମିତିକା ଶଙ୍ଖା ଅଛି ଦେଖିବେ ।' ବୁଢ଼ା ଟୋକେଇଟି ନେଇ ଉଠିଲା । ସଦର ଦରଜା ପାରି ହେଲେ ଭିତରେ ପକ୍କା ବାହାର, ସାମ୍ନାରେ ଚଉପାଢ଼ି, ବାଁ ପାଖକୁ ଭିତର ଆଢ଼ ଦୁଆର । ସେ ଦୁଆର ପାଖରେ ଓଢ଼ଣା ଦେଇ ବୋହୂଟିଏ ଛିଡ଼ା ହୋଇଥିଲା । ବୁଢ଼ା ଯାଇ ଟୋକେଇଟି ଥୋଇ ଛିଡ଼ା ହେଲା । ବୋହୂଟି ଧୀରେଧୀରେ ଦାସୀକି କହିଲା, 'କି ଶଙ୍ଖା ଅଛି ପଚାର ମ' । ଦାସୀ ଟିକିଏ ମୁଖରା । ସେ କହିଲା, 'ଛି ମ, ବୁଢ଼ା ମଣିଷଟାକୁ ଏତେ ଲାଜ, ନିଜେ ଟୋକେଇରୁ ଆସି ଦେଖୁନାହଁ ?' କଥାଟା ମନକୁ ଆସିଲା । ବୋହୂଟି ଓଢ଼ଣା ଅଧେ ଟେକି ଦେଇ ମୁରୁକି ମୁରୁକି ହସିହସିକା ବାହାରି ଆସି ଟୋକେଇ ପାଖରେ ଛିଡ଼ା ହେଲା । ବୋହୂଟିର ମୁହଁ ଦିଶିଗଲା । ମୁହଁଟି ଚକି କାଟିଦେଲା ପରି ଗୋଲ୍ ଆଉ ଚମ୍ପାଫୁଲ ପରି ଗୋରା । ଚାରି ଆଙ୍ଗୁଳି ଓସାର, ନାଲି ତହିଁରେ ମୟୂରକଣ୍ଠିଆ କଇଁ ଖଣ୍ଡିକ ଗୋଇଠି ଯାଏ ଲମ୍ବିଛି । ତା' ଭିତର ଦେଇ ବୋହୂଟିର କଞ୍ଚାସୁନା ପରି ଗୋରା, ଗୋଟିଏ ଚାଉଳରେ ଗଢ଼ା, ଦେହଟି ଫୁଟି ଦିଶୁଛି । ବୁଢ଼ାର ଆଖି ପୁରି ଉଠିଲା । ଏତେ ସୁନ୍ଦର, ଏଡ଼େ ନିକ ବୋହୂଟିଏ ସେ କେବେ ଦେଖିନାହିଁ । ବୁଢ଼ା ଆଉ ଆଖି ଫେରାଇ ପାରିଲା ନାହିଁ । ଏକା ଧ୍ୟାନରେ ତାକୁ ଚାହିଁ ରହିଲା ।

ବୁଢ଼ାର ଇଚ୍ଛା କ'ଣ କହିବ ବୋଲି, କିନ୍ତୁ ପାଟିରୁ କଥା ଫୁଟିଲା ନାହିଁ । କେତେବେଳକେ ବୁଢ଼ା ମୁହଁ ଫିଟାଇ କହିଲା, 'ମା' କି ଶଙ୍ଖା ନବୁ ନେ' । ମା' ବୋଲି ଡାକି ଦେଲାକ୍ଷଣି ବୁଢ଼ାର ଛାତି କୁଣ୍ଡେ ମୋଟ ହେଇଗଲା । ବୋହୂଟି ଲାଜ ଛାଡ଼ି ଦେଇ କହିଲା, 'ଆସ୍ମାନ୍ତାରା ଶଙ୍ଖା ଅଛି ?'

ଓଃ ଏଡ଼େ ମିଠାକଥା । ଏପରି କଥା ତ କେହି କହେ ନାହିଁ । ବୁଢ଼ାର କାନରେ ସେ ସ୍ୱରଟା ଥରକୁ ଥର ବାଜିବାକୁ ଲାଗିଲା । ବୁଢ଼ା କହିଲା, 'ନା' ମା' ରଙ୍ଗଢ଼ିଲିରି, ବଉଳଫୁଲିଆ, ବିଛାମାଳିଆ, ଚୂନଟିପି ଏହିସବୁ ଅଛି । ଏହିଥିରୁ ଯାହା ନବୁ ମା', ମୁଁ ଆସ୍ମାନ୍ତାରା ତିଆରି ହେଲେ ଆଣିଦେବି ।'

ବୋହୂଟି ଦେଖିଦେଖି ମୁଠାଏ ଶଙ୍ଖା ପସନ୍ଦ କଲା । ତେବେ ସେ ମୁଠାକ ହାତକୁ ହେବ କି ନାହିଁ କିଏ କହିବ ? ଏହି ସମୟରେ ବୁଢ଼ା କହିଲା, 'ଦେ ମା' ହାତ ଦେ, ମୁଁ ଶଙ୍ଖା କଚିଦିଏ ।' ବୋହୂଟି ହଠାତ୍ ହାତ ବଢ଼ାଇ ଦେଉଛି ବା କିପରି ? ଟିକିଏ

ଇତସ୍ତତଃ କଲା। ବୁଢ଼ା କହିଲା, 'ମା', ମୋତେ ନାଜ କରୁଛୁ? ମୁଁ ପରା ତୋ ପୁଅ। ପୁଅକୁ ମା' ନାଜ କରେନା?"

ଦାସୀ ଏହି ସମୟରେ ଠୋଠୋ କରି ହସି ଦେଇ କହିଲା, "ବୋହୂ ସାଆନ୍ତାଣୀଏ ଆଲ୍ଲା ବୁଢ଼ା ପୁଅଟିଏ ପାଇଲ ଏକା, କପାଳ ତ!" ବୋହୂଟି ପୁଣି ହସି ଦେଇ କହିଲା, 'ଦୂର।'

ବୋହୂଟି ହାତ ବଢ଼ାଇଦେଲା। କେଡ଼େ ଟିକିଏ ଟିକି ହାତଟି! କେଡ଼େ ସୁନ୍ଦର ଗୋଲ ଆଙ୍ଗୁଠିଗୁଡ଼ିକ ଚମ୍ପାକଢ଼ି ପରି। ପାପୁଲିଟି ଟୁଲ୍‌ଟୁଲ୍‌ ହେଉଛି। ଶଙ୍ଖାଗୁଡ଼ିକ କି ସୁନ୍ଦର ଦିଶୁଛି। ଏ କ'ଣ ମଣିଷର ହାତ? ନା, କେହି କାରିଗର ଠାକୁର ଗଢ଼ିଛି? ସେ ହାତକୁ ବୁଢ଼ା ତା'ର ମଇଲିଆ, ରୁକ୍ଷ ହାତରେ ଧରିବାକୁ ସାହସ କଲା ନାହିଁ। ତା'ପରେ ବାଁ ହାତରେ ଥରକରି ହାତଟି ଧରି ପରେ ଶଙ୍ଖା କଛିବାକୁ କାଢ଼ିଲା। ଏ ହାତ, ଶଙ୍ଖାରେ କାଲେ କଟିଯିବ, ରକତ ବାହାରି ପଡ଼ିବ ଯେ! ପୁଣି ଟିକିଏ ରହିଲା। ପୁଣି ଶଙ୍ଖାପଟିଏ ଆଣି ଧୀରେ ଧୀରେ ଅତି ସନ୍ତର୍ପଣରେ, ଅତି ସାବଧାନତାର ସହିତ ସେ ପଟକ କଛି ନେଲା। ସେ ହାତଟି ଧରିଥିବା ବେଲେ ବୁଢ଼ାର ଆନନ୍ଦର ସୀମା ରହୁ ନ ଥାଏ। ଯେପରି ତା'ର ଜୀବନର ସମସ୍ତ ସୁଖ, ସମସ୍ତ ଆଶାର ସେହିଠାରେ ତୃପ୍ତି। ସେ ହାତକୁ ପୁଣି ଛାଡ଼ି ଦେବାକୁ ହେଲା। ବୁଢ଼ା ଭାବିଲା, ମୁଁ ପ୍ରତିଦିନ ଏହିପରି ଏ ହାତରେ ଶଙ୍ଖା ପିନ୍ଧାନ୍ତି କି!

ଏହି ସମୟରେ ସେ ଘରର ସାଆନ୍ତାଣୀ ସେଠାରେ ଆସି ପହଞ୍ଚିଲେ। ଶାଶୂଙ୍କୁ ଦେଖି ବୋହୂଟି ଓଢ଼ଣା ଟାଣିଦେଇ ପଲାଇଲା। ଶାଶୂ ଦାସୀକୁ ପଚାରିଲେ, "କି ଲୋ, ଶଙ୍ଖା କିଣୁଥିଲୁ କି?" ଦାସୀ କହିଲା, "ହଁ, ବୋହୂ ସାଆନ୍ତାଣୀ ଏହି ମୁଠାକ ନେବେ ବୋଲି କହୁଛନ୍ତି।"

ଶାଶୂ କହିଲେ, "ଦାମ୍ କେତେ?"

ବୁଢ଼ା–ଶଙ୍ଖାମୁଠାକ, କି ଦାମ୍?

ଶାଶୂ–ଫେର୍, କେତେ ଦେବି?

ବୁଢ଼ା–ମା' ଠୁଁ ମୁଁ କ'ଣ ଦାମ୍ ନେବି?

ଦାସୀ ହସିହସି କହିଲା, "ସେଇ ପିଲାଟି ବୋହୂ ସାଆନ୍ତାଣୀଙ୍କ ପୁଅ ହୋଇଛି।" ଶାଶୂ ବି ହସିଲେ। ଆଲ୍ଲା, ଏଥର ଦାମ୍ ନେଇଥାଅ, ଆର ଥରକୁ ପଛେ ଖାଲି ଦେଇଯିବ। ତମେ ଗରିବ ଲୋକ।

ବୁଢ଼ା– ନା' ନା' ମୋ ମା'କୁ ମୁଁ ତ ଦେଇଛି; ମୁଁ ଆଉ ଦାମ୍ ନେବିନାହିଁ। ଶଙ୍ଖାମୁଠାକ ଲାଗି ମୁଁ ଗରିବ ହୋଇଯିବି ନାହିଁ।

ଏହା କହି ଶଙ୍ଖାରି ଶଙ୍ଖାମୁଠାକ ରଖି ଦେଇ ବୋଝଟି ଧରି ଏକାବେଳକେ ଚାଲିଗଲା। ଆଉ ଡାକିଲେ ଶୁଣିଲା ନାହିଁ। ଦାସୀ ପଛରେ ଗୋଡ଼େଇ ଗୋଡ଼େଇ ଗଲା; କିନ୍ତୁ ସେ ଆଉ ଫେରି ଚାହିଁଲା ନାହିଁ।

ସେହି ଦିନଠୁଁ ସେ ବୁଢ଼ା ଶଙ୍ଖାରି ଦୁଇଦିନେ ତିନିଦିନେ ସେ ଗାଁକୁ ଆସେ। ଶଙ୍ଖାଟା କ'ଣ ଗୋଟାଏ ନିତିଦିନିଆ ଦରବ ଯେ ଲୋକେ ରୋଜ କିଣିବେ! ଅକାଳେ ସକାଳେ, ପୂନେଇଁ ପରବରେ ସିନା କିଏ ନୂଆ ଶଙ୍ଖା ଖୋଜେ। ବୁଢ଼ାଟା ଖାଲି ଘରଘର ବୁଲି ଫେରିଯାଏ; କିନ୍ତୁ ଶଙ୍ଖା ବିକ୍ରି ତ ବୁଢ଼ାର ଉଦ୍ଦେଶ୍ୟ ନୁହେଁ। ସିଏ ଆସେ ତା'ର ସେହି ନିଜ ମା'ଟିକୁ ଦେଖିବା ପାଇଁ। ଯେଉଁ ଦିନ ଆସେ, କାହାରିକୁ ନ କହି ଦୁଆରଯାକେ ଚାଲିଆସେ। ବୋଝ ରଖିବାକୁ ହୁଏ ନାହିଁ। ଖାଲି ପାଟିକରି ଡାକିଦିଏ, "ନୂଆ ଶଙ୍ଖା ନବ?" ତା' ପାଟି ଶୁଣିଲାକ୍ଷଣି ବୋହୂଟି କୁଆଡ଼େ ଥାଏ, ଆସି ଦୁଆର ପାଖରେ ଟିକିଏ ଛିଡ଼ା ହୁଏ। ବୁଢ଼ାଟି ଟିକିଏ ଅନାଏ, ଚାହିଁଦେଲାକ୍ଷଣି ବୁଢ଼ାର ମନ ପୂରିଯାଏ। ପଚାରେ "ମା' ଆଉ ଶଙ୍ଖା ନବୁ?" ବୁଢ଼ାର ଇଚ୍ଛା କାଲେ ନବାକୁ କହିବ, ତା'ହେଲେ ତା' ମା'ର ଚମ୍ପାଫୁଲିଆ ସୁନ୍ଦର ହାତଟିରେ ସେ ଶଙ୍ଖା କଚ୍ଛି ଦେବ। କିନ୍ତୁ ବୋହୂଟି ମୁଣ୍ଡ ହଲାଇ ଦିଏ। ବୁଢ଼ା ଫେରି ଚାଲିଯାଏ।

ଦିନେ ଦିନେ ଯଦି ବୋହୂଟିର ଆସିବାକୁ ଡେରିହୁଏ, ସେ ଦାସୀଟି ହୁରି କରିଦିଏ, "ବୋହୂ ସାଆନ୍ତାଣୀଏ, ତମ ପୁଅ ଅଇଲାଣି।" ବୁଢ଼ା ଦୁଇଥର 'ନୂଆ ଶଙ୍ଖା ନେବ' ବୋଲି ଡାକିଲାରୁ ତା' ମା'ଟି ଆସି ଛିଡ଼ାହୁଏ। ବୁଢ଼ା ଯେଉଁଦିନ ଆସେ, ପ୍ରାୟ ଏହି କଥା ଏହି ଅଭିନୟ ନିତିନିତି। ବୁଢ଼ା ଫେରିଲାବେଳକୁ ଭାବେ, ମା'ର ଆସ୍ମାନ୍ତାରା ଶଙ୍ଖା ଉପରକୁ ମନ, କେବେ ସେଥିରୁ ମୁଠାଏ ଆଣିଦେବି। ଶେଷରେ ଠିକ୍ କଲା ଆସନ୍ତା ରଜସଂକ୍ରାନ୍ତି ବେଳକୁ ଯୁଆଡ଼ୁ ହେଲେ ମା' ଲାଗି ଆସ୍ମାନ୍ତାରା ମୁଠାଏ ଆଣିବି, ମା' ନୂଆଶଙ୍ଖା ନାଇବ। ମୋତେ ହାତ ଦେଖାଇବ। ମୁଁ ଶଙ୍ଖା କଚ୍ଛି ଦେବି। ଏହା ଭାବିଲାକ୍ଷଣି ବୁଢ଼ାର ମନ ଭାରି ଉତ୍‌ଫୁଲ୍‌ ହୋଇଯାଏ। ବୁଢ଼ା ରଜସଂକ୍ରାନ୍ତିକୁ ଚାହିଁ ରହିଥାଏ। ରଜସଂକ୍ରାନ୍ତିଟି ଏଥର ତା'ର ଭାରି ଆନନ୍ଦର ଦିନ, ତା' ମା' ଲାଗି ସେ ଆସ୍ମାନ୍ତାରା ଶଙ୍ଖା ଆଣିବ, ମା' କେଡ଼େ ଖୁସି ହେବ।

ବୈଶାଖ ମାସ ହେଲା। ବୁଢ଼ା ଲୋକ, ସେଥିକି ଖରାରେ ରୋଜ ବାଟଚଲା, ପାଣିପିଆ, ଦେହ ସହିଲା ନାହିଁ। ବୁଢ଼ାକୁ ଜ୍ୱର ହେଲା। ଦେଖୁଁ ଦେଖୁଁ ଭାରି ଜ୍ୱର। ଗୋଡ଼ ହାତ ଫୁଲିଗଲା। ସମସ୍ତେ କହିଲେ, ଆଉ ବଞ୍ଚିବ ନାହିଁ। ବୁଢ଼ାର କିନ୍ତୁ ସେ ଦିଗକୁ ଭାବନା ନାହିଁ। ସେ ସବୁବେଳେ ଭାବି ହେଉଥାଏ ଯେ କେଉଁଦିନୁ ସେ ମା'କୁ ଦେଖିବାକୁ ଯାଇନାହିଁ। ସେଥିପାଇଁ ମନଟା ଆଉଟି ପାଉଟି ହେଉଥାଏ।

ଦେଖୁଦେଖୁ ରଜସଂକ୍ରାନ୍ତି ଆସି ପାଖ ହୋଇଗଲା। ବୁଢ଼ା ଦୁଇମାସ ହେଲା ମା'କୁ ଦେଖିବାକୁ ଯାଇନାହିଁ। ଚାଲି ପାରୁଥିଲେ ଯିମିତି ହେଲେ ଦେଖି ଆସୁଥାଆନ୍ତା। କିନ୍ତୁ ରଜକୁ ତ ଆସ୍ମାନ୍ତାରା ଶଙ୍ଖା ମୁଠାଏ ନିଶ୍ଚୟ ଦେବାକୁ ହେବ। ବୁଢ଼ା ଅନେକ କଷ୍ଟରେ ଉଠି ବସି ନିଜ ହାତରେ ଶଙ୍ଖା ତିଆରି କଲା। ଆଉ କେହି କରିଦେଲେ କାଲେ ମା' ମନକୁ ନ ଆସିବ। ଷାଠିଏ ବର୍ଷ କାଲ ଶଙ୍ଖା ଗଢ଼ିଗଢ଼ି ସେ ଯେତେ ହାତସଫେଇ ହାସଲ କରିଥିଲା, ସବୁ ସେଥିରେ ଲଗାଇଦେଲା। ଦିନକ କାମ ଚାରିଦିନ ଲାଗୁ ପଛକେ, କାମଟି କିମିତି ସରସ ହେଉ। ରଜ ଦୁଇଦିନ ଥାଇ କାମ ନିକାଶ ହେଲା। ମନ ଘେନି ଫଳ। ଏପରି ଗଢ଼ଣରେ ଶଙ୍ଖା ତା' ଜୀବନରେ ତା' ହାତରେ କେବେ ଉତୁରି ନାହିଁ। ଶଙ୍ଖା ଦେଖି ବୁଢ଼ାର ମନ ଭାରି ଖୁସି। ତା' ମା' ହାତକୁ ଏ ଶଙ୍ଖାମୁଠିକ ଖୁବ୍ ମାନିବ।

ରଜ ଆଗଦିନ ପହିଲି ରଜ। ଆଜି ଝିଅ ବୋହୂ ନୂଆ ଶାଢ଼ି ପିନ୍ଧନ୍ତି। ରାତିସାରା ବୁଢ଼ାର ନିଦ ନାହିଁ। ସକାଳୁ ଉଠି ବୁଢ଼ା ଭାବିଲା, "ମୁଁ ତ ଚାଲିପାରୁନାହିଁ, କ'ଣ କରିବି ? ଆଉ କିଏ ନେଇଗଲେ ତ ହେବ ନାହିଁ। ମା'କୁ ଢେର ଦିନୁ ଦେଖିନାହିଁ, ସତେ କ'ଣ ଏଥିରୁ ବଞ୍ଚିବି ଯେ, ଥରେ ଦେଖିଆସେ। ଆଉ ମା'ର ସେହି ହାତରେ ଶଙ୍ଖା କଛିଦେବି।" ମା'ର ହାତଟି ମନେ ପଡ଼ିଗଲାକ୍ଷଣି ବୁଢ଼ାର ଗଦାଏ ବଲ ଆସିଲା। ବୁଢ଼ା ସଅଳ ସଅଳ ମୁଠାଏ ଖାଇ ଦେଇ, ଶଙ୍ଖାମୁଠିକ ଗାମୁଛାରେ ବାନ୍ଧି ବାହାରିଲା। ଅତି କଷ୍ଟରେ ଭଡ଼ାଏ ଭଡ଼ାଏ ପାଦ ପକାଇ ଚାଲିଥାଏ। ପାଞ୍ଚକୋଶ ବାଟ ପହୁଞ୍ଚିଲାବେଲକୁ ବେଲ ଗଡ଼ି ଗଲାଣି।

ବୁଢ଼ା ଯାଇ ଯେଉଁଠାରେ ଛିଡ଼ା ହୋଇ ଡାକୁଥିଲା, ସେହିଠାରେ ଛିଡ଼ା ହେଲା। ମନରେ କେତେ ଆନନ୍ଦ, କେତେ ଉସ୍ଦାହ। ଡାକିଲା, 'ଶଙ୍ଖା ନେବ ?' କେହି ଶୁଣିଲେ ନାହିଁ। ପୁଣି ଡାକିଲା, "ମା' ଲୋ ! ଶଙ୍ଖା ନବୁ ପରା ?" ତେବେ ବି କେହି ଆସିଲେ ନାହିଁ। ବୁଢ଼ା ଅଧୀର ହୋଇପଡ଼ିଲା। ଦୁଇଥର ଡାକି ସାରିଲାଣି, କେହି ଜବାବ ପଦେ ଦେଉନାହିଁ। ଥରେ ଡାକିଲେ ତ ମା' ତା'ର ଆସି ଦୁଆରବନ୍ଦ ପାଖରେ ଛିଡ଼ା ହୋଇଯାଉଥିଲା। ପୁଣି ଡାକିଲା, "ମା' ମୁଁ ଆସିଛି। ଶଙ୍ଖା ଆଣିଛି ତୋ ପାଇଁ ?" ଏଇଥର ସାଆନ୍ତାଣୀ ନିଜେ ବାହାରି ଆସିଲେ। ତାଙ୍କ ପଛେପଛେ ସେହି ଦାସୀ। ସାଆନ୍ତାଣୀଙ୍କୁ ଦେଖି ବୁଢ଼ା କହିଲା, "ମୋ ମା' କାହିଁ ? ମୁଁ ତା' ପାଇଁ ଆସ୍ମାନ୍ତାରା ଶଙ୍ଖା ଆଣିଛି ରଜରେ ପିନ୍ଧିବ।" ଦାସୀ ତ ଏତେବେଲକୁ ଡୁରି କମ୍ପାଇ ଦେଇଥାନ୍ତି, ସେ କିଛି କହିଲା ନାହିଁ। ସାଆନ୍ତାଣୀ ଧୀରେଧୀରେ କହିଲେ, "ନା' ଶଙ୍ଖା ଲୋଡ଼ାନାହିଁ।" ବୁଢ଼ା କହିଲା, "ନା' ନା' ମୁଁ ମୋ ମା' ଲାଗି ବଡ଼ ଶରଧାରେ ଆଣିଛି।"

ସାଆନ୍ତାଣୀ– ଯା’, ଶଙ୍ଖା କେହି ନେବେ ନାହିଁ।

ବୁଢ଼ା–ହଉ, ଶଙ୍ଖା ନ ନେଲେ ନାହିଁ, ମୋ ମା’କୁ ଥରେ ଡାକିଦିଅ, ମୁଁ ଦେଖିବି। କେଉଁ ଦିନରୁ ଦେଖିନାହିଁ।

ସାଆନ୍ତାଣୀ – ଦେଖା ହୋଇପାରିବ ନାହିଁ।

ବୁଢ଼ା ମୁଣ୍ଡରେ ବଜ୍ର ପଡ଼ିଲା, "ଦେଖା ହୋଇପାରିବ ନାହିଁ। ମୋ ମା’କୁ ମୁଁ ଥରେ ଦେଖିପାରିବି ନାହିଁ? ବୁଢ଼ାର ଆଖି ଛଳଛଳ ହୋଇ ଉଠିଲା।" ସେ କାନ୍ଦକାନ୍ଦ ହୋଇ କହିଲା, "ଥରଟିଏ ଦେଖିବି, ମୁଁ ଆଉ ବଞ୍ଚିବି ନାହିଁ।"

ସାଆନ୍ତାଣୀ ଦାସୀକୁ କହିଲେ, "ଯା’, ବୋହୂକୁ ଡାକି ଦେ।" ଦାସୀ ଚାଲିଗଲା। କିଛିକ୍ଷଣ ପରେ ବୋହୂ ଆସି ଦୁଆର ପାଖେ ଛିଡ଼ା ହେଲା। ସେଇଠି ସେ ସବୁଦିନେ ଛିଡ଼ା ହୁଏ। ଆସିଲା ବେଳକୁ ଝୁମୁରୁ ଝୁମୁରୁ ହୋଇ ଚାଲିଆସେ। ଛିଡ଼ା ହୋଇ ବୁଢ଼ାକୁ ଚାହିଁଦିଏ। ତା’ର ହସହସ ମୁହାଁଟି ଦେଖି ବୁଢ଼ାର ଆନନ୍ଦର ସୀମା ରହେନାହିଁ? ଆଜି ନିଃଶବ୍ଦରେ ଆସି ଛିଡ଼ା ହେଲା। ସେ ଚାରିଅଙ୍ଗୁଳ ଲେଖାଏଁ ନାଲି ଶାଢ଼ି ନାହିଁ କି କୁନ୍ଦକିନାରା ଦକ୍ଷିଣୀ ପାଟ ନାହିଁ। ଗୋଡ଼ ଦୁଇଟା ଲଙ୍ଗଳା, ପିନ୍ଧିଛି ଖଣ୍ଡେ ଧଲା ଥାନ ଲୁଗା। ବୁଢ଼ାର ଦେହ ଥରି ଉଠିଲା, ମୁଣ୍ଡ ଘୁରିଗଲା? ବୁଢ଼ା ଆଖି ବୁଜି ପକାଇଲା। ପୁଣି ଚାହିଁଦେଲାବେଳକୁ ତା’ର ସେହି ହାତଟି ଦିଶିଲା, ହାତରେ କିଛି ନାହିଁ। ବୁଢ଼ା ଭୋଭୋ କରି ରଡ଼ିକରି ଉଠିଲା। ବୋହୂଟି ଫେରିପଡ଼ି ଚାଲିଗଲା। ବୁଢ଼ା କହିଲା, "ମା’ ଲୋ! ମୁଁ ନ ମରି କାହିଁକି ତୋତେ ଦେଖିବାକୁ ଆସିଲି। ଏଇୟା ଦେଖିବା ଲୀ ନା ଲୋ ମା’–"

ବୁଢ଼ା ଆଉ କହିପାରିଲା ନାହିଁ। ଗାମୁଛାରୁ ତା’ର ବଡ଼ ଯତ୍ନର, ବଡ଼ ଶରଧାର ଶଙ୍ଖା ମୁଠିକ ଫିଟାଇ ପକାଇ ବାହାରେ କଚାଡ଼ି ଦେଲା। ଶଙ୍ଖା ମୁଠାକୟାକ ଚୂନା ହୋଇଗଲା। ତହୁଁ ସେ ଏକାମୁହାଁ ହୋଇ ଫେରି ଚାଲିଗଲା। ଦାସୀ ଓ ଶାଶୂ ରଡ଼ି କରି ଉଠିଲେ।

ଲଛମନ୍ ଜି

ବାଙ୍କନିଧ୍ ପଟ୍ଟନାୟକ

"ଖାଇ ପିଇ ଦିନରେ ଥରେ କଚେରିକୁ ଗଲେ ତମର କାମ ନିକାଶ । ମୁଁ ପଛେ ଏଶେ ହଟ୍‍ହଟ୍‍ଟା ହୋଇ ହୋଇ ମରୁଥାଏଁ । ତମର ବା ଏତେ ଭାବନା ଚିନ୍ତା କାହିଁକି ? ଉପରେ ପଡ଼ିଲେ ସିନା ବାଧନ୍ତା ?"

ବଲରାମ ବାବୁ ସ୍ତ୍ରୀଙ୍କ କଥା ଶୁଣି ମୁହଁରୁ ଗୁଡ଼ାଖୁ ନଳଟା ଟିକିଏ କାଢ଼ି ଦେଇ କହିଲେ, "କ'ଣ, କଥା କ'ଣ ?"

"ନାହିଁ, କିଛି ନାହିଁ! ତେମେ ଦିନ ରାତି ବହି ଖଣ୍ଡେ ଧରି ଆରାମ ଚୌକିରେ ପଡ଼ି ପଡ଼ି ଭଡ଼ ଭଡ଼ କରି ଗୁଡ଼ାଖୁ ଟାଣୁଥାଅ, ଏ ସବୁ ଛୋଟ କଥାରେ ତମର ପ୍ରୟୋଜନ କ'ଣ ? ଘରେ କ'ଣ ହେଲା, କ'ଣ ନ ହେଲା, ଏଥିରେ ତମର ଯାଏ ଆସେ କେତେ ?"

ବଲରାମ ବାବୁ ଈଷତ୍ ହାସ୍ୟ କରି କହିଲେ, "ଗୋଟାଏ ଲମ୍ବା ମୁଖବନ୍ଧ ନ ଦେଇ କଥାଟା କହିବାକୁ ସ୍ୱାଜାତିକୁ ଶାସ୍ତ୍ରରେ ମନା ଅଛି ନା କ'ଣ ? ଏଇଟା କେଉଁ ରଷିଙ୍କ ଅଭିଶାପ ?"

ହଁ, ଯେତେ ଦୋଷ ସବୁ ସେହି ଜାତିର। ପୁରୁଷକୁ ଗଢ଼ି ସାରି ଯେତେକ ମଲୁଖ ବଳିଲା, ତାକୁ ନେଇ ତ ବିଧାତା ଗୋଟାଏ ସ୍ତ୍ରୀ ଗଢ଼ି ଦେଲା ଯେ ସେ ଚିରକାଳ ପୁରୁଷର ଦାସୀ ହୋଇ ରହିବ, ଆଉ ଜୀବନର ଯେତେ ଦୁଃଖ କଷ୍ଟ ଗାଳି ଅପମାନ ସବୁ ନିଜର ଭାଗ ବୋଲି ବାଛିନେବ। ଆଖି ଲୁହ ଗୋଡ଼ରେ ପକାଇ ସେ ଦଶ ମାସ କାଳ ପିଲାକୁ ପେଟରେ ଧରିବ, ପୁଣି ପିଲାର ଭଲ ମନ୍ଦରେ ପଦେ ପାଟି ଫିଟାଇଲେ ତା'ର ଆଉ ରକ୍ଷା ନାହିଁ। କିଏ, ତେମେ ବାହାଘର କଲେ କର, ନ କଲେ ନାହିଁ, ମୋର ସେଥିରେ କ'ଣ ଅଛି ? ଘରେ ଝିଅକୁ ରଖି ବୁଢ଼ୀ କଲା ବୋଲି ମତେ ତ ଆଉ କେହି ନିନ୍ଦା କରିବେ ନାହିଁ। ତେବେ ମୋ ମନ ସହିପାରେ ନାହିଁ ବୋଲି ପଦେ କହିଦିଏ। ଏଣିକି—"

"କାହାର, ମାଳୀର ବିଭାଘର କଥା କହୁଛ ?"

"ନ ହେଲେ କ'ଣ ଆଉ ତମର ଦ୍ୱିତୀୟ ବିବାହ କଥା ?"

"କାହିଁକି, ହେଲେ ବା ମନ୍ଦ କ'ଣ ? ମୁଁ ତ ଆଉ ସେହିପରି ପାକୁଆ ବୁଢ଼ା ହୋଇଯାଇ ନାହିଁ ? ତେମେ କ'ଣ କହୁଛ ? ଆଉ ମଧ ବୟସ ସଙ୍ଗେ ମନର ସମ୍ପର୍କ କ'ଣ ?"

ବଳରାମ ବାବୁଙ୍କ ସ୍ତ୍ରୀ ସେଦିନ ରସିକତା ଉପଭୋଗ କରିବାର ମିଂଜାସରେ ନ ଥିଲେ, ଏଣୁ ସେ "ଯା, ତମ ଇଚ୍ଛା ଯାହା କର, ମୁଁ ଆଉ କଦାପି ଏଥରେ ପାଟି ଫିଟାଇବି ନାହିଁ" କହି ମୁହଁ ଫେରାଇ ଗରଗର ହୋଇ ସେଠାରୁ ଚାଲିଗଲେ।

ବଳରାମ ବାବୁ ବାହାରେ ଏପରି ଔଦାସୀନ୍ୟ ଦେଖାଇଲେ ସୁଦ୍ଧା ସେଦିନ ଆଉ ସ୍ଥିର ହୋଇ ରହି ପାରିଲେ ନାହିଁ। ପୁଥ ବିଭାଘର ନୁହେଁ ଯେ ଦି'ବର୍ଷ ଛାଡ଼ି ଚାରି ବର୍ଷ ଡେରି ହେଲେ କିଛି କ୍ଷତି ନାହିଁ। ମାଳୀ ଏବେ ଚୌଦ ପାର ହୋଇ ପନ୍ଦର ବର୍ଷରେ ଗୋଡ଼ ଦେଲା। ଆଉ ଖୁବ୍ ଜୋର୍ରେ ବର୍ଷଟାଏ। ତା' ଛଡ଼ା ସେ ନିଜେ ଘର ପାଖରେ ଥିଲେ ଯୋଗାଡ଼ ଯତ୍ନ କରି ଶୀଘ୍ର ଗୋଟାଏ କିଛି କରିଦିଅନ୍ତେ। ଏତେ ଦୂରରେ ସମସ୍ତ ବନ୍ଧୁବାନ୍ଧବମାନଙ୍କଠାରୁ ବିଚ୍ଛିନ୍ନ ଥାଇ ସେ କିପରି ଏ ଗୂଢ଼ ପ୍ରଶ୍ନର ମୀମାଂସା କରିବେ, କିଛି ବୁଝି ପାରିଲେ ନାହିଁ। ବିଶେଷତଃ ମାଳୀ ତାଙ୍କର ଦୁଇ ପୁଥ ପରେ ଏକମାତ୍ର କୋଡ଼ପୋଛା ଝିଅ, ତାକୁ ବା ସେ କିପରି ଘର ବର ସବୁ ଭଲ କରି ନ ଦେଖି, ନ ଶୁଣି ନିର୍ମମ ଭାବରେ ଠେଲି ଦେବେ ? ଏହିପରି ନାନା ଭାବନାରେ ବାହାରର ଗୁଡ଼ାଖୁ ଧୂଆଁରେ ସେ ଯେପରି ଘର ମଧରେ ଅଦୃଶ୍ୟ ହୋଇଗଲେ, ଭିତରର ଚିନ୍ତାଜାଲରେ ମଧ ସେହିପରି ନିଜକୁ କେଉଁଠାରେ ହରାଇ ବସିଲେ। କିଛିକ୍ଷଣ ପରେ ହଠାତ୍ ଉଠି ସେ ସାଙ୍ଗୋ ସାଙ୍ଗେ ନିଜର ବନ୍ଧୁ ଓ ଆମ୍ମୀୟମାନଙ୍କ ନିକଟକୁ ଏ ସମ୍ୱନ୍ଧରେ କେତେ ଖଣ୍ଡ ପତ୍ର ଲେଖି ପକାଇଲେ।

ଏହାର ଚାରିଦିନ ପରେ ବଳରାମ ବାବୁ କୌଣସି ସରକାରୀ କାର୍ଯ୍ୟ ଉପଲକ୍ଷରେ ବାଙ୍କିପୁର ଯାତ୍ରା କଲେ।

ସନ୍ଧ୍ୟାରେ ସ୍ନିଗ୍ଧ କିରଣରେ ନଦୀ ତୀରସ୍ଥ ବୃକ୍ଷଗୁଡ଼ିକ ଝଲମଲ କରୁଅଛି ଏବଂ ଗଙ୍ଗା ତରତର ଉଚ୍ଛଳ ସଲିଳ ବିଭାରେ ଉନ୍ମତ୍ତ ହୋଇ କଳ କଳ ଛଳ ଛଳ ହୋଇ ବହିଯାଉଅଛି। ବଳରାମ ବାବୁ ପ୍ରକୃତିର ଏ ରମଣୀୟ ଦୃଶ୍ୟ ଦେଖି ଦେଖି ଏକାଗ୍ର ମନରେ, ନଦୀକୂଳରେ ପରିଭ୍ରମଣ କରୁଅଛନ୍ତି, ଏପରି ଅପରିଚିତ ସ୍ଥଳରେ ହଠାତ୍ ପଦେ ଓଡ଼ିଆ କଥା ଶୁଣି ସେ ଚକିତ ଭାବରେ ଛିଡ଼ା ହୋଇ ରହିଲେ। ଆହା! କି ମଧୁର ସେ ସ୍ୱର। କି ପ୍ରାଣସ୍ପର୍ଶୀ ସେ ଭାଷା। ସେ ମନେ କଲେ, କାହିଁ ଆଜିଯାଏକେ ତ ମୋର ମାତୃଭାଷା ସଙ୍ଗେ ଏପରି ନିଗୂଢ଼ ପରିଚୟ ହୋଇନଥିଲା। ସେ ଯେ ମୋର ହୃଦୟର ପ୍ରତ୍ୟେକ ତାର ସହିତ ଏପରି ଘନିଷ୍ଟ ଭାବରେ ବନ୍ଧା, ମୁଁ ତ କାହିଁ ଜାଣି ନଥିଲି? ଧନ୍ୟରେ ବିଦେଶ! ତୁ ପୁଣି ଆପଣା ଜିନିଷକୁ ଏତେ ଆପଣାର କରିଦେଉ? ପଦେ କଥାରେ ଏତେ ଶକ୍ତି? କେଉଁ କବିତାରେ ଏତେ ମାଧୁରୀ ଅଛି? କେଉଁ ସଙ୍ଗୀତରେ ଏତେ ମୋହ ଅଛି?

ବଳରାମ ବାବୁ ପଛକୁ ଫେରି ଦେଖିଲେ, ମୂଲିଆ ଶ୍ରେଣୀର ଗୋଟିଏ ଲୋକ ଜଣେ ଭଦ୍ରଲୋକଙ୍କ ସଙ୍ଗେ କଥା କହୁଅଛି। ଭଦ୍ରଲୋକଟି ମଧ୍ୟ ତା' ସଙ୍ଗେ ଓଡ଼ିଆରେ କଥାବାର୍ତ୍ତା କରୁଅଛନ୍ତି। ବେଶଭୂଷା ଚାଲିଚଳନ ଦେଖି ତ ଏ ଭଦ୍ରଲୋକଟିକୁ ଓଡ଼ିଶାର ଲୋକ ବୋଲି ବୋଧ ହେଉନାହିଁ ଅଥଚ ଏପରି ଶୁଦ୍ଧ ଓଡ଼ିଆ କହୁଛି କିପରି? ଦେଖାଯାଉ ଥରେ ପଚାରି ଦେଖିଲେ କ୍ଷତି କ'ଣ?

"ମହାଶୟଙ୍କ ନିବାସ କ'ଣ ଓଡ଼ିଶାରେ?"

ଭଦ୍ରଲୋକ- "ଆଜ୍ଞା, ଆପଣଙ୍କ ଅନୁମାନ ଠିକ୍। ମୋର ଘର ଓଡ଼ିଶାରେ, ଆପଣଙ୍କ ନିବାସ?"

ବ - "ସେହି ଓଡ଼ିଶାରେ, ଆପଣ ଏଠାରେ କିଛି କାର୍ଯ୍ୟ କରନ୍ତି?"

ଭ - "ଆଜ୍ଞା, ମୁଁ ଏଠାରେ ସବ୍‌ଡେପୁଟି କାର୍ଯ୍ୟକରେ।"

ବ - "ଆପଣ ଏଠାରେ କେତେ ବର୍ଷ ହେଲା କାର୍ଯ୍ୟ କଲେଣି?"

ଭ - "ନା, ମୁଁ ଏହି ବର୍ଷ ସେ କାର୍ଯ୍ୟରେ ନିଯୁକ୍ତ ହୋଇ ଏଠାରେ ପ୍ରବେଶନର ରୂପେ କାର୍ଯ୍ୟ କରୁଅଛି। ତେବେ, ପାଟନା ଆସିବା ମୋର ଅନେକ ବର୍ଷ ହୋଇଗଲାଣି।"

ବ - "ତାହାହେଲେ ଏଥିପୂର୍ବରୁ ଆପଣ ଏଠାରେ କ'ଣ କରୁଥିଲେ?"

ଭ - "ମୋର ପିତା ଏଠାରେ ଚାକିରି କରୁଥିବା ସମୟରେ ମୁଁ ତାଙ୍କ ପାଖରେ

ରହି ପଢ଼ାଶୁଣା କରୁଥିଲି । ତାଙ୍କର କାଳ ହେବା ପରେ ମଧ୍ୟ ମାତା ପ୍ରଭୃତିଙ୍କୁ ଘରେ ଛାଡ଼ିଦେଇ ଆସି ତାଙ୍କର କେତେକ ସମ୍ପତ୍ତି ବାଡ଼ି ବିଷୟ ବୁଝାସୁଝା କରିବା ଲାଗି ମତେ ଏଠାରେ ରହିବାକୁ ପଡ଼େ । ସେହି ଦିନଠାରୁ ମୁଁ ଏଠାରେ ରହି ଏହି କଲେଜରୁ ବି.ଏ. ପାସ୍ କଲି ଏବଂ ତା' ପରେ ଏ ଚାକିରି ଖଣ୍ଡ ହେବାରୁ ଏ ପର୍ଯ୍ୟନ୍ତ ରହିବାକୁ ପଡ଼ିଅଛି ।"

ବ – "ଆପଣଙ୍କ ପିତାଙ୍କ ନାମ କ'ଣ ?"

ଭ – "ଗୋପୀନାଥ ଦାସ ।"

ବ – "ଐଁ, ଆପଣଙ୍କ ଘର ଓଡ଼ିଶାର କେଉଁ ସ୍ଥାନରେ କହିଲେ ?"

ଭ – "ଆମ ଘର କଟକ ଜିଲ୍ଲାର କଲ୍ୟାଣପୁର ।"

ବଲରାମ ବାବୁ ସବିସ୍ମୟରେ କହିଲେ, "ତମ ନାମ ଲକ୍ଷ୍ମୀଧର ନା ?"

ଭ – "ଆପଣ କିପରି ମୋ ନାମ ଜାଣିଲେ ?"

ବଲରାମ ବାବୁ ଆନନ୍ଦରେ ଗଦଗଦ ହୋଇ କହିଲେ, "ମୁଁ କିପରି ଜାଣିଲି ? ଗୋପୀ ମୋର ଅନ୍ତରଙ୍ଗ ବନ୍ଧୁଥିଲା । ମାଇନର ଠାରୁ ଆରମ୍ଭ କରି କଲେଜ ପର୍ଯ୍ୟନ୍ତ ଏକ ସଙ୍ଗେ ପଢ଼ିବା, ଏକ ସଙ୍ଗେ ଖେଳିବା ସବୁ କରି ଆସିଅଛୁ । ସେ ପାଟନା ଆସିବା ଦିନଠାରୁ ଆମର ଆଉ ତେତେ ଚିଠିପତ୍ର ଆଦାନ ପ୍ରଦାନ ନଥିଲା । ତମର କ'ଣ ମନେ ନାହିଁ ? ନା, ସେତେବେଳକୁ ନିତାନ୍ତ ପିଲା, କୁଆଡୁ ମନେଥବ ? ମୁଁ ତମକୁ କେତେଥର କୋଳରେ ଧରି ଗେଲ କରିଛି, କେତେଥର ଆମ ହରି ଆଉ ତମେ ଏକସଙ୍ଗେ ଖେଳିଛ ।"

ଲକ୍ଷ୍ମୀଧର ଟିକିଏ ଇତସ୍ତତଃ ହୋଇ କହିଲେ, "ଆଜ୍ଞା, ମୁଁ ଏପର୍ଯ୍ୟନ୍ତ ଭଲକରି ଚିହ୍ନ ପାରିଲି ନାହିଁ ।"

ବ – "କଲ୍ୟାଣପୁର ନିକଟରେ ଭାତପଡ଼ା ଗ୍ରାମର ନାମ ଶୁଣିଛ ? ଆମ ଘର ସେହିଠାରେ । ମୋ ନାମ ବଲରାମ ମହାନ୍ତି । ମୁଁ ବର୍ତ୍ତମାନ ଗୟାରେ ଅଛି । ଏଠା କୋର୍ଟରେ ଟିକିଏ କାର୍ଯ୍ୟ ଥିବାରୁ ଆସିଥିଲି ।"

ଲକ୍ଷ୍ମୀ – "ପିତାଙ୍କ ମୁଖରୁ ଅନେକ ଥର ଆପଣଙ୍କର ନାମ ଶୁଣିଛି । ଭାତପଡ଼ାଟା ଆପଣଙ୍କ ଜମିଦାରି ନା ?"

ବ – "ହଁ ।"

ଲ – "ଆପଣ ଗୟାରେ କ'ଣ କରନ୍ତି ?"

ବ – "ମୁଁ ସେଠିକାର ଫାଷ୍ଟ ମୁନସିଫ୍ । ଆଜ୍ଞା, ତେମେତ ଏଠାରେ ଅଛ, ସେଠାରେ ତମର ଇଲାକା ବାଡ଼ି କିଏ ବୁଝାଶୁଝା କରେ ?"

ଲ – "ଆମ ମାମୁ ସବୁ ବୁଝାଶୁଝା କରନ୍ତି। ତାଙ୍କ ଘର ଆମରି ଗ୍ରାମରେ। ପିତାଙ୍କ କାଳ ହେବା ପରେ ସେ ଆମ ଘରର ମୁରବି। ସେ ନ ଥିଲେ ବୋଧହୁଏ ମୋତେ ଅନେକ ଦିନୁ ପଢ଼ାପଢ଼ି ବନ୍ଦ କରିବାକୁ ହୋଇଥାନ୍ତା ଏବଂ ମୁଁ ଏଠାରେ ମଧ ରହି ପାରି ନ ଥାନ୍ତି।"

ବ – "ତମ ମାମୁ କିଏ ?"

ଲ – "ତାଙ୍କ ନାମ ମାୟାଧର ଦାସ ? ସେ କଲେକ୍ଟରିର ହେଡ୍‌କ୍ଲର୍କ।"

ବ– "ଓଃ, ମାୟାଧର ବାବୁ ତମ ମାମୁ, ସେ ତ ଅତି ଭଲ ଲୋକ, ସେ କାହିଁକି ନ କରନ୍ତେ ? ହୁଁ।" କିଛିକ୍ଷଣ ନୀରବ ରହି ପୁନରାୟ କହିଲେ, "ତମ ବିଭାଗର ଆଦି ହୋଇଗଲାଣି ତ ?"

ଲକ୍ଷ୍ମୀଧର ତଳକୁ ମୁହଁ ପୋତି ଟିକିଏ ସଙ୍କୁଚିତ ଭାବରେ କହିଲେ, "ନା।"

ବ – "କାହିଁକି, ଏ ପର୍ଯ୍ୟନ୍ତ ହୋଇନାହିଁ ଯେ ?"

ଲ – "ମୋର ସେଥିରେ କ'ଣ ଅଛି, ମାମୁ ଯାହା କରିବେ।"

ଉଭୟେ କିଛିକ୍ଷଣ ନିସ୍ତବ୍ଧ ରହିଲା। ପରେ ଲକ୍ଷ୍ମୀଧର କହିଲେ, "ଆପଣ ଏଠାରେ କେଉଁଠି ଅଛନ୍ତି ?" "ମୁଁ ସୁରେନ୍ଦ୍ର ବାବୁଙ୍କ ବସାରେ ଅଛି।"

ଲକ୍ଷ୍ମୀଧର ଟିକିଏ ବିନୀତ ଭାବରେ କହିଲେ, "କାଲି ଆମ ବସାରେ ଆପଣଙ୍କ ନିମନ୍ତ୍ରଣ ରହିଲା। ମୁଁ କାଲି ସକାଳେ ଯାଇ –"

"ମୁଁ ତ ଆଜି ୯ଟା ଗାଡ଼ିରେ ଚାଲିଯିବି। ହଉ, ସେଥିରେ କ'ଣ ଅଛି ? ତମେ ତ ଆମର ଆପଣାର ଲୋକ। ଏଣିକି ଆସିଲେ ମୁଁ ପଛେ ତମ ବସାରେ ରହିକରି ଯିବି। ଯାହାହେଉ, ତମ ସଙ୍ଗେ କଥାବାର୍ତ୍ତା କରି ମୁଁ ଅତ୍ୟନ୍ତ ସୁଖୀ ହେଲି। ଭଗବାନ୍‌ ତମର ମଙ୍ଗଳ କରନ୍ତୁ। ହଉ, ତେମେ ଯାଅ, ମତେ ଶୀଘ୍ର ଷ୍ଟେସନ୍‌କୁ ଯିବାକୁ ହେବ।"

ବଲରାମ ବାବୁ ଲକ୍ଷ୍ମୀଧରଠାରୁ ବିଦାୟ ନେଇ ବସାକୁ ଫେରିଲେ ଏବଂ ମନେ ମନେ ଭାବିଲେ, ପିଲାଟି ଦେଖିବାକୁ ଯେପରି, ସ୍ୱଭାବଟି ମଧ ସେହିପରି ଶାନ୍ତଶିଷ୍ଟ। ଆମ ମାଳୀପାଇଁ ଯାକୁ କଲେ ତ ବେଶ୍‌ ହୁଅନ୍ତା। ଅଦୃଷ୍ଟରେ ଥିଲେ ହୋଇପାରେ, କିଏ କହିବ ? ଦେଖାଯାଉ, ଭଗବାନଙ୍କର କି ଇଚ୍ଛା।

ବଲରାମ ବାବୁ ସେହି ଦିନ ରାତି ଗାଡ଼ିରେ ଗୟାକୁ ଫେରି ଆସିଲେ।

ବଲରାମ ବାବୁଙ୍କ ପତ୍ର ପାଇ ମାୟାଧର ବାବୁ ଭାବିଲେ, ହେଲେ ବା ମଧ କ'ଣ ? ଲକ୍ଷ୍ମୀଧରର ତ ଆସି ବିବାହ ବୟସ ହୋଇଗଲା, ଆଉ ଏଣିକି ବିଳମ୍ବ କରିବା ଅନୁଚିତ, ଏହାଠାରୁ ତ ଆଉ ଗୋଟାଏ ଭଲ ଘର ମିଳିବ ନାହିଁ। ତାଙ୍କର ଅନେକ ଦିନର ଗୋଟାଏ ଖାନ୍‌ଦାନ୍‌ ଘର। ବିଷୟ ଆଶୟର ତ କଥା ନାହିଁ, ତା ଛଡ଼ା

ବଲରାମ ବାବୁ ନିଜେ ଜଣେ ଓଡ଼ିଶାର ମାନ୍ୟଗଣ୍ୟ ବ୍ୟକ୍ତି, କନ୍ୟାଟି ମଧ ଖୁବ୍ ରୂପବତୀ– ଏ ତ ମୋର ନିଜର ଦେଖିବା କଥା– ପୁଣି ଶୁଣିଲି, ଲେଖାପଢ଼ା ବେଶ୍ ଶିଖିଛି ଓ ଆଉ ସବୁ ବିଷୟରେ ମଧ ଯୋଗ୍ୟା, ବିଶେଷତଃ ଭଲ ଜାତି ବୋଲି ସେମାନଙ୍କର ଅନେକ ଦିନରୁ ଗୋଟାଏ ଅଭିମାନ ଥିଲା, ଆମ୍ଭମାନଙ୍କ ସଙ୍ଗେ ବନ୍ଧୁ କରିବାକୁ ସେମାନେ ଯେପରି ଗୋଟାଏ ମର୍ଯ୍ୟାଦାହାନି ବୋଲି ମନେ କରୁଥିଲେ। ନା, ଏ ସୁଯୋଗ ଛାଡ଼ିବାର ନୁହେଁ। ବାକି ଲକ୍ଷ୍ମୀଧର କଥା, ସେ ଯେପରି ଶାନ୍ତ ସୁଶୀଳ, ସେ ଯେ ମୋ କଥାରୁ ବାହାରିବ, ଏପରି ତ ବୋଧ ହେଉନାହିଁ। ତେବେ ଆଜି କାଲିକାର ଶିକ୍ଷିତ ବର, ତା'ର ମତ ଅନୁଯାୟୀ କାର୍ଯ୍ୟ କରିବା ଭଲ। ଏହିପରି ନାନା କଥା ଭାବି ମାୟାଧର ବାବୁ ଲକ୍ଷ୍ମୀଧର ନିକଟକୁ ସେହିଦିନ ଏ ବିଷୟରେ ଖଣ୍ଡେ ପତ୍ର ଲେଖିଲେ ଏବଂ ଏଠାରେ ସମ୍ବନ୍ଧ କରିବା ଯେ ସର୍ବତୋ ଭାବରେ କର୍ତ୍ତବ୍ୟ ଓ ବାଞ୍ଛନୀୟ, ଏକଥା ମଧ ଉଲ୍ଲେଖ କଲେ।

ବଲରାମ ବାବୁଙ୍କୁ କ'ଣ ଲେଖିବେ, କିଛି ସ୍ଥିର କରି ନ ପାରି ଶେଷରେ ମନେକଲେ, ଆମର ତ ବରପକ୍ଷ, ଏତେ ଭୟ ଉଦ୍‌ବେଗର କାରଣ କ'ଣ ? ଏହା କହି ତାଙ୍କ ନିକଟକୁ ଖଣ୍ଡେ ପତ୍ର ଲେଖିଲେ। ପତ୍ରର ସାରମର୍ମ ଏହି – ମୋର ଏ ପ୍ରସ୍ତାବରେ ଆଦୌ ଅମତ ନ ଥିଲେ ସୁଦ୍ଧା ଲକ୍ଷ୍ମୀଧର ମତାମତ ନ ବୁଝି ମୁଁ ବର୍ତ୍ତମାନ କିଛି ସ୍ଥିର କରି ପାରୁନାହିଁ। ଯଥା ସମୟରେ ସମସ୍ତ ବିଷୟ ବୁଝି ପାରିବେ।

ମାୟାଧର ବାବୁଙ୍କ ପତ୍ର ପାଇ ଲକ୍ଷ୍ମୀଧର ବିଶେଷ ଆଗ୍ରହ ପ୍ରକାଶ କରିବାର ବୋଧ ହେଲାନାହିଁ। ତଥାପି ମାମୁଙ୍କ ମନରକ୍ଷା କରିବା ଲାଗି ସେ ତାଙ୍କ ନିକଟକୁ ଏହିପରି ଖଣ୍ଡେ ପତ୍ର ଲେଖି ଦେଇ ନିଶ୍ଚିତ ରହିଲା।

ଶ୍ରୀ ଚରଣକମଲେଷୁ –

ଆପଣଙ୍କ ପତ୍ର ପାଇ ସମସ୍ତ ବିଷୟ ଅବଗତ ହେଲି। ଏ ସବୁ ବିଷୟରେ ମୋର ମତ ବୁଝିବା ଅନାବଶ୍ୟକ, ଆପଣଙ୍କ କଥା ମୋର ସର୍ବଦା ଶିରୋଧାର୍ଯ୍ୟ, ଆପଣ ଚିରକାଲ ଆମ୍ଭମାନଙ୍କ ଶୁଭାକାଂକ୍ଷୀ ଏବଂ ଆମ୍ଭମାନଙ୍କ ମଙ୍ଗଳ ନିମନ୍ତେ ଆପଣ ଯେ ସମସ୍ତ ବିଷୟ ଭଲ କରି ବିବେଚନା କରି କାର୍ଯ୍ୟ କରିବେ, ଏଥିରେ ମୋର ଲେଶମାତ୍ର ସନ୍ଦେହ ନାହିଁ।

ବର୍ତ୍ତମାନ ଟିକିଏ ବ୍ୟସ୍ତ ଥିବାରୁ ବେଶୀ କିଛି ଲେଖି ପାରିଲି ନାହିଁ, ପରେ ସବିଶେଷ ଲେଖିବି।

॥ ଇତି ॥

ଆପଣଙ୍କର ଏକାନ୍ତ ଅନୁଗତ

। ଲକ୍ଷ୍ମୀଧର ।

ଲକ୍ଷ୍ମୀଧରର ପତ୍ର ପାଇ ମାୟାଧର ବାବୁ ଏକପ୍ରକାର ନିଶ୍ଚିନ୍ତ ହୋଇଗଲେ ଏବଂ ସେହିଦିନ ଏ ବିଷୟରେ ବଳରାମ ବାବୁଙ୍କ ନିକଟକୁ ପତ୍ର ଲେଖିଲେ।

ବିବାହର ଦିନ ଇତ୍ୟାଦି ସ୍ଥିର ହୋଇଯିବା ପରେ ମାୟାଧର ବାବୁ ଲକ୍ଷ୍ମୀଧରକୁ ଲେଖିଲେ – ଆଗାମୀ ମାଘ ମାସ ଶୁକ୍ଳପକ୍ଷ ସପ୍ତମୀ ଅର୍ଥାତ୍ ଜାନୁୟାରୀ ମାସ ୨୩ ତାରିଖରେ ବିଭାୟର ଦିନ ଧାର୍ଯ୍ୟ ହୋଇଅଛି। ଅନ୍ତତଃ ୧୫ ଦିନ ପୂର୍ବରୁ ଯେପରି ତୁମ୍ଭେ ଏଠାକୁ ଆସ, ସେ ବିଷୟରେ ଚେଷ୍ଟା କରିବ। ଏ ବିବାହ କଥା ଶୁଣି ସମସ୍ତେ ସୁଖୀ ଅଛନ୍ତି। ଇତ୍ୟାଦି।

ଏତେ ଶୀଘ୍ର ଏ କଥାର ନିଷ୍ପତ୍ତି ହୋଇଯିବ ବୋଲି ଲକ୍ଷ୍ମୀଧର ଘୁଣାକ୍ଷରେ ସୁଦ୍ଧା ଭାବି ନଥିଲେ। ସେ ମନେ କରିଥିଲେ, ମୁଁ ପ୍ରକାଶ୍ୟ ଭାବରେ କୌଣସି ପ୍ରତିବାଦ ନ କଲେ ସୁଦ୍ଧା ପତ୍ରରେ ଯେଉଁ କ୍ଷୀଣ ଇଙ୍ଗିତ ଦେଇଅଛି, ସେଥିରେ ମୋର ଅନ୍ୟ କିଛି ପତ୍ରାଦି ନ ପାଇବା ପର୍ଯ୍ୟନ୍ତ ମାମୁ କିଛି କରିବେ ନାହିଁ। ଅନ୍ତତଃ ଶେଷ ଜବାବ ଦେବା ପୂର୍ବରୁ ସେ ନିଶ୍ଚୟ ମତେ ସମ୍ବାଦ ଦେବେ। କିନ୍ତୁ ହଠାତ୍ ଏପରି ପତ୍ରପାଇ ଲକ୍ଷ୍ମୀଧର ବଡ଼ ବିଷମ ସମସ୍ୟାରେ ପଡିଲେ, କି ଉତ୍ତର ଦେବେ, କିଛି ଠିକ୍ କରିପାରିଲେ ନାହିଁ। ଶେଷରେ ନାନା ଚିନ୍ତା ପରେ ସେ ତାଙ୍କର ବାଲ୍ୟସଖା ବିନୋଦ ନିକଟକୁ ନିଜର ମନୋଭାବ ବ୍ୟକ୍ତକରି ଖଣ୍ଡେ ପତ୍ର ଲେଖିବାର ସ୍ଥିର କଲେ।

ଭାଇ ବିନୋଦ,

ତେମେ ବୋଧହୁଏ ବଳରାମ ବାବୁଙ୍କ କନ୍ୟା ସହିତ ମୋର ବିବାହ ହେଉଥିବା କଥା ଶୁଣିଥିବ। ମୁଁ କାଲି ମାମୁଙ୍କ ପତ୍ରରୁ ଏ ଖବର ପାଇ ଆନନ୍ଦିତ ହେବି କି ଦୁଃଖିତ ହେବି କିଛି ଭାବିପାରୁ ନାହିଁ। ବଳରାମ ବାବୁ ଅବଶ୍ୟ ଆମ ଦେଶର ଜଣେ ବିଶିଷ୍ଟ ଲୋକ ଏବଂ ତାଙ୍କ ସହିତ ସମ୍ପର୍କ କରିବା ଗୋଟାଏ ଗୌରବର ବିଷୟ ହୋଇପାରେ, କିନ୍ତୁ ଯାହା ଭାଗ୍ୟ ସହିତ ମୋ ଭାଗ୍ୟ ଚିରଦିନ ଅଚ୍ଛେଦ୍ୟ ବନ୍ଧନରେ ବନ୍ଧା ହେବ, ତାକୁ ଥରେ ଆଖିରେ ଦେଖିବା ଦୂରେ ଥାଉ, ତାର ସ୍ୱଭାବ ଚରିତ୍ର ଦୋଷ ଗୁଣ ସମ୍ବନ୍ଧରେ ମୁଁ ବିନ୍ଦୁ ବିସର୍ଗ ଜାଣେ ନାହିଁ, ବା ଜାଣିବାର ସୁବିଧା ସୁଦ୍ଧା ନାହିଁ। ଏପରି ପର ଚକ୍ଷୁରେ କନ୍ୟା ଦେଖି ବିବାହ କରିବା କେତେଦୂର ସମୀଚୀନ, ତାହା ତେମେ ବୁଝିପାରୁଥିବ। ମୁଁ ଅବଶ୍ୟ ସାହେବମାନଙ୍କ ପରି କୋର୍ଟସିପ୍ କରି ବିବାହ କରିବାକୁ କହୁ ନାହିଁ, ତେବେ ଏପରି ଗୋଟାଏ ପବିତ୍ର ସମ୍ପର୍କକୁ ବ୍ୟବସାୟ ବାଣିଜ୍ୟ ପରି କେବଳ ଚୁକ୍ତି ଜବାବରେ ସ୍ଥିର କରିବାର ମୁଁ ପକ୍ଷପାତୀ ନୁହେଁ। ହୋଇପାରେ, ସେ ରୂପ ଗୁଣରେ ଅସାମାନ୍ୟ, କିନ୍ତୁ ସେଇଟା ମୋର ସୌଭାଗ୍ୟ ଉପରେ ନିର୍ଭର କରେ, ପୁଣି ଅନ୍ୟ ଦିଗରେ ସମ୍ଭାବନା ତ କମ୍ ନୁହେଁ। ତେବେ

ଏପରି ଗୋଟାଏ ଗୁରୁତର ବିଷୟକୁ କେବଳ ସ୍ପୋର୍ଟ ଖେଳର ହାର ଜିତ୍ ଉପରେ ଛାଡ଼ି ଦେବା ଉଚିତ କି ?

ଯାହାହେଉ, ତମକୁ ମୋର ବିଶେଷ ଅନୁରୋଧ ଯେ, ତେମେ କନ୍ୟା ସମ୍ବନ୍ଧରେ ଯାବତୀୟ ବିଷୟ ଭଲ କରି ବୁଝି ସରଳ ଭାବରେ ମୋ ନିକଟକୁ ଲେଖିବ। ମୁଁ ତମର ପ୍ରତି କଥାରେ କେତେଦୂର ଆସ୍ଥା ସ୍ଥାପନ କରେ, ତାହା ତେମେ ଜାଣ। ଏ ବିଷୟରେ ମୋର ଭବିଷ୍ୟତର ସୁଖ ଦୁଃଖ ତମ ହାତରେ। ମୁଁ ମଧ୍ୟ ଏସବୁ ବିଷୟ ଘରେ କାହା ନିକଟକୁ ଲେଖି ପାରୁନାହିଁ। ଅଭିଭାବକମାନେ ଯେ ଆମର ମଙ୍ଗଳ ବା ସୁଖ ନ ଖୋଜନ୍ତି ତାହା ମୁଁ କହୁନାହିଁ, ତେବେ ସେମାନେ ଯଦି ଯୁବକର ହୃଦୟ ଘେନି ବିଚାର କରୁଥାନ୍ତେ, ତାହାହେଲେ ଅନେକ ଅକଲ୍ୟାଣର ହାତରୁ ରକ୍ଷା ମିଳୁଥାନ୍ତା।

ମୁଁ ଏତିକି ଲେଖି ଦେଇ ନିଶ୍ଚିତ ନୁହେଁ। ଯଦି ସୁବିଧା ହୁଏ, ମୁଁ ପୂର୍ବରୁ ଯାଇ ତମ ସହିତ ପରାମର୍ଶ କରିବି ଓ ଅନ୍ୟାନ୍ୟ ବିଷୟ ବିଶଦଭାବରେ ବୁଝିବାକୁ ଚେଷ୍ଟା କରିବି। ବର୍ତ୍ତମାନ ପ୍ରାୟ ଦୁଇ ମାସରୁ ଅଧିକ ସମୟ ଅଛି, ଆବଶ୍ୟକ ହେଲେ ଏଥ୍ ମଧ୍ୟରେ ଭଙ୍ଗା ଗଢ଼ା ଅକ୍ଲେଶରେ ହୋଇପାରେ।

ଏ ବିଷୟ ଅନ୍ୟ କାହାରି ଆଗରେ ଯେପରି ପ୍ରକାଶ ନ ହୁଏ। ଆଶା କରେ ତମମାନଙ୍କର ସମସ୍ତ ମଙ୍ଗଳ। ॥ ଇତି ॥

ତମର ସ୍ନେହର

। ଲକ୍ଷ୍ମୀଧର ।

ପତ୍ର ଖଣ୍ଡିଏ ଡାକରେ ପକାଇ ଦେଇ ଲକ୍ଷ୍ମୀଧର ଟିକିଏ ଆଶ୍ୱସ୍ତ ହେଲେ, କିନ୍ତୁ ମନରେ ଆଉ ଶାନ୍ତି ରହିଲା ନାହିଁ।

ବିବାହର ତିଥ୍ ପ୍ରାୟ ମାସକରୁ ଊର୍ଦ୍ଧ୍ୱ ଅଛି। ଏତେ ପୂର୍ବରୁ ତ ଆଉ ବଳରାମ ବାବୁଙ୍କୁ ଛୁଟି ମିଳିବ ନାହିଁ। ଏଣୁ ସେ ତାଙ୍କର କନିଷ୍ଠ ପୁତ୍ର ହରିକୁ କହିଲେ, "ତୁ ତେବେ ପିଲାମାନଙ୍କୁ ଘେନି ଆଗରୁ ଚାଲିଯା, ମୁଁ ପଛେ ୧୦/୧୫ ଦିନ ପୂର୍ବରୁ ଛୁଟିନେଇ ଏକା ଚାଲିଯିବି। ଆଉ ବିଲମ୍ବ କଲେ ତ ହେବ ନାହିଁ। ପୂର୍ବରୁ ଯାଇ ସବୁ ଆୟୋଜନ କରିବାକୁ ହେବ। ତା' ଛଡ଼ା ସ୍ୱାକାର ସମ୍ମତି ଯିବାଆସିବା ସମୟ ନିକଟ ହୋଇଗଲା। ତେମେମାନେ ନ ଗଲେ ଗୋବିନ୍ଦ ଏକା କ'ଣ କରିବ ?"

ଏ ପ୍ରସ୍ତାବରେ ସମସ୍ତେ ସମ୍ମତ ହେଲେ ଏବଂ ରବିବାର ଯାତ୍ରା କରିବାର ସ୍ଥିର ହେଲା। ବଳରାମ ବାବୁଙ୍କ ସ୍ୱାଙ୍କର ପୂର୍ବରୁ ଉଦରାମୟ ପୀଡ଼ା ଥିଲା। ବାହାରିବାର ସବୁ ଠିକ୍ ହେଉଅଛି, ଏପରି ସମୟରେ ତାଙ୍କର ଭୟାନକ ବେଦନା ଆରମ୍ଭ ହେଲା। ଏପରି ଅବସ୍ଥାରେ ଏତେ ସୁଦୀର୍ଘ ପଥ ରେଲରେ ଯିବାକୁ କେହି ପରାମର୍ଶ ଦେଲେ

ନାହିଁ । ଏଣୁ ବାଧ ହୋଇ ତାଙ୍କର ଯିବା ସ୍ଥଗିତ ରହିଲା । ବଳରାମ ବାବୁ କହିଲେ, "ତେମେମାନେ ତେବେ ଯାଅ । ମୁଁ ପରେ ତାଙ୍କୁ ଘେନି କରି ଯିବି । ଅନ୍ୟାନ୍ୟମାନଙ୍କ କଥା ଅଲଗା, ମାଳୀ ତ ଆଉ ବେଶୀ ଦିନ ରହିପାରିବ ନାହିଁ । ତା'ର ଟିକିଏ ଆଗରୁ ଯିବା ନିତାନ୍ତ ଆବଶ୍ୟକ । ତା'ର ମା' ଯାଇଥିଲେ ଅବଶ୍ୟ ଟିକିଏ ସୁବିଧା ହୋଇଥାଆନ୍ତା । କିନ୍ତୁ କ'ଣ କରାଯିବ ? ଦୈବୀ ଘଟନା ଉପରେ ହାତ କାହାର ?"

ସେହିଦିନ ସନ୍ଧ୍ୟାବେଳେ ହରି ମାଳୀ ଓ ନିଜ ସ୍ତ୍ରୀ ହେମକୁ ଘେନି ଷ୍ଟେସନ ଅଭିମୁଖେ ଯାତ୍ରା କଲେ ।

କୁଲିଦ୍ୱାରା ଜିନିଷପତ୍ର ସବୁ ଗାଡ଼ିକୁ ପଠାଇ ଦେଇ ହରି ସ୍ତ୍ରୀଲୋକମାନଙ୍କ ସହିତ ଯାଇ ଖଣ୍ଡିଏ ଦ୍ୱିତୀୟ ଶ୍ରେଣୀ କୋଠରିରେ ପ୍ରବେଶ କଲେ । କୋଠରି ମଧ୍ୟରେ ଖୁବ୍ ସମ୍ଭବ ଜଣେ ହିନ୍ଦୁସ୍ଥାନୀ ଯୁବକ ଛଡ଼ା ଅନ୍ୟ କେହି ନ ଥିଲେ । ହରି ଜିନିଷପତ୍ର ସବୁ ଯଥା ସ୍ଥାନରେ ରଖିବାର ବନ୍ଦୋବସ୍ତ କରି ଦେଇ ଓ ସମସ୍ତଙ୍କର ବସିବାର ସ୍ଥାନ ଠିକ୍ କରି ଗୋଟାଏ ସିଗାରେଟ୍ ଲଗାଇ ଯୁବକଟି ସହିତ ହିନ୍ଦୀରେ କଥାବାର୍ତ୍ତା ଆରମ୍ଭ କରିଦେଲେ ।

କଥାବାର୍ତ୍ତା କରୁକରୁ ହଠାତ୍ ସେ ଚାହିଁ ଦେଖିଲେ ଯେ ବ୍ୟାଗ୍ ଖଣ୍ଡ କାହିଁ ଦେଖାଯାଉ ନାହିଁ । ଜିନିଷପତ୍ର ସବୁ ଓଲଟପାଲଟ କରି ଦେଖିଲେ ଯେ ଗାଡ଼ିରେ ବ୍ୟାଗ ନାହିଁ । ନିଶ୍ଚୟ ୱେଟିଙ୍ଗ୍ ରୁମ୍‌ରେ ଛାଡ଼ି ଆସିଛି ମନେକରି ସେ ତରତର ହୋଇ ଗାଡ଼ିରୁ ଓହ୍ଲାଇ ଷ୍ଟେସନ ଘର ଆଡ଼କୁ ଦୌଡ଼ିଲେ । ସେତେବେଳକୁ ପ୍ରଥମ ବେଲ୍ ବାଜିଗଲାଣି । ବାକି ପ୍ରାୟ ୨/୩ ମିନିଟ୍‌ରୁ ବେଶୀ ସମୟ ନାହିଁ ।

ଚାହୁଁ ଚାହୁଁ ଦ୍ୱିତୀୟ ବେଲ୍ ବାଜିଗଲା । ପ୍ଲାଟ୍‌ଫର୍ମ ଉପରେ ଚାରିଆଡ଼େ ଛୁଟାଛୁଟି ଦୌଡ଼ାଦୌଡ଼ି ଲାଗିଅଛି । ଲୋକ କୋଲାହଲରେ ପଦେ କଥା ଶୁଣିବାର ଉପାୟ ନାହିଁ । ମାଳୀ ଓ ହେମ ଝରକା ଭିତରେ ମୁହଁ ବାହାର କରି ଯେତେଦୂରକୁ ଦୃଷ୍ଟିଯାଏ ଉତ୍କଣ୍ଠାର ସହିତ ଅନାଇ ରହିଅଛନ୍ତି । କିନ୍ତୁ ଲୋକ ଗହଳ ତ କ୍ରମେ ଭାଙ୍ଗି ଆସିଲାଣି, କାହିଁ ହରି ତ କେଉଁଠାରେ ଦେଖାଯାଉ ନାହାନ୍ତି । କାଳର ଗତି ପରି ରେଲଗାଡ଼ି କାହାରି ଅପେକ୍ଷା କରେ ନାହିଁ, ଫେଁ କରି ଗୋଟାଏ ବିକଟ ଗର୍ଜନ କରି ରେଲଗାଡ଼ି ଛାଡ଼ିଦେଲା ଏବଂ ତାହା ସଙ୍ଗେ ସଙ୍ଗେ ଦିଓଟି ରମଣୀକଣ୍ଠର କ୍ଷୀଣ କ୍ରନ୍ଦନଧ୍ୱନି କେଉଁଆଡ଼େ ମିଶିଗଲା, ତାହା ସେହିମାନଙ୍କ ଛଡ଼ା ଅନ୍ୟକେହି ଜାଣିପାରିଲେ ନାହିଁ ।

ମାଳୀ ଓ ହେମ କ୍ରମେ ବେଶୀ ଅଧୀର ହୋଇ ଉଠିଲେ । କ'ଣ କରିବେ, କିଛି ଠିକ୍ କରି ପାରିଲେ ନାହିଁ । ଯେତିକି ନିଜର ଅବସ୍ଥା ଭାବିବାକୁ ଲାଗିଲେ, ତେତିକି ମନର କୋହ ଦ୍ୱିଗୁଣ ହୋଇ ଉଠିଲା । ଏକେ ଅବଳା ସ୍ୱଜାତି ସଂସାରର ଗତିବିଧ

ବିଷୟରେ ସମ୍ପୂର୍ଣ୍ଣ ଅନଭିଜ୍ଞ, ତହିଁରେ ପୁଣି ବହୁ ଯତ୍ନରେ ବର୍ଦ୍ଧିତ ଟବ୍‌ର ସୁକୁମାର ଫୁଲଗଛ ପରି ସେମାନେ ଗୃହର ଚତୁଃସୀମା ଛଡ଼ା ଦିନେ ହେଲେ ବାହାରର ଦାରୁଣ ଘାତପ୍ରତିଘାତ ଦେଖିନାହାନ୍ତି । ଏକେ ତ ପାଖରେ ଚିହ୍ନା ବିଲେଇ ପିଲାଟିଏ ସୁଦ୍ଧା ନାହିଁ, ତହିଁରେ ଯେଉଁ ଲୋକଟି କୋରି ମଧରେ ଅଛି, ତାହାର ନ ଥିବା ଅପେକ୍ଷା ଥିବାକୁ ସେମାନେ ଆହୁରି ଭୟାବହ ମନେ କରୁଅଛନ୍ତି । ନିଜର ଅବସ୍ଥା ଭଲକରି ଟିକିଏ ଭାବିବାକୁ ସୁଦ୍ଧା ସେମାନଙ୍କର କ୍ଷମତା ନାହିଁ । ସେମାନେ ଚତୁର୍ଦ୍ଦିଗରେ କେବଳ ଅନ୍ଧକାର– ସୂଚୀଭେଦ୍ୟ ଅନ୍ଧକାର ଦେଖୁ ଅଛନ୍ତି । ସେମାନଙ୍କର ମନେ ହେଉଅଛି, ଯେପରି ଗୋଟାଏ ଭୀମକାୟ ଦୁର୍ବୃତ୍ତ ଦୈତ୍ୟ ସେମାନଙ୍କୁ ଗୋଟାଏ ରଥରେ ବସାଇ ଆକାଶମାର୍ଗରେ ନରକରାଜ୍ୟ ଆଡ଼କୁ ଘେନି ଯାଉଅଛି ।

ଏମାନଙ୍କର ଏପରି ଅବସ୍ଥା ଦେଖି ଯୁବକଟି ଆଉ ବେଶୀକ୍ଷଣ ନିଶ୍ଚିନ୍ତ ରହିପାରିଲା ନାହିଁ । ସେ ସେମାନଙ୍କୁ ନାନା ଉପାୟରେ ପ୍ରବୋଧନା ଦେବାକୁ ଚେଷ୍ଟା କଲା, କିନ୍ତୁ ଫଳ ମଧରେ ଏତିକି ହେଲା ଯେ, ସେମାନେ ତା’ କଥାରେ କର୍ଣ୍ଣପାତ ନ କରି କ୍ରମେ ଆହୁରି ଅଧୀର ହୋଇ ଉଠିଲେ । ଯୁବକଟି ମଧ ନିରସ୍ତ ହୋଇ ନିଜ ସ୍ଥାନରେ ଯାଇ ବସିଲା ।

ହରି ସଙ୍ଗେ କଥାବାର୍ତ୍ତା କରିବା ସମୟରେ ଯୁବକ ସେମାନଙ୍କ ସମ୍ବନ୍ଧରେ କିଂଚିତ୍ ଆଭାସ ପାଇଥିଲା । କିଛିକ୍ଷଣ ପରେ ସେମାନଙ୍କୁ ଟିକିଏ ଆଶ୍ୱସ୍ତ ହେବାର ଦେଖି, ସେମାନଙ୍କ ଘର, କେଉଁଠାରେ ଥିଲେ, କେଉଁଠାକୁ ଯାଉଅଛନ୍ତି ଇତ୍ୟାଦି ବିଷୟରେ ଅଧା ବଙ୍ଗଳା ଅଧା ହିନ୍ଦୀ ଭାଷାରେ ନାନାପ୍ରକାର ପ୍ରଶ୍ନକଲା ଏବଂ ସେମାନେ ମଧ ଯନ୍ତ୍ରଚାଳିତ ପରି କେତେଗୁଡ଼ିଏ ପ୍ରଶ୍ନର ଉତ୍ତର ଦେଇଗଲେ । କିନ୍ତୁ ମନେମନେ ଯୁବକ ସମ୍ବନ୍ଧରେ ସେମାନଙ୍କର ସନ୍ଦେହ ଆହୁରି ଦୃଢ଼ୀଭୂତ ହେବାକୁ ଲାଗିଲା । ସେମାନେ ମନେ କଲେ, କୌଣସି ଦୁରଭିସନ୍ଧି ନଥିଲେ ଏ ଏତେ କଥା ପଚାରୁଛି କାହିଁକି ? ରେଳଗାଡ଼ିରେ ଯେ ନାନା ରକମର ଅତ୍ୟାଚାର ହୁଏ, ଶୁଣାଶୁଣିରେ ସେମାନେ କିଛି ଜାଣିଥିଲେ । ବିଶେଷତଃ ରୁକ୍ଷ ହିନ୍ଦୁସ୍ତାନୀ ପୋଷାକର ଅନ୍ତରାଳରେ ଯେ କେବେ ମାୟାମମତାର ସ୍ନିଗ୍ଧ ଧାରା ବହି ପାରେ, ଏଇଟା ସେମାନଙ୍କର ଧାରଣାର ଗୋଚର ନଥିଲା । ମୋଟରେ, ମନର ସନ୍ଦେହଟିକୁ ସେମାନେ ବହୁ ଯତ୍ନରେ ବଢ଼ାଇବାକୁ ଲାଗିଲେ । ଯେଉଁ ସବୁ ଘଟଣା ବା ପ୍ରମାଣ ଏହାର ପୋଷକତା କଲା, ସେମାନେ ତାକୁ ଆଦରର ସହିତ ଅଭ୍ୟର୍ଥନା କରି ନେଲେ ଏବଂ ବାକି ଯେ ସବୁ ଏହାର ବିରୁଦ୍ଧାଚରଣ କଲା, ସେମାନେ ତାକୁ ମିଥ୍ୟା ସାକ୍ଷ୍ୟ ବୋଲି ଇଜ୍‌ଲାସରୁ ବିଦାୟ ଦେଲେ ।

ଟିକିଏ ପ୍ରକୃତିସ୍ଥ ହେଲାପରେ, ପରିଣାମ କ'ଣ ହେବ, ସେ ବିଷୟରେ ଚିନ୍ତା ନକରି ସେମାନେ ବର୍ତ୍ତମାନ କ'ଣ କର୍ତ୍ତବ୍ୟ, ତାହା ସ୍ଥିର କରିବାକୁ ଲାଗିଲେ। ପ୍ରଥମେ ସେମାନେ ନିଜ ନିଜର ଗହଣାପାତି କ୍ରମେ କ୍ରମେ ଦେହରୁ କାଢ଼ି କାନିରେ ବାନ୍ଧିଲେ। ଏତେ ଅଳଙ୍କାର ଦେଖିଲେ କାଲେ ସେ ଲୋଭ ସମ୍ଭାଲି ନ ପାରିବ। ଯୁବକଟି ଏସବୁ ଲକ୍ଷ୍ୟ କରି କାହାରିକୁ କିଛି ନ କହି ମନେମନେ ଟିକିଏ ନ ହସି ରହିପାରିଲା ନାହିଁ।

ବଡ଼ ବଡ଼ ଷ୍ଟେସନ୍ ନିକଟରେ ଯୁବକଟି ଯାଇ ସେମାନଙ୍କର କ'ଣ ଦରକାର, କ'ଣ ଆଣିବାକୁ ହେବ, ଇତ୍ୟାଦି ପ୍ରଶ୍ନ କରେ, କିନ୍ତୁ ସେମାନେ ସବୁ କଥାରେ ନିରୁତ୍ତର। ମନେମନେ ଭାବନ୍ତି, ଶାଠ୍ୟର ମୁଖ ସବୁକାଲେ ମଧୁର।

ସେମାନଙ୍କ ଆଖିରେ ନିଦ ଆସିବା ଦୂରେ ଥାଉ, ଜଣକଠାରୁ ଅନ୍ୟ ଜଣେ ମୁହୂର୍ତ୍ତକ ସକାଶେ ସୁଦ୍ଧା ଅନ୍ତର ହେବାକୁ ସାହସ କଲେ ନାହିଁ – ଯଦି ଏଥିମଧରେ କିଛି ବିପଦ ଘଟିଯାଏ। ସେମାନଙ୍କର ଏପରି ଦୁରବସ୍ଥା ଦେଖି ଯୁବକ ଟିକିଏ ଶୋଇବାର ଛଳନା କଲା, କିନ୍ତୁ ଏମାନଙ୍କ ଲାଗି ତା' ଆଖିରେ ମଧ ନିଦ କାହିଁ ?

ଗୋମୋ ଜଙ୍କସନରେ ଗାଡ଼ି ପହଂଚିଲା। ଏହିଠାରୁ ଏ ଗାଡ଼ି ବଦଲାଇ ଅନ୍ୟ ଗାଡ଼ିରେ ଯିବାକୁ ହେବ। ଯୁବକ ସେମାନଙ୍କୁ ଅନ୍ୟ ଗାଡ଼ିକୁ ଯିବାକୁ ଯେତେ ପ୍ରବର୍ତ୍ତାଇଲା ସେମାନେ ମାନିଲେ ନାହିଁ, – ଯଦି ଏହା ମଧରେ କିଛି ଚ°ଚକତା ଥାଏ। ଶେଷରେ ଅନ୍ୟାନ୍ୟ ଆରୋହୀମାନେ ଓହ୍ଲାଇବା ଦେଖି ସେମାନେ ଯୁବକର ନିର୍ଦ୍ଦେଶ ଅନୁଯାୟୀ ଅନ୍ୟ ଗାଡ଼ିରେ ବସିଲେ, ଯୁବକ ମଧ କେତେକ କୁଲି ଦ୍ୱାରା ଓ କେତେକ ନିଜେ ସେମାନଙ୍କର ସବୁ ଜିନିଷ ଅନ୍ୟ ଗାଡ଼ିକୁ ନେଇଗଲା।

ରାତ୍ରି ପ୍ରଭାତ ହେଲାରୁ ସେମାନଙ୍କ ମନରେ ଟିକିଏ ସାହସ ହେଲା ଏବଂ ଯୁବକ ପ୍ରତି ଅବିଶ୍ୱାସ ମଧ ଟିକିଏ କମିଲା। ଯୁବକ ସେମାନଙ୍କ ସୁବିଧା ସକାଶେ ଦାନ୍ତ ଘଷିବାକୁ ପାଣି ଆଣି ଦେବାଠାରୁ ଆରମ୍ଭ କରି ଜଲଖିଆ ଇତ୍ୟାଦିର ବଦୋବସ୍ତ କରିବା ପର୍ଯ୍ୟନ୍ତ ସବୁ କାର୍ଯ୍ୟ ଅଯାଚିତ ଭାବରେ କରିଯାଏ – ଯେପରି ଏମାନେ ତା'ର କୌଣସି ଘନିଷ୍ଟ ଆତ୍ମୀୟ। ବୋଧହୁଏ ନିଜେ ହରି ଥିଲେ ସେମାନଙ୍କ ଲାଗି ଏତେ ସବୁ କରିଥାନ୍ତା କି ନାହିଁ ସନ୍ଦେହ। ଅଥଚ ପ୍ରତି କାର୍ଯ୍ୟ ଭଦ୍ରତା ଓ ଲୌକିକତାର ସୀମା ମଧରେ ରହି ଏପରି ଧୀର ବିନୀତ ଭାବରେ କରିଯାଏ, ଯେପରି ସେ ଗୋଟାଏ ବିଶେଷ କିଛି କାର୍ଯ୍ୟ କରୁନାହିଁ, ଯେପରି ଏ ସବୁ ତା'ର କର୍ତ୍ତବ୍ୟର ଗଣ୍ଡି ଭିତରେ।

ଏତେ ଅକାଟ୍ୟ ପ୍ରମାଣ ସମ୍ମୁଖରେ ସେମାନଙ୍କର ମନର ସଂସ୍କାର ଆଉ ବେଶିକ୍ଷଣ ଟିଷ୍ଠି ପାରିଲା ନାହିଁ। କଠିନ ବରଫ ଯେପରି ଥରେ ଦ୍ରବ ହେବାକୁ ଆରମ୍ଭ କଲେ ଜଲ ପରି ତରଲ ନ ହେବା ପର୍ଯ୍ୟନ୍ତ କ୍ଷାନ୍ତ ହୁଏ ନାହିଁ; ସେମାନେ ସେହିପରି ତା'ଉପରେ

ଥରେ ବିଶ୍ୱାସ ସ୍ଥାପନ କଲା ଉତ୍ତାରୁ ତା' ଆଡ଼କୁ ଆକୃଷ୍ଟ ନ ହୋଇ ରହିପାରିଲେ ନାହିଁ। ସେମାନେ ଏଣିକି ତା'ର ପ୍ରତି କାର୍ଯ୍ୟ ଓ କଥାରେ ମହତ୍ତ୍ୱର ଛାପ ଦେଖି ପାରିଲେ। ଆହା ! ଏପରି ଉପକାରୀ ଲୋକ ପୁଣି ସଂସାରରେ ଅଛନ୍ତି ?

ଚିହ୍ନା ପରିଚୟ କିଛି ନାହିଁ, ଆମ ବିପଦ ଦେଖି ଏତେ ତରଳିଗଲା ଯେ, ନିଜର ସୁଖ ସୁବିଧା ସବୁ ଛାଡ଼ି ଦେଇ ଆମମାନଙ୍କ ପିଛା ବରାବର ଲାଗିଛି। ପ୍ରଭୁ ଏପରି ଲୋକଟିଏ ନ ଯୁଟାଇଥିଲେ ଆମର ଦଶା କ'ଣ ହୋଇଥାଆନ୍ତା ? ଛି, ଛି, ଏପରି ଲୋକକୁ ପୁଣି ଆମ୍ଭେ ଅବିଶ୍ୱାସ କରୁଥିଲୁ ? ଏଥିରେ ନିଶ୍ଚୟ ଆମର ପାପ ହୋଇଛି।

ମାଳୀ କହିଲା, "ତମେ ଯାହା କହ, ତାକୁ ଦେଖି ମୋ ମନରେ କାହିଁକି ପ୍ରଥମରୁ ସନ୍ଦେହ ଛୁଇଁ ନଥିଲା। ଏଡ଼େ ସୁନ୍ଦର ଚେହେରା, ଏଡ଼େ ଅବିଶ୍ୱାସୀ ହୁଅନ୍ତା ନା ?"

ହେମ ହସି ହସି କହିଲା, "ତେମେ ତ କ'ଣ ଦେଖିଛି ତା ରୂପରେ ଏକାବେଳକେ ମଜି ଗଲଣି, ତେଣେ ତ ସବୁ ଠିକ୍‌ଠାକ୍‌ ସରିଲାଣି, ନ ହେଲେ ଅବା ଦେଖା ଯାଇଥାନ୍ତା ! ଆଉ ନ ହେଲେ କ'ଣ, ଦେଖା ନାହିଁ, ଶୁଣା ନାହିଁ, କୁଆଡୁ ଗୋଟାଏ ବର ଧରି ଆସିବେ ଯେ ସେ କାଳିଆ କୁସ୍ରିତଟାଏ ହେଉଛି ନା କ'ଣ ହେଉଛି, କିଏ ଜାଣେ ?"

ମାଳୀ 'ଯା', କହି ଦେଇ ମୁହଁ ଫେରାଇ ବସିଲା।

ହେମ କହିଲା, "ମନ କଥାଟା ଖୋଲିଦେଲି କି ନା, ସେଥିଲାଗି ହେଲା ମୋର ଦୋଷ। ଆଉ, ସେ ଲୋକଟି ଆମ ସକାଶେ ଏତେ ଧାଇଁ ଦଉଡ଼ି ଲାଗିଛି କାହିଁକି ଜାଣ ?"

ମାଳୀ ଟିକିଏ ବିରକ୍ତି ପ୍ରକାଶ କରି କହିଲା, "ଯା ମୁଁ କିଛି ଜାଣେ ନାହିଁ।"

ହେମ କହିଲା, "ମୁଁ କହିଦେବି ? କେବଳ ତମରି ଏହି ମୁହଁ ଖଣ୍ଡି ଲାଗି। ସୁନ୍ଦର ମୁହଁ ତ ସବୁଠାରୁ ଜୟ। ଡଂଚେଇଲା ଖଣ୍ଡା ହାତରୁ ଖସି ପଡ଼ିବ, ଏ କେଉଁ ଛାର ? ନ ହେଲେ କ'ଣ ତା'ର ଗରଜ ସରୁ ନଥିଲା ଯେ, ସେ ଆମପାଇଁ ମିଛରେ ଏତେ କରନ୍ତା ? ମଝିରେ ଥାଇ ଲାଭଟା ଏଥିରେ ମୋର ସବୁଠାରୁ ବେଶୀ। 'କୁସୁମ ପରଶେ ପଟ ନିସ୍ତରେ'।"

ମାଳୀ ଆଉ ସମ୍ଭାଳି ନ ପାରି କହିଲା, "ତମର କ'ଣ ଭାତ ହଜମ ହେଉନାହିଁ ?"

ହେମ କହିଲା – "ହେଲାଣି ନା, ଏହିକ୍ଷଣି କିଛିଦିନ ପର୍ଯ୍ୟନ୍ତ ହେବ ? ମନରେ ରୋଗ ଥିଲେ, ପେଟ କଥା ପଚାରୁଛି କିଏ ?"

ଖଡ଼ଗପୁର ଠାରେ ଯୁବକ ସେମାନଙ୍କ ମତ ଅନୁଯାୟୀ ଗୋବିନ୍ଦ ବାବୁଙ୍କ ଠିକଣାରେ ସଂକ୍ଷେପରେ ବାଟର ଦୁର୍ଘଟଣା ଲେଖି ଖଣ୍ଡେ ଟେଲିଗ୍ରାମ କରି ଦେଲା ଏବଂ ଏମାନେ ଗାଡ଼ି ୯ଟା ସମୟରେ କଟକ ଷ୍ଟେସନ୍‌ରେ ପହଁଚିବାର ସମ୍ବାଦ ମଧ୍ୟ ଦେଇଦେଲା।

ହେମ ଓ ମାଳୀ ମନେମନେ ଭାବିଲେ, ଆଉ କିଛି ସମୟ ପରେ ତ ଆମେ ଗାଡ଼ିରୁ ଓହ୍ଲାଇଯିବା । ଏ ଲୋକଟି ଆମ ସକାଶେ ଏତେ କଷ୍ଟ ସ୍ୱୀକାର କଲା, ଅଥଚ ଆମେ ଏ ପର୍ଯ୍ୟନ୍ତ ତା' ସମ୍ବନ୍ଧରେ କିଛି ଜାଣି ପାରିଲେନାହିଁ । ଆମେ ସ୍ତ୍ରୀ ଜାତି ବୋଲି ଯେ ଆମର ଏତେ ଉପକାର କଲା, ତାକୁ କଥାରେ ହେଲେ ଟିକିଏ କୃତଜ୍ଞତା ଜଣାଇବାକୁ କ'ଣ ଆମର ଅଧିକାର ନାହିଁ ? ସେ ଯଦି କଟକରେ ଓହ୍ଲାଉଥାନ୍ତା, ତାହାହେଲେ ଅବା ଅନ୍ୟ କାହା ଦ୍ୱାରା ସବୁ ବୁଝି ଯାହା କିଛି କରନ୍ତେ, କିନ୍ତୁ ସେ କୁଆଡ଼େ ଯାଉଅଛି, କେଉଁଠାରେ ଓହ୍ଲାଇବ କିଏ ଜାଣେ ? ଆଉ ମଧ ସେ ତ ଅଜଣା, ଅଚିହ୍ନା ଲୋକ, ତା' ଆଗରେ ବା ଏତେ ଲଜ୍ଜା କାହିଁକି ? ଏହିପରି ସାତ ପାଞ୍ଚ ଭାବି ହେମ ପ୍ରଥମେ ସ୍ତ୍ରୀସୁଲଭ ସଙ୍କୋଚ ସହିତ ସେପରି ଅବସ୍ଥାରେ ଯେତେଦୂର ସମ୍ଭବ ଟିକିଏ କୃତଜ୍ଞତା ଜଣାଇ ପରୋକ୍ଷରେ ତାକୁ ଶୁଣାଇ ଶୁଣାଇ ଯୁବକର ପରିଚୟ ଇତ୍ୟାଦି ପଚାରିଲା ।

ଯୁବକ ସଂକ୍ଷେପରେ ତା'ର ଏତିକି ପରିଚୟ ଦେଲା ଯେ, ତା'ର ଘର ପଶ୍ଚିମରେ, ତା'ର ଭାଇ କଟକରେ କୌଣସି ସ୍ଥାନରେ କାର୍ଯ୍ୟ କରୁଥିବାରୁ ସେ ତାହା ନିକଟକୁ ଯାଉଅଛି । ଉଦ୍ଦେଶ୍ୟ, ଯଦି ଚାକିରି ବାକିରି ଖଣ୍ଡେ ମିଳିଯାଏ, ସୁବିଧା ଦେଖି ରହିଯିବ ।

ଯୁବକର କଥା ଶୁଣି ହେମ ଓ ମାଳୀ କଥାବାର୍ତ୍ତା ହୋଇ ସ୍ଥିର କଲେ, ଏ ଯେତେବେଳେ ଚାକିରି ଅନୁସନ୍ଧାନରେ ଆସିଛି, ଆମେମାନେ ଘରେ ସମସ୍ତଙ୍କୁ କହି ସେ ଯେପରି କୌଣସିଠାରେ ଖଣ୍ଡିଏ ଭଲ କାର୍ଯ୍ୟ ପାଏ, ଚେଷ୍ଟା କରିବା । ସେ ଆମମାନଙ୍କର ଯେଉଁ ଉପକାର କରିଛି, ଆମେ ଜୀବନରେ ତ କଦାପି ସେ ରଣ ଶୁଝିପାରିବା ନାହିଁ । ତେବେ ଆମ ଦ୍ୱାରା ଯଦି ତା'ର କିଛି ହେଲେ ଉପକାର ହୁଏ, ତେବେ ମନରେ ଟିକିଏ ସାନ୍ତ୍ୱନା ଆସିବ ।

ଏହିପରି ମନେମନେ ଭାବି ସେମାନେ ଅତି ସାବଧାନରେ ତା'ର ନାମ, ଠିକଣା ଆଦି କଥା ଉଠାଇଲେ, ଯେପରି ସେମାନଙ୍କର ମନୋଭାବ ସେ କିଛି ଜାଣି ନ ପାରେ । ଉତ୍ତରରେ ଯୁବକ କହିଲା, "ମୁଁ ବର୍ତ୍ତମାନ କେଉଁଠାରେ ରହିବି, କ'ଣ କରିବି, କିଛି ଠିକ୍ ନାହିଁ । ଭାଇର ଠିକଣା ସୁଦ୍ଧା ମୁଁ ଜାଣେ ନାହିଁ, ଯଦି କୌଣସି ସ୍ଥାନରେ ମୁଁ ଟିକିଏ ସ୍ଥାୟୀ ଭାବରେ ରହେ, ତେବେ ପତ୍ର ଦ୍ୱାରା ଜଣାଇପାରେ । ମୋ ଠିକଣା ଜାଣିବା ଆପଣାମାନଙ୍କର କ'ଣ ହେବ ? କେବଳ ମୋର ନାମଟା ଜାଣିରଖନ୍ତୁ ସେ 'ଲଛମନ୍ ଜି' ।

ଗାଡ଼ି ଆସି କଟକ ଷ୍ଟେସନରେ ପହଁଚିଗଲା । ଯୁବକଟି କାହାର ଅନୁସନ୍ଧାନରେ ଯେପରି ସାଙ୍ଗେ ସାଙ୍ଗେ ଗାଡ଼ିରୁ ଓହ୍ଲାଇ ପଡ଼ିଲା । ଗୋବିନ୍ଦବାବୁ ପୂର୍ବରୁ ସବାରି ଇତ୍ୟାଦି

ଘେନି ବଡ଼ ଉତ୍କଣ୍ଠିତ ଭାବରେ ସେଠାରେ ଅପେକ୍ଷା କରିଥିଲେ। ବ୍ୟସ୍ତ ଭାବରେ ଅନେକ କୋଠରି ଖୋଜାଖୋଜି କଲାପରେ ଯେତେବେଳେ ମାଳୀ ପ୍ରଭୃତିଙ୍କୁ ଦେଖି ପାରିଲେ ଗୋଟାଏ ଦୀର୍ଘ ନିଃଶ୍ୱାସ ପକାଇ ଦେଇ ସେ ଟିକିଏ ଆଶ୍ୱସ୍ତ ହେଲେ।

ଗୋବିନ୍ଦ ବାବୁଙ୍କ ପୁତ୍ର ରାମ ମଧ୍ୟ ତାଙ୍କ ସହିତ ଷ୍ଟେସନକୁ ଆସିଥିଲା। ଗାଡ଼ିରୁ ସମସ୍ତେ ଓହ୍ଲାଇ ସାରିଲା ପରେ ହେମ ରାମ ଦ୍ୱାରା ଗୋବିନ୍ଦ ବାବୁଙ୍କୁ ଖବର ପଠାଇଲା ଯେ, ସେମାନଙ୍କ ସଙ୍ଗେ ଯେଉଁ ହିନ୍ଦୁସ୍ଥାନୀ ଯୁବକଟି ଥିଲା, ସେ ବାଟରେ ସେମାନଙ୍କର ଅନେକ ଉପକାର କରିଅଛି, ଏପରି କି ସେ ପାଖରେ ନ ଥିଲେ ସେମାନଙ୍କୁ ଆଉ କେହି ଦେଖିଥାନ୍ତେ କି ନା ସନ୍ଦେହ।

ଏ କଥା ଶୁଣି ଗୋବିନ୍ଦ ବାବୁ ନିଜେ ଓ ଅନ୍ୟମାନଙ୍କ ଦ୍ୱାରା ଯୁବକର ଅନେକ ଅନୁସନ୍ଧାନ କଲେ, କିନ୍ତୁ କୌଣସିଠାରେ ନ ପାଇ ନିରସ୍ତ ହୋଇ ରହିଲେ। ହେମ ଓ ମାଳୀ କିନ୍ତୁ ଏଥିରେ ବଡ଼ ଦୁଃଖିତ ହେଲେ। ସେମାନେ ଆଉ ଥରେ ଗୋପନରେ ଭୋଳା ଚାକର ଦ୍ୱାରା ନାନା ସ୍ଥାନରେ ଅନେକ ତଲାସ କଲେ ଓ ଶେଷରେ ହତାଶ ହୋଇ କ୍ଷୁଣ୍ଣମନରେ ଯାଇ ସବାରିରେ ବସିଲେ।

ଆଜି ମାଳୀର ବିଭାଘର। ବଳରାମ ବାବୁଙ୍କ ଘର ନିକଟରେ ଲୋକରେ ଲୋକାରାଣ୍ୟ। ବାଦ୍ୟ କୋଲାହଲ ଓ ଜନତାର କଲରବରେ କାନ ଅତଡ଼ା ପଡ଼ିଯାଇଛି। ମଝିରେ ମଝିରେ ରମଣୀ-କଣ୍ଠ-ନିଃସୃତ ହୁଳହୁଳିର ଢେଉରେ ଗ୍ରାମମୟ ଉଛୁଳି ପଡୁଛି। ସର୍ବୋପରି ମାଳୀର ବ୍ୟାକୁଳ କ୍ରନ୍ଦନଧ୍ୱନି ଘରର ଚାରିଆଡ଼େ ବୁଲି ବୁଲି ସମସ୍ତଙ୍କ ଚରଣ ତଳେ ଲୋଟି ଯେପରି କୃପା ଭିକ୍ଷା କରୁଅଛି ଏବଂ ତା' ସଙ୍ଗେ ମହୁରିର କରୁଣ ମଧୁରରାଗିଣୀ ମିଶି ମନକୁ ପଦେ ପଦେ ବିଚଳିତ କରି ଦେଉଅଛି। ଆଜି ସମସ୍ତଙ୍କ ଚକ୍ଷୁ ଆର୍ଦ୍ର ଓ ସମସ୍ତଙ୍କ ମୁଖରେ ଗୋଟାଏ ବିଷାଦର ଛାୟା ପଡ଼ିଯାଇଅଛି। ବଳରାମ ବାବୁଙ୍କ ସ୍ତ୍ରୀ ତ ଗୋଟାଏ ଘରେ ପଡ଼ିଅଛନ୍ତି ଯେ ତାଙ୍କର ଉଠିବାର ଶକ୍ତି ନାହିଁ। ବଳରାମ ବାବୁ ଏଡ଼େ ଧୀର ଗମ୍ଭୀର ଲୋକ, କିନ୍ତୁ ତାଙ୍କର ଚକ୍ଷୁଦ୍ୱୟ ଆଜି ରକ୍ତବର୍ଣ୍ଣ। ସେ ଘନଘନ ଲୁଗାକାନିରେ ଆଖି ପୋଛୁଅଛନ୍ତି। ଏତେବଡ଼ ଗୋଟାଏ କାର୍ଯ୍ୟ, କ'ଣ ହେଲା, କ'ଣ ନ ହେଲା, ସେ ଦିଗକୁ ତାଙ୍କର ଦୃଷ୍ଟି ନାହିଁ। କେହି କହି ଦେଉଅଛନ୍ତି, ନ ହେଲେ କେବଳ ମୂକ ପରି ବସିଅଛନ୍ତି।

କ୍ରମେ ବେଦିର ସମସ୍ତ କାର୍ଯ୍ୟ ଶେଷ ହୋଇଗଲା। ଜୁଆଖେଲ ଲାଗି ବର କନ୍ୟାଙ୍କୁ ଘର ଭିତରକୁ ନେଇଗଲେ। ବରକୁ ଦେଖିବା ଲାଗି ଯେତେ ସ୍ତ୍ରୀ ଲୋକ ଆସି ଜମାଟ ବାନ୍ଧି ଛିଡ଼ା ହୋଇଗଲେ। ହେମ ବରକୁ ଦେଖି ପ୍ରଥମେ ଥକା ହୋଇ ଛିଡ଼ା ହୋଇଗଲା। କିଛିକ୍ଷଣ ପରେ ସେ ସମ୍ଭାଳି ନ ପାରି ଚିତ୍କାର କରି ଉଠିଲା, "ଏ

ତ ଆମର ସେହି ଲଛମନ୍‌ଜୀ ।” ହେମ କଥାଶୁଣି ମାଳୀ ଓଢ଼ଣା ଭିତରୁ ଚମକି ଉଠିଲା ।
ସମସ୍ତେ ପରସ୍ପର ଆଡ଼କୁ କେବଳ ଅନାଅନି କରିବାକୁ ଲାଗିଲେ । ହେମ ମଧ୍ୟ କିଛିକ୍ଷଣ
ଅବାକ୍‌ ହୋଇ ରହିଗଲା । ବର ଟିକିଏ ମୃଦୁହାସ୍ୟ କରି ମୁହଁକୁ ତଳକୁ ପୋତି ଦେବାରୁ
ହେମ ମନରେ ଆଉ ସନ୍ଦେହ ରହିଲା ନାହିଁ । ଯାହା ସହିତ ସେମାନେ ପ୍ରାୟ ଦେଢ଼
ଦିନ କାଳ ଏକ କୋଠରିରେ କଟାଇ ଆସିଅଛନ୍ତି, ତା’ ବିଷୟରେ କ’ଣ ଏତେ ଭ୍ରମ
ହୋଇପାରେ ?

ପ୍ରଥମ ବିସ୍ମୟଟା କଟିଯିବାରୁ ହେମ ମନରେ ଟିକିଏ ଆନନ୍ଦ ହେଲା । ସେ ଏ
ସୁଯୋଗ ଛାଡ଼ି ନ ପାରି କହିଲା, “ତେମେ ତ ଆଚ୍ଛା ଭଲ ଲୋକ । ଗୁପ୍ତ ବେଶରେ
ଭଦ୍ରଲୋକ ଘରର ବୋହୂଝିଅଙ୍କ ସଙ୍ଗେ କଥାବାର୍ତ୍ତା କରି, ଶେଷରେ କ’ଣ ନା ଆସି
ଅବରଣ ରଜା ପରି ବେଦିରେ ବସି ପଡ଼ିଲା । ମୁଁ ସମସ୍ତଙ୍କୁ କହୁଛି, ଏ ବାହାଘର ଠିକ୍‌
ହେଲା ନାହିଁ । ଏହା ଭିତରେ ଏତେ କପଟ ଥିଲା ବୋଲି କିଏ ଜାଣିଥିଲା ? ନ
ହେଲେ ଜାଣିଶୁଣି କିଏ ଗୋଟାଏ ହିନ୍ଦୁସ୍ଥାନୀ ଚପରାସୀ ସଙ୍ଗେ ଆମର ଏପରି ଝିଅକୁ
ବିଭା ଦେଇଥାନ୍ତା ? ଯେଉଁ ଲୋକ ଘଡ଼ି ଘଡ଼ି ବହୁରୂପୀ ପରି ପୋଷାକ ବଦଳାଇ
ଲୋକଙ୍କୁ ଠକାଏ, ତାଙ୍କାରେ ବା ବିଶ୍ୱାସ କ’ଣ ? ପଶ୍ଚିମରୁ ଏତେ ବାଟ ଏହି ଚାକିରି
କରିବାଲାଗି ଆସିଥିଲ ପରା ! ହଉ, ତେବେ ଆମେ ସମସ୍ତେ ଆଶୀର୍ବାଦ କରୁଛୁଁ,
ତେମେ ଚିରକାଳ ଆମ ମାଲୀଙ୍କର କିଣା ଚାକର ହୋଇଥାଅ ।”

ବର ଟିକିଏ ହସିହସି କହିଲା, “କାହିଁ ଏପର୍ଯ୍ୟନ୍ତ ମାଲିକଠାରୁ ତ ପରୁଆନା
ଖଣ୍ଡ ମିଳିଲା ନାହିଁ । ନ ହେଲେ ପୁଣି ଅନ୍ୟ ସ୍ଥାନରେ ଚେଷ୍ଟା କରିବାକୁ ହେବ ତ ।”

ବର ମୁହଁରୁ କଥା ଶେଷ ନ ହେଉଣୁ କିଏ ଗୋଟିଏ ଆସି “ଏଇ ନିଅ
ପରୁଆନା” କହି ବରର ପୃଷ୍ଠଦେଶରେ ଗୋଟିଏ ସୁମିଷ୍ଟ ବତିଶ ପଲିଆ ବିଧା ବସାଇ
ଦେଲା ଏବଂ ସାଙ୍ଗେ ସାଙ୍ଗେ ହାସ୍ୟର କଲ୍ଲୋଲରେ ଘରଟି ଉଚ୍ଛୁଲି ପଡ଼ିଲା ।

ବିବାହ କାର୍ଯ୍ୟ ଶେଷ ହୋଇଯିବା ପରେ ହେମ ମାଳୀକୁ କହିଲା,
“କଳିକାଳିଆ ଝିଅଙ୍କୁ ଆଉ ବିଶ୍ୱାସ ନାହିଁ ପରା । ମୁଁ ସେଦିନୁ ଜାଣେ, ଏହା ଭିତରେ
ଗୋଟାଏ କିଛି ଅଛି । ଆଖୁରେ ଆଖୁରେ ତମର ଏତେ କଥାବାର୍ତ୍ତା ହୋଇଗଲା, ମତେ
ଟିକିଏ ଜଣାଇଥିଲେ ମୁଁ କ’ଣ ବରକୁ କୁଆଡ଼େ ନେଇ ପଲାଉଥିଲି ? ଦମୟନ୍ତୀ ପରି
ତେମେ କିପରି ତମର ଛଦ୍ମବେଶୀ ନଲକୁ ବରଣ କରିନେଲ, ମତେ ସେଇଟା ଲାଗୁଛି
ସିନା ।”

କଥାଟା ଚାରିଆଡ଼େ ରାଷ୍ଟ ହୋଇଯିବା ପରେ ବିନୋଦ ଆସି ଲକ୍ଷ୍ମୀଧରକୁ
କହିଲା, “କି ହେ ଲଛମନ୍‌ ଜୀ, ଏଇଥିଲାଗି ପତ୍ରରେ ଏତେ ସ୍ୱାଧୀନତାର ଢେଉ

ଖେଳି ଯାଉଥିଲା ନା? କାହାରିକୁ ପରା ଧରାଛୁଆଁ ଦେଉ ନଥିଲ, ଶେଷରେ କ'ଣ ନା, ନିଜେ ଯାଇ ଫାଶରେ ବେକଟି ଗଳାଇଦେଲ? ମୁଁ ଜାଣେ, ସେ ସ୍ରୋତରେ ଦମ୍ଭ ଅଭିମାନ ତୃଣ ପରି କୁଆଡ଼େ ଭାସିଯିବ। ଭାଗୀରଥ ତରଙ୍ଗରେ କେତେ ଐରାବତ ଭାସି ଯାଇଛନ୍ତି, ଦର୍ଶନ ବିଜ୍ଞାନର ବାଲିବନ୍ଧ କି ସେଠାରେ ସମ୍ଭାଳେ?"

ଲକ୍ଷ୍ମୀଧର କହିଲା, "ଭାଇ, ମୋର ଏଥିରେ କ'ଣ ଅଛି? ବିଧିର ନିର୍ବନ୍ଧ ନିକଟରେ ମନୁଷ୍ୟ କେଉଁ ଛାର।"

ମାଗୁଣିର ଶଗଡ଼

ଗୋଦାବରୀଶ ମହାପାତ୍ର

ଖଲିକୋଟର ଦୁଇଲକ୍ଷ ଲୋକଙ୍କ ଭିତରେ ପ୍ରତିଦିନ ଯିବା ଆସିବା ଚାଲିଛି । କେତେ ସଂସାରରୁ ଯାଉଛନ୍ତି, କେତେ ସଂସାରକୁ ଆସୁଛନ୍ତି । ଏ ଖବର ରଖୁଛନ୍ତି ଗୃହ ପରିବାର ବା ସାଇପଡ଼ିଶାର ଲୋକେ । କିନ୍ତୁ ଯେଉଁଦିନ ମାଗୁଣି ଏ ସଂସାର ଛାଡ଼ି ଚାଲିଗଲା, ସେଦିନ ଖବରଟା ଖଲିକୋଟର ପୁରପଲ୍ଲୀ ସବୁଆଡ଼େ ବ୍ୟାପୀ ଗଲା । ଯେ ଶୁଣିଲା ସେ ମୁହୂର୍ତ୍ତେ ହେଲେ ନିରବ ରହି ଦୁଃଖରେ କହିଲା, "ମାଗୁଣି ଚାଲିଗଲା ? ଆହା, ବିଚରା ଚାଲିଗଲା ।"

ମାଗୁଣି କିଏ ? ଖଲିକୋଟରେ ସେ ରାଜା ନୁହେଁ, ଏ କଥା ନିଶ୍ଚୟ । ସେ ରାଜ୍ୟର ରଜା ନୁହେଁ, ଏ କଥା ସମସ୍ତେ କହିବେ । ସେ କର୍ମୀ ନୁହେଁ, ଏ କଥା ସମସ୍ତେ ଜାଣନ୍ତି । ସେ କେବେ ସତ୍ୟାଗ୍ରହରେ ଯୋଗ ଦେଇନାହିଁ କି ରଜାକୁ ଖଜଣା ଦେଇନାହିଁ । ତା' ବେକରେ କିଏ ଫୁଲମାଲ ଲମ୍ଭାଇନାହିଁ କି ସେ କାହା ଗଲାରେ ମାଲା ଲମ୍ଭାଇଦେବା ଦରକାର ପଡ଼ିନାହିଁ । ଜନସମୁଦ୍ର ଭିତରେ କରତାଲି

ଗହଳରେ ବକ୍ତୃତା ଦେଇନାହିଁ। ସେ କେବଳ କରିଛି ଗୋଟିଏ କାମ– ମୁଣ୍ଡର ଝାଲ ଦୁଣ୍ଡରେ ମାରି ଜୀବନପଥରେ ଲଢ଼େଇ କରିଛି। ସେ ଲଢ଼େଇ ଦେଶ ପାଇଁ ନୁହେଁ, ଜାତି ପାଇଁ ନୁହେଁ, ତାହା ନିଜର ପେଟ ଚାଖଣ୍ଡକ ପାଇଁ। ତଥାପି ମାଗୁଣିର ମୃତ୍ୟୁଖବର ପାଇ ସମସ୍ତେ କହିଲେ, "ଆହା, ବିଚରା ଚାଲିଗଲା।"

ଗଡ଼ରେ ପଚାରିଲେ ସମସ୍ତେ କହିବେ ମାଗୁଣି କିଏ, ଦୂର ଜଙ୍ଗଲତଳ ପଲ୍ଲୀଗାଁରେ ମଧ ତା'ର ପରିଚୟ ମିଳିପାରିବ। ମାଗୁଣି ଖଲିକୋଟର କେହି ନୁହେଁ, ସେ ଜଣେ ଶଗଡ଼ିଆ, ଦୁଇଟା ବଳଦ ଓ ସେ– ଏ ତିନି ମିଶି ଗୋଟାଏ ସଂଘ ଗଢ଼ିଥିଲା, ଯାହା କି ଦୁଇଲକ୍ଷ ଲୋକଙ୍କ ମନକୁ ଛୁଇଁଗଲା।

ପ୍ରତିଦିନ ଖଲିକୋଟ ଗଡ଼ରେ ସୂର୍ଯ୍ୟ ଉଏଁ ଓ ସୂର୍ଯ୍ୟ ଅସ୍ତ ହୁଏ। ଘନଘୋର ବର୍ଷାଦିନେ ଲୋକ ସୂର୍ଯ୍ୟ ନ ଦେଖ୍ ମାଗୁଣିକି ଦେଖ୍ ବେଳ ଜାଣନ୍ତି। ମାଘ ମାସର ଜାଡ଼ରେ ପିଣ୍ଡାରେ ଘୋଡ଼ିଘାଡ଼ି ହୋଇ ଲୋକେ ବସିଥିବାବେଲେ ମାଗୁଣି ନିଜ ପରିଚିତ ସାଙ୍ଗ ଦୁଇଟିକୁ ଶଗଡ଼ରେ ଯୋଚି ପାହାଡ଼ତଲେ ଗୀତ ବୋଲି ଚାଲିଯାଏ। ଲୋକେ କହନ୍ତି ମାଗୁଣି ସେମାନଙ୍କର ଗୋଟାଏ ଘଣ୍ଟା। ବର୍ଷାଦିନେ ବର୍ଷା ଘୁଞ୍ଚିଯାଇ ପାରେ, ଖରାଦିନେ ଖରା ଦାତି ଉଣା ହୋଇପାରେ, କିନ୍ତୁ ମାଗୁଣିର ଶଗଡ଼ ଦିନେ ହେଲେ ବନ୍ଦ ହୁଏନାହିଁ। ସେ କହେ ରଜାଘରେ ଯୋଡ଼ା ମୋଟରକାର ଅଛି ସତ, କିନ୍ତୁ ତା' ପରି ଇଞ୍ଜିନିୟର ନାହାନ୍ତି। ତା' ଶଗଡ଼ ରଜାଘର ମୋଟରଠୁଁ ବଲେ। ବାରବର୍ଷର ଅତି ପରିଚିତ ସାଥୀ କାଳିଆ ଓ କସରା, ବଳଦ ଉପରେ ସେ ହାତ ମାରି ଆଉଁଶିଦେଲେ ତା' ଗାଡ଼ିରେ ପଷ ଦିଆହୁଏ। ଯେତେବେଲେ ସେ ଶଗଡ଼ ଉପରେ ହସି ଗୀତ ପଦେ ବୋଲିଦିଏ, "ରାମ ଯେ ଲଇଷଣ ଗଲେ ମୃଗ ମାରି", ତା'ର ମୋଟର ଚାଲେ। ସେତେବେଲେ ଶ୍ୟାମଳ ତରୁ ପତ୍ରତଲେ, ଗିରି କନ୍ଦରା ଭିତରେ ପ୍ରତିଧ୍ୱନି ଉଠେ। ଅର୍ଦ୍ଧସୁପ୍ତ କୁକ୍କୁଟ କୁମ୍ଭତୁଆ ତାକୁ ଉତ୍ତର ଦିଅନ୍ତି, ପଲ୍ଲୀର ବୁଲା କୁକୁରଦଲ ଚମକି ଉଠି ଗାଁରେ ଚହଲ ପକାଇଦିଅନ୍ତି। ଘଡ଼ଘଡ଼ ଶଢ଼ରେ ଶଗଡ଼ ଚାଲିଯାଏ ଷ୍ଟେସନ ଅଭିମୁଖେ।

ପଚାଶ ବର୍ଷର ମାଗୁଣି ବାରବର୍ଷର ସାଥୀ ବଳଦଙ୍କୁ ଧରି ଯେତେବେଲେ ଭଡ଼ା ବୋହି ଚାଲେ, ସତୁରି ଅଶୀବର୍ଷ ତଲର କାହାଣୀ ପରି ବହିଯାଏ। ସେ କହେ ଆଗ ତା' ନିଜ କଥା– ତା'ର କେବେ ବାପା ମା' ଥିଲେ, ସେ କେବେ ସୁଖରେ ବଢ଼ି ଖଟରେ ଶୋଉଥିଲା, ସେ କେବେ ଘରେ ବସି ଦୁଇଓଲି ପେଟ ପୁରାଇ ଖାଉଥିଲା, ଆଉ ଜଣଙ୍କର ମଧୁର ବଚନ ଶୁଣି ଜୀବନର ସକଲ ଦୁଃଖ ଭୁଲିଯାଇଥିଲା। ସେ ଗଢ଼ିଥିଲା ଗୋଟେ ସ୍ୱପ୍ନରାଜ୍ୟ। ସେ ରାଜ୍ୟରେ ସେ ଥିଲା ରାଜା। ରାଣୀ କରି ଯାହାକୁ ଆଣିଥିଲା, ଜୀବନଟାକୁ ସେ ହସାଇ ହସାଇ ନଚାଉଥିଲା। ତା'ର ଅଧର ତଲେ ସେ

ଅମୃତ ପିଉଥିଲା, ତା'ର ଚାହାଣି ଭିତରେ ସେ ଜଗତ ଦେଖୁଥିଲା, ତା'ର ନିଃଶ୍ୱାସରେ ସେ ସୁବାସ ବାରୁଥିଲା ଓ ତା'ର ପାଦ ତଳେ ସେ ଫୁଲ ଫୁଟିବାର ଦେଖୁଥିଲା। କିନ୍ତୁ ସେ ସ୍ୱପ୍ନ ତା'ର ବେଶୀ ଦିନ ରହିଲା ନାହିଁ। ସ୍ୱପ୍ନମୟୀ ହସିହସି ଚାଲିଗଲା ଏ ସଂସାରର ସେ ପାଖକୁ। ଏପାଖେ ଏ ଦୁଇଟି ବଳଦ ଗାଁରୁ ଷ୍ଟେସନକୁ ଓ ଷ୍ଟେସନରୁ ଗାଁକୁ ଦିନକେ ଦୁଇଥର ଯାଇ ତାକୁ ଆରଜନ୍ମରେ ଭେଟିବାକୁ ଚେଷ୍ଟା କରୁଥିଲା।

ଶଗଡ଼ ବୋହିଲାବେଳେ ଏ କଥା ସେ ସମସ୍ତଙ୍କୁ ଶୁଣାଇ କନ୍ଦାଇ ପକାଏ, ନିଜେ ଦୁଇଟୋପା ଲୁହ ନିଜର ଚିରା କାନିରେ ପୋଛିଦେଇ ବଳଦ ଉପରେ ହାତ ମାରି ପୁଣି କହେ ଆଉ ଗୋଟାଏ ଗନ୍ଦ। ଲୋକଙ୍କ ବାଟ ସରିଯାଏ, କିନ୍ତୁ ତା'ର ଗନ୍ଦ ସରେ ନାହିଁ। ସେ କହେ ତା' ଶଗଡ଼ରେ ନ ବସିଚି କିଏ ? ବସି ନ ଥିଲେ ବସି ନ ଥିବେ ଖଲିକୋଟର ରାଜା। କିନ୍ତୁ ଦେବାନ୍ କହ, ମ୍ୟାନେଜର କହ, ଓକିଲ କହ, ମହାଜନ କହ, ଏପରି କି ମହାତ୍ମାଙ୍କ ଭକ୍ତ ପର୍ଯ୍ୟନ୍ତ କହ ସମସ୍ତେ ବସିଛନ୍ତି ତା' ଶଗଡ଼ରେ। ଏସବୁ କଥା କହିଲାବେଳେ ସେ ଏଡ଼େ ଉସ୍ଆହରେ କହେ ଯେ, ବେଳେବେଳେ ବଳଦ ଦୁଇଟା ଠିଆ ହୋଇଗଲେ ମଧ ସେମାନଙ୍କୁ ଅଟ୍‌ଆଏ ନାହିଁ। ଜାଣି ପାରିଲେ କହେ, ଏ ପଶୁଗୁଡ଼ାକ ମଧ ଏ କଥା ଶୁଣିବାକୁ କାନଉଛନ୍ତି।

ମାଗୁଣିର ଶଗଡ଼ ଓ ବଳଦ ଖଲିକୋଟର ଗୋଟିଏ ବିରାଟ ଇତିହାସ ନ ହେଲେ ମଧ ସେ ଇତିହାସର କେତେଟା ପୃଷ୍ଠା। ସେ ଇତିହାସ କହେ, ଏ ଶଗଡ଼ ରାଜ୍ୟର ସମସ୍ତିଙ୍କୁ ଚିହ୍ନିଛି। କେତେ ବାଲବିଧବା ଏହାରି ଉପରେ ବସି ଶାଶୁଘରୁ ବାପଘରକୁ ଫେରିଛନ୍ତି। କେତେ ସୁହାସିନୀ କୁଲବଧୂ ବାପଘରୁ ଶାଶୁଘରକୁ ମଧ ଯାଇଛନ୍ତି। ଖଜଣା ଗଣ୍ଠିକ ଦେଇ ନ ପାରି ଯେଉଁଦିନ ମଣ୍ଡଳ ଗାଁର ଗଦା ରାଉଳ ଜେଲ ଗଲା, ସେଇଦିନ ତା' ଘରର ଛାଣ୍ଡିଶୀମୁଣ୍ଡ ଆଦି ଏଇ ଶଗଡ଼ରେ ବୁହାହୋଇ ଆସି ରଜାଘର କଚିରି ଦୁଆରେ ଜମା ହୋଇଥିଲା। ଯେଉଁଦିନ ବେନ୍ଦାଳିଆ ଗାଁର ମଧୁ ରଥେ ନରହତ୍ୟା ଅପରାଧରେ ଧରାହେଲେ, ସେଦିନ ସେ ଏଇ ଗାଡ଼ିରେ ବସି ଯାଇଥିଲେ। ଏଇ ଗାଡ଼ିରେ ବସି ଓକିଲ ଆସି ରଜାଘର ପକ୍ଷ ନେଇଛନ୍ତି। ଏଇ ଗାଡ଼ିରେ ରୟିତ ନେତାଏ ହାତକଡ଼ା ପଡ଼ି କଟିକି ଯାଇଛନ୍ତି। ଏଇ ଗାଡ଼ି ସୁଖ ଦେଖିଛି, ଦୁଃଖ ଦେଖିଛି। ଲୁହ ବୋହି ଏଇ ଗାଡ଼ିର ଶୁଙ୍ଖଳା ପାଲର ଗଦି ଓଦା ହୋଇଯାଇଛି, ହସରୋଲରେ ଏଇ ଗାଡ଼ି କେତେ କମ୍ପିଛି।

ଏଇସବୁ କଥା କହି ମାଗୁଣି ଯେତେବେଳେ ଗାଡ଼ି ଚଲାଏ, ମନେହୁଏ ମାଗୁଣି ଗୋଟାଏ ଜୀବନ୍ତ ଇତିହାସ। ଏପରି ଦଶ ପାଞ୍ଚଟା ଇତିହାସକୁ ଏକାଠି କଲେ ଓଡ଼ିଶାର ଗୋଟାଏ କୋଣାର୍କ ଠିଆରି ହୁଅନ୍ତା।

ଦିନେ ମାଗୁଣି ଶୁଣିଲା, ତା' ଗାଡ଼ିରେ ଆଉ ଲୋକେ ବସିବେ ନାହିଁ, କାରଣ

ସିଂହଘର ଗୋଟାଏ ମୋଟର ବସ୍ ଆଣୁଛନ୍ତି । ଶୁଣିଲାମାତ୍ରେ ସେ ହସିହସି ଆକାଶ ଫଟାଇ ଦେଲା । କହିଲା, "ମୋଟର୍ ବସ୍ ! ତା' କ'ଣ ମୋ କାଳିଆ କସରାକୁ ଟପିଯିବ ? ଭଲ କରି ଆହାର ଦେଇ ଯେତେବେଳେ ହାତ ମାରିଦେବି ଲୋକେ କ'ଣ ମୋ ଗାଡ଼ି ଛାଡ଼ି ସେ ଗାଡ଼ିକି ଯିବେ ?" ଏ କଥା ଶୁଣି ସମସ୍ତେ ହସିଲେ ସତ, ମାତ୍ର ସେ ଖାତିରି କଲା ନାହିଁ । ଦୁଇ ଚାରି ଦିନ ଗଲା । ଦେଖୁ ଦେଖୁ ଗଡ଼ରେ ମୋଟର ବସ୍ ପହଞ୍ଚିଲା । ଲୋକେ କହିଲେ, ଏଥର ମାଗୁଣିର ବ୍ୟବସାୟ ବୁଡ଼ିଲା । ଏକାବେଳକେ କୋଡ଼ିଏ ଜଣଙ୍କୁ ଧରି ଘଣ୍ଟାକେ ଚାଳିଶ ମାଇଲ ଯିବ । ମାଗୁଣି କି ତାକୁ ବଳିଯିବ ?

କଥା ସତ । ଦୈତ୍ୟଦାନବ ପରି ଗଡ଼ରେ ମୋଟର ବସ୍‌ଟାକୁ ଦେଖି ମାଗୁଣିର ମନରେ ଛନକା ପଶିଗଲା । ସେ କାନ୍ଦି ପାରିଲା ନାହିଁ ସତ, କିନ୍ତୁ କାନ୍ଦକାନ୍ଦ ହୋଇ ଭାବିଲା, ସେଦିନ ଯାଇଥିଲି କୋଦଳା ସଭାକୁ । କିଏ କହୁଥିଲେ, କଳ ଜିନିଷଠୁଁ ହାତଜିନିଷ ଭଲ । ତା'ହେଲେ ମୋଟର କଳଠୁଁ କ'ଣ ମୋ ଶଗଡ଼ ଭଲ ନୁହେଁ ? ଏତେ ଲୋକ ତ ସଭାରେ ବସି ଶୁଣୁଥିଲେ, ସେମାନେ କ'ଣ ମୋର ଦୁଃଖ ବୁଝିବେ ନାହିଁ ? କର୍ମୀ ନ ବୁଝିଲେ ଯିବି ଗାନ୍ଧିଙ୍କ ପାଖକୁ । ଦରିଦ୍ରର ସାଥୀ ସେ, ଗରିବଙ୍କ ବନ୍ଧୁ ସେ । ସେ କ'ଣ କହିବେ ମାଗୁଣି ମରିଯାଉ, ଆଉ ଏ ସିଂହେ ବଞ୍ଚନ୍ତୁ ?

ଷ୍ଟେସନରୁ ଗଡ଼କୁ ସିଂହଙ୍କ ବସ୍ ଚାଲିଲା । ମାଗୁଣିର ଶଗଡ଼ ମଧ୍ୟ ଚାଲିଲା । କିନ୍ତୁ ବସ୍ ପୂର୍ଣ୍ଣ, ଶଗଡ଼ ଖାଲି । ମାଗୁଣି ଯେତେ ଆଗରୁ ରାତି ଅଧରୁ ଉଠି ଷ୍ଟେସନରେ ଶଗଡ଼ ହାଜର କଲେ ମଧ୍ୟ ଲୋକେ ଗଲେ ବସରେ । ଯେତେ ନୂଆ ଅଖାର ଗଦି ପକାଇଲେ ମଧ୍ୟ ଲୋକେ ଧାଇଁଲେ ବସ୍ ମୁହଁକୁ । ଯେତେ ହାତ ଧରି ଡାକିଲେ ମଧ୍ୟ ଲୋକେ ଚାହିଁଲେ ବସ୍ ଆଡ଼କୁ । ଦିନେ ଗଲା, ଦୁଇ ଦିନ ଗଲା । ସେ ଦୁଇଓଳି ଖାଇକରି ଆସୁଥିଲା, ଓଳିଏ ଖାଇ ଆସିଲା । ସେ ଭାତ ଖାଇ ଆସୁଥିଲା, ତୋରାଣି ପିଇ ଆସିଲା । ସେ ଦୁଇ ଓଳିରେ ଥରେ ପିଇ ଆସୁଥିଲା– କ୍ରମେ ତିନି ଓଳି ଚୁଲି ଲାଗିଲା ନାହିଁ । କାଳିଆ କସରା ଛାତିହାଡ଼ ଦିଶିଲା । ସେମାନଙ୍କୁ ଧରି ଯେତେବେଳେ କାନ୍ଦିଲା, କିଏ କହିଲା ପାଗଳ, କିଏ କହିଲା ବାୟା ।

ତା'ପରେ ଯେଉଁଦିନ ମାଗୁଣିର କୁଡ଼ିଆ ଦୁଆର ଭାଙ୍ଗି ଗାଁଲୋକେ ତା' ଶବ କାଢ଼ିଲେ, ଦେଖିଲେ ଛିଣ୍ଡା କତରା ତଳେ ପାଞ୍ଚଣ ବାଡ଼ି ଖଣ୍ଡିକ ଶୁଆଇଦେଇ ମାଗୁଣି ଆଖି ବୁଜିଦେଇଛି । ମଶାଣିରେ ନିଆଁ ଜଳିଲା, ଆକାଶରେ ପକ୍ଷୀ ଉଡ଼ି ଧୂଆଁ ପାର ହେଲେ । ପୃଥିବୀର ଦୁଇଲକ୍ଷ ଲୋକ ସେ ଖବର ପାଇ ଦୁଃଖରେ କହିଲେ, "ଆହା, ମାଗୁଣି ଚାଲିଗଲା ।"

ଡାହାଣୀ ଆଲୁଅ

ଉପେନ୍ଦ୍ର କିଶୋର ଦାସ

(ଏକ)

ପୁଣି ବର୍ଷା ହେଲା । ପବନ-ପହୁଡ଼ା ତାଳଗଛ ମଥାନ ଉପରେ ଚଉଦମେଲଣର ଯୋଡ଼ି-ନାଗରା ବଜାଇ ।

ରାତି ଅନ୍ଧାର-ହୁଜା ନିଶବଦ ବଣଭୂଇଁ ଛାତିରେ, ଭଙ୍ଗା ମାଟି ଘରଟିଏ, ବର୍ଷା କାକର ଦାଉରେ ଛଣ ଛପରତକ ତାର କେଉଁକାଲୁ କୁଆଡ଼େ ଉଡ଼ିଗଲାଣି । କନ୍ଥା ବଣ ଭିତରେ ଖାଲି ଗୋଟାଏ ଉଂଚ ଢିହ, ଆଉ ଦଦରା କାନ୍ଥ କେତେ ପଟ । ବତାସ ଦାଉରେ ସେତକ ବି ଏଲ଼ାଗେ ପଡ଼ିଯିବ ସତେ କି ?

ଘଡ଼ିକ ପରେ ବର୍ଷା ଥମି ଆସିଲା । ଅଙ୍ଗାରବୋଲା ରଙ୍ଗ ଦେହରେ ବିଜୁଳି ଝକ୍‌ମକ୍ ମାରି ବତାସ ଝପଟିଗଲା ଗଜା-ଧାନ ଗଛ ମେଲରେ ନହଲ ପକାଇ ଦେଇ ।

ଘର ପଛପଟ ଝଙ୍କା ବରଗଛ ଭିତରୁ ଜିଅନ୍ତା ଅନ୍ଧାର ଖଣ୍ଡକ ପରି ଗୋଟାଏ ବାଦିରି ଉଡ଼ିଆସି ଆଉ ଗୋଟାଏ ଗଛରେ ଝୁଲିଲା । ଡେଶା ଝାପଟରେ ତା'ର ଗଛ ତଳେ

ଟପ୍ ଟପ୍ ହୋଇ ବର୍ଷା ହୋଇଗଲା ଆଉ ଥରେ। ବିଲ ଗହିର ଆର ପାଖେ ମଶାଣି ଦଣ୍ଡରେ ସେତିକି ବେଳେ ଗୋଟାଏ ବଡ଼ ଆଲୁଅ ମଶାଲ ପରି ଦପ୍ ଦପ୍ ହୋଇ ଜଳି ଉଠି ସେହି ବରଗଛ ତଳଯାଏ ଆସିଲା। ତା'ପରେ ହଠାତ୍ ଲିଭିଗଲା।

ଗଛ ଉପରେ ବାଦିରିଟା ଚମକି ପଡ଼ି କହିଲା, କିଏ ?

ଦଣ୍ଡକେ ଆଲୁଅଟା ପୁଣି ଜଳି ଉଠିଲା ଦାଉ ଦାଉ ହୋଇ। କହିଲା, ସେଇ—
"କିଏ ? ମୁଁ ତ ଚିହ୍ନି ନାହିଁ।"

— ଚିହ୍ନିନାଉଁ ? ଆଲୁଅ ହସିଲା; ଏଇ ଘର ପାଖରେ ବରଗଛରେ ଅଛୁଟି ? ଅନେକ ଦିନ ଆଗେ ଏ ଘରେ କିଏ ଥିଲା ଜାଣିନାଉଁ କିଛି ?

— ନା, ଚାରିମାସ ହେଲା ଜମା ମୁଁ ଏଠିକି ଆସିଚି।

— ଚାରିମାସ ମୋଟେ ? ତେବେ ଆଉ ଜାଣିବୁ କୁଆଡୁ ? ସେ ଢେର ଦିନର କଥା। ବୋଧହୁଏ ତିନି କି ଚାରିବର୍ଷ ହେଲାଣି। ଏ ଘରେ ସେତେବେଳେ ଥିଲୁ ମୁଁ ଆଉ ମୋର ସ୍ୱାମୀ। ସଂସାରରେ ଦୁଃଖ କ'ଣ ଦିନକ ପାଇଁକି ଜାଣି ନଥିଲି ତାଙ୍କ ଲାଗି। କିନ୍ତୁ ଦଣ୍ଡକେ କ'ଣ ହୋଇଗଲାଟି। ଆଲୁଅଟା ଥରେ ଥରି ଉଠି ମିଞ୍ଜି ମିଞ୍ଜି ହୋଇ ଆସିଲା।

ଦଣ୍ଡେ ଗଲା।

ପୁଣି କହିଲା, ଆଜିକାଲି ସ୍ୱପ୍ନ ପରି ଲାଗେ ସେ କଥା ସବୁ। ସେ ଅବସ୍ଥାରେ ବି ଛାତି ମଡୁ ହୋଇଯାଏ କାନ୍ଦରେ। କିନ୍ତୁ ଛାଡ଼ ସେ କଥା। ନୂଆକରି ସେ ଦୁଃଖ ଡାକି ଆଣିବାକୁ ମୋର ଆଉ ମନ ନାଇଁ।

ବାଦିରିଟା କେଁ କେଁ ହୋଇ ଗଛ ଡାଳକୁ ଆହୁରି ଓହ୍ଲାଇ ଆସିଲା। କହିଲା, ନାଇଁ କୁହ, କୁହ ସେ କଥା। ଶୁଣିବାକୁ ମୋର ଭାରି ମନ ହଉଚି।

— ଶୁଣିବୁ ? ହଉ ଶୁଣ ତେବେ। ଆଲୁଅ ଆରମ୍ଭ କଲା: ଢେର ଦିନ କଥା ହୋଇଗଲାଣି। ଏଇକ୍ଷିଣା ଏମିତି କାନ୍ତୁରା ବଣ ହୋଇଯାଇଚି ସିନା, ଏଇ ଘର ଦିନେ ପୁଣି ଲୋକ ଗହଳରେ ଖାଲି ହସୁଥିଲା, ମୁଁ ଯେତେବେଳେ ପ୍ରଥମେ ଏଠିକି ଆସେ। ସ୍ୱାମୀ ମୋର କାହିଁକି କେଜାଣି କଟକରୁ ପଢ଼ା ଛାଡ଼ିଦେଇ ଘରେ ଆସି ବସିଥିଲେ। ନିମିତ୍ୟ ଘର ପରେ ଆଉ ସେ କଟକକୁ ଯାଇନାହାନ୍ତି। ସେକଥା, ସେଇ ପ୍ରଥମ ରାତି କଥା ମନରୁ ପାସୋରି ଯିବ ନାଇଁ କେବେ। ଦୂର ସମ୍ପର୍କର ଜଣେ ନଣନ୍ଦ ହେବେ ସେ; ମତେ ଯେତେବେଳେ ଆଣି ଏଇ ଘରର ଗୋଟାଏ ବଖରା ଭିତରକୁ ପେଲି ଦେଇ ବାହାର କବାଟ କିଲି ଦେଲେ। ଘର ଭିତରେ ଗୋଟାଏ କୋଣରେ ପିତଳ ଦୀପଟା ମିଞ୍ଜି ମିଞ୍ଜି ହୋଇ ଜଳୁଛି। ଘର ମଝିରେ ଖଣ୍ଡେ ଅଣଓସାରି ଖଟ ଉପରେ

ବିଛଣା ପରା । କବାଟ ପାଖେ ଠିଆ ହୋଇ ସରମ ସଂକୋଚରେ ଦିହ ଗୋଟାକ ମୋର ଝାଲରେ ବୁଡ଼ିଗଲା ।

ସ୍ୱାମୀ ଖଟ ଉପରେ ଶୋଇଥିଲେ କାନ୍ତୁ ଆଡ଼କୁ ମୁହଁକରି । ପାଇଜୋଡ଼ା ଝମଝମ ଶୁଣି ଫେରି ଚାହିଁଲେ । ତା'ପରେ ଖଟରୁ ଉଠିଆସି ମୋ ହାତ ଧରି ଡାକିଲେ, ଆସ ।

ବରଡ଼ାପତ୍ର ପରି ଥରୁଥାଏ ମୋ ହାତ ଦି'ଟା ତାଙ୍କ ହାତ ଭିତରେ ସେତେବେଳେ । ଦଣ୍ଡେ ଗଲା, ଦୁହେଁଯାକ ଚୁପ୍‌ଚାପ୍ । ହାତକୁ ମୋର ଖୁବ୍‌ ଜୋରରେ ଚୁମୁଟି ଦେଇ ସେ ହସିଲେ; କହିଲେ, ଆହା ଲଜ୍ଜାବତୀ ଲତା ! ଦି'ବର୍ଷ ଆଗରୁ ମୋରି ଆଗରେ ପରା ଘୋଡ଼ା ପରି ଡେଉଁଥିଲ ବାପଘରେ ତମର । ଲାଜ ମାଡ଼ୁନାଇଁ ଆଜି ଏତେ ଛିଇ ହେବାକୁ ?

ମନେମନେ ହସିଲି । ସତରେ ତ, ପିଲାଟି ଦିନୁ ମୁଁ ଦାସଭାଇ ବୋଲି ପାଣି ପିଉ ନଥିଲି ୟାଙ୍କ ପେଙ୍ଗ । ଏ ପୁଣି ମୋତେ ବାହା ହୋଇବସିବେ, ଏକଥା କିଏ ଜାଣିଚି ।

ଟାଣିଟାଣି ସେ ମତେ ଖଟ ପାଖକୁ ନେଇ ଶୁଆଇଦେଲେ । ଉଢ଼ଣା କାଢ଼ିଦେଇ ମୁହଁକୁ ଦି'ହାତରେ ଟେକି ଧରି ଡାକିଲେ-ରତି ।

ଜବାବ ଦେଲି ନାହିଁ ନାଜରେ ।

କଥା କହିବୁ ନାଇଁ ମତେ ? ସେ ପଚାରିଲେ ।

ତଥାପି କିଛି କହିଲି ନାଇଁ ।

ଦି'ଟା ବର୍ଷରେ କ'ଣ ଏତେ ପର ହୋଇଗଲି ତୋ ପାଖେ ? କଥା ପଦେ କହିବୁ ନାଇଁ ? ହଉ ତେବେ ମୁଁ ଯାଉଛି । ସେ ଖଟ ଉପରୁ ଉଠିଲେ ଘର ଛାଡ଼ି ଚାଲିଯିବାକୁ । ବାଧ୍ୟ ହୋଇ କହିଲି, କ'ଣ ?

ସୁଖରେ ତାଙ୍କ ମୁହଁ ପୂରିଉଠିଲା । ଖଟ ଉପରେ ବସି ଦି' ହାତରେ ମତେ ତାଙ୍କ କୋଡ଼ ପାଖକୁ ଟାଣିନେଇ କହିଲେ, ଦି'ବର୍ଷ ତଳ କଥା ମନେ ପଡ଼ୁଚି ତୋର ରତି, ଖରାବେଳେ ଦିନେ ତମ ଭାଉଜ ଆମ ଦିହିଁଙ୍କ ଗୋଟାଏ ଘରେ ପୂରାଇ କବାଟ ଲଗାଇ ଦେଇଥିଲେ ଥଟ୍ଟାରେ ଥରେ ? ସେହିଦିନୁ ଜାଣିଲି, ତତେ ପାଇବା ଆଶା ଏମିତି ଅସମ୍ଭବ ନୁହେଁ ମୋ ପକ୍ଷରେ । ତା' ଆଗରୁ ତମ ଘରେ ତ କେହି ରାଜି ହେଉ ନଥିଲେ ମୋ ସାଙ୍ଗେ ବାହା ଦେବାକୁ, ନୁହେଁ ?

ଲାଜ ସଂକୋଚ ଅନେକ କମି ଆସିଲା ତାଙ୍କ କଥାରେ । କହିଲି, ବୋଉର କିନ୍ତୁ ମନ ଥିଲା ଭାରି ।

ମୁଁ ସେ କଥା ବୁଝିଥିଲି । ତା ନୋହିଲେ ଆମ ବୃନ୍ଦାବନ ତୋ ସାଙ୍ଗେ ବାହା ହିବା କଥା ଯୋଉଦିନ ତମ ବାପା ମତେ କହିଲେ, ତମ ଘରକୁ ଯିବା ସେହିଦିନୁ ମୋର ସରିଯାଇଥାଆନ୍ତା ।

ସଂସାରରେ କନ୍ୟା ତମକୁ ଅପୂର୍ବ ହୋଇ ନ ଥାନ୍ତେ, ମୁଁ କହିଲି । ସେ ହସିଲେ, କହିଲେ ମିଳିଥାନ୍ତେ ପରା । କିନ୍ତୁ କାହା ପାଇଁ ଆଜିଯାଏ ମୁହଁରେ ଧରି ନଥିଲି ସେ କଥା ?

ଲାଜ ଆଉ ଆନନ୍ଦରେ ଉଲ୍ସିଉଠି କହିଲେ; ମୁଁ ଜାଣେ । ପାଗଲଙ୍କ ପରି ସେ ମତେ ଛାତି ଉପରେ ଭିଡ଼ି ଧରି କହିଲେ, ମୋ ଭାଗ୍ୟ, ମୋ ଭାଗ୍ୟ ସେ, ରତି । ଜୀବନରେ ସବୁଠୁଁ ବଡ଼ ଗୁହାରି ଭଗବାନ ମୋର ଶୁଣିଛନ୍ତି । ଆଜି, ଏତେ ପାଖରେ ତତେ ପାଇ, ତେବେ ବି କେମିତି ବିଶ୍ୱାସ ହେଉ ନାହିଁ ମୋର, ପାଇଛି ବୋଲି ।

ମୁହଁ ଢାଙ୍କର ଆସ୍ତେ ଆସ୍ତେ ମୋ ଓଠ ପାଖକୁ, ଖୁବ୍ ପାଖକୁ ନଇଁ ଆସିଲା । ଖିଡ଼ିକି ବାଟେ ମେଘୁଆ ପବନ ସେଟିକିବେଳେ ଘର ଭିତରୁ ଦୀପଟା ଲିଭାଇଦେଇ ବାହାରିଗଲା ।

(ଦୁଇ)

ଏହିଯାଏ କହି ଆଲୁଅ କ'ଣ ଭାବି ଟିକେ ତୁନି ହେଲା । ଗଛ ଉପରୁ ବାଦିରି ପଚାରିଲା, ହଁ, ସେଉଠୁ ?

ଆଲୁଅ ପୁଣି ଆରମ୍ଭ କଲା ।

ପ୍ରାୟ ବର୍ଷେ ଚାଲିଗଲା ଏଥି ଭିତରେ । କିନ୍ତୁ ସେଇ ଦିନଟା ବିଶେଷ କରି ମୋ ଜୀବନ ଭିତରେ ମନେରଖିବା ଭଳି । କାହିଁକି ନା, ସେହି ପହିଲି ଦିନୁ ମୁଁ ଜାଣିପାରିଲି ସେ ମତେ କେତେ ଭଲପାନ୍ତି । ସ୍ୱାମୀ, ଆଉ ଗୋଟିଏ ଆଇଶାଶୁ, ଏ ଛଡ଼ା ଏ କୁଳରେ ମୋର ଆଉ କେହି ନଥିଲେ । ଆଇଶାଶୁଙ୍କୁ ପୁଣି ଭଲ ଦିସେ ନାହିଁ । ମତେ ସେଥିପାଇଁ ନୂଆବୋହୂର ନାଜ ଛାଡ଼ି ସବୁ କାମ କରିବାକୁ ହେଲା ସେହିଦିନୁଁ ।

ସେ ବି ଆଉ ମତେ ଛାଡ଼ି କଟକ ଗଲେ ନାହିଁ । ଯେମିତି ଆଖିରୁ ଦଣ୍ଡେ ଅନ୍ତର କରି ସେ ଚଲିପାରିବେ ନାଇଁ କେଉଁଠି । ଶୋଇବା ଘରଟିରେ ସକାଳୁ ସଞ୍ଜ୍ୟାଏ ମୁହଁ ଚାହାଁଁଚାହିଁ ହୋଇ ଦିହେଁଯାକ ବସିଥାଉଁ । କେତେ ଦେଶର କେତେ ଆଶ୍ଚର୍ଯ୍ୟ କଥା ପଡ଼େ । ଗପୁ ଗପୁ ସଞ୍ଜ ହୋଇଯାଏ, ଆମ କଥା ସରେ ନାଇଁ ।

ଦିନେ । ଏମିତି ସେଦିନ ଭାରି ବର୍ଷା । ସେ କୁଆଡ଼େ ଯାଇଥିଲେ । ଦାଣ୍ଡ ପିଣ୍ଢାରେ ଠିଆ ହୋଇ ଚାହିଁଛି ଦିଗବୁଡ଼ା ବିଲ ଅସରନ୍ତି ଭିତରେ ବର୍ଷା ପବନରେ ଲୁଚକାଳି ଖେଳ ଆଡ଼କୁ । ସେ ପଛରୁ ଆସି ମୋ ଆଖି ବନ୍ଦ କରି ଧରିଲେ । ଚମକିପଡ଼ି କହିଲି; ମୁଁ ଜାଣେ–

ପଚାରିଲେ, କିଏ ?

ସେଇ...

ନାଁ ନ କହିଲେ ଛାଡ଼ିବି ନାହିଁ ।

ହସମାଡ଼ିଲା କଥା ଶୁଣି । କହିଲି; ମୁଁ ଜାଣେ ନାଇଁ, ଯା ।

ଆଖି ଛାଡ଼ି ମୋ କାନ୍ଧ ଉପରେ ହାତ ରଖି ସେ କେତେ ଶରଧାରେ ଡାକିଲେ—ରତି !

ଊଁ–

କେମିତି ବର୍ଷା ?

ଭାରି !

ଏତେବେଳଯାଏ ଭାରି ମନ କ'ଣ ହେଉଥିଲା ପରା କାହାକୁ ନ ଦେଖି । ସେ ହସିଲେ ମୋ ଆଡ଼େ ଚାହିଁ ।

ଭାରି ନାଜ ମାଡ଼ିଲା । ସେକଥା ଗୋଲେଇ ଦେବାକୁ ପଚାରିଲି, କୁଆଡ଼େ ଯାଇଥିଲ କି ଆଜି ?

କହିଲେ, ଆମ ଜମିଦାରଙ୍କ ଘରକୁ । ଅନେକ ଦିନ ପରେ ଆମ ବୁଢ଼ା ଜମିଦାରଙ୍କ ପୁଅ ବୃନ୍ଦାବନ ଆସିଚି । ଭାବିଲି, ଦେଖା କରିଆସେ ଟିକେ !

ବୃନ୍ଦାବନ ! ଏ ସେଇ ବୃନ୍ଦାବନ ନୁହେଁ ତ ? ଯାହା ସାଙ୍ଗେ ଏଥି ଆଗରୁ ମୋ ବାହାଘର ସବୁ ଥୟ ହୋଇଯାଇଥିଲା । ପଚାରିଲି, ବୃନ୍ଦାବନ କିଏ କିହୋ ?

ଆଶ୍ଚର୍ଯ୍ୟ ହୋଇ ସେ ମୋ ମୁହଁକୁ ଚାହିଁଲେ । କହିଲେ, ଏତେ ଜଲ୍‌ଦି ଭୁଲିଗଲଣି ? ଦି'ବର୍ଷ ତଳେ ମୁଁ ଆଉ ବୃନ୍ଦାବନ ପରା ସାଙ୍ଗ ହୋଇ ତମ ଘରକୁ ଯାଉଥିଲୁ । ତୋ' ସାଙ୍ଗେ ପୁଣି ତା'ର ବାହାଘର ପ୍ରସ୍ତାବ ଚାଲିଥିଲା । ମନେ ନାଇଁ ?

କହିଲି, ହଁ ମନେ ପଡ଼ିଲା ।

ଆଗେ ଆମ ଘରକୁ ଆସୁଥିଲା ବରାବର, ଯେବେ ଏ ଗାଁକୁ ଆସେ । ଆଉ ମୋ ବାହାଘର ପରେ ଆସିନାହିଁ । ଦିନେ ତୋ ନାଁ କହି ଡାକିଆଣିବି ତାକୁ ।

କହିଲି, ନାଇଁ ନାଇଁ, ମୋ ନାଁ କାହିଁକି କହିବ ? ଛି-ଛି, ତମେ ତମର ଡାକିଆଣିବ । ଆଚ୍ଛା ହେଉ, କହି ସେ ଲୁଗା ପାଲଟିବାକୁ ଘର ଭିତରକୁ ଚାଲିଗଲେ । ଭିତର ଘରୁ ଟୋକେଇଟା କାଢ଼ି ପରିବା ବନେଇ ବସିଲି ରାତି ପାଇଁ ।

(ତିନି)

ଦିନେ ସତରେ ସେ ବୃନ୍ଦାବନକୁ ଡାକିଆଣିଲେ ।

ସଞ୍ଝବେଳେ ବିଛଣା ପକାଇବାକୁ ଘର ଭିତରକୁ ଯାଇଚି, ବାହାରେ କାହା ପାଟି ଶୁଭିଲା । ଚାହିଁଲି, କବାଟ ପାଖେ ସେ ଆଉ ବୃନ୍ଦାବନ ।

ମତେ ଦେଖି ବୃନ୍ଦାବନ ଦୁଆରମୁହଁରୁ ଟିକେ ଘୁଂଚିଗଲା। ଉଡ଼ଣା ପକାଇ ମୁଁ ତରବରରେ ସେ ଘରୁ ପଳାଇଗଲି। ଘର ଭିତରେ ତାଙ୍କ ତୁଣ୍ଡ ଶୁଭୁଥାଏ। ଜ୍ୱଳାକବାଟି ପାଖେ ଚାହିଁଲି। ଏଇ ସେଇ ବୃନ୍ଦାବନ, ବରଷ ଦି'ଟାରେ ଏତେ ବଦଳି ଗଲେଣି ନା ? ଆଗ ପିଲାଳିଆ ଚେହେରା ଆଉ ନାହିଁ। ଏହିକ୍ଷଣି ଯେମିତି ପୂରା ବାବୁ।

ତାଙ୍କ ସଂଗେ ସେ ଗପ କରୁ କରୁ କହିଲେ, ଆଜିକାଲି ତୁ ତ ଖୋଦ୍ ଜମିଦାର। ଗରିବ ଘରେ ବସିଚୁ ବୋଲି କହିବାକୁ ବି ନାଜ ମାଡ଼ିଲାଣି ଏଣିକି।

ବୃନ୍ଦାବନ କହିଲେ, କେତେ ଠଟ୍ଟା କର ତମେ ଦାସଭାଇ। ଏଇ ଘରେ ପିଲାଟି କାଳରୁ ମୁଢ଼ି ଚୁଡ଼ା ଖାଇ ପରା ଏ ଦେହରେ ଅଧେ ରକ୍ତ ହୋଇଥିବ। ସେକଥା କ'ଣ ଭୁଲିଗଲଣି ଏଡ଼େ ଚାଣ୍ଟେ ?

ତେବେ ଜମିଦାର...

ବୃନ୍ଦାବନ ଅସହିଷ୍ଣୁ ହୋଇ କହିଉଠିଲେ, ଫେର୍ ଯଦି ଜମିଦାର ଜମିଦାର ହେବ, ଆଉ ଆସିବି ନାହିଁ ଏଠିକି ଜାଣିଥା।

ସେ ହସିଲେ। କହିଲେ, କୋଉ ଏବେ ଆଜିଯାଏ ଆସୁଥିଲୁ ? ଡାକିଲାଉଁ ସିନା !

ତଳକୁ ମୁହଁପୋତି ବୃନ୍ଦାବନ କହିଲେ; ନାଇଁ କାମଦାମ ଗହଳିରେ ଆସିପାରି ନଥିଲି। ଏଣିକି ବରାବର ଆସିବି।

ଖିଡ଼ିକି ପାଖେ ଅଜାଣତରେ କେତେବେଳେ ମୋ ହାତକାଚ ବୋଧହୁଏ ଟିକେ ବାଜି ଉଠିଥିବ, ବୃନ୍ଦାବନ ମୁହଁ ଫେରାଇ ଖିଡ଼ିକି ଆଡ଼େ ଟିକେ ଚାହିଁଲେ, ତା'ପରେ ହଠାତ୍ ଉଠି କହିଲେ, ଆଜି ଯାଉଚି ଦାସଭାଇ, କାମ ଅଛି। ଆଉ ଦିନେ ଆସିବି।

ଆଗରେ ଆଲୁଅ ଦେଖାଇ ସେ ପଦାକୁ ଆସିଲେ। ତାଙ୍କ ପଛେ ପଛେ ବୃନ୍ଦାବନ। ଘରୁ ବାହାରିଲାବେଲେ କାହିଁକି କେଜାଣି ବୃନ୍ଦାବନ ଏଆଡ଼େ ସେଆଡ଼େ ଥରେ ଚାହିଁଲେ। ତା'ପରେ ପିଣ୍ଡାରୁ ଓହ୍ଲାଇ ଦଣ୍ଡକ ଭିତରେ ଗଛ ଗହଳି ଭିତରେ ଆଉଥାଲ ହୋଇଗଲେ।

ବୃନ୍ଦାବନଙ୍କୁ ଖଣ୍ଡେ ଦୂର ବଳାଇଦେଇ ସ୍ୱାମୀ ଫେରି ଆସିଲେ। ପିଣ୍ଡା ଖୁଣ୍ଟକୁ ଆଉଜି ସେତେବେଲଯାଏ ଠିଆ ହୋଇଥାଏ ମୁଁ ତାଙ୍କୁ ଚାହିଁ।

ପାଖକୁ ଆସି ପଚାରିଲେ, ଦେଖିଲ ବୃନ୍ଦାବନଙ୍କୁ ?

ଅନ୍ୟଆଡ଼େ ମନ ଥିଲାପରି ଖାଲି କହିଲି–ହୁଁ।

ଭାରି ଭଲ ପିଲାଟିଏ, ନୁହେଁ ? ସେ କହିଲେ।

କହିଲି, କେଜାଣି ହେଇଥିବ।

ତହିଁ ଆରଦିନ ବୃନ୍ଦବନ ପୁଣି ଆସିଲେ ଆମ ଘରକୁ ବୁଲି। ଦାଣ୍ଡଘରେ ତାଙ୍କୁ ବସାଇ ସ୍ୱାମୀ ମତେ ଆସି ପଚାରିଲେ ମା' କୋଉଠି ?

ପୂଜା କରୁଛନ୍ତି ଆରଘରେ। କାହିଁକି ?

ବୃନ୍ଦାବନ ଖୋଜୁଛି, ଦେଖା କରିବ।

ବୃନ୍ଦାବନଙ୍କୁ ଡାକିବାକୁ ସେ ଚାଲିଗଲେ।

ମା'ଙ୍କ ସାଙ୍ଗେ ଦେଖାକରି ଫେରିଲାବେଳେ ଆଢ଼ହୋଇ ମୁଁ ଘର ଭିତରକୁ ପଶିଗଲି। ପିଣ୍ଡାରେ ବୃନ୍ଦାବନ ମତେ ଦେଖିପାରି ପଚାରିଲେ, ସେ କିଏ ରତି ନା, ଦାସଭାଇ ?

ସେ କହିଲେ, ହଁ।

ମଲା, ମତେ ପୁଣି ଏତେ ନାଜ। ସେଦିନ ମୋ'ରି ଆଗରେ ଲଙ୍ଗଳା ହୋଇ ଡେଉଁଥିଲା ପରା। ଆଜି ପୁଣି ଭାଉଜ ଆସନ ଦଖଲ କରି ବସିଲେଣି। ନାଜ ଛାଡୁନାଇଁ ତଥାପି।

ସେଉଠୁ ମତେ ଲକ୍ଷ୍ୟ କରି ବଡ଼ ପାଟିରେ ବୃନ୍ଦାବନ କହିଲେ, ମୁଢ଼ି ଆଉ ନଡ଼ିଆ, ବୁଝିଲ ଭାଉଜବୋଉ, ଆଜି ନ ଖାଇଲେ ତମ ଶ୍ରୀହସ୍ତରୁ ମୁଁ ଉଠୁ ନାଇଁ ଏଠୁ, ଜାଣିଥା।

ଥାଲି ଗୋଟାକରେ ମୁଢ଼ି ନଡ଼ିଆ ସଜାଡ଼ି କବାଟ ଯାଏ ଗଲି, ଯୋଉ ଘରେ ସେମାନେ ବସିଥିଲେ। ଭିତରକୁ ଯିବାକୁ କେମିତି ଭାରି ନାଜ ମାଡ଼ିଲା।

ଘର ଭିତରୁ ସ୍ୱାମୀ ଡାକିଲେ, କାହିଁ, ଆସିଲ। ବୃନ୍ଦାବନ ଏଣେ ଅଥୟ ହେଲାଣି। ମୁଣ୍ଡରେ ଲୁଗା ଟିକେ ଟାଣିଦେଇ ଘର ଭିତରକୁ ଗଲି।

ମୋ ଆଡ଼କୁ ଚାହିଁ ହସି ହସି ବୃନ୍ଦାବନ କହିଲେ, ଏତେ ପର ହୋଇଗଲି ମୁଁ ? ମତେ ଚିହ୍ନିପାରୁଚ ନା ?

କିଛି ଜବାବ ଦେଲି ନାହିଁ।

ସ୍ୱାମୀ କହିଲେ, ମଲା, ବୃନ୍ଦାବନଟାକୁ ଏତେ ନାଜ ପଡ଼ିଚି।

ମତେ ମନେ ପଡୁଛି ? ବୃନ୍ଦାବନ ପୁଣି ପଚାରିଲେ।

ବାଧହୋଇ କହିଲି, ହଁ।

କାହିଁ, କିଛି ତ ପଚାରିଲ ନାହିଁ।

କ'ଣ, ପଚାରିବି ?

ବାପା ହେରିକା ତମର କେମିତି ଅଛନ୍ତି ? ଆଉ ଗୋଟାଏ କଥା...

ଆଶ୍ଚର୍ଯ୍ୟ ହୋଇ ତାଙ୍କ ଆଡ଼େ ଚାହିଁଲି।

ସେ କହିଲେ, ଆଉ ମୁଁ ତମକୁ ଏଣିକି ଭାଉଜବୋଉ ବୋଲି ଡାକିବି ନା ସେଇ ରତି ବୋଲି ଡାକିବି ? ବୃନ୍ଦାବନ ବଡ଼ପାଟି କରି ହସିଉଠିଲେ ।

ମଲା ଯା, ନିଆଁଲଗା ବିରାଡ଼ିଟା । ଭିତର ଘରକୁ ପଶିଲାଣି, କହି ମୁଁ ସେଠୁ ପଳାଇଆସିଲି ।

(ଚାରି)

ସେଇ ଦିନଠୁଁ ବୃନ୍ଦାବନ ପ୍ରାୟ ସବୁଦିନେ ଆସନ୍ତି ଆମ ଘରକୁ । ଆସିଲେ ମୋ ସଙ୍ଗେ ଠଙ୍ଗା ନକଲ ହେବା ଯେମିତିକି ତାଙ୍କର ଗୋଟିଏ କାମ ହେଇଛି । ମତେ କିନ୍ତୁ କାଠ କାଠ ଲାଗେ କେମିତି ଆଗ ପରି ତାଙ୍କ ସଙ୍ଗେ ସହଜ ଭାବରେ ମିଶିବାକୁ । କିନ୍ତୁ ସେ କ'ଣ ଛାଡ଼ିବା ଜନ୍ତୁ । ଏମିତି କଥା ପଦେ ପଦେ ପଚାରି ବସନ୍ତି ଯେ ଜବାବ ନ ଦେବାକୁ ବାଟ ନଥାଏ । ସ୍ୱାମୀ ଦିନେ ଦିନେ ଟିକେ ବିରକ୍ତ ହୁଅନ୍ତି । କହନ୍ତି, ଯେ ଏତେ ନାଜ କରୁଟି ତତେ କ'ଣ ଭଲ ଲାଗୁଟି ତା ସଙ୍ଗେ ଦୁଗୁଣେଇ ହବାକୁ ? ମୋ ଉପରେ କି ତାଙ୍କ ଉପରେ ବିରକ୍ତ ହୋଇ ସେ ଏକଥା କହନ୍ତି, ମୁଁ ବୁଝିପାରେନା । କିନ୍ତୁ ଆଜି ଭାବୁଟି, କେଡ଼େ ଉଚିତ ଥିଲା ମୋର ସେତିକିବେଳେ ସେକଥା ବୁଝିପାରିବା ।

ଜୀବନଭରି ଏ ଦୁଃଖ ଗଞ୍ଜଣା ତାହାହେଲେ ମତେ ଆଉ ସହିବାକୁ ପଡ଼ି ନଥାନ୍ତା । କିନ୍ତୁ କ'ଣ ହବ । ସୁଖ ସୌଭାଗ୍ୟର ଦିନ ତ ମୋର ସରିଆସିଥିଲା ତାଙ୍କ ହିସାବରେ, ଯିଏ ଏ ଦିନରାତି କରୁଛନ୍ତି ।

ଦିନେ ସକାଳେ, ମେଘ ଛାଡ଼ିଯାଇ ସେଦିନ ଗଛପତ୍ର ଦିହରେ କଅଁଳ ସୁନେଲି ତବକ ଜଡ଼ିଯାଇଛି । ଅଗଣାରେ ବିଛଣା ତକିଆ ଖରାରେ ଦଉଟି । ଘର ଭିତରୁ ସେ ଡାକିଲେ–ରତି ।

ତରବରରେ ଶୋଷ ତକିଆ ମେଲାଇ ଦେଇ ଘର ଭିତରକୁ ଆସିଲି । ଖଟ ଉପରେ ସେ ବସିଥିଲେ, ବସ୍ ଟିକେ, କାମ ଅଛି ।

ପାଖରେ ଯାଇ ବସିଲି । ମୋର ଗୋଟାଏ ହାତ ତାଙ୍କ କୋଡ଼ ଉପରକୁ ଟାଣିନେଇ ସେ କହିଲେ, ଏତେ ଦିନ ତ ଦୁଃଖକଷ୍ଟରେ ଚଳିଗଲା: ଏଣିକି କ'ଣ ହବ ?

ଆଶ୍ଚର୍ଯ୍ୟ ହୋଇ ପଚାରିଲି, କ'ଣ ଚଳିଗଲା ?

ଆମରି ଘରକଥା କହୁଛି । ମୁଁ ତ ବର୍ଷେ ହେଲା ଗାଁରେ ଆସି ବସିଲି । କଟକରେ ଥିଲେ ଚାକିରି ବାକିରି ଖଣ୍ଡେ କୋଉଠି ଦେଖିଥାନ୍ତି ଅବା ! ଘରେ ବସି ଖାଇଲେ କେତେଦିନ ଯିବ ? ଜମିବାଡ଼ି ଗୁଡ଼ାଏ ସେମିତି ଥାଆନ୍ତା ଭଲା ପେଟପାଇଁ ଭାବନା ପଡ଼ନ୍ତା ନାଇଁ । ଏଣିକି କୋଉଠୁ ରୋଜଗାର ଫନ୍ଦ ନ ଦେଖିଲେ ଚଳିବ କୁଆଡୁ

ତେବେ କ'ଣ କଟକ ଯିବ ? ଡରିଡରି ପଚାରିଲି ।

ତଳକୁ ମୁହଁପୋତି ସେ ଆସ୍ତେ ଆସ୍ତେ କହିଲେ, ତା' ଛଡ଼ା ଆଉ ଉପାୟ କ'ଣ ? ଭୟରେ ଛାତି ଭିତର କ'ଣ ହୋଇଗଲା ମୋର ସେ କଥା ଶୁଣି । ଗଲାକୁ ତାଙ୍କର ଦି'ହାତରେ ବେଢ଼ାଇ ଧରି ବିକଳ ହୋଇ କହିପକାଇଲି: ନାଇଁ, ନାଇଁ ତମେ କଟକ ଯାଅନା ମୁଁ ମରିଯିବି ତା'ହେଲେ । ତାଙ୍କ ଛାତିରେ ମୁହଁ ଲୁଚାଇ ଝରଝର ହୋଇ କାନ୍ଦି ପକାଇଲି ।

କେଡ଼େ ଶରଧାରେ ସେ ମୋ ମୁହଁକୁ ଟେକିଧରି କାନିରେ ଲୁହ ପୋଛିଦେଲେ । ହସି ହସି କହିଲେ, ମୁଁ କ'ଣ ସତରେ କଟକ ଚାଲିଯିବି ତତେ ଛାଡ଼ି ?

ତଥାପି ସନ୍ଦେହ କରି ପଚାରିଲି, ଆଉ ଏଇକ୍ଷଣି କହିଲ ?

ମିଛରେ ସେମିତି କହୁଥିଲି ନା ! ତେବେ ବୃନ୍ଦାବନ ଦିନେ ମତେ କହୁଥିଲା, ଜମିଦାରି ସିରସ୍ତାରେ ଏଇଠି ଖଣ୍ଡେ ଚାକିରି ଦବ ।

ଆଗ୍ରହରେ କହିପକାଇଲି: ହଁ, ହଁ, ତମେ ସେଇଠି ଚାକିରି କର ଭଲ ହବ । ମତେ ଛାଡ଼ି ଆଉ କଟକ ଫଟକ ପଳାଅନା ।

ସେ କହିଲେ, ଆଜି ସଞ୍ଜବେଳେ ଆସିବ ସେ । ମୁଁ ବୁଝିକରି କହିବି ବୋଲି କହିଚି ତାକୁ ଚାକିରି କଥା ।

ତହିଁ ଆରଦିନ ସତରେ ସେ ଚାକିରି ପାଇଲେ । ବେଳ ଘଡ଼ିକଠୁ ଖାଇପିଇ ଚାଲିଯାନ୍ତି ସେ ବରାବର । ସଞ୍ଜବେଳେ ଯାଇ ଫେରନ୍ତି ଘରକୁ । ଦିନେ ଦିନେ ରାତି ହୋଇଯାଏ ଅନେକ । ଆକୁଳ ଅପେକ୍ଷାରେ ଚାହିଁ ଚାହିଁ ସେଦିନ ଆଖିରୁ ପାଣି ମରେ ।

ଦିନେ, ଖରାବେଳଠୁ ସେଦିନ ଭାରି ମେଘ ଉଠିଥାଏ । ସେ ଘରେ ନଥିଲେ । ଖଟ ଉପରେ ପଡ଼ି ପଡ଼ି ଶୋଇବାକୁ ଚେଷ୍ଟା କରୁଚି, ଦୁଆରମୁହଁ ପାଖେ ପାଟି ଶୁଭିଲା । ଚାହିଁ ଦେଖିଲି, ବୃନ୍ଦାବନ । ଧଡ଼ପଡ଼ ହୋଇ ଖଟ ଉପରେ ଉଠି ବସିଲି । ସେ ମୋ ପାଖକୁ ଆସି ହସି ହସି ପଚାରିଲେ, ନିଦ ମାଡୁନାଇଁ ପରା ଶୋଇ ଶୋଇ ?

କହିଲି, ନାହିଁ ।

କେମିତି ଲୋକ କେଜାଣି, କହୁ କହୁ ଆସି ଖଟ ଉପରେ ମୋ ପାଖଟାରେ ବସିପଡ଼ିଲେ । ପଚାରିଲେ, ବଡ଼ ମା' କାହାନ୍ତି ?

ସେଦିନ କାହିଁକି ଭାରି ଡର ମାଡ଼ିଲା ତାଙ୍କ ବ୍ୟବହାର ଦେଖି । କହିଲି, ସେ ଶୋଇଛନ୍ତି ।

ଦନ୍ତେ ଗଲା ।

ସେ ଆଗେ କଥା କହିଲେ । ଡାକିଲେ-ରତି ।

କ'ଣ ?

ଦି'ବର୍ଷ ତଳ କଥା ମନେପଡ଼େ ତୋର ? ସେଦିନ ଏମିତି ବର୍ଷା । ଓଳିତଳ ପାଣିରେ ଭସାଇବାକୁ ମତେ ତୁ କାଗଜଡଙ୍ଗା ତିଆରି କରିବାକୁ କହିଲୁ । ପଚାରିଲି, କ'ଣ ଦରୁ ଡଙ୍ଗା କରିଦେଲେ ? ମନେପଡ଼େ, ସେଦିନ କହିଥିଲୁ ମୁଁ ତମକୁ ବାହାହେବି । ସେଇଦିନୁ ଏ ଧାରଣାଟା ମୋ ମନରେ ଏକାବେଳକେ ଜଡ଼ିରହିଛି ।

ଆଜି ୟା'ଙ୍କର ଏ କି କଥା ! ଭାରି ଅଡ଼ୁଆ ଲାଗୁଥାଏ ମତେ । କ'ଣ କରିବି, କାଠ ପିତୁଳି ପରି ବସିରହିଲି ।

ସେ କହିଗଲେ: ଆଜିୟାଏ ସେଥିପାଇଁ ସେମିତି ଏକୁଟିଆ ଅଛି । କେତେ ଜାଗାରୁ ସମ୍ବନ୍ଧ ଫେରାଇ ଦେଲିଣି । କାହା ପାଇଁ ଏସବୁ, ଜାଣୁ ? କାହା ରୂପଗୁଣର ତୁଳନା ପୃଥିବୀ ଭିତରେ ଆଜିୟାଏ ପାଇନାହିଁ ବୋଲି ସେଇଦିନୁ ଏମିତି ଏକୁଟିଆ ହୋଇ ଚାହିଁ ବସିଚି, ଜାଣୁ, ରତି !

ବାହାରେ ଝରଝର ବର୍ଷା ଆରମ୍ଭ ହେଲା । 'ଦୁଆରୁ ଲୁଗା ତୋଲି ଆଣେ' ବୋଲି କହି ସେ ଘରୁ କୌଣସିମତେ ପଳାଇ ଆସିଲି, ଏକାଥରକେ ମା' ଯୋଉଠି ଶୋଇଥିଲେ ।

ଗୋଡ଼ଶଦ ଶୁଣି ମା ପଚାରିଲେ, କିଏ ? ଆସ୍ତେ ଆସ୍ତେ ପାଖକୁ ଯାଇ ତାଙ୍କ ଗୋଡ଼ ଘଷି ବସିଲି । ଦାଣ୍ଡଘରକୁ ପୁଣି ଯିବାକୁ ମୋର ସାହସ ହେଲା ନାହିଁ ।

ସେଦିନ ରାତିରେ, ଖାଇସାରି ଖଟ ଉପରେ ସ୍ୱାମୀଙ୍କ ପାଖରେ ଶୋଇ କହିଲି, ବୃନ୍ଦାବନ ଆଜି ଆସିଥିଲେ ଏଠିକି ।

ଭାରି ଆଶ୍ଚର୍ଯ୍ୟ ହୋଇ ସେ ପଚାରିଲେ, କେତେବେଳେ ? କହିଲି ଦି' ପହର ତମେ ନଥିଲା ବେଳେ ।

କଥା ଶୁଣି ତାଙ୍କ ମୁହଁଟା କେମିତି କଳା ପଡ଼ିଗଲା । କହିଲେ, ଭାରି ବେହିଆ ଏ ବୃନ୍ଦାବନଟା । ତୁ ତା ସାଙ୍ଗେ ସାବଧାନ ହୋଇ ଚଲୁଥିବୁ । ତହିଁ ଆର ଦିନଠୁଁ ସେ କାମକୁ ଯିବାବେଳ ବଦଲାଇ ଦେଲେ । ଦି'ପହରେ, ଟିକେ ଶୋଇ ଛାଇ ନେଉଟିଗଲା ପରେ ବାହାରନ୍ତି; ଆସୁ ଆସୁ ରାତି ସେମିତି ଅନେକ ହୋଇଯାଏ । ଭାବିଲି, ଆଉ ବୋଧହୁଏ ବୃନ୍ଦାବନ ମତେ ବିରକ୍ତ କରିବାକୁ ଆସିବେ ନାଇଁ ।

(ପାଞ୍ଚ)

ବୃନ୍ଦାବନ କୁହୁକ ଜାଣନ୍ତି ନା କ'ଣ ? ଉପରଓଳି ସ୍ୱାମୀ ଦିନେ ସେମିତି କାମକୁ ଚାଲିଯାଇଛନ୍ତି, ସେ କୁଆଡୁ ଆସି ପୁଣି ପହଁଚିଗଲେ । ନ ଦେଖିଲା ପରି ହେଇ ମୁଁ ସେ ଘରୁ ବାହାରି ଯାଉଥିଲି, ଡାକିଲେ- "ରତି" ।

ବାଧହୋଇ ଫେରି ଚାହିଁଲି। ପଚାରିଲି, କାହିଁକି ଡାକୁଚ ? ମୋର କାମ ଅଛି ଯାଉଚି।

କାମ ଅଛି ବୋଲି ଖଣ୍ଡେ ପାନ ବି ମିଳିବ ନାଇଁ ? ସେ କହିଲେ।

ଭାରି ଚିଢ଼ି ମାଡ଼ୁଥାଏ। କ'ଣ କରିବି, ପାନ ଆଣିଦେଲି। ନଇଲେ, ଏ ଯଦି ଚିଡ଼ିଆ'ନ୍ତି ସ୍ୱାମୀଙ୍କର ଚାକିରିଖଣ୍ଡକ ଯେ ଯିବ।

ଘର ଭିତରେ ଜଳାକବାଟି ପାଖେ ସେ ଠିଆ ହୋଇଥିଲେ। ପାନ ଥାଲିଆ ଛାଏଁ ମୋ ହାତଟା ଧରିପକାଇ କହିଲେ, ମୋ କଥା ଶୁଣିବୁ ନାହିଁ ଥରେ ?

ବିରକ୍ତରେ ହାତଟା ଛଡ଼ାଇନେଇ ପଚାରିଲି, କି କଥା ?

ସେ କହିଲେ, ଶୁଣି ବିଶ୍ୱାସ ଯିବୁ ମୋ କଥାରେ ? ମୁଁ... ମୁଁ ତ କେତେ ଆଶା କରି ଏଠିକି ଆସେ, ତୋ ମୁହଁରୁ ଖାଲି ପଦେ କଥା ଶୁଣିବାକୁ।

ହାଡ଼ ଜଳିଗଲା କଥା ଶୁଣି। କ'ଣ କରିବି, ଚୁପ୍ ହୋଇ ଶୁଣିବାକୁ ହେଲା ସବୁ। ସେ କହିଲେ, ଏ ଦି'ବର୍ଷ ଏକ ପ୍ରକାର ନିଶ୍ଚିନ୍ତ ହୋଇଥିଲି ତତେ ନ ଦେଖି। ଏଣିକି ସତରେ କହୁଚି, ମତେ ଖାଇବା ପିଇବା ବିଷପରି ଲାଗିଲାଣି ତୋ କଥା ଭାବି, ରତି ! ସତେ ମୋଠୁଁ ଏମିତି ଦୂରହୋଇ ରହିବୁ ସବୁଦିନ ? ପାଖକୁ ଆସି ସେ ପୁଣି ମୋ ହାତ ଧରିଲେ।

ଦିହ ଗୋଟାକ ଥରି ଉଠିଲା ମୋ ରାଗରେ। ଆଉ ସମ୍ଭାଲି ପାରିଲି ନାହିଁ। ଜୋରରେ ହାତଟା ତାଙ୍କର ଛିଞ୍ଚାଡ଼ିଦେଇ ଘରୁ ବାହାରିଗଲି। ଗଲାବେଲେ କହିଲି, ଭଦ୍ରଲୋକ ଯଦି ହୋଇଥିବ ତମେ, ଆଉ ଦିନେ ଏ ଘର ଦୁଆର ମୁହଁ ମାଡ଼ିବ ନାଇଁ, କହି ଦଉଚି।

ମୋ ପଛେ ପଛେ ସେ ବାହାରକୁ ଆସିଲେ। ଚାଲିଗଲାବେଲେ ଖାଲି ଏତିକି ତାଙ୍କ ପାଟିରୁ ଶୁଭିଲା, "ଆଚ୍ଛା, ହଉ"। ମୁଁ ଶୁଣି ନ ଶୁଣିଲା ପରି ଚାଲିଆସିଲି।

ସବୁଦିନ ପରି ସେଦିନ ବି ସ୍ୱାମୀ ଅନେକ ରାତିରେ ଘରକୁ ଫେରିଲେ। ଖାଇବସି ପଚାରିଲେ, ଆଜି ବୃନ୍ଦାବନ ଆସିଥିଲା ?

କହିଲି, ହଁ।

ଆଜିକା କଥା ତାଙ୍କ ଆଗେ କହିଦବାକୁ ଭାରି ମନ ହଉଥାଏ। କିନ୍ତୁ କହିବି କହିବି ବୋଲି କିଛି କହିପାରିଲି ନାହିଁ ନାଜରେ।

ଆଉ କିଛି ନ ପଚାରି ଖାଇସାରି ସେ ଉଠିଗଲେ। ହାତ ଧୋଇ ଚୁପ୍ ହୋଇଯାଇ ଖଟ ଉପରେ ଶୋଇପଡ଼ିଲେ। ମୋର ବି ଆଉ ସାହସ ହେଲାନାଇଁ ତାଙ୍କୁ ବିରକ୍ତ କରିବାକୁ ସେଦିନ।

ଦି'ଦିନ ପରେ ଶୁଣିଲି, ସେ ଜମିଦାରଘର ଚାକିରି ଛାଡ଼ି ଦେଇଛନ୍ତି।

(ଛଅ)

ଏଇଯାଏ କହି ଆଲୁଅ ପୁଣି ଥରେ ତୁନି ହେଲା। ତେଜ ତା'ର ଖୁବ୍ ମିଞ୍ଜି ମିଞ୍ଜି ହୋଇଆସିଲା, ସତେ ଏଇକ୍ଷଣା ଲିଭିଯିବ।

ଗଛ ଉପରୁ ବାଦିରିଟା ବେସ୍ତ ହୋଇ ଡାକିଲା, ମଲା ମଲା, କଥାଟା ଏମିତି ଅଧା କରି ଚାଲିଯିବ କି ? ସେଇଠୁ କ'ଣ ହେଲା କୁହ, କୁହ–

ଖୁବ୍ ଧୀରେ, ଖୁବ୍ ତୁନି ତୁନି, ଆଲୁଅ ସେଉଠୁ ଆରମ୍ଭ କଲା; ବଡ଼ ବୁକୁଫଟା ସେ କାହାଣୀ। ଏ ଅପିଣ୍ଡ ପ୍ରାଣରେ ବି ଆଜିଯାଏ ସେ କଥାଗୁଡ଼ାକ ନିଆଁପରି ଜଲୁଚି, ଦିନରାତି।

ତା'ପରେ ସେ ତ ଚାକିରି ଛାଡ଼ିଦେଲେ। ମନେମନେ ଖୁବ୍ ଖୁସି ହୋଇ ଭାବିଲି, ଯା'ହଉ ଏଥର ବୃନ୍ଦାବନଙ୍କ ହାତରୁ ରକ୍ଷା ପାଇଲି ମୁଁ। କିନ୍ତୁ ଯାହା ପାଇଁ ଏତେ ଆନନ୍ଦ, ସେ ସ୍ୱାମୀ କାହିଁକି ଆଗ ପରି ମୋ ସଙ୍ଗେ ଆଉ ସହଜରେ ମିଶିପାରିଲେ ନାହିଁ ସେହିଦିନ ରାତିଠୁଁ। କେମିତି ମତେ ସବୁବେଳେ ଭଲକରି କଥା କହନ୍ତି ନାହିଁ, ଖାଲି କରଛଡ଼ା ଦେଇ ବୁଲନ୍ତି। ଦରକାର ପଡ଼ିଲେ ଯାହା ଦି'ଟା ଗୋଟାଏ କଥା କହନ୍ତି, ସେତକ ବି ପୁଣି ମୁହଁ ଶୁଖେଇ। ଭାବିଲି, ମୋର ସୁଖର ଦିନ ଏଣିକି ସରିଆସିଲା।

କାହିଁକି ସେ ମୋ ଉପରେ ଚିଡ଼ିଛନ୍ତି, ଦିନେ ଦିନେ ପଚାରିବାକୁ ଭାରି ମନହୁଏ; କିନ୍ତୁ ମୁହଁକୁ ଚାହିଁ ତାଙ୍କର ସାହସ ହୁଏନା ପଚାରିବାକୁ ସେ କଥା। କାଲେ ବେଶୀ ଚିଡ଼ିବେ। ରାତିରେ ସେ ଶୋଇପଡ଼ିଲା ପରେ ତୁନି ତୁନି ଅନେକ ବେଳଯାଏଁ କାନ୍ଦେ। ବେଳେବେଳେ ଭାବେ, ଏ ନିଉଚ୍ଛୁଣା ଜୀବନଟାରେ ଆଉକଥଣ ଦରକାର ? ପୋଖରୀର ଅଥଳ ପାଣିରେ ଗୋଡ଼ ଖସାଇବାକୁ ଭାରି ମନହୁଏ। ଏଇକଥା ଭାବି ନିଛାଟିଆ ଦି'ପହରେ କେତେଥର ପୋଖରୀକି ମଧ ଯାଏ; କିନ୍ତୁ ଯାହା ଲାଗି ମୁଁ ଏ ଘରକୁ ଆସିବି ସେ ଯେ ମୋ ପେଟରେ। ମରିବାର ମୋର କ'ଣ ଅଛି ଏଇକ୍ଷଣା ?

ଆସ୍ତେ ଆସ୍ତେ ଘରକୁ ଲେଉଟିଆସେ।

ଆଜି କିନ୍ତୁ ମନେହଉଚି, ସେତେବେଳେ ଯଦି ମୁଁ ମରିଥାନ୍ତି, ତାହାହେଲେ କାମ ଛିଣ୍ଡି ଯାଇଥାନ୍ତା ଏକା ଥରକେ। ଆହୁରି ହିନସ୍ତା, ଆହୁରି ଦହଗଞ୍ଜ ଯାଠୁଁ ବଳି, ଯାହା ମୋ କପାଲରେ ଥିଲା ତାକୁ ଭୋଗ କରନ୍ତା କିଏ ?

ଆଉ ଦିନେ, ସେ ଦିନ ବି ଏମିତି ୫ଢ଼, ଏମିତି ବର୍ଷା ସାରା ସୃଷ୍ଟି ଉଜାଡ଼ିବାକୁ ସେଦିନ ଯେମିତି କଲା ବଉଦ ମେଲରେ ପ୍ରଲୟର ଧାରା ଫିଟିଥାଏ। ପାଣି ପବନ ଜୋରରେ ଗଛପତ୍ରଗୁଡ଼ାକ ଠକ ଠକ ହୋଇ କମ୍ପୁଥାନ୍ତି। ସକାଳୁ ମୋ ସ୍ୱାମୀ କ'ଣ

ଗୋଟାଏ ଅଛ କଥାରେ ମୋ ଉପରେ ଭାରି ରାଗି କୁଆଡ଼େ ଚାଲିଯାଇଥିଲେ। ସଞ୍ଜ ଆସି ହୋଇଗଲା; ଘର ବାହାର ଚାହିଁ ଚାହିଁ ଆଖିରୁ ମୋର ପାଣି ମଲା, ସେ ଫେରିଲେ ନାହିଁ। ମୋ ମନ ଭାରି ଉଜାଟ ହୋଇଗଲା। କାହିଁକି ମିଛରେ ତାଙ୍କ କଥାରେ ଜବାବ ଦେଇ ମଲି। ଏତେବେଲ୍‌ଯାଏ କୁଆଡ଼େ ଗଲେ! କ'ଣ କଲେ!

ଦାଣ୍ଡପିଣ୍ଡାରେ କାହା ପାଟି ଶୁଭିଲା। ସେ ଆସିଲେ କି ଆଉ, ଦଉଡ଼ିଗଲି ଦାଣ୍ଡପିଣ୍ଡାକୁ। କିନ୍ତୁ ସେ କାହାନ୍ତି? ଏ'ତ ବୃନ୍ଦାବନ।

ମତେ ଦେଖି ବୃନ୍ଦାବନ ଭାରି ବ୍ୟସ୍ତ ହୋଇ କହିଲେ, ରତି ଆଲୁଅଟା ନେଇ ଆସିବୁଟି ବାରିଆଡ଼କୁ। ଦାସ ଭାଇଙ୍କି ବାଟରେ କ'ଣ ଗୋଟାଏ କାମୁଡ଼ିଦେଲା। ଜଲ୍‌ଦି।

ଦଣ୍ଟକେ ଆଖି ଆଗରେ ମତେ ସବୁ ଅନ୍ଧାର ଦିଶିଗଲା। ଭାବିବାର ସେତେବେଲେ ମୋର ଆଉ ବେଲ ନଥିଲା। ଘର ଭିତରୁ ଆଲୁଅଟା ନେଇ ମୁଁ ପଦାକୁ ବାହାରି ପଡ଼ିଲି। ମୋ ଆଗେ ଆଗେ ବୃନ୍ଦାବନ।

କ'ଣ କାମୁଡ଼ିଲା, କେମିତି କାମୁଡ଼ିଲା। ସାପ ହେରିକା ନୁହେଁ ତ। ଏଇ ଚିନ୍ତା ମୋ ମୁଣ୍ଡରେ ପଶି ବୁଦ୍ଧି ଜ୍ଞାନ ସବୁ ମୋର କୁଆଡ଼େ ହଜାଇଦେଲା। ଉକ୍‌ଣ୍ଡାରେ କେତେ ବାଟ ଚାଲିଆସିଲି ଜଣାଗଲା ନାହିଁ। ହଠାତ୍ ମନେ ହେଲା, ମୁଁ କୁଆଡ଼େ ଆସୁଚି। ଏଟା ଯେ ଗାଁ ଦାଣ୍ଟ, ଆମ ବାଡ଼ି ତ ରହିଲାଣି କେତେ ପଛରେ। ଆଉ ଆଗକୁ ଗଲି ନାଇଁ: ସେଇଠି ଠିଆ ହୋଇ ଡାକିଲି, ବୃନ୍ଦାବନ ଭାଇ!

କାହାନ୍ତି କିଏ? ଏ ବଣ ବାଟ ଭିତରେ ମୁଁ ଏକା। ଡରରେ ଛାତି ଭିତର ରକ୍ତ ମୋର ପାଣି ହୋଇଗଲା।

ମେଘ ଛାଡ଼ି ଯାଇଥିଲା ସେତେବେଲକୁ। ବାଟ ଘାଟ ସୁତୁରା କରି ବଉଦ ଫାଙ୍କରେ ସେତେବେଲେ ଚାନ୍ଦିନୀର ତୃନକାମ ହଉଥିଲା। ଅନ୍ଧାରର ଶିଉଳିଲଗା ରାଇଜରେ। ମନରେ ଖୁବ୍ ହେମତ କରି ଆଖି ବୁଜି ଘର ଆଡ଼କୁ ପଲେଇ ଆସିଲି ଏକ ଦଉଡ଼ରେ। କବାଟ ପାଖେ ଆସି ଥକା ହୋଇ ଠିଆ ହୋଇଗଲି।

ଘର ଭିତରେ ଆଲୁଅ ଜଲୁଚି। ମୋ ସ୍ୱାମୀ ଘର ମଝିରେ ଠିଆ ହୋଇଛନ୍ତି କବାଟ ଆଡ଼କୁ ଚାହିଁ।

ସାପ ଫାପ କାମୁଡ଼ିବା କଥା ତାହାହେଲେ ସବୁ ମିଛ। ଏତକ ବୃନ୍ଦାବନଙ୍କ ଫିଁକର।

ମତେ ଦେଖି ସେ ପାଖକୁ ଆସିଲେ। ରାଗରେ ଦାନ୍ତ କାମୁଡ଼ି ପଚାରିଲେ କୁଆଡ଼େ ଯାଇଥିଲୁ ସତ କହ।

ମୋ ମୁଣ୍ଡ ସେତେବେଳକୁ ବୁଲଉଥାଏ । କିଛି କହିପାରିଲି ନାହିଁ । ସେ ଗର୍ଜନ କରି କହିଲେ, ମୁଁ ସବୁ ଜାଣେ । ଦରକାର ନାଇଁ ଶୁଣିବା । ଚାଲି ଯା ମୋ ଆଗରୁ । ହଠାତ୍ ସେ ମୋତେ ଖୁବ୍ ଜୋରରେ ପେଲିଦେଲେ ।

ଚାଲ ସମ୍ଭାଳି ନପାରି ମୁଁ ମୁହଁ ମାଡ଼ି ପଡ଼ିଗଲି । ଦୁଆରବନ୍ଧରେ ପେଟଟା ଖୁବ୍ ଜୋରରେ ବାଡ଼େଇ ହୋଇଗଲା । ପଡ଼ିଲାବେଳେ ଛାତି ଚିରିହୋଇ ପାଣିଧାର ପରି ପାଟିବାଟେ ରକ୍ତ ବୋହିଗଲା, ଏତିକି ମୋର ମନେ ଅଛି । ତା'ପରେ କ'ଣ ହେଲା ଜାଣେ ନା, ସାଂଗେ ସାଂଗେ ମୋର ଚେତା ହଜିଗଲା । ସେମିତି ଅଚେତାବସ୍ଥାରେ ପେଟରୁ କୁଆଡ଼େ ମୋର ମଲା ପିଲାଟିଏ ଜନ୍ମହେଲା । ତା' ସାଂଗେ ସାଂଗେ ସନ୍ନିପାତ । ଏତେ କଷ୍ଟରେ ବଂଚିବା ଯାହା ଟିକେ ଥିଲା, ତା' ବି ଗଲା ।

ତହିଁ ଆରଦିନ ବୃନ୍ଦାବନ ଆଉ ସମ୍ଭାଳି ନପାରି ସବୁ କଥା ମୋ ସ୍ୱାମୀଙ୍କ ପାଖେ ମାନିଗଲା । ସ୍ୱାମୀ ପାଗଳ ପରି ଦୌଡ଼ି ଆସି ମୋ ହାତ ଧରି ଭୋ ଭୋ ହୋଇ କାନ୍ଦି ପକାଇଲେ । କହିଲେ, ରତି ! ଏଇ ଥରକ ମତେ ତୁ କ୍ଷମା କରି ଦେ । ମୁଁ ମଣିଷ ନୁହେଁ... ମୁଁ ପଶୁ । ତାଙ୍କ ବିକଳ ଦେଖି ଏତେ କଷ୍ଟରେ ପୁଣି ବଂଚିବାକୁ ମୋ ମନ ହେଲା । କିନ୍ତୁ କ'ଣ ହେବ; ଦିନ ତ ମୋର ସରି ଆସିଥିଲା । ଆଉ ଦଣ୍ଡକ ପରେ ମୋର ସବୁ ଶେଷ ହୋଇଗଲା ।

ପିଲାଙ୍କ ପରି ମତେ ଦି' ହାତରେ କୁଣ୍ଢାଇ ଧରି ସେ କହିଲେ, ରତି, ରତି ! ଆ, ଫେରିଆ ! ଆଉ ତୋ ଉପରେ ରାଗିବି ନାଇଁ, ଫେରିଆ ।

ସେଇଦିନୁ ସେ ପାଗଳ ହୋଇ କୁଆଡ଼େ ଚାଲିଗଲେ ।

ତା'ପରେ ମତେ ସମସ୍ତେ ଏଇ ବିଲ ଆରପଟେ ମଶାଣିକି ଆଣିଲେ । ମୋର ସେ ମଲା ପିଲାଟିକି ଆଗରୁ ଆଣି ଏଇ ମଶାଣିରେ ଆଉଠାଏ କେଉଁଠି ପୋତିଥିଲେ । ଜୁଇନିଆଁ ସର୍ବଗ୍ରାସୀ ବାହୁବେଢ଼ାରେ ଘଡ଼ିକେ ଏ ଦେହ ଜଳିପୋଡ଼ି ପାଉଁଶ ହୋଇଗଲା । ବାକି ରହିଗଲା ଖାଲି ଗୋଟାଏ ଆଲୁଅ ଇମିତି ମୋରି ଦେହ ପରି, ଖୁବ୍ ବଡ଼, ଖୁବ୍ ତେଜ ।

ଆଲୁଅ ତୁନି ହେଲା ।

ଗଛ ଉପରୁ ବାଦିରିଟା ପାଟିକରି ପଚାରିଲା, ସେଇଥିପାଇଁ, ଅନ୍ଧାର ହେଲେ ବିଲ ପଡ଼ିଆରେ ଆଲୁଅ ପକାଇ ତମରି ପିଲାଟିକି ଖୋଜି ବୁଲ କି ସବୁବେଳେ ?

ତୋଟା ଆଡ଼େ, ଗଛପତ୍ର ଝୁମକାଇ ବତାସ ପବନ ବାହୁନିଗଲା ସୁ-ସୁ-ସୁ...

■■

ମାଂସର ବିଳାପ

କାଳିନ୍ଦୀ ଚରଣ ପାଣିଗ୍ରାହୀ

ଜଲି ଏବଂ ଡୋରା ଆବାଲ୍ୟ ପରମ ସାଥୀ; କ୍ଷଣେ ଏକ ଅପରକୁ ଛାଡ଼ି ରହିବାକୁ ସହଜରେ ରାଜିହୁଅନ୍ତି ନାହିଁ। ଜଲି ଥରେ ଅସୁସ୍ଥ ହେଲା, ଡୋରା ତାକୁ ଅହର୍ନିଶ ଜଗି ବସିଥାଏ। ସକଳ ତାଡ଼ନା ତା' ନିକଟରେ ବ୍ୟର୍ଥ। ଅବଶେଷରେ ସେହିଠାରେ ତା'ର ପାନାହାର ଯୋଗାଇବା ଲାଗି ହୁକୁମ ହେଲା। ଡୋରାର ପାଦ ଥରେ ଜଖମ ହେଲା। ଜଲି ଭଲକରି ଜାଣେ ଡୋରାର ବଳ ଅପରିସୀମ; କିନ୍ତୁ ବୁଝି ପାରିଲା ନାହିଁ କାହିଁକି ତାକୁ ଏତେ ଦିନ ଏକ ସ୍ଥାନରେ ବନ୍ଦୀ ହୋଇ ରହିବାକୁ ହୋଇଛି। ତା'ର ପାଦ ମୁଖରେ ସ୍ପର୍ଶ କରି ତା'ର ବ୍ୟଥା କେଉଁଠାରେ ଜାଣିବା ସଚେଷ୍ଟ ହେଲା।

ଡୋରା ଗୋଟିଏ ଇଂଲିଶ୍ ଗ୍ରେ-ହାଉଣ୍ଡ ଏବଂ ଜଲି ଗୋଟାଏ ଗଡ଼ଜାତ ଜଙ୍ଗଲର କୃଷ୍ଣସାର। ଡୋରା ଆସିଛି ବିଖ୍ୟାତ ଲଣ୍ଡନ ନଗରୀରୁ, ଜଲିର ଜନ୍ମସ୍ଥାନ ଓଡ଼ିଶାର ନିଭୃତ ଅରଣ୍ୟାନୀ; ଡୋରା ସଂପୂର୍ଣ୍ଣ ମାଂସାଶୀ, ଜଲି ନିରାଟ ଶାକାହାରୀ; କିନ୍ତୁ ଅତି ଛୋଟଦିନୁ ଦୁହିଁଙ୍କ ମଧରେ ସଦ୍ଭାବ ଜନ୍ମ ଯାଇଥିଲା।

ଡୋରାର ଅସୁସ୍ଥତା ନିବାରଣ ପାଇଁ ଜଲି ତାହାର ସର୍ବାଙ୍ଗ ଲେହନ କରି ଶୁଶ୍ରୂଷାରେ ଲାଗିଲା। ଅବଶେଷରେ ଡୋରା ଟିକିଏ ସୁସ୍ଥହୋଇ ପ୍ରଥମେ ଆସ୍ତେଆସ୍ତେ ଚାଲିବାକୁ ଆରମ୍ଭ କଲା। ତା'ପରେ ଯେତେବେଳେ ବସନ୍ତ ପୁଣି ଲେଉଟିଲା ଫୁଲର ଗନ୍ଧ ଚ'ହଟିଲା, ଦୁଇ ବନ୍ଧୁ ଦକ୍ଷିଣାଭିମୁଖରେ ଇତସ୍ତତଃ ଧାଁ କ୍ରୀଡ଼ା କୌତୁକରେ ମଗ୍ନ ହେଲେ ଯେପରି ଏହି ଆନନ୍ଦ ସ୍ରୋତ ଯେଉଁ ଦିଗରୁ ଭାସିଆସୁଛି, ସେହି ରହସ୍ୟମୟ ଦେଶଟାକୁ ଦୁହେଁ ମିଲି ଏକା ମୁହୂର୍ତ୍ତରେ ଆବିଷ୍କାର କରିନେବେ। ଦୁହିଁଙ୍କ ଦୌଡ଼ିବାର ଭଙ୍ଗୀରେ ବିଶେଷ ପାର୍ଥକ୍ୟ ଓ ସୌନ୍ଦର୍ଯ୍ୟକଲା ନିହିତ ଅଛି। ଡୋରା ଯେତେବେଳେ ଦୌଡ଼େ, ସେତେବେଳେ ଗୋଟିଏ ଲମ୍ୟମାନ କ୍ଷୀଣସୂତ୍ର ଭୂମିରେ ମିଶିଗଲା ପରି ମନେହୁଏ। ସେତେବେଳେ ତା'ର ଚକ୍ଷୁ, କର୍ଣ୍ଣ, ପାଦ, ମୁଖ ଇତ୍ୟାଦି ଚିହ୍ନିବାର ଉପାୟ ନାହିଁ। କିନ୍ତୁ ଜଲିର ଦୌଡ଼ର ଭଙ୍ଗୀମା ଭିନ୍ନ ଧରଣର। ସେ ଯେପରି ପ୍ୟାରିସ୍ ଡାନ୍ସ! ଗୋଡ଼ ଯେପରି ତା'ର ତଲେ ଲାଗୁନାହିଁ– କେବଳ ଶୂନ୍ୟେଶୂନ୍ୟେ ନାଚିନାଚି ଯାଉଛି।

ଦିଓଟି ପଶୁ ଜମିଦାର ବାବୁଙ୍କର ବଡ଼ ପ୍ରିୟବସ୍ତୁ ଥିଲେ। ଡୋରା ତ ବିଲାତ ଆମଦାନୀ ବୋଲି ତା'ର ଇଂରାଜୀ ନାମ ରଖାଯାଇଥିଲା, ଜଲିକୁ ତା'ର ଅତ୍ୟନ୍ତ ପ୍ରିୟ ଦେଖି ତାକୁ ମଧ ସେହି ଭାଷାରେ ଅନ୍ୟଗୋଟିଏ ନାମରେ ଅଭିହିତ କରାଯାଇଥିଲା। କର୍ମକ୍ଲାନ୍ତ ଦିବସ ପରେ ଜମିଦାର ବାବୁ ଯେତେବେଳେ କଟେରି ସମ୍ମୁଖସ୍ଥ ପ୍ରକାଣ୍ଡ ପଡ଼ିଆରେ ସାୟଂଭ୍ରମଣ ଉଦ୍ଦେଶ୍ୟରେ ବାହାରନ୍ତି, ସେତେବେଳେ ଏ ଦିଓଟି ପଶୁ ତାଙ୍କର ସହଚର ହୋଇ ଚାଲିବାରେ ଏବଂ ତାଙ୍କ ସମ୍ମୁଖରେ କ୍ରୀଡ଼ା କୌତୁକ କରିବାରେ ତାଙ୍କ ଶ୍ରାନ୍ତ ଅନ୍ତରରେ ଯେ ଆନନ୍ଦ ସଞ୍ଚାର କରନ୍ତି, ତାହାର ମୂଲ୍ୟ ସାମାନ୍ୟ ନୁହେଁ। ତାହା ନ ହେଲେ ଶିକାର ସ୍ଥଳୀରେ ଡୋରାର କିଛି ଆବଶ୍ୟକତା ଅଛି, ଜଲି ତ ସଂପୂର୍ଣ୍ଣ ଅନାବଶ୍ୟକ। ତଥାପି ଜମିଦାର ବାବୁଙ୍କର କର୍ମପ୍ରବାହ ମଧ୍ୟରେ ଜଲିର ଟିକିଏ ସ୍ଥାନ ଅଛି। ସେହି ଆନନ୍ଦଟିକର କାରଣ ସେ।

ଜମିଦାର ବାବୁ ଗସ୍ତରେ ଯେତେବେଳେ ବାହାରନ୍ତି, ଜଲି ତାଙ୍କ ହାତ ଚାଟିଚାଟି ଗୋଡ଼ରେ ଘଷି ହୋଇ ଚାଲେ। ଡୋରା କେତେବେଳେ ପଛରେ ରହିଗଲେ ଛୁଟିଆସି ତାଙ୍କ ସମ୍ମୁଖରେ ନମସ୍କାର ଛଲରେ ପାଦ ଯୋଡ଼ି ହୋଇ ବସିପଡ଼ି ଲାଙ୍ଗୁଲ ହଲାଏ; କେତେବେଳେ ତାଙ୍କ ଦୁଇ ପାଦ ମଧ୍ୟରେ ପ୍ରବେଶ କରି ଗତି ଶୀଥଲ କରିଦିଏ। ଅନ୍ୟ କୌଣସି କୁକୁର ଯେବେ ଆସି ଜଲି ଉପରେ ଲୋଲୁପଦୃଷ୍ଟି ପକାଏ, ଜଲି ତ୍ରସ୍ତକାତର ହୋଇ ବାବୁଙ୍କ ଦୁଇ ପାଦ ମଧ୍ୟରେ ଠେଲି ହୋଇ ପ୍ରବେଶ କରେ। ଡୋରା ଜାଣିପାରି ସଙ୍ଗେ ସଙ୍ଗେ ଯୁଦ୍ଧ ପାଇଁ ପ୍ରସ୍ତୁତ ହୋଇ ଦେଖାଦେବା ମାତ୍ରକେ ତା'ର ସ୍ୱଜାତିମାନେ

ପୃଷ୍ଠ ପ୍ରଦର୍ଶନ କରି ବିନୀତ ଭାବରେ ଅପସାରିତ ହୁଅନ୍ତି । କାରଣ ଡୋରାର ବଳବୀର୍ଯ୍ୟ ତା'ର ପଡ଼ୋଶୀମାନଙ୍କୁ ଅଜ୍ଞାତ ନ ଥିଲା । ଆଉ ମଧ୍ୟ ଡୋରାର ପଦମର୍ଯ୍ୟାଦା ଜ୍ଞାନ ସାଧାରଣ କୁକୁରଠାରୁ ଯଥେଷ୍ଟ ପରିମାଣରେ ଅଧିକ । କେହି ପୃଷ୍ଠଭଙ୍ଗ ଦେଲେ ତା'ର ଅନୁସରଣ କରି ନିଜର ହୀନତା ସେ ପ୍ରଦର୍ଶନ କରୁନଥିଲା ।

ଜମିଦାର ବାବୁଙ୍କର ଶିକ୍ଷା ରାୟପୁରଠାରେ ହିଁ ସମାପ୍ତ ହୋଇଅଛି । ବେଶ୍ ଆଧୁନିକ ଧରଣର ଲୋକ; ମିଷ୍ଟାଲାପ, ଶିଷ୍ଟାଚାର ଇତ୍ୟାଦି ଗୁଣର ଅଭାବ ନ ଥିଲା । ଦେଶୀ ଲୋକଙ୍କ ପାଖରେ କୁର୍ଭାଚାଦରପକା ଖାଣ୍ଟି ଦେଶୀ ଓ ବିଲାତୀଙ୍କ ପାଖରେ ପୂରା ସାହେବ । ଅବସର ସମୟରେ ବଡ଼ବଡ଼ ସାହେବସବୁ ଶିକାର ଉଦ୍ଦେଶ୍ୟରେ ଜମିଦାର ଭବନରେ ଆତିଥ୍ୟ ଗ୍ରହଣ କରିଥାଆନ୍ତି । ସେମାନଙ୍କ ଉଦ୍ଦେଶ୍ୟରେ ମଧ୍ୟ ବେଶ୍ ଆୟୋଜନରେ ଅତିଥିଶାଲା ନିର୍ମାଣ କରାଯାଇଛି । କେବଳ ଜଲି ଓ ଡୋରା ତାଙ୍କର ପୋଷା ନ ଥିଲେ, ଏ ବାଦ୍ କେତେ ଜାତିର ପକ୍ଷୀ, ମର୍କଟ, ଭଲ୍ଲୁକ, ମସ୍ୟ ଇତ୍ୟାଦି ଜୀବ ଜମିଦାର ବାବୁଙ୍କ ଅନ୍ଦରେ ପ୍ରତିପୋଷିତ ହେଉଥିଲେ । କହିବାକୁ ଗଲେ ଜମିଦାର– ଭବନରେ ଗୋଟିଏ ଛୋଟ ଧରଣର ଚିଡ଼ିଆଖାନା ଥିଲା ।

କିନ୍ତୁ ଡୋରା ଓ ଜଲି ତାଙ୍କର ପାର୍ଶ୍ୱଚର । ବିଶେଷତଃ ତାଙ୍କର ଅତି ସ୍ନେହର ଏକମାତ୍ର କନ୍ୟାଟି ଜଲି ଡୋରାର ଅନ୍ୟତମ ସଙ୍ଗୀଥିଲା । ତା'ର ଅଧିକାଂଶ ସମୟ ସେ ଏ ଦୁହିଁଙ୍କୁ ନେଇ କଟାଇଥାଏ । ବଗିଚାରେ ଧାଙ୍କର ତତ୍ତ୍ୱବଧାନରେ ସେ ଯେତେବେଳେ କଅଁଳ ଘାସ ଛିଣ୍ଡାଏ, ଜଲି ଜାଣିପାରି ତା' ମୁହଁ ପାଖରେ ନିଜ ମୁହଁଟି ନେଇ ରଖେ । ଡୋରା ଦୌଡ଼ିଆସି ତା'ର ଏହି ଛୋଟ ଖାମିଦାଣୀ ପାଖରେ କେତେ ଗେଲ କୌତୁକର ଅଭିନୟ କରେ । ଖାମିଦାଣୀ 'ତୁ କାଇବୁ, ତୁ କାଇବୁ' କହି ତା' ମୁହଁରେ ଘାସ ଗୁଞ୍ଜି ଦିଅନ୍ତି । ସେ ଅମାନ୍ୟ ନକରି ମୁଖରେ ତାହା ଧରି ସ୍ୱୀୟ ବାଧ୍ୟତା ଜ୍ଞାପନ କରେ । ବାରଦା ଇଜିଚେୟାରରେ ବସି ଏସବୁ ନିରୀକ୍ଷଣ କରି ବାବୁଙ୍କ ଚିତ୍ତ ଉତ୍ଫୁଲ୍ଲ ହୋଇଉଠେ ।

ଜମିଦାର ବାବୁ ସାହେବମାନଙ୍କ ସହିତ ଯେତେ ମିଳାମିଶା କରନ୍ତୁ, ଦେଶୀ ଲୋକମାନଙ୍କ ପ୍ରତି ଯେ ତାଙ୍କର ଅବଜ୍ଞା ଅଥବା ଘୃଣା ଥିଲା, ଏହା ବୋଲାଯାଇ ନ ପାରେ । ଦେଶର କୌଣସି ପଦସ୍ଥ ବ୍ୟକ୍ତି ତାଙ୍କର ଦ୍ୱାରସ୍ଥ ହେଲେ, ତାଙ୍କର ସମ୍ମାନ ଓ ଅଭ୍ୟର୍ଥନାରେ କୌଣସି ତ୍ରୁଟି ହେଉ ନ ଥିଲା । ପ୍ରଜାମାନଙ୍କ ମଧ୍ୟରେ ମଧ୍ୟ ଶିକ୍ଷିତ ସମ୍ଭ୍ରାନ୍ତ ବ୍ୟକ୍ତିମାନଙ୍କ ପ୍ରତି ଯଥାଯୋଗ୍ୟ ସମ୍ମାନ ଦେଖାଯାଉଥିଲା । ତଥାପି ଲୋକମତ ତାଙ୍କ ରୀତିଗତିର ଅନୁକୂଳରେ ନ ଥିଲା । ବୁଢ଼ାବୁଢ଼ୀ ଲୋକେ ତାଙ୍କୁ ଭ୍ରଷ୍ଟ, ବିଧର୍ମାଚାରୀ କହୁଥିଲେ । ଆଉ କେହିକେହି ବହୁ ବ୍ୟବସାୟୀ, ପ୍ରଜାପୀଡ଼କ କହୁଥିଲେ ।

ଦେଶଚକ୍ଷୁରେ ତାଙ୍କର ପ୍ରଧାନ ଦୋଷ, ସେ ବିଦେଶୀମାନଙ୍କ ସହିତ ମିଶିଲେ ଏବଂ ସେହିମାନଙ୍କର ଆଚାର ଗ୍ରହଣ କଲେ। ଯଥାର୍ଥରେ ଆହାର ପରିଚ୍ଛଦରେ ବିଜାତୀୟ ଭାବ ଅନେକ ପରିମାଣରେ ଲକ୍ଷିତ ହେଉଥିଲା। ସେ ସବୁରେ ଯେତିକି ସଂଯମ ଆବଶ୍ୟକ, ସେ ତା'ର ସମ୍ପୂର୍ଣ୍ଣ ଅବହେଳା କରୁଥିଲେ।

ଏଥର ଶୀତ ଛୁଟିରେ ପୋଲିସ ବିଭାଗର ଡି.ଆଇ.ଜି. ସାହେବ ଶିକାର ଉଦ୍ଦେଶ୍ୟରେ ଜମିଦାର-ଭବନରେ ଆତିଥ୍ୟ ଗ୍ରହଣ କରିବେ ବୋଲି ଲେଖି ପଠାଇଛନ୍ତି। ତାଙ୍କ ସହିତ ତାଙ୍କର ସ୍ତ୍ରୀ, ପୁତ୍ର ଓ କନ୍ୟା ଆସିବେ। ଡି.ଆଇ.ଜି. ସାହେବଙ୍କ ସହିତ ଜମିଦାର ବାବୁଙ୍କର ବନ୍ଧୁତା ବହୁଦିନର। ଏଥର ପୁଣି ସାଙ୍ଗରେ ସ୍ତ୍ରୀ କନ୍ୟା ଆସୁଛନ୍ତି। ଚାରିଦିନ ଆଗରୁ ଅତିଥିଶାଳା ପରିଷ୍କୃତ ହୋଇ ସଜାସଜି ଲାଗିଛି ଏବଂ ଯେଉଁ ସ୍ଥାନରେ ହରିଣ ଓ ପକ୍ଷୀ ପ୍ରଭୃତି ଶିକାର କରିବାର କଥା, ସେ ସ୍ଥଳରେ ତମ୍ବୁ ପ୍ରଭୃତିର ଆୟୋଜନ ଚାଲିଛି। ଆବଶ୍ୟକ ଜିନିଷ କିଣିବା ଲାଗି କଟକକୁ ଲୋକ ପଠାଯାଉଛି। ଚାକର, ବେଠିଆ ଓ ଅମଲା ପ୍ରଭୃତି ବ୍ୟତିବ୍ୟସ୍ତ ହୋଇ ଲାଗିପଡ଼ିଛନ୍ତି। ସବୁଥର ପରି ଏଥର କାହାରିକୁ ମରିବାକୁ ତର ନାହିଁ। ସବୁଥର ପରି ଏଥର ମଧ୍ୟ ଜମିଦାର ବାବୁଙ୍କ ପଶ୍ଚାତ୍‌ରେ ଗାଳିବର୍ଷଣ କରୁଛନ୍ତି।

ସାହେବଙ୍କ ଆସିବା ସମୟକୁ ତାଙ୍କୁ ବାଟରୁ ସଂଘୋଲି ଆଣିବାଲାଗି ଜମିଦାର ବାବୁ ଖଣ୍ଡେ ଦୂର ମଟରରେ ଗଲେ। ନିର୍ଦ୍ଦିଷ୍ଟ ସମୟରେ ସାହେବ ପହଞ୍ଚିଲେ। ତାଙ୍କର ସ୍ତ୍ରୀ କନ୍ୟାମାନଙ୍କ ସହିତ ଯୋଗଦେଇ ଜମିଦାର ବାବୁଙ୍କ ମନପ୍ରାଣ ଆପ୍ଲୁତ ହୋଇଉଠିଲା। ଜମିଦାର-ଭବନରେ ମହା ଚାଞ୍ଚଲ୍ୟ। କାହାରି ଦଣ୍ଡେ ସ୍ଥିର ହୋଇ ରହିବାର ସମୟ ନାହିଁ। ସମସ୍ତେ ଦୌଡ଼-ଧାପଡ଼ କରୁଛନ୍ତି। ଅତିଥିମାନଙ୍କ ସହିତ ଠିକ୍‌ କରାଗଲା, ଆଜି ଅତିଥିଶାଳାରେ ରହି ପରଦିନ ପ୍ରାତଃଭୋଜନ ପରେ ଶିକାରସ୍ଥଳୀକୁ ଯାତ୍ରା କରିବାକୁ ପଡ଼ିବ।

ଶିକାରସ୍ଥଳୀ ଜମିଦାର-ଭବନରୁ ବାର ଚୌଦ ମାଇଲ ରାସ୍ତା, ନିପଟ ଜଙ୍ଗଲ ମଧ୍ୟରେ, ଘର ଗାଁ ପାଖରେ ନାହିଁ। ଚାକର, ଖାନ୍‌ସମା, ବେଠିଆ ପ୍ରଭୃତି ଆଗରୁ ସବୁ ଜିନିଷପତ୍ର ନେଇ ଚାଲିଲେ। ପଛରେ ସାହେବ ପରିବାର, ଜମିଦାର ବାବୁ, ସାହେବଙ୍କର ଦୁଇଟା ଶିକାରୀ କୁକୁର ଏବଂ ଜମିଦାର ବାବୁଙ୍କର ଡୋରା ଓ ଜଲି ମଟର ଆରୋହଣ କରି ଚାଲିଲେ। ଜଲିର ଯିବା ଅନାବଶ୍ୟକ ହେଲେହେଁ ଡୋରା ତାକୁ ଛାଡ଼ି କୌଣସି ସ୍ଥାନରେ ରହିବ ନାହିଁ। ଯେଉଁ ଦେଶକୁ ନିଆଯାଉ, ସୁଯୋଗ ପାଇଲେ ଆସି ତା' ନିକଟରେ ହାଜର ହେବ। ସୁତରାଂ ଜଲିକୁ ମଧ୍ୟ ସାଙ୍ଗରେ ନେବାକୁ ହେଲା। ସେଥିପାଇଁ ଅବଶ୍ୟ ଛୋଟ ଖାମିଦାଣୀଙ୍କର ଅନୁମତି ନିଆଯାଇଅଛି। ତାଙ୍କର

ହୁକୁମ ହୋଇଛି, ଦୁଇ ଦିନରୁ ଅଧିକ କାଳ ଢୋରା ଓ ଜଲକୁ ଯେପରି ଅଟକା ନ ଯାଏ ।

କିନ୍ତୁ 'ମେରି କ୍ରିଷ୍ମସ୍'ର ଆନନ୍ଦ ଉସ୍ଵାହରେ ଶିକାରସ୍ଥଳୀରେ ରହିବାର ଆଜି ପାଞ୍ଚଦିନ ହୋଇଗଲା । ସେହି ଜଙ୍ଗଲ ଜାଗାଟାରେ ସାହେବଙ୍କର ମନୋମତ ସବୁ ଜିନିଷ ଏପରି ଭାବରେ ଯୋଗାଯାଉଛି ଯେ, ତାଙ୍କର ଅସୁବିଧା ହେବା ଦୂରେ ଥାଉ, ସହରର କୋଲାହଲକ୍ଲାନ୍ତ ଜୀବନରେ ଏହି ନିର୍ଜନ ବନବାସ ଦ୍ଵାରା ସେମାନଙ୍କର ଭାରି ଆନନ୍ଦ ଜନ୍ମିଛି । ସୁତରାଂ ଦୁଇଦିନ ପାଇଁ ଆସି ଆଜି ପାଞ୍ଚଦିନ ହୋଇଗଲା, ସାହେବଙ୍କର ଫେରିବା ପାଇଁ କୌଣସି ଉଦ୍‌ବେଗ ନାହିଁ । ଆଜି କିନ୍ତୁ ସବୁ ଜିନିଷପତ୍ର ନିଃଶେଷ ହୋଇ ଆସିଅଛି । କାଲି ପ୍ରାତଃରୁ ଫେରିବା କଥା ।

ମଧ୍ୟାହ୍ନଭୋଜନ କରି ସାହେବଙ୍କ ସହ ଜମିଦାର ବାବୁ ଶିକାର ଉଦ୍ଦେଶ୍ୟରେ ବାହାରିଲେ । ଗତ ଚାରିଦିନ ସାହେବଙ୍କର ସ୍ତ୍ରୀ, କନ୍ୟାମାନେ ଖେଳକୌତୁକ, ନୃତ୍ୟଗୀତ ଆକଣ୍ଠ ଉପଭୋଗ କରି ଯାଇଛନ୍ତି । ଆଜି ଆଉ ସେମାନେ ଶିକାରର ସହଯାତ୍ରୀ ହୋଇପାରିଲେ ନାହିଁ । ନିରୀହ ଚାକର ବେଟିଆଗୁଡ଼ିକ ଗୋଟିଏ ବିରାଡ଼ିପିଲା ନ ମାରି ମଧ୍ୟ କେବଳ ଟିକିଏ ଶିକାରରେ ସାହାଯ୍ୟ କରିବାରେ ଧକେଇ ପଡ଼ିଛନ୍ତି । ତଥାପି ସେମାନଙ୍କ ମଧ୍ୟରୁ ଦୁଇ ତିନି ଜଣଙ୍କୁ ଯିବାକୁ ହେଲା । ପକ୍ଷୀ ମାରିବାରେ ଥରେ ଦୁଇଥର ଲକ୍ଷ୍ୟଭ୍ରଷ୍ଟ ହେବାରୁ ଆଉ ମାରିବା ଅସମ୍ଭବ ହୋଇପଡ଼ିଲା । ପକ୍ଷୀମାନଙ୍କୁ ପୁନଶ୍ଚ ଆସିବାକୁ ଅବସର ଦେବା ଉଦ୍ଦେଶ୍ୟରେ ଏବଂ ସେ ସମୟଟା ହରିଣ ପ୍ରଭୃତି ଅନୁସନ୍ଧାନ କରିବା ଲାଗି ଶିକାରୀଦ୍ଵୟ ନିକଟବର୍ତ୍ତୀ ଜଙ୍ଗଲ ମଧ୍ୟକୁ ବାହାରିଲେ । ନାନା ଦିଗରେ ଭ୍ରମି କୌଣସିଠାରେ କିଛି ସନ୍ଧାନ କରିପାରିଲେ ନାହିଁ । ଚାକର ତିନିଟାଙ୍କୁ ହରିଣ ଦେଖ୍ବାକୁ ଜଙ୍ଗଲକୁ ପଠାଗଲା । ସେମାନେ କେଉଁଠାରେ ବସି ପିଙ୍କା ଟାଣିଲେ କି ଗୁଣ୍ଠିପତ୍ର ମକଟି ଖୁସି-ଗପ କଲେ, ତାହା ଦେଖ୍ବାର ତ ଉପାୟ ନାହିଁ । ଶିକାରୀ ଦୁଇଜଣ ନିଃଶବ୍ଦ ପଦକ୍ଷେପରେ ଏ ଜଙ୍ଗଲ, ସେ ଜଙ୍ଗଲ ଖୋଜିବାକୁ ଲାଗିଲେ । ତମ୍ବୁ ନିକଟରୁ ତିନି ଚାରି ମାଇଲ ଦୂରରେ ଯାଇ ପଡ଼ିଛନ୍ତି ବୋଲି କାହାରି ଭ୍ରୁକ୍ଷେପ ନାହିଁ ।

ସେତେବେଳକୁ ବେଲ ରତରତ ହୋଇଆସୁଛି । ନିକଟବର୍ତ୍ତୀ ପାହାଡ଼ ଉଡ଼ାଲରେ ସୂର୍ଯ୍ୟ ଲୁଚିଯାଇଛି, କିନ୍ତୁ ତା'ର ରକ୍ତିମ ଆଭା ପଣ୍ଟିମାକାଶରେ ଖେଲେଇ ହୋଇପଡ଼ିଛି । ଶିକାରୀ ଦ୍ଵୟ ଜୀବଦେହର ଲାଲ ରକ୍ତ ଦେଖ୍ବାର ଅଭିଲାଷୀ; ଏ ଦିଗରେ ନଜର ନାହିଁ । ତେଣେ କିନ୍ତୁ ପୂର୍ବଦିଗ ମେଘାଚ୍ଛନ୍ନ କରି ଅନ୍ଧାର ଘୋଟିଆସିଲାଣି । ପୃଥିବୀ ଉପରେ ଏମାନଙ୍କର ଦୃଷ୍ଟି, ଆକାଶ ସହିତ ସମ୍ପର୍କ କ'ଣ? ଚାକର ତିନିଜଣ ଏ ଦୁର୍ଯ୍ୟୋଗ ଦେଖ୍ ହସଖୁସିରୁ ବିରତ ହୋଇ ଶିକାରୀଙ୍କ ଅନ୍ଵେଷଣରେ ବାହାରିଲେ ।

ଗଭୀର ଜଙ୍ଗଲରେ ଦିବସରେ ମଧ୍ୟ ସେମାନଙ୍କୁ ଖୋଜି ପାଇବା ଅସମ୍ଭବ। ଅନ୍ଧାରରେ ଶିକାରୀ ଦ୍ୱୟ ଏକାବେଳେ ଦୁଷ୍ପ୍ରାପ୍ୟ ହୋଇ ଉଠିଲେ।

ଭାବୀ ବୃଷ୍ଟିର ଶୀତ ପବନ ଯେତେବେଳେ ଦେହରେ ଲାଗିଲା, ଶିକାରୀ ଦ୍ୱୟ ଫେରି ଚାହିଁଲେ, ଅକସ୍ମାତ୍ ବୃଷ୍ଟିର ଆୟୋଜନ। ତମ୍ବୁ ନିକଟରୁ ତିନି ଚାରି ମାଇଲ ଦୂରବର୍ତ୍ତୀ ହୋଇପଡ଼ିଛନ୍ତି। ସୁତରାଂ ବର୍ଷା ପୂର୍ବରୁ ତମ୍ବୁ ଧରିବା ଅସମ୍ଭବ। ଅଗତ୍ୟା ବନ୍ଧୁକ-ସ୍କନ୍ଧ ହୋଇ ଦୁଇ ବନ୍ଧୁ ମିଲିଟାରୀ ଡବଲ୍ ମାର୍ଚ୍ଚ ଆରମ୍ଭ କରିଦେଲେ। ଗୁଲି ସମ୍ମୁଖରେ ମୃଗର ତ୍ରସ୍ତକାତର ପଲାୟନ ଏବଂ ଶିକାରୀର ଆହ୍ଲାଦ ଧ୍ୱନି ଓ ଅନୁଧାବନ ଏ ସମୟରେ ସେମାନଙ୍କର ଅନୁଭୂତି ହେଲା ନାହିଁ, କିନ୍ତୁ ଠିକ୍ ସେହିପରି ହୁ-ହୁ ଆନନ୍ଦଧ୍ୱନି କରି ମେଘ ସେମାନଙ୍କୁ ଆକ୍ରମଣ କଲା। କୌଣସି ଦିଗରେ ନିକଟରେ ଆଶ୍ରୟ ନାହିଁ। ଚତୁର୍ଦ୍ଦିଗ ଅନ୍ଧକାରାଚ୍ଛନ୍ନ। ଘୂର୍ଣ୍ଣିବାୟୁ ସନ୍ନିକଟ ଅରଣ୍ୟାନୀ ମଧ୍ୟରେ ମହାକ୍ରନ୍ଦନରୋଲ ଉପୁକାଇ ଦେଲା। ଅତି କଷ୍ଟରେ ସନ୍ତର୍ପଣରେ ଦୁଇ ଜଣ ବାଟ ଖୋଜିଖୋଜି ଚାଲିଲେ। ପରିଚ୍ଛଦସବୁ ଓଦା ହୋଇ ଚାରିମହଣ ଭାରି ହୋଇଗଲା। ଦୀର୍ଘନିଃଶ୍ୱାସ ଛାଡ଼ି ତମ୍ବୁରେ ପହଞ୍ଚିଲାବେଳକୁ ରାତି ଆଠଟା।

ନୈଶଭୋଜନର କୌଣସି ବନ୍ଦୋବସ୍ତ ନାହିଁ; ତାହାହିଁ ବର୍ତ୍ତମାନ ବିଶେଷ ଭାବନାର ବିଷୟ ହୋଇପଡ଼ିଲା। ଶିକାର ତ କିଛି ହେଲା ନାହିଁ। ଆଉ ମଧ୍ୟ ପରଦିନ ପ୍ରାତଃରୁ ଏ ସ୍ଥାନ ଛାଡ଼ିବାର ବରାଦଥିବାରୁ ଏବଂ ଶିକାର ପାଇବା ବିଷୟରେ କୌଣସି ସନ୍ଦେହ ନ ଥିବାରୁ ପୂର୍ବରୁ ନୈଶଭୋଜନ ପାଇଁ କୌଣସି ଆୟୋଜନ କରାଯାଇ ନ ଥିଲା। ବର୍ତ୍ତମାନ ଆଉ ଉପାୟ ନାହିଁ। ଜମିଦାରଙ୍କ ଉଆସ ଏଠାକୁ ବାର ଚୌଦ ମାଇଲ ଦୂର! ମଟ଼ରରାସ୍ତା ତ ବର୍ଷାଜଲରେ ଅଗମ୍ୟ ହୋଇପଡ଼ିଥିବ। ନିକଟବର୍ତ୍ତୀ ସେପରି କୌଣସି ସ୍ଥାନ ନାହିଁ; ଯେଉଁଠାରେ ସାହେବ ଓ ଜମିଦାର ବାବୁଙ୍କ ଆହାରୋପଯୋଗୀ କିଛି ହେଲେ ମିଲିବ; ମାଂସ ନ ହେଲେ ଯେ ଅନାହାର। ଆଜି ପୁଣି ଏତେ ବିପଦ ସହ୍ୟ କରାଯାଇଛି। ସମସ୍ତଙ୍କର ଭାବନା ପଡ଼ିଗଲା। ଜମିଦାର ବାବୁଙ୍କ ଉପରେ ସମ୍ପୂର୍ଣ୍ଣ ନିର୍ଭର କଲେ ହେଁ ସାହେବଙ୍କର ମଧ୍ୟ ଭାବନା ପଡ଼ିଲା। କାରଣ ଶିକାର କରିବାକୁ ଯିବାବେଳେ ଜମିଦାର ବାବୁ ଲୋକ ପଠାଇ ମାଂସର ଆୟୋଜନ କରିବାକୁ ଯାଉଥିଲେ। ସାହେବ କିନ୍ତୁ ଶିକାର ନିଶ୍ଚୟ ମିଲିବ କହି ତାଙ୍କୁ ସେସବୁ ଆୟୋଜନରୁ ନିବୃତ୍ତ କରାଇଥିଲେ। କରାଯାଏ କ'ଣ? ଜମିଦାର ବାବୁ ଅଯଥା ବେଠିଆ ଚାକରଗୁଡ଼ାକ ଉପରେ କ୍ରୁଦ୍ଧ ହେଲେ।

ଏସବୁ ଦେଖି ସାହେବ ଟିକିଏ ମୁରୁକିହସା ଦେଇ କହିଲେ, 'Well, let me device some means of the dinner'. (ଆଛା, ରାତ୍ରିଭୋଜନର ଗୋଟାଏ ବ୍ୟବସ୍ଥା କରାଯାଉ।)

ଜମିଦାର ବାବୁ ସେହି ହାସ୍ୟର ଉତ୍ତର ହାସ୍ୟରେ ପ୍ରଦାନ କରି କହିଲେ, 'Well' । ସାହେବ କହିଲେ, 'Won't you mind to spare your heart? I will make a sumptuous feast and you can have a lot of them from the jungles. Don't you like the idea?'

(ଆପଣଙ୍କ ହରିଣଟିକୁ ଦେବାକୁ କିଛି ଆପତ୍ତି ଅଛି କି ? ଏହା ବେଶ୍ ସୁନ୍ଦର ଆହାର ହେବ ଏବଂ ଜଙ୍ଗଲରୁ ଆପଣ ସେଥିରୁ ଅନେକ ପାଇପାରିବେ । କିପରି- କଥାଟା ଭଲ ଲାଗୁନାହିଁ ?)

ଜମିଦାର ବାବୁ କ'ଣ ଭାବୁଥିଲେ । ସାହେବଙ୍କ ବାକ୍ୟ ଶେଷ ହେବାର ଦେଖି ହଠାତ୍ ଚମକି ପଡ଼ି ଉତ୍ତର କଲେ, 'Oh yes, it's a fine idea!' (ଠିକ୍ କହିଛନ୍ତି) । ଜମିଦାର ବାବୁ ସମ୍ଭ୍ରାନ୍ତ ବନ୍ଧୁ ଓ ଅତିଥିଙ୍କ କଥାରେ ଅମତ ହୋଇପାରିଲେ ନାହିଁ; କିନ୍ତୁ ଜଲି କଥା ଶୁଣି ତାଙ୍କ ହୃଦୟଟା କାହିଁକି ଦପ୍କରି ପଡ଼ିଗଲା । ଜଲି ପ୍ରତି ତାଙ୍କର ଟିକିଏ ବିଶେଷ ମମତା ଜନ୍ମିବାର କାରଣ ଅଛି । ଦିନେ ଅନ୍ୟ ଏକ ବିଦେଶୀୟ ବନ୍ଧୁଙ୍କ ସମକ୍ଷରେ ନିଜ ଶିକାର-କୌଶଳର ତାରିଫ୍ ଦେଖାଇବାକୁ ଯାଇ ସେ ଜଲିକୁ ପାଇଥିଲେ । ସେତେବେଳେ ତା'ର ମା' ତାକୁ ସ୍ତନ୍ୟପାନ କରାଉଥିଲା । ଜମିଦାର ବାବୁଙ୍କର ଗୁଲି ବସି ମାଆଟି ଢଳିପଡ଼ିଲା; କିନ୍ତୁ ନିର୍ବୋଧଶିଶୁ ନିର୍ଭୟରେ ଠିଆହୋଇ ରହିଲା । ଜମିଦାର ବାବୁଙ୍କ ଲୋକ ଯେତେବେଳେ ତାକୁ ଧରିବାକୁ ଗଲା, ମା' ନିକଟରେ ଅଛି ବୋଲି ସେ ନିଃଶଙ୍କ ଭାବରେ ଦଣ୍ଡାୟମାନ ରହିଲା । ବିଦେଶୀୟ ବନ୍ଧୁଙ୍କଠାରୁ ଏହି ଶିକାର-କୌଶଳରେ ଯଥେଷ୍ଟ ବାହାବା ପାଇଲେ ହେଁ ଏହି କ୍ଷୁଦ୍ର ଶିଶୁର ନିର୍ବୋଧ ଆଖି ଦିଓଟିକି ଚାହିଁ ତା'ର ମାତୃହନ୍ତା ଜମିଦାର ବାବୁଙ୍କର ତା' ପ୍ରତି ସେହିଦିନୁ ଗୋଟିଏ କିପରି ବାତ୍ସଲ୍ୟ ଓ ଶ୍ରଦ୍ଧା ଜନ୍ମି ଯାଇଥିଲା ।

ଜଲିକୁ ହତ୍ୟା କରି ଦିନେ ତା'ର ମାଂସ ଭକ୍ଷଣ କରିବାକୁ ହେବ, ଏକଥା ସେ କେବେ କଳ୍ପନା କରି ପାରି ନ ଥିଲେ । ବର୍ତ୍ତମାନ ସେହି ପରାମର୍ଶ ଶୁଣି ଜମିଦାର ବାବୁଙ୍କ ଶିକାରୀ ଅନ୍ତର ମଧ୍ୟ କିପରି ଟିକିଏ ଦବିଗଲା । ତାହା ବୋଲି ଏତେ ବଡ଼ ସମ୍ଭ୍ରାନ୍ତ ଅତିଥିଙ୍କୁ କ'ଣ ନାହିଁ କରି ଦିଆଯାଇପାରେ ? ଜମିଦାର ବାବୁଙ୍କର ସମ୍ମତି ପାଇ ସାହେବ ମହାନନ୍ଦରେ ନିଜେ କାଟିବାକୁ ଉଦ୍ୟତ ହେଲେ । ନିଜ ହାତରେ କିଛି ହେଲେ ଶିକାର ନ କଲେ ସେଦିନ ସାହେବଙ୍କ ମନଟା ଭଲ ରହେ ନାହିଁ । ଯୁଦ୍ଧରେ ବହୁତ ଲୋକଙ୍କର ପ୍ରାଣ କ୍ଷୟ କରିଥିଲେ ବୋଲି ତାଙ୍କର ବଡ଼ ସୁଖ୍ୟାତି ଅଛି । ଶୁଣାଯାଏ, କୌଣସି ଦିନ ଶିକାର ନ ମିଳିଲେ ସେହି ଉଦ୍ଦେଶ୍ୟରେ ପାଳିତ କୁକ୍କୁଟ ପ୍ରଭୃତି ଗୋଟାଏ କିଛି ଜୀବ ବଧ କଲେ ଯାଇ ତାଙ୍କ ମସ୍ତିଷ୍କ ଥଣ୍ଡା ରହେ । ଏହି ଅଭ୍ୟାସକୁ

ତାରିଫ କରି ତାଙ୍କ ସ୍ତ୍ରୀ କୁଆଡ଼େ ବହୁବାର କହିଛନ୍ତି ଯେ, ଦିନେ କିଛି ଶିକାର କରିବାକୁ ନ ପାଇ ସାହେବ ନିଜର ବେକ କାଟିବାକୁ ଉଦ୍ୟତ ହେଉଥିଲେ ।

ଜଲି ଓ ଡୋରା ଏକ ଅପରର କୋଳରେ ମୁହଁ ଗୁଞ୍ଜିଦେଇ ମହା ଆରାମରେ ନିଦ୍ରା ଯାଇଛନ୍ତି । ସେ ସମୟରେ ଅପରିଚିତ କୌଣସି ଲୋକ ଡୋରା ନିକଟକୁ ଯିବାକୁ ସାହସ କରିବା ବଡ଼ ଦୁରୂହ । ବିଶେଷତଃ ଡୋରା ଓ ଜଲି ଏକାସଙ୍ଗରେ ଥିବାବେଳେ ଜମିଦାର ବାବୁଙ୍କ ମାଧ୍ଆ ଚାକର ବ୍ୟତୀତ ଅନ୍ୟ କାହାରି ସେମାନଙ୍କ ପାଖ ପଶିବାର ଉପାୟ ନାହିଁ । ଜମିଦାର ବାବୁଙ୍କର ଇଙ୍ଗିତରେ ଜଲିକୁ ଆଣିବା ଲାଗି ମାଧ୍ଆକୁ ଯିବାକୁ ହେବ । ତା' ପଦଶବ୍ଦ ଶୁଣି ଡୋରା ଟେଇଁଉଠି ଭୁକିଲା । ମାଧ୍ଆ ରୂପ କହିବାରୁ ସ୍ୱର ବାରିପାରି ସେ ସ୍ଥିର ହୋଇ ରହିଲା; କିନ୍ତୁ ମାଧ୍ଆ ଯେତେବେଳେ ଜଲିକୁ ଉଠାଇ ତାକୁ ସଙ୍ଗରେ ଆଣିବାକୁ ଗଲା, ସେତେବେଳେ ଡୋରା ତା'ସହିତ ଆସିବାଲାଗି ଅସ୍ଥିର ହୋଇଉଠିଲା । ଅଗତ୍ୟା ମାଧ୍ଆକୁ ଜଲି ସଙ୍ଗେ ସଙ୍ଗେ ଡୋରାର ଶିକୁଳି ଧରି ଆଣିବାକୁ ହେଲା । ଡୋରାର ବୁଦ୍ଧି ଅସମ୍ଭବ ରୂପେ ପ୍ରଖର ହେଲେହେଁ ଏ ସମୟରେ ଜଲିକୁ ତା' ନିକଟକୁ ଧରିନେବାର କାରଣ ସେ ପ୍ରଥମେ ବୁଝିପାରିଲା ନାହିଁ । ମାଧ୍ଆ ନିଜେ ଡୋରାକୁ ଧରି ଜଲିକୁ ଖାନ୍‌ସମାମାନଙ୍କୁ ଦେଲା । ଡୋରାର ମନରେ ସନ୍ଦେହ ହେଲା । ତଥାପି ସେ ତୁନି ହୋଇଥାଏ । ସାହେବ ସ୍ୱୟଂ ଆତତାୟୀ ପ୍ରକୃତିର ତର୍ପଣ କରିବାଲାଗି ଉଦ୍ୟତ ହେଲେ । ଛୁରିର ଫଳକ ଆଲୋକପାତରେ ଚକ୍‌ମକ୍ ହୋଇଉଠିଲା ।

ଖାନ୍‌ସମା ଦୁଇଜଣ ଜଲିର ଗୋଡ଼ ବାନ୍ଧି ତାକୁ ସ୍ଥିର କରି ଠିଆ କରାଇଲେ, ଯେପରି ଛୁରି ଚାଲିବା ସମୟରେ ସେ କୌଣସି ରକମ ହଲଚଲ ହୋଇ ସାହେବଙ୍କର ଅସୁବିଧା ନ ଘଟାଏ । ଜଲିର ଭାବନା କ'ଣ ? ସେ ତା'ର ଜୀବନର ପ୍ରଭୁ ଜମିଦାର ବାବୁ ଏବଂ ସକଲ ଦୁଃଖ-ବିପଦରେ ଆବାଲ୍ୟ ପରମବନ୍ଧୁ ଡୋରାକୁ ଦେଖି ନିର୍ଭୀକଭାବେ ଠିଆ ହୋଇଥାଏ ଏବଂ ପାଦଦିଓଟି ବନ୍ଧା ହେବାକୁ ଥରେ ତା'ର ଦୁଃଖସୁଖର ସାଥୀ ଡୋରା ଏବଂ ଥରେ ତା'ର ଆଶୈଶବ ବିଶ୍ୱାସୀ ପ୍ରଭୁଙ୍କ ପ୍ରତି ଦୃଷ୍ଟି ପକାଉଥାଏ । ଜମିଦାର ବାବୁ ବନ୍ଧୁଙ୍କ ପତ୍ନୀ ଓ କନ୍ୟାଙ୍କ ନିକଟରେ ଖୁସିଗପ୍ପରେ ନିମଗ୍ନ ଥାଆନ୍ତି । ତଥାପି ତାଙ୍କ ଭିତରୁ କିଏ କହିଦେଇଥାଏ, ଜଲି ପ୍ରତି ଟିକିଏ ଦୃଷ୍ଟି ପକାଇବାକୁ । ସେ ଚାହିଁ ନ ଚାହିଁଲା ହୋଇ ହସଖୁସିରେ ନିମଗ୍ନ ଥାଆନ୍ତି । ତାକୁ ଚାହିଁଲେ ସେ ମନୁଷ୍ୟ ଭାଷାରେ ଯେପରି କିଛି ପ୍ରକାଶ କରିଦେବାକୁ ଯିବ ଏବଂ ସେଥିରେ ସେ ଦୋଷୀ ସାବ୍ୟସ୍ତ ହେବେ, ଆଉ ତାଙ୍କ ସୁନାମରେ ବାଧା ଘଟିବ । ସାହେବଙ୍କ ହାତରେ ଛୁରି ଦେଖି ଡୋରାର ସନ୍ଦେହ କ୍ରମେ ଦୃଢ଼ୀଭୂତ ହେବାକୁ ବସିଲାଣି । ସାହେବଙ୍କ ହାତରେ ଛୁରି ପରିଷ୍କାର କରି ଯେତେବେଳେ ଆସନରୁ

ଉଠିଲେ, ଜମିଦାର ବାବୁଙ୍କ ଦୃଷ୍ଟି ହଠାତ୍ କାହିଁକି ଜଲି ଉପରେ ପଡ଼ିଲା। ଏବଂ ତାଙ୍କର ମନେହେଲା, ଜଲି ଅନେକ କ୍ଷଣ ହେଲା ତାଙ୍କୁ ଏହିପରି କାତର ଦୃଷ୍ଟିରେ ଚାହିଁ ଜୀବନଭିକ୍ଷା କରୁଚି। ଜମିଦାରବାବୁ କ'ଣ ଗୋଟାଏ ବାହାନାରେ ଆସନ ଛାଡ଼ି ତମ୍ବୁ ମଧ୍ୟକୁ ଚାଲିଗଲେ; ଡୋରା କିନ୍ତୁ ଜଲିର ମିନତି ଶୁଣିଲା। ଆବାଲ୍ୟ ଆଶ୍ରୟଦାତା ପ୍ରଭୁଙ୍କଠାରୁ ହତାଶ ଦୃଷ୍ଟି ଫେରାଇ ଜଲି ଯେତେବେଲେ ତା'ର ପ୍ରିୟ ସହଚର ଡୋରାକୁ ଚାହିଁଲା, ଡୋରା ପ୍ରାଣରେ ତାହା ବାଜିଲା। ସାହେବଙ୍କ ହାତରେ ନୃଶଂସ ଛୁରିକା ଦେଖି ଡୋରାର ଆଉ ବୁଝିବାକୁ ବାକି ରହିଲାନାହିଁ। ଏହି ସ୍ଥଲୀରେ କେତେ ଛେଲି, ହରିଣ କଟାଯାଇଥିବାର ନିଜେ ଦେଖିଛି। ତା'ର ପ୍ରାଣପ୍ରିୟ ଜଲିର ଦଶା ତାହା ହିଁ ହେବ, ଏଥିରେ ଆଉ ତା'ର ସନ୍ଦେହ ନାହିଁ।

ସାହେବ ଯେତେବେଲେ ଛୁରି ଧରି ଓହ୍ଲାଇ ଆସିଲେ, ତତ୍‌କ୍ଷଣାତ୍ ଡୋରା ଗୋଟାଏ ଝିଙ୍କାରେ ମାଧିଆ ହାତରୁ ମୁକ୍ତି ପାଇ ସଙ୍ଗେସଙ୍ଗେ ଜଲିକୁ ଧରିଥିବା ଜଣେ ଖାନ୍‌ସମାକୁ ଆଘାତ କଲା। ସାହେବ, ଚାକର, ଖାନ୍‌ସମା ପ୍ରଭୃତି ଇତସ୍ତତଃ ହୋଇ ଦ୍ରୁତଗତିରେ ତମ୍ବୁ ମଧ୍ୟରେ ପ୍ରବେଶ କଲେ। ଜମିଦାର ବାବୁ ତମ୍ବୁ ମଧ୍ୟରେ ଅନ୍ୟମନସ୍କ ଥିଲେ। ସାହେବଙ୍କର ଏ ଦୁର୍ଦ୍ଦଶା ଦେଖି, ସଙ୍ଗେ ସଙ୍ଗେ ତାଙ୍କୁ କ୍ଷମା ମାଗିଲେ ଏବଂ ମାଧିଆ ଉପରେ କ୍ରୋଧରେ ଜଲିଉଠିଲେ। ତଥାପି ଅନ୍ତରର କି ଗୋଟିଏ ଅବ୍ୟକ୍ତ ବ୍ୟଥା ତାଙ୍କ କଥାରୁ ସୁସ୍ପଷ୍ଟ ପ୍ରକାଶ ପାଉଥିଲା।

ମାଧିଆ ଅତି କଷ୍ଟରେ ନିଜେ ଡୋରାଦ୍ୱାରା ଆଘାତପ୍ରାପ୍ତ ହୋଇ ଗୋଟାଏ ଗଛରେ ନେଇ ତାକୁ ଉତ୍ତମରୂପେ ବାନ୍ଧିଦେଲା। ସାହେବ ହସିହସି ଛୁରି ହାତରେ ପୁନଶ୍ଚ ତମ୍ବୁ ମଧ୍ୟରୁ ବାହାରିଲେ। କୌତୁକ କରିବା ଛଲରେ ଆବଦ୍ଧ ଡୋରାକୁ ଛୁରି ଦେଖାଇ ଜଲି ଅଭିମୁଖରେ ଚାଲିଲେ। ଜମିଦାରବାବୁ ଦେଖିଲେ, ଜଲି ପୂର୍ବପରି ସେହି କାତର ଦୃଷ୍ଟିରେ ତାଙ୍କ ପ୍ରତି ଚାହିଁ ସାହାଯ୍ୟ ଭିକ୍ଷା କରୁଛି। ସେ ହଠାତ୍ ଉଠିପଡ଼ି ସାହେବ ବନ୍ଧୁଙ୍କୁ କ'ଣ କହିବାକୁ ଯାଉଥିଲେ। ଛିଃ, 'ମୁଁ କ'ଣ ପାଗଲ' କହି ପୁଣି ଆସନ ଗ୍ରହଣ କଲେ। ସେ ସ୍ଥାନରୁ ଉଠି ଦୂରକୁ ଯିବାକୁ ତାଙ୍କର ଇଚ୍ଛା ହେଉଥିଲେ ହେଁ ସାହେବ କିଛି ମନେକରିପାରନ୍ତି, ଏହି ଆଶଙ୍କାରେ ସେ ଚେଷ୍ଟାରୁ କ୍ଷାନ୍ତ ହେଲେ। ସାହେବ ଜଲି ନିକଟକୁ ଆସିବାର ଦେଖି ଜମିଦାରବାବୁ ରୁମାଲ କାଢ଼ି ମୁହଁ ଘୋଡ଼ାଇଲେ। ଡୋରାର ଭୀତ ବ୍ୟାକୁଲ କ୍ରନ୍ଦନ ତାଙ୍କ କର୍ଣ୍ଣରେ ପ୍ରବେଶ କରୁଥାଏ। ତାହାରି ମଧ୍ୟରେ ସେ ଶୁଣିପାରିଲେ ଗୋଟିଏ ରୁଦ୍ଧକଣ୍ଠର ବିଲାପ। ସେ ଧ୍ୱନି କେବଲ କର୍ଣ୍ଣରେ ନୁହେଁ, ମର୍ମସ୍ଥଲୀରେ ପ୍ରବେଶ କଲା। ସେ ସ୍ୱର ଜଲିର। ରୁମାଲ କାଢ଼ି ଚାହିଁ ଦେଖିଲେ ସବୁ ଶେଷ।

ଖାନା–ଟେବୁଲରେ ବସିବସି ଜଲିର ମାଂସ ଭକ୍ଷଣ କଲାବେଳେ ଜମିଦାର ବାବୁଙ୍କର ଅନ୍ତରାତ୍ମା 'ନାହିଁ ନାହିଁ' କରି ଉଠିଲା। ସେ ପ୍ରାଣପଣେ ଚେଷ୍ଟା କରି ବନ୍ଧୁମାନଙ୍କ ସାଙ୍ଗରେ ଯୋଗଦେଲେ। ବଡ଼ କଷ୍ଟରେ ଯତ୍‍ସାମାନ୍ୟ ଆହାର କଲେ। ଭିତରର କି ଗୋଟିଏ ଅବ୍ୟକ୍ତ ବ୍ୟଥାରେ ପ୍ରାଣ ଆକୁଳ ହୋଇଉଠିଲା। ରକ୍ଷା ଏତିକି, ଅତିଥିମାନଙ୍କ ମଧ୍ୟରୁ କେହି ତାହା ଲକ୍ଷ୍ୟ କରିପାରି ନ ଥିଲେ। ଶୋଇବାକୁ ଯିବାବେଳେ ମାଧିଆ ଆସି ଖବର ଦେଲା, ଡୋରାକୁ ମାଂସ ଆଦି ଯେତେ ଯାହା ଦିଆଗଲା, ସେ ତାହା ସ୍ପର୍ଶ କଲାନାହିଁ।

ଜମିଦାର ବାବୁ ଅନ୍ୟମନସ୍କ ହୋଇ ଶୟନକକ୍ଷକୁ ଗଲେ। ନିଦ୍ରା ଆସୁ ନ ଥାଏ; ବିଛଣାରେ ପଡ଼ି କେତେ କଅଣ ଭାବୁଥାନ୍ତି। ଏ ଜଙ୍ଗଲ ସେ ଜଙ୍ଗଲ ବୁଲୁଛନ୍ତି, ହଠାତ୍ ମେଘର ଆକ୍ରମଣ ଓ ଚତୁର୍ଦିଗ ଅନ୍ଧକାରାଚ୍ଛନ୍ନ–ପୁଣି ସେହି ମଧ୍ୟାହ୍ନ ସମୟ, ଗୁଲି ଖାଇ ମାଆଟି ତା'ର ଭୂତଳଶାୟୀ ହେଲା; ଆଉ ନିର୍ବୋଧ ଶିଶୁ ଅବାକ୍ ହୋଇ ଅନାଇ ରହିଲା, ଟିକିଏ ହଲଚଲ ନାହିଁ, ସ୍ୱେଚ୍ଛାରେ ଆତ୍ମସମର୍ପଣ କଲା; ପୁଣି ସେହି ଘନ ଅନ୍ଧକାର – ଦୁଇବନ୍ଧୁ ସ୍କନ୍ଧରେ ସଙ୍ଗିନ୍ ରଖି ତମ୍ବୁ ଅଭିମୁଖରେ–ଛୁରି ଧରି ସାହେବଙ୍କର ନୃଶଂସ ହାସ୍ୟ, ଆଉ ସେ ହରିଣ ଶିଶୁଟିର କରୁଣ ଦୃଷ୍ଟିରେ ଜୀବନଭିକ୍ଷା, ମନୁଷ୍ୟ– ଭାଷାରେ ବାକ୍ୟ ଉଚ୍ଚାରଣ– 'ମୁଁ ପରା ମୋ ମା'କୁ ଛାଡ଼ି ତୁମକୁ ଆଶ୍ରୟ କରି ଧରିଥିଲି' ? ଜମିଦାରବାବୁ ଚମକି ଉଠି ଭାବିଲେ, ଏ ସ୍ୱପ୍ନ। ପୁଣି ନିଦ ଆସଲା, ପୁଣି ସେହି କାକୁତିଭରା ଚାହାଣି, ପୁଣି ସେହି ମର୍ମବିଦାରକ ବିଲାପ। ଥରକୁଥର ନିଦ ଭାଙ୍ଗିଯାଏ; କିନ୍ତୁ ସେହି ଏକା ସ୍ୱପ୍ନ।

ପ୍ରଭାତରୁ ଉଠି ଫେରିଯିବାର ବନ୍ଦୋବସ୍ତ କରାଗଲା। ମଟରରେ ବନ୍ଧୁ ଓ ବନ୍ଧୁ ପରିବାରଙ୍କ ସହିତ ଜମିଦାରବାବୁ ଆଗ ଚାଲିଗଲେ। ହସଖୁସିରେ ମନଟାକୁ ଭୁଲାଇବାର ଯେତେ ଚେଷ୍ଟା କଲେ ମଧ୍ୟ ଜମିଦାରବାବୁଙ୍କ ଅନ୍ତରରେ ହରିଣ ଶିଶୁର ସେହି ରୁଦ୍ଧ କ୍ରନ୍ଦନର ବିରାମ ନାହିଁ। ବନ୍ଧୁ ପରିବାର ସେହି ଦିନ ବିଦାୟ ଘେନି ଚାଲିଗଲେ।

ମାଧିଆ ଡୋରାକୁ ଟାଣିଟାଣି ବହୁ କଷ୍ଟରେ ଧଇଁସଇଁ ହୋଇ ଆସି ପହଞ୍ଚିଲା ଏବଂ ବାବୁଙ୍କୁ କହିଲା, 'ଡୋରା ସେ ସ୍ଥଳକୁ ଆସିବାକୁ ଏକାବେଲକେ ନାରାଜ।' ଜମିଦାର ବାବୁ ସେତେବେଳେ ଏକାକୀ ବସି ମନେ ମନେ କ'ଣ ଭାବୁଥିଲେ। ମାଧିଆ ଆଉ କିଛି ନ କହି ଚୁପ୍ ହୋଇ ଚାଲିଗଲା। ସେତେବେଳକୁ ଜମିଦାର ବାବୁଙ୍କର ପ୍ରବଲ ଆତ୍ମଗ୍ଲାନି ଉପସ୍ଥିତ। ବଡ଼ ସଂଯମରେ ସେ ନିଜକୁ ସ୍ଥିର କରି ରଖିଛନ୍ତି; ନ ହେଲେ ଲୋକମାନେ ତାଙ୍କୁ ପାଗଲ ବୋଲି ଭାବି ସାରନ୍ତେଣି। ଏହି ଜ୍ଞାନଶୂନ୍ୟ କୁକୁରଟାର ପାଦତଳେ ପଡ଼ି କ୍ଷମା ଭିକ୍ଷା କରିବାଲାଗି ତାଙ୍କ ପ୍ରାଣ ଭିତରୁ

ଯେପରି କିଏ ବାଧ କରୁଛି । କାରଣ ସେ ନିଜକୁ ତା'ଠାରୁ ବହୁ ନିମ୍ନରେ ଦେଖୁଛନ୍ତି । ‘କାହିଁ, ମାଂସାଶୀ କୁକୁରଟାଠାରୁ କ'ଣ ମୋ ଅନ୍ତର ଏତେଦୂର ନୃଶଂସ! ଛି ଛି, ସଂସାରଟାରେ କ'ଣ କେବଳ ସବଳ ଦୁର୍ବଳକୁ ଅଧୀନସ୍ତ ରଖ୍ୟ, ଆତ୍ମସାତ୍ କରି ଜୀବନଧାରଣ କରିବାକୁ ଜାତ ହୋଇଛି? ଜଣେ ବଞ୍ଚିବ ବୋଲି ଆଉ ଜଣକର ମୃତ୍ୟୁ ଏକାନ୍ତ ଆବଶ୍ୟକ! ମନୁଷ୍ୟ ଯେ ବିଶ୍ୱ ଗ୍ରାସ କରିବାକୁ ବସିଛି, ଏହାର ଯୁକ୍ତି କ'ଣ ନା' ସେସବୁ ଜୀବଠାରୁ ବୁଦ୍ଧିମାନ ଓ ବିବେକବାନ୍!' ସତ୍ୟ ସତ୍ୟ! ଜମିଦାରବାବୁଙ୍କର ଭାଷଣ ବିରାଗ ଓ ବିକାର ଜାତ ହେଲା । ଯେଉଁ ଜିହ୍ୱା ଜଳିର ମାଂସ ସ୍ୱାଦ ପରୀକ୍ଷା କରିଥିଲା, ତାହା କିପରି ଅବଶ ହୋଇଆସିଲା; ଜଳିର କଲିଜା ଯେଉଁ ଗଳା ମଧ୍ୟରେ ଯାଇଥିଲା, ତାହା ସଙ୍କୁଚିତ ହୋଇ କିପରି ରୁଦ୍ଧ ହୋଇଆସିଲା । ଜମିଦାରବାବୁ ମନେକଲେ, ସେ ଗଳା ଯଦି ଚିରଦିନ ପାଇଁ ରୁଦ୍ଧ ହୁଏ ଏବଂ ସେ ଜିହ୍ୱା ଯଦି ଅବଶ ହୋଇ ଛିନ୍ନ ହୋଇପଡ଼େ; ତେବେ ତାଙ୍କର ମର୍ମନ୍ତୁଦ ଯାତନାର ଟିକିଏ ଅବା ଉପଶମ ହୋଇପାରନ୍ତା!

ଏହି ସମୟରେ ପଛରୁ କିଏ ଡାକିଲା, ‘ଜଲି କାଇଁ?'

ଜମିଦାରବାବୁ ଫେରି ଚାହିଁ ଦେଖିଲେ, ତାଙ୍କର ସେହି ଚାରିବର୍ଷର ଶିଶୁ କନ୍ୟାଟି । ସେ ଉତ୍ତର ଦେବାକୁ କିଛି ନ ପାଇ ତତ୍କ୍ଷଣାତ୍ ଉଠାଇ କନ୍ୟାକୁ ନିଜର ଉଭୁକ୍ତ ବକ୍ଷରେ ଚାପିଧରି କହିଲେ, ‘ଅଛି ମା' ଅଛି ।' ସେହି କଥାରେ କର୍ଣ୍ଣପାତ ନ କରି ମୁହଁ ଫୁଲାଇ, ଆଖି ଛଳଛଳ କରି ସେ କହିଲା, ‘ମିଛ କଥା, ମାଧ୍ଆ କହିଲା, ସେ ସାହେବ ତାକୁ ମାଲିଚି, ମୁଁ ସେ ସାହେବକୁ ମାଲିବି ।' କନ୍ୟାର ରାଗ ଓ ଅଭିମାନ ଦେଖି ଜମିଦାରବାବୁଙ୍କ ଚକ୍ଷୁରୁ ଲୋତକ ବର୍ଷିବାକୁ ଲାଗିଲା । ସେ ତାହା କନ୍ୟା ନିକଟରୁ ଲୁଚାଇବାକୁ ଯାଇ ଧାଇଁ ହାତରେ କନ୍ୟାକୁ ଦେଇ ଚାଲିଗଲେ ଏବଂ ହୃଦୟର ଆବେଗ ଅସହ୍ୟ ହେବାରୁ ବିଛଣାରେ ପଡ଼ି ଶିଶୁପରି ଭୋ–ଭୋ କାନ୍ଦିବାକୁ ଲାଗିଲେ; କିନ୍ତୁ କନ୍ୟାର ସେହି ପ୍ରଶ୍ନ ‘ଜଲି କାଇଁ' ତାଙ୍କର ବାରମ୍ବାର ମନେପଡ଼ିଲା । ସେ ନିଜକୁ ସେହି ପ୍ରଶ୍ନ କରି ସ୍ୱୀୟ ଅଙ୍ଗପ୍ରତ୍ୟଙ୍ଗକୁ ଚାହିଁଲେ । ହରିଣ ଶାବକର ପ୍ରତ୍ୟେକ ଖଣ୍ଡ ଭୁକ୍ତ ମାଂସର କ୍ରନ୍ଦନ ତାଙ୍କର ପ୍ରତ୍ୟେକ ଲୋମକୂପରୁ ଫୁଟି ବାହାରିବାର ସେ ଶୁଣିଲେ । ତାଙ୍କର ପ୍ରତ୍ୟେକ ଶିରାରେ ଏ କ୍ରନ୍ଦନ ବିଜୁଲିଗତିରେ ଚମକିବାକୁ ଲାଗିଲା । ଜମିଦାରବାବୁ ରୁଗ୍ଣ ହୋଇପଡ଼ିଲେ – ଦୁଇ ସପ୍ତାହ କ୍ରୁର ଓ ଅନାହାର । ସମସ୍ତେ ଭାବିଲେ, ଜମିଦାରବାବୁ ଏ ଘାଟିରୁ ପାର ପାଇବେ ନାହିଁ; କିନ୍ତୁ ସେ ସୁସ୍ଥ ହେଲେ, ଅଥଚ ନୂଆ ଲୋକ ହୋଇ । ସାହେବଙ୍କ ଉପଯୋଗୀ ଅତିଥିଶାଳା ଦରିଦ୍ରମାନଙ୍କ ପାନ୍ଥନିବାସରେ ପରିଣତ ହେଲା । ଜମିଦାର ଉଠାସରେ ଆମିଷ ପ୍ରବେଶ ନିଷିଦ୍ଧ ହେଲା

ଏବଂ ଜମିଦାରି ମଧ୍ୟରେ କେହି ମୃଗ ଶିକାର କି ବଧ କରିପାରିବେ ନାହିଁ ବୋଲି ହୁକୁମ ଜାରି ହୋଇଗଲା ।

ଡୋରା କୌଣସିମତେ ଆହାର କଲାନାହିଁ । ଦିନମାନ ନିରାହାରରେ ପଡ଼ିରହିଲା ଏବଂ ଜମିଦାରବାବୁଙ୍କ ପ୍ରଥମ ଅସୁସ୍ଥତା ଦିନ କୌଣସିମତେ ମୁକ୍ତିପାଇ ଖସି ଚାଲିଗଲା । ମାଧୁଆ ଖୋଜିଖୋଜି ଯାଇ ତାକୁ ସେହି ତମ୍ବୁ ପଡ଼ିଥିବା ଜାଗାରେ ଜଲିର ବଧଭୂମିକୁ ଆଘ୍ରାଣ କରୁଥିବାର ଦେଖ୍ଲା । ଏହିଠାରେ ସେ ତା'ର ପ୍ରିୟ ସଖାକୁ ହରାଇଛି– କୌଣସିମତେ ଯେବେ ସନ୍ଧାନ ପାଏ! ସେଥ୍ଲାଗି କରୁଣ ବିଲାପ କରି ସେ ତାକୁ ଖୋଜି ବୁଲୁଛି । ମାଧୁଆ ତାକୁ ଧରିଆଣିଲା । ଯେତେ ଯତ୍ନ କରାଗଲା, ସମସ୍ତ ବିଫଲ ହେଲା । ପୁଣି ଦିନେ କିପରି ସେ ଅଦୃଶ୍ୟ ହୋଇଗଲା । ଆଉ ଯେତେ ଯହିଁ ଖୋଜିଲେ ମିଲିଲା ନାହିଁ । କେହିକେହି କୁହନ୍ତି, ସେ ସେହି ତମ୍ବୁ ପଡ଼ିଥିବା ଦିଗରେ ଯାଇଛି । କାଠୁରିଆମାନେ କହନ୍ତି, ନିବିଡ଼ ଜଙ୍ଗଲ ମଧ୍ୟରେ କାଠ କାଟିଲାବେଲେ ସେମାନେ ବହୁବାର ରୁଦ୍ଧ ପଶୁକଣ୍ଠର ଗୋଟିଏ କରୁଣ ଆର୍ତ୍ତ ବିଲାପ ଶୁଣିପାରନ୍ତି । ସେ କିନ୍ତୁ ଜଲିର ନା' ଡୋରାର ?

■■

ପହିଲା ପରେ

ଅନନ୍ତ ପ୍ରସାଦ ପଣ୍ଡା

ଘରେ ଆସି ଗୋଡ଼ ଦେଲାକ୍ଷଣି ସାନପୁଅ ଟୁନୁ ଆସି କହେ– ବାପା ବିସ୍କୁଟ୍ ? ବାପା ପୁଅଟିକୁ ଗେଲ କରି କାଖକୁ ଟେକି ନିଅନ୍ତି ଆଉ ତା' ଗାଲରେ ଚୁମାଟିଏ ଦେଇ କହନ୍ତି– ପହିଲା ପରେ।

ଟୁନୁ ଭାରି ଖୁସି ହୋଇ ଧାଇଁଯାଏ ନାନୀ ପାଖକୁ। ନାନୀ ତା'ର ସ୍କୁଲରେ ପଢ଼େ। ପଚାରେ–ନାନୀ, ପହିଲା କେବେ ? ନାନୀ କାନ୍ଥରେ ଟଙ୍ଗା ହୋଇଥିବା କ୍ୟାଲେଣ୍ଡରଟି ଆଡ଼କୁ ଚାହିଁ କହେ–ଆଜି ହେଲା ମାସର ୭ ତାରିଖ; ଆହୁରି ଚବିଶ ଦିନ ଅଛି ପହିଲା ହେବାକୁ। ଟୁନୁ ଗଣି ଶିଖିଲାଣି, ତା'ର ସାନ ଆଙ୍ଗୁଠିର ସରୁ ରେଖାଗୁଡ଼ିକୁ ଗଣିଯାଏ–ଏକ, ଦୁଇ, ତିନି, ଚାରି–ସବୁ ଆଙ୍ଗୁଠିର ଲେଖା ସରିଯାଏ ତେବେ ବି ଚବିଶ ପହଂଚିପାରେ ନାହିଁ। ହେଉ, କେବେ ହେଲେ ତ ପହିଲା ଆସିବ। ବିସ୍କୁଟର ସ୍ବପ୍ନ ଦେଖୁଁ ଦେଖୁଁ ଟୁନୁ ଯାଇ ନିତି ଦିନର ପାଟିପକା ଜଳଖିଆ ମୁଢ଼ି ଦି'ମୁଠା ଚୋବାଇ ଦିଏ।

ଟୁନୁ ଉପର ଭଉଣୀ କୁନୁ ଆସି କହେ– ବାପା, ମୋ ଜୋତା ଯୋଡ଼ାକ ଏକବାରେ ଛିଣ୍ଡା କୋତରା ହୋଇଗଲାଣି। ଖାଲି ଗୋଡ଼ରେ ଗଲେ ଗୋଡ଼ ଧୂଳି ହୋଇଯାଉଛି। ମାଷ୍ଟରାଣୀ ରାଗୁଛନ୍ତି। ମୋର ନୂଆ ଜୋତା ଆସିବ। ବାପା କୁନୁକୁ ଆଦର କରି କୋଳକୁ ଆଉଜାଇ ନେଇ ତା'ର ଫୁରୁଫୁରିଆ ବାବୁରି ବାଳ ଉପରେ ହାତ ବୁଲାଉ ବୁଲାଇ କହନ୍ତି– ପହିଲା ପରେ। କୁନୁ ବି ଆଙ୍ଗୁଠିର ରେଖା ଗଣି ବସେ– ପହିଲା କେବେ?

ତା' ଉପରେ ଭାଇ ମଂଟୁ ଆସି କହେ– ବାପା, ଦୁଆତ କଲମ ଧରି ସ୍କୁଲକୁ ଗଲାବେଳେ କାଲି ସବୁ ଗଡ଼ିଯାଇ ଲୁଗାପଟା ମସିଆ ହୋଇଯାଉଛି। ମାଷ୍ଟେ ଗାଲି ଦେଉଛନ୍ତି। ଆମ କ୍ଲାସରେ ବହୁତ ପିଲା ଫାଉଣ୍ଟେନ୍ ପେନ୍ ନେଉଛନ୍ତି। ମୋର ଗୋଟାଏ ଫାଉଣ୍ଟେନ୍ ପେନ୍ ନ ହେଲେ ଚଲିବ ନାହିଁ। ବାପା କହନ୍ତି– ହଉ, ପହିଲା ପରେ ଦେଖିବା।

ଆଉ ଦି'ପାଦ ଘର ଭିତରକୁ ପଶିଗଲାକ୍ଷଣି ବଡ଼ ଝିଅ ହେମ ଆସି କହେ– ବାପା, ମୋର ଗୋଟାଏ କଳା ଧଡ଼ିଆ ଶାଢ଼ି ନହେଲେ ଚଲିବ ନାହିଁ। ବାପା କହନ୍ତି– ହଉ ମା, ପହିଲା ପରେ କିଣି ଦେବି।

ଘର ବାରଦାରେ ପହଁଚିଲାକ୍ଷଣି ମଝିଆ ପୁଅ ନଟୁ ଆସି କହେ–ବାପା, ମୁଁ ଏବେ ଟେନିସ୍ ଖେଳିବାକୁ ଯାଉଛି ଯେ ମୋ ପାଇଁ ଯୋଡ଼ାଏ କେନ୍‌ଭିସ୍ ଜୋତା ନହେଲେ ଚଲିବ ନାହିଁ। ବାପା କହନ୍ତି–ହଉ, ପହିଲା ପରେ କିଣିବା।

କଲେଜରେ ପଢୁଥିବା ବଡ଼ପୁଅ ନୀଲୁ ଆସି କହେ– ବାପା, ମୋ' ପାଇଁ ଯୋଡ଼ାଏ ବକିଂହାମ୍ ମିଲ୍ କନାର ଟ୍ରାଉଜର ଦରକାର ଆଉ ସିଲ୍କ କନାର ଗୋଟାଏ ହାବାଇନ୍। ବାପା କହନ୍ତି–ହଉ, ପହିଲା ପରେ କରିବା। ନୀଲୁ ପ୍ରତିବାଦ କରି କହେ– ସବୁ ତ କରିବା ପହିଲା ପରେ। ଆଜି ତ ହେଲା ମାସର ମୋଟେ ସାତ ତାରିଖ। ପହିଲା ତ ଆହୁରି କେତେ ଦିନ ଅଛି।

ଘର ଭିତରକୁ ପଶିଗଲାକ୍ଷଣି ରୋଷେଇ ଘର ଭିତରୁ ଗୃହିଣୀ ଡାକନ୍ତି–ଆଲୋ କୁନ, ବାପା ଆଇଲେଣି କି? କୁନ କହେ–ହାଁ ମା, ଏଇ ତ ଆଇଲେ। ଗୃହିଣୀ କହନ୍ତି–କହିଦେ ବାପାଙ୍କୁ, ମୁଁ ଆଉ ପାରିବି ନାହିଁ। ଘରେ ଗୋଟାଏ ବୋଲି ଡେକ୍ଚି ନାହିଁ, ସବୁଗୁଡ଼ାକ କଣା ହୋଇଗଲାଣି। ମାଟିହାଣ୍ଡି ଗୁଡ଼ାକରେ ରୋଷେଇ କରି ତ ଲୁଗାପଟା ସବୁ ଭାଲୁ କଳା ହୋଇଯାଉଛି। କହି ଦେ, ଗୋଟାଏ ଡେକ୍ଚି କିଣି ଆଣିବେ। ବାପା କହନ୍ତି–ମାଆକୁ କହିଦେ ଏ ମାସଟା ଯେମିତି ସେମିତି ଚଳାଇ ନିଅନ୍ତୁ; ପହିଲା ପରେ କିଣିବା। ଗୃହିଣୀ ପଞ୍ଚମକୁ ଉଠାଇ କହନ୍ତି–ମଲା ମୋର,

କାଲି କି ପଅରଦିନ ତ ପହିଲା ଗଲା, ଫେର ପୁଣି କେବେ ପହିଲା ହେବ ଯେ ପହିଲା ପରେ ଡେକ୍‌ଟି କିଣାଯିବ ? ମାସକ ଭିତରେ ଆଉ କେତେଟା ପହିଲା ହେବ କି ? ହଉ, ଯେବେ ବରାଦ ହେବ ।

ଦିନସାରା ଗଧ ଖଟଣି ଖଟି ଖଟି ହରିବାବୁ ଯେତେବେଳେ ଘରକୁ ଫେରନ୍ତି, ଏମିତି ସତର ପ୍ରକାର ବରାଦ ଆସି ପହଁଚେ ତାଙ୍କ ପାଖରେ । କିନ୍ତୁ ସବୁ ବରାଦର ସେଇ ଗୋଟିଏ ଜବାବ–ପହିଲା ପରେ ।

ଏ ତ ଗଲା ଘର ବରାଦ । ରାତି ପାହିଲେ ପୁଣି ଆସେ କେତେ ତାଗଦା ବାହାରୁ । ଘରବାଲା ଆସି କହେ–ଛଅମାସର ଭଡ଼ା ବାକି । ନ ଦେଲେ ଘର ଛାଡ଼ ଦେବାକୁ ହେବ । ହରିବାବୁ ବହୁତ ନେହୁରା ହୋଇ କହନ୍ତି – ଏଇ ମାସରେ ବହୁତ ଖର୍ଚ୍ଚ ପଡ଼ିଗଲା । ଆସନ୍ତା ପହିଲା ପରେ ନିଶ୍ଚୟ ସବୁ ବାକି ଶୁଝିଦେବି । ଘରବାଲା ମୁହଁ ମୋଡ଼ି ନାକ ଛିଞ୍ଚାଡ଼ି କହେ– ହଁ, ଏମିତି ତ କେତେ ପହିଲା ଗାଲାଣି, ପୁଣି ଆସନ୍ତା ପହିଲାକୁ ଦେବେ । ହରିବାବୁ ନିରବରେ ସବୁ ସହିଯାନ୍ତି ।

ଦୁଧବାଲା ଆସି କହେ–ଦୁଧ ବାକି ହେଲାଣି ଦି'ମାସର, କାଠବାଲା ଆସି କହେ, ତା'ର ବାକି ଚାରି ମାସର । ଏମିତି କେତେ ବିଲ୍ ଆସି ପହଁଚେ ହରିବାବୁଙ୍କଠାରେ; କିନ୍ତୁ ସବୁ କଥାରେ ହରିବାବୁଙ୍କର ସେଇ ଗୋଟିଏ ଜବାବ–ପହିଲା ପରେ ।

ଚାକିରି ଆରମ୍ଭ କଲାଠୁ ଶେଷ ମୁଣ୍ଡରେ ପହଁଚିବା ଯାଏ ହରିବାବୁଙ୍କୁ ପ୍ରତି ମାସ ସାତ ତାରିଖଠାରୁ ମାସ ଶେଷଯାଏ ଏମିତି ହଜାର ପ୍ରକାର ବରାଦ ଓ ତାଗିଦାର ସମ୍ମୁଖୀନ ହେବାକୁ ପଡ଼େ; କିନ୍ତୁ ସବୁ କଥାରେ ତାଙ୍କର ସେଇ ଗୋଟିଏ ଜବାବ 'ପହିଲା ପରେ' ତାଙ୍କୁ ଏ ପର୍ଯ୍ୟନ୍ତ ଅକ୍ଷୟ କବଚ ଭଲି ରକ୍ଷା କରି ଆସିଛି ।

ଚାକିରି ଆରମ୍ଭ କଲାବେଳେ ଯେତେବେଳେ କି ବହୁତ କମ୍ ଦରମା ପାଉଥିଲେ, ସେତେବେଳେ ହରିବାବୁଙ୍କର ଆର୍ଥିକ ଅବସ୍ଥା ଯାହା ଥିଲା, ଏବେ ଚାକିରିର ଶେଷ ମୁଣ୍ଡରେ ପହଁଚି ସୁଦ୍ଧା ଓ ସେତେବେଳେ ଦରମାର ପାଂଚଗୁଣା କି ସାତଗୁଣା ପାଇ ସୁଦ୍ଧା ସେଇ ଅବସ୍ଥା । କାରଣ ଦରମା ବଢ଼ିବା ସଂଗେ ସଂଗେ ପିଲାଝିଲା ମଧ ବଢ଼ି ଚାଲିଛନ୍ତି ସମାନ ଗତିରେ–ଅଭାବ ଅନଟନ ମଧ ବଢ଼ିଚାଲିଛି ତା'ର ଦ୍ୱିଗୁଣ ଗତିରେ । ଏବେ ଅବଶ୍ୟ ହରିବାବୁ ଜଣେ ବଡ଼ ଅଫିସର । ହେଲେ କ'ଣ ହେବ ? ବାଉଁଶଟି ଯେତେ ମୋଟ ହେଉଛି ଭିତରର ପୋଲା ଅଁଶଟି ମଧ୍ୟ ସେତିକି ବଢ଼ି ବଢ଼ି ଚାଲିଛି ।

ଏଇ ଦୀର୍ଘ ପଚିଶ ବର୍ଷ ଚାକିରି ମଧରେ ହରିବାବୁ ମାସର ଗୋଟିଏ ଦିନ କେବଳ ଶାନ୍ତିରେ ନିଃଶ୍ୱାସ ମାରନ୍ତି । ସେ ଦିନଟି ହେଉଛି ମାସର ପହିଲା ତାରିଖ ।

କଚେରି ଫେରନ୍ତି ହରିବାବୁଙ୍କ ମନଟା ଭାରି ଖୁସିଥାଏ। ପକେଟରେ ଭରିଥାଏ ନୋଟ ବିଡ଼ାଟିଏ। ବଜାର ବାଟେ ଆସିଲାବେଳେ ସାନପୁଅ ଟୁନୁ ପାଇଁ ବିସ୍କୁଟ୍ ପୁଡ଼ାଟିଏ, ସାନ ଝିଅ କୁନୁ ପାଇଁ ନାଲିଆ ରିବନ୍ ଖଣ୍ଡେ, ମଣ୍ଟୁ ପାଇଁ ପେନ୍‌ସିଲ୍‌ଟିଏ, ହେମ ପାଇଁ ଶାଢ଼ିଖଣ୍ଡେ। ଏମିତି କିଛି କିଛି ଜିନିଷ କିଣି ଆଣନ୍ତି। ଯଦି ପୂର୍ବ ମାସର ବରାଦ ମନରେ ପଡ଼େ ତ ଗୃହିଣୀଙ୍କ ବରାଦ ଜିନିଷରୁ ମଧ୍ୟ କିଛି କିଣି ଆଣି ଥାଆନ୍ତି। ଏମିତିକି ଗରଜ ନଥିବା ସଉକିନି ଜିନିଷଟାଏ ମଧ୍ୟ କିଣି ଆଣି ଥାଆନ୍ତି। କିନ୍ତୁ ତା' ପରଦିନ ସକାଳରୁ ପୁଣି ପକେଟ ଖାଲି ହୋଇ ଆସେ। ମାସର ସାତ ତାରିଖ ନ ହେଉଣୁ ବାବୁଙ୍କ ପକେଟ୍ ବିଲକୁଲ୍ ଖାଲି। ତା'ପରେ ପରେ ଯେତେ କିଛି ବରାଦ ଆସେ ସେସବୁ ପାଇଁ ହରିବାବୁଙ୍କର କେବଳ ଗୋଟିଏ ଜବାବ– 'ପହିଲା ପରେ' ଅଜାଣତରେ ମୁହଁରୁ ବାହାରି ପଡ଼େ।

ଗୀତା କହେ–ମଣିଷ ଅଭ୍ୟାସର ଜୀବ। ବାରମ୍ବାର ଯାହା ଅଭ୍ୟାସରେ ପଡ଼ିଯାଏ ତାହା ହିଁ ସ୍ୱତଃ କାର୍ଯ୍ୟକାରୀ ହୋଇଯାଏ। ହରିବାବୁଙ୍କର ଜୀବନ ସେହିପରି ଗୋଟିଏ ଧରାବନ୍ଧା ଗତି ଭିତରେ ଗଡ଼ିଚାଲେ ଠିକ୍ ଘଣା ବଳଦ ପରି ଗୋଟିଏ ନିର୍ଦ୍ଦିଷ୍ଟ କେନ୍ଦ୍ର ଉପରେ। ସେଇ କେନ୍ଦ୍ରଟି ହେଉଛି ମାସର ପହିଲା। ମାସର ସାତଦିନ ପର୍ଯ୍ୟନ୍ତ କେନ୍ଦ୍ର ସହିତ ସମ୍ପର୍କ ଥାଏ, ତାପରେ ସମ୍ପର୍କଟି ଦୂରେଇ ଯାଏ। ତାପରେ ହରିବାବୁଙ୍କ ମୁହଁରୁ ସବୁ କଥାରେ ବାହାରିପଡ଼େ– 'ପହିଲା ପରେ'। ଗୋଟିଏ ଅଭ୍ୟାସଗତ ମାମୁଲି ଜବାବ।

ସେଦିନ କଚେରିରୁ ଫେରିଲାବେଳକୁ ଟିକିଏ ବେଶୀ ଡେରି ହୋଇ ଯାଇଥିଲା। କାମର ଭିଡ଼ ବି ଥିଲା ଖୁବ୍ ବେଶୀ। ସୁତରାଂ ହରିବାବୁ ଘରକୁ ଫେରିଲାବେଳେ ଟିକିଏ ଅନ୍ୟମନସ୍କ ଥିଲେ ବୋଧହୁଏ। ସାନ ଝିଅ କୁନୁ ଆସି କହିଲା–ବାପା, ମା'ଙ୍କୁ ଜ୍ୱର ହୋଇଛି; ଓଷୁଦ ଆସିବ। ହରିବାବୁ ଚିର ଅଭ୍ୟସ୍ତ ସ୍ୱରରେ କହିଲେ–ମା'ଙ୍କୁ କହିଦେ, ପହିଲା ପରେ ଆସିବ।

କୁନୁ ପିଲାଲୋକ। ସେ କ'ଣ କିଛି ବୁଝିଛି? ଧାଇଁଯାଇ ଏକା ନିଃଶ୍ୱାସରେ ମା'ଙ୍କ ପାଖରେ ହାଜର। ମା' ପଚାରିଲେ–କୁନୁ, ବାପା ଆଇଲେଣି, କହିବୁ ଯା ଓଷୁଦ ଆସିବ। କୁନୁ କହିଲା–ବାପାଙ୍କୁ କହିଲି, ବାପା କହିଲେ, "ପହିଲା ପରେ ଆସିବ।"

ମା' ତ ଏକେ ଜ୍ୱରରେ କମ୍ପୁଥିଲେ। ତା'ପରେ କୁନୁ କଥା ଶୁଣି ରାଗରେ ଏକବାର ପଂଚମକୁ ଉଠିଗଲେ। କାନ୍ଦି କାନ୍ଦି କହିଲେ–ସବୁ ତ ପହିଲା ପରେ ହେବ। ପହିଲା ପର୍ଯ୍ୟନ୍ତ ବଂଚିଥିଲେ ତ! ତା'ପରେ ରୀତିମତ ବାହୁନା ଆରମ୍ଭ କରିଦେଲେ।

ଏତେବେଲକୁ ହରିବାବୁଙ୍କର ଚେତା ପଶିଲା। ସେ ବୁଝିପାରିଲେ କେତେ ବଡ଼ ଭୁଲଟାଏ କରି ପକାଇଛନ୍ତି ସେ। ସେଇଦିନୁ କିନ୍ତୁ ହରିବାବୁଙ୍କର ଜୀବନର ଗତି ଫେରିଗଲା। ସେ ଆଉ ଟଙ୍କା ପଇସାର ଧାର ଧାରନ୍ତି ନାହିଁ। ପହିଲା ଦିନ ଦରମାତକ ପାଇଲେ ସିଧାସିଧି ପଠାଇ ଦିଅନ୍ତି ଗୃହିଣୀଙ୍କ ନିକଟକୁ। ଏଣିକି ସେ ପୂରାପୂରି ନିର୍ଲିପ୍ତ। ଯେ କେହି ଆସି କିଛି ପଚାରିଲେ ଜବାବ ଦିଅନ୍ତି– 'ମାଆଙ୍କୁ କହିବୁ ଯା'।

■■

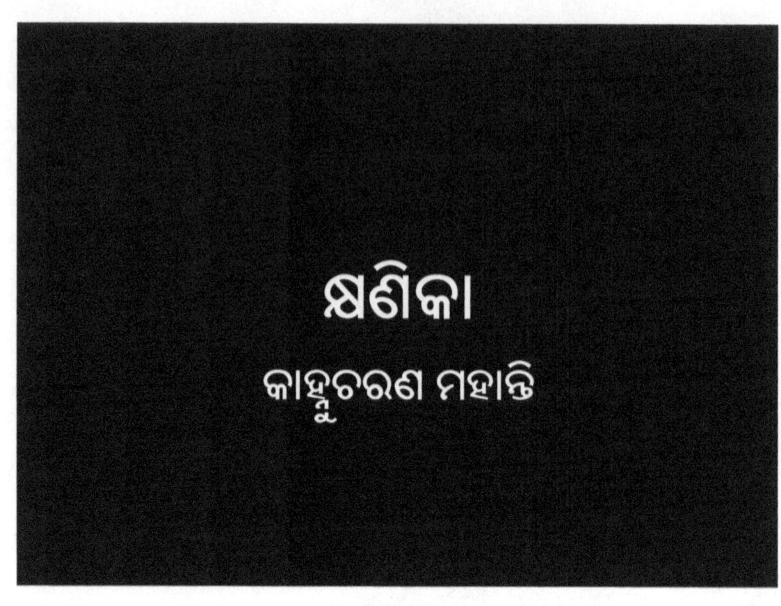

ସୂର୍ଯ୍ୟ ଉଠି ନ ଥାନ୍ତି । ପୂର୍ବ ଦିଗ ଉଜ୍ଜ୍ୱଳ ଦିଶିଲାଣି । ଖରାଦିନ । ମଟର ବସ୍ କଟକ ଷ୍ଟେସନ ଛାଡ଼ିଲା । ଛୁଟିଲା ପୂର୍ବାମୁହାଁ ହୋଇ ଜୟପୁର ରାହାମା । ମୋର ସେଆଡ଼େ କାମ ଥାଏ ।

ବସ୍‌ରେ ପଚିଶ ଜଣଙ୍କ ପାଇଁ ବସିବାର ସ୍ଥାନ, କିନ୍ତୁ ସେଦିନ ଲୋକ ଭିଡ଼ ହେତୁ ଆହୁରି ଦୁଇ ତିନିଜଣ ଅଧିକା ବସିଥାନ୍ତି । ଛାତ ଉପରେ ସାଇକଲ ଓ ଅନ୍ୟାନ୍ୟ ଜିନିଷପତ୍ର ଯାହା ତ ଅଛି, ତା' ଛଡ଼ା ଭିତରେ ମଧ୍ୟ ଜିନିଷପତ୍ର ଖୁନ୍ଦା ହୋଇଛି । ଗୋଡ଼ ରଖିବାକୁ ସ୍ଥାନ ନାହିଁ ।

ଆଉ ଦଶଜଣଙ୍କ ପରି ମୁଁ ମଧ୍ୟ ଜଣେ ସାଧାରଣ ଯାତ୍ରୀ । ବଡ଼ ବ୍ୟସ୍ତ ହୋଇ ପଡୁଥାଏ, କେତେବେଳେ ଆମର ଏ ଦୁଃଖ ଯିବ ।

ବସ୍ ଛୁଟିଛି । ଦୁଇପାଖର ଦୁଇଧାଡ଼ି ଗଛ ସତେ କି ଗତିଶୀଳ ହୋଇ ପଡ଼ିଛନ୍ତି । ଦୁଇପାଖର ଦିଗହଜା ବିଲ ହତଶ୍ରୀ ଦେଖାଯାଉଛି । ମନ କିପରି ତିକ୍ତ ହୋଇ ଉଠିଲାଣି । ପାଖର ଲୋକଟି ଘନଘନ ବିଡ଼ି ଟାଣୁଛି ଓ ଧୂଆଁ ଛାଡୁଛି ସମସ୍ତଙ୍କର

ମଞ୍ଜେରେ। ଆଗର ଲୋକଟି ତା'ର ଘାଗଡ଼ା କଣ୍ଠରେ ଗୋଟିଏ ଅଶ୍ଳୀଳ ସଙ୍ଗୀତର ପଦକୁ ଆବୃତ୍ତି କରୁଛି। ଆଉ, ମନେମନେ କେଡ଼େ ଆନନ୍ଦ ଅନୁଭବ କରୁଛି। ସେ ପାଖରେ ସେ କଲିକତିଆ ବନ୍ଧୁଟି, ଅନର୍ଗଳ ବକ୍ତୃତା ଦେବାରେ ବ୍ୟସ୍ତ। ଦାନ୍ତରେ ସୁନାଖିଲ, ହାତରେ ଗୋଟିଏ ପୁରୁଣା ରିଷ୍ଟୱାଚ୍। ବେଳେବେଳେ ପକେଟରୁ ଛୋଟ ପାନିଆଁଟି କାଢ଼ି ମୁଣ୍ଡ ସାଉଁଲି ନେଉଛି। ଆର ପାଖକୁ ବସିଛି ଯେଉଁ ବୁଢ଼ାଟି, ମୁଣ୍ଡରେ ଚୁଟି, କାନରେ ନୋଲି, ଘୁମେଇ ପଡ଼ୁଛି ପାଖ ସିଟ୍‌ ପଞ୍ଜାବିପିନ୍ଧା ବାବୁଟି ଉପରେ। ଚୁଟି ଝିଙ୍କା, କହୁଣି ଗେବା ଓ ଗାଳି ଖାଇ ମଧ୍ୟ ବୁଢ଼ାର ନିଦ ଭାଙ୍ଗୁ ନାହିଁ। ଏମିତି—

ବସ୍‌ ଛୁଟୁଛି—। ସୂର୍ଯ୍ୟ ଉଠିଲେ ଦୂର ବରଗଛ ଗହଲି ଭିତରୁ। କେହି ଚାହିଁଲେ ନାହିଁ ତାଙ୍କ ଆଡ଼କୁ। ଥରୁଟିଏ ଚାହିଁ ମୁଁ ମଧ୍ୟ ଆଖି ଫେରାଇଲି। ମୋର ବନ୍ଧୁମାନଙ୍କର କ୍ରିୟା କଳାପ ଲକ୍ଷ୍ୟ କରି ତାରି ଭିତରେ ମନ ହଜାଇଦେବାକୁ ଚେଷ୍ଟା କଲି।

ହଠାତ୍‌ ବସ୍‌ ବନ୍ଦ ହୋଇଗଲା। ଡ୍ରାଇଭର ଯେତେ ଚେଷ୍ଟା କଲା ଚଳାଇବାକୁ, ହେଲାନାହିଁ। ହତାଶ ହୋଇ କହିଲା, ଆପଣମାନେ ଟିକିଏ ଓହ୍ଲାନ୍ତୁ, ମୁଁ ଦେଖେଁ।

ବିରକ୍ତ ଲାଗିଲା। ହେଲେ ଉପାୟ ନାହିଁ। ବସ୍‌ ଯଦି ଠିକ୍‌ ନହୁଏ, କେଜାଣି କେତେ ସମୟ ବାଟରେ ପଡ଼ି ରହିବାକୁ ହେବ। ହେ ଭଗବାନ୍‌! କି ଦୁର୍ଯ୍ୟୋଗ ଆଜି।

ସମସ୍ତେ ଓହ୍ଲାଇଲେ।

ରାସ୍ତା କଡ଼ ଝଙ୍କାଳିଆ ବରଗଛ ତଳେ ବସିଲି। ରାସ୍ତା ପାଖରୁ କିଛିଦୂର ଛାଡ଼ି ବିଲ ମଞ୍ଜେରେ ଛୋଟ ପୋଖରୀଟିଏ। ଦଳ ଭିଡ଼ି ରହିଛି। ପୋଖରୀ ହୁଡ଼ାରୁ ବଙ୍କେଇ ବଙ୍କେଇ ଚଲା ବାଟଟିଏ ପଡ଼ିଛି ପାଖ ଗାଁ ଆଡ଼କୁ। ମୋର ଆଖି ସେହି ବାଟ ଉପରେ ଲାଗି ରହିଲା।

ସକାଳର ସୁନେଲି କିରଣ ପଡ଼ୁଥିଲା ତା'ର ସୁନ୍ଦର ପୂରିଲା ପୂରିଲା ମୁହଁ ଉପରେ। ଅମଳିନ ସଦ୍ୟଫୁଟା ପଦ୍ମଫୁଲଟି ଯେପରି ଧୀର ମନ୍ଥର ଗତିରେ ଚାଲି ଚାଲି ଆସୁଛି। ଲୀଲାୟିତ ଗତି, ନାଲି ରଙ୍ଗିନ୍‌ ଲୁଗାର କପାଳର ଅଧେ ଘୋଡ଼ାଇ ରଖିଛି। ଝୁମୁ ଝୁମୁ ବାଜୁଥିଲା ନୂପୁର। ସଙ୍ଗରେ ତା'ର ଆଉ ଜଣେ ଝିଅ।

ଦୃଷ୍ଟି ମୋର ଟାଣି ହୋଇଗଲା। ସତେ କେଡ଼େ ସୁନ୍ଦର! କବିତାର ମୂର୍ଚ୍ଛନା ଉଠିଲା ଛାତିରେ। କାହାର ପ୍ରେୟସୀ? କିଏ ସେ ଭାଗ୍ୟବାନ୍‌। ମନ ଉଛୁଳ୍‌ନ୍‌ ହେଲା ଜାଣିବାକୁ। କାହାକୁ ପଚାରିବି? ସଂସ୍କୃତି ଚେଇଁ ଉଠିଲା ମନରେ। ପର ଦାରେଷୁ ମାତୃବତ୍‌। ଆଖି ଫେରାଇଲି। ପକେଟରୁ ଖବରକାଗଜ କାଢ଼ି ପଢ଼ିବାକୁ ଚେଷ୍ଟା କଲି। ଆଖି ଆଗରେ ଅକ୍ଷରଗୁଡ଼ା! କେବଳ ଗତି କରିଗଲା, କିଛି ବୁଝିଲି ନାହିଁ। ମନ ଭିତରୁ

ଭଙ୍ଗିତ ଦେଲା କିଏ, ଫେରି ଚାହାଁ। ଲାଜ ମାଡ଼ିଲା ନିଜକୁ। ମୋର ଅପରିଚିତ ବନ୍ଧୁମାନଙ୍କ ଆଡ଼କୁ ଥରେ ଚାହିଁଲି। କେତେଜଣ ବସ୍ ମରାମତି କରିବାରେ ବ୍ୟସ୍ତ। ଆଉ କେତେଜଣ ବାଁରେଇ ହୋଇ ବରଗଛ ଆଡ଼କୁ ମୋହିଛନ୍ତି। କଣେଇଁ ଚାହିଁଲି ପୋଖରୀ ଆଡ଼କୁ। ପୋଖରୀର ଶେଷ ପାହାଚରେ ବସିଛି ସେହି ଅପରିଚିତା। ଗୋଡ଼ ଦିଓଟି ପାଣି ଭିତରକୁ ଲମ୍ଭାଇ ଦେଇଛି। ମୁଣ୍ଡରେ ଆଉ ଲୁଗା ନାହିଁ। ଖଣ୍ଡେ ଗାମୁଛାରେ ଫୁଙ୍ଗୁଳା ହାତକୁ ଘଷି ପରିଷ୍କାର କରୁଛି। ତା'ର ସଂଗରେ ଆସିଥିବା ଝିଅଟି, ଯୌବନ ଯାହାର ପାଖେଇ ଆସିଲାଣି, ଚଲଚଲ କରି ପାଣି ପକାଉଛି ତା ଉପରକୁ। ହସି ହସି ପାଣିକୁଆ ପରି ମୁଣ୍ଡ ବୁଡ଼ାଇ ଓଦା ସରସର ହୋଇ ଉଠୁଛି ଉପରକୁ। କହୁଛି, ଆସୁନ ନୂଆଡ ଉଛୁର ହେବ ଯେ-ହାତ ଧରି ଟାଣୁଛି ପାଣି ଭିତରକୁ।

ଓଠ ପାଖୁଡ଼ାରେ ଚମକି ଉଠୁଛି ହସ, ରହମ, ଏ ଗାଡ଼ିଟି ଯାଉ, ମିଣିପଗୁରା ପରା। କଥା ଅଧାକରି ତେରଛା ଚାହିଁଲା। ମୁହୂର୍ତ୍ତେ ଆଖି ଦୁଇଟିର ଭୀତିଜଡ଼ିତ କୌତୂହଲ ଚାହାଣି ମୋର ମୋହଗ୍ରସ୍ତ ପିପାସାକୁଳ ଆଖିରେ ମିଶିଲା। ମନେ ହେଲା ଯେପରି ସେ ଦୃଷ୍ଟି ମୋର ଅନ୍ତର ଭେଦ କରିଛି। ସେ ଦୃଷ୍ଟି ଆନତ କଲା।

ତା'ର ସଙ୍ଗୀ କହିଲା, ଆସମାଁ, ମିଣିପଗୁରା କଅଣ ତମକୁ ଅନେଇ ବସିଛନ୍ତି କି ? ଷୋଡ଼ଶୀ ଓହ୍ଲାଇଲା ପାଣି ଭିତରକୁ।

ସେହି କଲିକତିଆ ବାବୁଟି-ଦାନ୍ତରେ ଯାହାର ସୁନାଖିଲି ପାଖକୁ ଆସି କହିଲା, ବାବୁ କ'ଣ ଖବର ? ଟିକିଏ ପାଟି କରି ପଢ଼ିବେ ନାହିଁ ? ସେ ମୋ ଆଗରେ ବସିଲା। ନିଜକୁ କିପରି ଅପରାଧୀ ମନେ କଲି। ପୋଖରୀ ଆଡ଼କୁ ଆଉଥରେ ଚାହିଁବାକୁ ଇଚ୍ଛା ହେଉଥିଲେ ମଧ ଭଦ୍ରତା ଖାତିରରେ ଖବରକାଗଜ ପଢ଼ିବାକୁ ଲାଗିଲି... "କଟକରେ ଭୀଷଣ ଘର ପୋଡ଼ି-"

କଲିକତି ବାବୁଟି ଖାଲି ହୁଁ ମାରୁଥାଏ। ମଜା ଦେଖିବାକୁ ତାକୁ କଣେଇ ଚାହିଁ ପଢ଼ିବାର ଛଲନା କରି କହିବାକୁ ଲାଗିଲି, ଗୋପାଳ ବାବୁଙ୍କର ଗାଈ ତିନୋଟି ମଣିଷ ଛୁଆ ଜନ୍ମ କରିଛି। ଦୁଇଦିନ ତଳେ କଲିକତାରେ ଜୋତା ବୃଷ୍ଟି ହୋଇଥିଲା।

ହୁଁ, ହୁଁ-

ବାବୁଟି ଏକ ଆଖିରେ ପୋଖରୀ କୂଳରୁ ଚାହିଁ ରହିଛନ୍ତି। ଆପେଆପେ ପକେଟରୁ ପାନିଆଟା କାଢ଼ି ହୋଇଯାଉଛି ଓ ମୁଣ୍ଡ ସାଉଁଲିବାରେ ବ୍ୟସ୍ତ ଅଛି।

ମୁଁ ପଢ଼ା ବନ୍ଦ କଲି, ତଥାପି ବାବୁଟି ଦୁଇଥର ହୁଁ ହୁଁ କହି କ'ଣ ଯେପରି ଶୁଣୁଛନ୍ତି ତୋ'ର ପ୍ରମାଣ ଦେବାକୁ ବ୍ୟସ୍ତ। ତାଙ୍କର ଆଖି ଲାଖି ରହିଥିଲା ପାଣି ତୁଠରେ। ସେହି ବୋହୂଟିର ପିଠିରୁ ଲୁଗା କାଢ଼ି ଫୁଙ୍ଗୁଳା ପିଠିରେ ଆର ଝିଅଟି ହଲଦୀ ଲଗାଇ

ଦେଉଛି। ମୋର ଭାରି ରାଗ ହେଲା। ଅନୁଭବ କଲି ସତେ ଯେପରି ଲୋକଟା ମୋତେ ନିର୍ବୋଧ କରିଛି।

ମନେ ହେଲା, ସତେ ଯେପରି ସେହି ଅଜଣା ବୋହୂଟିକୁ ଦେଖିବାର ଓ ତା'ର ଅଧଲଙ୍ଗଳା ଦେହର ସବୁ ଶୋଭା, ସବୁ ମଧୁରତା ଉପଭୋଗ କରିବାର ଏକମାତ୍ର ମୋଓରି ଅଧିକାର। ମୋ କେହି ପ୍ରତିଦ୍ୱନ୍ଦୀ ହେବ ଏହା ମୁଁ ସହିପାରିବି ନାହିଁ। ମୋଓରି ଭିତରୁ ଯେପରି କିଏ କହି ଉଠିଲା. ମୋର, ସେ ମୋର–

କଳିକଟିଆ ବାବୁଟିର ହାତ ଧରି ଟିକିଏ ଜୋର୍‌ରେ ହଲାଇ ଦେଇ କହିଲି, ନିଅ, ତମେ ନିଜେ ଏ କାଗଜ ପଢ଼। ମୁଁ ପଢ଼ି ପାରିବି ନାହିଁ।

ସେ ଟିକିଏ ଚମକି ପଡ଼ିଲା। ପରି ହୋଇ ମୋତେ ଅନାଇ କହିଲା, ଥାଉ, ରଖନ୍ତୁ, ମଟରରେ ପଢ଼ିବା। ପୁଣି ଚାହିଁଲା ପୋଖରୀ କୂଳକୁ। ବୋହୂଟି ପାଣି ଭିତରେ ପଶିଲାଣି। କେଡ଼େ ନିରୀହ ଆଖିରେ ମୋରି ଆଡ଼କୁ ଚାହିଁ ରହିଛି। ହୁଏତ ମୁଁ ଭାବୁଥିଲି ସେହିପରି। କଳିକଟିଆ ବନ୍ଧୁଟି ମଧ ସେଇ କଥା ଭାବୁଥିବ। ଆରପାଖ ହୁଡ଼ାରେ ଟହଲ ମାରୁଛି ଯେଉଁ ଲୋକଟି, ଘାଗଡ଼ା କଣ୍ଠରେ ଗାଉଛି ଅଶ୍ଳୀଳ ଗୀତ, ସେ ମଧ ଭାବୁଛି ସେଇ କଥା। ମୁଣ୍ଡରେ ଚୁଟି, କାନରେ ନେଲି, ବୟସ ଷାଠିଏ ପାଖାପାଖି, ହାତରେ ନୋଟାଟିଏ ନେଇ ପାହାଚରେ ଓଟ୍ଲାଇଲାଣି, ବୟସ ଗଲାଣି, ଶୋଷ ମରିନାହିଁ। ସେ ବି ଭାବୁଛି।

ମଟର ପାଖରୁ ଆଉ ଦୁଇ ଚାରି ଜଣ ବରମୂଳକୁ ଗଡ଼ିଲେଣି। ଆରେ ଆରେ, ଏ ଲୋକଗୁଡ଼ାକ ବଡ଼ ଅଭଦ୍ର ତ, ବିଚାରୀ କ'ଣ ଜାଣିଥିଲା ଆଜି ମଟର କଳ ବିଗିଡ଼ିବ, ଆଉ ସେ ଏପରି ହଇରାଣ ହେବ? ଗାଁ ବାହାରେ ବିଲ ମଝି ଏକୁଟିଆ ପୋଖରୀରେ ନିରୋଳାରେ ଗାଧୋଇବାର ଯେଉଁ ଆନନ୍ଦ, ଯେଉଁ ସ୍ୱାଧୀନତା, ସେତକ ତା'ର ଆଜି ସରିଛି। ଭରା ଯୌବନ ଓ ଝରା ଲଜ୍ଜା, ଦମକା ଛାତି ଓ ଚମକା ସଂକୋଚ, ଉଛୁଳା ପ୍ରେମ ଓ ତୀକ୍ଷ୍ଣ କଟାକ୍ଷ ଧରି ସେ କେବେ ଆସିବ ନାହିଁ ଏପରି।

ଝିଅଟି ଉପରକୁ ଉଠି ଲୁଗା ପାଲଟି ଡାକିଲାଣି, ଆସୁନା ନୂଆଉ, କେତେ ଡେରି ହେଲାଣି?

ବୋହୂଟି ବେକଯାଏ ପାଣିରେ ବୁଡ଼ାଇ ରଖିଛି। ପାଣି ଉପରକୁ ଯେଉଁ ମୁଣ୍ଡଟି ଉଠିଛି ସେ ମଧ ଘୋରା ହୋଇଛି ରଙ୍ଗିନ୍‌ ପଣତରେ। ପୋଖରୀରେ ଫୁଟିଥିବା ଦୁଇଚାରିଟା ନାଳିକଇଁ ପରି ସେ ମଧ ଯେପରି ଗୋଟିଏ। ମୁହଁ ବୁଲାଉଛି ନଣନ୍ଦ ଆଡ଼କୁ।

ଆସୁନା!

ରୁହ!

ମୁଁ ତେବେ ଆଗରେ ଯାଉଛି। ଦୁଇ ପାହାଚ ଉଠୁଛି ଝିଅଟି। ହାତରେ ତା'ର କଇଁଫୁଲ।

ରହ ମ !

ଅଟକି ରହୁଛି ଝିଅଟି। ଜାଣେ ନା ସେ, କାହିଁକି ତା'ର ନୁଆଉ ପାଣିରୁ ଉଠିବାକୁ ଉତ୍ସୁର କରୁଛି। ଜାଣେ ନା ସେ କାହିଁକି ଏତେ ଅପରିଚିତ ଲୋକ ସେହି ସୁନା ପ୍ରତିମାର ପାଣିରୁ ଉଠିବା ମୁହୂର୍ତ୍କୁ ଚାହିଁ ରହିଛନ୍ତି। ହୁଏତ ସମସ୍ତେ ବିବାହିତ, ହୁଏତ ସମସ୍ତେ ନାରୀ ଦେହ ସଂଗେ ଘନିଷ୍ଟ ଭାବରେ ପରିଚିତ, ତଥାପି ସେଥ୍‌ରେ କ'ଣ ନୂତନତ୍ୱ ଅଛି ? ଅଥବା, ନୂତନତ୍ୱ ମଣିଷର ମନରେ ?

ନ ଯଯୌ ନ ତ ସ୍ଥୌ !

ମଟର ଡ୍ରାଇଭର ହର୍ଷ ଦେଲା।

ଇଚ୍ଛା ନାହିଁ, ବାଧ୍ୟ ହୋଇ ଯେପରି ସମସ୍ତେ ବସ୍ ଭିତରକୁ ଆସିଲେ। ଯିବାକୁ ହିଁ ତ ହେବ।

ସ୍ୱପ୍ନ ଭାଙ୍ଗିଲା- ବସ୍ ଚାଲିଲା-

ସେହିବାଟେ ନିତି ଚାଲିଛି କେତେ ବସ୍। କେତେଥର ମୁଁ ଯାଇଛି। ବରଗଛ ପାଖେଇ ଆସିଲେ ଆଖି ଦୁଇଟା ଆପେଆପେ ଟାଣି ହୋଇଯାଏ ସେହି ପୋଖରୀ ଘାଟକୁ। ଭରାପାଣି ଦଳ ନାଲିକଇଁ ପାହାଚ ହୁଡ଼ା, ଲମ୍ବି ଯାଇଛି ଯେଉଁ ବାଟଟି ବଙ୍କେଇ ଗାଁ ଭିତରକୁ-

ସବୁ ପଡ଼େ ଆଖିରେ। ପଡ଼େ ନାହିଁ ସେହି ହସକୁଡ଼ି ନିର୍ବୋଧ ଝିଅଟି, ଆଉ ଶରତ ପୂନେଇଁର ଅନାବିଲ ଉଜ୍ଜ୍ୱଲ ଚାନ୍ଦପରି ଉଇଁଥିଲା ଯେଉଁ ଯୁବତୀରୂପର ଢେଉ ଖେଳାଇ ଦେଇଥିଲା- ସେହି କ୍ଷଣିକା! ଯାହାକୁ ମୋ'ର ବୋଲି କହିବାକୁ ଉଚ୍ଛନ୍ନ ହୋଇଥିଲା ମନ !

ବସ୍ ଚାଲିଯାଏ। ଅଦୃଶ୍ୟ ହେବାଯାଏ ଗଛଟିକୁ ପଛେଇ ଚାହେଁ। ଛପିଯାଏ ଗଛ। କିପରି ଖରାପ ଲାଗେ। ପ୍ରଶ୍ନଉଠେ ଭିତରେ, କାହିଁ ସେ ?

▪▪

ଶିକାର

ଭଗବତୀ ଚରଣ ପାଣିଗ୍ରାହୀ

ସେ ଅଞ୍ଚଳରେ ଘିନୁଆର ନାମ ବିଖ୍ୟାତ – ଶିକାରୀ ହିସାବରେ ଜଣା। ତା'ର ପ୍ରଥମ ଅସ୍ତ୍ର ନିଜର ହାତ ତିଆରି ଧନୁଶର। ସେ ତୀର ମାରିଲା ବେଳେ ଚିତ୍ ହୋଇ ଶୋଇପଡ଼େ, ବାଁ' ପାଦଟି ଧନୁରେ ଲଗାଇ ଦେଇ କାନ ପର୍ଯ୍ୟନ୍ତ ତୀରଟି ଟାଣି ନେଇ ଛାଡ଼ିଦିଏ। ମାଇଲିଏ ଦୂରରୁ ତୀର ମାରି ସେ ଲାଖ ବିନ୍ଧିପାରେ। ଏଇ ଧନୁଶର ସାହାଯ୍ୟରେ ସେ ହରିଣ, ସମ୍ବର, ବାରହା, ଭାଲୁ ମାରିଛି ଅଗଣନ; ଚିତାବାଘ ବି ମାରିଛି ଅନେକ। କିନ୍ତୁ ମହାବଳ ମାରିଛି ମୋଟେ ଦୁଇଟି। ମହାବଳ ଦୁଇଟି ମାରି ସେ ଡେପୁଟି କମିଶନରଙ୍କଠାରୁ ବେଶ୍ ପୁରସ୍କାର ପାଇଛି ମଧ୍ୟ।

ସେଦିନ ଭୋରରୁ ସେ ଏକ ଅଭୁତ ଶିକାର ନେଇ ଡେପୁଟି କମିଶନରଙ୍କ ବଙ୍ଗଳା ପାଖରେ ହାଜର। ଗୋଟିଏ କାନ୍ଧରେ ତା'ର ଧନୁଟି ଝୁଲୁଛି, ହାତରେ ଦି'ତିନିଟା ତୀର, ଆଉ କାନ୍ଧରେ ଟାଙ୍ଗିଆଟି ପଡ଼ିଛି। ଘିନୁଆକୁ ଏ ବେଶରେ ଦେଖି ଅର୍ଦ୍ଦଲି ପଚାରିଲା, "କିରେ ଆଜି କି ଶିକାର ଆଣିଲୁ?"

ଘିନୁଆ ସଙ୍ଗେ ତା'ର ଭଲ ଜଣାଶୁଣା। ତା'ର ବକ୍‌ସିସ୍‌ର ଅଂଶୀଦାର ସେ କେତେଥର ହୋଇଛି। ଉତ୍ତରରେ ଘିନୁଆ ତା' ମଇଲା ଦାନ୍ତ ଦୁଇ ଧାଡ଼ି କେବଳ ଦେଖାଇଲା। ସେ ହସିଲା କି ଖେଁକିଲା ଜାଣିବାର ଉପାୟ ନାହିଁ। ପ୍ରକୃତରେ ହସ ବୋଲି ଯାହାକୁ କୁହାଯାଏ, ଘିନୁଆଠାରେ ତାହା କେହି କେବେ ଦେଖିନାହିଁ। ବେଲେବେଲେ ସେ ଏପରି ଦାନ୍ତ ଦେଖାଏ। ତାହା ହସ ନୁହେଁ କି କାନ୍ଦ ନୁହେଁ – କେବଳ ଦାନ୍ତଦେଖା।

ଅର୍ଦ୍ଦଲି ପଚାରିଲା, "କି ବେ, କି ଶିକାର ଆଣିଲୁ?"

ଘିନୁଆ ତାହାର ଗାମୁଛାରେ ବନ୍ଧା ହୋଇଥିବା ଗୋଟିଏ ପଦାର୍ଥକୁ ଦେଖାଇ କହିଲା ଯେ, ସେ ଆଜି ଏକ ମସ୍ତ ଜାନୁଆର ଶିକାର କରିଛି।

ଅର୍ଦ୍ଦଲି ପଚାରିଲା 'ବାଘ'?

ଘିନୁଆ ମୁଣ୍ଡ ହଲାଇ ନାହିଁ ଜଣାଇଲା।"

"ତେବେ କ'ଣ, ଚିତା... ଭାଲୁ... ବାରହା...?"

ଘିନୁଆ କେବଳ ମୁଣ୍ଡ ହଲାଇଲା।

"ଆଉ ତେବେ କଅଣ ବେ?"

ଗୋଲମାଲ ଶୁଣି ସାହେବ ବଙ୍ଗଳା ଭିତରୁ ବାହାରି ଆସିଲେ। ଘିନୁଆ ମୁଣ୍ଡିଆମାରି ପୁଣି ସାହେବଙ୍କୁ ସେହିପରି ଦାନ୍ତ ଦେଖାଇଲା। ସାହେବ ଶିକାରର ଚେହେରା ଦେଖିବାକୁ ଔସୁକ୍ୟ ପ୍ରକାଶ କରିବାରୁ ଘିନୁଆ ଗାମୁଛା ଭିତରୁ ବାହାର କରି ସାହେବଙ୍କ ପାଦ ତଳେ ଥୋଇଲା ଗୋଟିଏ ସଜକଟା ମଣିଷ ମୁଣ୍ଡ। ସାହେବ ଚମକି ପଡ଼ି ପାହୁଣ୍ଡେ ଦୁଇ ପାହୁଣ୍ଡ ପଛେଇଗଲେ। ଘିନୁଆ ହାତ ବଢ଼ାଇ ମାଗିଲା, 'ସାହେବ, ବକ୍‌ସିସ୍।' କିଛିକ୍ଷଣ ପରେ ମନକୁ ସମ୍ଭାଲି ନେଇ ସାହେବ ଘିନୁଆକୁ ବକ୍‌ସିସ୍ ପାଇଁ ଅପେକ୍ଷା କରିବାକୁ ଇସାରା କଲେ ଏବଂ ଭିତରକୁ ଯାଇ ଫୋନ୍‌ଦ୍ୱାରା ସଶସ୍ତ୍ର ପୋଲିସ ଫୌଜ ଡକାଇଲେ। ଏହା ବ୍ୟତୀତ ଘିନୁଆକୁ ଜବତ କରିବାର ଉପାୟ ନାହିଁ। ଦେହରେ ତା'ର ଗୋଟାଏ ଅସୁରର ବଳ। ହାତରେ ପୁଣି ତା'ର ଧନୁଶର ଓ ଟାଙ୍ଗିଆ ରହିଛି।

ଯେତେବେଲେ ହାତକଡ଼ି ଗୋଡ଼କଡ଼ି ପିନ୍ଧି ଘିନୁଆକୁ ହାଜତରେ ରହିବାକୁ ହେଲା, ସେ କିଛି ବୁଝିପାରିଲା ନାହିଁ। ତାକୁ ଏପରି ଭାବରେ ଅଟକାଇ ରଖିବାର ମତଲବ କଅଣ? ସୁବିଧା ପାଇଲେ ସେ କାହାରି କାହାରିକି ଏ ବିଷୟରେ ପଚାରେ। କିଏ କହେ ତା'ର ଫାଶୀ ହେବ, କିଏ କହେ ସେ ଯିବ କଲାପାଣି। କାହିଁକି? ସେ ଏମିତି କି ଅପରାଧ କରିଛି କି? କିଛି ବୁଝି ନ ପାରି ସେମାନଙ୍କ କଥାକୁ ସେ ବିଶ୍ୱାସ କରିପାରେ ନାହିଁ। ଶେଷରେ ଦିନେ ଡେପୁଟି କମିଶନର ପରିଦର୍ଶନ କରିବାକୁ

ଆସିଥିଲେ। ସେ ତାଙ୍କୁ ହିଁ ସବୁ ହାଲ ପଚାରିଲା। ସେ କହିଲେ ଯେ ପୂର୍ବରୁ ସେ ବାଘଭାଲୁ ମାରୁଥିଲା ବୋଲି ସଙ୍ଗେ ସଙ୍ଗେ ବକ୍‌ସିସ୍ ପାଉଥିଲା। ଏବେ ମାରିଛି ମଣିଷ। ଏଥରେ କି ବକ୍‌ସିସ୍ ପାଇବ ତାହା ପାଞ୍ଚ, ଛ'ଜଣ ତ ଫେର ବୁଝି ବିଚାରି ଠିକ୍ କରିବେ! ଏହି କଥାଟା ହିଁ ଘିନୁଆ ମନକୁ ମାନିଲା।

ଯେଉଁ ଦିନ ତା'ର ବିଚାର ହେଲା, ଘିନୁଆ ମନେମନେ ଭାବିଲା, ସେଦିନ ତାକୁ ବକ୍‌ସିସ୍ ମିଳିବ। ସେ ଉତ୍ସାହିତ ହୋଇ ଜର୍ଜଙ୍କ ଆଗରେ ସବୁ ବିବରଣୀ କହିବାକୁ ଲାଗିଲା। ସେ ଯେ ଗୋବିନ୍ଦ ସରଦାରକୁ ହାଣିଲା, ସେଥିପାଇଁ ତାକୁ କମ୍ କଷ୍ଟ କରିବାକୁ ପଡ଼ିନାହିଁ। ଆଉ ଅନେକ ଲୋକ ତାକୁ ମାରିବାକୁ ଛକିଥିଲେ; କିନ୍ତୁ କେହି ପାରି ନ ଥିଲେ। ଗୋବିନ୍ଦ ସରଦାର ଯେ ସବୁବେଳେ ମଟରରେ ଯିବାଆସିବା କରେ। ସେ ତା'ର ଧନ ସମ୍ପତ୍ତି କମେଇଛି ଅନ୍ୟ ସମସ୍ତଙ୍କୁ ଲୁଟି କରି। ବଡ଼ ସଇତାନ ଲୋକ ଥିଲା ସେ। କେତେ ଲୋକଙ୍କୁ ସେ ମାରିଛି, କେତେ ଲୋକଙ୍କୁ ଉଚ୍ଛନ୍ନ କରିଛି, କେତେ ସ୍ତ୍ରୀ ଲୋକଙ୍କର ଇଜ୍ଜତ ନେଇଛି, ତାହାର ଠିକଣା ନାହିଁ– ଘିନୁଆର ସବୁ ଜମିବାଡ଼ି ମଧ୍ୟ ନେଇ ନିଜର କରିଛି। ସେ ଦିନ ସନ୍ଧ୍ୟାରେ ଘିନୁଆର ସ୍ତ୍ରୀ ଉପରେ ଅତ୍ୟାଚାର କରିବାକୁ ବସିଥିଲା। ଏତେ ବଡ଼ ବହପ! ଘିନୁଆକୁ ଦେଖି ମଟରରେ ପଳାଉଥିଲା। ତା' ହାବୁଡ଼ରୁ ଖସି ଚାଲିଯିବ! ତା'ର ମଟର ଚକକୁ ତୀର ମାରି ଘିନୁଆ ମଟରକୁ ଅଚଳ କରିଥିଲା। ତା'ପରେ ଟାଙ୍ଗିଆରେ ତା'ର ମୁଣ୍ଡଟି କାଟି ଦେଇ ସିଧା ଦୌଡ଼ିଲା, ରାତିରାତି ବଣ ଜଙ୍ଗଲ ଭିତର ଦେଇ। ତିରିଶ ମାଇଲ ରାସ୍ତା ଏକା ନିଃଶ୍ୱାସକେ ଦୌଡ଼ି ସେ ଡେପୁଟି କମିଶନରଙ୍କ ବଙ୍ଗଲା ପାଖରେ ହାଜର ହେଲା।

ଗୋବିନ୍ଦ ସରଦାର ସାମାନ୍ୟ ଲୋକ ନୁହେଁ। ହାତରେ ତା'ର ଥାଏ ସବୁବେଳେ ବନ୍ଦୁକ। ବାଘ-ଭାଲୁଙ୍କ ଅପେକ୍ଷା ଲୋକେ ତାକୁ ବେଶୀ ଭୟ କରନ୍ତି। ବାଘ-ଭାଲୁଙ୍କ ଅପେକ୍ଷା ସେ ଲୋକଙ୍କର କ୍ଷତି କରେ ଢେର ବେଶୀ। ତାକୁ ମାରିବା ପାଇଁ ଘିନୁଆ କମ୍ ସାହସ ଓ ବିଚକ୍ଷଣତା ଖର୍ଚ୍ଚ କରି ନାହିଁ। କିଛି ବର୍ଷ ତଳେ ମେଲିଆ ଝଟେଟ୍ ସିଂର ମୁଣ୍ଡ କାଟିଥିବାରୁ ସାହେବ ଡୋରାକୁ ପାଁଶ ଟଙ୍କା ବକ୍‌ସିସ୍ ଦେଇଥିଲା। ଝଟେଟ୍ ସିଂ ତ ଏକରକମର ଭଲ ଲୋକ ଥିଲା। ସେ ସ୍ତ୍ରୀଲୋକଙ୍କ ଇଜ୍ଜତ ନେଇ ନାହିଁ, କି କାହାରି ଜମିବାଡ଼ି ଦଖଲ କରି ନାହିଁ। ସେ କେବଳ ଖଜଣାଖାନା ଲୁଟି କରିଥିଲା, ଆଉ କେତେଜଣ ସିପାହିଙ୍କୁ ମାରିଥିଲା। ଗୋବିନ୍ଦ ସରଦାର କିନ୍ତୁ ବଡ଼ ଭୟଙ୍କର ଲୋକ। ତାକୁ ମାରିଥିବାରୁ ଘିନୁଆକୁ ଅଧିକ ବକ୍‌ସିସ୍ ମିଳିବା ଉଚିତ।

ଘିନୁଆର ଗପ ଶୁଣି ସମସ୍ତେ ହୋ ହୋ ହୋଇ ହସିଉଠିଲେ। ଜଜ୍ ସାହେବ

ହସିହସି କହିଲେ, "ହଁ, ଉପଯୁକ୍ତ ବକ୍ସିସ୍ ଦିଆଯିବ।" ସରକାରୀ ଓକିଲ କହିଲେ, "ତତେ ଏଠାକୁ ଖାସ ଅଣାହୋଇଛି ବକ୍ସିସ୍ ଦିଆଯିବା ଲାଗି।"

ଘିନୁଆ ଏହାକୁ ପରିହାସ ନ ମଣି ସତ ବୋଲି ମନେକଲା। କାରଣ ହସ କୌତୁକ, ଠଟ୍ଟା ପରିହାସ ସେ ଜାଣେ ନାହିଁ। ତା'ର ଯେ ନିତାନ୍ତ ନିପଟ ରସଶୂନ୍ୟ ପ୍ରକୃତି। ଶେଷରେ ରାୟ ଦିଆଗଲା– ପ୍ରାଣଦଣ୍ଡ। ଘିନୁଆ ଏହାର କୌଣସି ଅର୍ଥ ବୁଝିଲା ନାହିଁ। ପୁଣି ଜେଲକୁ ଫେରାଇ ତାକୁ ବୁଝାଇ ଦିଆଗଲା ଯେ, ତା'ର ବକ୍ସିସ୍ ପାଇବାର ଦିନ ଆସୁଛି।

ଘିନୁଆ ସେ ପର୍ଯ୍ୟନ୍ତ ବୁଝିଲା ନାହିଁ ଯେ, ସେ ଜଣେ ଅପରାଧୀ ଓ ସେଥିଲାଗି ତାକୁ ପ୍ରାଣଦଣ୍ଡ ଆଦେଶ ହୋଇଛି। ୫ପଟ ସିଂକୁ ମାରିବା ଓ ଗୋବିନ୍ଦ ସରଦାରକୁ ମାରିବା ଯେ ଏକା କଥା ନୁହେଁ, ତାହା ସେ ବୁଝିବ କାହୁଁ? ସେ ଜାଣିଲା ନାହିଁ ଯେ ଗୋଟିଏ ଗୌରବର ବିଷୟ, ଅନ୍ୟଟି ଦୋଷାବହ। ଆଇନର ସୂକ୍ଷ୍ମ ଜାଲ ଭିତରେ ପଶିବାକୁ ତା'ର ମୁଣ୍ଡ ନାହିଁ। ସେ ଯେ ବଣୁଆ ସାନ୍ତାଲ!

ସେ ମନେମନେ ଭାବେ, ଡୋରା ପାଁଶ ଟଙ୍କା ପାଇଛି ୫ପଟ ସିଂକୁ ମାରି। ସେଥିରୁ ବେଶୀ ନ ଦେଲେ କାହିଁକି ନେବ? ସବୁ ଫେରାଇ ଦେଇ କହିବ, "କିଛି ନ ଦିଅ ପଛେ ସାହେବ, ଡୋରାଠାରୁ ବେଶୀ ପଇସା ମୋର ହକ୍।" ଜେଲର ଅନ୍ଧାରିଆ ନିର୍ଜନ ଗୁମ୍ଫାରେ ରହି ସେ କେତେ କ'ଣ ଭାବେ। କଥାବାର୍ତ୍ତା କରିବାକୁ ସେ କାହାରିକୁ ଦେଖେନାହିଁ। କଥାବାର୍ତ୍ତା କରିବାକୁ ବି ତା'ର ଆଗ୍ରହ ନ ଥାଏ। କେବଳ ବକ୍ସିସ୍ ପାଇ ଘରକୁ ଫେରିବାକୁ ତା'ର ମନ ଛଟପଟ ହେଉଥାଏ।

ଶେଷରେ ତା'ର ଫାଁଶୀର ଦିନ ଆସିଲା। ତାକୁ ପଚରାଗଲା ତା'ର ଶେଷରେ କ'ଣ ଦରକାର। ସେ କହିଲା, "ମୋର ବକ୍ସିସ୍।" "ଆଚ୍ଛା ବକ୍ସିସ୍ ପାଇବୁ ଆ" – କହି ତାକୁ ନେଇଗଲେ। ମୁଣ୍ଡରେ ତା'ର ଗୋଟିଏ କଳାକନାର ଖୋଲ ପିନ୍ଧାଇ ଦିଆଗଲା। ଘିନୁଆ ମନେମନେ ବିଚାରିଲା ଆଖିରେ ଅନ୍ଧପୁଟୁଳି ଦେଇ ହାତରେ ତା'ର ସୁନାରୁପା ଢାଲି ଦିଆଯିବ। ସରକାର ଘରର କେତେ ଫନ୍ଦିଫିକର୍, କାଇଦା କଟକଣା ଅଛି। ଖାଲି ସେମିତି କ'ଣ ବକ୍ସିସ୍ ଦିଆଯିବ? ସେ ଘରକୁ ଫେରି ସବୁ ଦେଖାଇବ। କି ଖୁସି ହେବ ସ୍ତ୍ରୀ ତା'ର ସେ ସବୁ ଦେଖ! ଭଲ ଘରଦ୍ୱାର କରି, ଜମିବାଡ଼ି ଚଷି ସେ ସୁଖରେ ରହିବ। ଆଉ ତ ଗୋବିନ୍ଦ ସରଦାର ନାହିଁ ଯେ ସବୁ ଲୁଟିକରି ନେବ!

ହଠାତ୍ କ'ଣ ଗୋଟାଏ ବେକରେ ବାଜିଲା।

ଅନ୍ଧାର ଅହମିକା

ନିତ୍ୟାନନ୍ଦ ମହାପାତ୍ର

ସଉରି ପାଇକରାୟ ସେମିତି ଖୁଣ୍ଟା ପରି ବସିଛି। ହୁଙ୍କୁ ନାହିଁ କି ରୁଙ୍କୁ ନାହିଁ। ଗଲା ଦୁଇତିନି ଦିନ ହବ ଅନବରତ ଝଡ଼ି ବରଷା ଗାଜି ଦେଇ ଯାଉଛି। ଭୋଦୁଅ ମାସ ଶେଷ ମୁଣ୍ଡରେ ଧାରା ଶ୍ରାବଣ ଅଜାଡ଼ି ହେଇ ପଡ଼ିଲା। କି ଅକାଳ କଥା! ଦାଣ୍ଡରେ ସୁଅ ଚାଲିଛି। ପୁରୁଣା ଦରମଲା ତାଳଗଛଟା ତଳଆଡୁ ଫାଣ୍ଡରା ଧରିଥିଲା କି କ'ଣ, ଗଡ଼ି ପଡ଼ିଲା। ତା'ରି ଉପରେ ବାୟାଚଡ଼େଇ ବସା, ବାଆ କଲେ ଦୋହଲୁଥାଏ, ଆଜି ତଳେ ପଡ଼ି ଛିନ୍ଛତର। ଅଣ୍ଡା କେଇଟି ଛତୁ ହୋଇଯାଇଛି। ଚଡକ ପଡ଼ି ମିଶ୍ରଘର ନଡ଼ିଆ ଗଛଟାଏ ଜଳିଗଲା। ବୁଢ଼ା ପାଇକରା ଖୁଣ୍ଟାଟା ପରି ଚାହିଁଛି। ଦର୍ମିଲା ବୁଢ଼ା। ବୟସ ଷାଠିଏ ହେବ। ବୁଢ଼ା ଏବେ ବି ମଜବୁତ ଅଛି।

'ଏମିତି ଝଡ଼ ତ କାହିଁ ଦେଖା ନଥିଲା ସାନ୍ତେ।' ସଦେଇ ପଖିଆ ମୁଣ୍ଡରେ ପକେଇ କହି କହି ଯାଉଥାଏ।

"ହଁ ଦକ୍ଷିଣା ପକେଇଲାଣି। ବ୍ରାହ୍ମଣ, ବରଷା, ବଢ଼ି କୁଆଡ଼େ ଛାଡ଼ି ପଲେଇବ।"

“ଆମ ସାହିରେ ଗଉରା, ଚେମା, ସଇତାଙ୍କ ଘର କାନ୍ଥ ସବୁ ପଡ଼ିଗଲା।– ଏ ଯେଉଁ ତୋଫାନ୍ ପିଟୁଛି।” ଧରମୁ ଜେନା କହିଗଲା।

ଯାଉ ! ଏମିତି କେତେ ଯିବ। ପୁଣି ନୂଆ ତୋଳେଇ ନେବେ। କି ଘର ଯେ, କ’ଣ ଘରକୁ ଲେଖା ? ଏକା ଦିନକେ ମନ କଲେ ଦି’ଦି’ଟା ଘର ଠିଆ ହୋଇଯିବ।

ଘର ତ ସଉରି ପାଇକରାର ଘର, ଯାହାକୁ କହନ୍ତି ଘର। ଦଶ ପାଁଚଟା ଗାଁରେ ଏମିତି ଘର ଖଣ୍ଡେ କାହାରି ନଥିବ। ବାପ ଦାଦି ସପତ ସପତାଣି ଭୋଗ କଲେଣି, ଏଇ ଡିହ ଖଣ୍ଡିକ। ତା’ରି ଉପରେ କେତେଥର କାନ୍ଥ ଉଠିବଣି, କେତେ ବର୍ଷ ପରେ ବର୍ଷ ଅସୁମାରି ଛାଉଣି ସରିବଣି, କୋଉ ଅମଲରୁ କିଏ କହିବ ? ଏଇ ବର୍ଷ ସଉରି ଇଟା ପକେଇ ପକାକାନ୍ତୁ ଉଠେଇଛି। ରୋଜଗାରିଆ ପୁଅ। ତା’ର କ’ଣ ହେବ ? କିଛି ହବ ନାହିଁ। ଗାଁଟାଯାକ ଭାସିଗଲେ ବି ସେ ଥିବ କି ତାର ଘର ଥିବ।

ନୂଆ ଘରର ନିଁଅ ଦେଲାବେଲେ ପୁଅର ମନ ମାନିଲା ନାହିଁ ପୁରୁଣା ଖଞ୍ଜାରେ। ପଇସା ତ ତା’ରି। ପୁଅ କଥା ରହିଲା। ଘରଟାଏ ତୋଳାଗଲା ‘ବଙ୍ଗଲୋ ପ୍ୟାଟର୍ଷ’ରେ। ବୁଢ଼ାର ମନ ରଖିବା ପାଇଁ ପଛପଟେ ପାରିଛିତ୍ତାଏ ବୁଲି ଆସିଲା ଖାଲି– ଆବୁରୁ ରହିବ, ମାଇପେ ଚଳପରଚଳ ହେବେ।

ମାଟିଘର ଯାଇ ପକା ଘର ହେଇଛି। ହେଲେ ଛଣ ଛିଆଣ। ଯୋଉ ଛପରକୁ ସେଇ ଛପର। ଛୋଟଛୋଟ ଫାଇଲାତ୍ ହେଇଛି। ଖାଲି ଯାହା ଭାଗବତ ଗାଦିଟା ଏତେ ବଡ଼ ଗୋଟାଏ ଘର ମାଡ଼ି ବସିଥିଲା, ତା’ ପାଇଁକି ଛୋଟ ଚୋର କୋଠରିଟିଏ ହେଇଛି ପକାରେ। ଖରାତରା ପାଣି ପବନକୁ ଫାରିକିତି।

ବୁଢ଼ା ମନେମନେ ମାଟିଘରକୁ ଉଠି ଠାକୁରେ ପକାଘରେ ରହିଲେ–ଏଶିକି ତାଙ୍କ କଥା ସେ ଜାଣନ୍ତି। ପୁଅ ମନେମନେ ଏତେବଡ଼ ଘରଟା ଅକାରଣେ ପୁରୁଣା ଉଇଖିଆ ତାଳପତ୍ରଗୁଡ଼ାକ ମାଡ଼ି ବସିଥିଲା– ଅସନା ଆବର୍ଯ୍ୟାରୁ ରକ୍ଷା ମିଲିଲା।

ଘର ବଢ଼ିଲା, ଘରକରଣା ବି ବଢ଼ିଲା, ତା’ ସାଙ୍ଗରେ ମାଟି କାନ୍ଥୁରେ ଛୋଟ ଠଣାଟି ମଧ ବଢ଼ି ବଢ଼ି ବିଶାଳ କାନ୍ଥ ଆଲମାରିର ରୂପ ନେଇଛି।

ବୁଢ଼ୀ ଥାଆନ୍ତେ, ଯାବତ ଦିଅଁ ଦେଉଣୀଙ୍କ ୫ଣ୍ଡା ତୁଳସୀ ଏକାକାର ହେଇ ପଡ଼ିଥାଏ ତା’ରି ଭିତରେ କାଁଚ ପେଡ଼ିଟିରେ। ଜର ନୂଆର, ଝାଡ଼ାୟପକା, ବାନ୍ତିଉଚ୍ଛାଲ, ନଅନୂଆଣୀଠାରୁ ଆରମ୍ଭ କରି ଛୁଆଛାଁଅସ୍ତା; ଚିଆଁ ଚମକା ସବୁଥିରେ ୫ଣ୍ଡା ପାଣି ଟିକିଏ। ତା’ ସାଙ୍ଗରେ ମୁଣ୍ଡିଆ ଆଉ ମାନସିକ।

ବୁଢ଼ୀ ନାହିଁ। ବୁଢ଼ୀ ଯିବାର ଆଜିକି ଦଶବର୍ଷ ହେଲାଣି, ତା’ ସାଙ୍ଗେ ସାଙ୍ଗେ ସେ ପେଡ଼ିପେଟରା ବି ଯାଇଛି। ଶେଷରେ ଠଣାଟା ବି ଗଲା। କାନ୍ଥ ଆଲମାରିରେ

ଅଛି– କୁଇନାଇନ୍, କର୍ପୂରାରିଷ୍ଟ; ଟିଂଚର ଆୟୋଡିନ୍, ତୁଲା, ବ୍ୟାଣ୍ଡେଜ୍, ସଲଫାଗୁଆନଡିନ୍, ଏକୁଆ ସାଇକଟିସ୍ ଓ ପିପରମେଣ୍ଟ ସାଙ୍ଗକୁ ଅମୃତାଞ୍ଜନ। ଏତକ ପୁଅ ଦେଇ ବଟେଇଛି। ରୋଗ ବାଧିକିରେ କାମରେ ଆସିବ। ଗାଁ ଯାକ ସମସ୍ତେ ଅନେଇ ବସିଥାନ୍ତି ସେଇ ଆଲମାରିକି।

କିଏ ଆସି କହିଲା– "ସଉରାଇ, ଏଥର ମାଲିକା ଫଳିଲା। ଘାଇ ଭାଙ୍ଗିବ– ବଉଲା କୁମ୍ଭୀର ଯିବ ଠାକୁରାଣୀ ଦର୍ଶନକୁ। ପାଣି ଅଠେଇଶ ଫୁଟ୍ ହେଲା। ବନ୍ଧରେ ଘଲି ଫୁଟିଲାଣି ବୋଲି ରଥିଆ ଦେଖି ଆସି କହୁଛି।"

ବୁଢ଼ା ସଉରା ହସିଦେଲା। କହିଲା– ଯାଆରେ–ଯା, ଏମନ୍ତ ଘାଇ ଭାଙ୍ଗିବ। ଆମ ସରକାର କ'ଣ ମିଛରେ ବସିଛନ୍ତି–ଏଡ଼େ ଏଡ଼େ ଇଞ୍ଜିନିୟରମାନେ ମୁନା କମ୍ପାସ ଧରି ଯେ ମାପୁଛନ୍ତି–ଖାଲି ମାହାଲିଆ ?

ବୁଢ଼ା ସଉରିର କିନ୍ତୁ ଛାତି ଟିକିଏ ଦବିଗଲା। ଘରଟାକୁ ଚାହିଁଲା। ନା, ଗାଁଯାକ ଭାସିଯିବ ପଛେ, ଏ ଘର ଭାଙ୍ଗିବ ନାହିଁ। ଖୁବ୍ ଜୋର୍‍ରେ ଗୋଟାଏ ତୁଫାନ୍ ପିଟିଦେଲା। ବୁଢ଼ା ଉଠିପଡ଼ିଲା। ପୁଣି ମନକୁ କ'ଣ ଭାବି ବସିଲା।

କିଛି ଚିନ୍ତା ନାହିଁ। ଯେତେ ବଢ଼ି ଆସୁ, ସଉରି ଘରେ ପାଣି ନ ପଶେ। ଏକେ ଉଚ ଡିହ–ତହିଁରେ ପୁଣି ଉଚ ପିଣ୍ଡା। ପାଣି ପଶିବାକୁ ଲାଗେ ଦଣ୍ଡେ। ପଶିଲେ ବି ଡର ନାହିଁ, ଏ ନିଆଁକୁ ଯେତେ ବଡ଼ ବଢ଼ି ହେଉ ସହଜରେ ଟଳେଇ ପାରିବ ନାହିଁ। ଏ ବନ୍ଧ ଯିଏ ପକେଇଛି ସେ ଏମିତି ସେମିତି ଲୋକ ନୁହେଁ। ତାକୁ ମାଟି ବିଦ୍ୟା ଜଣା ଥିଲା।

ତଥାପି ବୁଢ଼ାର ଗୋଟାଏ ଦକ–ବନ୍ଧଟା ଯେଉଁ ମୁଷ୍ତରେ କୋଉଁ ପୁରୁଷରୁ ପଢ଼ିଥିଲା–ଟିକିଏ ସେଥିରେ ହେରଫେର ହୋଇଛି–ପୁଅ ବୁଦ୍ଧିରେ। ଅଗଣାଟା ଟିକିଏନାକୁ ଦକ୍ଷିଣଶୁଲିଆ ଧରିଛି। ପଇଲୁ ବାଁ ପାଖକୁ ଘରଟା ଲମ୍ୟ ଥିଲା ଚୌପାଢ଼ି ପରି–ଏବେ ଦାଣ୍ଡ ଦୁଆରର ଦୁଇ ପାଖରେ ସମାନ ସମାନ ଦି'ଟା ଘର ବୈଠକଖାନା।

ବୁଢ଼ାର ମନ ଦୁଡ଼ୁବୁଡ଼ିଆ ଜାଣି ପୁଅ ଗୋଟାଏ ଇଞ୍ଜିନିୟର ସାଙ୍ଗକୁ ଧରି ଆଣିଥିଲା। ସେ କେମନ୍ତେ ବିଲାତ ଫେରତ। ବିଲାତରେ ପରା ଏଇ ଏଞ୍ଜିନରମାନେ ପାତାଲ ଫୁଟେଇ ରାସ୍ତା କରିଛନ୍ତି–ଉପରେ ନଈ ସଡ଼କ। ଏମାନଙ୍କୁ କ'ଣ ଅଜଣା ବର୍ଷ କେଇଟାରେ ଗୋଟାଏ ରାକ୍ଷସ ଭଳି ହାବଡ଼ା ବ୍ରୋଲ ଗଢ଼ି ତିଆରି ଦେଲେ। ଏମାନେ ସାକ୍ଷାତେ ବିଶ୍ୱକର୍ମା। ତାଙ୍କ କଥା କ'ଣ ଅନ୍ୟଥା ହବ ? ପୁଣି ବିଲାତରୁ ପାଠ ପଢ଼ି ଆସିଛନ୍ତି।

ସେଇ ସାହେବ ଏଞ୍ଜିନରମାନେ ତ କହିଛନ୍ତି–ବନ୍ଧ କିଛି ହେବ ନାହିଁ। ଆମ

ସରକାର ଥାଉଁ ଥାଉଁ କଂଗ୍ରେସ ସରକାର ଥାଉଁଥାଉଁ, ବନ୍ଧ ଭାଙ୍ଗିବ ? – କେବେ ନୁହେଁ। ବୁଢ଼ା ଦନ୍ତଧରି ରହିଲା।

"ଆଜ୍ଞା, ବନ୍ଧ ଯଦି ଭାଙ୍ଗେ ତେବେ ଆମ ଗାଁ'ଟା ତ ସୁଅ ମୁହଁରେ ପଡ଼ିଯିବ। ଲୋକେ ସବୁ ପଳେଇବାକୁ ଆରମ୍ଭ କଲେଣି।" କିଏ ଜଣେ କହିଲା।

"ହଁ"– ବୁଢ଼ା ଓଠଟାକୁ ଲମ୍ବେଇ ଦେଇ କହିଲା "ହବ ତ ହବ– ଶିଳଶିଳପୁଆ ଯଦି ଗଗନେ ଉଡ଼ିବ–ଶିମିଳି ତୁଳା କ'ଣ କହିବ ମତେ ରଖ? ଯିବା ତ ଯିବା।" ଏତିକିବେଳେ ମହିଆ ଚମାର ଆସି କହିଲା– "ବନ୍ଧ ଆଉ ଥାକିବନି ବାବୁ, ଏଞ୍ଜିନରମାନେ ସବୁ ଯନ୍ତ୍ର ନଗେଇ ଦେଖୁଛନ୍ତି। ଚାଲନ୍ତୁ ଆଜ୍ଞା ପଳେଇ ଚାଲନ୍ତୁ, ଜୀବ ଥିଲେ ସମ୍ପତ୍ତି।"

ବୁଢ଼ା ଚିଡ଼ି ଉଠିଲା– 'ଯାଃ ଯାଃ–ଶାହାସ୍ର ପୁରାଣ କାଢୁଛି। ମରିବାର ଥିଲେ କେହି ବଂଚେଇ ପାରିବ ନାହିଁ, କି ବଂଚିବାର ଥିଲେ କେହି ମାରିପାରିବ ନାହିଁ। ଯା– ଯା–ସବୁ ପଲାଇ ଯା। ମରଣ କାଳେ ନିଦ୍ରା ଗଲେ– ଯମ କି ଛାଡ଼ିଦେବ ଭଲେ?'

ଗାଁରେ ଶଙ୍ଖ ହୁଲହୁଲି ଉଚ୍ଛୁଳି ପଡ଼ିଲା। ହରିବୋଲ ଶବଦରେ ଆକାଶଟା ଯିମିତି ଫାଟି ପଡୁଛି। ବୁଢ଼ା ହସିଲା। ବାରମାସିଆ ମୂଳିଆଟା କଥା ନ ଶୁଣି ଗୋରୁଗାଈଗୁଡ଼ାକ ଫିଟାଇଦେଲା।

ନିଃଶଦ୍ଧ ରାତି। କିଏ ଗୋଟାଏ ହୁଡ଼ି ପକେଇ ଗଲା 'ସରକାର ବନ୍ଧ ଉପରେ ଲାଲବତି ଜଲେଇ ଦେଇ ଗଲାଣି। ବନ୍ଧ ଭାଙ୍ଗିଲା ହୋ ପଳେଇ ଆସ।

ବୁଢ଼ା ଚମକି ପଡ଼ିଲା। ପୁଣି ଭାବିଲା– 'ଏଗୁଡ଼ାକ ମୂର୍ଖ। ନଈ ନ ଦେଖୁଣୁ ଲଙ୍ଗଲା। ଏମାନେ ବୁଡ଼ିବେ ନାହିଁ ତ ଆଉ କିଏ ବୁଡ଼ିବ। ସରକାର କହିଛନ୍ତି–ସରକାରୀ ଏଞ୍ଜିନରମାନେ କହିଛନ୍ତି–ବନ୍ଧ ଭାଙ୍ଗିବ ନାହିଁ। ସମସ୍ତେ ଥୟଧର। କ'ଣ ନା–ବନ୍ଧ ଭାଙ୍ଗିଗଲା। ଭାଙ୍ଗିବା କ'ଣ ଶସ୍ତା ପଡ଼ିଛି? ଏଞ୍ଜିନର କଥା ମିଛ ହୋଇଯିବ।'

ଘରେ ବୁଢ଼ୀ ଭାଉଜ ଆଉ ଗୋଟାଏ ନିଆଁଶୀ ତେଲୁଣୀ। ତେଲୁଣୀ ଯେଙ୍କରି ଘରେ ଖାଏ, ରହେ–ଧାନ ଉଂସାଏ, କୁଟେ କାଣ୍ଡେ, ବାସନ ମାଜେ, କୋଳାହଳ ଶୁଣେ। ସମସ୍ତଙ୍କୁ କହୁଥାଏ–ଚିନ୍ତା ନାହିଁ, ଆମର କ'ଣ ହବ? ବିଲାତ୍ ଫେରତ୍ ଏଞ୍ଜିନର କହିଛି, ଏ ଘର କିଛି ହେବ ନାହିଁ।

"ବନ୍ଧ ଭାଙ୍ଗିଗଲା। ତାଳଗଛ ପ୍ରମାଣରେ ପାଣି ମାଡ଼ି ଆସୁଛି– ପଳେଇ ଚାଲ– ପଳେଇ ଚାଲ। ଯିଏ ଯେଉଁଠ ଅଛ ପଳେଇ ଚାଲ।"

ବୁଢ଼ା କାନକୁ ଗୋଟେ ଗର୍ଜନ ଶୁଭିଲା। ଭାବିଲା– ତୁଫାନ୍–ତୁଫାନ୍। ମୂଳିଆଟା ଦଉଡ଼ି ଆସି କହିଲା– "ସତ୍ୟାନାଶ ବାବୁ, ସତ୍ୟାନାଶ। ଚାରିଆଡ଼େ

ବଢ଼ି ପାଣି ଦାଣ୍ଡରେ ସୁଅ ଛୁଟିଛି । ଆଉ ରକ୍ଷା ନାହିଁ ।" କହି ସେ ଡିଆଁଟେ ମାରିଦେଲ ଚମ୍ପଟ ।

ଏତେବେଳକେ ବୁଢ଼ା ଟିକିଏ ହସିଲା । ଘର ଚାରିପଟେ ଥରେ ବୁଲି ଆସିଲା ଓ କିଛି ହବନାହିଁ ମୋର ! ଜବ୍‌ବର ଘର । ଦୋତାଲା ନିଅଁ ପଡ଼ିଛି । କ'ଣ ହେବ ?

ଘର ଭିତରକୁ ଗଲା । ଦେଖିଲା କଂସା ବାସନ, ଗହଣାଗାଣ୍ଟି, ଲୁଗାପଟା ସବୁ ଯେମିତି ସେମିତି ଅଛି, ବଢ଼ିପାଣି ତାକୁ ଛୁଇଁ ନାହିଁ କି ଛୁଇଁବ ନାହିଁ । ବନ୍ଯ ଭାଙ୍ଗି ନାହିଁ କି ଭାଙ୍ଗିବ ନାହିଁ ।

ଗାଦି ଘରକୁ ଗଲା । ଚାହିଁଲା । ଧର୍ମନାବ-ଏଇ ଏକା ସତ୍ୟ । ଏ ଥାଉଁ ଥାଉଁ ବୁଢ଼ା ଘରେ ପାଣି ପଶିବ ? ଅସମ୍ଭବ ।

ଶୋଇଲା ଘରେ କାଚ ଆଲମାରିଟାକୁ ଚାହିଁଲା । ଅନେକ ଔଷଧ । ସବୁଦିନେ ଗାଁବାଲା ମାଗି ଆସନ୍ତି । ଆଜି ତ କେହି ଆସିନାହାନ୍ତି ମାଗି । ଏଥରୁ କେହି ତ ବଢ଼ି ମରୁଡ଼ିରୁ ରକ୍ଷାକରି ପାରିବ ନାହିଁ । ଯଉ ଔଷଧ ଯଉଥିପାଇଁ । ରିଲଗାଡ଼ି ନାଇନ୍ ଉପରୁ ଟଲିବ ନାହିଁ, ଜର ଔଷଧ ଝାଡ଼ାକୁ ହବ ନାହିଁ । କିନ୍ତୁ... କିନ୍ତୁ...

ଆଜି ଅନେକ ଦିନ ପରେ ଖୁବ୍ ଜୋର୍‌ରେ ମନେପଡ଼ିଲା-ଶରତ ବୋଉ କଥା । ସେ ଥିଲେ ହୁଏତ କହିଥାନ୍ତେ- ଏହି ଧଣ୍ଡା ଟିକିଏ ଟିକିଏ ପାଥ-ବିପଦ ଟଲିଯିବ ।

ବୁଢ଼ା ହସିଲା । ଏଞ୍ଜିନରମାନେ ତ କହିଛନ୍ତି କିଛି ହବନାହିଁ । ଧଣ୍ଢାଫଣ୍ଢାରୁ ଗୁଢ଼ାଏ କ'ଣ ହବ ?

ବୁଢ଼ୀ ଭାଉଜ ଆସି ତନାଘନା ଡକା ପକାଇଲା- "କ'ଣ କରୁଛ ସଉରି ? ପାଣି ଯେ ଆସି ପିଣ୍ଢାକୁ ଲାଗିଲା ।"

"ଏଁ-ପିଣ୍ଢାକୁ ଲାଗିଲା ?- ବାଉରିଆ କାହିଁଗଲା-ସେ ତେଲୁଣୀ ମାଇକିନିଆଟା କୁଆଡ଼େ ଗଲା ?"

"ସେ ଦିହେଁଯାକ ପଲେଇଗଲେଣି ।"

ବୁଢ଼ା ହସିହସି କହିଲା- "ପାଗଲ, ପାଗଲ ! ଏଞ୍ଜିନର-ବିଲାତ- ବିଲାତ ଫେରତ୍ ଏଞ୍ଜିନରମାନଙ୍କ କଥା ମିଛ ହବ ?"

କହୁଁ କହୁଁ ପାଣି ମାଡ଼ି ଆସିଲା ପିଣ୍ଢା ଟପି ଘର ଭିତରକୁ ।

"ସଉରି !" ବୁଢ଼ୀ ଚିକ୍ରାର କରି ଉଠିଲା ।

ବୁଢ଼ା ଦାଣ୍ଡକୁ ଯାଇ ବାଡ଼ିଟା ପକାଇଲା ମାପିବାକୁ-ପାଣି କେତେ ? ବୁଢ଼ାର ଦଲକ ଉଠିଲା । ନିଃଶ୍ୱାସ ଶୁଖିଗଲା-ସେଇ ଠଣ୍ଡା ପବନରେ ବି ।

ବୁଢ଼ୀ ପୁଣି ଆସିଲା ଘର ଭିତରକୁ । - ନାଥ, କିଛି ହବନାହିଁ । ଏ ଘରର କିଛି

ହବନାହିଁ । ବିଲାତ ଫେରତ୍‍ ଏଞ୍ଜିନରମାନେ କହିଛନ୍ତି-ଘରଭାଙ୍ଗିବା କ'ଣ ସହଜ ପଡ଼ିଛି ?

"ଚଢ଼ ନୂଆ'ଉ- ପିଢ଼ାକୁ ଚଢ଼ ।"

ବୁଢ଼ା ଖଟ ଉପରେ ଖଟ ପକେଇ ଦେଇ ବୁଢ଼ୀକି ଚଢ଼େଇ ଦେଲା ପିଢ଼ା ଉପରକୁ । ନୋଟ ବିଡ଼ାଟା ଅଣ୍ଟାରେ ମାରି ବୁଢ଼ା ବି ଯାଇ ବସିଲା ପିଢ଼ା ଉପରେ । ପାଣି ଆସି ଢ଼ୋ ଢ଼ୋ ବାଡ଼େଇ ହେଲା କାନ୍ଥ ଉପରେ ।

ବୁଢ଼ୀ ଟିହିଡ଼ା ଛାଡ଼ିଥାଏ- ଗଲା-ଗଲା ସବୁ ଗଲା - କିଏ କଉଠି ଅଛ ଉଦ୍ଧାର କର ହୋ- ଆମେ ଭାସିଗଲୁଁ-ଆମେ ଭାସିଗଲୁଁ ।

ବୁଢ଼ା ତଥାପି କହୁଥାଏ- "ଡର ନାହିଁ-ନୂଆଉ- ଏଘର ଏଞ୍ଜିନର ଦେଖା ଘର- ପାଣି ମାଡ଼ରେ-ହୁଙ୍କିବ ନାହିଁ ।"

ଧଡ଼ାସ୍‍କିନା କାନ୍ଥଟା ପଡ଼ିଗଲା । ଘର ଛପର ଅଲଗା ହୋଇଗଲା କାନ୍ଥଠୁ ।

ଆଉ ବୁଢ଼ା ସମ୍ଭାଲି ପାରିଲା ନାହିଁ- ଭୋ ଭୋ କାନ୍ଦି ଉଠିଲା-ନୂଆଉ- ମୁଁ କ'ଣ ଜାଣିଥିଲି ଯ଼ା ହେବ ବୋଲି ।

ଚାଲି ଖଣ୍ଡ ସୁଅରେ ଭାସି ଚାଲିଲା । ରାତି ପାହିଲାଣି କେତେବେଲୁ । ଚାରିଆଡ଼େ ଫରଚା । ଜଲରେ ଜଲାର୍ଣ୍ଣବ । ଗଛ ବୁରୁଛ କଉଠି କେମିତି ଦିଶୁଛି । ଜନମାନବ ଶୂନ୍ୟ । ବୁଢ଼ା ଦେଖିଲା । ଗାଁ ମୁଣ୍ଡ ବାସୁଲେଇ ବରଗଛ ଆଗରେ । ଚାହୁଁଚାହୁଁ ଗୋଟାଏ ଡ଼ଅଁର ଚାଲଟାକୁ ଘୁରେଇ ଘୁରେଇ ବାଡ଼େଇ ଦେଲା ସେ ଗଛ କାଣ୍ଠରେ । ଚାଲ ଦିଖଣ୍ଡ ହୋଇଗଲା । ବୁଢ଼ା କୁଣ୍ଠେଇ ପକେଇଲା ଗଛକୁ । ଜାବ ପଡ଼ିଯାଇଛି । ଚେତା ନାହିଁ ।

ବୁଢ଼ୀ କୁଆଡ଼େ ଗଲା ସେ ଜାଣେ ନାହିଁ ।

ବଢ଼ି ଛାଡ଼ିଯାଇଛି । ଗଛ ଉପରୁ ବୁଢ଼ା ତଲକୁ ଆସିଛି । ଗଛ ତଲର ମା' ବାସୁଲେଇ କେଉଁ ପାତାଲରେ ଯାଇ ପଡ଼ିଛନ୍ତି କେହି ଜାଣନ୍ତି ନାହିଁ ।

▬▬

କାଠ
ବସନ୍ତ କୁମାର ଶତପଥୀ

ବହୁତ ତର୍କବିତର୍କ ପରେ ନିଷ୍ପତ୍ତି ହେଲା, ଚିରାକାଠ କିଣିବା ଅପେକ୍ଷା ଗୋଦାମରୁ ଗୋଟା ଗଡ଼ ବା ମୁଣ୍ଡାକାଠ କିଣିଆଣି ଘରେ ଚିରାଇବା ଲାଭଜନକ ହେବ।

ତଦନୁଯାୟୀ ଭାରତ କାଠ ଗୋଦାମରୁ ଦୁଇ କୁଇଣ୍ଟାଲ ଗଣ୍ଠିକାଠ ଠେଲାଗାଡ଼ିରେ ଆଣି ଘର ସାମ୍ନା ପଡ଼ିଆରେ ପକାଇଦେଲି।

ଗୋଦାମବାଲା କହିଲା, 'ଏଇ ଯେଉଁ ଶୁଖିଲା ମୁଣ୍ଡା ଦେଖୁଛନ୍ତି ତାହା ଦୁଇ ବରଷର ପୁରୁଣା, ଶୁଖି ଠଣ ଠଣ କରୁଛି। ଧଅ କାଠ। ଚିରିଦେଲେ ବାରୁଦ ପରି ଜଳିବ। ବାରଟଙ୍କା କୁଇଣ୍ଟାଲ, କମ୍ ଦାମରେ ନେବେ ତ ଶାଳଗଣ୍ଠି ଅଛି; କଞ୍ଚା ପଡ଼ିବ, ଛେଲି ଅଛି, ଧୁଆଁ ହେବ।'

ଜଙ୍ଗଲ ରାଜ୍ୟର ଲୋକ ମୁଁ, ଜାଣିଛି କେଉଁ କାଠ କେମିତି ଜଳେ। ବେଶୀ ଦାମ୍ ପଡ଼ିପଛକେ ଫୁରୁଫୁରୁ ହୋଇ ଜଳିବା କାଠକୁ ପସନ୍ଦ କଲି। ଘର କୋଣରେ ଅଲଣ୍ଡୁ ଜମିବ ନାହିଁ କି ଧୂଆଁରେ ପଞ୍ଜାଗୁଡ଼ିକ କଳା ହେବନାହିଁ।

କିନ୍ତୁ ଆଜକୁ ହପ୍ତାଏ ହେଲା କାଠ ଯେଉଁଠି ସେଇଠି ପଡ଼ିଛି। ଚିରାହେବାର ନାଆଁ ଗନ୍ଧ ନାହିଁ। ମକର ପର୍ବ ଯୋଗୁଁ ସାନ୍ତାଲଙ୍କ ଦେଖାଦର୍ଶନ ମିଳୁନାହିଁ। ତାଙ୍କର ହାଣ୍ଡିଆ, କୁକୁଡ଼ା ଲଢ଼େଇ, ଧୂମୁସ୍କା ମାଦଳ ସରିବ ନା ମୋ' କାଠ ଚିରାହେବ।

ଏଣେ ଘରେ ଫାଳିଏ ବୋଲି କାଠ ନାହିଁ। କାଠ କଟାହେଲେ ଜଳାଯିବ। ଆଜି ରବିବାର, ବେଳ ନଅଟା ହେଲାଣି, ପ୍ରଚଣ୍ଡ କଣକଣି ଶୀତ ସାଙ୍ଗକୁ ହିମାଲ ପବନ। ବାରଣ୍ଡାରେ ଆରାମ ଚେୟାରଟା ପକାଇ ଖରାକୁ ପିଠିକରି ବସିଥାଏ ଏବଂ ଖବରକାଗଜରୁ ଆଦିବାସୀମାନଙ୍କ ପାଇଁ ଗତ ତିରିଶବର୍ଷ ଧରି ଆମେ କ'ଣ କରିଛୁଁ ତା'ର ବିବରଣୀ ଓ ହିସାବକିତାବ ଅନୁଧ୍ୟାନ କରୁଥାଏଁ।

ହଠାତ୍ ମୋଟି ଭୋ ଭୋ ଭୁକିଉଠିଲା। ଚମକିପଡ଼ି ଦେଖିଲି, କାନ୍ଧରେ କୁରାଢ଼ି ପକାଇ ଗୋଟାଏ ଦରବୁଢ଼ା କାଠଚିରାଳି ସଡ଼କରୁ ମୋ ଆଡ଼କୁ ଢଳିଢଳି ଆସୁଛି। ସିଧା ସାମନାକୁ ଆସି ପଚାରିଲା, 'କାଠ୍ କାଟିବୁ ବାବୁ?'

ମନେମନେ ଭାବିଲି, ବର୍ଷବର୍ଷ ଧରି କୋଟି କୋଟି ଟଙ୍କା ଖର୍ଚ୍ଚ କରି ଏମାନଙ୍କୁ ଆମ ସମକକ୍ଷ କରିବାର ଚେଷ୍ଟା କଲୁଁ ସିନା, ଲାଭ କିଛି ହେଲାନି, ଭାଷା ଟିକକ ବି ଶିଖାଇ ପାରିଲୁନି। କହୁଛି କ'ଣ ନା 'କାଠ୍ କାଟିବୁ ବାବୁ? କି କ୍ରିୟା! କି କର୍ତ୍ତା!'

ଖଟେଇ ହୋଇ ତାରି ଗଳାସ୍ୱର ଅନୁକରଣ କରି କହିଲି, 'ହଁ ହଁ, କାଟିବି, କେତେ ନବୁ?'

ସେ କାଠ ଆଡ଼କୁ ଚାହିଁଲା। କହିଲା, ଦୁଇ କୁଇଣ୍ଟାଲ ହବ। ଗୁଦାମରେ ତ ବାବୁ ଆମକୁ ଦୁଇଟଙ୍କା କରି ଦଉଛି କୁଇଣ୍ଟାଲ। ଏଇ ବଜାରଟାରେ ଗୁଟେ ଦର ନା ଦିଟା? ତୁ ଚାରଟଙ୍କା ଦେବୁ ଆର କେତେ?

'ନାହିଁ, ନାହିଁ, ଚାରିଟଙ୍କା ହବନି, ମୋତେ ବହୁତ ପଡ଼ିଯାଉଛି। ସାଢ଼େ ତିନି ଦେବି। କାଠବାଲା ନେଲା ଚବିଶ, ଠେଲାବାଲା ଚାରି, ତୁ ନବୁ ଚାରି, ବତିଶ ଟଙ୍କା ପଡ଼ିଲା। ଗେସଚୁଲୀ ତ ବରଂ ଶସ୍ତା ହେବ। ତିନିଟଙ୍କା ଆଠଣାରେ କାଟିବୁ ତ କାଟ୍, ନହେଲେ ଚାଲିଯା।'

ସେ କଅଁଳା ଗଳାରେ କହିଲା, 'ତୁ ବି ବାବୁ ଏମିତି କାଠୁଆ ହବୁ ତ ଆମର ଗୁରିବ୍ ନୁକ୍ ବଞ୍ଚିବ କେମିତି? ଚାରଣା ଆଠଣା ନାଗି ଆମ ସାଙ୍ଗରେ ଝଗଡ଼ା କରିବୁ? ତତେ ଭଗବାନ୍ ବଡ଼ ନୁକ୍ କରିଚି। କେତେ ପଇସା ତର କେଉଁଆଡ଼େ ଚାଲିଯାଇଚି। ଆମର ଗରିବ୍ ନୁକର ପେଟରୁ କାଟିଲେ ତର ପେଟ୍ ପୂରିବ? ଗୁଦାମବାଲା ଗୁଦାମରେ ଚାବି ଦେଇକରି ପାହାଡ଼କୁ ଗଲା ବୁଲି ତର ଏଠାକୁ ଆସିଚି ନହେଲେ...'

କଲେଜପଢ଼ୁଆ ପୁଅ (ଯା ଜୀବନରେ ପଇସାଟିଏ ବି ରୋଜଗାର କରିନାହିଁ)

ଦରଜା ପାଖରେ ଛିଡ଼ାହୋଇ ଶୁଣୁଥିଲା। ହଠାତ୍ ତରଳିଯାଇ କହିପକାଇଲା, "ହେଲା ହେଲା ଚୁପ୍‌କର, ଆଉ ଚାରିଅଣା ନବୁ।"

ପୁଅ ଆଡ଼କୁ କଟ୍‌ମଟ୍ ଚାହିଁ ଇଂରାଜୀରେ କହିଲି, 'ପଇସା ତତେ ଶସ୍ତା ହୋଇଛି। ଦେଖ୍‌ଥାନ୍ତୁ, ସେ ସେତିକିରେ କାଟିଥାନ୍ତା କି ନାହିଁ।' କାଠକଟାଳିକୁ କହିଲି, "ଯା, ଯା ଏଥର କାଟ୍। ପୁଅ ତ କହିଦେଲାଣି।'

ଦୁଇପରସ୍ତ କରି ଘୋଡ଼ିଥିବା ଅଲ୍ପ ଓସାର ନାଲିଧାଡ଼ିର ଶାଢ଼ିଟାକୁ ସେ ଦେହରୁ କାଢ଼ି ପାଖ ବେଗୁନିଆଁ ଗଛ ଡାଲରେ ଲଟକାଇଦେଲା। କାନିର ଗଣ୍ଠି ଫିଟାଇ ଦୋକତା ଚୂନ ବାହାର କରି କଳରେ ଜାକି କୁରାଢ଼ି ଧରିଲା।

ବୟସ ଓ ଚେହେରାରୁ ତା'ର ପାରିବାର ପଣିଆରେ ଘୋର ସଦେହ ହେଲା। ଭାବିଲି, ଲୋଭରେ କାମ ଧରିଛି ସିନା, ଦି'ଦିନ ଲାଗିବ କାଟିବାକୁ।

ଗୋଟାଏ ଗଡ଼ ଉପରେ ଲମ୍ବେ ଲମ୍ବେ ଆଉ ଗୋଟାଏ ଗଣ୍ଠିରଖ୍ ମାରିଲା ପ୍ରଥମ ଚୋଟ। ପ୍ରାୟ ଦୁଇ ଇଞ୍ଚ କୁରାଢ଼ିଟା ଭେଦିଗଲା। ଟାଣି ବାହାର କରିବାକୁ କଷ୍ଟ ହେଲା ତାକୁ।

ପଚାରିଲି, କାଠ କେମିତି ଦେଖୁଛୁ? ଭଲ ଜଳିବ ନା?

ସେ କହିଲା, 'କାଠ ଭଲ ଯେ ବାବୁ! ହେଲେ ତମ ନାଭ ମର ନୁକସାନ୍। ଦେଖ୍‌ନା କାଠ କିମିତି ବାଉଆ, ଗଣ୍ଠିଆ। ଯେତିକି ଚେମଡ଼ା, ତେତିକି ଟାଣ। ଧଡ଼ କାଠ ବାବୁ! କୁରାଢ଼ି ବାଙ୍କିଯିବ। ଆମର ଗୁଦାମରେ ତ ଏଗା ଦୁଇବରଷ ପଡ଼ିଥିଲା। କେହି ନେଲା ନାହିଁ, କେହି କାଟିତେ ଖୁଜେ ନାହିଁ, ଭଲ ଜଳିବ। ହେଲେ ଯିଏ କାଟିବ ତା'ର ହାତ ଫୁଟୁକା ହୋଇଯିବ, ଚମଡ଼ା ଛାଡ଼ିଯିବ।'

ଆଉ ପାହାରେ ଦେଲା। ଠିକ୍ ଜାଗାରେ ମାଡ଼ ବସିଲା। ପୁଣି ପାହାରେ ଫାଲିଆ କାଠ ଖଣ୍ଡେ ଦୂରରେ ଛିଟିକି ପଡ଼ିଲା ଘୁରି ଘୁରି।

ମୁହୂର୍ତ୍ତେ ଅପେକ୍ଷା ନକରି କହିଲି, 'ଏତେ ବଡ଼ ଫାଲ କରିବୁ ନାହିଁ। ଆମର ଚୁଲି ସାନ। ଆହୁରି ଛୋଟ, ପତଳା କରିଦେ।'

ତାଚ୍ଛଲ୍ୟରେ ମୋ ଆଡ଼କୁ ଚାହିଁ ସେ କହିଲା, 'ଏ ବାବୁ! ତୁ ଚୁପକରି ବସିଥା ନା। ଦେଖ, ମୁଁ ଠିକ୍ ସାଇଜ୍ କରିଦେଉଛି କି ନାଇଁ।'

'ଏତେ ବରଷ ଆମର ବଜାରକୁ ଆସିଲା, ତର କାଠ କି ରକମ ଦରକାର ଜାଣେ ନାଇଁ ଭାବିଛୁ?'

କୌତୂହଲୀ ହୋଇ ପଚାରିଲି, 'କେତେ ବରଷ ହେଲା ବଜାରକୁ ଆସିଲୁ? କେଉଁଠୁ ଆସିଲୁ?'

'ମୟୂରଭଞ୍ଜରେ ମର ଘର ବାବୁ। ବେତନଟୀ ପାଖରେ ଯୁଦ୍ଧ ନାଗିଲା। ବରଷ ଆମର ରେମୁଣାକୁ ପଳେଇ ଆସଲା। ମୟୂରଭଞ୍ଜରେ ବେଢ଼େ ଡାହାଣୀ ଦେବତା, କଣ୍ଆ ଖାଇଦେବେ। ମର ଡଗର ଡାଗର ପୁଅ ଦୁଇଟା ଆର ଆଗ ତିନୋଟା ଏକାଦିନରେ ମରିଗଲା। ଜମିଜାଇଗା ଖୋଲିତାଡ଼ି ଯାହା କରିଥିଲା ସବୁ ତୁମର ହାଟୁଆମାନେ ନେଇଗଲା।'

"ସରକାରଠୁଁ ଜମି ନେଲୁଣି ? ସରକାର ଘର, ଜମି ସବୁ ଦଉଛି, ତୋର ତ ଜମି ଜାଗା ଘରଦ୍ୱାର କିଛି ନାହିଁ।"

ଦେନା ବାବୁ ଘରଦୁଆର ଜମିଜାଗା କରେଇଦେ। ଦେଖୋଁ କେଡ଼େ ଅଣ୍ଟିଆ ଦେଖେଇ ହେଇଛୁ। ଆମର ଯେତେ ନୁକର ଘର ଜମି ନାଇଁ ସମସ୍ତଙ୍କୁ ଦେଲେ ତୁମରମାନେ କି କରିବ, ନାହିଁ ରହିବ ?"

"ଏ ବାବୁ। ପାଠ-ଶାଠ ତାକୁ ପଢ଼େଇଲେ ତର ସଡ଼କ କାମ କରିବ କିଏ ? ଜମି ଚଷିବ କିଏ ?"

ପରିବାର କଲ୍ୟାଣ ବିଷୟରେ ପଚାରିଲାରୁ ସେ କହିଲା, "ତୁମର ମାନଙ୍କର ସିନା ବାବୁ ବେଶୀ ଛୁଆ। ଆମର ଜାତିରେ ଜଣକା ଗୁଟେ ନହେଲେ ଦୁଇଟା। ତର ତିରିଲା ଛୁଆପିଲା ତ କାମ ଦାମ କିଛି କରେନି, ସେଇନାଗି ତ ହଇରାଣ ହଉଛୁ, କଟେଇ ହଉଛୁ।"

ଏଥର ସେ ମୋତେ ପଚାରିଲା, 'ହେଁ ବାବୁ! ଆମର ମୟୂରଭଞ୍ଜ ମହାରାଜା ଗେଲାଠୁଁ ଆରତ ରାଜା ନାଇଁ। ଖାଲି ମନ୍ତ୍ରୀ ଆସୁଛନ୍ ଯାଉଛନ୍ ନାଇଁ ?"

ଭାବିଲି, ଏ ଏକବାଇଆ ମୂର୍ଖକୁ ହିତକଥା ପଚାରି ବା ଶୁଣାଇ କିଛି ଲାଭ ନାହିଁ। ବରଂ ମୋ କାମ ଧୀମେଇ ଯାଇଛି। ତେଣୁ ତା' କାଠକଟା ଚାତୁରୀ ଦେଖିବାକୁ ଲାଗିଲି।

ପୋଖତ ସମାଲୋଚକ ଯିମିତି ଡେଙ୍ଗାପଡ଼ି ଆଧୁନିକ କ୍ଲିଷ୍ଟ, ଅବୋଧ କବିତାକୁ ତନ୍ନତନ୍ନ ବିଶ୍ଳେଷଣ କରି ଅନ୍ତର୍ନିହିତ ସାରତତ୍ତ୍ୱ ପ୍ରକଟ କରନ୍ତି, କାଠୁରିଆ ବି ସିମିତି ଅତୀବ ଆଗ୍ରହରେ ଗ୍ରନ୍ଥିଲ ଶିରାଳ କାଠକୁ ଛିନ୍ନଭିନ୍ନ କରି ମଞ୍ଜି ବାହାର କରିଦେଉଛି। ଭଗବାନ ତା'ର ଶିରାପ୍ରଶିରା ରକ୍ତମାଂସକୁ ଏମିତି ନୈସର୍ଗିକ ଶକ୍ତି ଦେଇ ଗଢ଼ିଛନ୍ତି, ଯିମିତି ଜୀବନସାରା ଏଇ ବୃକ୍ଷରାକ୍ଷସଗୁଡ଼ାକ ସେ ଖଣ୍ଡଖଣ୍ଡ କରି କାଟି ଆନନ୍ଦ ପାଉଥିବ।

ଦେଖୁଁଦେଖୁଁ ସେ ଘଣ୍ଟାଏ ଦେଢ଼ଘଣ୍ଟା ଭିତରେ ଅଧାଅଧ୍ କାଠ ଚିରିଦେଲା। ଗତ ଥର ତା'ର ଜାତିର ଲୋକଟା କାଠସବୁ ମୋଟା ଲମ୍ବ ଲମ୍ବ କରି ଚିରିଦେଲା। ମାସେ ଜାଗାରେ ଅଠାଇଶ ଦିନ ଗଲା। ଏଥର କାମ ଆଦାୟ କରିବା ପାଇଁ ନିଜେ ମୁଁ ଜଗି ବସିଛି। ଯିବ କୁଆଡ଼େ ?

ତା' ପାଖକୁ ଯାଇ କେତେଟା ଫାଲ ଅଲଗା କରିଦେଇ କହିଲି, 'ଏଗୁଡ଼ାକୁ ପତଲା କରିଦେବୁ।' ଯଦିଓ ସେଗୁଡ଼ିକ ଛୋଟ ଛୋଟ ଥିଲା।

ଲୋକଟା କ୍ରମେ କ୍ରମେ ଥକି ହାଲିଆ ହୋଇଗଲାଣି ବୋଲି ମୋର ଲକ୍ଷ୍ୟ ହେଲା। ପ୍ରତିଥର ଚୋଟ ସାଙ୍ଗକୁ ତା' ପାଟିରୁ ଏଃ ଏଃ ଶବ୍ଦ ବାହାରୁଥାଏ।

କୌତୂହଲବଶତଃ ତା' ହାତରୁ କୁରାଢ଼ିଟା ନେଇ ଉଠାଇଲି। ବାବା! କେତେ ଭାରି! ଥରେ କାଠଗଣ୍ଡିରେ ଚୋଟ ପକେଇଲି। ଲକ୍ଷ୍ୟସ୍ଥଲର ଆଠଅଙ୍ଗୁଲି ଦୂରରେ ଠିକିରି ପଡ଼ିଲା କୁରାଢ଼ିଟା। ପଚାରିଲି, "କେତେ ଓଜନ ଅଛି?"

ଡିମାପଥର ଗୋଟାକରେ କୁରାଢ଼ିର ମୁନ ପକାଉ ପକାଉ ସେ କହିଲା, 'ଦୁଇକିଲ ନୁହାରେ କରିଛି ବାବୁ। ଗୁଦାମଟା ଦୁଇକିଲ ଆର ଅଧେ।'

ପଚାରିଲି, 'ବାର୍ ବାଜିବ। ଆଜି ସାରିପାରିବୁ ତ?'

'ତୁ ତ ବାବୁ ଖାଲି ବକର ବକର ହେଉଛୁ ତର କାମ ତୁ କର। ତର କାଠ କେଡ଼େ ଟାଣ ଦେଖ୍‌ଲୁ ଯେ।'

ଦେଖିଲି, ତା'ର ପେଟପିଟ ଏକାଠି ଲାଗିଯାଇଛି। ମୋ ପେଟରେ ଯେତେ ଚର୍ବି, ତା'ର ଶହେଭାଗରୁ ଭାଗେ ଭଲା ତା'ର ଥାଆନ୍ତା। ଭୁଲରେ ପାଟିରୁ ବାହାରିପଡ଼ିଲା, 'ସକାଳୁ କି ଖାଇକରି ଆସିଛୁ?"

"ଗରିବ ନୁକର ଘରେ କି ଅଛି ଯେ ସକାଳୁ ଉଠି ବସିକରି ଖାଇବ? ଖାଲି ତୋରାଣି କଂସାଏ ପିଇକରି ଆସିଛି। ତିଲ୍‌ଆର ଛୁଆ ଦୁଇଟା ପଖାଳ ମୁଠାଏ ମୁଠାଏ ଖାଇକରି ସଡ଼କ୍ କାମକୁ ଗଲା।'

ରୋଷେଇଘର ଆଡୁ ଆସୁଥିବା ମହକ ଶୁଙ୍ଘି ମୁଢ଼ି ଆଉ କଷାମାଉଁସ ଖାଇବି ବୋଲି ଘର ଭିତରକୁ ଗଲି। ଚାକର ପିଲା ଚୈତନ୍ୟ କହିଲା, 'ବାପା! ତାକୁ ରୁଟି ଦୁଇଟା ଦେବା? ବଲିଛି।'

'କୁକୁରକୁ ଦେଲୁନି? ଏତେ ରୁଟି କରୁଛୁ କାହିଁକି? ରୁଟି ଦି'ଖଣ୍ଡର ଦାମ୍ ଚାରଣା। ସେ ସେଇ ଚାରଣା ଛାଡ଼ୁନାହିଁ ପରା।'

'କାଲି ସକାଳର ରୁଟି ବାପା! ଅସରପା ବୁଲି ଯାଇଛନ୍ତି କୁକୁର ବି ଛୁଇଁଲା ନାହିଁ।'

ଦାହାତକୁ ଆସି ମୁଢ଼ି, କଷାମାଉଁସ ପାଟିରେ ପକାଇ ଶରଧାରେ ପଚାରିଲି, "ରୁଟି ଖାଇବୁ କିରେ?"

'ଦବୁ ତ ଦେ। ତର ଛୁଆପିଲା ପେଟରୁ ବଲୁଛି ଯଦି।'

ରୁଟି ଓ ଏଲୁମିନିୟମ ପାଇଖାନା ଲୋଟାରେ ପାଣି, ଚୈତନ୍ୟ ଥୋଇଦେଇ

ଗଲା। ପାମ୍ପଡ଼ ଚୋବାଇଲା ପରି ରୋଟି ଦୁଇଟା କଡ଼କଡ଼ ଚୋବାଇ ଢକ ଢକ କରି ପାଣିଲୋଟାକ ପିଇଗଲା ଏବଂ ଲୋଟାକୁ ପାଉଁଶରେ ମାଜି ସଫା କରିଦେଲା ଏବଂ ପୁଣି ଚୂନଦୋକତା ପାଟିକୁ ପକାଇ ଶେଷପ୍ରସ୍ତ କାମ ଧଲିଲା।

କହିଲି ଦେଖ୍, ମୁଁ ଭାତ ଖାଇବାକୁ ଯାଉଛି। କାଠସବୁ ଘର ଭିତରକୁ ବୋହିଦବୁ, ଯଦିଓ କାଠ ବୋହିବା କାମ ତା'ର ନୁହେଁ; ମୋର।

ସେ କିନ୍ତୁ ତଦଣ୍ଡେ କହିଲା, 'ଏ ବାବୁ! ମୁଁ କାଟିବି, ତୁ ବୋହିବୁ? କୁକୁରଟା ବାନ୍ଧିଦେ। କାଠଘରଟା ଦେଖା'। ଚୈତନ୍ୟ କୁକୁର ବାନ୍ଧି କାଠଘର ଦେଖାଇଦେଲା।

ଗାଧୋଇ ପାଧୋଇ ରବିବାରିଆ ଗରିଷ୍ଠ ଭୋଜନ ପରେ ସିଗାରେଟ୍ ଲଗାଇ ଅଗଣାକୁ ଯାଇ ଦେଖିଲି, କାଠସବୁ ବଢ଼ିଆ ସଜା ହୋଇ ସାଇତା ହୋଇଛି। ବାହାରକୁ ଯାଇ ଦେଖିଲି, ଇଞ୍ଚେ ଦି'ଇଞ୍ଚ ଟୁକୁରା କାଠସବୁ ଭିଣିହୋଇ ପଡ଼ିଛି। ଗୋଟାଇ ଆଣିଲେ ପ୍ରାୟ ଆଠଅଶାର କାଠ ବାହାରିବ। ବିନା କିରୋସିନିରେ ଚୁଲି ଧରାଇହେବ। ନିଜେ ଝୁଡ଼ି ଓ ଖରକା ଆଣି ତା' ହାତକୁ ବଢ଼ାଇଦେଇ କହିଲି, "ଚେନାଚୋପସରା ସବୁ ଭଲକରି ଖାଇକି ଗୋଟେଇ ଦେ। କୁକୁର ପାଦରେ ଫୁଟିଯିବ। ସେ ଏଇଠି ଖେଲେ।"

ବିନା ଓଜର ଆପଉିରେ ସେ କାମ ବି କଲା ଏବଂ ବେଗୁନିଆ ଗଛରୁ ଓଢ଼ଣି ଆଣି କୁରାଢ଼ି କାନ୍ଧରେ ପକାଇ ଛିଡ଼ାହେଲା ପାଉଣା ଆଶାରେ।

'ଦି'ଖଣ୍ଡ ଦି' ଟଙ୍କିଆ ନୋଟ ତା' ହାତକୁ ବଢ଼ାଇଦେଇ କହିଲି, "ଦେ ଚାରଣ ପଇସା।"

ଅସହାୟ ଚକ୍ଷୁରେ ଚାହିଁ ସେ କହିଲା, "ମର ପାଖରେ ପଇସା କାଇଁ ବାବୁ! ଖାଲି ହାତଟାରେ ତ ସକାଲୁ ଘରୁ ଆସିଲା।"

ମୋ ଘରେ ଖୁରୁରା ଯେ ନଥିଲା ତା'ନୁହେଁ, କିନ୍ତୁ, ପଞ୍ଚସ୍ତରି ପଇସା ଦେଉଛି କିଏ? କହିଲି, ଗୋଟାଏ ନୋଟ୍ ନେଇ ବଜାରରୁ ଭଙ୍ଗେଇ ଆଣ।"

"ଆଜ ରଇବାର ପରା ବାବୁ! ଦୁକାନ ବଜାର ସବୁ ବନ୍ଦ ଯେ! ଚାରଣ ପଇସା ଥାଉ ମର ଉପରେ। ଆଉ ମାସକୁ କଟେଇ ନବୁ।"

"ନା, ନା, ସେ କଥା ହବନାହିଁ। ତୁମ ଆସିବୁ ନ ଆସିବୁ, କି ବିଶ୍ୱାସ।"

ହାଣ୍ଡିଆ ଖାଇଲେ ଆଖି ଯେମିତି ଲାଲ ହୁଏ, ସେମିତି ଆଖିରେ ମୋ ଆଡ଼କୁ ଚାହିଁ ଯୁଗ ଯୁଗ ସଞ୍ଚିତ ଚାପାକ୍ରୋଧ ବିସ୍ଫୋରଣ କରି ସେ କହିଲା, "କି କହିଲୁ ବାବୁ! କି ବିଶ୍ୱାସ! ଏତେବେଲଯାଏଁ ମତେ ଟେକାଟେକି କରି ଭୁଲେଇ ଚୁକେଇ ତର ସବୁ କାମ ଆଦାୟ କରିନେଲୁ। ମର ଜମିଜାଇଗା ବି ସବୁ ତମରମାନେ ନେଲା,

ମର ନ କରିବା କାମ ବି କରିଦେଲି। ଦୁଇଟା ଶୁଖିଲା ରୁଟି ଦେଲୁ ଯେ ଭାବିଛୁ ଢେର ଦେଲୁ? କହୁଛୁ "କି ବିଶ୍ୱାସ! ଆମର କି ମଣିଷ ନାଇଁ, ବଣର ଭାଲୁ ହୋଇଛି? ପଇସାରେ ବଡ଼ନୁକି ଦେଖେଇ ହେଉଛୁ। ମୁଁ ତର ଚାଲାକି ସବୁ ବୁଝିଛି। ନେ ତର ପଇସା।"

ନୋଟ ଦୁଇଟା ମୋ ଆଡ଼କୁ ଫଡ଼ଫଡ଼ ଫୋପାଡ଼ି ଦେଇ ମୁହଁ ଥମ ଥମ କରି ଏକମୁହାଁ ଫାଟକ ପାର ହୋଇ ସଡ଼କ ଧଇଲା।

ତା'ର ରୁଦ୍ରମୂର୍ତ୍ତି ଦେଖି ସେଇ ମୁହୂର୍ତ୍ତରେ ମୁଁ ଉପଲବ୍ଧି କଲି, ଏ ଲୋକଟାକୁ ସଜାଗ ସଚେତନ କରି ଚାଲି ଉସ୍କାଇ ମୁଁ ବଡ଼ ଭୁଲ୍ କରିଛି। ଯଦି ସେ ବୁଝିପାରିବ ଏଯାବତ୍ ତା' ପ୍ରତି ମୋର ଆଚରଣ ଓ ବ୍ୟବହାରରେ ଆମ୍ନୀୟତା ବା ଆନ୍ତରିକତା ନଥାଇ, ଥିଲା ଖାଲି ସ୍ୱାର୍ଥ ଓ ପ୍ରତାରଣା, ତେବେ ସେ ହୁଏତ ଉଦ୍‌ବ୍ୟକ୍ତ ଓ ଉତ୍କ୍ଷିପ୍ତ ହୋଇ ବୁଲିପଡ଼ିବ। ଆଉ ଗୋଟିଏ କାଠ ଗଢ଼ି ରହିଗଲା ଭାବି ଦୁଇ କେଜିଆ କୁରାଢ଼ିରେ ହୁଏତ ମୋର ଛାତି ମୁଣ୍ଡକୁ ଚିରି ଦୁଇଫାଲ କରିଦେବ। ଏ ଭୟାବହ ପରିଣତିର କଳ୍ପନାରେ ଆତଙ୍କିତ ହୋଇ ତତ୍‌କ୍ଷଣାତ୍ ଚୈତନ୍ୟ ହାତରେ ନୋଟ ଦୁଇଟା ତାକୁ ଦେବାପାଇଁ ପଠାଇଦେଲି ଏବଂ ଘର ଭିତରକୁ ତରବରରେ ପଶି ଆସି ଧଡ଼କରି କବାଟ ବନ୍ଦ କରିଦେଲି। ସର୍ବାଙ୍ଗ ଝାଳରେ ବୁଡ଼ିଯାଇଥାଏ।

■■

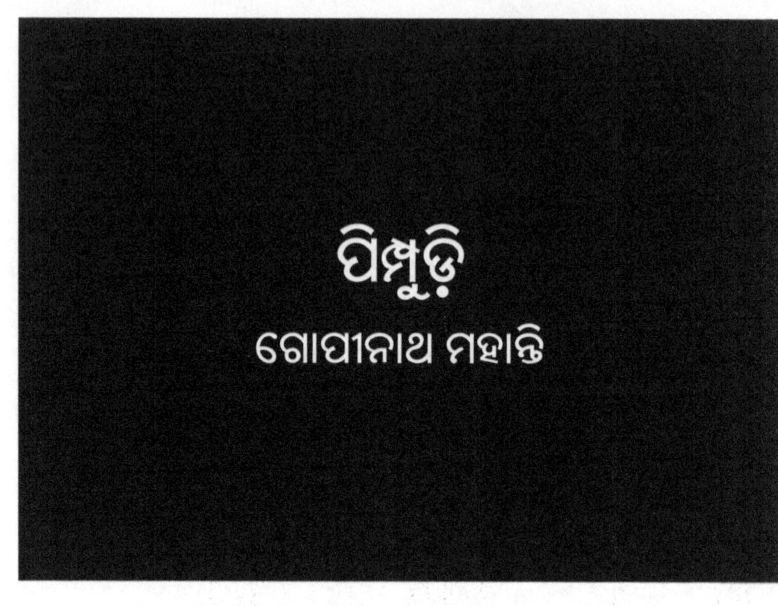

ଧୀରେ, ଧୀରେ, ଧୀରେ – ସବା ଉପରେ ପହଁଚିବାକୁ ଆଉ ବାର ହାତ ବାକି ଅଛି, ଗୋଟାକ ପଛେ ଗୋଟାଏ ହୋଇ ଉପରକୁ ଉପରକୁ ଚାଲିଛି ପାଦ ଦି'ଟା, ଗୋଡ଼ର ପେଣ୍ଡା ଓ ଜଙ୍ଘ ଯେପରିକି ଫାଟିପଡ଼ିଲାଣି। ଛାତି ଭିତରେ ଧୁଡ଼ମୁଡ଼ ଚାଲିଛି। ମୁଣ୍ଡର ଟୋପି ଫନ୍ଦରେ ଝାଲଗୁଡ଼ାକ ଝୁଲୁଛି ଓଳିରୁ ବର୍ଷାପାଣି ପରି, ହାଫ୍‌ପ୍ୟାଣ୍ଟ ହାଫ୍ କାମିଜ ଓଦା ସରସର, ତଥାପି ଟେକି ହେଲାପରି ଚାଲିଛି ଦେହଟା, ଲାଗୁଛି ସତେକି ପବନରେ ଆଉକିଛି। ପର୍ବତର ମହୁଡ଼ ହୋଇଗଲା, ରମେଶ ଅଟକିଲା।

ବଡ଼ ଗଛର ବଣ କାହିଁ ତଳେ ରହିଲାଣି, ଉପରୁ ଦିଶୁଛି କଳାଧୁମର, ଯେପରିକି ପାତାଳକୁ ଓହ୍ଲାଇଯାଇଛି ଅଗନାଗ୍ନି ବନସ୍ତ। କିନ୍ତୁ ଉପରେ ଲଣ୍ଡା ଚଟାଣ, କରେ କରେ ଘାସ, ଚାରିପାଖେ ଆକାଶ।

ପର୍ବତ ଚଢ଼ିବା ଖୁବ୍ କଷ୍ଟ। ସେ ଆପଣା ପାଖେ ସ୍ୱୀକାର କଲା, ଦଳର ଅନ୍ୟମାନଙ୍କ ଆଗରେ ସେ କଥା

କହିବାକୁ ଲାଜମାଡ଼େ। ବୟସରେ ସେହି ତ ଟୋକା, ସେମାନେ ବୁଢ଼ା ବା ଦରବୁଢ଼ା, ତା' ଛଡ଼ା କର୍ମଚାରୀ ଅଧିକାରୀ ଲୋକ, ଯେତେ କଷ୍ଟ ପାଉ ତଳ ଓଠରେ ଦାନ୍ତ ମାଡ଼ିଦେଇ କାଠପରି ରହିବା ତା'ର କର୍ତ୍ତବ୍ୟ। ଓଲଟି ସେମାନଙ୍କୁ କହେ "କ'ଣ ତୁମେ ଏତିକିରେ ଥକିଗଲ ?"

ସରୁଆ ନହକା ଭେଣ୍ଡିଆଲୋକେ, ଜୋତା ମଡ଼ା ପାଦରେ ଦାଉଆ ଗୋଜିଆ ପଥର ଉପରେ ଖଟ୍ ଖଟ୍ ଡେଇଁ ଆଗେ ଚାଲିଯାଏ।

ଇଞ୍ଜିନ୍ ପରି ସାଁ ସାଁ ହୋଇ ଉପରକୁ ଉଠିଆସୁଛି ଚପରାସୀ ବିନୁ, ଓଡ଼ିଆ ରମେଶ ଉପରେ ଠିଆହୋଇ ଅପେକ୍ଷା କଲା। ବିନୁର ପ୍ରକାଣ୍ଡ ଠେକା ଧୀରେଧୀରେ ବଡ଼ ହୋଇ ହୋଇ ଉପରକୁ ଉଠୁଛି, ଯେପରିକି ଗୋଟାଏ ମାଟିଆ ବର୍ଣ୍ଣର ଅତିକାୟ ଛତୁ। ତା' ତଳେ କଳା ମିଶ୍‌ମିଶ୍ ଗେଟମ ଗାଟମ ଲୋକଟି। ନାକରେ କାନରେ ସୁନାନୋଳି, ଦେହରେ କୋଟ ପ୍ୟାଣ୍ଟ, ବନ୍ଧୁକ ବୋହିଛି ଓ ପିଠିରେ ଫଳାକ୍ସ ଝୁଲେଇଛି। ବିନୁ ଉପରେ ଆସି ଠିଆହୋଇ ହାଁ ହାଁ ହେଲା। ପାଟିକଲା – "ଏଇ ତେରେବେରେ ଖାଦୁଡ଼େ।" ରମେଶ ପଛଆଡ଼େ ତା'ର ସାଇନ୍‌ବୋର୍ଡ଼ ପରି ଠିଆହୋଇ ରହିଲା ଚପରାସୀ।

ତଳୁ ସମସ୍ୱରରେ ଗୀତ ଶୁଭୁଛି, ଗୀତର ଗହଲି ଘୋଷା ଲହରେଇ ଉଠୁଛି, "ବାଇଲେ, ବାଇଲେ –"।

ଆଗ ଜଣେ, ତା'ପରେ ଦି ଜଣ, ତା'ପରେ ଏକାଠି ଆଠଜଣ ଭାରୁଆଙ୍କ ଚେହେରା ଫୁଟି ବାହାରିଲା ଡେଙ୍ଗା ଘାସ ଉହାଡ଼ରୁ କୌପୀନପିନ୍ଧା କନ୍ଧ ଲୋକ, ଖାଲି ଦେହ। ଗୀତ ବନ୍ଦହେଲା। ବିନୁ ପାଟିକଲା, "ଖାଲି ଅଳସୁଆ ଗୁଡ଼ାକ, ଯେତେ ଗାଲିଦେଲେ ଖାଲି ପଛରେ ପଡ଼ିଥିବେ।" "ବୁଢ଼ା ହୋଇଗଲୁଁ ବେ ଆଜ୍ଞା।" ଜଣେ କିଏ ଉତ୍ତର ଦେଲା, ଲାଗିଲା ତାଙ୍କର ହସ, ସେମାନେ ଖଣ୍ଡେ ଛାଡ଼ି ବସିପଡ଼ି ପିଙ୍କା ଲଗାଇଲେ।

ବିନୁ ଫ୍ଲାସ୍କ ଖୋଲି ଚା' ଦେଲା। ଗୋଟିକିଆ ଅଁଳା ଗଛତଳେ ବସିପଡ଼ି ରମେଶ ଚା ପିଉ ପିଉ ପଚାରିଲା, "ଆଉ କେବେ ଏବାଟେ ଆସିଥିଲୁ ବିନୁ ?"

"ଆଉ ଥରେ ଆସିଥିଲି ଦି'ବର୍ଷ ତଳେ, ତା ଆଗରୁ ତ ଅନେକଥର।"

"ଆଉ କେହି ଅଧିକାରୀ ଏବାଟେ ଚାଲିଚାଲି ଆସିଥିଲେ ?"

"କେତେ ଆସିଥିଲେ ଆଜ୍ଞା! ଏ ତ ହାଟକୁ ଯିବାକୁ ପାଖବାଟ, ଯା' ଆସ ହୁଏ।"

ରମେଶର ଆତ୍ମାଭିମାନ ଦବିଗଲା। ପିଲାଦିନୁଁ ଏପର୍ଯ୍ୟନ୍ତେ ସବୁଠୁ ବେଶୀ ଆନନ୍ଦ

ସେ ପାଇଆସିଛି ସମସ୍ତଙ୍କ ଆଗରେ ରହିବାରେ। ଆଉ ସେହି ତ' ଉପାୟ, ସଂସ୍ଥାନ ପାଇଁ, ପ୍ରତିଷ୍ଠା ପାଇଁ। ଉତ୍ତର ବାଲେଶ୍ୱରର କାହିଁ ଏକ ଖଣ୍ଡ ମଫସଲରେ ଗୋଟିଏ ଦରିଦ୍ର ପରିବାରରେ ତା'ର ଜନ୍ମ। କେତେ ସଙ୍ଗୀ ଅଟକିଗଲେ ଗାଁ ଚାଟଶାଳୀରେ, କେତେ ପୁଣି ରହିଗଲେ କଲେଜ୍ ଏପାଖେ, ତା' ଗାଁରୁ ସେ ଏକା କଲେଜ୍ ଅତିକ୍ରମ କଲା, ତା ବି ସମ୍ଭବ ହେଲା ସ୍କଲାରସିପ୍ ବଳରେ। ପ୍ରତିବର୍ଷ ପ୍ରାଇଜ୍ ବହି, ପରୀକ୍ଷାରେ ଫଳ ସ୍କଲରସିପ୍, ମେଡ଼ାଲ, ଜୀବନର ବାଙ୍କେବାଙ୍କେ ଗଢ଼ଜିତା ସାଫଲ୍ୟ ଏତିକି, ରମେଶ ତା'ର ସ୍ମୃତିରେ ଗର୍ବିତ। ତା'ପରେ ଦିନେ, ସେ ଚାକିରିରେ ଯୋଗଦେଲା, ଅଚିହ୍ନା ଲୋକେ ଚିହ୍ନା ହେବାକୁ ଆସି ଦଣ୍ଡବତ କଲେ, ଚପରାସୀ ସଲାମ୍ ହେଲା, ସଞ୍ଜବୁଡ଼େ ଇନ୍ସ୍ୟୁରାନ୍ସ ଏଜେଣ୍ଟ ଜଗିବାକୁ ଆସି ଚା' ଖାଇବାକୁ ନିମନ୍ତ୍ରଣ କରିଦେଇ ଗଲେ, ବିଭାଘର ସମୟ ଆସିଲା, ସାଙ୍ଗ ପଢ଼ୁଆ ଉମେଶ ଆସି ସ୍ପଷ୍ଟ ପଚାରିଗଲା, "ଭାଇ, ତୋ ବାହାଘର ବିଷୟରେ କାହା ସଙ୍ଗେ କଥାଭାଷା ହେବା କହିଲୁ ଟିକିଏ।" ଦଣ୍ଡବତ, ଦଣ୍ଡବତ, ଚାରିଆଡ଼େ ଦଣ୍ଡବତ। ବ୍ୟକ୍ତିଗତ ଉଦ୍ୟମର ପରଖା-ପରଖିରେ ପ୍ରଥମେ ଜିତା ଜିତ ତା'ର ଆତ୍ମାଭିମାନ ପାଲଟିଲା ଆତ୍ମବିଶ୍ୱାସ, ରମେଶ ବୁଝିଲା, ସେ ଜଣେ କେହି।

ତା'ର ପଟଭୂମିରେ ସେହି ଅଗଣିତ ଲୋକେ, ଯେଉଁମାନେ କେହି ନୁହନ୍ତି।

କିନ୍ତୁ ପଦେ ପଦେ ଖେ°ଟା ଲାଗେ ଯେତେବେଳେ ସେ ଦେଖେ ଯେତେ ଆଗକୁ ମାଡ଼ିଲେ ବି ତା' ପୂର୍ବରୁ ଅନେକେ ଆହୁରି ଆଗକୁ ଯାଇଛନ୍ତି, ଯେତେବେଳେ ଦେଖିଲେ ଆଗରେ ଅନେକେ ଆଉ ତାଙ୍କୁ ଚାହିଁଲେ ସେ ଅତି ନଗଣ୍ୟ।

ଅନ୍ତତଃ ପର୍ବତ ଚଢ଼ିଲାବେଳେ ଏପରି ଲାଗୁଥିଲା; ଯେପରି ତା'ର ସଭ୍ୟ ଗୋଷ୍ଠୀରୁ ସେହି ଏ ବାଟେ ଆସିଛି ପ୍ରଥମ ହୋଇ। ସତ ନ ହେଲେ ବି କଳ୍ପନା କରି ଆନନ୍ଦ ପାଉଥିଲା। ଚା' ଦେଉଦେଉ ବିନୁ କହୁଚି – "ଏଇ ପର୍ବତ ଉପରେ ସେଠର ବଡ଼ ସାହେବ ଛାଉଣୀ ପକେଇଥିଲା, ରହିଗଲୁ ଏଠି ପାଂଚଦିନ, ସତେକି ସହର ବସିଥାଏ। ଆଉ କି ଶିକାର କି ନାଟ ତାମସା, କେତେ କଥା।"

ହଁ, ମଣିଷ ଆସିଛନ୍ତି, ମଣିଷ ଯାଇଛନ୍ତି, ଯଦିଚ ଦେଖିଲେ ଲାଗୁଚି ଏ ଅନ୍ଧାର ବଣ ସବୁଦିନ ଏହିପରି ଅନ୍ଧାରୁଆ।

"ସେକାଲର ବଣ ଆଜ୍ଞା, କାହିଁ ଆଉ ସେ!" ବିନୁ କହିଲା, "ଭାରି ବଣ ଥିଲା, ଜନ୍ତୁ ଯେ ଜନ୍ତୁ କହିଲେ ନ ସରେ। ସେ ବଣ ସରିଗଲା, କନ୍ଧମାନେ ହାଣି ପକେଇଲେ। ଏଇଠି ଥିଲା କେତେ କନ୍ଧ ଗାଁ, ବଣ ସରିବାରୁ ବାଘ ଧରି ଧରି ଖାଇଲା, ସେମାନେ ଉଠିଗଲେ।"

"ଏକାଳେ ବଣ ନାହିଁ ଆଉ ଏଗୁଡ଼ା କ'ଣ?"

"କଟା ହୋଇ ଫେର୍ ବଢ଼ିଯାଇଛି, ଯେତେ ବଢ଼ିଲେ ସେ ବଣ ଆଉ କାହିଁ ହେବ?"

ମଣିଷ ଆସିଛି, ବଣ ଭିତରକୁ ଭେଦିଛି, ଫେର୍ ହଜିଯାଇଛି, ଫେର୍ ଆସିଛି। ବଣ ପାହାଡ଼ରେ ବି ତା'ର ସୁଖ ଦୁଃଖର ଧାର ଲିଭିନାହିଁ, ଛପି ରହିଛି, ଘଞ୍ଚ ଜଙ୍ଗଲ ତଳେତଳେ ଗୋଡ଼ି ସାଲୁସାଲୁ ସରୁ ଝରଣାର ଧାରପରି।

ରମେଶର ଆମ୍ର‌ଚେତନା ଉଦାସ ହୋଇ ଧୀମେଇ ପଡ଼ିଲା ସେହି ଗଣ ଚେତନାରେ। ଭଙ୍ଗା ବିସ୍ତୃତର ଗୁଣ୍ଠ ଗୋଟେଇବାକୁ ସରୁ ହୋଇ ପିମ୍ପୁଡ଼ି ଧାରଟିଏ ଲାଗିଗଲାଣି, ରମେଶ ଚମକିପଡ଼ି ନିଘା କଲା। କହିଦେଇ ମନକୁ ମନ କହିଲା, "ଖାଲି ମଣିଷ ନୁହଁନ୍ତି ପିମ୍ପୁଡ଼ି ବି!" ଚାରି ହଜାର ଫୁଟ ପର୍ବତ ଉପରେ ମଣିଷର ଗୃହସ୍ତଲୀର ସାଥୀ ପିମ୍ପୁଡ଼ି ବି ରହିଛି। ସାମାନ୍ୟ ପିମ୍ପୁଡ଼ି ଯେପରିକି ତା'ର ଏ ପର୍ବତ ବୁଲାର ଅସଲ ଉଦ୍ଦେଶ୍ୟ ତାକୁ ସ୍ମରଣ ପକେଇଦେଲା। ଠିଆ ହୋଇପଡ଼ି ସେ ପଚାରିଲା –

"ବିନ୍ତୁ, ଚାଉଳ ଚୋରି ଧରିବା ତ?"

"ତା ଆଉ ଧରିବା ନାଇଁ? ଯୋଉବାଟେ ଗଲେ ବି ଚାଉଳ ବାହାରିବ ଯାଇ କସ୍ତ୍ତାଲସା ହାତରେ। ଅଇଛା ୧୦ଟା ବାଜିଛି, ଏଇ ଡାଲୁଟା ଓହ୍ଲେଇ ପଡ଼ିଲେ ଆମେ ସେଠି ପହଁଚିଯିବା ଦି'ଟା ଆଗରୁ। ତାପରେ ତ ଗୋଟିକି ଗୋଟି ଧରି ପକେଇବା, ଯିବେ କୁଆଡ଼େ?"

"ବେଶ୍, ଚାଲ ତେବେ ଆଉ ଡେରି ନାହିଁ।" ଏଠି ବି ବିଶ୍ରାମ ମିଳିବ ନାହିଁ ଜାଣି ବିନ୍ତୁ ବିରକ୍ତ ହେଲା। କିନ୍ତୁ ଉପାୟ ନାହିଁ। ଯାହା ଜାଣିଥିଲା ପୁଞ୍ଜାଏ ପାଂଚଟା କନ୍ଧବୋଲି ତାହାରି ବାହାଦୁରି ଦେଖାଇ କନ୍ଧ ବୋଠିଆଙ୍କ ଉପରେ ଗର୍ଜନ କଲା,

"ହେଇ, ତେରେବେରେ ହାଲାମୁଡ଼େ (ଯାଅ)।"

କନ୍ଧଲୋକେ ଗରଗର ହେଲେ। ଭଲା କଥା, ଟିକିଏ ବିଶ୍ରାମ ନାହିଁ ଖାଲି ଦୌଡ଼ ଦୌଡ଼। ମାଙ୍କଡ଼ ଖେଳିଲା ପରି ଆଦିମ କୁଭି କନ୍ଧ ଭାଷାରେ ବିନ୍ତୁ ଓ ତା'ର ପୂର୍ବପୁରୁଷଙ୍କୁ ଗାଲି ବଖାଣିଲେ। ସେମାନେ ଜାଣନ୍ତି ତାଙ୍କର ଭାଷା ଏ ବୁଝିବେ ନାହିଁ। ଏମାନେ ଖାଲି ହୁକୁମ ଦେବେ – ବୋଝ ବୁହ, ପାଣି ଆଣ, କାଠ ଆଣ। ଏତିକି ପ୍ରକାଶ କରିବାକୁ କେତେଟା କନ୍ଧ ଶବ୍ଦ କେହି କେହି ଜାଣନ୍ତି; ବିନ୍ତୁ ବି ଜାଣେ, ସୁତରାଂ ତାକୁ ମନ ଖୋଲି ଗାଲି ଦେଲେ କ୍ଷତି ନାହିଁ। ଆପଣା ଭିତରେ କୁହାକୋହି ହେଲେ – ଆଞ୍ଚାବାୟା ଲାଗିଛି ୟାଙ୍କୁ ଯେ ଏ ଦେଶର ଚାଉଳ ସେ ଦେଶର ଲୋକ କିଣି ନେଉଛନ୍ତି ବୋଲି ଏମାନେ ବଣ ଚକଟି ଚକଟି ମୃଷା ଧରିବାକୁ ଧାଇଁଛନ୍ତି।

ଭୋକ ତ ସମସ୍ତିଙ୍କୁ କରିବ, ସେଥିରେ ଏ ଦେଶ କ'ଣ, ସେ ଦେଶ କ'ଣ? ଯାହାର ଯାହା ଦରକାର ସେ ଯଦି ତାକୁ କିଣିବାକୁ ଆସିଲା, ସେଥିରେ ଅପରାଧଟା କ'ଣ ହେଲା? ଭଲା ଏ ଦେଶଟା ବି କାହାର? ଚାଉଳ ବା କମୋଉଛି କିଏ? ନା, ଏମାନଙ୍କ ନ୍ୟାୟଟା ଭିନ୍ନେ, ସେ ନ୍ୟାୟରେ ମଦ ରାନ୍ଧିଲେ ଦୋଷ, ବଣ ହାଣିଲେ ଦୋଷ, ଚାଉଳ କିଣିଲେ ଦୋଷ, ବୋଉ ବୋହିବୋହି ଦି'ଦିନ ବାଟ ଚାଲି ହାଲିଆ ହୋଇ ବସିପଡ଼ିଲେ ଦୋଷ।

କଥା ଗପିବାକୁ ବେଳନାହିଁ, ଚପରାସୀ ଗାଲି ଦେଲାଣି, ବାବୁଟା ବି ମାଡ଼ି ଚାଲିଲାଣି ଆଗେ ଆଗେ। କନ୍ଧଲୋକେ ଉଠିପଡ଼ିଲେ। ଆପଣାର ସବୁ ଅଭିଯୋଗକୁ ଏକାଠି ଗୁନ୍ଥି ଗୀତ ଫାନ୍ଦିଦେଲେ। ତା' ପଛରେ ତୁହାଇ ତୁହାଇ ସେହିଁ ଏକା ଘୋଷା, – "ବା'ଇଲେ – ବା'ଇଲେ–?"

ସାମ୍ନାରେ ମହାବଣ, ତାହାରି ତଳେତଳେ ପର୍ବତ ଢାଲୁରେ ଛପିଲା ସୁଡ଼ଙ୍ଗ ପରି ତଳକୁ ତଳକୁ ବାଟ। ପଛରୁ ସମସ୍ୱରରେ କନ୍ଧ ଗୀତ ରମେଶକୁ ଆନନ୍ଦ ଦେଇଥିଲା। କେଡ଼େ ସୁନ୍ଦର ଶୁଭୁଛି। କ'ଣ ତା'ର ଅର୍ଥ ହୋଇଥିବ। ନିଶ୍ଚୟ କୌଣସି ଏକ ଜାତୀୟ ଗାଥା।

"ବିନୁ!", ରମେଶ ରଡ଼ିଲା।

ମନେମନେ ତାକୁ ଗାଲି ଦେଇଦେଇ ପଥର ଉପରେ ଟଳଟଳ ହୋଇ ବିନୁ ତା' ପାଖକୁ ଚମକିଗଲା। ତା'ର ବୟସ ପଞ୍ଚାବନ, ମୁଣ୍ଡ ମାଟିରେ ଚନ୍ଦା, ଛ'ଟି ଦାନ୍ତ ପଡ଼ିଗଲାଣି। ଏ ବୟସରେ ପାହାଡ଼ଚଢ଼ା ତା' ଦେହକୁ ସହେ ନାହିଁ, ଦେହ ଖୋଜେ ସୁସ୍ତି, ମଠମଠ ଚାଲି। କିନ୍ତୁ ଏ ଟୋକା ଅଧିକାରୀ ତରତର କରିଦିଏ, ଅମଡ଼ା ମଡ଼ାଏ, ଆପେ ବାୟା, ପରକୁ ବାୟା ଲଗାଏ। ବିନୁର ଖାଇବାକୁ ଅଭାବ ନାହିଁ, କିନ୍ତୁ ଚାକିରି ଚାଲିଗଲେ ତା'ର କ୍ଷମତା ଚାଲିଯିବ, କଳାହରଣ ହୋଇ ସେ ହେବ ସାମାନ୍ୟ ଏକ ଦେଶୀୟା, ଜୀବନ୍ୟାକ ବାଘ ପଛେପଛେ ବିଲୁଆ ପରି ସେ ଦେଶୀୟାଙ୍କ ଉପରେ ଚରିଛି, ପୁଣି ନିଜେ ଦେଶୀୟା ହୋଇ ପଡ଼ିରହିବାକୁ ହେବ ଭାବିଲେ ଜୀବନ ଉପରେ ଧିକ୍କାର ଜନ୍ମେ। ସେହି ଭୟରେ ବିନୁ ପାହାଡ଼ ଚଢ଼େ।

"ବିନୁ, ଏମାନେ ଭାରି ସୁନ୍ଦର ଗୀତ ଗାଉଛନ୍ତି।"

"ଭାରି ସୁନ୍ଦର ଆଜ୍ଞା।"

"କ'ଣ ୟାର ମାନେ?"

ବିଜ୍ଞ ଲୋକ ପରି ପଗଡ଼ି ହଲେଇ ଦି'କଳ ପାନ ଭିତରୁ ଅବୁଝା କନ୍ଧ ଗୀତର ଅର୍ଥ ଫାନ୍ଦି ଦେଇ ବିନୁ କହିଲା – "ଏଇଟା ସେଇ ଚଇତ୍ ପରବର ଗୀତ ଆଜ୍ଞା।"

"କ'ଣ ଯାର ମାନେ ?"

"ଖାଲି ଧାଂଡ଼ି ଧାଂଡ଼ି କଥା, ସେଇ ପୁରୁଣା କଥା- ଯେମିତି କହନ୍ତି ନାଙ୍କ-ତତେ ଦେଖି ମୋର ବଡ଼ ଶ୍ରଦ୍ଧା, ଏ ଜାଇଫୁଲ। ତୁ କେବେ ମୋ ଘରକୁ ଆସିବୁ ? ଏଇ ଜାଇଫୁଲ।" ବିନୁ ହସିଲା।

ରମେଶ କହିଲା, "ସବୁଦିନେ ଯ଼ାଙ୍କର ଏଇ ଗୀତ ?"

"ସବୁଦିନେ ଆଜ୍ଞା।"

"ବାଇଲେ ଅର୍ଥ କ'ଣ ଯ଼ୁଇଫୁଲ ?"

"ଠିକ୍ ଧରିଚନ୍ତି ଆଜ୍ଞା, ଆପଣ ଏମିତି ଶିଖିବସିଲେ ଭାରି ଚଂଚଳ ଯ଼ାଙ୍କ ବୋଲି ଶିଖିଯିବେ।"

ରମେଶ ଖୁସି ହେଲା, ପଚାରିଲା "ଯେତେ ବୁଢ଼ା ହେଲେ ବି ଏଇ ଗୀତ ?"

"ଆମ ଦେଶରେ କେହି ବୁଢ଼ା ହୁଅନ୍ତି ନାହିଁ।"

ରମେଶ ମନେମନେ ଲେଖ ରଖିଲା – 'ବାଇଲେ' ମାନେ ଯ଼ୁଇ ଫୁଲ କନ୍ଧମାନେ ଖାଲି ଘେନାଘେନି ଗୀତ ଗାଆନ୍ତି।

ରମେଶକୁ ଭୂତେଇ ଦେଇ ବିନୁ ବି ଖୁବ୍ ଖୁସି ହେଲା।

କନ୍ଧ ବୋଇଆ ଗୀତରେ ଗୀତରେ ଚପରାସୀ ଓ ଅଧିକାରୀମାନଙ୍କୁ ଗାଲି ଦେଇ ଦେଇ ଚାଲିଲେ, ଗାଇ ଚାଲିଲେ ଆପଣଙ୍କର ଦୁଃଖ ଦୁର୍ଦ୍ଦଶା। ବାଟରେ ଦେଖାପଡ଼ିଲେ ପଞ୍ଚ ପଞ୍ଚ ହାଟମୁହାଁ କନ୍ଧ ବାଟୋଇ। ଗୀତ ଶୁଣି ହସିଉଠିଲେ ଗୀତରେ ଗୀତ ଯୋଡ଼ିଦେଲେ। ସମଦୁଃଖୀ ସେମାନେ, ଏକା ଉପହାସରେ ଭାଗୀ।

ଗୀତ ଗାଇଗାଇ ପାଟି ଘୋଲି ହେଲେ ବୋଇଆ ତୁନିପଡ଼ନ୍ତି, ବିନୁ ଗର୍ଜନ ଛାଡ଼େ – "ହେଲେ ଗୀତ ଗା, ଗୀତ ଗା।"

"ଆମ ଦେଶରେ କେହି ବୁଢ଼ା ହୁଅନ୍ତି ନାହିଁ।" ଅପଣାର କଥା ବିନୁର ଆପଣା ଆଗେ ନୂଆ ରୂପ ଧରି ଠିଆହେଲା। ସେ ତା'ର ସାନ ଭାରିଆ, ତୃତୀୟ ପକ୍ଷ। ଆଗର ଦୁଇ ଭାରିଆ ଅଛନ୍ତି, ତଥାପି ବର୍ଷେ ହେଲା ସେ ଆସିଛି। ଅଧିକ କନ୍ୟାସୁନା ଦେଇ ତା'ର ବାପା ମା'ଙ୍କୁ ମଞ୍ଜେଇ ଅନ୍ୟଜଣକ ଆଶା ମୁହାଁରୁ ସେ 'ଗୋରୀ'କୁ ଏକ ପ୍ରକାର ଛଡ଼େଇ ଆସିଛି। ଏ ବଣ ଦେଶରେ ଛଡ଼େଇ ଆଣି ପାରିନାହିଁ ପାରିଲାପଣ, ସେଥିରେ ମଣିଷ ଜନ୍ତୁକୁ ଟପିଯାଏ। କିନ୍ତୁ ବିନୁର ଏ ପାରିଲାପଣ ଉଦ୍ଧାଡ଼ରେ ଥିଲା ଜୀବନ ଗୋଟାକର କ୍ଷୋଭ। ତା'ର ତୋଟା ଅଛି, କ୍ଷେତ ଅଛି, ଘର ଅଛି, ଗାଇଗୋରୁ ଅଛନ୍ତି; କିନ୍ତୁ ସନ୍ତାନ ନାହିଁ। ବୟସ ଯହୁଁ ସରିସରି ଆସୁଛି, ତହୁଁ ସେ ବେଶୀବେଶୀ ଅନୁଭବ କରୁଛି ତା'ର ପୁଅଟିଏ ଦରକାର। ବାଟେବାଟେ ଖାଲି ତା'ର ଗୋରୀ

ମନେପଡୁଛି । ଦି'ସଉତୁଣୀ ତାକୁ ଦେଖିପାରୁଥିବେ ତ ? ମନ ରାଜି ନ ହେଲେ ଏ ଦେଶରେ ସ୍ତ୍ରୀ ପଳେଇ ଯାଏ – ଗୋରୀ ମନ କଷ୍ଟ କରୁନଥିବ ତ ? ଆଉ ସେ ଭେଣ୍ଡିଆ ଚପରାସୀ, ଯାହା ନାଁ ବିଶି, ଲେଖାଯୋଖାରେ ଟାଣି ଓଟାରି ବିନୁର ନାତି ସମ୍ପର୍କ ହୁଏ, ଖାସ୍ ଆଉମାନଙ୍କ ସଙ୍ଗେ ଥଙ୍ଗା ଲାଗିବାକୁ ଆସି ଓଳି ଓଳି ବିତେଇଦିଏ, ସେ କ'ଣ କରୁଥିବ ?

"ବିନୁ !"

"ଆଜ୍ଞା"

"ଆଚ୍ଛା ଏ ଚାଉଳ ଆଗରୁ ଧରା ପଡୁନାହିଁ କାହିଁକି ? ଲୁଟା ଚୋରାରେ ମାଦ୍ରାଜ୍ ଇଲାକାକୁ ଚାଲାଣ ହେବାପାଇଁ କେଉଁଠ ତ ଗଦା ହୋଇଥିବ, ହାଟ ଲାଗୁ କି ନଲାଗୁ ସେଉଠୁ ବେପାରୀମାନେ ବୋହି ନେଉଥିବେ, କୋରାପୁଟରୁ ଆସିଲେଇଁ ଚାରିଦିନର ବାଟ, ଏତେ ଗାଁ ବୁଲିଲେଇଁ ଏତେ ଜାଗା ଦେଖିଲେଇଁ କାଇଁ ସେମିତି ତ ଆମ ଆଖିରେ ପଡ଼ିଲା ନାହିଁ । କଥା କ'ଣ ?"

"ସେମିତି ଏକାଠି ବେଶୀ ବେଶୀ ଚାଉଳ ଗଲେ କ'ଣ ଲୋକ ଦେଖାଣିରେ ଚାଲିଯାଆନ୍ତା ?" ବିରକ୍ତ ଅବସ୍ଥାରେ କଥାଟା କହିଦେଇ ବିନୁ ପଞ୍ଚେଇଲା । ସେ ନିଜେ ତା' କ୍ଷେତର ଶହେ ମହଣ ଚାଉଳ ଚଢ଼ା ଦରରେ ପଦାକୁ ପଠେଇ ପାରିଛି । ସେ ବିଶ୍ୱାସ କରେ, ଯେଉଁଠ ସମାଜର ନୀତି ଯେ ଯେଡ଼ା ପାଦରେ ଯେଡ଼ା ଠିଆ ହେବେ, ପ୍ରତ୍ୟେକେ ଆପଣା ଶିଙ୍ଗରେ ମାଟି ଖୋଲିବେ, ସେଠି ପରକୁ ଠେଲିବା ପରର ଗୋଡ଼ ଧରି ଓଟାରି ଦେବା ପର କାନ୍ଧରେ ଜବରଦସ୍ତି ଲାଉ ହେବା ବା ପରକୁ ଚିତା କାଟିବା ଉଦ୍ୟୋଗୀ ଲୋକ ପକ୍ଷରେ ଆପେ ଆସେ, ନ ହେଲେ ନିଜେ ବଡ଼ ଲୋକ ହେବା ଅସମ୍ଭବ । ଯେଉଁଠ ନିଜ ପାଇଁ ନିଜ ଛଡ଼ା କେହି ନାହିଁ ସେଠି ସମଷ୍ଟିଙ୍କ ସମୂହ କଲ୍ୟାଣ କଲାଭଳି ନିୟମକୁ ଚଲାଇ ଲୋକ ନିଜ ସ୍ୱାର୍ଥ ପାଇଁ ଭାଙ୍ଗିବା ହିଁ ସ୍ୱାଭାବିକ ଓ ଉଚିତ୍ ବୋଲି ସେ ଭାବେ । ଧରା ପଡ଼ିଯିବାକୁ ଡରେ । କଥା ବାଁରେଇ ଦେଇ କହିଲା – "ଏକାଠି ବେଶୀ ବେଶୀ ଚାଉଳ କୌଣସି ଜଣକ ହାତରେ ପଦାକୁ ଯାଇନାହିଁ । ଆଜ୍ଞା, ସେମିତି ହୋଇଥିଲେ ଆମ ଆଖିରେ ପଡ଼ିଥାନ୍ତା, ଲୁଚନ୍ତା କୋଉଠି ? ହାଟକୁ ଗଲେ ଆପଣ ଦେଖିବେ କିଏ ପାଂଚ ସେର, କିଏ ଦଶ ସେର କରି ଚାଉଳ କିଣି ନେଇ ଯାଇଛନ୍ତି ଏମିତି ଶହଶହ ତଳ ଦେଶର ଲୋକ । ଦି'କୋଶ ଛାଡ଼ି ମାଦ୍ରାଜର ସୀମା, ସେଠି ସାହୁକାର ବସିଥିବେ, ଶଗଡ଼ ଥିବା ପାଖେ ଚାଉଳ ପୂରେଇବାକୁ ବସ୍ତା ପାଖେ ଟଙ୍କା ମୁଣି । ନ ହେଲେ ଡାକରି ଟଙ୍କାରେ ମୁଣ୍ଡ ବୋଉଁଆ ଚାଉଳ କିଣି ଆଣିଥିବେ । ସେ ଚାଉଳ ଜମା ହେବ । ବସ୍ତାରେ ପଶିବ । ଚାଲିବ ଶଗଡ଼

ବିଶାଖାପାଟଣା, ପାର୍ବତୀପୁର, ବୋବିଲି, ମକୁଆ । ବେପାରୀ ଲୋକର କଥା ଅଲଗା ଆଃଖା – ”

"ବେପାରୀ ହାତରେ ପଡ଼ିବା ପୂର୍ବରୁ ସେଇ ଚାଉଳ ଆମେ ଧରିଦେବା ? ଗମ୍ଭୀର ହୋଇ ରମେଶ କହିଲା ।

ତା'ର ଆଖିରେ ଝଟକୁଥିଲା ଶିକାରୀ ଆଖିର ଆଲୁଅ ।

ମନରେ ଗୋଟିଏ ରାଗ – ଆମର ଚାଉଳ କାହିଁକି ସେମାନେ ବୋହିନେବେ ? ଏଇଟା ଯେପରିକି ତା'ର ବ୍ୟକ୍ତିଗତ ଅଧିକାର ଉପରେ ହସ୍ତକ୍ଷେପ ।

'ଆମର' କହିଲାବେଳେ ତା'ର ବ୍ୟକ୍ତିତ୍ୱ ବୁଝେ ଖାଲି ଗୋଟାଏ କଥା – ସେ ଓଡ଼ିଆ । ତା ପଛରେ ଓଡ଼ିଶାର ଇତିହାସ ଓ ସେ ଇତିହାସରେ ପଡ଼ିଶା ଦେଶ ଉପରେ ରାଜ୍ୟ ବିସ୍ତାର, ଯୁଦ୍ଧ ଜୟ, ସାମ୍ରାଜ୍ୟ ସ୍ଥାପନ । ଅତୀତର ଧୂଳିଗଦା ଓ ଭଙ୍ଗା ଇଟାକୁଢ଼ରୁ ବର୍ତ୍ତମାନର ଖ୍ୟାତିହୀନତାକୁ ସେ ଫେରିଆସେ, ମନର ଓରମାଣ ମେଂଟାଇବାକୁ ପଡ଼ୋଶୀ ଦେଶ ଉପରେ ଦୋଷ ଢାଲିଦିଏ ।

"ଖାଇ ଖାଇ ଖତିରା କରିଦେଲେ ଦେଶ ଗୋଟାକୁ, ଆଉ ଫେର୍ କ'ଣ ?”

ବଣ ବାଟରେ ଶିକାର ମନେପଡ଼େ ।

ରମେଶର ମନରେ ଛାଇଯାଏ ଚାଉଳ ଶିକାରର ନିଶା ।

"ଧରି ପାରିଲେ –” ଦାନ୍ତରେ ଦାନ୍ତ ଘଷି ସେ କହେ । ଧରିପାରିଲେ କ'ଣ କରିବ ସେ ଜାଣେ ନାହିଁ ।

ତରତର ହୋଇ ତଳକୁ ତଳକୁ । ମାଘର ପାଗ ଓ ବାଟର ତାତି ମିଶିଯାଇ ବସନ୍ତର ଅନୁଭୂତି ଆଣୁଛି, ଯୁଆଡ଼େ ଚାହିଁଲେ ପରିପୂର୍ଣ୍ଣ ଗଛପତ୍ରର ଶୋଭା । ଗଡ଼ାଣି ଶେଷରେ ବାଟ କରରେ ତଳମାଲର ଗାଁଟିଏ ପଡ଼ିଲା । ଆମ୍ବ ତୋଟା, କ୍ଷେତ, ଖଳା, ଧାଡ଼ି ଧାଡ଼ି ଘର । ଯିବା ବାଟରେ ପିଲାଟିଏ ଠିଆ ହୋଇଥିଲା, ଅଚିହ୍ନା ଲୋକ ଦେଖି ଭେଁକିନା କାନ୍ଦି ମା'କୁ ଡାକିଡାକି ଦଉଡ଼ି ପଳେଇଲା । ସେହି ହେଲା ସଂକେତ, ବାନ କରରେ ଖୁଂଟିରେ ବନ୍ଧା ହୋଇଥିବା ବାଛୁରୀମାନେ ପଘାରୁ ଉହୁଙ୍କି ହୋଇ ହମାରଡ଼ି ଦେଲେ । ସ୍ତ୍ରୀ ଲୋକମାନେ ଆଡ଼ଲୁଟା ହୋଇ ମିଟିମିଟି କରି ଅନେଇଁ ରହିଲେ । ଗାଁ ଲୋକ ଗୋଟିଗୋଟି ହୋଇ ପାଖକୁ ଆସିଲେ । ରମେଶକୁ ଲାଗିଲା, ଏ ଦୃଶ୍ୟ ତା'ର ଚିହ୍ନ ଚିହ୍ନା । ପାଦ ଆପେ ଘୋଷାରି ହେଲା । ଝଙ୍କା ଗଛ ଛାଇରେ ଅଟକି ରହି ସେ ପଛକୁ ଅନେଇଲା । ପ୍ରକାଣ୍ଡ ମନଗଢ଼ା ଭୂତପରି ପର୍ବତଟା ପଛରେ ଠିଆହୋଇଛି । ଧକେଇ ଧକେଇ ବିନୁ ଆସୁଛି, ଦୌଡ଼ିଦୌଡ଼ି ଆସୁଛନ୍ତି ବୋଉଆ ।

"ଏଠି ଭଲ ପାଣି ମିଳିବ ବିନୁ ?”

“ମିଳିବ ।” ବିନୁ ତତ୍ପର ହେଲା । ବୋକଟା ଖୋଲି ଲୋଟା ଗିଲାସ ବାହାର କରି ଗାଁକୁ ଗଲା । କନ୍ଧ ବୋଡିଆ ବସି ବସି ଝାଲ ମାରିଲେ । ରମେଶ ଅପେକ୍ଷା କଲା ।

ଅଳ୍ପ ସମୟ ଭିତରେ କୁଆଡୁ ଆସି ପହଞ୍ଚିଗଲା ଗୋଟାଏ ଦଉଡିଆ ଖଟ, ଜଣେ ଗୋଟାଏ ଲୋଟାରେ କିଛି ଗରମ ଦୁଧ ଆଣି ଠିଆହେଲା, ଆଉ ଜଣେ ଆଣିଲା ଫେଣାଏ ପାଚିଲା କଦଳୀ, ତେଲେଙ୍ଗୁ, ଓଡ଼ିଆ, କୋନ୍ଧଦୋରା ମିଶି ଗାଁର ସାତଜଣ ରଇତ ଆସି ଅନୁନୟ କଲେ –

“ଖରା ବହୁତ ହେଲାଣି, ଦୟାକରି ଏଠି ଟିକିଏ ବିଶ୍ରାମ ନେଇ ଗଣ୍ଡିଏ ଖାଇ କରି ନ ଗଲେ ଗାଁଲୋକଙ୍କ ମନ କଷ୍ଟ ହେବ ।”

ବିଶ୍ରାମ !

ରମେଶ ହସିଲା । ବାଟେବାଟେ ସେହି ନିମନ୍ତ୍ରଣ । ସତେକି ଚାରିଆଡ଼େ ବଣ ଜଙ୍ଗଲ ଘେରେଇ ହୋଇ ମଣିଷ ମଣିଷକୁ ହିଁ ଆଉଜିବାକୁ ଖୋଜେ । ଅଟକିଯାଥ, ରହିଯାଥ ଆଜି ରାତିଟା ଆମ ଗାଁରେ । ଚିହ୍ନା ଗଛର ଛାଇ, ଅଧଚିହ୍ନା ଚାଲ ଭିତରୁ ମଥୁଆ ମଥୁଆ ଚୁଲି ଧୁଆଁ ସାଧାରଣ କାମରେ ବ୍ୟସ୍ତ ପୁରୁଷ ସ୍ତ୍ରୀ । ସେ ବଣଠୁ ଭିନେ, ପର୍ବତରେ ଥାଇ ପର୍ବତଠୁ ଭିନେ ।

ତଥାପି, ଚାଲିବାକୁ ହିଁ ହେବ । ପଛ ଗାଁର ବାଟର ସ୍ନେହ ଲାଗି ରହିଥିବ ଖଣ୍ଡେ ଦୂର, ତା’ପରେ– ପବନରେ ଉଡ଼ିଯିବ ।

ବିନୁ ପାଣି ଘେନି ଆସିଲା । ପାଣି ପିଇସାରି ରମେଶ କହିଲା, “ଯିବା ଚାଲ ।”

ଏଥର ବୁଢ଼ୀଟିଏ ଆସି ବାଟ ଓଗାଲିଲା । ହସି ହସି କହିଲା, “ଏତେ ବେଳଟାରେ ଅଣିଆ ଯିବୁ ପୁଅ, ମା’ ପାଖରେ ଥିଲେ ଏମିତି ଛାଡ଼ି ଦିଅନ୍ତି ? ଏ ଗାଁରେ କ’ଣ ମା ଭଉଣୀ ତୋର ନାହାନ୍ତି ?”

ସମସ୍ତେ ହସିଲେ । ବୁଢ଼ୀଟି କନ୍ଧ ତେଲେଙ୍ଗୁ ମିଶାମିଶି କୋନ୍ଧଦୋରା ଜାତିର । ଏଗାଁରେ କ’ଣ ମା’ ଭଉଣୀ ତୋର ନାହାନ୍ତି ।

ରମେଶ ଆଖି ଉପରେ ଯେପରିକି ଛାଲ ଲଦି ହୋଇପଡ଼ିଲା ।

ନିଜକୁ ନିଜେ ବଡ଼ ପାଟିରେ କହିପକାଇଲା – “ନା–ନା–ନା, ଯିବାକୁ ହେବ, ବହୁତ କାମ ।” ଆପଣଙ୍କୁ ଓଟାରି ନେଇ ଚାଲିଲା ।

ସ୍ମୃତିରେ ରହିଗଲା ସେହି ବୁଢ଼ୀର ମା–ମୁହଁପରି ମୁହଁର ଛାଇ !

ମା’ର ଆଖି ପଟକୁ, ଆଉ ତୁଣ୍ଡରେ ଆହା ପଦ । ତା’ର ଅନ୍ୟ ଜାତି ନାହିଁ, ଭାଷା ନାହିଁ, ସେ ମା ।

ଚାଉଳ ଧରା ପାସୋରିଗଲା। କିନ୍ତୁ ପୁଣି ମନେପଡ଼ିଗଲା ଯେତେବେଳେ ଖଣ୍ଡେ ଦୂରରେ ସେ ଦେଖିଲା, ହାଟୁଆ ଚାଲିଛନ୍ତି, ଭାର ଭାର ଚାଉଳ।

"ବିନୁ, ହାଟ ଆଉ କେତେ ବାଟ?"

"ହେଇ ଆଗରେ ଆଜ୍ଞା, ପହଁଚିଗଲେ।"

"ହୁସିଆର ହଲ୍ଲା କରିବ ନାହିଁ।"

"ନାହିଁ ଆଜ୍ଞା, ଆରେ କନ୍ଧମାନେ, ଆଉ ଗୀତ ବୋଲ ନାହିଁ, ପାଟିକର ନାହିଁ, ତୁନି ତୁନି ଚାଲ।" ବିନୁ ହସି ଦେଇ ବୋଝିଆମାନଙ୍କ ପାଖକୁ ଚାଲିଗଲା। ବଣ ଭିତରେ ଶିକାର କରି ଗଲାପରି। ପଦରେ ତୁନି ତାନି, ମନ ଭିତରେ ଚହଲ। ରମେଶ ତରତର ହୋଇ ତା'ର କର୍ମପନ୍ଥା ବିଷୟରେ ଭାବିଗଲା। ଚାଉଳର ଚୋରା ଚାଲାଣ ଖାଲି ଅଟକେଇ ଦେଇ ସେ ନିଶ୍ଚିନ୍ତ ହେବ ନାହିଁ। ପକ୍କା ବନ୍ଦୋବସ୍ତ କରିଦେଇଯିବ। ରିପୋର୍ଟ ଲେଖିବ। ପ୍ରଶଂସା ପାଇବ। ଏହିପରି ପ୍ରଶଂସା ପାଇ ପାଇ ଶୀଘ୍ର ସେ ଉନ୍ନତି କରିବ। ପରୀକ୍ଷାରେ ସମ୍ମାନ ପାଇଲାପରି ସେ ବି ଏଇ ପୁରସ୍କାର ପାଇବାକୁ ହକ୍‌ଦାର ସେ, ନହେଲେ ଏତେ ବଣବୁଲା, ଖରାରେ ଶୀତରେ। ସତେକି କଙ୍ଗୋ ଆଫ୍ରିକାରେ ଲିଭିଂଷ୍ଟୋନ। ସେ ଯାଇଥିଲେ ଗୋଟାଏ ନଦୀର ଉପୁଭି ସ୍ଥଲ ଆବିଷ୍କାର କରିବାକୁ, ସେ ଯାଉଛି ଚାଉଳ ରପ୍ତାନୀର ଚୋରା ମୁହାଁ ଆବିଷ୍କାର କରିବାକୁ। ଭାବି ଆନନ୍ଦ ଲାଗିଲା। ଆପଣା ସୁଦକ୍ଷପଣରେ ଆପେ ଅଭିଭୂତ ହୋଇପଡ଼ିଲା।

କିଛି ଆଗରେ ବାଟ କରରେ ଗଛ ତଳେ ଗୋଟିଏ ପରିବାର ରୋଷେଇ ସାରି ଖିଆପିଆ କରୁଛନ୍ତି। ଉତାଣ ପିଲାଟିଏ ମାଟିରେ ଚିତ୍ ହୋଇ ଗୋଡ଼ ହାତ ଛାଟିଛାଟି କାନ୍ଦୁଛି। ଫୁରୁଫୁର ମୁଣ୍ଡି, ଜୀର୍ଣ୍ଣଶୀର୍ଣ୍ଣ ହୋଇ ଯୁବତୀଟିଏ ତା' ଖାଇବା ପତ୍ର ଛାଡ଼ିଦେଇ, ଅଇଁଠା ହାତରେ ଛାତି ଉପରୁ ଛିଣ୍ଡା ଲୁଗା କେରାକ ଓଟାରି ଦେଇ କ୍ଷୀର ଦେବାକୁ ଧାଇଁଗଲା, ମା'ର ଚୀର ଦରଶୁଖିଲା, କନାପରି ଓହଲିଛି। ପିଲାଟିକୁ ଜାକିଧରି ବିଦେଶୀ ଆଗନ୍ତୁକୁ ଅନେଇଁ ରହିଲା। ସତେକି ଦେହ ନାହିଁ, ଖାଲି ମୁଣ୍ଡର ଅଲରା ବାଳ ଆଉ ଉଦାସ ମଳିନ ଆଖି ଦୋଟି। ସେ ଆଖିରେ ନାହିଁ ସମ୍ବାଦ ପାଇଁ ଆଗ୍ରହ, କାହାର ବଢ଼ତି ପ୍ରତି ଭୃକ୍ଷେପ, ଦୁନିଆଁ ଆଡ଼କୁ ଖୋଲାଥିଲେ ବି ଭିତରକୁ ତା'ର ଦୃଷ୍ଟି କାହିଁ ତଳକୁ, ତଳିତଳାନ୍ତ ଜୀବନୀଶକ୍ତିର କାନ୍ତି ଉପରକୁ, ଯେଉଁଠି ଶେଷ କ୍ଷୁଧା ବି କାଟେ, ଶେଷ ସ୍ନେହ ବି ସନ୍ତାନକୁ ଆଉଁଡ଼େଇ ରଖେ। ଆଉ ତିନିଜଣ ଭାତ ଖାଉଛନ୍ତି, ବୁଢ଼ା, ବୁଢ଼ୀ, ଭେଣ୍ଡାପୁଅ। ଖାଲି ହାଡ଼, ଚମ, କୋରଡ଼ ଆଉ ବେତାଏ ଲେଖାଁ ବାଳ। ଆଉ ଚଟଚଟ ଆଖି। ଖାଇବା ଭାତ ଶିଆଲିପତ୍ର ଉପରେ ଉପରେ ଚକଟକ କରୁଛି। ଭାତ ଖିଆ, ଖିଆ ନୁହେଁ, କୁକୁରପରି ଗାବୁଗାବୁ କରି ଗୋଫା ମାରିବା। ଗଛ ତଳେ ଫଦ

ଭଙ୍ଗା ଚେପା ଡେକ୍‌ଚି ହାଣ୍ଡି ଓ ଚୁଲି । ଏକାଠରେକେ ସମୁଦାୟ ଦୃଶ୍ୟ ରମେଶକୁ ଯେପରି ଆକ୍ରମଣ କଲା ।

"ବିନୁ, କିଏ ସେ ଏମାନେ ?"

"ତଳ ଦେଶର ତେଲୁଙ୍ଗୁ ଲୋକ ଆଜ୍ଞା, ପେଟ ବିକଳରେ କେତେ ଏମିତି ଏ ଜଙ୍ଗଲରେ ପଲପଲ ହୋଇ ବୁଲୁଛନ୍ତି ।"

"ଘର କୋଉଠି ?" – ବିନୁ ପଚାରିଲା ।

ତିନିଥର ପଚାରିଲା ପରେ ଖାଇବା ପତ୍ରୁ ମୁହଁ ନ ଟେକି ବିରକ୍ତ ହେଲାପରି ବୁଢ଼ା କହିଲା– "ସୀମାଚଲମ୍ ।"

ବିନୁ ରମେଶକୁ ବୁଝେଇଦେଲା, ଏ ଆସିଛି ତିରିଶ କୋଶ ଦୂରରୁ । ସୀମାଚଲମ୍ ! "ଆଗେ ତ ଆମ ଓଡ଼ିଶାରେ ଥିଲା ।" ଓଡ଼ିଶା ଇତିହାସ ମନେ ପଡ଼ିଗଲା, ପର୍ବତପରି ଠିଆହେଲା, ମାଟି କୁଦପରି ସାନ ହୋଇଗଲା, ଗହୀର ହୋଇ ମିଶିଗଲା ସେହି ଭୋକିଲା ଯୁବତୀମା'ର ଆଖି ଦିଓଟିରେ । ପିଲାକୁ କ୍ଷୀର ଦେଉଛି, ଆଉଁସୁଛି । ଓଡ଼ିଶାରେ ଆଉ ନାହିଁ ସେ ଦେଶ, ପୃଥିବୀରେ ଅଛି, ସେ ଦେଶରେ ମଣିଷ ଅଛନ୍ତି, ତାଙ୍କର ଭାତ ନାହିଁ ।

"ବହୁତ ଏମିତି ବୁଲୁଛନ୍ତି ଆଜ୍ଞା, ବଣ ଜଙ୍ଗଲକୁ ଡରୁନାହାନ୍ତି, ବାଘ ଭାଲୁକୁ ଡରୁ ନାହାନ୍ତି, ସବୁଠୁ ବଡ଼ ଡର ତ ଆପଣା ପେଟକୁ, ଆଉ କାହାକୁ ?"

"ସତ କଥା, ସତ କଥା" କନ୍ଧ ବୋଟିଆ ପାଲି ଧରିଲେ, ସେମାନେ କଟିକି ଲାଗି ଆସିଲେଣି । ବୁଢ଼ା କନ୍ଧ କହିଲା – "ଭୋକ ଲାଗିଲେ କି ଦୁଃଖ ପଡ଼ିଲେ ସମସ୍ତେ ସମାନ । ହେଇ ଦେଖ ଆମକୁ କେଡ଼େ ଭୋକ ଲାଗିଲାଣି । କେଉଁଠି ଭାତିଆ ଦବ ଯେ ଚପରାସୀ ବାବୁ ।"

ଚୁପ୍ ହୋଇ ରମେଶ ଆଗେ ଆଗେ ଚାଲିଲା ।

ହଠାତ୍ ଲାଗିଲା, ଯେପରିକି ତା'ର ଉଦ୍ଦେଶ୍ୟ ଗୋଲମାଲ ହୋଇଯାଇଛି । ସେ ନ୍ୟାୟ କରିବାକୁ ଚାହେଁ । କିନ୍ତୁ ନ୍ୟାୟର ସଂଜ୍ଞା ଭୁଲି ହୋଇଯାଇଛି ।

ସିଧା ବାଟରେ ଚଲନ୍ତି ନୀତି ଉପରେ ହିଁ ସେ ନିର୍ଭର କରିଛି, ମୁଣ୍ଡପାତି ଘେନିଛି ଛପା ଆଇନକୁ, ଲେଖା ନିୟମକୁ, ତା'ପଛ ଆଡ଼କୁ ଉଙ୍କି ମାରିବା ହିଁ ତା ପକ୍ଷରେ ଦୋଷାବହ ବୋଲି ହୃଦବୋଧ କରିଛି । ବର୍ତ୍ତମାନ ବି ସେହିପରି । କେବେ କେବେ ଦେଖିଛି ଛପା ଆଇନ୍ ଓ ଦାଣ୍ଡନ୍ୟାୟ ପଡ଼ିଛି ଅମେଳ, କିନ୍ତୁ ମନକୁ ଆଶ୍ୱାସ ଦେଇଛି, କର୍ତ୍ତବ୍ୟ କଠୋର ହିଁ, ସେ ଯନ୍ତର ଘୂର୍ଣ୍ଣନ । ପେଟ ବିକଳରେ ଜଣେ ଚୋରି କରିଛି, ବର୍ଷକର ପିଲାକୁ ଛାତିରେ ଜାକି ଗର୍ଭିଣୀ ସ୍ତ୍ରୀ କଟିରିଘର ପିଣ୍ଠାରେ ଗଡ଼ିଗଡ଼ି କାନ୍ଦିଛି,

ତା'ର ପୋଷଣାହାରି ଆଉ କେହି ନାହିଁ, କିନ୍ତୁ ଚୋର ଜେଲ ଯିବା କଥା, ଜେଲ ଯାଇଛି। ଜଣେ ପାଂଚଥର ଚୋରି କରି ଦଣ୍ଡ ଭୋଗିଲାଣି, ଷଷ୍ଠଥର କାହା ବାରିରୁ କଖାରୁଟିଏ ଚୋରି କରି ଧରା ପଡ଼ିଛି। ପୂର୍ବ ଦୁଷ୍କୃତ ପାଇଁ ଦଣ୍ଡ ବଢ଼ିଯିବା ନିୟମରେ ତାକୁ ହୋଇଛି ବର୍ଷେ ଜେଲ, ସେ ଯାଇଛି। କଠୋର ଏ କର୍ତବ୍ୟର ଧାରା, ଯନ୍ତର ଘୂର୍ଣ୍ଣନ। ଚାଉଳ ଧରିବାକୁ ହିଁ ହେବ।

ହାଟରୁ ଘୋ ଘା ଶୁଭିଲା। ଗୋରୁ ଛାଲର ଆଇଁଷିଣିଆଁ ସଢ଼ାଲିଆ ଗନ୍ଧ ନାକରେ ବାଜିଲା। ହଠାତ୍ ବଣ ଭିତରୁ ତା ପଛକୁ ପଛ ହୋଇ ମଣିଷ ବାହାରି ପଡ଼ୁଛନ୍ତି, ବୋଝ, ଭାର, ଭାରରେ ବୁହା ହୋଇ ଛୋଟ ପିଲା, ଗୋଡ଼ ବନ୍ଧାହୋଇ ମୁଣ୍ଡତଳକୁ ହୋଇ ଗୋଛା ଗୋଛା କୁକୁଡ଼ା, ନାନାବିଧ ପଣ୍ୟଦ୍ରବ୍ୟ ଆଉ ଚାଉଳ। ଗୋଲାରେ ଦେଖା ଦେଇ ବଣରେ ଅଦୃଶ୍ୟ ହୋଇଯାଉଛନ୍ତି ହାଟ ମୁହାଁ। ଶିକାର ଅତି ପାଖରେ। ରମେଶର ଛାତି ଚାଉଁ କଲା। ପଥରକୁ ପଥର ତଳକୁ ଡେଇଁ ଡେଇଁ ଗଲାବେଳେ କହିଲା – "ବିନୁ, ଏଥର।"

ହାଟ ଦିଶିଲା। କିଳିବିଳି ଜନ୍ଦା ପିମ୍ପୁଡ଼ି ପରି ମଣିଷ। ଗଡ଼ାଏ ରଙ୍ଗ, ଗୁଡ଼ାଏ ଗନ୍ଧ, ଗୁଡ଼ାଏ କୋଲାହଲ। ବହୁତ ଛାଲ ବିକ୍ରି ହେଉଛି, ପବନରେ ସେହି ଗନ୍ଧ। ଧାଡ଼ି ଧାଡ଼ି ଗନ୍ଧ ଶୁଖୁଆପସରା। ମାଛି ବେଢ଼ିଛନ୍ତି, ମଣିଷ ବେଢ଼ିଛନ୍ତି। ପାଖ ବଣରୁ ଚୋରା ମଦର ଗନ୍ଧ।

ଘାଉଡ଼ା କୁକୁର ପରି କୁଷ୍ଠରୋଗୀ, ୟକ୍ରୋଗୀ, ଖାସୁଲା ଖାସୁଲା କନ୍ଧ ପିଠିରେ କୁଲାପରି ଡାଲା ପରି ଅରାଏ ଲେଖାଁ କଂଚା ୟକ୍ ଘା, କଳାକଳା ପୋତକ ପାଖକୁ ପାଖ ଲାଗିଲାଗି ବସିପଡ଼ିଛନ୍ତି। ଘଷାଘଷି ଠେଲାଠେଲି ହୋଇ ସୁସ୍ଥ ଲୋକ, ପୁରୁଷ, ସ୍ତ୍ରୀ।

ରମେଶର ନିଘା ପଡ଼ିଗଲା ଗୋଟିଏ ଯୁବତୀ ଉପରେ – ଚମ୍ପାଫୁଲ ଗୋରା, ବଳିଲା ବଳିଲା ହାତଗୋଡ଼ ଗରି ଗରି, କନ୍ଧ ଦେଶର ସୁନ୍ଦରୀ। ଫାଲେ ଗାଲ ଗୋଟାଏ ୟକ୍‌ଘା, ଆରଫାଲକ ଟହ ଟହ ନାଲି। ସେଠି ବି ରୋଗ। ତଥାପି ସେ ଫୁଲ ନାଇଛି, ମୁହାଁ ଚୋବେଇ ଚୋବେଇ ଗତିରେ ଯୌବନର ଲହଡ଼ି ଖେଲାଇ ଚାଲିଛି।

ଆଉ କଣେଇଁ କଣେଇଁ ଚାହୁଁଛି, ଆଖି ହସୁଛି, କନ୍ଧ ଦେଶର କଉତୁକା ଝିଅ ଆଖିରେ ଡାକୁଛି ଖେଲିବୁ ଆ।

ରମେଶ ଆଖି ବୁଜିଦେଇ ହାଟ ମଝିରେ ଗଛକୁ ଆଉଜିଗଲା। କାନରେ ବାଜିଲା ହାଟର ଘୋ ଘୋ। ସ୍ମରଣରେ ସେହି ଘା–ଗାଲ ହସ–ଆଖି ଯୁବତୀ। ଆଉ ପାହାଡ଼ ଉପରେ ନାଚ କରୁଥିବା କନ୍ଧ ପିଲାଏ।

ଆଉ ଅଗନାଶ୍ମ ବନସ୍ତ ମଝିରେ ଗୋଟିକିଆ ମୁଣ୍ଠିଆ ଆଗରେ ମଣିଷର ଜାର, ରାଉରାଉ ପବନ, ବାଆ ବତାସିରେ ଚୁଲି ନିଆଁ ନିଭୁ ନାହିଁ।

ଡାଲୁଅ ଧାନ ପରି ମଣିଷ, ପାଣି ଯେତେ ବେଢ଼ ଧାନ ଗଛ ସେତେ ଉଁଚାହୁଏ। ଗାଲରେ ଯଜ୍ ଓ କୃଷ୍ଣ ମୁହଁରେ ହସ ଓ ମୁଆଁ। ବହୁକଷ୍ଟରେ ଫୁଟିଛି ଗୋଲାପ, ତା'ର ପାଖୁଡ଼ା ପୋକଦାଉରେ କେମ୍ଫ। ଝଡୁ ପଛେ ହସ୍ ....।

ବିନୁ ଫ୍ଲାସ୍କ ଖୋଲି ଚା ଢ଼ାଲିଲା। "ଆଃ.." ରମେଶ ଆଖି ଖୋଲିଲା। ତା'ର ଚାରିପାଖେ ଭିଡ଼ ବଢ଼ୁଛି। କାନପାଖେ ବିନୁ କହିଲା, "ଚାଉଳ ବହୁତ ବିକ୍ରି ହେଉଛି, ସବୁ ଧରାପଡ଼ିବ ଏତି ନୁହେଁ, ହାଟ ସେମୁଣ୍ଠରେ ଘାଟି ଜାଗା ଅଛି, ହାଟରୁ ବାହାରି ଯିବାପାଇଁ ଗୋଟିଏ ଗାଡୁଆ ଗୋହିରି, ସେଠି ଢିପ ଉପରେ ଚାଲି ଖଣ୍ଡେ ଅଛି।" ହସିଦେଇ କହିଲା, "ମଁଚାରେ ବସି ଜାଥାଦ ମାରିଲାପରି।"

ସେଇଠିକି ଅଢ଼େଇ ନେଇ ଚାଲିଲା। ଗୋଟିକିଆ ଚଉକିରେ ବସେଇ ଦେଇ କହିଲା, "ଯାଏ ମୁଁ ଏଥର ସବୁ ଯୋଗାଡ଼ କରିଆସେ।"

ହାଟ ଶେଷରେ ଗହୀର ଗୋହିରିବାଟ, ଦି'ପାଖେ ଢିପ, ଢିପ ଉପରେ ସ୍ଥାନେ ସ୍ଥାନେ ଗୋଟିକିଆ ଚାଲିଟି। ରମେଶ ବସିରହିଲା। ଆରପାଖ ଢିପ ଉଁଚକୁ ଚଢ଼ି ଗୋଟିଏ ମୁଣ୍ଠିଆ ହୋଇଛି। ତା' ଉପରେ ଗୋଟିଏ କନ୍ଦ ବସ୍ତି। ଦୁଆରରେ ଦଉଡ଼ିଆ ଖଟ ପଡ଼ିଛି। କୁକୁର ବସିଛନ୍ତି। ଗୁଡ଼ାଏ ପିଲା ଗୋଟାଏ ବଡ଼ ଢୋଲ ଉପରେ ମନଇଚ୍ଛା ଦୁଦୁମ୍‍ଦୁଦୁମ୍ ପିଟୁଛନ୍ତି। ଗୋଟାଏ ଦୁଆର ମୁହଁରେ ଜଣେ ବୁଢ଼ା ବସି ବାନ୍ତି କରୁଛି, ବୁଢ଼ୀ ତା'ର ପିଠି ସାଉଁଳୁଛି। ନିଶ୍ଚୟ ମ୍ୟାଲେରିଆ ଜର। ଭଙ୍ଗା କାନ୍ଥକୁଢ଼ ଉପରେ ଗୋଟାଏ ଗାରଡ଼ ଠିଆହୋଇ କ'ଣ ଗଛ ଚୋବାଉଚି। ରମେଶ ସେହି ବସ୍ତିର ଦୃଶ୍ୟ ଉପରେ ଆଖି ରଖି ସମୟ ଟାଳିଗଲା। ନାକପୁଟା ଭିତରୁ ହାଟର ଧୂଳି ରୁମାଲରେ ରଗଡ଼ି ଲାଗିଲା। ଝାଳ ପୋଛିଲା। ବେଳ ଗଲାଣି, ମାଘର ଖରା ଛାଇ ଲମ୍ବେଇଲାଣି, ଫିକା। ପୃଷ୍ଟ ପଟ ଆଗରେ ଲମ୍ବିଛି ଗୋଟିଏ ସାଧାରଣ ବସ୍ତିର ଚିତ୍ର, ସରଳ ଘରକରଣାରେ।

ହଠାତ୍ ସେପଟୁ ଉଠିଲା କାନ୍ଦଣାର ରୋଲ। ସବୁ ଘରୁ ଲୋକ ବାହାରି ପଡ଼ି ଗୋଟାଏ ଘରକୁ ଛୁଟିଗଲେ। ପିଲାଏ ବାଜା ବନ୍ଦ କରି ଦୌଡ଼ିଗଲେ। ଘର ମୁହଁରେ ଓ ଦୁଆରେ ଲୋକଙ୍କର ଭିଡ଼। ଆପଣା ଗାଲ ଛାତି ଆଁଚୁଡ଼ି ଚୁମୁଟି ସମସ୍ତେ ଭେଁ ଭେଁ କାନ୍ଦିଲେ। କ୍ରମେ ସେ କାନ୍ଦଣା ଧରିଲା ଗୋଟାଏ ଛନ୍ଦର ବାଟ। ସମବେତ ମରଣ ବାହୁନା ଚାଲିଲା।

"ଆଲୋ! ଆଲୋ! ହାତେୟୁଁ! ହାତେୟୁଁ!"

(ହାୟ ! ହାୟ ! ମରିଗଲା ! ମରିଗଲା)

ବିନୁ ଆସି ପହଁଚିଗଲା ।

"ସବୁ ବନ୍ଦୋବସ୍ତ କରିଦେଉଛି ଆଜ୍ଞା । ହାଟରେ ପାଇକମାନେ ଥିଲେ । ସମସ୍ତିଙ୍କି ଅଡ଼େଇ ଘେନି ଆସିବେ ।"

"ଏ କ'ଣ ହେଲା ବିନୁ ?"

"କିଏ ଜଣେ ମରିଗଲା ଆଜ୍ଞା, ମାଲଜର, ଏଥିରେ ଆଉ ନୂଆ କ'ଣ ଅଛି ?"

ବିନୁ ତା' ପଛଆଡ଼େ ଠିଆ ହୋଇ ରହିଲା ।

ରମେଶ ସେହି କାନ୍ଦଣାରେ ମନଦେଲା । ନିତି ନୂଆ, ନିତି ପୁରୁଣା । ଆଉ ଚକ ଘୂରୁଛି, ଜନ୍ମ, ମୃତ୍ୟୁ ପ୍ରଜନନ । ସବୁ ଦୃଶ୍ୟ ତରଳିଯାଇ ବଦଳିଗଲା । ଆଖି ଆଗରେ ଭାସିଉଠିଲା ଉତ୍ତର ବାଲେଶ୍ୱରରେ ଆପଣାର ଗାଁ କାନ୍ତିପୁର । ତା'ର ଘର, ବାପା ମା, ପଡ଼ିଶାମାନେ, ଚିହ୍ନା ବୁଢ଼ା ଚିହ୍ନା ପିଲାମାନେ, ଚିହ୍ନା ଝିଅ । ଗାଁ ମଶାଣିରୁ ଗାଁ ମଝିରେ ଚଣ୍ଡୀମଣ୍ଡପ । ଆଉ ମୃତ୍ୟୁ, ଜନ୍ମ, ପ୍ରଜନନ । ଆଉ ଏଠାପରି ସେଠି ବି ସୁସ୍ଥିପ୍ରିୟ ଶାନ୍ତିପ୍ରିୟ ମଣିଷ; କଜିଆ ମୂଲେଇ ଯାଏ ନାହିଁ, କାହାରି ଅନିଷ୍ଟ ନ କଲେ ବି କଷଣ ଭୋଗେ ।

ଆଲୋ ଆଲୋ ହାତେୟୁଁ ହାତେୟୁଁ ।

କେତେ ଯାଇଛନ୍ତି - କେତେକେତେ - ଅନ୍ଧାର । ରାତିରେ କାଉଁରିଆ ନିଆଁ ଜାଳି ଗାଁଲୋକେ ଡାକନ୍ତି - "ଅନ୍ଧାରେ ଆସ ଆଲୁଅରେ ଯାଅ- ଆଲୁଏ ଯାଅ"

ଆଉ ସାମ୍ନାରେ ଏଇ ମରଣର ସମତଳ, ସେଠି ଭାଷାର ଭେଦ ନାହିଁ, ଦେଶର ବାଡ଼ ନାହିଁ, ସମସ୍ତେ ସମାନ ଓ ଚିରନ୍ତନ ।

ପଛଆଡ଼ ଠିଆହୋଇ ବିନୁ ବି ଘର କଥା ଭାବୁଛି । ସେଠି ତା'ର ସାନ ଭାରିଜା । ବିଶି କ'ଣ ଆସୁଥିବ ? ..... ଠାଇ କରି ଆପଣା ଗାଲରେ ଏକ ଚାପୁଡ଼ା ମାରିଲା । ରମେଶ ଅନେଇଲା । ବିନୁ ଗାଲ ସାଉଁଳୁଛି । କହିଲା, "ଏଠି ବହୁତ ବଡ଼ ବଡ଼ ମଶା ଆଜ୍ଞା, କାମୁଡ଼ିଲେ ବିନ୍ଧେ ।"

ରମେଶ ଚମକି ପଡ଼ିଲା ।

ଆପଣାକୁ ଦେଖିଲା ବିଛଣାରେ ପଡ଼ିଛି କମ୍ପୁଛି । କୁମ୍ଭାଟୁଆ ଆଖି ପରି ଆଖି, ଭାଲୁ ପରି କଳା, ଆରମ୍ଭ ହେବ ଶହେ ତିନିରୁ, ଇଚ୍ଛା ହେବ କାମୁଡ଼େ, ମାରି ଗୋଡ଼ାଏଁ, ଗାଳିଦିଏଁ - ବାନ୍ତି, ତାତି, ତାତି - ତାପରେ ?

ଜନ୍ମ, ମୃତ୍ୟୁ, ପ୍ରଜନନ, ଜନ୍ମ, ମୃତ୍ୟୁ -

ଆଇନ୍ ମନେପଡ଼େ ନାହିଁ । ଜନ୍ମ, ମୃତ୍ୟୁ, ମଣିଷ...

ହଠାତ୍‌ ଯେପରିକି ନୂଆ ଆଖିରେ ସେ ଦେଖିଲା । ଲୋକ ଚାଲିଛନ୍ତି, ବହୁତ ଲୋକ । ଅନ୍ଧାରରେ ହଜିଯାଉଛନ୍ତି । ଧାର ସରୁନାହିଁ । ଚାଲିଛନ୍ତି । ଚାଲିଛନ୍ତି । ହାଟ ଭାଙ୍ଗି ଆସୁଛି । ଲୋକ ଚାଲିଛନ୍ତି । ଯେପରିକି ସେ ଜଣ ଜଣ କରି ସମସ୍ତଙ୍କୁ ଚିହ୍ନେ । ଘରେ ଅଭାବ, ପଦରେ ପେଷଣ । ତଥାପି ଚାଲିଛନ୍ତି, ତୁଣ୍ଡରେ ସେହି ଅଖିଲା ଭାଷା । ଜାତି ଭିନେ ନୁହେଁ, ବୋଲି ଭିନେ ନୁହେଁ ସେହି ମଣିଷ ସେମାନେ । ତା'ର ଗ୍ରାମଲୋକେ, ଚିହ୍ନାଲୋକେ । ଧାର ଭିତରେ ଅଁଟା ସଲଖେଇ ପିମ୍ପୁଡ଼ି ଚାହୁଁଛି ପିମ୍ପୁଡ଼ିକୁ ମୁହାଁମୁହିଁ, ଶୁଖିଲା ଆଖିରେ ହସ ଉଛୁଲେଇ କହିଯାଉଛି, ତୁମେ ଆମେ ଏକା ଜାତି ଭାଇ, ଗୋଡ଼ରେ ଚାଲୁଁ ହାତରେ କାମ କରୁଁ । ତୁମର ଆମର ଏକା ଦେଶରେ ଘର ଭାଇ, ଏଇ ମାଟି ଉପରେ ଆକାଶ ତଳେ, ତୁମର ଆମର ଏକା ଶତ୍ରୁ ଭାଇ – ଯେ ଆମ ମୁହଁରୁ ଆଧାର ଛଡ଼େଇ ନିଏ ଗୋଡ଼ରେ ଦଳିଦିଏ ଉପରେ କୁଢ଼ାଏ ତତଲା ପାଉଁଶ –

ପିମ୍ପୁଡ଼ିର ଧାର ଚାଲିଛି, ତା'ର ମନ ଗହୀରରେ ହସ ଆଉ ନିଆଁ ମିଶି ଅଖଣ୍ଡଦୀପ ଜଳୁଛି –

ପଦାରେ ଗହଳି ଶୁଭିଲା । ପାଇକମାନେ ଆସୁଛନ୍ତି, ପଛେ ପଛେ ଟୋକେଇ ଓ ବସ୍ତା ଧରି ମାଲେ ଲୋକ । ରମେଶ ମୁହୂର୍ତ୍ତକେ କର୍ମଚାରୀ ପାଲଟିଗଲା, ଠିଆହୋଇ ପଡ଼ି ପାଇକମାନଙ୍କ ସଲାମନେଲା । ବିନୁ ଆଗକୁ ଚମକିଗଲା, କହିଲା, "ପଞ୍ଝାକୁ ପଞ୍ଝା ଧରି ଧରି ଆଣୁଛନ୍ତି ।" ପାଇମାନେ କହିଲେ, 'ଏଇ ଦେଖିବା ହୁଅନ୍ତୁ କେମିତି ଏ ହାଟରୁ ଯେ ଲୋକେ ଲୁଟେଇଲୁଟେଇ ଚାଉଳ ନେଇ ପଲୋଉଥିଲେ ତଳଦେଶକୁ । ଉପରେ ଉପରେ ଲଙ୍କା ମରିଚ ହଳଦୀ ଧୂଆଁପତ୍ର ବିଛାହୋଇଛି, ତଳେ ଅଛି ଚାଉଳ । ଏ ଦେଶରୁ ନେଇ ସେ ଦେଶରେ ବେଭାର କରିବେ, ସେଠି ବି ଚଢ଼ା ଦରରେ ବିକିବେ, ଚାଉଳ ଗଣ୍ଠାକ ପାଇଁ ଲୋକଙ୍କ ରକ୍ତ ମାଉଁସ ଢୁଣିକରି ଖାଇବେ ।

ସାମ୍ନାରେ କଙ୍କାଳଥାଟ୍‌, ବିଡ଼ା କାଠ ପରି ଛାତିହାଡ଼, ଦେହର ଚମ ତେମେଣି ଦେହପରି ଓହଲିଛି, ଅଁଟା ପିଠି ଲାଗିଯାଇଛି ଖାଲି ବେତାଏ ବେତାଏ ନୁଖୁରା, ବାଲ, ଜୁଲୁ ଜୁଲୁ ଆଖି । ମଣିଷ ନୁହନ୍ତି ମଣିଷର ପ୍ରେତ–ଆମ୍ମା ଆପଣା ଭାଷାରେ ଅଳି କରୁଛନ୍ତି, ବୋବାଲି ଛାଡୁଛନ୍ତି, ପେଟକୁ ପାଟିକୁ ଦେଖାଇ ଅଙ୍ଗଭଙ୍ଗୀ କରୁଛନ୍ତି, ଡାଙ୍ଗ ସରସର ଲମ୍ବା ହାତ ହଲାଉଛନ୍ତି ।

ସେପାଖ ବସ୍ତିରେ ମଡ଼ୁଟା ପଦାକୁ ଆସିଲା ବୋଧହୁଏ, ଠେଲାପେଲା ହୋଇ ମଣିଷ, ଆଗକୁ ପଛକୁ ମୁଣ୍ଡ ଝାଙ୍କି ଝାଙ୍କି ସମସ୍ବରରେ ସଙ୍ଗୀତ କଲାପରି ବାହୁନା – "ଆଲୋ ଆଲୋ ହାତେୟୁଁ ହାତେୟୁଁ, ପାପୁ–"

ଆଉ ଡିପ ତଳେ ଗୋହିରିରେ ବାଡ଼େଇ କଟାଡ଼ି ହୋଇ ଜୀଅନ୍ତା ପ୍ରେତ–
"ଏ ବାବୟା, ଏ ତଣ୍ଟି"

ଆଉ ପାଇକଙ୍କ ଗର୍ଜନ, ବିନୁ ଓଡ଼ିଆରେ ରଡ଼ି "ଏଇ ସେମିତି କ'ଣ ହେଉଚ, ଖୋଲ ଖୋଲ, ଦେଖାଅ ଚାଉଲ।"

ରମେଶ ଆଖି ବୁଜି ଦେଲା, ତା'ର ମୁଣ୍ଡ ଭିତର ଦୋହଲି ଯାଉଛି, ଦେହରେ ବାଟର କ୍ଲାନ୍ତି, ଆଉ ଭୋକ, ଆଖି ବୁଜି ତ ଦେଖୁଛି ଗୋଲିଆଗୋଲି ଆଉଟା ଆଉଟି ମଣିଷ; ସେଠି ଗାଲରେ ଯକ୍ ରୋଗ, ମୁହଁରେ ହସ ଦେହରେ ଧୋକଡା ଚମ, ଆଖି ଚିକ୍ ଚିକ୍। ସେଠି ମରଣର କାନ୍ଦଣା, ଅଭାବର ଆର୍ତ୍ତନାଦ, ଗାଉଆ ଆଖିର ଗହ୍ୱର ତଳେ ନିଆଁ ଆଉ ତୋଫାନ୍। ଆଖି ଖୋଲି ଚାହିଲା, – ଲାଗିଛି ଚିତ୍କାର – "ଏ ବାବୟା, ଏ ତଣ୍ଟି–" ହେ ବାବୁ, ହେ ବାପା, ଦେଖ ଆମ ଅବସ୍ଥା ଥରେ। ନିଘା ପଡ଼ିଲା ଆଗରେ ଠିଆହୋଇଛି ବରଡ଼ାପତ୍ର ତିଆରି ଡେଙ୍ଗା ମଣିଷ, ଦୁଇ ଲମ୍ବା ହାତ ମୁଣ୍ଡ ଉପରକୁ ଟେକି ଥର ଥର ହୋଇ ନଇଁପଡ଼ିଲା, ସତେ ଅବା ଖଣ୍ଡ ଖଣ୍ଡ ହୋଇ ଭାଙ୍ଗି ପଡ଼ିବ ସେଇଠି, ଫେଣା ଘାଗଡ଼ା ଗଳାରେ ରଡ଼ି ଦେଲା, "ଏ ବାବୟା, ଏ ତଣ୍ଟି" – "ଗଡ଼ ଗଡ଼ ହୋଇ ଆପଣା ବୋଲିରେ କରୁଣ ଅନୁନୟ ହୋଇ ଗାଇଗଲା, ଭାଷା ନ ଜାଣିଲେ ବି ତା'ର ଭାବ ବୁଝିହୁଏ। ତଳେ ମୁଣ୍ଡ କୋଡ଼ି ତା'ର ପାଦ ଆଡ଼କୁ ହାତ ବଢ଼ାଇ ବେକ ଭାଙ୍ଗିଦେଇ ଉପରକୁ ମୁହଁ ଟେକି ସଲଖେ ଚାହିଁଲା। ସେହି ଚାହାଣି ରୂପ ନେଲା କେଉଁ ଏକ ଚିହ୍ନା ମଣିଷର, ରମେଶର ଚିହ୍ନା, ସମଷ୍ଟିଙ୍କର ଚିହ୍ନା, ଭୋକ ଉପାସରେ ଛଟପଟ ହେଲେ ଆପଣା ଭିତରୁ ବାହାରି ଦର୍ପଣରୁ ଚାହିଁ ରହେ। ଲାଗିଲା, ଏହି ସମସ୍ତେ ଯେପରି ତା' ଚିହ୍ନା ପରିଚୟ ଲୋକ, ତା'ର ଗ୍ରାମ ଲୋକ, ଦେହର ଚେହେରାକୁ ଆଉ ତା'ର ନିଘା ନାହିଁ, ଭାବର ଚେହେରା ତା'ର ଅତି ଚିହ୍ନା। ସାମ୍ନାରେ ଏ ଲୋକଟି ଯେପରି ତା'ର ହଜିଲା ସପନାଦାଦି, ସେମିତି ଅଳରା ବାଲ, ସେମିତି ପାଗଲପରି ଠିଆ ରୂଢ଼, ହାଡ଼ର ଧଡ଼ିଏ ଧଡ଼ିଏ ଗାଡ଼ମୟ। କେବଳ ସେ ଆହୁରି କ୍ଲାନ୍ତ, ଆହୁରି କ୍ଷୁଧିତ; ମୃତ୍ୟୁର ବିଭୀଷିକା ଆଗରେ ଭୟଭୀତ ସେହି ନିଶୁଆ ବଙ୍କା ବୁଢ଼ା ଯେପରିକି କାନ୍ତିପୁରର ଅକାମୀ ଅରକ୍ଷ କୁମ୍ଭାର ବୁଢ଼ା।

ଏଇ ଚମହାଡ଼ମୟ ଟୋକାପଲକ କାଲି ଥିଲେ ତା'ର ଗାଁ ଟୋକା, ସେମାନେ ତା'ରି ବାରିରେ ପଶି କଷ୍ଟି ପିଜୁଳି ଚୋବୋଉଥିଲେ, ଏଲ ଦଦରା ନାଆ ପରି ସ୍ତ୍ରୀ ଲୋକମାନେ କାଲି ଥିଲେ ତା' ଗାଁର ସ୍ତ୍ରୀଲୋକ, ପାହାଡ଼ିଆରୁ କିଳିକାଳିଆ ହୋଇ ବାଦବୁଦିଆ ଲଗାଇ ପତ୍ର ଗୋଟାଇବାକୁ ଧାଇଁଥିଲେ। ରମେଶ ଆଖି ଲୁଟେଇ ମୁହଁପୋତି ଠିଆହୋଇ ରହିଲା, ତୁଣ୍ଡରୁ ଖାଲି ପଦେ କଥା –

"ଯାଅ-ଯାଅ-ଯା ଚାଲି-"

କ'ଣ କହୁଚି ଏ ବାବୁଟା ? ବିନାୟକ ଚପରାସୀ ତରତର ହୋଇ ଭାବିଗଲା। ସତେ ଏମାନଙ୍କୁ ଚାଉଳ ଘେନି ଚାଲିଯିବାକୁ ଛାଡ଼ି ଦେଉଛି। ଆତୁର ହୋଇ ପାଟିକଲା, "ଆଜ୍ଞା-ଆଜ୍ଞା-ଆଜ୍ଞା-"

ତା'ଠୁ ସେହି ଏକା ଉତ୍ତର - "ଛାଡ଼ିଦିଅ- ବେଳ ଯାଉଚି- ଯାଅ ଭାରି ଯା' ଚାଲି"

ସଂସାରକୁ ଚିହ୍ନେ ନାହିଁ, ନରମ ପୁଚ୍‌ପୁଚ୍ ମନ, ଚୋକା ଲୋକ, ଗଜୁରା ଗଜୁରା ଅଧା ନିଶ, ଉକ‌ଉକିଆ ଟୋକା ଖଣ୍ଡେ, ଏଇଟା ନୁହେଁ ଅଧିକାରୀ, ପ୍ରକୃତ 'ଅଧିକାରୀ' ବାଘ ପରି ମଣିଷ, ଶ୍ରେଷ୍ଠ ଏଇଟା। ବିନାୟକ ଓଡ଼ିଆ, ତା'ର ଅଭିଜ୍ଞତାର ଇତିହାସ ଆଉଣ୍ଟି ଲାଗିଲା, ସେ ବହୁତ ଦେଖିଛି। ତା'ର ଓଠ ବଙ୍କା ହୋଇ ରହିଲା, ନୁହେଁ ହସ, ନୁହେଁ ବିଦ୍ରୂପ।

ରମେଶ ଠିଆହୋଇ ରହିଲା, ତା'ର ଚେତନା ଆଗରେ ଇତିହାସ ନ ଥିଲା କପିଲେନ୍ଦ୍ର ନାହାନ୍ତି, ପୁରୁଷୋଭମ ନାହାନ୍ତି, କୋଣାରକ ନାହିଁ, ଦେଶ ଓ ଜାତିର ପିଞ୍ଜରାଗଢ଼ା ମଣିଷର ବିଶିଷ୍ଟ ରୂପ ନାହିଁ ଇତିହାସର ଅର୍ଥ ନାହିଁ, କିଛି ନାହିଁ, ଚାରିଆଡ଼େ ଖାଲି ପିମ୍ପୁଡ଼ି, ପିମ୍ପୁଡ଼ି, ଭୋକିଲା ପିମ୍ପୁଡ଼ି ବଞ୍ଚିବା ପାଇଁ ଆଧାର ବୋହି ନେଉଛନ୍ତି, ଆଉ ପିମ୍ପୁଡ଼ି ଧାର ଏକାଠି ହୋଇ ମନ୍ଦା ବାନ୍ଦୁଛି ନୂଆ ଅଭିଯାନ ପାଇଁ ସେ ବଂଚିବାକୁ ଚାହେଁ।

ଶୀତେଇ ଉଠିଲା, ଖରା ଗଲାଣି, ଚାରିଆଡ଼େ ଖାଲି କୁହୁଡ଼ି, ମାଘର ଶୀତ ଅନୁଭବ କଲା।

■■

ଆଚାର୍ଯ୍ୟ ଥିଲେ ବୋଲି

ରାଜକିଶୋର ରାୟ

ସନ୍ଧ୍ୟା ଉତ୍ତୀର୍ଣ୍ଣ ହୋଇଛି ।

ତାଲଚେରଠାରୁ ରେଳ ଲାଇନ୍ ଉପରେ ଗୋଟିଏ ପାସେଞ୍ଜର ଟ୍ରେନ୍ ଗତିକରି ଆସୁଛି । ଏ ଲାଇନରେ ଗାଡ଼ିର ଗତି ବଡ଼ ମନ୍ଥର । ପ୍ରତି ଧୁମ ଫୁତ୍କାରର ତାଲେ ତାଲେ କେତେଗୁଡ଼ିଏ ଲୁହା ଧାରଣା ଉପରେ ଗଡ଼ି ଆସୁଥିଲା ।

ଖଇରା ଭୂଇଁ ଉପରେ ରକ୍ତରଶ୍ମି ଝରାଇ ସୂର୍ଯ୍ୟ ତଳକୁ ଯାଉଥିଲେ । ଦୂର ପଲ୍ଲୀ ଭିତରେ ଗୋଟିଏ ଦୁଇଟି ଗୋଧନ ଦଳ ମାଟି ଉଡ଼ାଇ ଯାଉଥିବାର ଦୃଶ୍ୟ ଦିଶିଯାଉଥିଲା ।

ଟ୍ରେନ୍ ଭିତର କୋଠରିଗୁଡ଼ିକରେ ପ୍ରଦୀପ ଜଳି ଉଠିଲାଣି । ଆରୋହୀମାନଙ୍କର ପୂର୍ବର ପାଉଁଶିଆ ମୁହଁ ଆଲୋକିତ ହୋଇଯାଇଛି ।

ଚିହ୍ନିଲି, ଓଡ଼ିଶାର କୌଣସି କଲେଜର ଜଣେ ବିଜ୍ଞାନ ଅଧ୍ୟାପକ, ଓଡ଼ିଶାର କୌଣସି ଗୋଟିଏ ଗଡ଼ଜାତର ଜଣେ ଦେବାନ, ଓଡ଼ିଶାର କୌଣସି ଗାନ୍ଧୀ ଆଶ୍ରମର ଜଣେ କଂଗ୍ରେସ କର୍ମୀ ଓ ଓଡ଼ିଶାର ତେଲ ମିଲର ଜଣେ ପୁଞ୍ଜିପତି

ମାରୁଆଡ଼ି। ଆରୋହୀ ଭିତରେ ଏମାନଙ୍କୁ ମୁଁ ଆଗରୁ ଚିହ୍ନିଥିଲି। ସେମାନଙ୍କ ସହିତ ମୁଁ ଆଳାପ କରିଥିଲି। ଅଚିହ୍ନା ଲୋକଙ୍କ ଭିତରେ ମାନ୍ୟବ୍ୟକ୍ତି ବୋଧହୁଏ ନ ଥିଲେ, ଗୁଣୀ ବ୍ୟକ୍ତି ବି ନଥିଲେ। ଯେଉଁମାନେ ଥିଲେ, ସେମାନେ ସବୁବେଳେ ନଥିଲା ପରି ଟ୍ରେନ୍‍ରେ ଯାତାୟାତ କରନ୍ତି। ଦେଖାଶୁଣା ଜୀବ ଏମାନେ; କିନ୍ତୁ କେହି କେବେ ଏମାନଙ୍କୁ ଦୃଷ୍ଟି ଦିଅନ୍ତି ନାହିଁ। ଆଳାପ କଥା ଦୂରେ ଥାଉ।

ଢାଉ ରଙ୍ଗର ଆଣ୍ଠୁ ଉପରକୁ ଖଣ୍ଡେ ଖଣ୍ଡେ ଲୁଗା ପିନ୍ଧି ଚାରି ପାଞ୍ଚ ଜଣ ପୁରୁଷ ଓ ତାଙ୍କ ସଙ୍ଗେ ସେହିଭଳି ଦେହ ଘୋଡ଼ାଇ ଆଉ ଖଣ୍ଡେ ଖଣ୍ଡେ ଢାଉ ରଙ୍ଗର ଲୁଗା ପିନ୍ଧା ପିନ୍ଧି ମାଇପି କେତେଜଣ ବସି ରହିଥିଲେ, ବେଞ୍ଚ ଉପରେ ନୁହେଁ, ତଳେ। ଅଧପୋଡ଼ା ବିଡ଼ି, ଖଙ୍କାର, କଦଳୀ ଚୋପା, କୋବିପତ୍ର, ପାନପିକ ଓ ସର୍ବୋପରି ନାକର ତରଳ ଦ୍ରବ୍ୟ ପଦାର୍ଥ ସମନ୍ୱୟରେ ଯେଉଁଠି ଗୋଟିଏ ଶଯ୍ୟା ପଡ଼ିଥିଲା, ସେଇଠି, ତା'ରି ଉପରେ ସେମାନେ ବସିଥିଲେ।

ସେମାନେ ବଡ଼ କାରୁଣ୍ୟ ଦେଖା ଯାଉଥିଲେ, ସତେ କି କେହି ତାଙ୍କୁ କରୁଣା ଦେଖାଇ ଏତେବଡ଼ ଯାନରେ ବସିବାକୁ ଆଜ୍ଞା ଦେଇଛି।

ତାଙ୍କୁ ଦଣ୍ଡେ ମୁଁ ଚାହିଁ ରହିଥିଲି। ଏକ ପାଖେ ଅସ୍ତାୟମାନ ସୂର୍ଯ୍ୟର ରଶ୍ମି ସଞ୍ଚାରର ଅପୂର୍ବ ଶୋଭା, ଅନ୍ୟପାଖେ ଟ୍ରେନର ଏହି ଆରୋହୀ ଦଳ।

ସମ୍ବଲପୁର ଲରି ସ୍ଟାଣ୍ଡ ପାଖେ ଗଡ଼ଜାତର ଦେବାନଙ୍କ ସଙ୍ଗେ ପ୍ରଥମେ ଦେଖା ହୋଇଥିଲା। ସେ ମତେ ଚିହ୍ନି ନଥିଲେ, ପରେ ଚିହ୍ନିଲେ। ବୋଧହୁଏ କେହି ଜଣେ ସେଠାରେ ମୋର ପରିଚୟ କରାଇ ଦେଇଥିଲେ। ପରିଚୟ ଆଦ୍ୟପ୍ରାନ୍ତ ସୁସ୍ମଭାବରେ ଶେଷ ନ ହେଉଣୁ ଦେବାନ ସାହେବ ଏକପ୍ରକାର ଚିତ୍କାର କରି ଅତି ପାଖରେ ଛିଡ଼ା ହୋଇଥିବା ଜଣେ ଅଧୋବଦନା ଅଥଚ ଆଧୁନିକା ତରୁଣୀଙ୍କୁ ମତେ ଦେଖାଇ କହିଥିଲେ- "ଆଲୋ ଆଭା", ଏ ଜଣେ ଲେଖକ। ନାଁ ବୋଧହୁଏ ଶୁଣିଥିବୁ। ଏ ହେଉଛନ୍ତି ଶ୍ରୀ...। ତୁ ବୋଧହୁଏ ତାଙ୍କର ବହି ତୁମ କ୍ଲାସରେ ପଢ଼ୁଥିବୁ। ଏହିଭଳି ଲୋକଙ୍କ ସଙ୍ଗେ ଦେଖାହେବା ଭାଗ୍ୟର କଥା।"

ମୁଁ ଲଜ୍ଜିତ ହେଲି। ଆଭା ସଲଜ୍ଜଭାବ ଦେଖାଇଲେ। ତାଙ୍କର ବ୍ରୀଡ଼ାଭାବ କାଟିଦେବା ପାଇଁ ମୋ ପ୍ରତି ତାଙ୍କର ମୃଦୁ "ନମସ୍କାର" ଧ୍ୱନି ତାଙ୍କୁ ସାହାଯ୍ୟ କଲା; ମୋର ସଂକୋଚ ଭାବ କାଟିଦେବା ପାଇଁ ମୋର "ପ୍ରତିନମସ୍କାର" ବାଣୀ ବୋଧହୁଏ ମତେ ସାହାଯ୍ୟ କଲା।

ସମୟ ଥିଲେ ଚିନ୍ତା କରିଥାନ୍ତି, ମୋର ନାମ ସହିତ ଓଡ଼ିଶାର ବାତାବରଣ ଭିତରେ ଯେ ଗୋଟିଏ ଛୋଟ ବାୟୁମଣ୍ଡଳ ସମ୍ପୃକ୍ତ ଓ ଯାହାର ଆକୁଞ୍ଚନ ଓ ସଙ୍କୁଞ୍ଚନ

ଓଡ଼ିଶାର ବହୁ କ୍ଷେତ୍ରରେ ମାର୍ଜିତ ହେଉ ବା ଅମାର୍ଜିତ ହେଉ, ଦୃଷ୍ଟ ହୁଏ, ତାହା କେତେଦୂର ଆଭାର କୁସୁମ-କୋମଳ ହୃଦୟକୁ ବିମଥିତ କରିପାରିଚି ।

କିନ୍ତୁ ସମୟ ନଥିଲା । ଲରି ଛାଡ଼ିବା ସମୟ ହୋଇଥିଲା । ଆଭା ବସିଲା ମହିଲାସନରେ, ଆଉ ମୁଁ ଓ ଦେବାନ୍ ବସିଲୁ ପୁରୁଷାସନରେ ।

ଭିକ୍ଷା ଯେଉଁ ଭିକ୍ଷୁକ ମାଗେ, ସେ ଯେ କାହିଁକି ଲରି ଛାଡ଼ିବା ବେଳକୁ, ଟ୍ରେନ୍ ଡବା ଭିତରେ, ପରୀକ୍ଷା ଦେଇଗଲା ବେଳକୁ, ହୋଟେଲ ଦୁଆର ମୁହଁରେ, ସିନେମା ଗୃହ ଆଗରେ ହାତ ପତେଇଦିଏ, ତାହା ବୁଝିବା ମାନସ୍ତାଭ୍ତିକମାନଙ୍କ ପକ୍ଷରେ ସହଜ ହୋଇପାରେ । ପ୍ରାଚୁର୍ଯ୍ୟ ଓ ତୃପ୍ତି ପାଖେ ଦୈନ୍ୟ ଓ ଅଭାବ କର ପତେଇ ଯେଉଁ ଅଭିଯୋଗ ବାଢ଼େ, ସେଥିରେ ରହସ୍ୟ ଅଛି, ଗ୍ଲାନି ବି ଅଛି ।

ବସର ଚାରିଟା ଚକ ଘୁରିବାକୁ ଆରମ୍ଭ କରିଛି କି ନାହିଁ ଗୋଟିଏ ପଙ୍ଗୁ, ଦେବାନ ବାବୁଙ୍କୁ ହାତ ପତେଇ ଦେଇଛି । ଅଥର୍ବ ସେ, ପଡ଼ିଯିବାର ଭୟ ତାଙ୍କର ଥିଲା । ସେହି ଭୟକୁ ଭୃକ୍ଷେପ ନ କରି ସେ ଦଉଡ଼ି ଦଉଡ଼ି ଯୋଡ଼ ହାତରେ ମାଗୁଥାଏ, "ପଇସାଟିଏ, ଗୋଟିଏ ପଇସା-ହେ, ବାବା" ।

ଦେବାନଙ୍କ ମୁହଁରେ ବିରକ୍ତି ଓ କ୍ରୋଧର ଚିହ୍ନ । ଶେଷ ମୁହୂର୍ତ୍ତକୁ ସେ ଆବିଷ୍କାର କଲେ ଯେ, ଟିଫିନ ବାକ୍ସ ଆଭା ସଜାଡ଼ି ଆଣିଛି, ଅଥଚ ସ୍ଟେଟର ପ୍ରସିଦ୍ଧ ରାଜୋଦ୍ୟାନ କୃପର ସ୍ୱଚ୍ଛ ନୀର ସେ ସୋରେଇରେ ଆଣିପାରି ନାହିଁ । ଆଭାକୁ ସେ ସେଇଟି ଚେତେଇ ଦେଇଥିଲେ ଯେ, ବମ୍ୱେ ବା କଲିକତା ଗଲେ ମଧ ରାଜକୃପର ଜଳ ନେବାକୁ ସେ ଭୁଲନ୍ତି ନାହିଁ । କାରଣ ବାଟରେ ଘାଟରେ ଯାହା ତାହା ପାଣି ପିଇବା ଅର୍ଥ ମୃତ୍ୟୁ । ତା'ପରେ ଏହି ପଙ୍ଗୁଭଳି ଭିକାରିଗୁଡ଼ାକ ସଂସ୍ରବରେ ଯେଉଁ ମାଟିପାଣି ଆସୁଛି, ତାହା ସହିତ ସୁସ୍ଥ ଜୀବ ସଂଯୋଗ ରଖିଲେ ପ୍ରାଣ ଆଉ ରହିବ ନାହିଁ ।

ଡ୍ରାଇଭର ବସ ଛାଡ଼ିପାରୁ ନାହିଁ । ଦେବାନଙ୍କର ଅସୁବିଧା ହୋଇଛି । ବସ ବି ସେହି ସ୍ଟେଟ୍ ଭିତରେ ଯାଏ । ଡ୍ରାଇଭରର ମନ ଖରାପ । ପ୍ରଥମେ ହାତ ଯୋଡ଼ି ସେ ଷ୍ଟିଅରିଂ ଚକ୍କୁ ନମସ୍କାର କରିସାରିବା ପରେ ଏ ଯେଉଁ ଦୁର୍ଯୋଗ, ସେଥିରେ ତାର ରାଗ ହେଲା ବିଚାରା ଭିକାରି ଉପରେ । ଅକଥ୍ୟ ଭାଷାରେ ସେ କହିବାକୁ ଆରମ୍ଭ କରିଛି । ଦେବାନ ବାବୁ ବି ସମର୍ଥନ କଲେ ।

"ଏଗୁଡ଼ାକ ଚୋର, ବଦମାସ, ବ୍ୟବସାୟ ଖୋଲିଛନ୍ତି-ବାହାର, ବାହାର" ।

ମୋ ପାଖରେ ଦୋପଇସିଟିଏ ନଥିଲା । ଚାରିଣି

– ସେତିକି ବଢ଼େଇ ଦେଲି । ବସ ଚାଲିଲା ।

ଆଠମଲ୍ଲିକ–

ଖରା, ଧୂଳି ଓ ଆଣ୍ଠୁଆକି ବସି ରହିବାର କଷ୍ଟରୁ ମୁଁ ତ୍ରାହି ପାଇଲି। ଘନଛାୟା ତଳେ ମୁଁ ବିଶ୍ରାମ କଲି। ଦେଖିଲି, ମୋର ଜଣେ ଅଧ୍ୟାପକ ବନ୍ଧୁ ଆଠମଲ୍ଲିକ ବସରେ ଯାଉଛନ୍ତି। ଆଳାପ ହେଲା। ବିଜ୍ଞାନର ଅଧ୍ୟାପକ ସେ। ତେଣୁ କଥା କଥାକେ ତାଙ୍କ ତୁଣ୍ଡରୁ ବାହାରେ ଆମେରିକା-ଆମେରିକାର ସଭ୍ୟତା, ଆମେରିକାର ସ୍କାଇସ୍କ୍ରେପର (ନଭଷ୍ଟୁମ୍ବୀ ଅଟ୍ଟାଳିକା), ଆମେରିକାର ପୁରୁଷ ଓ ସ୍ତ୍ରୀ, ଆମେରିକାର ଉଭିଦ, ଆମେରିକାର ଜାନ୍ତବ, ଆମେରିକାର ଫ୍ରି ଲଭ୍ (ଶସ୍ତା ପ୍ରଣୟ) ଇତ୍ୟାଦି।

ମତେ ସେଇଠି ସେ କହିଲେ-

"ଆଜି ଗୋଟାଏ ଆମେରିକାନ୍ ମାଗାଜିନରୁ ମୁଁ ପଢ଼ିଛି, ପୁରୁଷ ଓ ସ୍ତ୍ରୀର କେଶରାଶିରୁ ଉକ୍କୃଷ୍ଟ ବିସ୍କିଟ୍ ଓ ପାଉଁରୁଟି ତିଆରି ହୋଇପାରୁଛି। ତେଣୁ ନେହେରୁ ସରକାର ତଥା ମହତାବ ସରକାର (ଓଡ଼ିଶା ସରକାର ସେ କହନ୍ତି ନାହିଁ, କାରଣ ବ୍ୟକ୍ତିବିଶେଷର ନାମ ଧରିଲେ ଯେ ବ୍ୟକ୍ତିତ୍ୱର ପରିସ୍ଫୁରଣ ହୁଏ, ତାହା "ଓଡ଼ିଶା" ବା "ଭାରତ" କହିବା ଦ୍ୱାରା ପ୍ରକଟିତ ହେବ ନାହିଁ।) ନାପିତମାନଙ୍କ ଦ୍ୱାରା କେଶ ସଂଗ୍ରାହାଳୟ ସ୍ଥାପନ କରି ସେଥିରୁ ବିସ୍କିଟ୍ ଓ ପାଉଁରୁଟି ଆମଦାନୀ କରି ଦେଶକୁ ଖାଦ୍ୟ ସଂକଟରୁ ରକ୍ଷା କରନ୍ତୁ।"

"– ବାବୁ, କିଛି ଖାଇନି, କିଛି ଦିଅ ବାବୁ, ଭଗବାନ ଭଲ କରିବେ।"

ବଡ଼ ପିଲାଟି ତୁଣ୍ଡରୁ ଏ କଥା ବାହାରିଛି, ସାନ ପିଲା କନାଖଣ୍ଡେ ଦେଖାଇ ଭିକ୍ଷା ଚାହୁଁଛି।

ବିଜ୍ଞାନ ଅଧ୍ୟାପକ କେଶ ସଂଗ୍ରହ ବ୍ୟବସ୍ଥାରୁ ଏପରି ଦାନ ଦାକ୍ଷିଣ୍ୟ ଦେଖାଇବା ପାଇଁ ଆଦୌ ପ୍ରସ୍ତୁତ ନ ଥିଲେ। ତା'ପରେ ଦୁଇ ଭିକ୍ଷୁ ବାଳକଙ୍କର ମୁଣ୍ଡରେ କେଶର ଚିହ୍ନବର୍ଷ ବି ନାହିଁ। ରୋଗ ଓ ଖାଦ୍ୟାଭାବ, ଅଧ୍ୟାପକଙ୍କର କେଶ ସଂଗ୍ରହ ବ୍ୟବସ୍ଥାକୁ ଆଗରୁ କାର୍ଯ୍ୟକାରୀ କରିଦେଇଛି।

ଅଧ୍ୟାପକ ଆରମ୍ଭ କଲେ- " ହୋପ୍ଲେସ୍, ଏମାନଙ୍କ ଯୋଗୁ ଦେଶ କ୍ରମେ ଅବନତି ଆଡ଼କୁ ଯାଉଛି। ଆପଣ ଜାଣନ୍ତି, ଆମେରିକାରେ ଭିକ୍ଷୁକ ସମସ୍ୟା ନାହିଁ। ସମସ୍ତେ କର୍ମଠ, ଉପାର୍ଜନକ୍ଷମ। ଏମାନଙ୍କୁ କିଛି ଦେବା ଅର୍ଥ ଦେଶର ଉନ୍ନତି ଉପରେ କୁଠାରଘାତ କରିବା।"

ଅଧ୍ୟାପକଙ୍କଠାରୁ ନାସ୍ତିବାଣୀ ଶୁଣି ଭିକାରି ଦୁଇଟି ମତେ ଚାହିଁଲେ। କାରଣ ଅଧ୍ୟାପକଙ୍କର ବିମୁଖଭାବ ତାଙ୍କର ଆଶା ଉପରେ କୁଠାରାଘାତ କରି ସାରିଥିଲା।

ପାଖ ପିଜୁଲି ଦୋକାନୀକୁ ଆଠଶିଟାଏ ଭଙ୍ଗେଇବାକୁ ଦେଇ ସେଥିରୁ ଦୁଇଅଣା ଦୁହିଁଙ୍କୁ ମୁଁ ଦେଇଦେଲି।

ସମୟ ହୋଇଥିଲା। ବସ୍‌କୁ ଆସିଲି। ଅଧ୍ୟାପକ ବନ୍ଧୁ ବିଦାୟ ଘେନି ଅନ୍ୟ ବସ୍‌ରେ ବସିଲେ।

ପର ବିଶ୍ରାମସ୍ଥଳ ହେଉଛି ଅନୁଗୋଳ। ଯାନରୁ ଓହ୍ଲାଇ ମୁଁ ଦେଖିଲି, ଆଭା ଝାଉଁଳିବା ଭାବରେ ରହିଚି। ଦେବାନ ବାବୁଙ୍କର ଉପଭୋଗ ପାଇଁ ଖାଦ୍ୟ ସାମଗ୍ରୀ ପ୍ରସ୍ତୁତ ରହିଥିଲେ ବି ସେହି ରାଜୋଦ୍ୟାନର ଜଳ ଅଭାବରୁ ତାହା ଏ ପର୍ଯ୍ୟନ୍ତ ବ୍ୟବହୃତ ହୋଇ ନାହିଁ।

ସ୍ୱାସ୍ଥ୍ୟ ବିଷୟରେ ଏତେ ସତର୍କ ଥିବା ଦେବାନ୍ ବାବୁଙ୍କୁ ମୁଁ ପ୍ରଶଂସା ନ କରି ରହିପାରିଲି ନାହିଁ। କୌଣସି ବନ୍ଧୁଙ୍କ ଘରୁ ଭଲ ପାଣି ମଗାଇ ତାଙ୍କୁ ବ୍ୟବହାର କରିବାକୁ କହିଲି। ଆଭା ଯେପରି ପ୍ରାଣ ଫେରିପାଇଛି। ଅନିଚ୍ଛା ସତ୍ତ୍ୱେ ଦେବାନ୍ ବାବୁ ତାହା ଗ୍ରହଣ କରିବାକୁ ରାଜି ହେଲେ।

ନାଲି ରାସ୍ତା ଉପରେ ମୁଁ ଟିକିଏ ପାଦ ଖେଲେଇ ଆଣୁଛି; ଶୁଣିଲି ସେହି ଚିରଶ୍ରୁତ କାକୁବାଣୀ–

“ଦିଅ ବାବୁ, ଅନ୍ଧୁଣୀ, ପୁଅ ଗେରସ୍ତ କେହି ନାହାନ୍ତି, ଦିଅ ବାବୁ ପଇସା ଅଧଲାଏ। ଗରିବର ଦୁଃଖ ବୁଝ।”

ମୁଁ ଫେରି ଚାହିଁଲି। ଗୋଟିଏ ଅନ୍ଧୁଣୀ ବୁଢ଼ୀ ବିଖ୍ୟାତ ତୈଳବୀଜ ବ୍ୟବସାୟୀ ମାରୁଆଡ଼ିକୁ ହାତ ପତେଇ ନିଜର ଦୁଃଖ ଜଣାଉଛି।

“–ହଟ୍‌ଯାଓ, କୁଛ ନେହିଁ, ଉଡ଼ିଶ୍ୟା କଙ୍ଗାଲ ଦେଶ।”

ଶେଠ୍‌ଜୀ ଏତକ କହି କମର ଉପର ଲୁଗାକୁ ଆଉରି ଭିଡ଼ରେ ବାନ୍ଧିଦେଲେ।

ଅନ୍ଧୁଣୀକୁ ଅଣିଏ ପଇସା ବଢ଼େଇ ଦେଇ ମୁଁ ଶେଠ୍‌ଜୀଙ୍କୁ ଦଣ୍ଡେ ଚାହିଁଲି। ମୋର ଏ ଦାନକୁ ଗୋଟାଏ ତାଚ୍ଛଲ୍ୟମିଶ୍ରିତ ଚାହାଣିରେ କରୁଣାସିକ୍ତ କରି ଦୁଇ ରୁକ୍ଷ ଅଧର ଉପର ଉପରେ ଟିକିଏ ହସ ଖେଲେଇଆଣି ଶେଠ୍‌ଜୀ ଆବୃତି କଲେ– ଉଡ଼ିଶ୍ୟା କଙ୍ଗାଲ ଦେଶ।

ଟିକିଏ ଦୂରକୁ ଖଣ୍ଡିଏ ଓଡ଼ିଆ ସମ୍ବାଦପତ୍ର ଖୋଲି ଜଣେ ଟୋପିଧାରୀ ଝୁଲାହସ୍ତ କଂଗ୍ରେସକର୍ମୀ ମହାତ୍ମା ଗାନ୍ଧିଙ୍କର ପ୍ରାୟୋପବେଶନର ବାର୍ତ୍ତା ବୋଧହୁଏ ପଢୁଥିଲେ। ଜଣାଯାଉଥିଲା, ଯେପରି ଅଭିନିବେଶ ଟିକିଏ ବେଶୀ ହୋଇଯାଇଛି।

“ବାବୁ, ଅନ୍ଧୁଣୀ ବୁଢ଼ୀ, କଥ‍ଣ ଦିଅ ବାବୁ।”

ଥରେ ନୁହେଁ, ବହୁଥର ଏ ମର୍ମସିକ୍ତ ବାଣୀ କଂଗ୍ରେସ କର୍ମୀଙ୍କର କାନରେ ପଡ଼ିଛି; କିନ୍ତୁ ମହାତ୍ମାଙ୍କର ଅନଶନ ସମ୍ବାଦରେ ତାଙ୍କର ମତି ଏତେ ବିହ୍ୱଳ ହୋଇଛି ଯେ, ବୁଢ଼ୀର ବିଲାପ କାନକୁ ଯାଉ ନାହିଁ। କେତେବେଳକୁ ବିରକ୍ତିରେ ସେ କହିଲେ–

“ଓଃ, କେତେ ବକ୍ ବକ୍ କରୁଛୁ। ରହ, ବିଡ଼ିଟା ଲଗାଏଁ। ନିତି ଯଦି ତୁ ଇମିତି ଭିଖ ମାଗିବୁ, ତେବେ ସମାଜର ସଂସ୍ଥା ରହିବ କିପରି ?” ଏହା କହି କର୍ମୀ ଜଣକ ମୋ ଉପରେ ଦୃକ୍‌ପାତ କରି “ସମାଜ-ସଂସ୍ଥା” ଭଳି ଗୋଟାଏ ରାଜନୀତିକ ଶବ୍ଦ ଶୁଣାଇ ପାରିଛନ୍ତି ବୋଲି ଆତ୍ମତୃପ୍ତିରେ ଟିକିଏ ହସିଲେ।

ବୁଢ଼ୀ ସେଠାରୁ ଶୂନ୍ୟହସ୍ତରେ ଫେରିଆସିଲା। କର୍ମୀଙ୍କର ମୁହଁରେ ବିଡ଼ିଟା ବସ୍ ରାସ୍ତାର ମୋଡ଼ ବୁଲିବା ପର୍ଯ୍ୟନ୍ତ ଅଗ୍ନିକଣା ଝରାଉଥାଏ।

ଟ୍ରେନ୍‌ର ପ୍ରକୋଷ୍ଠ ଭିତରେ ଦେବାନଠାରୁ ଆରମ୍ଭ କରି ସେହି କଂଗ୍ରେସକର୍ମୀ ପର୍ଯ୍ୟନ୍ତ ମୋର ଯାତ୍ରାସଙ୍ଗୀ ରହିଛନ୍ତି।

ଶୀତ ସନ୍ଧ୍ୟାର ଶୀତଳ ବାୟୁ କ୍ରମେ ସୁଶୀତଳ ହୋଇଯାଉଛି। ଟ୍ରେନର ଗତି କମିଆସିଲା।

ବିଜ୍ଞାନ ଅଧ୍ୟାପକ ସେତେବେଳକୁ ସିଗାରେଟ୍‌ରେ ନିଆଁ ଧରାଇଛନ୍ତି। ଦେୱାନ ବାବୁ ପାଇପରେ ଅଭ୍ୟସ୍ତ। ତେଣୁ ତାଙ୍କ ପାଇପରୁ ସ୍କୁଲିଙ୍ଗ ବାହାରୁଛି। କର୍ମୀଙ୍କର ବିଡ଼ି ଲିଭି ନାହିଁ। ଗୋଟାକ ପରେ ଗୋଟାଏ ଚାଲିଛି। ତୈଳବୀଜ ବ୍ୟବସାୟୀ ଶେଠଜୀ ଟିଲମରେ ଖଇନ୍ ଦେଇ ଖୁଁ ଖୁଁ କରି ଟାଣି ଯାଉଛନ୍ତି।

ଅନ୍ଧକାରର ମସୀ ତଳେ ମୋର ପ୍ରଲୁବ୍ଧ ଆତ୍ମା ଆଲୋକ ଖୋଜୁଛି। ମୁଁ କୃଷ୍ଣ ପ୍ରକୃତିକୁ ଚାହିଁ ରହିଥିଲି। ଦିଗ୍‌ବଳୟ ତଳେ ଗୋଟିଏ ନକ୍ଷତ୍ର ଜ୍ୱଳୁଥିଲା।

ଷ୍ଟେସନ...

ସ୍ୱାଭାବିକ କୋଲାହଳ।

ଦୁଇ ମୁହୂର୍ତ ଭିତରେ ଷ୍ଟେସନର କୋଲାହଳ ଯେପରି ସ୍ଥିର ହୋଇ ଆସିଲା।

କିଏ ମ ? କିଏ ସେ ? କ୍ଷୀଣ କଣ୍ଠରେ କିଏ କହିଲା- “ଆଚାର୍ଯ୍ୟ” ! ସେ କଣ୍ଠ ପୁଣି ସ୍ପଷ୍ଟ ଶୁଣାଗଲା- “ଆଚାର୍ଯ୍ୟ ମହାଶୟ !” ସେ ସ୍ପଷ୍ଟ କଣ୍ଠ ପୁଣି ସ୍ପଷ୍ଟତର ଶୁଣାଗଲା- “ଆଚାର୍ଯ୍ୟ ହରିହର”।

ଅନ୍ୟ ଜଣେ କିଏ କହିଲା- “ଋଷିପ୍ରତିମ”।

ମୁଣ୍ଡିଆ-

ପ୍ରଣାମ-

ମୁଣ୍ଡିଆ-

ଜୁହାର-

ପାଦଧୂଲି ଦିଅନ୍ତୁ-

ଉତ୍ତର ଶୁଭିଲା-ହଉ ବାବା, ଭଲ ଅଛ ? ଢେଙ୍କାନାଲରେ କାମ ଥିଲା, ଯାଇଥିଲି।

ଆଦୋଳନରୁ କ୍ଷାନ୍ତ ରହିବାକୁ କହିଲି, ମୋ କଥା ପିଲାଏ ଶୁଣିଛନ୍ତି। ସେହି ମୋର ଶାନ୍ତି। ହଁ, ସତ୍ୟବାଦୀରେ ବ୍ରାହ୍ମଣେ ହଳ କଲେ। ମୋ ଉପରକୁ ସମସ୍ତେ ଖପ୍ପା। ହଉ ବାବା, ଭଲ ଅଛ? ସୂତା କାଟୁଛ ତ? ଗୀତା ପଢ଼ିବ। ଯେ ଯେଉଁ ନୀତିରେ ଯାଆ, ସେ ବୁଢ଼ା ଜନନାୟକଙ୍କୁ ମନରେ ରଖିଥିବ। କେଉଁ ଡବାରେ ବସିବା? ଏଇଠି ବସିଗଲେ ହେବ। ସାରଙ୍ଗ, ତମେ ଟିକଟ ଆଣ।

ଉକ୍କଳର ଚିରପରିଚିତ ସେହି ପୁରୁଷକୁ ନ ଚିହ୍ନେ କିଏ? ହାତରେ ଖଣ୍ଡିଏ ମାତ୍ର ଶଯ୍ୟାସନ ଝୁଲାଇ କାନ୍ଧରେ ଖଣ୍ଡିଏ ମୁଣା ରଖି ସେ ଉଠିଆସିଲେ ଆମରି ଡବା ଭିତରକୁ।

ପ୍ରସନ୍ନ କାନ୍ତି, ଅନାଢ଼୍ୟର ଶୌର୍ୟ, ମୁଖରେ ସେହି ସାତ୍ତ୍ୱିକ ହସ!!

“– ଆରେ ବାବା, ଏଇଠି ସବୁ ବସିଛ, ହଉ ବସ ବସ।” ଦେବାନଙ୍କ ପାଇପ ମୁହଁରୁ ଖସି ପଛ ଆଡ଼କୁ ଆଉଜି ଯାଉଛି। ଅଧ୍ୟାପକଙ୍କର ସିଗାରେଟ୍ ଢ଼ରକା ବାଟେ ତଳେ ପଡ଼ିଲାଣି। ମାରୁଆଡ଼ି ଚିଲମଟାକୁ ତଳେ ଗଡ଼େଇ ଦେଇଛନ୍ତି। ବିଚାରା କର୍ମୀଙ୍କର ଅବସ୍ଥା ସବୁଠୁ ଉଦ୍ବେଗଜନକ। ସେ କିଛିକ୍ଷଣ ନିଶ୍ଚଳ ହୋଇ ରହିଗଲେ। ତେଣୁ ତାଙ୍କର ଅଧରରେ ଅମାନିଆ ବିଡ଼ିଟା ଲାଗି ରହିଥିଲା।

“କିଓ ଭାନୁଶଙ୍କର, ଧୂଆଁ ଅଭ୍ୟାସ କଲ କାହିଁକି?”

ମୁଁ ଦୂରରୁ ଦେଖୁଥାଏ, କର୍ମୀଙ୍କର ସମାଜ-ସଂସ୍ଥା ଏତିକିରେ ଭାଙ୍ଗିପଡ଼ିଲା। ସେ ଅସ୍ତବ୍ୟସ୍ତ ହୋଇ “ଭୁ” କରି ଗୋଟାଏ ମୁଣ୍ଠିଆ ମାରିଦେଲେ। ବିଜ୍ଞାନ ଅଧ୍ୟାପକ ହଠାତ୍ ଆରମ୍ଭ କରିଦେଲେ– “ଆଜ୍ଞା, ଭାରତ କଅଣ ମୌଳିକ ଶିକ୍ଷା ଯୋଜନାକୁ ଶୀଘ୍ର ଗ୍ରହଣ କରିପାରିବ?”

– “ଦାତାମାନେ, ଏ ଅନ୍ଧକୁ ଦୟାକର। ନିଆଶ୍ରିକ ମାଗୁଛି, ପଇସା ଅଧଲାଏ ଦିଅ। ଭଗବାନ ଦୟା କରିବେ। ଦିଅ ବାବା।”

ଅନ୍ଧ ଗୀତ ଧରିଛି।

ଛଳଛଳ ଆଖିରେ ଉକ୍କଳର ଋଷି ବାରଣ କଲେ– “ନାହିଁ ବାବା, ଗୀତ ବୋଲ ନାଇଁ କଷ୍ଟ ହେବ। ହେଇଟି ନିଅ, କହି ଆଚାର୍ଯ୍ୟ ଦୁଇଅଣିଟିଏ ଅନ୍ଧକୁ ବଢ଼ାଇ ଦେଲେ।”

ସାଙ୍ଗେ ସାଙ୍ଗେ ଦେବାନ୍ କହିଲେ– “ନେ, ନୋଟଟାଏ, ଦେଖି ରଖ।” ଅଧ୍ୟାପକ ମନିବ୍ୟାଗରୁ ଅଞ୍ଜଳି ଆଣିଲେ ଟଙ୍କାଟିଏ, କହିଲେ “ନେ ଟଙ୍କାଟା; ସାଇତି କରି ରଖ। ଆହା! ଏମାନେ ଦରିଦ୍ରନାରାୟଣ। ଆମେରିକାରେ ଏମାନଙ୍କୁ ସାହାଯ୍ୟ କରିବାପାଇଁ ବହୁ ପ୍ରକାରର ପାଣ୍ଠି ରହିଛି।” ମାରୁଆଡ଼ି ଖୋସଣି ଫିଟାଇ କହିଲେ–

"ଲେଓ, ଆଠ ଆନା,   ହାମାରା ଗୋଦାମକୁ ଗଇଲେ କିଛୁ ବେଶୀ ମିଳିବରେ।" ଶେଷରେ କର୍ମୀ ପକେଟରୁ ବାହାର କଲେ ଚାରିଅଣା ପଇସା; କହିଲେ- "ନେ ବାବା ନେ, ସମାଜର ସଂସ୍ଥା ରଖ୍ବାକୁ ହେଲେ ତୁମକୁ ହିଁ ଆଗ ଦେଖ୍ବାକୁ ହେବ।"

ଏ ଭିତରେ ଦୁଇଟି ଷ୍ଟେସନ ପାର ହୋଇଯାଇଛି। ମୁଁ ଚିତ୍ରପ୍ରତିମା ଭଳି ବସି ରହିଥାଏ। ଦେବାନ ସାହେବ ପାଖକୁ ଆସି ମତେ ହଲେଇ ଦେଇ କହିଲେ- "ଆପଣ କଅଣ ଦେଖୁଛନ୍ତି ?"

ମୁଁ ଉତ୍ତର ଦେଲି- "ପ୍ରକୃତି"। ସେ ହସିଲେ। କହିଲେ- "ଅନ୍ଧକୁ କିଛି ଦେଲେ ନି ?" ମୁଁ ଉତ୍ତର ଦେଲି "ନା"। ଦେବାନ୍ କହିଲେ, "କିନ୍ତୁ ସବୁଠାରେ ମୁଁ ଦେଖିଲି ଆପଣ ଦେଇ ଆସିଛନ୍ତି।"

ମୁଁ କହିଲି- "ହାଁ, କିନ୍ତୁ ଏଠାରେ ପାରିଲି ନାହିଁ।"

"କାରଣ" ?

- "ଆଚାର୍ଯ୍ୟ ଥିଲେ ବୋଲି…" ସେ ମୋର କାନ୍ଧ ଉପରେ ସ୍ନେହରେ ହାତ ରଖ୍ କହିଲେ-

"ମୁଁ ଶିଖ୍ଲି।"

ମୁଁ ପୁଣି କହିଲି- "ମୋର ସେହି ଏକା ଉତ୍ତର; ଆଚାର୍ଯ୍ୟ ଥିଲେ ବୋଲି…"

ଦେବାନ୍ବାବୁ ଏଥର ମତେ ଭଲ ଭାବରେ ଚାହିଁଲେ, ଆଉ କହିଲେ-

"ସତେ, ଆପଣ କବି ଭାବର ଲୋକ…।"

ଟ୍ରେନ୍ ଚାଲିଥାଏ। ଦୂର ଚକ୍ରବାଳ ତଳେ ଏକାକୀ ସେହି ନକ୍ଷତ୍ରଟି ଆହୁରି ଦୀପ୍ତ ଦେଖାଯାଉଥାଏ।

ମୁଁ ମୁହଁ ଫେରାଇ ଦେଖିଲି ଆଭା କଅଣ ଲେଖୁଛି

- ତାର ଅଙ୍କ ଉପରେ ତାହାରି ଡାଏରିଟି ଢଳି ପଡ଼ିଥିଲା।

■■

ସୁଅ ମୁହଁର ପତର

ପ୍ରାଣବନ୍ଧୁ କର

ଅପର୍ଣ୍ଣ କ୍ଷେତରେ ହଳ କରୁଛି। ତା'ର ଟିକିଣା ବଳିଷ୍ଠ କଳା ଦେହରୁ ଝାଳ ପାଣିଭଳି ବୋହିଯାଉଛି। ହଳ କରୁକରୁ ଅପର୍ଣ୍ଣ କେତେ କ'ଣ ଭାବିଭାବି ଯାଉଛି। ଭାବୁଭାବୁ ଲାଙ୍ଗଳକଣ୍ଡି ଉପରେ ତା' ହାତ କୋହଲ ହୋଇଗଲେ ବଳଦ ଦି'ଟା ଧୀମେଇ ଚାଲୁଛନ୍ତି। ଅପର୍ଣ୍ଣ ଡାହାଣ ହାତରେ ପାଞ୍ଚଣଟାରେ ବଳଦ ଦି'ଟାକୁ ପିଟୁପିଟୁ କହିଉଠେ, ଗୋସେଇଁଖିଆ - ଚକ୍କୁ ନାହାନ୍ତି ମୋତେ।

ବଳଦ ଦି'ଟା ଟିକିଏ ଜୋର୍‌ରେ ଚାଲିବାକୁ ଆରମ୍ଭ କଲେ ଅପର୍ଣ୍ଣ ପୁଣି ତା' ଭାବନା ରାଜ୍ୟକୁ ଫେରିଯାଏ। ତା'ର ଭାବିବାକୁ ଆଜି ଅନେକ କଥା। ଆଠ ନଅ ବର୍ଷର ଘଟଣା। ଛବି ଭଳି ସେଗୁଡ଼ିକ ଆଖ୍ ଆଗରେ ଭାସିଯାଉଛି। କାଲି ଭଳି ମନେହେଉଛି ସେସବୁ କଥା। ଅପର୍ଣ୍ଣକୁ ଆଶ୍ଚର୍ଯ୍ୟ ବି ଲାଗୁଛି। ଏଇ ଆଠ–ନଅଟା ବର୍ଷ ଆଗରୁ ସବୁ ଯେମିତି ଭଲ ଥିଲା। ଲୋକେ ଦୁଃଖେ ସୁଖେ ଶାଗ ପେଯ ଖାଇ ଆରାମରେ ଚଳି ଯାଉଥିଲେ।

କୁଆଡ଼ୁ ଆସି ଏ ହୀନିମାନିଆ ଲଢ଼େଇ – ସବୁ ବଦଳେଇ ଦେଇଗଲା। ଇଂରେଜ ସରକାର ସିଆଡ଼େ କୋଉଁ ଜରମାନୀ ନା’ କଅଣ ତା’ ସାଙ୍ଗରେ ଯୁଦ୍ଧ ଲାଗିଲା– ଆମର କଅଣ ଗଲା ସେଇଠୁ?

କହିଲେ କଅଣ ନା’ ଜାପାନୀ ମାଡ଼ିଆସୁଛି। ଆମ ଦେଶକୁ ନେଇଯିବ। ଲଢ଼େଇକି ବାହାରିପଡ଼।

କିହୋ– ଜାପାନୀ ନେଲେ କେତେ, ଇଂରେଜ ନେଲେ କେତେ– ଆମର କୋଉ ଦୁଃଖ ଯାଉଚି? ଯିଏ ଆମ ଉପରେ ରାଜା ହେବ, ସିଏ ତା’ ଦେଶକୁ ସବୁ ଲୁଟ୍କରି ବୋହିନେବ।

ଏବେ ଯୁଦ୍ଧ ସରିଲାଣି ତିନି କି ଚାରି ବର୍ଷ ହେଲା; ଜିନିଷପାତିର ଦରଦାମ୍ କମନ୍ତା କଅଣ ନା’ ଆହୁରି ବଢୁଛି।

ଅପର୍ଣ୍ଣକୁ ବଡ଼ ଆଶ୍ଚର୍ଯ୍ୟ ଲାଗେ– ଯୁଦ୍ଧ ହଉଚି କୋଉଠି, ଜିନିଷ ମହଙ୍ଗା ହଉଚି କୋଉଠି। ଆଗଆଗ ଅପର୍ଣ୍ଣ ଆଉ ଅପର୍ଣ୍ଣ ଭଳି ଲକ୍ଷଲକ୍ଷ ଚାଷୀ ଯା’ର ଭେଦ ପାଇଲେନି। ଲଢ଼େଇ ହବାର କେତେ ମାସ ପରେ ଯେତେବେଳେ ଉଡ଼ାଜାହାଜଗୁଡ଼ାକ ଅପର୍ଣ୍ଣ ହଳ କଲାବେଳେ ତା’ ମୁଣ୍ଡ ଉପର ଦେଇ ଘାଁ ଘାଁ କରି ଉଡ଼ିଯାଆନ୍ତି, ସେ ହଳ ଛାଡ଼ିଦେଇ ହିଡ଼ ପାଖ ବୁଦା ମୂଳେ ଲୁଚିଯାଇ ଭୟାର୍ତ ଆଖିରେ ସେଗୁଡ଼ାକ ଆଡ଼େ ଚାହିଁରହେ। ବଳଦ ଦି’ଟା ବି କାନ ତରାଟି ଅତଣ୍ଟିଆ ଅମୁହାଁ ଦୌଡ଼ନ୍ତି ହଳ ଜୁଆଲି ସାଥୁରେ।

କିଛି ଦିନ ପରେ ତା’ ଭୟ କଟିଗଲା। ଏକ ସଙ୍ଗେ ଆଠ ଦଶଟା ଉଡ଼ାଜାହାଜ ତା’ କ୍ଷେତ ଉପର ଦେଇ ଉଡ଼ିଗଲାବେଳେ ତାକୁ ଭାରି ଖୁସି ଲାଗେ। ତା’ର ମନେହୁଏ, ଉଡ଼ାଜାହାଜଗୁଡ଼ାକ ତା’ ଗାଁ ଉପର ଦେଇ ଯେତେବେଳେ ଉଡ଼ି ଯାଉଛନ୍ତି, ନିଶ୍ଚୟ ଏଇ ପାଖରେ କୋଉଠି ଯୁଦ୍ଧ ଲାଗିଛି– ଆଉ ସେ ଯୁଦ୍ଧରେ ତାଙ୍କ ଗାଁର ସମସ୍ତେ ଯିମିତି ଭାଗ ନେଇଛନ୍ତି।

ଯୁଦ୍ଧର ଏଇ କାଳ୍ପନିକ ଅନୁଭୂତି ତା’ ମନରେ ଖୁବ୍ ଉତ୍ତେଜନା ଆଉ ଆନନ୍ଦ ଖେଳେଇ ଦେଇଛି। କ୍ରମେ ସେ ଉତ୍ତେଜନା ତା’ର ସ୍ୱାଭାବିକ ଗତିରେ କମିଆସିଛି। ଦିନେ ଅଧେ ନୁହେଁ, ବର୍ଷ ବର୍ଷ ଧରି ଯୁଦ୍ଧ ଲାଗିଚି; କିନ୍ତୁ ଯୁଦ୍ଧର ଚିତ୍ର ଅପର୍ଣ୍ଣ ଦେଖିବାକୁ ପାଉନି। କେତେ ଦିନ ବା ସେ ଉତ୍ତେଜନା ରହନ୍ତା!

ଲଢ଼େଇ ଯେଉଁଠି ଲାଗୁ, ଅପର୍ଣ୍ଣ ମନରେ ଆସିଛି ବିଷାଦ। ସବୁ ଜିନିଷର ଦାମ ବଢ଼ିଗଲା। କିରୋସିନି, ଚାଉଳ, ଲୁଗା ବି ଆଉ ମିଳିବାକୁ ନାହିଁ। ଚାଉଳ ଟଙ୍କାକୁ ଦି’ ସେର, ସେ ଠିକ୍ ଘୋଡ଼ାଦାନା। ସେଥିରେ ବି କିଲାପୋତେଇ। ଡିବିରି ଖଣ୍ଡିକରେ ଧୂଳି ଆଙ୍ଗୁଠି ବହଳରେ ଜମିଗଲାଣି। ଟୋପେ କିରୋସିନି ବି ତାକୁ ମିଳୁନି। ରାତି

ଅନ୍ଧାରରେ ଯିବାଆସିବା କରିବାକୁ ତା' ନିଜର କିଛି ଅସୁବିଧା ହେଉନି; କିନ୍ତୁ ତା' ବୁଢ଼ୀମା'! ଦିନବେଳେ ବି ଆଖିକୁ ଭଲ ଦିଶୁନି– ସନ୍ଧ୍ୟା ହେଲା ପରେ କୁଆଡ଼େ ଟିକେ ଗୋଡ଼ ବଢ଼ାଇଲେ କଟଡ଼ା ଖାଏ। ଅପର୍ଣ୍ଣ କେତେଥର ବୁଢ଼ୀମା'କୁ ଉଠେଇ ଧରିଛି। ଦେହର ପୀଡ଼ା ଉଣା କରିବାକୁ ତେଲ ମାଲିସ୍ କରିଦେଇଛି।

ତା' ବୁଢ଼ୀମା'ର ଏଇ ଦୁଃଖ ସେ ଆଉ ସହିପାରେନି। ଧନୀ ସାହୁ ପାଖରେ ଟୋପାଏ କିରୋସିନି ପାଇଁ କେତେ ନେହୁରା ହୁଏ, କିନ୍ତୁ ପାଏନି।

ଦିନେ ଅନ୍ଧାରରେ ସେମିତି ଗୋଡ଼ ଖସି ତା' ବୁଢ଼ୀମା' ଆଖି ବୁଜିଲା।

ଅପର୍ଣ୍ଣର ଶାନ୍ତ ନିରୀହ ମନ ବିଦ୍ରୋହ କରିଉଠିଲା। ଅବାରିତ ଅଶ୍ରୁ ବର୍ଷଣ କରି ସେ ତା'ର ଉଦ୍‌ବେଳିତ ଚିତ୍ତକୁ ଲଘୁ କରିବାକୁ ଚେଷ୍ଟା କଲା। ଅପର୍ଣ୍ଣର ଭାରି କ୍ଷୋଭ– ସେ ଯେଉଁ ଭୂଇଁରେ ପ୍ରି ବର୍ଷ ସୁନା ଫଳାଏ, ସେ ଭୂଇଁର ଫସଲ ଖାଏ ତା' ସାଉକାର। ତା' ଉପାସିଆ ପେଟକୁ କିଛି ଯୋଗାଏନି।

ସମସ୍ତେ କହିଲେ ଅପର୍ଣ୍ଣକୁ, 'ବାହା ହ'।

ଅପର୍ଣ୍ଣ ବି ଭାବୁଥିଲା ସେଇଆ। ବୁଢ଼ୀମା' ଆଖି ବୁଜିଲା ଦିନଠାରୁ ଗଣ୍ଡେ ଫୁଟେଇ ଦେବାକୁ କେହି ନାହାନ୍ତି। କିନ୍ତୁ ଯୁଦ୍ଧବେଳେ ଚିଜପାତି ମହଙ୍ଗାରେ ତା'ର ସାହସ ହେଲାନି। କେହି କହିଲେ ଉତ୍ତର ଦିଏ– ଲଢ଼େଇଟା ସରିଯାଉ, ନିଜେ ତ ଖାଇବାକୁ ପାଉନି, ଘରେ ଆଣି ହାତୀ ବାନ୍ଧିବି।

ମୁହଁଜୋରରେ କିଛିଦିନ ଏମିତି ମାରିଦେଲା ସିନା, କିନ୍ତୁ ମନର ଗୋଟିଏ ନିଭୃତ କୋଣରେ ଗୁରେଇର ଛବି ମଝିରେମଝିରେ ଝଲସି ଉଠି ତାକୁ ଅସ୍ଥିର କରିପକାଏ।

ସବୁଦିନ ବଡ଼ିଭୋରରୁ ହଳ ବଳଦ ଧରି ଅପର୍ଣ୍ଣ ବିଲକୁ ଗଲାବେଳେ ଗୁରେଇ ସାନ ସାଆନ୍ତଙ୍କ ପୋଖରୀରୁ ଗାଧୋଇ ଫେରୁଥାଏ– ମୁଣ୍ଡରେ ଗୋଟିଏ ପାଣିଭର୍ତ୍ତି ଗରା– ସ୍କାଣ କଟି ଓ ବାଁ ହାତର ବେଷ୍ଟନୀ ଭିତରେ ଆଉ ଗୋଟିଏ ଗରା ଧରି ଗୁରେଇ ତା' ପାଖ ଦେଇ ଚାଲିଯାଏ। ଅପର୍ଣ୍ଣ ମୁହଁ ଫେରାଇ ଚାହେଁ। କେତେ ଥର ସେ ଗୁରେଇ ପାଖରେ ଧରା ପଡ଼ିଯାଇଛି– କିନ୍ତୁ ଗୁରେଇ ଭର୍ସନା କରିବା ବଦଳରେ ତା'ର ମୌନ ହସ ଦ୍ୱାରା ବରଂ ଉତ୍ସାହିତ କରିଛି।

ଅପର୍ଣ୍ଣ ଆଉ ବେଶୀ ଦିନ ଏକା ଚଳିପାରିଲା ନାହିଁ – ଦିନେ ଗୁରେଇ ଗାଧୋଇ ଫେରିଲାବେଳେ ସେ ତାକୁ ଅଟକାଇ ପଚାରିଲା। ଗୁରେଇ କୌଣସି ଆପତ୍ତି ନ କରି ହଁ ଭରିଲା... ଘମାଘୋଟ ଯୁଦ୍ଧବେଳେ ଅପର୍ଣ୍ଣ ବାହା ହେଲା। ଯେତେବେଳେ ପେଟକୁ ଦାନା କି ପିଠିକୁ କନା ମିଳୁନି, ଜାପାନୀ ମାଡ଼ିଆସୁଛି ସିଆଡ଼ୁ। ବାହାଘର ପ୍ରଥମ ନିଶା କଟିଯାଏ, ତାଙ୍କର ଦରିଦ୍ର ସଂସାରର ଅଭାବଗୁଡ଼ିକ କ୍ରମେ ସ୍ୱଷ୍ଟତର ହୋଇଉଠେ।

କିଛି ଦିନ ପରେ ଅପର୍ଣ୍ଣ ଦେଖିଲା ଗୁରେଇ ଖଦି ଦି'ଖଣ୍ଡ କେତେଠେଇଁ ଚିରିଗଲାଣି। କେତେ ଚେଷ୍ଟା କରି ମଧ୍ୟ ଅପର୍ଣ୍ଣ ଗୁରେଇ ପାଇଁ ଖଣ୍ଡେ ଖଦି କିଣିପାରେନି। ଅପର୍ଣ୍ଣ ଆଉ ଚାହିଁପାରୁନି ଗୁରେଇ ଆଡ଼େ। ଯୁଦ୍ଧ ବଜାରରେ କିଲାପୋତେଇ କରି ଧନୀ ସାହୁ କୋଠା ବନେଇବାକୁ ବସିଲାଣି। ପଇସା ଯାଚି ମଧ୍ୟ ଧନୀ ସାହୁଠୁଁ ସେ ଖଦିଖଣ୍ଡେ ପାଇପାରିଲା ନାହିଁ। କେଡ଼େ ନେହୁରା ହେଲେ ବି କିଲାପୋତେଇ ବା ପଇସା କାହିଁ।

ବେଲେବେଲେ ଅପର୍ଣ୍ଣ ମନରେ ଭାରି ରାଗ ହୁଏ। ଭାବେ, ଧନୀ ସାହୁ ଦୋକାନରେ ନିଆଁ ଲଗେଇଦେବ - କିନ୍ତୁ କ'ଣ ଭାବି ପୁଣି ଦବିଯାଏ।

ଦିନେ ଗାଁର ସମସ୍ତେ ଖବର ପାଇଲେ ସରକାର ଜିତିଛନ୍ତି। ସରକାରୀ କର୍ମଚାରୀମାନେ ଗାଁ ଗାଁ ବୁଲି ଖବରଟା ଶୁଣେଇଦେଇ ଗଲେ। ପ୍ରଚାର ବିଭାଗର ଲାଉଡ୍‌ସ୍ପିକର ଗାଁଗଣ୍ଡା ଫଟେଇ ପକାଇଲେ। ସମସ୍ତେ ଶୁଣି ଖୁସି ହେଲେ। ଅପର୍ଣ୍ଣ ଖୁସିହୋଇ ଭାବିଲା ଏଥର ନିଶ୍ଚେ ତା' ଦୁଃଖ ଯିବ। ଲୁଗାପଟା ଶସ୍ତା ହେବ। ତା' ଗୁରେଇ ଆଉ ସତରଗଣ୍ଠୀ ଖଦି ପିନ୍ଧିବନି। ଗୁରେଇ ଖଦିରେ ନଖ ବହଳରେ ମଇଳା ଜମିଲାଣି, କିନ୍ତୁ କଅଣ କରାଯିବ? ସଫା କରିବାକୁ ବସିଲେ ତା' ଖଦି ପୁରପୁର ହୋଇ ଚିରିଯିବ। ସରକାର ଜିତିଛନ୍ତି ବୋଲି ଗାଁରେ ଗରିବଗୁରୁବାଙ୍କୁ ଲୁଗା ବଣ୍ଟା ହେବା ପାଇଁ ଡେଙ୍ଗୁରା ଦିଆଗଲା। ଅପର୍ଣ୍ଣ ପଚାରିଲା ଗୁରେଇକୁ।

"ଗୁରେଇ ଲୋ, ଯିବୁ? ଲୁଗା ବଣ୍ଟା ହଉଚି।" ଏତେ ଦୁଃଖରେ ବି ଅପର୍ଣ୍ଣ ଉପରେ ଟିକିଏ ହେଲେ ବିରକ୍ତ ନ ହୋଇ ଗୁରେଇ କହିଲା, "ମୁଁ କିମିତି ଯିବି ମ, ଏଇ ଛିଣ୍ଡା ଲୁଗା ପିନ୍ଧି? ମୁଣ୍ଡ ଛିଣ୍ଟିପଡ଼ିବ ଏତେ ଲୋକଙ୍କ ଭିତରେ।"

ଅପର୍ଣ୍ଣ ବୁଝିଲା- ତେଣୁ ସେ ଏକା ଗଲା। ଖଣ୍ଡିଏ ସ୍ଟାଣ୍ଡାର୍ଡ ଧୋତି ମିଲିଲା ତାକୁ। ଫେରିଆସି ଗୁରେଇକି ଧୋତିଟି ଦେଇ କହିଲା, "ଯାଇଥିଲେ ଖଣ୍ଡେ ଲୁଗା ପାଇଥାନ୍ତୁ। ନେ, ପିନ୍ଧ ଏଇଟାକୁ- ମୋର ଚଲିଯିବ।" ଯୁଦ୍ଧ ସରିଗଲା। ସାଉକାର କ୍ଷେତରେ ହଳ କଲାବେଲେ ଅପର୍ଣ୍ଣ ଆଉ ଉଡ଼ାଜାହାଜର ଘାଁ ଘାଁ ଶବ୍ଦ ଶୁଣିବାକୁ ପାଇଲା ନାହିଁ। ଦିନ ଗଡ଼ିଚାଲିଲା- କିନ୍ତୁ ଚାଉଳ, ଲୁଗା ଆଉ କିରୋସିନି ଦର କମିଲା ନାହିଁ। ଅନାହାର, ଅର୍ଦ୍ଧାହାର ଓ ଅଯତ୍ନରେ ଗୁରେଇର ସୁନ୍ଦରପଣିଆ କମି ଆସିଲାଣି। ଦେଢ଼ ବର୍ଷ ଆଗରୁ ଯେଉଁ ମିଣିପିପିନ୍ଧା ଖଦିଖଣ୍ଡିକ ଅପର୍ଣ୍ଣ ଦେଇଥିଲା ଗୁରେଇକି, ସେ ଖଣ୍ଡକ ବି ଚିରି ଆସିଲାଣି।

କେତେ ଦିନେ ଫେର୍ ସିଏ ପଇସା ଧରି ଯାଇ ଧନୀ ସାହୁ ଦୋକାନ ମୁହଁରେ ଠିଆ ହେଲା। ଧନୀ ସାହୁ କହିଲା, "ଯା, ଯା, ଲୁଗା ନାହିଁ। ତିନିଟୋ ଟଙ୍କାରେ ଶାଢ଼ି କିଣିବ।"

ଅପର୍ଣ୍ଣ ନମ୍ର ସ୍ୱରରେ କହିଲା, "ସାହୁଏ, କେତେଥର ଫେରାଇ ଦେଲଣି। ଘରେ ସିଆଡ଼େ ଉଧୁ ନଙ୍ଗଳା – ପାଣି ମାଠିଏ ଆଣିବାକୁ ପଦାକୁ ବାହାରିପାରୁ ନାହାନ୍ତି।"

ଧନୀ ସାହୁ ଅପର୍ଣ୍ଣ ପ୍ରତି ସହାନୁଭୂତି ଦେଖାଇବା ଦୂରେ ଥାଉ, ଓଲଟି ତାକୁ ଭାରି ଅପମାନିଆ ଭାଷାରେ ଗାଲି ଦେଲା। ତା' କଥା ଶୁଣି ଅପର୍ଣ୍ଣର ଶିରାପ୍ରଶିରାଗୁଡ଼ାକ ରାଗରେ ଫୁଲିଉଠିଲା। ଆଖ୍ଁ ଯୋଡ଼ାକ ଜଳିଉଠିଲା। ଏଇ ଧନୀ ସାହୁ- ଯୁଦ୍ଧ ଆଗରୁ ବ୍ରାହ୍ମଣ ସାହି, କେଉଟ ସାହି, ସାହିକି ସାହି ଘର ଘର ବୁଲି ପାଟଫୁଲି, ଛୁଞ୍ଚୁସୂତା, ଗନ୍ଧକର୍ପୂର ବିକୁଥିଲା। ତା'ର ଫେର ମୁହଁ ଉପରକୁ ହେଲାଣି। ଦାନ୍ତ ଚିପି ରାଗ ବନ୍ଦ କରି ଫେରିଆସିଲା ଅପର୍ଣ୍ଣ।

ଗାଁଗାଁ ବୁଲି ଦେଶସେବକମାନେ ପ୍ରଚାର କଲେ- ସୂତା କାଟି ଲୁଗା ଅଭାବ ଦୂର କରି ନିଜ ଗୋଡ଼ରେ ନିଜେ ଠିଆହୁଅ। ତା' ନ ହେଲେ ଦାସତ୍ୱର ବେଡ଼ିରୁ ମୁକ୍ତିଲାଭ କରିପାରିବ ନାହିଁ। କେଡ଼େ କେଡ଼େ ଚାଷୀ ମୂଲିଆ ସଭା ହେଲା। କିଏ କହିଲା, 'ଜମିଦାରଙ୍କୁ କର ଦିଅନି।' କିଏ କହିଲା, 'ଧର୍ମଘଟ କର।'

ଅପର୍ଣ୍ଣ ସବୁ ଶୁଣେ; କିନ୍ତୁ କେହି ତାକୁ ଖାଦ୍ୟପୋଷାକର କାର୍ଯ୍ୟକାରୀ ପନ୍ଥା ଦେଖାଇ ନାହିଁ। ବିଭିନ୍ନ ରାଜନୀତିକ ଦଳର ବିଭିନ୍ନ ମତବାଦ ପ୍ରଚାରିତ ହୁଏ। ଅପାଠୁଆ ଅନ୍ଧ ଜ୍ଞାନୀ ଅପର୍ଣ୍ଣ ମୁଣ୍ଡରେ ସେସବୁ ଭୁକେ ନାହିଁ। ଗୁରେଇର କ୍ଳିଷ୍ଟ, ଅର୍ଦ୍ଧନଗ୍ନ ଦେହ ତାକୁ ଅହରହ ପୀଡ଼ା ଦିଏ। ସନ୍ଧ୍ୟା ହେଲେ ଗୁରେଇ ଯାଏ ପଡ଼ିଆକୁ କିମ୍ବା କୂଅରୁ ପାଣି ଆଣିବାକୁ ଅତି ସତର୍ପଣରେ।

ଅପର୍ଣ୍ଣ କଳ ପରି ତା' ସାଉକାର ପାଇଁ ହଳ କରେ। ପରସ୍ପରରେ ଅପର୍ଣ୍ଣ ଶୁଣିପାରେ ତା' ଦେଶ ସ୍ୱାଧୀନ ହେବ – ବୁଝିପାରେନି। ଯାକୁ ତାକୁ ପଚାରି କେବଳ ଏତିକି ବୁଝେ- ଆଉ କେଇଟା ଦିନ ଗଲେ ଗୋରା ଲୋକେ ଆମ ଦେଶରେ ଆଉ ରହିବେନି। ଆମରି ଦେଶ ଲୋକେ ଆମ ରାଇଜ ଚଲାଇବେ। କିଲାପୋତେଇ, ଚୋରା କାରବାର ବନ୍ଦ ହୋଇଯିବ। ଲୁଗା, କିରୋସିନି, ଚାଉଳ ଶସ୍ତା ହବ- ଲାଞ୍ଚ ମିଛ ଆଉ ଦେଶରେ ରହିବନି।

ଅପର୍ଣ୍ଣ ଭାରି ଖୁସି ହୋଇଯାଏ।

ଆନନ୍ଦରେ ଗୁରେଲକି ମୂଲ କହେ, "ଗୁରେଇ ଲୋ, ଆମ ଦୁଃଖ ଏଇଥର ଯିବ। ଆମ ଲୋକମାନେ ଆମକୁ ଚଲେଇବେ ଏଥର। ଗୋରା ଲୋକମାନେ କୁଆଡ଼େ ତାଙ୍କ ନିଜ ଦେଶକୁ ଗଣ୍ଠିଲି ବୁଜୁଲା ବାନ୍ଧି ପଲେଇବେ...।"

ଅପର୍ଣ୍ଣ ଉସୁକ ହୋଇ ଚାହିଁରହେ ସେଇ ଦିନକୁ-

ସତଚାଳିଶ ସାଲ ଅଗଷ୍ଟ ପନ୍ଦର ଉସବ ହୁଏ ଘରେ ଘରେ, ଚକ୍ରଚିହ୍ନିତ ତ୍ରିରଙ୍ଗା

ପତାକା ଉଡ଼େ ସ୍ୱାଧୀନ ଜୀବନର ଉଦ୍ଦାମ ପ୍ରବାହର ସଙ୍କେତ ଘେନି, ସାମ୍ୟ ମୈତ୍ରୀର ସଙ୍କେତ ଘେନି। ଅପର୍ଣ୍ଣ ଚାଲରେ ବି ଖଣ୍ଡେ ତ୍ରିରଙ୍ଗା ପତାକା ଉଡ଼େ। ଅପର୍ଣ୍ଣ ହସିହସି ସେହି ପତାକା ଆଡ଼େ ଚାହିଁରହେ ଅପଲକ ଆଖିରେ। ସେ ଯେପରି ଦେଖିପାରେ ସେହି ପତାକା ଭିତରେ ତା' ଗୁରେଇ ଭଲଭଲ ଖଦିମାନ ପିନ୍ଧି ହସିହସି ତା' ଆଡ଼େ ଚାହିଁଛି... ପୁଞ୍ଜିପତି ଧନୀ ସାହୁ ହାତରେ ପଡ଼ିଚି ବେଢ଼ି କିଲାପୋତେଇ କରି ଧରାପଡ଼ିବାରୁ।

ଦିନ ଗଡ଼ିଚାଲେ। ଗାନ୍ଧି ବୁଢ଼ାକୁ ଦେଶ ଭୁଲିଯାଏ। ତା'ର ମହତ ଆଦର୍ଶକୁ ବି ଭୁଲିଯାଏ। ତ୍ରିରଙ୍ଗା ପତାକାଟିର କଲ୍ଲାରଙ୍ଗ ବାୟୁ ସଂଘାତରେ ଫିକା ପଡ଼ିଆସେ। ଅପର୍ଣ୍ଣ ସ୍ୱଷ୍ଟ ଭାବରେ ବୁଝିପାରେନି ଦେଶର କି ପରିବର୍ତ୍ତନ ହେଲା– ଗାଁଟା ତ ଠିକ୍ ଯିମିତି ଥିଲା ସେମିତି ଅଛି! ତା' ଗୁରେଇ ତ ସେମିତି ଛିଣ୍ଡାକନା ପିନ୍ଧୁଛି, କାନସିରି କଇଁବେଣ୍ଟ ସିଝା ଖାଉଛି। ପରିବର୍ତ୍ତନ ତେବେ ହେଲା କେଉଁଠି? ହଳ ଛାଡ଼ିଦେଇ ଅପର୍ଣ୍ଣ ଆଣ୍ଠୁ ଉପରେ କହୁଣି ରଖି ହିତ୍ ଉପରେ ବସି ଭାବେ– କିନ୍ତୁ କାହିଁ? ପରିବର୍ତ୍ତନ ତ କେଉଁଠି ଦେଖେନି? ଧନୀ ସାହୁର କଲାବଜାର ତ ଠିକ୍ ସେମିତି ଚାଲିଛି– ତାଙ୍କ ଗାଁ ପୋଖରୀଗୁଡ଼ାକରେ ତ ଦଳ ସେମିତି ଭର୍ତ୍ତି ହୋଇଛି– ମେଲେରିଆ, ହଇଜାରେ ଲୋକ ସେମିତି ମରୁଛନ୍ତି– ଗୁରେଇର ଛିଣ୍ଡା କବଟା ତ ସେମିତି ଦେଖାଯାଉଛି।

କେବଳ ଗୋଟିଏ ବିଷୟରେ ଅପର୍ଣ୍ଣ ପରିବର୍ତ୍ତନ ଲକ୍ଷ୍ୟ କରେ– ଦେଶ ସ୍ୱାଧୀନ ହେବା ଆଗରୁ ଯେଉଁ ଲୋକମାନେ ଏଇ ଗାଁକୁ ମାସ ଭିତରେ ଅନ୍ତତଃ ଦି'ଥର ଆସି ସଭାସମିତି କରି ସେମାନଙ୍କୁ ରାମରାଜ୍ୟର କଳ୍ପନାପୁରୀକୁ ଘେରି ଯାଉଥିଲେ, ସ୍ୱାଧୀନତା ପରେ ଆଉ ସେମାନେ ଦେଖାନାହାନ୍ତି। ଯେଉଁ କର୍ମୀଜଣକ ଖାଲି ପାଦରେ ଆଣ୍ଠୁ ଉପରକୁ ଖଦି ଖଣ୍ଡିଏ ପିନ୍ଧି କାନ୍ଧରେ ଝୁଲାମୁଣି ଝୁଲେଇ ଏଇ ଗାଁରେ କେତେଥର ସଭାସମିତି କରି ଗାନ୍ଧିଙ୍କର ନୀତି, ସରଳ, ଜୀବନଯାପନ ଆଦର୍ଶ ପ୍ରଚାର କରି ଯାଇଛନ୍ତି, ସିଏ କେବଳ ଥରେ ଏଇ ବାଟ ଦେଇ ଗୋଟିଏ ବଡ଼ ମଟର ଭିତରେ ବସି ଯାଇଥିବା ଅପର୍ଣ୍ଣ ଦେଖିଛି– ବେଦନା ଓ ନୈରାଶ୍ୟରେ ଅପର୍ଣ୍ଣର ହୃଦୟତନ୍ତ୍ରୀଗୁଡ଼ିକ ଛିଡ଼ିଯିବାର ଉପକ୍ରମ କରନ୍ତି।

ଗୁରେଇର ଅନାହାର-କ୍ଲିଷ୍ଟ ଅର୍ଦ୍ଧନଗ୍ନ ଧାଉଁଲା ତନୁଲତାଟି ଆଡ଼େ ଚାହିଁ ତା' ଆଖି ଜକେଇ ଆସେ। ଅପର୍ଣ୍ଣ କହେ, ମତେ ବାହାହୋଇ କେତେ ଦୁଃଖ ପାଇଲୁ ଗୁରେଇ! ଗୁରେଇ ଅପର୍ଣ୍ଣର ଏଇ ଦୁଃଖମିଶା କଅଁଳ କଥାରେ କଇଁକଇଁ ହୋଇ କାନ୍ଦିଉଠେ। ଅପର୍ଣ୍ଣ ଏଇ ବିରାଟ ନଗ୍ନ ଦାରିଦ୍ର୍ୟ ଭିତରେ ବି ଏଇ ଯେଉଁ ଗୌରବ ଟିକକ ଲାଭ କରେ, ସେଥିରେ ତା'ର ମୁଖରେ ଫୁଟେ ପୁଲକର ପଦ୍ମ।

ଅପର୍ଣ୍ଣ ଭାବିବସେ ଏଇ କେତେ ବର୍ଷ ଧରି ସେ ଗୁରେଇକୁ କେତେ ଆଶା ଆଶ୍ୱାସନା ନ ଦେଇଛି ! ଉଜ୍ଜ୍ୱଳ ଭବିଷ୍ୟତର କେତେ ଚିତ୍ର ତା' ଆଖି ଆଗରେ ନ ଦେଖେଇଚି ! ସରଳ ମନରେ ଗୁରେଇ ସେସବୁ ବିଶ୍ୱାସ କରିଛି । ଅପର୍ଣ୍ଣ ଭାବେ ତା'ର ଦୈନ୍ୟ ପାଇଁ ସେ ପ୍ରତିଶୋଧ ନେବ କାହା ଉପରେ ?

ଅପର୍ଣ୍ଣ ଠିକ୍ କଲା ନିଜ ଦୁଃଖ ତାକୁ ନିଜେ ଘୁଞ୍ଚାଇବାକୁ ହେବ । ନୈଶ ଅନ୍ଧକାର ଭିତରେ ସେ ଦିନେ ଚାଲିଲା ଧନୀ ସାହୁ ଦୋକାନ ଆଡ଼େ । ନିଦ ମଲମଲ ଆଖିରେ ଗୁରେଇ ଉଠିବସି ଦେଖିଲା ଅପର୍ଣ୍ଣ ଦି'ଖଣ୍ଡ ମାଇପିପିନ୍ଧା ଖଦି ଧରି ତା' ପାଖରେ ବସିଛି । କିଛି ବୁଝି ନ ପାରି ପଚାରିଲା, "ଖଦି କେଉଁଠୁ ଆଇଲା ?"

ଅପର୍ଣ୍ଣ ହସିହସି କହିଲା, "ଯେଉଠୁଁ ଆଇଁଲି– ତୁ ଗାଧୋଇ ପାଧୋଇ ପିନ୍ଧିବୁ'ତି ଆଗେ ଖଣ୍ଡେ ବେଇଗି । ମୁଁ ଆଉ ତୋ ଆଡ଼େ ଅନେଇପାରୁନି ।"

ସନ୍ଦିଗ୍ଧ ଦୃଷ୍ଟିରେ ଗୁରେଇ ତା' ଆଡ଼େ ଚାହିଁରହିଲା "ଯେଉଁଠୁ ଆଇଁଲ କ'ଣ ମ ? ରାତିରାତି କ'ଣ ଚାଲବାଟ ଦେଇ ଆଇଲା ?"

ଅପର୍ଣ୍ଣ ଇତସ୍ତତଃ ହୋଇ ଶେଷକୁ କହିଲା, "ଧନୀ ସାହୁ ଦୋକାନରୁ ଚୋରି କରିଛି ।"

ଚମକିପଡ଼ି ଗୁରେଇ କହିଲା, "ଚୋରି ?"

"ହଁ, ଚୋରି... କଅଣ ହୋଇଗଲା ସେଇଠୁ ? କିଏ ନ କରୁଚି ଚୋରି ! ଧନୀ ସାହୁ କିଲାପୋତେଇ କରି ଟଙ୍କାକ ଜାଗାରେ ପାଞ୍ଚଟଙ୍କା ନଉଚି– ସେଇଟା କ'ଣ ଚୋରି ନୁହେଁ ? ଯେଉଁ ବାବୁମାନେ ଜାଣିଶୁଣି ତାକୁ ଛାଡ଼ି ଦଉଛନ୍ତି, ସେମାନେ ସବୁ କଅଣ ଭଲ ନୋକ ? ଯେଉଁ ସାହୁକାର ଆମକୁ ଖଟେଇ ଆମ ତଣ୍ଟି ଚିପି ଖଜଣା ଆସୁଲ କରୁଛି, ସିଏ କ'ଣ ଚୋର ନୁହେଁ ? ଆଉ ମୁଁ ଖାଇବାକୁ ପାଉନି, ପିନ୍ଧିବାକୁ ପାଉନି, ଚୋରି କଲି ତ କଅଣ ହେଲା ?"

ଗୁରେଇ ଭୟାର୍ତ୍ତ ଗଳାରେ କହିଲା, "ଯଦି ଧରାପଡ଼ ?"

ଅପର୍ଣ୍ଣ ନିର୍ଭୀକ ଭାବରେ ଉତ୍ତର ଦେଲା, "ଧରାପଡ଼ିଲେ ପଡ଼ିବି । ତା' ଆଗରୁ ତୁ ଖଣ୍ଡେ ଲୁଗା ହେଲେ ପିନ୍ଧି ପକେଇଥା । ଛିଣ୍ଡା ଲୁଗାଗୁଡ଼ିକ ଏଇ ଅଗଣାରେ ପକେଇଦେ, ଆଉ ଏଇ ଶାଢ଼ି ଖଣ୍ଡ ପାଉଁଶ ଗଦା ଭିତରେ ନୁଚେଇ ଦେଇ ଆ । ଯା– ବେଇଗି ସବୁ କରିପକା ।" ଅପର୍ଣ୍ଣ କହିଲା ପ୍ରକାରେ ଗୁରେଇ ସବୁ କରିଗଲା ଶଙ୍କିତ ଚିତ୍ତରେ । ବାରଟା ବେଳକୁ ପୁଲିସ୍ ଆସି ଘର ଖାନ୍ତଲାସ କଲା । ଗୁରେଇ ନୂଆ ଶାଢ଼ିଟା ପିନ୍ଧି ଲଜ୍ଜାବନତ ମୁଖରେ ଠିଆହେଲା ପୁଲିସ୍ ସାମ୍ନାରେ ।

ଗୁରେଇ ପିନ୍ଧା ଶାଢ଼ିକୁ ଦେଖାଇ ପୁଲିସ୍ ପଚାରିଲା ଅପର୍ଣ୍ଣକୁ– ଏ ଶାଢ଼ି କେଉଁଠୁ ପାଇଲୁ ?

ଟିକିଏ ବି ଶଙ୍କି ନ ଯାଇ ଅପର୍ଣ୍ଣ ଉତ୍ତର ଦେଲା– କିଣିଛି ।

ପୁଲିସ୍ ପଚାରିଲା– କେଉଁଠୁ କିଣିଲୁ ?

ହେଇ, ଯିଏ ଆପଣଙ୍କ ସାଥିରେ ଆଇଚି ଧନୀ ସାହୁ– କିଣିଚି ଏଇ ରବିବାର ଦିନ ।

ଧନୀ ସାହୁ ଆଡ଼େ ଚାହିଁ ପୁଲିସ୍ ପଚାରିଲା– କିଓ ବିକିଚ ?

ଆଖି ଦି'ଟା ବଡ଼ବଡ଼ କରି ହାତଯୋଡ଼ି ଧନୀ ସାହୁ କହିଲା, ନାଇଁ ଆଜ୍ଞା ! ଖାତା ଦେଖନ୍ତୁ ତା' ଦସ୍ତଖତ ତ ଥିବ ।

ଅପର୍ଣ୍ଣ ଶ୍ଳେଷମିଶା ଗଳାରେ କହିଲା, ଦସ୍ତଖତ ଆସିବ କେଉଁଠୁ ସାହୁଏ ? ରାତି ବାରଟାବେଳେ ଚୋରଙ୍କ ଭଳି ବାଡ଼ିପଟେ ତ ଲୁଗା ବିକିବ କିଲାପୋତେଇରେ । ଅଢ଼େଇ ଟଙ୍କାର ଖଦିଖଣ୍ଡକ ତ ମୋଠୁ ପାଞ୍ଚ ଟଙ୍କା ସୁଢ଼କାଏ ନେଲା– ଅନ୍ଧାରିଆ ବେଉସା । ଅବିକା ମତେ ଚୋର କରିବାକୁ ବସିଛ କ'ଣ କିଏ ସାହୁ ? ପୁଲିସ୍ ଆଡ଼େ ଚାହିଁ ପଚାରିଲା, ଆଜ୍ଞା ମୁଁ ଚୋର କି ନୁହେଁ ପଚାରନ୍ତୁ ସବୁ ଗାଁବାଲାଙ୍କୁ । ଆଉ ସେମାନଙ୍କୁ ପଚାରନ୍ତୁ ଧନୀ ସାହୁ କିଲାପୋତେଇରେ ଲୁଗା ବିକେ କି ନାହିଁ ? ତାଙ୍କରି ଭିତରୁ ବି କେତେ କିଣିଥିବେ । ପୁଲିସ୍ ଚାହିଁଲା ଗାଁବାଲାଙ୍କ ଆଡ଼େ । ସମସ୍ତେ ନିରବ ରହିଲେ । ପୁଲିସ୍ ଧନୀ ସାହୁକୁ ପଚାରିଲା– ତମର କେତେ ଯୋଡ଼ା ଲୁଗା ଚୋରି ଯାଇଛି ?

ଧନୀ ସାହୁ ଥଙ୍ଗେଇ ଥଙ୍ଗେଇ ମନେପକାଇବା ଭଳି ଆଖି ଉପରକୁ କରି କହିଲା, ଆଜ୍ଞା ଦଶ ପନ୍ଦର ଯୋଡ଼ା ।

ଧମକ ଦେଇ ସବ୍-ଇନ୍‌ସ୍ପେକ୍‌ଟର କହିଲେ, ଠିକ୍ କେଇଟା ଜାଣିନ ? କଣ୍ଟ୍ରୋଲ ଦୋକାନ ତମର, ଲୁଗା ହିସାବ ଠିକ୍ ରଖନ ?

ଧନୀ ସାହୁ ପାଟି ପାକୁପାକୁ କଲା । ପୁଲିସ୍ ଅପର୍ଣ୍ଣର ଘରବାଡ଼ି ସବୁ ଟିକିନିଖି କରି ଖୋଜି କେଉଁଠୁ କିଛି ନ ପାଇ ଧନୀ ସାହୁକୁ ଚାହିଁ କହିଲେ, ଏଯାଡ଼େ ଚୋରିଯିବା ବାହାନା ଦେଖେଇ ସିଆଡ଼େ କିଲାପୋତେଇ ଚାଲିଛି, ନାଇଁ ? ଆସ ତମ ଦୋକାନ ଖାନତଲାସ୍ କରିବି । ତମେ ବଡ଼ ସୁବିଧା ଲୋକ ନୁହଁ ତ ?

ପୁଲିସ୍ ଆଗେଇ ଚାଲିଲା । ପଛେପଛେ ଧନୀ ସାହୁ ଚୋରଙ୍କ ଭଳି ଥରିଥରି ହାତଯୋଡ଼ି ଚାଲିଲା ।

ଅପର୍ଣ୍ଣ ଚାହିଁଲା ଗୁରେଇ ଆଡ଼େ ହସିହସି ।

ଗୁରେଇ ପଚାରିଲା ଆଶ୍ଚର୍ଯ୍ୟ ହୋଇ, "ତମେ ଏତେଗୁଡ଼ାଏ ମିଛ କହିଗଲ ପୁଲିସ୍ ଆଗରେ ? ମୋ ଛାତି ଥରୁଥିଲା ଖାଲି ।"

ଅପର୍ଣା କହିଲା, "ନେଇ ଆଣି ଥୋଇ ଜାଙ୍ଲେ ଚୋରି ବିଦ୍ୟା ଭଲ।"

ଗୁରେଇ ବ୍ୟସ୍ତ ହୋଇ କହିଉଠିଲା, "ନାଇଁ, ନାଇଁ, ଆମେ ଶୁଖୁଶୁଖୁ ମରିବା ପଛେ, ତମେ ଏମିତି କେଉଁଠୁ ଚୋରି କରନି। ମୋ ଛାତି ଧଡ଼ଧଡ଼ ହଉଚି।"

ଅପର୍ଣା କିଛି ସମୟ ରୁପ୍‍ହୋଇ ବସି ରହିଲା। ତା'ପରେ ଆଖ୍ ଛଲଛଲ କରି ବ୍ୟଥାତୁର କଣ୍ଠରେ କହିଲା, "ଗୁରେଇ ଚୋରି କ'ଣ ମୁଁ ସଉକରେ କଲି? ବଡ଼ଲୋକମାନେ ସଉକରେ ହଜାର ହଜାର ଚୋରି କରୁଛନ୍ତି। ଆମେ ହୀନସ୍ତା ହଉଚେ। ଦି'ଖଣ୍ଡ ଲୁଗା ବି ଆମେ ଚୋରି କରିପାରିବାନି ଖାଲି ନିଜର ମାନମହତ ଘୋଡ଼ାଇବା ଲାଗି?"

"ସମସ୍ତେ କହିଲେ, ଆମ ଦେଶ ସ୍ୱାଧୀନ ହେଲା, ଆମ ଦୁଃଖ ପାଣି ପରି ବୋହିଯିବ। କିନ୍ତୁ କାହିଁ?"

ଗୁରେଇ ଉଦ୍‍ୟକ୍ତ ଅପର୍ଣା କାନ୍ଧରେ ହାତ ରଖି କହିଲା, "ନାଇଁ, ତମେ ମୋ ମୁଣ୍ଡ ଖାଅ, ଯିଏ ଯାହା କରୁ, ତମେ ସେସବୁ ନିଉଛଣା କାମ ଆଉ କରିବନି। ଦୁଃଖ ଆମର ଦିନେ ନା' ଦିନେ ଘୁଞ୍ଚିବ। ସବୁ ଦିନ କ'ଣ ଆଉ ଏକା ଯାଉଥିବ?"

ଅପର୍ଣା ତା' ଆଡ଼େ ଚାହିଁ କହିଲା, "ଗୁରେଇ, ଭଲ ନୋକ ହେଲେ ଦୁଃଖ ଭୋଗିବାକୁ ହୁଏ।"

ଗୁରେଇ କହିଲା, "ହଉ ଦୁଃଖା।"

ମିମିର ସାହିତ୍ୟ ଶିକ୍ଷା

ବାମାଚରଣ ମିତ୍ର

ଜୀବନବାବୁଙ୍କ ମନରେ ଭାରି କଷ୍ଟ। ତାଙ୍କର ଏକମାତ୍ର ସନ୍ତାନ, କନ୍ୟା ମିମି ହେଉଛି ଭାରି ବୋକା। ପଢ଼ାରେ ତାର ମନ ନାହିଁ, ବହି ଧରି ବସିଲେ ଭୁଲାଏ। କିଛି ପ୍ରଶ୍ନ ପଚାରିଲେ ବୋକାଙ୍କ ଭଳି ନାହିଁ ରହିଥାଏ।

ଅଧଘଣ୍ଟାଏ ଧରି ବକର ବକର ହୋଇ ଜୀବନବାବୁ ପ୍ରାଣପଣେ ଚେଷ୍ଟା କରୁଛନ୍ତି ବୁଝାଇବାକୁ – "ଏ ହୃଦୟ ମୋର ଢାଳି ଦେଲି ଆଜି ତୁମରି ପାଦେ ହେ ନାଥ।" ମିମି ପାଟିଟାକୁ ମେଲା କରି ବଡ଼ ବଡ଼ ଆଖିରେ ସବୁ ଯେମିତି ଗିଳିଯାଉଛି, ସବୁ ଯେମିତି ବୁଝିପକାଉଛି ଏମିତି ଭାବରେ ଚାହିଁ ରହିଛି। ମଝିରେ ମଝିରେ ତାର କୁଞ୍ଚୁକୁଞ୍ଚିଆ ବାଳଗୁଡ଼ିକ ପବନରେ ଉଡ଼ି ଆସି ଆଖି ଉପରେ ପଡ଼ିବାରୁ ମିମି ବିରକ୍ତ ହୋଇ ସେଗୁଡ଼ିକ ଉପରକୁ ଠେଲିଦେଇ ପୁଣି ସେମିତି ଚାହିଁରହିଛି, ସତେ ଯେପରି ବାଳଗୁଡ଼ିକ ତାର ବୁଝିବାରେ ବ୍ୟାଘାତ ଜନ୍ମାଇବାରୁ ସେ ଭାରି ବିରକ୍ତ। ମିମିର ଭାବ ଦେଖି ଜୀବନବାବୁ ଅଧିକ ଉସ୍ସାହରେ ବୁଝାଇ ଚାଲିଛନ୍ତି।

କିଛି ସମୟ ପରେ ମିମିର ବିସ୍ତାରିତ ବଡ ବଡ ଆଖି ଯୋଡିକ କ୍ରମେ ଛୋଟ ହୋଇଆସିଲା। ପ୍ରାଣପଣେ ସେ ଉପର ପତାକୁ ଟେକି ରଖିବାକୁ ଚେଷ୍ଟାକରୁଚି। ଘଣ୍ଟାଏ ଧରି ଉକ୍ତ ପଦଙ୍କ୍ତିକୁ ବୁଝାଇବା ପରେ ଜୀବନବାବୁ ମନରେ ସନ୍ତୋଷ ଲାଭକଲେ ଯେ ମିମିକୁ ତାହାର ସରଳାର୍ଥ ଓ ଭାବାର୍ଥ ହୃଦୟଙ୍ଗମ କରାଇ ପାରିଚନ୍ତି। ସନ୍ତୋଷର ହସ ହସ ସେ ଏଥର ପଚାରିଲେ – ବୁଝିଲୁ ମା ?

ମିମି ପୁଣି ଥରେ ମୁଣ୍ଡବାଲ ଟେକିଦେଇ ବାଁ ଆଡୁ ଡାହାଣକୁ ମୁଣ୍ଡକୁ ଯଥା ସମ୍ଭବ ନୁଆଁଇ ମୁହଁରେ ହସ ଫୁଟାଇ ଜଣାଇଲା, ସେ ସବୁ ସମ୍ପୂର୍ଣ୍ଣରୂପେ ହୃଦୟଙ୍ଗମ କରିପାରିଚି; କିନ୍ତୁ ଆଖିରେ ତାର ଭୟ ଫୁଟି ଉଠିଲା। ଘୁମନ୍ତ ଆଖିଯୋଡିକ ଭୟରେ ବଡ଼ ବଡ଼ ହୋଇଗଲା।

ଜୀବନବାବୁ ରାଗିଯାଇ କହିଲେ, "ବୁଝିଚୁ ତ ବୋକାଙ୍କ ଭଳି ଚାହିଁ ରହିଚୁ କିଆଁ ? ବୁଝ। କଅଣ ବୁଝିଲୁ, ବୁଝ।"

ମିମି ଦୁଇ ଚାରି ଢୋକ ଛେପ ଗିଲି ଆରମ୍ଭ କଲା, "ନାଥ ବୋଇଲେ ସ୍ୱାମୀ କି ଭଗବାନ୍, ଯିଏ ଆମକୁ ସୁରୁଷ୍ଟି କରିଛନ୍ତି। ସିଏ ଭାରି ଭଲଲୋକ, କାହାରିକୁ କିଛି କହନ୍ତି ନାହିଁ, କାହାରି ଉପରେ ରାଗନ୍ତି ନାହିଁ, ଭା–ଆ–ଆ–ରି ଭଲ ଲୋକ ଜଣେ।"

"ଛେନାଟା ବୁଝିଚୁ, ବଦମାସ୍ କାହାଁକା। ଘଣ୍ଟାଏ ଧରି ବକରବକର ହେଲି। ଶେଷରେ କହିଲୁ ଭଗବାନ୍ ଜଣେ ଲୋକ। ସୃଷ୍ଟି ମୁହଁରେ ପଶୁ ନାହିଁ, କହୁଚି 'ସୁରୁଷ୍ଟି।' ଆହୁରି ପିଲା ହୋଇଯା ମ! ଆଠ ବର୍ଷର ଢୁଅ ହେଲାଣି, ପଞ୍ଚମ ଶ୍ରେଣୀରେ ବର୍ଷେ ଫେଲ୍ ହେଲାଣି... ଲାଜ ନାହିଁ ଟିକେ...."

ମିମି ଭୟରେ ପଛକୁ ଘୁଞ୍ଚିଯାଇ କହିଲା, "ନା, ନା, ଭଗବାନ୍ ଜଣେ.. ଭଗବାନ୍ ଜଣେ..."

"କଅଣ ଭଗବାନ୍ ଜଣେ ?" ଜୀବନବାବୁ ସଗର୍ଜନେ ପଚାରିଲେ।

ଦୋହରାଇ ତେହେରାଇ ମିମି ମନେ ମନେ ନିଜେ ନିଜକୁ ପଚାରିଲା, ଭଗବାନ୍ କଅଣ ? ବାପା କଅଣ କହିଲେଟି ? ଭଗବାନ କଅଣ ? ଏହି ସମୟରେ ମିମିର ଗେଲବସର ଢୁଅ ଶଙ୍କି ଦୌଡି ଆସି ମିମିର କୋଲକୁ ଚଢ଼ିଯାଇ କହିଲା–ମ୍ୟାଉଁ, ମ୍ୟାଉଁ।

ମିମିର ପାଟିରେ ପସିଗଲା, ଭଗବାନ୍ ଜଣେ ମ୍ୟାଉଁ।

ଜୀବନବାବୁଙ୍କର ଭୟଙ୍କର କ୍ରୋଧ ଜାତହେଲା। ସେ ଶଙ୍କିର ବେକକୁ ଧରି ଛାଟି ଦେଇ, ରୋଷେଇଶାଲ ଆଡକୁ ଚାହିଁ ପାଟି କରି କହିଲେ, "ପଚାଶ ଥର କହିଲିଣି ଯେ ଘରେ ବିରାଡି ଫିରାଡି ରଖନା, ପଢ଼ାରେ ଗୋଲମାଲ ହବ... ଦିନରାତି

ସେଇ ବିରାଡ଼ି ସାଙ୍ଗରେ ଖେଳ । ଇସ୍କୁଲରୁ ଆସି ଘରେ ପାଦ ଦେବା ମାତ୍ରକେ ବହିପତ୍ର ଫୋପାଡ଼ିଦେଇ ଆଗେ ଖୋଜା ହେବ ଶଙ୍ଖ କାହିଁ । ହ୍ୟାଃ, ମାତୃ ଗୁଣେ ଦୁହିତା ହୋଇଚି । ମଲୁ ନାହିଁ, ଦେଖିଲୁ ଶଶଧର ବାବୁଙ୍କ ଝୁଅକୁ, କେମିତି ପାଟି କରି ପଢ଼ୁଚି । ଦେଖିଲୁ ଲିଙ୍ଗରାଜ ବାବୁଙ୍କ ଝୁଅକୁ, କେମିତି କ୍ଲାସରେ ପ୍ରଥମ ହେଉଚି । ମୋରି କପାଳକୁ ତୁ ଆସିଲୁ । ଏ ବଂଶରେ କେହି ଗୋଟାଏ ହେବେନାହିଁ, କେହି ଗୋଟାଏ ନାଁ' ରଖିବେ ନାହିଁ । କପାଳ, କପାଳ ! ହ୍ୟାଃ, ଆର ପରୀକ୍ଷାରେ ଖାତାସବୁ ଚିରି ଡଙ୍ଗା କରି ଭସେଇ ଦେଇ ଚାଲିଆସିଲା । ମଲୁ ନାହିଁ ଯା' ତୁ....”

ଗତ କ୍ଲାସଉଠା ପରୀକ୍ଷାରେ ପରୀକ୍ଷାଦେବାକୁ ମିମି ଇସ୍କୁଲରେ ବସିଚି, ଏହି ସମୟରେ ଘୋର ବର୍ଷା ହେଲା । ପାଣି ଇସ୍କୁଲର ବାରଣ୍ଡା ଟପି ଘରର ମୁହଁ ପର୍ଯ୍ୟନ୍ତ ଚାଲିଆସିଲା । ମିମିର ମନ ଆଉ ଠିକ୍ ରହିଲାନାହିଁ । ପରୀକ୍ଷା ହେଉଚି ସେ ଏ କଥା ଏକଦମ୍ ଭୁଲିଗଲା । ସେ ଧୀରେ ଧୀରେ ପରୀକ୍ଷା ଘରୁ ବାହାରି ଚାଲିଆସିଲା । ପରୀକ୍ଷା ଖାତା ପତର ପତର କରି ଚିରି ଡଙ୍ଗାକରି ଭସେଇଦେଲା । ଡଙ୍ଗାଗୁଡ଼ିକ ଥରି ଥରି ଭାସିଗଲେ । ମିମି ମହା ତୃପ୍ତିର ସହିତ ଡଙ୍ଗାଗୁଡ଼ିକୁ ଚାହିଁ ବର୍ଷାରେ ଭିଜି ଘରକୁ ଫେରିଆସିଲା । ଘରକୁ ଆସି ତାର ମନେପଡ଼ିଲା ବାପାଙ୍କ କଥା । ବାପାଙ୍କ ଭୟରେ ତାର ଜର ଆସିଲା । ସେ ଜର ଛାଡ଼ିବାକୁ ଲାଗିଲା ଅନେକ ଦିନ । ମିମି ସେଥର ଫେଲ୍ ହେଲା ସତ; କିନ୍ତୁ ତାର ଜର ଯୋଗୁଁ ସେଥର ସେ ତ୍ରାହି ପାଇଗଲା । ପରେ ଜୀବନବାବୁ ସବୁ ଜାଣିପାରି ଭାରି ରାଗିଯାଇ ବାଡ଼େଇଥିଲେ । ଆଜି ସେଇ କଥା ମନେପଡ଼ିଯିବାରୁ ତାଙ୍କର ରାଗ ଦ୍ୱିଗୁଣୀତ ହେଲା । ଠାଏ କରି ଗୋଟାଏ ଚଟକଣ ଲଗେଇ ଦେଇ ସେ କହିଲେ, “ତୁ ନ ବୁଝାଇଲେ ତୋତେ ଛାଡ଼ୁନାହିଁ ମୁଁ । ଯେତେ ରାତି ହଉ । ଆଜି ତୋର ଦିନେ କି ମୋର ଦିନେ । ଖାଇବା ଆଜି ବନ୍ଦ । ବୁଝା, ବୁଝା, ବୁଝା ମ, କାନ୍ଦଣା ଥାଉ ।”

ରୋଷେଇଶାଲୁ ପାଟି ଶୁଭିଲା, “ତୁମେ ଝୁଅକୁ ପାଠ ପଢ଼େଇବ ନାହିଁ ଆଉ । ଯେତେବେଳେ ପଢ଼େଇ ବସିଲ ମାତ ଛଡ଼ା ଆଉ କିଛି ନାହିଁ । ଆମେ କଅଣ ଝୁଅକୁ ଖାଇବାକୁ ପିନ୍ଧିବାକୁ ଦେଉଚୁ ଯେ ତାଠୁଁ ଏତେ ଆଶା କରିବା ? ପଢ଼େଇ ତ ଜାଣ ନାହିଁ ....”

ଜୀବନବାବୁ ଉତ୍କ୍ଷିପ୍ତ ହୋଇ କହିଲେ, “କଅଣ ହେଲା, ମୁଁ ପଢ଼େଇ ଜାଣେ ନାହିଁ ? ଘଣ୍ଟାଏ ଧରି ଟିକିନିଖି ବୁଝେଇଲି । ସବୁ ବୁଝିଯିବା ଭଲି ମୁଣ୍ଡ ଟୁଙ୍ଗାରିଲି । ମୁଁ ଜାଣେ ନାହିଁ ନା, ମାତୃଗୁଣେ ଦୁହିତା ହୋଇଚି ମ! ଶ୍ୟ, ଗେହ୍ଲା କରି କରି ଝୁଅଟାର ମୁଣ୍ଡ ଖାଇସାରିଲାଣ ତମେ ।

ରୋଷେଇଶାଳୁ ପୁଣି ଦୃଢ଼କଣ୍ଠରେ ଡାକରା ଆସିଲା, "ହଉ ଥାଉ ଆଜି ସେତିକି। ଆ ମିମି, ଖାଇବୁ ଆ।"

ମିମି ଆଣ୍ଠୁ ଟେକୁଥିଲା ଉଠିବାକୁ। ଜୀବନ ବାବୁ ଗର୍ଜନ କରି ଉଠିଲେ, "ଖବରଦାର୍‍, ସେତକ ନ ବୁଝାଇ ତୁ ଆଜି ଯାଇପାରିବୁ ନାହିଁ। ବୁଝା, ଭଗବାନ୍‍ କଅଣ? ଏତେ ବୁଝାଇଲି ମୁଁ, ବୁଝା।"

ସରଳାର୍ଥ ବୁଝାଇବାରେ ଭଗବାନ୍‍ ଆସି ସବୁ ପ୍ରଥମରୁ ଅଡୁଆ ପୁରାଇଦେବାରୁ ମିମି ଲୁହ ପୋଛି ଭଗବାନଙ୍କୁ ଗାଳିଦେଇ ମନେ ମନେ କହିଲା, ଭଲ ଲୋକ ନା ପୋଡ଼ାମୁହାଁଟା, ମୋତେ ବାପାଙ୍କଠୁଁ ଏତେ ମାଡ଼ ଖୋଇଲାଣି। ଏତେ ଅଡୁଆକୁ ନ ଯାଇ ଭଗବାନ୍‍ କଥାଟାକୁ ବାଦ୍‍ ଦେଇ ସେ ବୁଝାଇବାକୁ ଯାଉଥିଲା; କିନ୍ତୁ ମନେ ମନେ ପୋଡାମୁହାଁ ଗାଳି ଦେବା ପରେ ତାର ମନେପଡ଼ିଗଲା ପୁରୀମନ୍ଦିରରେ ଜଗନ୍ନାଥଙ୍କ କଥା। ଜଗନ୍ନାଥଙ୍କୁ ଦେଖି ସେ ଆଇକୁ କାନେ କାନେ ପଚାରିଥିଲା, "ଆଇ ମ, ଜଗନ୍ନାଥଙ୍କ ମୁହଁ କଅଣ ପୋଡା?" ନାତୁଣୀର ପ୍ରଶ୍ନରେ ଆଇ ଆଖିରେ ଲୁହ ଝରିପଡ଼ିଥିଲା। ସେ ନାତୁଣୀକୁ ଚୁମ୍ବନ ପରେ ଚୁମ୍ବନ ଦେଇ କହିଥିଲେ, "ହଁ, ସେ ପୋଡାମୁହାଁ ଭଗବାନ।" ସେଇକଥା ମନେ ପଡ଼ିଯିବାରୁ ମିମି ଯେପରି ଅନ୍ଧକାର ମଧ୍ୟରେ ଆଲୋକ ପାଇଲା। ଆଖି ତାର ଉଜ୍ଜ୍ୱଳ ହୋଇଉଠିଲା। ଜଗନ୍ନାଥ ଯେପରି ତାର ଆଖି ଆଗରେ ଉଭାହେଲେ। ସେ ଭଲକରି ଥରେ ସେ ଚେହେରା ଦେଖି ନେଇ କହିଲା, "ଭଗବାନ୍‍ ହେଉଛନ୍ତି ଜଗନ୍ନାଥ," କିନ୍ତୁ ଆଇ କଥା ମନେ ପଡ଼ିଯିବାରୁ ମିମିର ଆଖିଯୋଡ଼ିକ ଛଳଛଳ ହୋଇଗଲା। ସେ ସବୁ ଭୁଲିଯାଇ କହିଲା, "ବାପା ମ, ବାପା, ଆଇ ମୋତେ ଲେଖିଚି ଗାଁରେ ରହି ତାର ମୋ କଥା ମନେପଡ଼ି ମନ ଭାରି ଖରାପ ହେଉଚି। ତାକୁ ନେଇ ଆସ ମ ବାପା!"

"ରଖ୍‍ ତୋ ଆଇ। ହୁଁ, ଭଗବାନ୍‍ ହେଉଛନ୍ତି ଜଗନ୍ନାଥ। ତା'ପରେ କଅଣ ହେଲା?"

ଆଇ-ବିରହବିଧୁରିତ ମନକୁ ପୁଣି ସରଳାର୍ଥକୁ ଫେରାଇ ଆଣିବାକୁ ମିମିର କିଛି ସମୟ ଚାଲିଗଲା। ଉଦ୍‍ଗତ ଅଶ୍ରୁରୋଧ କରି ମିମି କହିଲା, "କବି ଏଠାରେ କହୁଛନ୍ତି, କହୁଛନ୍ତି... କହୁଛନ୍ତି ଯେ.... ଆଇ ମ, ଆଇ ଲୋ...।" ମିମି ଏଥର ଆଉ ସମ୍ଭାଳି ନ ପାରି ଭେଁ କରି କାନ୍ଦିପକାଇଲା।

ଜୀବନବାବୁ ଦୁମ୍‍ ଦୁମ୍‍ କରି ତା ପିଠିରେ ଦି'ଟା ନଦିଦେଇ କହିଲେ, "ଧେତ୍‍, ମୋ କପାଳରେ, ଦେଖ ଯାକୁ। ଏତେ ବୁଝାଇଲି ଘଣ୍ଟାଏ ଧରି, ସବୁ କୁଆଡ଼େ ଭୁଲିଗଲୁ? ଇସ୍କୁଲ ମାଷ୍ଟେ କାଲି କହୁଥିଲେ ଯେ ମିମି କ୍ଲାସରେ ମୋତେ ମନ

ଦେଉନାହିଁ। ଯେତେ ଅଭୁତ ଉତ୍ତର ଦେଉଛି। ହଇ ଲୋ ହେ, ବିପରୀତ ଶବ୍ଦମାନେ କଅଣ? ବିପରୀତ ଶବ୍ଦମାନେ କଅଣ ବା? କହୁଛି ନା ସକେଇ ହଉଛି ବେହିୟା। ଲାଜ ନାହିଁ, କାନ୍ଦୁଚି ପୁଣି! ଛିଃ, ଛିଃ, ମୋ ଝୁଅ ହେଇ ତୁ ଏଇୟା କହିଲୁ। 'ସୁଖ'ର ବିପରୀତ ଶବ୍ଦ 'ଖସୁ'। କାନ୍ଦଣା ରଖି କହ ମୁଁ କଅଣ ବୁଝାଇଲି। କବି କହୁଛନ୍ତି ଯେ.... ହୁଁ..."

ମିମି ଲୁହ ପୋଛୁ ପୋଛୁ ପୁଣି କହିବାକୁ ଚେଷ୍ଟା କଲା, "କବି କହୁଛନ୍ତି ଯେ..."

ଏତିକି କହିବା ପରେ ସେ ମନେ ମନେ ପୁଣି ନିଜେ ନିଜକୁ ପଚାରିଲା – କବି କିଏ ମ? ସେ କାହିଁକି କଅଣ କହିବାକୁ ଗଲେଟି? ସବୁ ତାର ପୁଣି ଗୋଳମାଳ ହୋଇଗଲା। ଆର ପାଖ ଘରେ ଶଙ୍କି ମ୍ୟାଉଁ ମ୍ୟାଉଁ କରି ଉଚ୍ଛନ୍ନ ଭାବରେ ଡାକିଲାଣି। ଇୟାଡ଼େ କବି କିଏ ଆଉ ସେ କଅଣ କହିଲେ ଓ କାହିଁକି କହିବାକୁ ଗଲେ ମିମିର ମନେପଡ଼ୁନାହିଁ। ମନେ ମନେ ମିମି ଶଙ୍କିକୁ ତାନେ ଗାଲି ଦେବାକୁ ଲାଗିଲା, ପୋଡ଼ାମୁହିଁ, ପଢ଼ା ସରୁ, ଦଉଚି ତତେ ଟାଙ୍କେ ଛେଟି। ପଢ଼ା କଅଣ ସରିବ ଆଜି ସତେ? ହେ ମହାପ୍ରଭୁ, ହେ ଜଗନ୍ନାଥ, ଏ କବି ପୋଡ଼ାମୁହାଁ କଅଣ କହିଚି ମନେପକେଇଦିଅ।

ଏହି ସମୟରେ ବାହାରେ କିଏ ଡାକିଲା – ବାବୁ ଅଛନ୍ତି? ଜୀବନ ବାବୁ ଚିଠି ଉଠି ଉତ୍ତର ଦେଲେ, "ନାଇଁ ବାବୁ ନାହାନ୍ତି।" ବାହାରୁ ଉତ୍ତର ଆସିଲା, "ବଡ଼ ବାବୁ ଡାକୁଚନ୍ତି, ଶୀଘ୍ର ଆସନ୍ତୁ କଚେରୀ– କଅଣ ଜରୁରି କାମ ଅଛି।" ଜୀବନବାବୁ ବିରକ୍ତି ହୋଇ କମିଜ ପିନ୍ଧୁ ପିନ୍ଧୁ କହିଲେ, "ମୁଁ ଯାଉଛି, ଅଧଘଣ୍ଟା ଭିତରେ ଫେରିବି। ମୁଁ ଯାହା ବୁଝାଇଥିଲି ତାହା ଲେଖିଥିବୁ, ଆଉ ଦ୍ୱିତୀୟ ଉଦାହରଣମାଳାର ପାଞ୍ଚ ନମ୍ବର ଅଙ୍କଟି କଷି ରଖିଥିବୁ। ଯଦି ନ ହେଇଚି ଏଣିକି ତ ଦେଖିବୁ ମୁଁ ତୋର କି ଅବସ୍ଥା କରିବି।"

ଜୀବନ ବାବୁ ତରତର ହୋଇ ଚାଲିଗଲେ। କଚେରୀରେ ବଢ଼ି ସଂକ୍ରାନ୍ତ ଜରୁରି କାମ କରୁକରୁ ତାଙ୍କର ଘଣ୍ଟାଏ ଲାଗିଗଲା। ଘରର ଦାଣ୍ଡ ଦୁଆର ମୁହଁ ପାଖରେ ଧୀରେ ପାଦରୁ ଜୋତା କାଢ଼ି, ହାତରେ ଧରି, ଝରକାବାଟେ ଉଙ୍କି ମାରି ଦେଖିଲେ ମିମି ଶୋଇଛି ନା ପାଠ ପଢ଼ୁଚି। ଝରକା ବାଟେ ଯାହା ଦେଖିଲେ, ସେଥିରେ ସେ କିଛି ବୁଝିପାରିଲେ ନାହିଁ। ତାଙ୍କର ବଡ଼ ଭାଇ ଓ ସାନ ଭାଇ ଦୁହେଁ ଖାତା ଉପରେ ନଇଁପଡ଼ି କଅଣ ଲେଖିଚାଲିଛନ୍ତି। ଅନେକ ଲେଖିସାରିଲେଣି। ଅନେକ କାଗଜ ଚିରା ହୋଇ ତଳେ ପଡ଼ିଚି। ମିମି ଦୁଇଗୋଡ଼ ଲମ୍ବେଇ ଦେଇ ଶଙ୍କିକୁ କୋଳରେ ବସାଇ ତାକୁ ଥାପୁଡ଼ାଇ ଥାପୁଡ଼ାଇ ଗୀତ ଗାଉଚି, 'ଧୋରେ ବାୟା ଧୋ, ଯେଉଁ କିଆରୀରେ ଗହଲ ମାଣ୍ଡିଆ ସେଇ କିଆରୀରେ ଶୋ।'

ଘର ଭିତରକୁ ପଶି ଆସି ଜୀବନ ବାବୁ ପଚାରିଲେ – ମିମି ତୋର ଏଇ ପଢ଼ା ହଉଚି ?

ମିମି ଚମକିପଡ଼ି ବାପାକୁ ଚାହିଁ ଶଙ୍କିକୁ ଛାଟିଦେଲା । ଭୟରେ ମୁହଁ ତାର ଏତେ ଟିକିଏ ହୋଇଗଲା, କଳାକାଠ ପଡ଼ିଗଲା ।

"ଇୟେ କଅଣ ହେଉଚି ଭାଇ ?" ଜୀବନ ବାବୁ ଆଶ୍ଚର୍ଯ୍ୟ ହୋଇ ପଚାରିଲେ ।

"ଅଙ୍କ କଷୁଚୁ ଆମେ । ଛି, ଛି, ଏଇ ଟିକେ ପିଲାକୁ ଏମିତିକା ଅଙ୍କ ? 'ସରଳ ଗଣିତ' ଇୟା ନା ? ଲେଖକ ନିଜର ପାଣ୍ଡିତ୍ୟ ଦେଖେଇଚି ନା ପିଲାର ବୁଦ୍ଧି କେତେ ବିବେଚନା କରିଚି ଟିକିଏ ? ଦେଇତ ଗଲୁ ଅଙ୍କ, କଲୁ ତୁ ନିଜେ ଏକୁ ?"

ଜୀବନ ବାବୁ ଅଙ୍କ ଖଣ୍ଡିକ ପଢ଼ିଲେ.... ମୁଁ ମୋ ଘରୁ ଡେଲାଙ୍ଗର ଗୋଟିଏ ସଭାକୁ ପାଦରେ ଚାଲି ଯିବି । ସଭାରେ ଠିକ୍ ସନ୍ଧ୍ୟା ୭ଟା ବେଳେ ପହଞ୍ଚିବାର କଥା । ମୁଁ ଯଦି ଘଣ୍ଟାକୁ ୩ ମାଇଲ ବେଗରେ ଯାଏଁ ତେବେ ଠିକ୍ ସମୟରେ ଅଧ ଘଣ୍ଟାଏ ଆଗରୁ ପହଞ୍ଚିବି । ଯଦି ଘଣ୍ଟାକୁ ୨ ମାଇଲ ବେଗରେ ଯାଏ ତେବେ ଠିକ୍ ସମୟର ଘଣ୍ଟାକ ପରେ ପହଞ୍ଚିବି । ତେବେ ମୋର ଘରୁ ସଭାସ୍ଥାନ କେତେ ଦୂର ? ଅଙ୍କଟି ପଢ଼ି ଜୀବନ ବାବୁ ବଙ୍କେଇ ତେଢ଼େଇ ଦୁଇ ତିନି ଥର ଅଙ୍କଟିକୁ ଚାହିଁଲେ । କେମିତି ଭାବରେ ଆରମ୍ଭ କରିବେ କିଛି ବୁଝି ପାରିଲେ ନାହିଁ ।

ବଡ଼ଭାଇ କହିଲେ, "ଆରେ ଅଙ୍କତ କଷିବା ଦୂରେ ଥାଉ, ମିମି ଆଗେ ପଚାରି ବସିଲା ସଭା କଅଣ ? ସେଠାକୁ ନ ଗଲେ କଅଣ ଚଳନ୍ତା ନାହିଁ ? ବୁଝା, ସଭା କଅଣ ବୁଝା । କୌଣସି ମତେ ସଭା କଅଣ ବୁଝାଇଲୁ ଆମେ । ମିମି ପୁଣି ପଚାରିଲା, ହଉ ହେଲା, ଟିକିଏ ଆଗରୁ ବା ପରେ ପହଞ୍ଚିଲେ ଦୋଷ କଅଣ ଯେ ଏଣୁ ଭାଲେଣୀ କାହିଁକି ? ଏ ସବୁ ଗୋଲମାଲିଆ ପ୍ରଶ୍ନର ଉତ୍ତର ଦେଉଁ ଦେଉଁ ତ ଗଲା ଅଧଘଣ୍ଟାଏ । ତା'ପରେ ଅଙ୍କ ଧରି ତ ଆମେ ଦୁହେଁ ବସିଚୁ । ମିମିର ଦେଢ଼ ଖଣ୍ଡ ଖାତା ଶେଷ ହେବାକୁ ବସିଚି ।

ସମସ୍ତେ ହସିଲେ । ଜୀବନ ବାବୁ କହିଲେ, "ହଉ ଥାଉ, ଅଙ୍କ ଥାଉ । ମିମି, ଏ ମିମି, ସାହିତ୍ୟ ହେଉନି ?"

"ନା, ମୁଁ ଅଙ୍କ କରୁଥିଲି । ବଡ଼ବାପା ଓ ସାନବାପା ମୋତେ ଖାଇବାକୁ ଡାକିଲେ । ମୁଁ କହିଲି-ପଢ଼ା ନ ସାରି ଯିବିନାହିଁ-ପଢ଼ା ନ କଲେ ଭଗବାନ୍ ରାଗିବେ । ସେଇଠୁ ସେମାନେ ଅଙ୍କ ଦେଖି କଷିବାକୁ ବସିଲେ, ମୁଁ...."

"ତୁ ଶଙ୍କିକୁ ଶୋଇଦେବାକୁ ବସିଲୁ ନାଃ, ତୋ ଦେଇ ହବ ନାହିଁ; କିନ୍ତୁ ତୋତେ ଆଜି ନ କୁହାଇ ମୁଁ ଛାଡ଼ିବି ନାହିଁ । କହ, 'ଏ ହୃଦୟ ମୋର ଢାଲି ଦେଲି

ଆଜି ତୁମରି ପାଦେ ହେ ନାଥ' ଏହାର ସରଳାର୍ଥ କହ।"

ମିମି ଏଥର ସାହସ ଭରି କହିଲା, "ନାଥ ବୋଇଲେ ଜଗନ୍ନାଥ, ଯାହାଙ୍କର ମୁହଁଟି କାଳିଆ, ବଡ଼ ବଡ଼ ଆଖି, ନେଫଡ଼ା ମୁହଁ...।"

ଜୀବନ ବାବୁ କଟମଟ କରି ଚାହିଁଲେ ମିମିକୁ। କିନ୍ତୁ ବଡ଼ଭାଇ ଥିବାରୁ ସେ ତାଙ୍କ ଭୟରେ ମିମିକୁ କିଛି କହି ପାରିଲେ ନାହିଁ।

କିନ୍ତୁ ବାପାଙ୍କର ବଡ଼ ବଡ଼ ଆଖି ଦେଖି ମିମିର ମୁହଁଟି ଶୁଖିଗଲା। ସବୁ ଉସ୍ତାହ ତାର ମରିଗଲା।

ବଡ଼ଭାଇ ବୁଝିପାରି କହିଲେ, "ହଁ ଲୋ ମା, ତୁ ଠିକ୍ କହିଚୁ। ବାଃ, ବେଶ୍ ସୁନ୍ଦର ବୁଝିଚି। ହଁ, ତା ପରେ-"

"ତା'ପରେ, ସେଇ ଜଗନ୍ନାଥଙ୍କୁ ଚାହିଁ କବି ବୋଲି ଜଣେ ଲୋକ କହିଲେ, କହିଲେ..."

ହଁ, ହଁ, କହିଲେ..... ବଡ଼ଭାଇ ଉସ୍ତାହ ଦେଇ ପଚାରିଲେ। ମିମି ସାହସ ପାଇ ତାର ବଡ଼ବାପାର କାନେ କାନେ କହିଲା, "ଜଗନ୍ନାଥଙ୍କର ପାଦ ନାହିଁ ମୁଁ ଦେଖିଚି। ଆଉ ହୃଦୟଟାକୁ କବିଟା ଢାଳିଦେଲା। ତା ବାପା ଗାଳିଦେଲେ। ଆଚ୍ଛା ବଡ଼ବାପା, ହୃଦୟ ଢାଳିଲା କେମିତି?"

ବଡ଼ଭାଇ ମିମିକୁ କୋଳକୁ ଆଉଜାଇ ନେଇ କହିଲେ, "ମା, ତୋ ପଢ଼ା ସେତିକି ଥାଉ ଆଜି। ତୁ ଯାହା ପଚାରିଲୁ ତୋତେ ସେ କଥା କେହି ବୁଝାଇ ଦେଇପାରିବେ ନାହିଁ। ହୃଦୟକୁ କେମିତି ଢାଳନ୍ତି ସେ କଥା ମୁଁ ଏ ପର୍ଯ୍ୟନ୍ତ ବୁଝିପାରିନାହିଁ, ତୋତେ କଅଣ ବୁଝାଇବି। ଆଉ ସେ କବିଟା ବୁଝିଚି ବୋଲି ମୁଁ ଭାବୁନାହିଁ।"

ବିଜୁଲି ସାହାବଙ୍କ ବାହାଘର

ଫତୁରାନନ୍ଦ

ଆଜି ବିଜୁଲି ସାହାବଙ୍କର ବାହାଘର ଭୋଜି। ବାହାଘର ସରିଥିଲା, ଭୋଜିଟା ଖାଲି ବାକି ଥିଲା। ଜର୍ମାନୀରେ ବିଜୁଲି ଉପରେ ନାହିଁ ନ ଥିବା କୃତିତ୍ୱ ଦେଖାଇ ସେ କଟକ ଫେରିବା ମାତ୍ରେ ଗୁଡ଼କୁ ଜନ୍ଦା ବେଢ଼ିଲା ପରି ଶଶୁରପଲ କାହୁଁ କାହୁଁ ମାଡ଼ିଆସି ବେଢ଼ିଗଲେ। ବିଜୁଲିରେ ସିନା ସାହାବଙ୍କର ତାକତ, ଶଶୁର ଓ ପୁରୋହିତ ପଲଙ୍କୁ ବଲ ଖଟେ କେତେକେ! ଚାହୁଁ ଚାହୁଁ ଚାରିକାତ ମେଲାଇ ପଡ଼ିଗଲେ। ଶେଷରେ ଗୋଟିଏ ଶଶୁରର ଯନ୍ତା ଭିତରେ ମେଣ୍ଢାଟି ପରି ପଶିଗଲେ। ତୋଖଡ଼ମାର ସାହାବ! ବନ୍ଧୁବାନ୍ଧବ କିଛି ଅଲ୍ପ ନୁହଁନ୍ତି। ଚେହେରା ଯେମିତି ବ୍ୟବହାର ସେମିତି। ଫଲରେ ଡାକ୍ତର, ଓକିଲ, ବ୍ୟବସାୟୀ ଓ କାନ୍ତରାଟ୍ ଭିତରୁ ବହୁତ ବହୁତ ଲୋକ ତାଙ୍କ ସହ ବନ୍ଧୁତା ଜମେଇ ଦେଇଥିଲେ। ସମସ୍ତେ ଆସି ଜୁଟିବାର ଏଇ ହେଉଛି ଅସଲ ମଉକା।

ବିଜୁଲି ଅଫିସରେ ତିନିଦିନ ହେଲା କାମ ଅଧାଅଧି

ବନ୍ଦ। ସବୁ କର୍ମଚାରୀଙ୍କ ତୁଣ୍ଡରେ ସେଇ ଗୋଟିଏ କଥା– ରଖ ହୋ, ସବୁଦିନେ ତ ଲୋକଙ୍କପାଇଁ କାମ କରୁଛୁ, ଏ ଦିନେ ଦି'ଦିନ ସାହାବଙ୍କ ପାଇଁ ଖଟିବା ନାହିଁ? ଆମ ସାହାବ ଆମକୁ କେତେ ଭଲ ନ ପାଉଛି! କେତେ କେତେ ବିପଦରୁ ଆମକୁ ରକ୍ଷା ନ କରିଛି! ତା ବଦଲରେ ଆମେ ତାକୁ କଅଣ ଦେଇଛୁ? ରଣ ଶୁଝିବାର ବେଳ ଆସିଛି।

ଏ କେବଳ କହିବା କଥା ନୁହେଁ। କର୍ମଚାରୀମାନେ କାମରେ ମଧ୍ୟ ହାତ ଦେଖାଇ ଦେଇଥାନ୍ତି। ସାହାବଙ୍କୁ କୁଟାଖିଏ ଦି'ଖଣ୍ଡ କରିବାକୁ ଦେଉ ନ ଥାନ୍ତି। ସାହାବ ଖାଲି ବାଘମାର୍କା ନୋଟରୁ ଥାକେ ବଡ଼ ବାବୁଙ୍କ ହାତରେ ଗୁଞ୍ଜିଦେଇ ନିଶ୍ଚିନ୍ତ। କଅଣ ଆସିଲା, କଅଣ ଗଲା କୋଉଥିରେ ମୁଣ୍ଡ ପୁରାଉ ନଥାନ୍ତି। ଅନ୍ୟମାନଙ୍କ କଥା ପଛକୁ ଥାଉ; ନୁତୁବୁଢ଼ିଆ ଗଜିବାବୁଙ୍କର କୋଉଠି ଏତେ ବଳ, ଉସ୍ତାହ ଟିପିଚାପି ହୋଇ ରହିଥିଲା, ତାହା ଦେଖି ସମସ୍ତେ ତାଟକା ହୋଇଗଲେ। ଯେତେକ ନେଶ୍ୱରା ନ ମିଳିବା ଜିନିଷ କୋଉ ଅଧିକନ୍ଦି, ବିକନ୍ଦିରୁ ବୋହିଆଣି ଗଦା କରିଦେଲେ। ଭୋଜି ପୂର୍ବଦିନ ରାତିସୁଦ୍ଧା ଦୁଧ, ଦହି, ଛେନା ଓ ମାଛରେ ଘର ଭାସିଲା। ସମସ୍ତେ ଗଜିବାବୁଙ୍କୁ ସାବାସୀରେ ଗାଧୋଇ ଦେଲେ। ଆଉ ଅନ୍ୟମାନେ ଘିଅ, ତେଲ, ଲୁଣ, ଚାଉଳ, ଡାଲି ଆଉ ପନିପରିବା ପିମ୍ପୁଡ଼ି ଲାଗିଲା ପରି ବୋହିବାରେ ଲାଗିଥାନ୍ତି। ଛତ୍ରବଜାର ପରି ଏତେବଡ଼ ପରିବା ପେଣ୍ଠରେ ସେଦିନ କୋବି, ପୋଟଳ ଦେଖିବାକୁ ମିଳିଲା ନାହିଁ। ସବୁଠେଇ ଚର୍ଚ୍ଚା ଚାଲିଛି– 'ଆଃ! ବିଜୁଲି ସାହାବ ଖାନାଟାଏ ଦେବନି ତ, ଖାନାରେ ସମସ୍ତଙ୍କୁ ଭସେଇ ଦେବ।'

କେତେ ଯେ ଲୋକ ନିମନ୍ତ୍ରିତ ହୋଇଥାଆନ୍ତି ତାହା କଳନା କରିବା କାଠିକର ପାଠ। ତେବେ ତାଙ୍କ ଅଫିସର ସୁଦର୍ଶନ ଡଗର ପ୍ରେସ୍‌ରୁ ଦୁଇହଜାର ନିମନ୍ତ୍ରଣ ପତ୍ର ଛପାଇ ଆସିଲାବେଳେ ଦରଦାମ୍ ନେଇ ଏମିତି ଟକାଟକ୍ ଲଗାଇଥିଲା ଯେ ଅସମ୍ଭବ ପ୍ରକାରର ଦୁଇ ହଜାର ନିମନ୍ତ୍ରଣ ପତ୍ର ଛାପ ହୋଇଛି ବୋଲି ଅନେକ ଲୋକଙ୍କ କାନରେ ବାଜି ଯାଇଥିଲା। ବାହାଘର ପୂର୍ବଦିନ ସବୁ ନିମନ୍ତ୍ରଣ ପତ୍ର ଖାଡ଼ଖୁଡ଼ ହୋଇଗଲା।

ଏତେ ଲୋକଙ୍କ ପାଇଁ ଆୟୋଜନ। କିଛି କଟକଚଣ୍ଠିଆ ବାହାଘର ନୁହେଁ। ଦି'ଟା ଫୁଲହାର ଅଦଲ ବଦଲ ଓ ପାଇକିଆ ମିଠେଇ ହାଣ୍ଡିଟିରେ ସବୁ ଖତମ। ଏଥକୁ ଲୋଡ଼ା ଏକ ବିରାଟ ଖଣାଶାଳ। ନିମନ୍ତ୍ରିତ ଭଦ୍ରବ୍ୟକ୍ତିମାନେ ବସି ଆରାମରେ ଖାଇଲା ଭଲି ତହୁଁ ବଡ଼ ଏକ ବଢ଼ିଆ ଥାନ। ଖାଇବା ପୂର୍ବରୁ ବସି ଅପେକ୍ଷା କରିବାପାଇଁ ସେମିତି ଏକ ବଡ଼ ଥାନ ଲୋଡ଼ା। ଏସବୁ ଯୋଗାଡ଼ କରିବାରେ କିଛି ଅସୁବିଧା ହେଲାନି। ସାହାବଙ୍କ ଚିଠି ପାଇବା ମାତ୍ର ବାରିକ ମିସ୍ତ୍ରୀ ବିଭାଗ ବଡ଼ ବଡ଼ ତମ୍ବୁ ଓ

ଟେରାବାଡ଼ମାନ ପଠେଇ ଦେଲେ। ଆଉ ଆଉ କେତେ ବିଭାଗରୁ ଚାନ୍ଦୁଆ, ସତରଞ୍ଜି, ଟେବୁଲ, ଚଉକି, ଫୁଲଦାନୀ ସବୁ ବି ଆସିଗଲା।

କୋଠି ଆଗରେ ଓ କଡ଼ରେ ତମ୍ବୁ ଓ ଟେରାବାଡ଼ ପଡ଼ିବା ପାଇଁ ଥାନ ସଫେଇ ହୋଇଗଲା। ଗୋଟିଏ ତମ୍ବୁରେ ଭଦ୍ରଲୋକ ବସିବେ, ଆଉ ଗୋଟିକରେ ଖାଇବେ। ପାଖରେ ଟେରାବାଡ଼ ପଡ଼ି ଖାଦ୍ୟଶାଳ ହେବ, ସେଠୁ ଖାଇବା ଜିନିଷ ବୋହି ଆଣିବାକୁ ଭାରିକିଛି ସୁବିଧା ହେବ।

କାର୍ତ୍ତିକ ମିସ୍ତ୍ରୀ ଦଳେ ମିସ୍ତ୍ରୀଙ୍କୁ ଧରି ଚାହୁଁ ଚାହୁଁ ଥାନ ସଫାକରି ତମ୍ବୁତକ ଠିଆ କରେଇ ଦେଲା। ଭୋଜିର ପୂର୍ବଦିନ ଦି'ପହରକୁ ସବୁ ଠିକ୍‌ଠାକ୍‌। ସନ୍ଧ୍ୟାବେଳକୁ ଖାଦ୍ୟଶାଳ ଚୁଲିମାନଙ୍କରେ କାଠ ପକେଇ ନିଆଁ ଧରେଇ ଦିଆଗଲା।

କେହି କାହାକୁ ପଚରାଉଚରା ନାହିଁ। ପୂର୍ଣ୍ଣ ଓ ମେଘା ନାୟକ ବିଜୁଲି ତାର ଖଞ୍ଜାଖଞ୍ଜିରେ ଲାଗିଗଲେ। କେଉଁଠି ଯେପରି ଟିକିଏ ହେଲେ ଗଣ୍ଡଗୋଲ ନହୁଏ, ସେଥିଲାଗି ବଡ଼ ହୁସିଆରିରେ ତାର ଖଞ୍ଜିଲେ। ଶଗଡ଼ ଶଗଡ଼ ନାଲିବତୀ ଆଣି ଗୋଟାକ ଯାକ ଥାନକୁ ଅତି ସୁନ୍ଦର ଭାବରେ ସଜେଇ ଦେଲେ। ମଙ୍ଗରାଜ, ସାମଲ ଓ ଯଦୁବାବୁ ଭଦ୍ରବ୍ୟକ୍ତିମାନଙ୍କର ବସିବା ଥାନକୁ ଇନ୍ଦ୍ରପୁରୀରେ ପରିଣତ କରିଦେଲେ। ଖାଇବା ଥାନ ବି ସେମିତି ସଜାଗଲା। ବସିବା ଓ ଖାଇବା ଥାନରେ ସବୁଠୁଁ ବେଶୀ ନଲି ବତି ଖଞ୍ଜି ଦିଆଗଲା—କାଲେ କେତେବେଲେ ଦୈବ ଦୁର୍ଯ୍ୟୋଗକୁ ସୁଟସାଟ୍‌ ହୋଇଯିବ ସେହି ଡରରେ ଜରୁରୀ ତାର, ଅତି ଜରୁରୀ ତାର ଆଉ ସେମିତିଆ କେତେ କଅଣ ସତର୍କତାମୂଳକ କାମ କରାଗଲା। ଯେତେହେଲେ ସେମାନେ ଜଣେ ଜଣେ ବିଜୁଲିର ପୋକ। ବିଜୁଲି ସାହାବଙ୍କର ପୁଣି ବାହାଘର। ସେଥିରେ କଥା ଥାଏନା!

ଭୋଜି ଦିନ ସୂର୍ଯ୍ୟ ବୁଡ଼ୁ ବୁଡ଼ୁ, ପହଲିବାବୁ ବିଜୁଲିର ପ୍ରଧାନ ଚାବି ଖଟ୍‌ କରି ଦାବିଦେଲେ। ଓଃ, ସେ କି ଦୃଶ୍ୟ! କୁହୁକଦୀପର ଦୈତ୍ୟ ସତେ କି ଗୋଟାଏ ଅପ୍ସରାପୁରୀ ଆଣି ସେଠି ଲାଥୁକରି ଥୋଇଦେଲା। ପୂର୍ଣ୍ଣ, ମେଘା ଓ ପହଲିବାବୁଙ୍କର ଛାତି ଚାରିଇଞ୍ଚ ଲେଖାଏଁ ଫୁଲିଗଲା। ଦେଖଣାହାରିଏ ହାଁ କରି ଚାହିଁ ରହିଲେ। ଆଉ ସବୁଙ୍କ କଥା ଗାତକୁ ଯାଉ, ନ ଜାଣିଲା ଲୋକେ ବିଜୁଲି ଆଲୁଅର ରୋଷଣି ଦେଖି କହି ପକାଇଲେ— 'ବିଜୁଲି ସାହାବଙ୍କ ବାହାଘର ହେବପରା!'

ପୂର୍ବଦିନ ରାତିରେ ମିଠେଇ କାମ ଗୁଡ଼ିଆମାନେ ସାରି ଦେଇଥିଲେ। ଭୋଜିଦିନ ଦି'ପହର ବେଳକୁ ରାନ୍ଧୁଣିଆମାନେ ଚଟୁ ଧରିଲେ। ରାତି ଆଠଟାକୁ ନିମନ୍ତ୍ରଣ। ସମସ୍ତେ ଧରି ନେଇଥିଲେ ଯେ ଭଦ୍ରଲୋକମାନେ ଆସୁଆସୁ ରାତି ନଅରୁ ଉଣା ହବନି। ଏଇଟା କିଛି ଭୁଲ ଭାବିବା କଥା ନୁହେଁ। ଏ ସଭାସମିତି ସନ୍ଧ୍ୟା ଛଅଟାରେ ହବାର ଥିଲେ,

ଖୋଦ୍ ସଭାପତି ରାତି ନଅଟାରେ ସଭାକୁ ବିଜେ କରନ୍ତି। ଏଣୁ ଭଦ୍ରବ୍ୟକ୍ତିମାନେ ଆସୁ ଆସୁ ରାତି ନଅଟା ହେବା କିଛି ବିଚିତ୍ର କଥା ନ ଥିଲା। ରାନ୍ଧୁଣିଆମାନେ ନାହିରେ ତେଲ ପକେଇ ଧୀରେ ସୁସ୍ତେ କାମ କରିଚାଲିଲେ। ସମସ୍ତେ ଯାହା ଆଶା କରିଥିଲେ ତାର କିନ୍ତୁ ଓଲଟା କଥାଟା ହେଲା। ଭଦ୍ରବ୍ୟକ୍ତିମାନେ ସାଢେଛଅଟା ବେଳକୁ ଆସି ଭିଡ଼ ଜମେଇଦେଲେ। ପାଛୋଟିଆ ଦିବ୍ୟସିଂହ ଓ ଦୟାନିଧିବାବୁ ଦେଖିଲେ କଥାଟା ଗଣ୍ଡଗୋଳିଆ ହୋଇଯିବ। ଦୁସରା ଲୋକଙ୍କୁ ସେଠି ରଖାଇ ଦୁହେଁ ଧାଇଁଲେ ଖଦାଶାଳକୁ। ସେତେବେଳକୁ ପଲାଉ, ତରକାରି ବିଲ୍କୁଲ୍ ଚୁଲି ଉପରକୁ ଯାଇନି। ରକ୍ଷା ହୋଇଛି ମାଛ, ପରିବାପତ୍ର ସବୁ କିଛି ଛଣାଛଣି ସରିଛି। ଏକା ସାଙ୍ଗରେ କୁହାଟ ଦେଲେ– "ଆରେ ସବୁ ସାରି ଦେଲରେ, ଆରେ ଆମକୁ ଆଜି ବେଜିତ୍ କଲରେ, ଆରେ ଚାହୁଁଛ କଅଣ, ବସାଅ ହଣ୍ଡା, ଚଲାଅ ଚଟୁ, ଆରେ ଚଞ୍ଚଳ କର ନହେଲେ ମାନମହଟ ଗଲା। ଆରେ ତୁମର କାନ ଅଛି ନା ନାହିଁ। କୋଉଠୁ ଆସିଥିଲରେ ମରୁଡ଼ିଆ ଦଳ ଦିହରେ ଦି'କଡ଼ାର ବଳ ନାହିଁ, ହମହମ ହୋଇ ଆବୋରି ବସୁଛନ୍ତି ପାହାଡ଼କୁ। ଆରେ ହାତ ଚଞ୍ଚଳ କର, ଚାହୁଁଛ କାହାକୁ?"

ଏ କୁହାଟ କାମ ଦେଖେଇଲା। ପୂଜାରୀମାନେ ଚୁଲି ଭିତରକୁ ଜାଲ ଆହୁରି ପେଲିଦେଲେ ଚଟୁ ବୁଲେଇବାରେ ଲାଗିପଡ଼ିଲେ। କାମ ଖୁବ୍ ଆଗେଇଲା। ଦିବ୍ୟସିଂହ ଓ ଦୟାନିଧିବାବୁ କିନ୍ତୁ ଜୋକ ପରି ଲାଗି ରହିଥାନ୍ତି। ପୂଜାରୀଦଳ ଝାଲନାଲ ହୋଇଗଲେଣି। ତଥାପି ଏ ଦୁହିଁଙ୍କର କୁହାଟ ବନ୍ଦ ହେବାକୁ ନାହିଁ। ବିରକ୍ତ ହୋଇ ସେମାନେ ଲେଉଟ ପଦ ଛାଡ଼ିଲେ– "ବାବୁ! ସେମିତି ପାଟିତୁଣ୍ଡ ଏଠି ଚଳିବ ନାହିଁ। ଏ ନିଆଁପାଣି କଥା, ଏଠି ବକର ବକର ହେଲେ ସବୁ ଭଣ୍ଡୁର ହେବ।"

ଭଣ୍ଡୁର ହେବା କଥା ଶୁଣି ଦୁହେଁ ଚପିଗଲେ। ଅଧା ତାଉ, ଅଧା ପାକଲା ପାକଲିରେ ରାନ୍ଧୁଣିଆମାନଙ୍କୁ ପଛଆଡ଼େ ଅଣ୍ଟେଇଲେ। ସବୁ ହୋଇଗଲା, ଖାଲି ଲୁଣ, ପଛ ମସଲା, ଆଉ ପଛ ଘିଅ ଦେବାକୁ ବାକି। ଟୋକେଇଏ ଲୁଣ ଥୁଆ ହୋଇଛି। ବଡ଼ ରାନ୍ଧୁଣିଆ ଆଞ୍ଚୁଲାଏ ଲୁଣ ଧରି ମାଛ ତରକାରିରେ ପକାଇବାକୁ ଯାଉଛି, ଅଠାତ୍ ଫୁଟ୍ ହୋଇଗଲା। ଚାରିଆଡ଼େ ଅନ୍ଧାର। ରାନ୍ଧୁଣିଆ ହାତରୁ ସବୁ ଲୁଣଟକ ତରକାରି କରେଇରେ ପଡ଼ିଗଲା। ସହଜେ ତ ସେ ଟିକିଏ ଅନ୍ଧାରକଣା ଥିଲା, ଦିନ ପରି ଆଲୁଅରୁ ହଠାତ୍ ଅନ୍ଧାରରେ ପଶିବାକୁ ଚାରା କାହିଁ ତାର। ସାହାଯ୍ୟ ପାଇଁ ରଡ଼ି ଛାଡ଼ିବାରୁ ତାକୁ ଅନ୍ୟମାନେ ନିରାପଦ ଜାଗାକୁ ଟାଣି ଆଣିଲେ।

ହେଁ! ଯମ ଘରେ ଘାଉଡ଼! ବିଜୁଳି ସାହାବର କାମ ବେଳକୁ ବିଜୁଳି ପାଗଲା ହେଉଛି। ଏ କିଛି କମ୍ ହଟଚମଟର କଥା ନୁହେଁ। ଚାରିଆଡ଼େ କୁହାଟ ଖେଲିଗଲା– 'ଆଲୁଅ, ଆଲୁଅ, ଆଲୁଅ'...

ଲୋକ ସିନା ଆଲୁଅ ପାଇଁ ଅପେକ୍ଷା କରିବେ, ହେଲେ ଚୁଲି ଉପରେ ବସିଥିବା ତରକାରି କରେଇମାନେ କଅଣ ସେଥିପାଇଁ ନିଃଶ୍ୱାସ ମାରିବେ! ବଡ଼ ରାନ୍ଧିଣିଆ ଚିଲେଇଉଠିଲା- "ହେ ସନେଇ, ଆରେ ହେ ଦାମା, ହଇରେ ଶତୁରା କରୁଛ କଅଣ, ଫିଂ କରେଇରେ ଆଙ୍ଗୁଳେ ଲେଖାଏଁ ଲୁଣ ପକାଇ ଶୀଘ୍ର କରେଇ ସବୁ ଉତାରିଦିଅ, ନହେଲେ ସତ୍ୟାନାଶ ହୋଇଯିବ, ସବୁ ଫିଟିଯିବ। ଆଲୁଅ ପାଇଁ ବସି ରହିଲେ ଦଫା ଶେଷ ହୋଇଯିବ।" କାଠ ଆଲୁଅରେ ଯେତିକି ଆଲୁଅ ହେଉଥିଲା ସେତିକିରେ ଅଣ୍ଠୁଲା ଉଣ୍ଠୁଲି କରି ଆଙ୍ଗୁଲା ଆଙ୍ଗୁଲା ଲୁଣ ଝପେଝାପ୍ ପକେଇବାରେ ଲାଗିଗଲେ। ବଡ଼ ରାନ୍ଧୁଣିଆଟୋ ବିଚରା ହାତଗୋଡ଼ ବାନ୍ଧି ବସିଥାଏ। ସମସ୍ତେ ଲାଗିପଡ଼ି କରେଇ ଓହ୍ଲାଇଲା ବେଲକୁ ପୁଣି ଫଟ୍‌କରି ଚାରିଆଡ଼େ ହାଲୋର ହୋଇଗଲା।

ଏଣେ ଭଦ୍ରବ୍ୟକ୍ତିମାନଙ୍କ ବସିବା ଥାନକୁ ଖୋଦ୍ ବିଜୁଲି ସାହାବ ଧାଇଁଆସି ହାତଯୋଡ଼ି କହିଲେ- "ଆଜ୍ଞା ଆପଣମାନଙ୍କୁ ବଡ଼ କଷ୍ଟ ଦେଲି। ମୁଁ ବଡ଼ ଦୁଃଖିତ। ଏଇଟା ମୋ ଶକ୍ତିର ବାହାରେ। ଚଉଦୁଆର ପେଣ୍ଡୁରେ ଗଣ୍ଡଗୋଲ ହେତୁ ଏ ଅସୁବିଧା ହୋଇଗଲା। ମୋତେ କ୍ଷମା ଦିଅନ୍ତୁ।"

ଏତକ ଶୁଣିବା ମାତ୍ରେ ସମସ୍ତେ ଚଢ଼ାଚଢ଼ି ହୋଇ କହିଉଠିଲେ- "ଆହା ଆପଣଙ୍କର ବ୍ୟସ୍ତ ହେବାର କୌଣସି କାରଣ ନାହିଁ। ଆମେ ଏପରି ଫୁତ୍‌ଫାତ୍‌ରେ ଖୁବ୍ ଅଭ୍ୟସ୍ତ। ଏଇଟା ଆମକୁ କିଛି ନୂଆ ଜିନିଷ ନୁହେଁ। ଆପଣ କିଛି ମନେକରିବେନି।"

ବିଜୁଲି ସାହାବ ଅଭୟ ଦେଇ କହିଲେ, "ମୁଁ ସମସ୍ତଙ୍କୁ ସତର୍କ କରାଇଦେଇଛି, ଆଉ ଏହାର ପୁନରାବୃତ୍ତି ହେବନି।"

ତାଙ୍କ କଥା ତାଙ୍କ ମୁହଁରେ; ଚାରିଆଡ଼େ ଘୋର ଅନ୍ଧକାର। ଦି'ତିନିଟା ଖେଚଡ଼ିଆ କଲେଜ ଟୋକା ସେଠି ଥିଲେ, ଘୋଡ଼ାଙ୍କ ପରି ହେଁ ହେଁ ହୋଇ ଉସିଉଠିଲେ। ବିଜୁଲି ସାହାବ ଅପଦସ୍ତ ହୋଇଗଲେ।

ଏଣେ ଖଣ୍ଡାଶାଲରେ ପୁଣି ଅନ୍ଧାର ହୋଇଯିବାରୁ ବଡ଼ ରାନ୍ଧୁଣିଆ କହିଲାଗିଲା- "ହଉଥା ପୁଅ କେତେ ଫୁତ୍‌ଫାତ୍ ହେଉଛୁ ହଉଥା, ଆମ କାମ ଖତମ ହେବା ଉପରେ। ଆରେ ହେ ସନେଇ, ଏ ଶଲେ ବାନ୍ଧୁଣୀନେଙ୍କ ଏଠି ଯେମିତି ଫକ୍‌ଫାକ୍ ହେଉଛି ଏଗୁଡ଼ାକୁ ବିଶ୍ୱାସ ନାହିଁ। ଯେଉଁ ବଡ଼ ବଡ଼ ପରାତ ଆଉ ବାଉଁଶ ଡାଲାସବୁ ସେଠି ତେରା ହୋଇଛି ସେଗୁଡ଼ାକୁ ଆଣି କରେଇସବୁ ଘୋଡ଼ାଇ ଦିଅ।"

ସେତେବେଲକୁ ଜାଲସବୁ ଲିଭାଇ ଦିଆଯାଇଥିବାରୁ ଥାନଟା ବେଶୀ ଅନ୍ଧାରୁଆ ଜଣାଯାଉଥାଏ। ସନେଇ ଅଣ୍ଟାଲି ଅଣ୍ଟାଲି ବଡ଼ ଡାଲାଟାଏ ଆଣି ଆଗ ମାଛ କରେଇ

ଉପରେ ଘୋଡ଼େଇଦେଲାବେଳେ ତାକୁ ଜଣାଗଲା କ'ଣ ଗୋଟାଏ ଯେମିତି ସେ ଡାଲାରୁ କରେଇ ଭିତରେ ପଡ଼ିଗଲା ଓ ଅଧସେକେଣ୍ଡ ପାଇଁ କରେଇ ଭିତରେ ଯେମିତି କ'ଣ ଗୋଟାଏ ପଟ୍‌ପାଟ୍‌ ଶବ୍ଦ ହେଲା। ଆଲୁଅ ଆସିଲେ ଦେଖିନେବ ବୋଲି ସ୍ଥିରକରି ସେ ଚୁପ୍‌ଚାପ୍‌ ହୋଇ ରହିଲା। ବିଜୁଳି ଆସିବାରେ ଡେରି ହେବାରୁ ପେଟ୍ରୋମାକ୍‌ସ ଲଣ୍ଠନ କେତୋଟି ଅଣାଗଲା। କେତେ ସେକେଣ୍ଡ ସେସବୁ ଜଳିଛି କି ନାହିଁ ବିଜୁଳି ଫଟ୍‌କରି ଆସିଗଲା।

ବିଜୁଳି ସାହାବ ଏଥରକ ଅତି କାକୁତି ମିନତି ହୋଇ କହିଲେ – "ଆଜ୍ଞା। ଦୁଃଖର କଥା ଢେଙ୍କାନାଳ ପାଖରେ ଗୋଟାଏ ଦୁର୍ଘଟଣା ହେବା ଫଳରେ ଏ ସରବରାହ ବନ୍ଦ ହୋଇଗଲା। ଏଇଟା ଚଉଦୁଆର ବାଲାଙ୍କ ଅଧିକାରରେ ନଥିଲା। ମୁଁ ବଡ଼ ଲଜ୍ଜିତ।"

ଭଦ୍ରବ୍ୟକ୍ତି ପୁଣି ସମସ୍ୱରେ କହିଲେ– "ଆଜ୍ଞା, ଆପଣ କାହିଁକି ତୁଚ୍ଛାଟାରେ ଦୁଃଖ କରୁଛନ୍ତି। ଏଗୁଡ଼ାକ ଆମର ଦିହ ଘଷରା ଯେ। ଏ ଫୁଟ୍‌ଫାଟ୍‌ ଭିତରେ ଚଲିବା ପାଇଁ ଆମେ ଖୁବ୍‌ ଅଭ୍ୟସ୍ତ।"

ନଳି ଆଲୁଅ ଚାରିପାଞ୍ଚଟା କାହିଁକି ଜଳିଲା ନାହିଁ ତାହା ତନଖି କରିବା ପାଇଁ ମେଙ୍ଗ ନାୟକ ଯାଇ ଦେଖେ ତ ସେ ଚାରିପାଞ୍ଚଟା ନଳି ବତିର ଅସ୍ତିତ୍ୱ ବିଲ୍‌କୁଲ ସେଠି ନାହିଁ। ମନେ ମନେ ସେ ଗାଲିଦେବାକୁ ଲାଗିଲା, "ଶାଲା ଚୋର, କେତେ ଚଟପଟିଆ! ଏମିତି ଟିକିଏ ସମୟ ଭିତରେ ଚାରିପାଞ୍ଚଟା ନଳିବତି ହାତସେଫଇ କରିଦେଲା। ବାପ୍‌ରେ ବାପ୍‌, ଆଉ ଟିକିଏ ଡେରି ହୋଇଥିଲେ ଶଲାଟା କଲାକନା ବୁଲେଇ ଦେଇଥାଆନ୍ତା।"

ସବୁ ଠିକ୍‌ ଠାକ୍‌ ହୋଇଯିବାରୁ ଭଦ୍ରବ୍ୟକ୍ତିମାନଙ୍କୁ ଥାନକୁ ଡାକି ନିଆଗଲା। ଆସନର ବନ୍ଦୋବସ୍ତ ପରେ ଚର୍ଚ୍ଚାକାରୀମାନେ ନିଜ ନିଜ କାମରେ ଲାଗିଯିବାକୁ ତିଲେମାତ୍ର ବିଲମ୍ବ କଲେ ନାହିଁ।

ନଟବାବୁ ମହା ହୁସିଆର! ସେ କେତେ ଭୋଜିଭାତ କଥା ଅଙ୍ଗୋ ନିଭେଇଛନ୍ତି। କିଏ ଖାଇଲା ମେଞ୍ଛେ ତ କିଏ ଖାଇଲା କେଞ୍ଛେ। ଏଠି ସେସବୁ ଯେପରି ନହୁଏ। ସେଥିପାଇଁ ସେ ଗୋଟାଏ ପରଷୁଣିଆ ବାହିନୀ ଆଗରୁ ଗଢ଼ିନେଇଥିଲେ। ଯେତେଟା ଜିନିଷ ସେତିକି ପରଷୁଣିଆ ଏକାଥରକେ ତା ପଛକୁ ତା ପଛ ହୋଇ ପରଷି ଦେବେ। ଭୁଲ୍‌ଚୁକ୍‌ର ଆଉ ପ୍ରଶ୍ନ ନଥିବ।

ଭଦ୍ରବ୍ୟକ୍ତିମାନେ ବସିଯିବା ପରେ ପରଷୁଣିଆ ଫଉଜ କାମରେ ଲାଗିଗଲେ। ଏତେ ବଡ଼ ଲମ୍ବ ପରଷୁଣିଆ ଦଳଙ୍କ ଧାଡ଼ି ଓ ସୁଶୃଙ୍ଖଳ କାମ ଦେଖୀ ନିଜେ ନଟବାବୁ କୁରୁଲି ଉଠିଲେ।

ଫଉଜ ଥରେ ଘୂରିଆସିବା ସାରିଲେଣି କି ନା ହଠାତ୍ ପୁଣି ବିଜୁଳି ଆଲୁଅ ଫୁଟ୍‌କରି ଲିଭିଗଲା। ପରଷୁଣିଆ ଗୋଟିଏ ନିଶାରେ କାମ କରି ଯାଉଥିଲେ, ଠିକ୍ ଗୋଟାଏ ଯନ୍ତ୍ରପରି। ଆଖିଝଲସା ଆଲୁଅରୁ ଏକାବେଳକେ ବିଚିକିଟିଆ ଅନ୍ଧାର। ଫଉଜ ଝୁଙ୍କଟାକୁ ସମ୍ଭାଳି ପାରିଲେନି। ସେହି ଅନ୍ଧାରେ କେତେଟା ଜାଗାରେ ପରଷି ପକାଇଲେ, କୋଉଠି ପଡ଼ିଲା ଦେଖୁଛି କିଏ। ଜଣେ ଦି'ଜଣ ଧକ୍କା ଖାଇ କଟାଡ଼ି ହୋଇ ପଡ଼ିଲେ। ଗରମ ଗରମ ଜିନିଷ ପଡ଼ିଯିବା ପରିଷାଥାଳରୁ ଛିଡ଼ିକି କେତେ ଭଦ୍ରଲୋକଙ୍କ ମୁହଁ, ଲୁଗାପଟା ନଷ୍ଟ କରିଦେଲା। ବେଶୀ ବିକଳ ଅବସ୍ଥା ହେଲା ପାୟସ ବାଲ୍ଟି ଧରିଥିଲାବାଲାର। ସେ ତା ଆଗରେ ପଡ଼ିଯାଇଥିବା ପରଷୁଣିଆ ଉପରେ ଗରମ ପାୟସ ବାଲ୍ଟି ସହିତ କଟାଡ଼ି ହୋଇ ପଡ଼ିଲା। ତାତିଲା ପାୟସ ଜ୍ୱାଲାରେ ଦୁହେଁ ବାପାଲୋ ମାଆଲୋ ହୋଇ ଛାଟିପିଟି ହେବାକୁ ଲାଗିଲେ ଖାଇବାବାଲାଏ ବି ଉଣା ଟେଙ୍କ ପାଇଲେ ନାହିଁ। କାହା ଗାଲରେ, କାହା ମଥାରେ, କାହା ହାତରେ ଫୋଟକାର ପୂର୍ବାବସ୍ଥା ସବୁ ସୃଷ୍ଟି ହୋଇଗଲା। ସଂଗେ ସଂଗେ ପେଟ୍ରୋମାକ୍ ଲଣ୍ଠନ ସବୁ ଆସିଗଲା, ଅବସ୍ଥା ସମ୍ଭଳା ପଡ଼ିଲା। ଆଘାତପ୍ରାପ୍ତ ପରଷୁଣିଆ ଓ ଖାଇଲାବାଲାଙ୍କୁ ସଂଗେ ସଂଗେ ପ୍ରାଥମିକ ଚିକିସା ଦିଆଗଲା।

କିଛି ସମୟ ପରେ ବିଜୁଳି ସାହାବ ନିଜେ ଆସି ଏକ କରୁଣ ରସାମ୍ଳକ ବକ୍ତୃତା ଆରମ୍ଭ କଲେ– "ଆଜ୍ଞା, ମୋର ଦୁର୍ଭାଗ୍ୟ। ହୀରାକୁଦରେ ଏକ ଟରବାଇନ୍‌ର ଖିଲ ବାହାରିଯିବା ଫଳରେ ଏ ଦୁର୍ଘଟଣା ଘଟିଲା। ମୁଁ ଦେଖୁଛି ଦୈବ ମୋର ବାମ ହୋଇଛି। କି ଭାଷାରେ ମୁଁ କ୍ଷମା ମାଗିବି ତାହା ମୁଁ ଭାବି ପାରୁନି।"

ତାଙ୍କର ବକ୍ତୃତା ନ ସରୁଣୁ ଫଟ୍‌କରି ପୁଣି ଆଲୁଅ ଆସିଗଲା। ଭଦ୍ରବ୍ୟକ୍ତିମାନେ ସମଦୁଃଖ ଓ ସହାନୁଭୂତି ପ୍ରକାଶ କରି କହିଲେ– "ଆଜ୍ଞା, ଦୈବ ଉପରେ ହାତ କାହାର। ଆପଣ ବୃଥାରେ କାହିଁକି ମନକଷ୍ଟ କରୁଛନ୍ତି। ଆମର ତ ଏଇଟା ନିତିଦିନିଆ ଦିହଘଷରା କଥା। ଆମ ପାଇଁ ଆପଣଙ୍କର ଚିନ୍ତା କରିବା ଦରକାର ନାହିଁ। ଯାଉଁ ଢେର ବେଶୀ କଠିନ ସମୟରେ ବିଜୁଳି ବନ୍ଦକୁ ଆମେ ସମ୍ଭାଳି ନେଇଛୁ। ଏ ତ ଆମକୁ କିଛି ନୁହେଁ।"

ଜଣେ ଡାକ୍ତର କହିଲେ, "ହଠାତ୍ ବିଜୁଳି ଦୀପ ବନ୍ଦ ହୋଇଯିବା ଫଳରେ ଟେବୁଲ ଉପରେ କେତେ ରୋଗୀଙ୍କର ଜୀବନ ଦୀପ ଲିଭିଯାଇଛି, ଏ କିବା ଛାର।"

ଜଣେ କାରଖାନା ମାଲିକ କହିଲେ, "ଏମିତିଆ ଘଟଣାରେ ବିଜୁଳି ଚୁମ୍ବକ ଅଚଳ ହୋଇଯିବାରୁ ତା ଦିହରେ ନଟକିଥିବା ତାତଲା ଲୁହା ଖସିପଡ଼ି ବହୁ ଲୋକଙ୍କୁ ମାରିଦେଇଛି, ଏଟି ତ ଯେମିତି କିଛି ଘଟିନି !"

ଆଳୁଅ ଆସିଲା, ପରଷା ସରିଲା, ଏଥରକ ହାତ ଚାଲିବ। ଧୀରେ ସୁସ୍ଥେ ପଙ୍‌ତିଆମାନେ ଗଣ୍ଡେ ଗଣ୍ଡେ ପଲାଉ ଚାକୁଲେଇ ସାରି ତିଅଣରେ ହାତ ଲଗେଇଲେ। ପାଟିରେ ଦେବା ମାତ୍ରେ ମୁହଁ ନିସିଡ଼ିଗଲା– ଛିଃ କି ଲୁଣ! ପଙ୍‌ତ ଭିତରେ କିଛି ବାରିବା ଅଭଦ୍ରତା। ତରକାରି ସରାତକ ସମସ୍ତଙ୍କର ସେହିପରି ରହିଲା। ମିଠା, ପାୟସରେ ସମସ୍ତେ କାମ ଚଲେଇ ନେଲେ।

ଅଧାଅଧ୍ୟ ଭୋଜନ ହୋଇଯିବା ପରେ ଜଣେ ପଙ୍‌ତିଆ ଲୋଭରେ ଖଣ୍ଡେ ମାଛକୁ ପାଣିରେ ଧୋଇ ଖାଇଦେବା ପାଇଁ ଇଚ୍ଛାକରି ସରା ଭିତରୁ ଖଣ୍ଡିଏ ମାଛ ଆଙ୍‌ଠିରେ ଆଡ଼େଇବାକୁ ଚେଷ୍ଟା କଲା। ଏଁ! ଏ କଅଣ! ତା ଦେହ ଶୀତେଇ ଉଠିଲା। ଯାହା କିଛି ଖାଇଥିଲା ସେସବୁ ଆଉ ପେଟ ଭିତରେ ସ୍ଥିର ହୋଇ ରହିପାରିଲେନି। ମୁକ୍ତି ପାଇଁ ପ୍ରବଳ ବେଗରେ ଊର୍ଦ୍ଧ୍ୱମୁଖ ହେଲେ। ଗୋଟାଏ ମଧ୍ୟମ ଧରଣର ବେଙ୍ଗ। ପେଟରେ ପଦାର୍ଥମାନଙ୍କୁ ଆଉ ସେ ଚାପିରଖି ପାରିଲାନି। ଭକ୍‌କରି ସେଇ ପତର ଉପରେ ଓକାଲି ପକାଇଲା। ସମବେଦନା ଜ୍ଞାପନ କଲାପରି ଆହୁରି ୪/ ୫ଜଣ ଅ-ଅ- ହୋଇ ଓକାଲି ପକାଇଲେ। ପଙ୍‌ତ ଆଇନ କାନୁନ ନମାନି ଦଳେ ଉଠି ପଲେଇଲେ। ତିଅଣରେ ବେଙ୍ଗଟାଏ ପଡ଼ିଥିଲା, ସେହି ତିଅଣକୁ ସମସ୍ତେ ଟିକିଏ ଟିକିଏ ଚାଖିଛନ୍ତି, ଏଇଟା ପଙ୍‌ତ ଭିତରେ ବାରୁଦ ରକ୍ଷିକର ନିଆଁ ପରି ଖେଲିଗଲା। ସମସ୍ତେ ଅସ୍ୱସ୍ତି ଓ ଭବିଷ୍ୟତ ପେଟ ଗଣ୍ଡଗୋଲ ଆଶଙ୍କା କରି ଉଠି ପଲେଇଲେ।

ବିଜୁଲି ସାହାବଙ୍କ ମୁହଁରେ ଆଉ କଥା ନାହିଁ। ନଟବାବୁ ରାନ୍ଧୁଣିଆ ଉପରେ ଚଢ଼ଉ କରନ୍ତେ ସେ ମୁହେଁ ମୁହେଁ ହାଙ୍କିଦେଲା– “ଓଲଟା ଆମକୁ ଦୋଷ, ବିଜୁଲି ସାହାବଙ୍କ କାମ। ସମସ୍ତେ ବିଜୁଲି ଅଫିସର ଲୋକ; ବିଜୁଲି ଫୁଟ୍‌ଫୁଟ୍ କରୁଥିଲା କାହିଁକି? ନିଆଁ ପାଣି, ଫୁଟୁଫୁଟୁକୁ ଧରି ବସୁଛ। କାହିଁକି ଏ ଫୁଟୁଫୁଟିଆ ବିଜୁଲି ରଖିଛ? ବିଜୁଲି ଉପରେ ଯଦି ଅକ୍‌ତିଆର ନଥିଲା ଦଶ ପନ୍ଦରଟା ଡେଲାଇଟ୍ ରଖିଲନି। ଅନ୍ଧାରରେ ଆମେ କଅଣ କରିବୁ? ଅନ୍ଧାରରେ ବେଙ୍ଗ କେମିତି ଡେଇଁ ପଡ଼ିଛି। ଲୁଣର ଅନ୍ଦାଜ ବି ରହିବ କେମିତି?”

ନଟବାବୁ କାନରେ ହାତଦେଇ ସେଠାରୁ ପଲେଇଲେ। ତେଣେ ଭଦ୍ରବ୍ୟକ୍ତିମାନେ ଉପହାର ସବୁ ନେଇ ଗୋଟିଏ କୋଠରୀରେ ପଡ଼ିଥିବା ଟେବୁଲ ଉପରେ ଥୋଇଦେଇ ପଦାକୁ ପଲାଉଥାନ୍ତି। ପେଟ ଭିତରେ ଶହୀଦ ବେଙ୍ଗର ଆର୍ତ୍ତନାଦ ସେମାନଙ୍କୁ ଯେପରି ଶୁଭୁଥାଏ। କେମିତି ଘରକୁ ପଲେଇବେ ତାର ବାଟ ଦିଶୁ ନଥାଏ। ବହୁତ ଉପହାର ଥୁଆ ହୋଇଗଲା। ଶୁଖିଲା ମୁହଁରେ କେବଲ ଓଠ ଦୁଇଟାକୁ ଜବରଦସ୍ତ ମେଲାଇ ବିଜୁଲି ସାହାବ ଜଣଜଣଙ୍କୁ ବିଦାୟ ଦେଉଥାନ୍ତି। ଉପହାର କୋଠରୀ ପାଖରେ ଭିଡ଼

ସାମାନ୍ୟ କମିଛି କି ନାହିଁ, ବିଜୁଲିବତି ପୁଣି ଫୁଟ୍ ହୋଇଗଲା। ଜଣେ କିଏ ବଡ଼ ପାଟିରେ ଥଟ୍ଟା କରି କହିଦେଲା, "ଏଥର ବମ୍ବେଇରେ ଗଣ୍ଡଗୋଳ।" ଆଉ ଜଣେ କହିଲା- "ହଁ, ଗଣ୍ଡଗୋଳଟା ପଛେଇ ପଛେଇ ଯାଉଛି। ପହିଲେ ଚଉଦୁଆର ତା'ପରେ ଢେଙ୍କାନାଳ, ତାପରେ ହୀରାକୁଦ, ଏଥର ବମ୍ବେଇରେ ନିଶ୍ଚୟ ହେବ।"

ବିଜୁଲି ଆସିବାରେ ଡେରି ହେବାରୁ ପେଟ୍ରୋମାକ୍ସ ଲଣ୍ଠନସବୁ ପୁଣି ଅଣାଗଲା। ଭଦ୍ରବ୍ୟକ୍ତିମାନେ ତମ୍ବୁ ଭିତରୁ ଧୀରେ ଧୀରେ ବାହାରି ଯାଉଥାଆନ୍ତି। ଠିକ୍ ଏତିକିବେଳେ ମେଙ୍ଗାନାୟକେ ଦେଖିଲେ ଯେ କିଏ ଜଣେ ଗୋଟାଏ ନଲିବତି ଆବୋରି ଠିଆହୋଇ କଣଶ କରୁଛି। ପୂର୍ବ ଅନ୍ଧାରବେଳେ ଗୁଡ଼ାଏ ନଲିବତୀ ଚୋରି ହୋଇଯାଇଛି। ଚୋରଙ୍କ ଉପରେ ପ୍ରଚଣ୍ଡ ରାଗ ଥିଲା। ସେ ଦାନ୍ତ କଡ଼ମଡ଼େଇ ଗୋଟାଏ ବାଡ଼ି ଧରିଲେ। ପାଦ ଚିପି ଚିପି ସେ ଲୋକଆଡ଼େ ଚାଲିଲେ। ମୂର୍ଖ ଚୋରଟାଏ, ବାଘ ଆସି ପଛରେ ହେଲାଣି ତାକୁ ମାଲୁମ ନାହିଁ। ଦୃଢ଼ ମୁଷ୍ଟି କରି ମେଙ୍ଗାବାବୁ ଜମେଇ ଦେଲେ ଏକ ଜବର ପାହାର। ଲୋକଟା 'ବୋପାଲୋ' ବୋଲି କହି ବସିପଡ଼ିଲା। ପାଟି ବାରିନେବାରୁ ମେଙ୍ଗାଙ୍କ ହାତରୁ ବାଡ଼ିଟା ଖସିପଡ଼ିଲା। ସେ କାକୁସ୍ଥ ହୋଇପଡ଼ି ପଚାରିଲେ – "ପହିଲି କିରେ? ଓଃ କି ଭୁଲଟାଏ ନ କଲି। ହଇରେ ତୁ ଏଠି କଣଶ କରୁଥିଲୁ?"

"ଇଲୋ ବାପା ମରିଗଲି। ବତିଟା କଡ଼ପଟିଆ ଥିଲା, କାଲେ ଚୋର ନେଇଯିବ ସେଥିଲାଗି ତାକୁ ଧରି ଠିଆ ହୋଇଥିଲି, ଲୋ ବାପା ମରିଗଲି।"

ଖବରଟା ରାଷ୍ଟ୍ର ହୋଇଗଲା। ସେ ଗୋଟାଏ ପେଟ୍ରୋମାକ୍ସ ଲଣ୍ଠନ ନେଇ ଦେଖିଲା ବେଳକୁ ପହିଲିଙ୍କ ମୁଣ୍ଡରୁ ଝରଝର ରକ୍ତ ବୋହୁଛି। ସଂଗେ ସଂଗେ ତାକୁ ଡାକ୍ତରଖାନା ନିଆଗଲା। ଅପରାଧୀ ପରି ମେଙ୍ଗାବାବୁ ତା ସଂଗେ ସଂଗେ ଚାଲିଲେ।

ଏଥର ଖୁବ୍ ଡେରିରେ ବିଜୁଲି ଆସିଲା। ସାହାବ ଉପହାର ଘର ଭିତରକୁ ପଶିଯାଇ ଦେଖିଲେ, ଗୁଡ଼ିଏ ଜିନିଷ ହରଣଟାଲୁ। ତା ପରିବର୍ତ୍ତେ କଳାକନାରେ ଗୁଡ଼ିଆ ହୋଇଥିବା ଗୋଟାଏ ବଡ଼ ପୁଡ଼ିଆ।

ଏଇଟା ତ ଆଗରୁ ନଥିଲା। କୌତୂହଳୀ ହୋଇ ସେ ତାକୁ ଫିଟାଇଲେ। ବଡ଼ ପୁଡ଼ିଆ ଭିତରେ ଆଉ କେତୋଟି ଛୋଟ ପୁଡ଼ିଆ। ଗୋଟିଗୋଟି କରି ଖୋଲି ତା ଭିତରେ ଥିବା ଚିଠି ଓ ଅଜବ ଉପହାର ସବୁ ଦେଖିଲେ। ଲେଖାଥିଲା-

"ବାବୁ! ନମସ୍କାର ନିଅନ୍ତୁ। ଆପଣଙ୍କ କୁମ୍ପାନୀ ହରଦମ ଯେମିତି ଆଲୁଅ ଲିଭଉଛି ସେଥିରେ ମୋର ବହୁତ ମହମବତି କାଟ୍ତି ହୋଇଛି, ଆପଣ ଏମିତି କଲେ ମୋର ବେପାରରେ ଆହୁରି ଉଟିଆ ହେବ। ଆପଣଙ୍କ ଗୁଣ ସୁମରି ଏ ମହବବତିଟି ଆପଣଙ୍କ ସାଦି ବଖତରେ ଭେଟି ଦେଲି।"

“ଆମର ପକେଟମାରୁ ବେପାରରେ ଖୁବ୍ ବଢ଼ତି ହୋଇଛି। ଆପଣଙ୍କ ଯୋଗୁଁ ଏ ବଢ଼ତି। ଏ ପକେଟକଟା କଇଁଚିଟା ଉପହାର ଦେଲି।”

“ଆପଣଙ୍କ ଯୋଗୁଁ ମାରୁଆଡ଼ି ଦୋକାନମାନଙ୍କରୁ ବହୁତ ଥାନ ଶାଢ଼ୀ, ଲୁଗା ଉଠାଇ ଆଣି ପାରିଛୁ। ଏ ଥାନଟି ଦେଲୁ। ନିମକହାରାମି ଆମେ କେବେ କରିବୁନି।”

ଆଉ ଗୋଟିଏ ଚିଠିର ଦୁଇ ଚାରିଧାଡ଼ି ପଢ଼ି ତାକୁ ଘୃଣାରେ ଚିରି ପକାଇଲେ। ସମୁଦାୟ ପଢ଼ିବା ତାଙ୍କ ଧୈର୍ଯ୍ୟର ବାହାରେ ଥିଲା। ଉପହାର ଥିଲା ଗୋଟିଏ ବ୍ରେଷ୍ଟାଇଟ୍। ସେଇଟାକୁ ସେ ପଦାକୁ ଫୋପାଡ଼ିଦେଲେ।

ଆଉ ଗୋଟିଏ ଚିଠିରେ ଲେଖାଥିଲା–ଆପଣଙ୍କ ଯୋଗୁଁ ଆମେ ବିଲକୁଲ କାମ ନ କରି ବହୁବାର ଦରମା ପାଇଛୁ। କୃତଜ୍ଞତାର ନିଦର୍ଶନ ସ୍ୱରୂପ ଏହି ସିଗାରେଟ୍ ବାକ୍ସଟିକୁ ଦେଲୁ।

ମୁହଁଟି ଶୁଖାଇଦେଇ ବିଜୁଲି ସାହାବ ସେ ଘର ଭିତରୁ ବାହାରି ଆସିଲେ ଓ ପଦାରେ ଗୋଟିଏ ଚଉକିରେ ବସିପଡ଼ିଲେ। ଜଣେ ଆସି ଖବର ଦେଲା, “ଆଜ୍ଞା ପହଲି ଭଲ ଅଛି, ଘା’ଟା ଗୁରୁତର ନୁହେଁ। ସାହାବଙ୍କର ଗୋଟାଏ ସ୍ୱସ୍ତିର ନିଶ୍ୱାସ ବାହାରିଗଲା।

▪▪

ମଶାଣିର ଫୁଲ
ସଚ୍ଚିଦାନନ୍ଦ ରାଉତରାୟ

ପୋଡ଼ାବସନ୍ତ ଶାସନର ଜଗୁ ତିଆଡ଼ି କୀର୍ତନ କରେ, ମୃଦଙ୍ଗ ବଜାଏ, ଗଞ୍ଜେଇ ଖାଏ, ଆଉ ମୁର୍ଦ୍ଦାର ପୋଡ଼େ । ଭଲ ମଡ଼ାଚଣ୍ଡିଆ ଭାବରେ ସେ ଖଣ୍ଡ ମଣ୍ଡଳରେ ଜଗୁର ବେଶ୍ ଗୋଟାଏ ନାଆଁ ବି ଅଛି ।

ମୁର୍ଦ୍ଦାରଟା ଯେବେ ଜୁଇ ନିଆଁ ଉପରେ ସେଁ ସେଁ କରେ କି ତା’ର ଗୋଡ଼ଟା ନିଆଁ ସେକରେ ଡେଙ୍ଗା ହୋଇ ଉପରକୁ ବାହାରିପଡ଼େ, କିମ୍ୱା ପେଟ ଭିତରେ ଅନ୍ତବୁକୁଳାଗୁଡ଼ାକରୁ ପାଣି ନିଗିଡ଼ି ନିଆଁ ଧରେ ନାଇଁ, ତେବେ ଅନ୍ୟ ମାଲଭାଇମାନେ ଜଗୁ ତିଆଡ଼ି ମୁହଁକୁ ଅନାନ୍ତି, ତା’ର ପରାମର୍ଶ ଲୋଡ଼ନ୍ତି ।

ଗଞ୍ଜେଇ ନିଶାରେ ଟିକିଏ ବେହୁସିଆର ହୋଇ ଜଗୁ ହୁଏତ ମଶାଣି ପଦାରେ ଖଣ୍ଡେ ଦୂରରେ ବସି ଭୁଲାଉଥାଏ । ସେ ଧଡ଼ପଡ଼ ହୋଇ ଉଠିପଡ଼ି ଠିଆହୁଏ, ତା’ପରେ କୋକେଇ ଭିତରୁ ଗୋଟାଏ ତିନିହାତିଆ ବାଉଁଶ ଓଟାରି ଆସି ‘ମାର୍‌ମାର୍’ କହି ମୁର୍ଦ୍ଦାର ଉପରେ ବସାଇଦିଏ ତିନି-ଚାରିଟା ପାହାର ।

ମୁର୍ଦ୍ଦାର ମୁଣ୍ଡଟା ହୁଏତ ଚୂନାଚୂନା ହୋଇଯାଏ–ଦହି ବାହାରି ପଡ଼ି ଖଣ୍ଡେ ଚଉଡ଼ାରେ ନିଆଁ ଲିଭିଯାଏ। ଅମାନିଆ ଗୋଡ଼ଟା ଠେଙ୍ଗା ମାଡ଼ରେ ଆଣ୍ଠୁ ଭାଙ୍ଗିପଡ଼ି ଲୋଟେ କାଠ ସନ୍ଧିରେ–ପେଟଟା ଫାଟି ହୋଇଯାଏ ଦି'ଫାଳ, ଅନ୍ତନାଡ଼ି ଭିତରେ ଭିତରେ ନିଆଁ ଚାଉଁ ଚାଉଁ ଖେଳିଯାଏ। ଆଖି ପିଛୁଲାକରେ ସବୁ ଜଳିପୋଡ଼ି ହୋଇଯାଏ ପାଉଁଶ।

ଆଣ୍ଠୁଏ ପାଉଁଶ, କୁଲା, ଛାଡ଼ୁଣୀ, ହାଣ୍ଡି, ଖପରା, ଛିଣ୍ଟା କତରା ସତ୍ତସଟିଆ ମଶାଣିପଦା। ନଖ, ବାଳ, ଟିକିଟିକି ହାଡ଼, ଅଲରା ବଲରା ଅସନା ! !

ଜଗୁ ତିଆଡ଼ି ଖୁସି ହୋଇ ଫେରିଆସେ। ପୋଖରୀ ଡୁରେ ତେଲ ଲଗାଉ ଲଗାଉ ଜଙ୍ଘ ଉପରେ ଚାପୁଡ଼ା ମାରି ଆରାମରେ କହେ, " ଦିଅଙ୍କ କୃପାରୁ କାମଟା ସୁରୁଖୁରୁରେ ବଢ଼ିଗଲା।"

ଗାଆଁରେ ଯେତେବେଳେ ଝାଡ଼ାବାନ୍ତି ବ୍ୟାପେ–ଠାକୁରାଣୀ ପଡ଼ନ୍ତି–ମଢ଼ କୁଡ଼କୁଡ଼ ହୁଏ, ଜଗୁ ତିଆଡ଼ିର ଖାତିର ସେତେବେଳେ ଗାଁରେ ଭାରି ବଢ଼ିଯାଏ। ସମସ୍ତେ ଆସି ତାକୁ ଖୁସାମତ କରନ୍ତି। କିଏ ଆଖିରୁ ଲୁହ ଗଡ଼ାଏ, କିଏ ଖୋଷଣୀରୁ ପଇସା ବାହାର କରେ, କିଏ ବା ହାତଓଠ ଧରି 'ବାପଲୋ ଧନଲୋ' କରେ। ଜଗୁ ତିଆଡ଼ି ବଡ଼ ଗମ୍ଭୀର ହୋଇ ସଭିଙ୍କ ନେଉରା କଥା ଶୁଣେ, କିନ୍ତୁ ହଠାତ୍ କିଛି କହେ ନାହିଁ।

"କାଲି ରାତିଠୁଁ ଘର ଭିତରେ ମଢ଼ା ପଡ଼ି ଗନ୍ଧେଇ ଗଲାଣି।"

"ଭୁଆସୁଣୀ ବୋହୂଟା ଦୁଇଦିନ ହେଲା ଘର କଣରେ ମରି ସଢ଼ୁଚି...।"

ଏହିପରି ନାନା ଭଳି ଅଳି ଅଜ୍ଞଟ ଜଗୁ ପାଖରେ ଆସି ପହଞ୍ଚେ।

ଜଗୁ ତା'ର ପାଉଣାପତ୍ର ବିଷୟରେ ଜମା ବାହାରି ଉପ୍ରୋଧ ରଖେ ନାଇଁ। ଭରିଏ ଗଞ୍ଜେଇ, ଟେଲାଏ ଅଫିମ, ଚାରିଅଣା ଅଷ୍ଟାଖୋଷା ନ ହେଲେ ସେ କୁଆଡ଼କୁ ଟଙ୍କିବ ନାଇଁ। ଏହାଛଡ଼ା କକ୍ଷାଭାତ, ଡୁଠଲୁଗା, ଦଶଘର ନିମିତା ଇତ୍ୟାଦି ଉପରୁ ଲାଭ ରହିଚି।

ସଧବା ସ୍ତ୍ରୀଲୋକ ମଢ଼ା ହେଲେ ଜଗୁର ଟିକିଏ ଲାଭ ବେଶୀ। ଥିଲାଘର ହୋଇଥିଲେ କାନର ନୋଲିଟା, ମଲକଡ଼ିଟା, କିମ୍ବ ନାକର ଗୁଣାଟା ଆଉ ନ ଥିଲାଘର ହୋଇଥିଲେ ଗୋଡ଼ ଆଙ୍ଗୁଠିର ରୁପାମୁଦିଟା ଜଗୁକୁ ଭାଇ ଦକ୍ଷିଣା ମିଳେ। ମୁର୍ଦ୍ଦାରଟାକୁ ନିଆଁରେ ଚଡ଼ାଇବା ଆଗରୁ ସେ ତା' ଦିହଟାକୁ ଖିନିଭିନି କରି ପରଖି ନେଇ କେଉଁଠି ଅଳଙ୍କାରପତ୍ର କିଛି ଅଛି କି ନାଇଁ ଦେଖେ, ଥିଲେ କାଢ଼ି ରଖେ। ବେଲେବେଲେ ମଢ଼ା ଦେହରୁ ନୋଲି, ମଲକଡ଼ି କି ଗୁଣା, ବସଣି ସହଜରେ ନ ବାହାରିଲେ ଜଗୁ ତିଆଡ଼ି ବିରକ୍ତ ହୋଇ ଦାନ୍ତ କାମୁଡ଼ି ବହୁତ ଢିଙ୍କା ଓଟରା କରି ଅଳଙ୍କାରଗୁଡ଼ାକ

ମୂର୍ଦ୍ଧାରେ ନାକରୁ, କାନରୁ ଛିଣ୍ଡାଇ ଆଣେ। ନାକଦଣ୍ଡିଯାଏ କାନଟା ଖଣ୍ଡିଆ ହୋଇଯାଏ, ନେଲିଆ ନେଲିଆ ପାଣିଆ ରକ୍ତ ବୋହିଆସି ଶବଟାର ମୁହଁାକ ସାଲୁବାଲୁ ହୋଇଯାଏ; କିନ୍ତୁ ଜଗୁ ତିଆଡ଼ିର ସେଥ୍ୟପ୍ରତି ଖାତିର ନ ଥାଏ। ଏଇଟା ତା'ର ନିତିଦିନିଆ କାମ, ଏକପ୍ରକାର ଉପୁରି ବୃଭି। ଇମିତି କରି ସେ ପଥର ପାଲଟି ଯାଇଚି।

ପୋଖତି ମୂର୍ଦ୍ଧାର ମିଳିଲେ ଜଗୁ ତିଆଡ଼ି ଧୋବଲୀ ଚକିଟିଏ ଅଙ୍ଖାରେ ନ ଖୋଷିଲେ କାନ୍ଧକୁ କୋକେଇ ଉଠାଇବ ନାଇଁ। ତା' ପାଉଣାରୁ ଟିକିଏ ଏପାଖ ସେପାଖ ହେଲେ ସେ ବାସିମଡ଼ା କରିଦେବ ବୋଲି ଧମକ ଦିଏ–ଅନ୍ୟ ମାଲଭାଇମାନଙ୍କୁ ଶିଖେଇ ମତେଇ ମେଲିବାନ୍ଧି ଅଡ଼ିବସେ।

ଟଙ୍କାଟାଏ ମିଳିଲେ ଅହ୍ୟ ଡେଙ୍ଗୁରାର ତାଲେ ତାଲେ ପାଦ ପକାଇ "ରାମ ନାମ ସତ୍ୟ ହେ' ପାଟିକରି ଜଗୁ ତିଆଡ଼ି ବଡ଼ ପଟିଆରାରେ ଦାଣ୍ଟ ମଝିରେ ପାହୁଲ ପକାଇ ଚାଲେ। ତା'ର ମୁଗୁନି ପଥର ପରି କଳା ଦିହରେ ଧଳା ପଇତା ଖିଅକ ଦୂରରୁ ଜକଜକ ଦିଶୁଥାଏ...।

ତା'ର ବଡ଼ ପାଟିରେ ଗାଆଁ ସାରା ଉଛୁଲି ପଡ଼େ। ସାହିଯାକର ମରଦ ମାଇପେ ଆସି ଦାଣ୍ଟରେ ଗଦା ହୋଇଯାନ୍ତି। ସାନସାନ ପିଲାଗୁଡ଼ାକ ଡର ଭୟରେ ଯାଇ ଲୁଚନ୍ତି ଘରେ।

ମଶାଣିରେ ଧୋବା ଗୋଟାଏ ନହରୁଣୀରେ ଗର୍ଭିଣୀ ମାଇପିର ପେଟ ଫାଡ଼ି ପିଲାଟାକୁ ବାହାର କରିଦେଲେ ଜଗୁ ତିଆଡ଼ି ଦୁଇଟା ଟୁଲି ଖୋଲି ମା' ପିଲା ଦିହଁିଙ୍କି ଚିତ୍ପଟାଙ୍ଗ କରି ଶୁଆଇଦିଏ। କେବେକେବେ ପୁଣି ଗୋଟାଏ ଜୁଇରେ ଦୁହଁିଙ୍କି ଲଗାଲଗି କରି ଏକାଠି ଶୁଆଇ ଦେଇ ନିଆଁ ଲଗାଇ ଦିଏ। ଗୋଟାକରେ ଜାଗା ନ ହେଲେ କେଂଚାଣୀକାଠି ଖଣ୍ଡକରେ ସେ ପିଲାଟାକୁ ଲୋଚାକୋଚା କରି ମାଉଁସ ପିଣ୍ଡୁଲାଏ ପରି ଜଳନ୍ତା କାଠ ସନ୍ଧିରେ ଫୋପାଡ଼ି ଦିଏ।

ଏହିପରି ଭାବରେ ଜଗୁ ତିଆଡ଼ି ଅମଲ ହୋଇଥିବା ଧାନ କେତେ ଭରଣ ବାଦ ବେଲେବେଲେ ଉପୁରି ଦି'ପଇସା ରୋଜଗାର କରି ନିଜେ ଚଲେ, ଘର ଚଲାଏ, ଦବାନବା ବାହା ବେଭାର କରେ।

କେହି ତାକୁ ମୁହଁ ଫିଟାଇ କିଛି କହିପାରନ୍ତି ନାହିଁ। ସେ ଗାଁରେ ଜଗୁ ଛଡ଼ା ଅନ୍ୟ ପୋଖତ ଜାଣିଲାବାଲା ବ୍ରାହ୍ମଣ ମାଲଭାଇ ଆଉ କେହି ନାହାନ୍ତି।

କେହି ଜଗୁର ପାଉଣା କମାଇବାକୁ ବସିଲେ ଜଗୁ ନିଜର କୃତିତ୍ୱ ତୁଲନାରେ ସେ ଦାବି କରୁଥିବା ପାଉଣା କିଛି ନୁହେଁ ବୋଲି ନାନା ପ୍ରକାର ଯୁକ୍ତି ଦେଖାଏ। ନିଜର ପଟିଆରା ଦେଖାଇବାକୁ ଯାଇ ସେ ଅତୀତର ନାନା ଘଟଣାର ପୁନରାବୃଭି

କରି ପ୍ରମାଣକରେ ଯେ ତା'ଭଳି ମୁର୍ଦ୍ଦାର ପୋଡ଼ିବା ଲୋକ ଏ ଜଗତରେ ଦୁଇଜଣ ନାହାନ୍ତି । ସେ ଭାରି ଗର୍ବ ଅନୁଭବ କରେ ।

ଗତ ସାଲେ ନରସିଂହ ମିଶ୍ରଙ୍କ ଭାରିଜାକୁ କିମିତି ଭୁ ଭୁ ଅଚାନକ ମେଘବର୍ଷାରେ ପୋଡ଼ିଦେଇ ଅଇଲା, ଅଇଲାବେଳେ ସାତଗଛିଆ ତୋଟା ମୁଣ୍ଡରେ କିମିତି ଗୋଟାଏ ବେକକଟା ମାଦଳ ହାବୁଡ଼ରେ ପଡ଼ିଲା, ତା'ପରେ ପୁଷମାସିଆ ଶୀତଦିନ ରାତିରେ କିମିତି ଜଳଓଦରି ବେମାରିରେ ମରିଥିବା ନାଥ ବ୍ରହ୍ମାକୁ ପୋଡ଼ିଲାବେଳେ ମୁର୍ଦ୍ଦାର ପେଟରୁ ଦୁଇମାଠିଆ ପାଣି ବାହାରିଆସି ଜୁଇ ନିଆଁ ନିଭାଇଦେଲା, ଜଗୁ ପୁଣି କିମିତି କୌଶଳ କରି ଏତେବଡ଼ ଅସାଧ ମଡ଼ାକୁ ପୋଡ଼ିପାରିଲା, ଏହିସବୁ ପୁରୁଣା କାହାଣୀଗୁଡ଼ାକ ବଡ଼ ଦକ୍ଷଭାବରେ ସେ ବର୍ଣ୍ଣନା କରିଯାଏ ।

ଜଗୁ ତିଆଡ଼ିର ଅଭିଜ୍ଞତା ଓ ମୁର୍ଦ୍ଦାର ଦାହା ବିଦ୍ୟାର ଅଗାଧତା ଯେ କେତେ ବେଶୀ ତାହା ଯେକୌଣସି ଗ୍ରାହକ ତା ସହିତ ଘଡ଼ିଏ କଥାଭାଷା ହେଲେ ବେଶ୍ ବୁଝିପାରିବ ।

ରୋଜ ସଞ୍ଜବୁଡ଼େ ଜଗୁ ତିଆଡ଼ି ଭାଗବତଘରେ ବସି ନିଜ ଅନୁଭୋଗ କଥାଗୁଡ଼ାକ ସମସ୍ତିଙ୍କ ଥରେ ଲେଖାଏଁ କହି ଶୁଣାଏ, ଝିପିଝିପି ମେଘୁଆ ପାଗରେ ଅନେକ ଶ୍ରୋତା ତାକୁ ଘେରି ବସନ୍ତି । ଚିଲମରୁ ଦମେ ଟାଣି ଜଗୁ ପହିଲୁ ଗୋଟାଏ ଗଳା ଖଙ୍କାର ମାରେ । ଶ୍ରୋତାମାନେ ବୁଝିପାରନ୍ତି ଯେ ଗପ ଆରମ୍ଭ ହେବ ।

ଥରେ ଗୋଟାଏ ପୋଖତି ମଡ଼ା ଦାହା କରି ଫେରିଲାବେଳେ ମୁକ୍ତାଝରା ପାଖ ଦୋକାନିଆ ଆମ୍ବଗଛ ଡାହିରେ ବସି ଗୋଟାଏ ପିତାଶୁଣୀ କିମିତି ଏଣ୍ଡୁଡ଼ି ଜାଲି ତା'ପିଲାଙ୍କୁ ସେକୁଥିଲା–ତାହା ଏକ ନିପୁଣ ଚିତ୍ରକର ଭଳି ବର୍ଣ୍ଣନା କରିଯାଏ । ଶ୍ରୋତାମାନେ ଡରରେ ଟିକିଏ ଜାକିଜୁକି ହୋଇ କାନ୍ଥକୁ ଲାଗି ବସନ୍ତି ।

ଏହିପରି ଭାବରେ ସେଇ ଛୋଟ ବ୍ରାହ୍ମଣ ଶାସନଟିରେ ଜଗୁ ତିଆଡ଼ିର ଜୀବନ କଟେ ।

ଅଶିଣ ମାସ ରାତି । ସଞ୍ଜବେଳୁ କିମିତି ଟିକିଏ ମେଘୁଆ ହୋଇଛି । ଜଗୁ ତିଆଡ଼ିର ମୁଣ୍ଡଟା ଭାରି ବିନ୍ଧୁଥାଏ ନା କଣ, ସେ ଦୁଇ କାନ ପାଖ କପାଳରେ ଟିପେ ଲେଖାଏଁ କଲିଚୂନ ବୋଳି ମୁଣ୍ଡରେ କମ୍ପୋଟର ଗୁଡ଼ାଇ ଦାଣ୍ଡପଟ ଚାନ୍ଦିନୀ ଉପରେ ବସି ହରିବଂଶ ଶୁଣୁଥିଲା ।

ଗାଆଁ ଭିତରେ କାନ୍ଦଣା ଶୁଣାଗଲା । ଆର ସାହି ଦୋକାନରୁ ପାନ ଗୁଆଗୁଣ୍ଠି ଧରି କିଏ ଜଣେ ବାହୁଡୁଥିଲା । ସେ ଖବର ଦେଲା ଯେ ଜଟିଆ ମା' ବୁଢ଼ୀର ବୋହୂଟି ମରିଯାଇଛି ।

ଚାହୁଁଚାହୁଁ ଗାଆଁ ଗୋଟାକରେ ହୁରି ଶବ୍ଦ ପଡ଼ିଗଲା। ଜଗୁ ତିଆଡ଼ି ଦି' ପଇସା ରୋଜଗାର ହେବ ଭାବି ମନେମନେ ଖୁସିଟାଏ ହେଲା।

କେତେ ଲୋକ ଆସି କେତେ କଥା କହିଗଲେ। ସାହି ମାଇପେ ବାରକଥା ଫୁସ୍‌ଫାସ୍ ହେଲେ। କିଏ ସେ, କହିଲା, "ପାପଗର୍ଭ ହୋଇଥିଲା," ଅନ୍ୟ କିଏ କହିଲା, "ପେଟ ଭଙ୍ଗେଇବା ପାଇଁ କଣ ଔଷଧି-ମଉଷଧି ଖାଇଥିଲା-ବିଷ ଚହଟି ଯାଇ ଦିହ ଫଳିଗଲା।

ଜଗୁ ତିଆଡ଼ି ଗୁମ୍ ହୋଇ ସବୁ ଶୁଣିଲା, ମୁହଁ ବଙ୍କେଇ ଦେଲା। ଜାତିରେ ଅଟକ ହେବା ଭୟରେ ସେ ଏତ଼େ ବଡ଼ ରୋଜଗାରର ସବୁ ଆଶା ଛାଡ଼ିଦେଲା।

ଜଟିଆ-ମା' ବୁଢ଼ୀର ସଂସାରରେ କେହି ନାଇଁ—ଶାଶୁ ବୋହୂ ଦି'ଜଣ। ପୁଆଣୀ ହେବାର ମାସକ ପରେ ପୁଅ ଯାଇଥିଲା କଲିକତା—ଟଙ୍କା ରୋଜଗାର କରି ଦେଣା ଶୁଝିବ ବୋଲି। ତିନିବର୍ଷ ହେଲାଣି କିଛି ଖୋଜଖବର ନାଇଁ। ପ୍ରଥମେ ଚିଠି ଖଣ୍ଡେ ଖଣ୍ଡେ ଦେଉଥିଲା। କିନ୍ତୁ ବର୍ଷେ ହେଲା ସେତକ କି ବନ୍ଦ। ସେ ଗାଆଁର କେତେକ କଲିକତା ଫେରନ୍ତା ବ୍ରାହ୍ମଣ ପୂଝାରୀ କହନ୍ତି ଯେ ସେ କୋଉଠି ଗୋଟାଏ ମାଇକିନିଆ ଧରି କଲିକତା ମାଟିଆବୁରୁଜରେ ରହିଚି। ଘରେ ଥିଲା ବୋହୂଟା। ଆଜି ସେ ତ ଗଲା, ସଂଗେ ସଂଗେ ବୁଢ଼ୀ ମୁଣ୍ଡରେ ଲଦିଦେଇ ଗଲା କାଳକାଳକୁ ଅପବାଦର ବୋଝ। ବୁଢ଼ୀ ବ୍ରାହ୍ମଣୀର ମୁଣ୍ଡରୁ ହାତ ଛାଡୁ ନାହିଁ।

ତା'ର ଅବସ୍ଥା ସେଦିନ ଗାଆଣି ଗାଇଲେ ସରି ନଥାନ୍ତା, କିନ୍ତୁ କେତେଜଣ ଗାଆଁର ମୁରବି ମଣିଷ ବାହାରି କଥାଟାକୁ ସମ୍ଭାଲି ନେଲେ। ବଡ଼ବଡ଼ ମୁରବିମାନେ ବୋହୂକୁ ଆଗରୁ ଯାବତା କରିନଥିବା ଯୋଗୁଁ ଜଟିଆମା'କୁ ଗୁଡ଼ାଏ ଗାଲିମନ୍ଦ ଦେଲେ ମଧ ଶେଷକୁ ଫଇସଲା କରିଦେଇ କହିଲେ, ଜଲଦି ଲାସ୍ ଖତମ କରିଦେବାକୁ ହେବ। ନୋହିଲେ ଛାଟିଆ ଥାନାରେ ଖବର ଦେଲେ ଗୋଟା ଶାସନ ନାଆଁରେ କଳଙ୍କ ରଟିବ, ସମସ୍ତେ ତ ପୁଣି ଝିଅବୋହୂ ଧରି ଘର କରିଛନ୍ତି।

ଜଟିଆମା' ବୁଢ଼ୀ ଦାନ୍ତରେ କୁଟା ଦେଇ ସମସ୍ତଙ୍କି କୋଟି ପ୍ରଣାମ କଲା। ତାକୁ ଏ ଘୋର ବିପଦରୁ ରକ୍ଷା କରିଥିବା ଯୋଗୁଁ ସମସ୍ତଙ୍କ ପାଖରେ କେତେ କୃତଜ୍ଞତା ଜଣାଇଲା।

ମଡ଼ା କାନ୍ଧେଇବା ପାଇଁ ଗାଆଁର ତିନି-ଚାରି ଜଣ ଭେଣ୍ଠିଆ ଆଗଭର ହୋଇ ବାହାରି ପଡ଼ିଲେ। ପାଳ ଦଉଡ଼ି ବଲାହେଲା, କୋକେଇ ସଜଡ଼ା ହେଲା, କୁଲା, ଖପରା, ଶିଲା, ଛାଞ୍ଚୁଣୀ, କାଠବାଡ଼ି ସବୁ ଆସି ଥୁଆ ହେଲା। ମୁର୍ଦ୍ଦାରର ଦିହ ମୁଣ୍ଡରେ ଲୁଗା ଗୁଡ଼ାଇ ସମସ୍ତେ ତାକୁ ଟେକିଆଣି କୋକେଇରେ ବାନ୍ଧିଲେ, ମାତ୍ର ଜଣେ

ପୁରୁଖା ମାଲଭାଇ ନ ହେଲେ ନ ଚଲେ। ଅଧଘଣ୍ଟାକ ଭିତରେ ଲାସ୍ ଖତମ ନକଲେ ବିପଦର ଆଶଙ୍କା; ଥାନାବାବୁ ଖବର ପାଇବେ ତ ଗାଆଁଯାକ ସମସ୍ତେ ବନ୍ଧା ହୋଇଯିବେ। ଗାଆଁରେ ତ ଖଟୁଆ ଲୋକର ଅଭାବ ନାହିଁ।

ମୁରବିମାନେ କହିଲେ- 'ତିଆଡ଼ିଙ୍କି ଡାକ।' ତିଆଡ଼ି ନ ଗଲେ ଏଡ଼େ ବଡ଼ କାମ ସୁରୁଖୁରୁରେ ଛିଡ଼ିବ ନାହିଁ।

ଜଗୁ ତିଆଡ଼ି ପାଖକୁ ଡକରା ଗଲା; ମାତ୍ର ଜଗୁ ତିଆଡ଼ି ଅମଣା। ସେ ଏକ ଜିଦ୍ ଧରି ବସିଲା। କହିଲା- "ପାପଗର୍ଭ ହୋଇ ମରିଚି। ମୁଁ ସେଇଟାକୁ ଛୁଇଁବି। ଅସତୀ ଦୋଚାରୁଣୀଟାକୁ ମୁଁ କାନ୍ଧରେ ବସେଇବି ?"

ସମସ୍ତେ ଫାଟି ଫୁଟିଗଲେ। ଜଗୁ ଅଚଳ, ଅଟଳ।

ଶେଷରେ ଗାଆଁର ବୁଢ଼ା ବୁଢ଼ା ମୁରବିମାନେ ବହୁତ କୁହାବୋଲା କରିବାରୁ ଜଗୁ ତିଆଡ଼ି ମୁର୍ଦାର କାନ୍ଧେଇବାକୁ ରାଜି ହେଲା। ମାତ୍ର ପାଞ୍ଚଟଙ୍କା ନ ପାଇଲେ ସେ ଏତେ ବଡ଼ ପାପକର୍ମ କରିପାରିବ ନାହିଁ ବୋଲି ସଫା ଜଣାଇଦେଲା। ଜଟିଆ ମା' ବୁଢ଼ୀର ସରାଗାତ ଖୋଲା ହୋଇ ଯାହା ବାହାରିଲା ତାହା କାଠ, କିରାସିନି, ଧୋବା ଭଣ୍ଡାରିକୁ ନିଅଣ୍ଟ। ଶେଷରେ କଥା ଛିଣ୍ଡିଲା ବୋହୂ ନାକଟିରେ ଯେଉଁ ସୁନା ଗୁଣାଟି ଅଛି, ସେଇଟାକୁ ଜଗୁ ତିଆଡ଼ି ପାଇବ।

ଜଗୁ ତିଆଡ଼ି ଖୁସିହୋଇ ଡାକ ଛାଡ଼ିଲା- "ରାମନାମ ସତ୍ୟ ହେ।"

ମଣାପି ପଦା-ସନ୍ତସନ୍ତିଆ, ଅସ୍ନା। ହାଣ୍ଡି, କାଠ, ମଣିଷମୁଣ୍ଡ, କୁଲା, ଆଟିକା ପୋଡ଼ାଅଙ୍ଗାର ଭିତରେ ଗଦାଗଦା ପାଉଁଶ। ଚାରିଆଡ଼ୁ ଭାସିଆସୁଛି ଗୋଟାଏ ବିକଟ ଆଇଁଷିଣିଆ ଗନ୍ଧ !

'ପଥଶ୍ରାଦ୍ଧ' ସରିଲା। ଜଗୁ ତିଆଡ଼ି ଗୋଟାଏ ମସ୍ତବଡ଼ ଚୁଲି ଖୋଲିଲା। ତା' ପରେ ମୁର୍ଦାରଟାକୁ ନେଇ କାଠଗଦା ଉପରେ ଚିତ୍‌କରି ଶୁଆଇଦେଇ ତା' ମୁହଁରୁ ଲୁଗା କାଢ଼ିଦେଲା।

ସୁ'କା ଭାରି ଓଜନର ସୁନା ! ଲଣ୍ଠନ ଆଲୁଅରେ ଜଗୁ ତିଆଡ଼ି ଦେଖିଲା ଗୁଣାଟା ମୁର୍ଦାରର ନାକ ଉପରେ ଚିକ୍ ଚିକ୍ କରୁଚି।

ମେଘ କଟିଯାଇ ଆସ୍ତେ ଆସ୍ତେ ଜହ୍ନ ପଡ଼ିଚି, ମୁର୍ଦାରର ଶେତା ଧଳା ମୁହଁ ଉପରେ ଜହ୍ନ ଆଲୁଅର ଝାପ୍ସା ଛାଇ।

ସଙ୍ଗୀ ଭାଇମାନେ କହିଲେ, "ଜଲ୍‌ଦି କାମ ସାର। ପୁଲିସ୍ ଆସିବ ତ ସବୁ ଭଣ୍ଡୁର ହୋଇଯିବ।"

ଜଗୁ ଗୁଣାଟାକୁ ନାକରୁ ଛିଣ୍ଡାଇ ଆଣିବାକୁ ହାତ ବଢ଼ାଇଲା। ସେ ଦେଖିପାରିଲା

ଛୋଟ ବୋହୂଟିର ଫିକା ମୁହଁଟି ଜହ୍ନ ଆଲୁଅରେ ଗୋଟିଏ ଦରମଉଲା କଇଁଫୁଲ ପରି ଦେଖାଯାଉଛି । ତା' ମୁହଁ ଚାରିପଟେ ଘେରି ରହିଚି ଗୋଟାଏ କଳାକଳା କୁଂଚୁକୁଂଚିଆ ବାଲର ଜଙ୍ଗଲ । ଠିକ୍ ଯେମିତି ଆକାଶର ଚାନ୍ଦ ପଛଆଡ଼େ ଜମି ରହିଚି କଳାମେଘର ବହଳିଆ ଛାଇ ।

ବୋହୂଟିର ମୁହଁ ଉପରେ ପହଁରିପହଁରି ଖେଳୁଛି ମଉଳା ଫୁଲର ଲାବଣ୍ୟ । ତା'ର ଅଲରା ସଲରା ବାଲଗୁଡ଼ିକ ଉପରେ ଜହ୍ନ ଆଲୁଅ ନହଡ଼ି ଭାଙ୍ଗିଭାଙ୍ଗି ନୋଟିଯାଉଚି ।

ଜଗୁ ହାତ ଫେରାଇଆଣିଲା କିନ୍ତୁ ତା' ପରେ ସେ ଅନାଇଲା ଆକାଶରେ ଫିକା ଜହ୍ନ ଆଡ଼କୁ । ଜଗୁ ଇମିତି ଅନେକ ମୁର୍ଦ୍ଦାର ପୋଡ଼ିଛି, କିନ୍ତୁ କେବେହେଲେ ଦିନେ ସେ ମନ ଭିତରେ ଇମିତି ଝଡ଼ ଅନୁଭୋଗ କରିନାଁ । ଏହି ଛୋଟ ସୁନ୍ଦର ମୁହଁଟିକୁ ଅସୁନ୍ଦର କରି ସୁନାର ଗୁଣାଟାକୁ କାଢ଼ି ଆଣିବାକୁ ତା'ର ହାତ ଚଲିଲା ନାଁ । ବୋହୂଟିର ନାକଟି ଉପରେ ସେ ଗୁଣାଟା ତା' ଆଖିରେ ଭାରି ଚମକ୍ରାର ଦେଖାଯାଉଥିଲା । ସେ ଏହି ନାରୀଟି ସଂବନ୍ଧରେ କେତେ କ'ଣ ମନ ଭିତରେ ଭାବି ଯାଉଥିଲା ।

ଏହି ସମୟରେ ଜଗୁର ମନେପଡ଼ିଲା, ଆଉ କିଛି ଦିନ ଯାଇଥିଲେ ବୋହୂଟି ହୁଏତ ହୋଇଥାନ୍ତା ଗୋଟିଏ ମାଆ । ଆଉ ହୁଏତ କେତେ କ'ଣ ସେ ହୋଇ ପାରିଥାନ୍ତା, କିନ୍ତୁ କିଛି ସେ ହୋଇପାରିଲା ନାହିଁ । କାହାର ଦୋଷ ?

ଛପିଛପିକା ଜହ୍ନ ଆଲୁଅର ଅସରନ୍ତି ସମୁଦ୍ର ମଝିରେ ନିଶ୍ଶ୍ନ୍ ମଶାଣି ପଦାର ଲଙ୍ଗଲା ବୁକୁ ଉପରେ ଶୋଇଥିଲା ଗୋଟିଏ ଦରଫୁଟିଲା ନାରୀ, ଏକୁଟିଆ !! ବାସ୍ତବିକ୍ ବଡ଼ ଏକୁଟିଆ ସେ । ମଡ଼ାବୁହା ଜଗୁ ଠିଆଡ଼ି ତାକୁ ନିରିଖିନିରିଖି ଦେଖୁଥିଲା । ତା'ର ଅଶିକ୍ଷିତ ଗାଉଁଲି ମନ ନିଜ ଭାଷାରେ ଭାବୁଥିଲା—ବାସ୍ତବିକ ଭାରି ଏକୁଟିଆ ସେ, ଖାଲି ଆଜି ନୁହେଁ, ଜୀବନସାରା ଧରି ସେ ଇମିତି ଏକାକିନୀ । ଏଇ ନିଛାଟିଆ ଦିହଘଷିଆ, ଏକଘରିକିଆ ଜୀବନକୁ ବଦଲାଇ ଟିକିଏ ଅନ୍ୟ ପ୍ରକାର କରି ବଂଚିବାର ସ୍ୱାଦ ଅନୁଭବ କରିବାକୁ ଯାଇ ସେ ଆଜି ହୁଏତ ହୋଇଛି ମଶାଣିର ମଡ଼ା ! ବୋହୂଟିର ପାଉଁଶିଆ ମୁହଁ ଭିତରେ ସେ ଦେଖିପାରିଲା ଅନେକ ବଂଚିବାର କ୍ଷୁଧା ।

ଜଗୁକୁ ଡେରି କରୁଥିବା ଦେଖି ସଂଗୀ ମାଲଭାଇମାନେ ବିରକ୍ତ ହେଲେ । ଧମକ ଦେଇ କହିଲେ— "ତୁ ଇମିତି ଡେରି କଲେ ଆମେ ମୁର୍ଦ୍ଦାର ଫୁର୍ଦ୍ଦାର ଛାଡ଼ି ପଲାଇଯିବୁ । ପୁଲିସ୍ ଆସିବ ତ କିଏ ଦାୟୀ ହେବ ? ନେ–ତୋ ଗୁଣାଟା ବାହାର କରି ନେ ନୋହିଲେ ଆମେ ନିଆଁ ଲଗାଇ ଦେବୁ । ଗୁଣାଟା ନେବୁ ବୋଲି ତ ମରିଯାଉଥିଲୁ, ଇଲାଗେ ଇମିତି ହାତ ଚଲୁନାଁ କିଆଁ ?"

ଜଗୁ ତିଆଡ଼ିର ସ୍ୱପ୍ନ ଭାଙ୍ଗିଗଲା। ସେ ବଡ଼ ଲଜ୍ଜିତ ବୋଧକଲା। ତଥାପି ଭିତର ଦୁର୍ବଳତାକୁ ଚାପି ରଖିବା ପାଇଁ ସେ ବାହାରେ ପ୍ରକାଶ କଲା–

"ଛି! ଛି! ଏ ମୁର୍ଦ୍ଦାର ଗୁଣାଟାକୁ ମୁଁ ଘରେ ଭର୍ତ୍ତି କରିବି? ସେ ଯେ ପାପଗର୍ଭ... ସଂଗୀମାନେ ପଚାରିଲେ, "ତୁ ତେବେ ନବୁନାହିଁ? ଆମେ ନିଆଁ ଲଗାଉଛୁ?"

ଜଗୁ ତିଆଡ଼ି ଅନ୍ୟମନସ୍କ ଭାବରେ ଜବାବ ଦେଲା– "ହଁ ହଁ, ନିଆଁ ଲଗାଇ ଦିଅ। ଭଲକରି ନିଆଁ ଲଗାଅ। ସବୁ ଯେମିତି ଜଳି ପୋଡ଼ି ପାଉଁଶ ହୋଇଯିବ।"

ହୁତୁହୁତୁ ହୋଇ ନିଆଁ ଜଳି ଉଠିଲା। ନିଆଁର ଲକ୍‌ଲକ୍‌ ଜିଭ ନିମିଷକେ ସବୁ ଚାଟି ନେବାପାଇଁ ବସିଥିଲା। ବୋହୂଟିର ଗୋରା ମାଉଁସିଆ ଦିହଟା ନିଆଁରେ ସିଝି କଳାକାଠ ପଡ଼ିଗଲା, ତାପରେ ଫୋଟ୍‌କା ହୋଇ ସେଥିରୁ ପରସ୍ତକୁ ପରସ୍ତ ଚୋପା ଛାଡ଼ିଗଲା।

ଜଗୁ ତିଆଡ଼ି ନିସ୍ତବ୍ଧ ହୋଇ ସେଇ ପୋଡ଼ିଯାଇଥିବା ଦିହଟା ଆଡ଼କୁ ଚାହିଁଥିଲା। ଦୂର କୋଚିଲା ବୁଦା ଉପରେ ପେଚା, ଶାଗୁଣା ଆଉ ଭୂଇଁ କୁକୁଡ଼ାମାନଙ୍କର ହାଟ ବସିଥିଲା। ଅନେକ ଦୂରରୁ ଧାନବିଲ ଆରପାରିରୁ ଏଇ ସମୟରେ ଭାସିଆସିଲା ଗୋଟିଏ ଅସ୍ଥିରା ବିଲୁଆର କାନଫଟା ଭୋକିଲା ରଡ଼ି।

ଅସ୍ଥ୍ରା-ଅନ୍ଧାର-ହାଡ଼, ପାଉଁଶ, ଅଙ୍ଗାର। ଜୁଇ ଭିତରୁ କିମିତି ଗୋଟାଏ ପଚା ପୋଡ଼ା ଗନ୍ଧ ପବନରେ ଭାସି ଆସି ଚାରିଆଡ଼େ ବିଂଚି ହୋଇଗଲା।

ସଙ୍ଗୀ ଭାଇମାନେ ଜଗୁକୁ ଉଦ୍ଦେଶ୍ୟ କରି କହିଲେ– "ତୁ ସେଇ ଦୋଚାରୁଣୀଟାର ଅଳଙ୍କାରଗୁଡ଼ାକ ତୋର ପିଲାଛୁଆ ଘରେ ଭର୍ତ୍ତି ନକରି ଭାରି ଭଲ କରିଚୁ ଭାଇ! ବଡ଼ ଅମଙ୍ଗଳ ହୋଇଥାନ୍ତା ତୋର। ଦେଖ୍‌ନୁ କେମିତି କଳବଲ ହୋଇ ମଲା? ନିଜ ପେଟରେ ପିଲାଟାକୁ ଯେ ମାରିବାକୁ ଯାଉଥିଲା, ନିଜେ ସେ ମରନ୍ତା ନାହିଁ? ଧର୍ମ କ'ଣ ନାହିଁ?

ସେଇ ଜଳନ୍ତା ପାଉଁଶ ଭିତରେ ଆଖି ବୁଲାଇ ବୁଲାଇ ବିରକ୍ତ ହୋଇ ଜଗୁ କହିଲା– "ଥାଉ, ଥାଉ, ଅନ୍ୟକୁ ବିଚାର କରନାହିଁ! ମଣିଷ କ'ଣ ମଣିଷକୁ ଠିକ୍‌ ବୁଝିପାରେ?"

▪▪

ଘାସ

ରାଜକିଶୋର ପଟ୍ଟନାୟକ

କୁଆଁରପୂନେଇଁ ତିଆସି ଦିନ– ଦୁଇଘଡ଼ି ଅନ୍ଧାର।
ଏକୁଟିଆ କଟକ ମଙ୍ଗଳାବାଗ ଫାଣ୍ଡିରୁ ଚାଲିଚାଲି ଆସୁଥିଲି।
ରାସ୍ତା ସେତେ ଗହଳ ନଥିଲା। ପହରେ ଛାଡ଼ି ଗୋଟିଏ
ଯୋଡ଼ିଏ ମଣିଷ କି ସାଇକେଲ। ଖଣ୍ଡେଦୂର ଗଲାପରେ
ଗୋଟିଏ ଦୋଛକି ପାଖରେ ପିଲାଟିଏ ଠିଆହୋଇ
ରହିଥିବାର ଦେଖିଲି। ଖଣ୍ଡେ ଛୋଟ ଲୁଗା ଆଉ ଖଣ୍ଡେ
ଧୂଳିଆ ଗେଞ୍ଜି। ପିଲାଟିର ଉଚ୍ଚ ଅଢ଼େଇ ହାତଯାଏ ହେବ।

ମୋ ଆସିବା ପରେ ସେ ବି ଚାଲିବା ପାଇଁ ଆରମ୍ଭ
କଲା। ଦୁଇ ହାତ ହଲେଇହଲେଇ ଚାଲୁଥାଏ। ଶୀତଦିନ–
ସକାଳେ ରୁମ ଟାଙ୍ଗି ଉଠୁଥିଲେ ଯେମିତି ଲୋକ ଦୁଇ ଡେଣା
ଖୁବ୍ ଜୋର୍‍ରେ ହଲେଇହଲେଇ ଚାଲେ। ପିଲାଟିର
ଖୋଜଗୁଡ଼ିକ ଛୋଟ, ସେଥିପାଇଁ ମଝିରେ ମଝିରେ ଧାଙ୍ଲା
ପରି ଚାଲିଥାଏ। ଯେକୌଣସି ପ୍ରକାରର ଲାଗିଲାଗି ରହିବା
ପାଇଁ ତାହାର ଚେଷ୍ଟା।

ଟକଲାର ପାଟିକୁ ଭୁକାଭୁକି ଦ'ଟା ସବୁବେଳେ

ଦରକାର ହେଲାପରି ପଦେ କ'ଣ ଗପିବା ପାଇଁ ତାହାକୁ ପଚାରିଲି, "କିରେ ପିଲା, କୁଆଡ଼େ ଯାଇଥିଲୁ?"

"ଆଉ ଯିବି କୁଆଡ଼େ?"-ସାହସ ପାଇ ସେ ଉଦ୍‌ଗ୍ରୀତ ଗଳାରେ କହିଲା, "ଆଗରେ ନିମସାଇ ଯାଏ ମୁଁ ଯିବି- ତମେ କ'ଣ ଏଠି ରହିବ?"

ଭାରି ବ୍ୟସ୍ତ ତାହାର ମନର ଭାବ ଆଉ ତୁଣ୍ଡର ସ୍ଵର। କହିଲି, "ଡର ମାଡ଼ୁଛି?"

ଅନ୍ଧାର ଭିତରେ ଏହି ଡର କଥା ଶୁଣି ସେ ଚମକିପଡ଼ିଲା ପରି ହୋଇ ମୋ ପାଖକୁ ଘୁଞ୍ଚି ଆସିଲା। "ହଁ, ଡର ମାଡ଼ୁଛି।" ତାହାର ଛୋଟିଆଛୋଟିଆ ଆଖ୍ ଦୁଇଟି ନରମି ଯାଇଥାଏ।

ତାହାକୁ ସାହସ ଦେବାପାଇଁ ତାହା ଆଡ଼କୁ ହାତଟି ବଢ଼େଇ ଦେଲି। ଡରରୁ ନିଜକୁ ରକ୍ଷା କରିବା ପାଇଁ ସେ ହାତଟି ଧରି ଚାଲିଲା-ତଥାପି ଶଙ୍କି ଶଙ୍କି ହେଉଥାଏ। ଦମ୍ଭ ଦେବାପାଇଁ କହିଲି, 'ତୋର ଘର ଏଠି କଟକରେ। ତେବେ ବି ତୋର ଡର!'

ଭୀତତ୍ରସ୍ତ ଗଳାରେ କହିଲା, 'ବାବୁ,ଜାଣ ନାହିଁ? ଏଇ ଯେଉଁ ପଠାଣ କବର ରହିଲା, ସେଠି କିଏ ଗୋଟାଏ ଅଛି-ଢେଲାମାରେ।' ତାହାର ପିଠି ଥାପୁଡ଼ାଇ କହିଲି, 'ନାହିଁ ମୁଁ ଆସେ ଯାଏ, କେବେ କିଛି ଦେଖୀ ନାହିଁ ତ!'

ସେ ପ୍ରତିବାଦ କରି କହିଲା, 'ନାହିଁ ବାବୁ, ସାନ ପିଲାଙ୍କୁ ମାରେ। ଥରେ ମୁଁ ଆସୁଥିଲି-ମୋ ଗୋଡ଼ରେ ଗୋଟିଏ ଢେଲା ବାଜିଲା। ସେହିଦିନୁ ମୁଁ ଆଉ ଏକା ଆସେ ନାହିଁ। କିଏ ଆସୁଥିଲେ ତାହାରି ସାଙ୍ଗରେ ଚାଲିଚାଲି ମୁଁ ସେହି କବରଟା ଟପିଯାଏ।'

ଦେଖିଲି ତାହାରି ମନରୁ ଡରକୁ ବାହାର କରିହେବ ନାହିଁ। କୁସଂସ୍କାର ଲୋକର ରକ୍ତ ସାଙ୍ଗରେ ମିଶି ରହିଲା ପରି ଡର ତାହାରି ମନରେ ଆସ୍ଥାନ ଜମେଇ ରହିଗଲାଣି। ପିଠି ଥାପୁଡ଼ାଇ କରି ପଚାରିଲି, ତୋ'ର ନାଁ?'

'ମୋ ନାଁ ଲିଙ୍ଗା, ତମେ ଆମ ବାଆଙ୍କୁ ଚିହ୍ନିଥିବ-ଯୋଗୀ ମହାରଣା।'

ମୋର ମୁହଁରେ ଯେତିକି ଆଶ୍ଚର୍ଯ୍ୟ ହେବାର ଚିହ୍ନ ଦିଶିଗଲା, ତାହାର ମନରେ ମଧ ଠିକ୍ ସେତିକି ଉକୁଟି ଉଠୁଥିଲା। ସେ ପୁଣି ଆରମ୍ଭ କଲା 'ଆମ ବାଆ ଛାଦରେ ସରସ। କିଛି କାମଦାମ କରେ ନାହିଁ। ସବୁବେଳେ ସେଇଥ୍‌ପାଇଁ ସେଇଥରେ ଲାଗିଥାଏ। ବନା ପହିଲିମାନ ତାହାକୁ ଡକାଏ। ଆମ ବାଆକୁ କେହି ଛାଦରେ ପାରନ୍ତି ନାହିଁ। ସେ କପ୍ ଆସିଛି।'

ପଚାରିଲି, 'କିରେ ବାଆ ତୋର ଦିନକୁ କେତେ ମଜୁରି ପାଏ?'

ଲିଙ୍ଗା କହିଲା, 'ହେଁ, ମଜୁରି, ସେ ମୋତେ କାମକୁ ଯାଏ ନାହିଁ। ମୁଁ ପରା ଛ'ମାସ ହେଲାଣି କାମ ଶିଖୁଛି। ଏହି ପନ୍ଦର ଦିନ ହେବ ଦିନକୁ ସାତ ପଇସା ମୂଲ

ପାଉଛି । ବାଆ ମୋତେ କାମକୁ ଗଲା ନାହିଁ । ଏ ସାଲ ଘର ଛପର ହୋଇନଥିଲା ଯେ, କାନ୍ତୁ ସବୁ ପଡ଼ିଯାଇଛି ।'

ଦେଖିଲି, ସେ ବି ଜଣେ କବି । ବଢ଼େଇ ଘରେ ଯେ କବି କି ଶିଳ୍ପୀ ନଥିବେ, ଏହି ଧାରଣା ଦୂରହେଲା । ଆଉ ବି ଜାଣିଲି ଏହି ଅଭାବଗ୍ରସ୍ତ ପରିବାରଟି ଯୋଗୀ ମହାରଣାର ଖିଆଲରେ ଚାପିହୋଇ ରହିଥିବ । ପ୍ରତି କବି-ବଢ଼ଘରେ ଥାଉ କି ଗରିବ ଘରେ ଥାଉ, ଏହି ଖିଆଲ ପଛରେ ଅଣନିଶ୍ୱାସୀ ହୋଇ ଧାଉଁଥାଏ । ମୁଁ କହିଲି, 'କପଗୁଡ଼ାକ ରଖିଛୁ କାହିଁକି ? ବିକିଦେଉ ନାହିଁ ?'

ଲିଙ୍ଗା କହିଲା, ପହିଲିମାନ ଗାଲିଦେବ । ସେଗୁଡ଼ିକ ରଖିବା ପାଇଁ ଦେଇଛି, ହେଲେ ଗୋଟାଏ ଚିଜ ତ ? ସେଗୁଡ଼ାକ ଚାନ୍ଦି-କେତେ ପଇସା ହୋଇଥିବ ?

ତାହାରି କଥାରେ ଭୋକ ଥିଲା ପରି କହିଲା, 'ସେଗୁଡ଼ାକ ଏବେ ପେଟରା ଭିତରେ ରଖିଛୁଁ । ପଦାରେ ଥିଲା ଯେ ଉଇ ଲାଗି ତାହାର ବଇଠ ସବୁ ଖାଇଗଲେ– ବାଆ ଆମର ପୁଣି ବଇଠ ତିଆରି କରିଛି ନୂଆ କରି ।'

ଏହି ସବୁ କଥା-ପ୍ରତିକଥା ତାହାର ଦାରିଦ୍ର୍ୟ ଆଉ ମନର ସରଳତା ଷୋଳଅଣାରେ ଦେଖାଉଥିଲେ । ପଚାରିଲି, 'ଆଜି କେତେବେଳେ ଖାଇଥିଲୁ ?'

କହିଲା– 'ସକାଳେ ତୋରାଣି ଖାଇ ଯାଇଥିଲି, ଆଉ କିଛି ଖାଇ ନାହିଁ । ଘରେ ଗଲେ–ଆଜି କ'ଣ ଥିବ କି ନଥିବ କେଜାଣି ?'

ଦିନଯାକ ଖାଇ ନାହିଁ । ଅଣଛପରା ଦଦରା ଘରେ ପହୁଞ୍ଚିଲେ ଭାତ ଅଛି କି ନାହିଁ ସେଥିରେ ସନ୍ଦେହ ଅଛି । ତଥାପି ତାହାର ମନ ଅଚଞ୍ଚଲ । ମୋ ଠାରୁ ହାତେ ଛୋଟ । ବୟସର ଅଧା ହେବ । ଦୁଇହାତ ଛାତି ଉପରେ ଛକ ପରି ପକାଇଛି–ଶୀତରୁ ଟିକିଏ ରିଆତି ପାଇବ ବୋଲି । ତାହାରି ପାଖରେ ଗରମ ପଞ୍ଝାବୀ ପିନ୍ଧା ପୂରା ପେଟରେ ନିଶ୍ଚିତ ମନରେ ଯେତେବେଳେ ଚାଲୁଥିଲି, ମନ ଭିତରେ ମତେ କିଏ କେତେ କାଇଲି ଦେଉଥିଲା ।

ଏଇ ମନର ଆଶା ଆକାଂକ୍ଷାକୁ ଏତେ ବଡ଼ ଦୁନିଆ ଛୋଟ ଦିଶୁଛି । ତଥାପି ଶାନ୍ତି ନାହିଁ; କିନ୍ତୁ ସେଇଠି ପିଲାଟିଏ ଖାଲି ପେଟରେ ଫୁଙ୍ଗୁଲା ଦେହରେ ଦିନଯାକ ହାଡ଼ ଭାଙ୍ଗି ପରିଶ୍ରମ କରି ଆଠ ଘଣ୍ଟାର ମୂଲ ସାତଟି ପଇସା ନେଇ ଘରକୁ ଫେରୁଛି, ତା'ର ବାପା-ବୋଉକୁ ଢୋକ ଦେବ ବୋଲି !

ହାତରେ ଅଧାପୋଡ଼ା ସିଗାରେଟ୍‌ଟା ଥିଲା । ସେଇଟା ଫୋପାଡ଼ି ଦେଲି–ତାହାରି ମନ ପାଖରେ ଏଇ ଆମର କଲେଜପଢ଼ୁଆ ବାବୁଆନି କେତେ ଛୋଟ, କେତେ ହୀନ !

ପକେଟ୍‌ରେ ହାତ ମାଇଲି । ନ'ପଇସା ପଡ଼ିଥିଲା, ଆଉ ଗୋଟିଏ ଟଙ୍କା-ଟଙ୍କାଟି

ଦେବାପାଇଁ ଭାବିଲି । ମନ କୁଣ୍ଠିତ ହେଲା । ନଅଟି ପଇସାରୁ ଅଶୀଟିଏ କାଢ଼ି ତାହାକୁ ଦେଇ କହିଲି, 'ନେଇଯା ଭୁଜା ଖାଇବୁ ।' ସନ୍ଦେହମିଶା ଆଖିରେ ଚାହିଁ ସେ ନେଲା । ଆଗରେ ଖଣ୍ଡେ ଦୂରରେ ନିମସାଇ । ପଠାଣ କବର ବହୁତ ପଛରେ ରହିଲାଣି । ରାସ୍ତା ଏଣିକି ଗହଳିଆ ହେଲାଣି । ଲିଙ୍ଗାର ଭୟ ଚାଲିଗଲାଣି । ଏପଟକୁ ସେପଟ ହୋଇ କଥାଭାଷା କରିକରି ଚାଲିଛି ।

ଭାବିଲି ତାହାର ବାପା ଛାନ୍ଦ ବୋଲିବାରେ ସରସ ହେବ ବୋଲି ମୂଲ ମଜୁରି ଛାଡ଼ିଲା । ଆମର କଲେଜ ବାବୁମାନେ ବହି ଭଲକରି ପଢ଼ିବେ ବୋଲି କେତେ ମାଉଁସ ଶୁଖେଇ ଦିଅନ୍ତି ।

ଯୋଗୀ ମହାରଣାକୁ ଦେଖିବା ପାଇଁ ଇଚ୍ଛା ହେଲା । ପୁଅ କିନ୍ତୁ ତାହାର ଘରକୁ ମତେ ନେବାପାଇଁ ନାରାଜ । ସେ ଭାବୁଥିଲା, କାଲେ ତାହାର ବାପାକୁ ମୁଁ 'ଲିଙ୍ଗା ପାଖରେ ଚାରି ପଇସା ଅଛି' ବୋଲି କହିଦେବି । ବାପା ତାହା ଠାରୁ ଛଡ଼େଇ ନେଇଯିବ । ସେ ମତେ ଖାସ୍ ଭୁଲାଉଥାଏ– "ଆମ ଘର ଗଲିରେ କେତେ ବାଟ ହେବ । ବାଆ ଘରେ ନଥିବ– ମୁଁ ଘରକୁ ଏଇଲାଗେ ଯିବି ନାହିଁ ।'

ବାପାପାଇଁ ପାଂଚଟି ପଇସା ଦେଇ କହିଲି, ଲିଙ୍ଗାକୁ ସେହି କଥା କହିଦେବା ପାଇଁ । ସେ ତରଙ୍ଗତରଙ୍ଗ ହୋଇ ଚାହୁଁଥାଏ । କାଲେ କିଏ ଦେଖି ଦେଇଥିବ । ମୁଁ ବୁଝିପାରୁଥାଏ ଯେ, ସେ ବାପାକୁ ଏହି କଥା କିଛି କହିବ ନାହିଁ ।

ତାହାର ଘର ପାଖ ହେଇଗଲା । ସେ ହଠାତ୍ କହିଲା, 'ବାବୁ' ଆମର ଘର ଏଇ ଗଲି ଭିତରେ–ମୁଁ ଯାଉଛି କହି 'ହରିଆରେ !' ଡାକ ମାରିମାରି ଦଉଡ଼ି ଚାଲିଲା ।

ମୁଁ ଆସିଲି–ଏକା ଏକା । ରାସ୍ତା ପାଖରେ ଗାଈଟିଏ ଛିଡ଼ାହୋଇ ଚରୁଥାଏ । ଠାଏ ଠାଏ ଘାସ ଅଛି । କଅଁଳ ଦୂବଘାସ କେତେଥର ଏମିତି ଗୋରୁର ପାକୁଲି ଭିତରେ ନିଷ୍ପିଷ୍ଟ ହୋଇ ମିଳେଇ ଯାଇଛି, ତଥାପି ସେ ତ ମରିନାହିଁ । ବାଟ କରରେ ଥାଇ ସୁଦ୍ଧା ଏତେ ଲୋକର ଯିବାଆସିବାର ଧାସ, ଗାଈଗୋରୁଙ୍କ ପାଟି ତାହାକୁ ପୋଛି ଦେଇପାରି ନାହିଁ ।

ତାହାହେଲେ ମଣିଷ ଜାତି କାହିଁକି ଟଳିବ ? ଏହି ଅଭାବ ଭିତରେ ବଢ଼େଇ ପିଲାଟି କାହିଁକି ହଟିଯିବ ? ସେ ବି ମନରେ ଆଶା ନେଇ ବାଟ ଚାଲିଛି । ସେଥିରେ ଆଶ୍ଚର୍ଯ୍ୟ ହେବାର କ'ଣ ଅଛି ? ତଥାପି ମନ ଭିତରେ, କଥାରେ ଏହି ଖିଅ ସବୁ ଅଡୁଆ ଧରି ରହୁଥିଲା ।

ଘାସ ଜୀବନରେ ଯାହା ସତ, ମଣିଷ ଜୀବନରେ କ'ଣ ସେଇଆ ଅବିକଳ ସତ ହୋଇପାରେ ?

ଯୋଜନା

ବିଭୂତି ଭୂଷଣ ତ୍ରିପାଠୀ

ଭୂପତିବାବୁ ଯୋଜନା ବିଶାରଦ।

ଗତ ପନ୍ଦର ଦିନ ହେଲା ସେ ଲାଗିପଡ଼ିଥିଲେ ଯୋଜନାର ଅଗ୍ରଗତି ସମ୍ବନ୍ଧରେ ଏକ ଦୀର୍ଘ ସୁଚିନ୍ତିତ ସାରଗର୍ଭକ ରିପୋର୍ଟ ଲେଖିବାରେ। ଗତବର୍ଷ ମାନଙ୍କରେ ଯୋଜନା କିଭଳି ଗତିକରିଛି, ଗତିପଥରେ କି ବାଧାବିଘ୍ନ ଦେଖାଦେଇଛି ଓ ସେ ସବୁର ଦୂରୀକରଣର ପ୍ରକୃଷ୍ଟ ପନ୍ଥା କଣ–ସବୁ ଦୃଷ୍ଟିରୁ ସମସ୍ୟାର ପୁଙ୍ଖାନୁପୁଙ୍ଖ ଆଲୋଚନା କରାଯାଇଛି ରିପୋର୍ଟରେ। ସଭାଗୃହରେ ଏ ରିପୋର୍ଟ ଉପସ୍ଥାପିତ ହେବ। ସମଗ୍ର ଦେଶବାସୀଙ୍କର ଯାବତୀୟ ପ୍ରଶ୍ନର ଉତ୍ତର ଦେବ ଏହି ରିପୋର୍ଟ। ଦିନ ନାହିଁ, ରାତି ନାହିଁ, ଭୂପତିବାବୁ ସବୁ ଭୁଲି ଲାଗିଥିଲେ ଏଇ ରିପୋର୍ଟ ପ୍ରସ୍ତୁତ କରିବାରେ। କାଲି ରାତିସୁଦ୍ଧା ରିପୋର୍ଟର ପ୍ରଥମ ଖସଡ଼ା ହୋଇଯାଇଛି।

ଆଜି ରବିବାର। ସକାଳ ଆଠଟା। ଦାଣ୍ଡବାରଦା ଚେୟାରରେ ବସି ଚା'ପାନ କରୁଛନ୍ତି ଭୂପତିବାବୁ। ହାତରେ ଜ୍ୱଳନ୍ତ ସିଗ୍ରେଟ୍; ମନରେ ସେ ଏକ ପ୍ରକାର ସନ୍ତୋଷ ଅନୁଭବ

କରୁଛନ୍ତି । ସକାଳର ରାସ୍ତାଘାଟ, ଆକାଶ, ହାତର ସିଗ୍ରେଟ୍ ଚା'ସବୁ ଭଲ ଲାଗୁଛି । ପନ୍ଦର ଦିନ ହେଲା ସେ ଯେପରି କେଉଁଆଡ଼େ ହଜିଯାଇଥ୍‌ଲେ । ଆଜି ନୂଆକରି ଚାରିଆଡ଼େ ଆଖି ବୁଲାଇ ଦେଖୁଛନ୍ତି । ସବୁ ନୂଆପରି ଲାଗୁଛି । ମନଟା ଭାରି ହାଲୁକା ହାଲୁକା ।

ଏଇ ସମୟରେ ଭୂପତିବାବୁଙ୍କ ଗୃହିଣୀ କନକଲତାଙ୍କ ପ୍ରବେଶ । ହାତରେ ଏକ ମୋଟା ହାତୀମାର୍କ ଏକ୍‌ସରସରଇଜ୍ ଖାତା, ଚେକ୍‌ବହି ଓ ଫାଉଣ୍ଡେନ୍ ପେନ୍ । ଭୂପତିବାବୁଙ୍କର ଲଲାଟରେ ବିରକ୍ତିଭାବ ଫୁଟି ଉଠିଲା, ଭୃକୁଂଚିତ ହେଲା । ଏସବୁ ଲକ୍ଷଣ ସହିତ ପରିଚିତ କନକଲତା ବେଶ୍ ଦୃଢ଼ ଓ ସ୍ପଷ୍ଟ କଣ୍ଠରେ କହିଲେ—

"ଆଜି କିନ୍ତୁ ମୁଁ ଛାଡ଼ୁନାହିଁ । ଦି'ମାସ ହେଲା ତୁମେ ଖସି ରହୁଛ । ଆଜି ତୁମକୁ ହିସାବ ଦେଖିବାକୁ ହେବ ।" କହି କନକଲତା ଚେୟାର ଟାଣିଆଣି ଘନହୋଇ ବସିଲେ ଓ ଉପରୋକ୍ତ ପଦାର୍ଥଗୁଡ଼ିକୁ ଟି'ପୟ ଉପରେ ରଖିଲେ । ଥରେ ଗୃହିଣୀଙ୍କ ଆଡ଼େ ଚାହିଁ, ସିଗ୍ରେଟ୍‌ରେ ଶେଷ ଟାଣ ଦେଇ ଝାଡ଼ିଝୁଡ଼ି ହୋଇ ଉଠିବସି ଭୂପତିବାବୁ ଖାତାଟାକୁ ଉଠାଇ ନେଲେ । ମନେମନେ ନିଜର ଭାଗ୍ୟକୁ ନିନ୍ଦିଲେ । କନକଲତାଙ୍କର ବୋଧଶକ୍ତି ରହିତ ଜଡ଼ ମନ ପ୍ରତି ମନେମନେ ଅନୁକମ୍ପା ବୋଧକଲେ । ଖାତାର ପୃଷ୍ଠାଗୁଡ଼ିକ ମୂଳରୁ ଶେଷ ପର୍ଯ୍ୟନ୍ତ ଓଲଟାଇଗଲେ । ତା'ପରେ ଖାତାଟାକୁ ଯଥାସ୍ଥାନରେ ରଖିଦେଇ ଗୃହିଣୀଙ୍କ ଉଦ୍ଦେଶ୍ୟରେ କହିଲେ—

"ଏବ୍‌ଷ୍ଟ୍ରେକ୍ଟ କାହିଁ ?"

"ଏବ୍‌ଷ୍ଟ୍ରେକ୍ଟ ?"

"ହଁ, ଏବ୍‌ଷ୍ଟ୍ରେକ୍ଟ । ତୁମେ ଯେଉଁ ମାଦଳା ପାଞ୍ଜି ତିଆରି କରିଛ ସେଥ୍‌ରେ ତ ଜଗତର ସବୁକଥା ରହିଛି । ପ୍ରତ୍ୟେକ ଆଇଟେମ୍‌କୁ ମୋତେ ଦେଖିବାକୁ ହେବ ବୋଲି ଯଦି ତୁମର ଉଦ୍ଦେଶ୍ୟ, ତୁମକୁ ଆପାତତଃ ନିରାଶ ହେବାକୁ ହେଉଛି । କାରଣ, ମୋର ତା କରିବାକୁ ସମୟ ନାହିଁ କି ଧୈର୍ଯ୍ୟ ନାହିଁ । ତେଣୁ କହିଥିଲି, ଏ ସବୁର ଗୋଟାଏ ମୋଟାମୋଟି ହିସାବ ରଖିଥିଲେ ମୋର ଦେଖିବାର ଟିକେ ସୁବିଧା ହୋଇଥାନ୍ତା । ତା' ଯେତେବେଲେ କରିନାହଁ, ଏବେ ବି କରିନିଅ । ପରେ ଦେଖିନେବି ।"

କନକଲତା ଅସହିଷ୍ଣୁ କଣ୍ଠରେ ଚିକ୍କାର କରିଉଠିଲେ, "ପରେ ନୁହେଁ, ବର୍ତ୍ତମାନ । ମୋଟାମୋଟି ହିସାବ ମୋ ମୁହଁରେ ଅଛି । ତୁମେ ଲେଖ, ମୁଁ କହିଯାଉଛି ।"

ଭୂପତିବାବୁ ଆଉ ଗୋଟାଏ ସିଗ୍ରେଟ୍ ଧରାଇଲେ ।

କନକଲତା—ଏଇ ଦେଖ, ପ୍ରଥମ ପାଞ୍ଚପୃଷ୍ଠା ଚାଉଳ, ଡାଲି, ବିରି, ଗାଈଦାନା, ଚିନି, ଚା, ମିଶ୍ରି, ଘିଅ, ତେଲ, ମସଲା ଓଗେର ଓଗେର ମୋଟ ୮୦୪ ଟଙ୍କା…

ଭୂପତିବାବୁ—୮୦୪ ଟଙ୍କା ! ଏତେ କେମିତି ହେଲା ? ଓହୋ, ତମେ ବ୍ୟସ୍ତ

ହେଉଛ କାହିଁକି ? ମୁଁ ଯାହା କହୁଛି, ଟିକିଏ ଶୁଣ । ଏହା ୮୦୪ ଟଙ୍କା ନ ହୋଇ ୯୩୦ଟଙ୍କା ତ ହୋଇପାରେ । ଯାହା ହେବ ତା'ର ତ ଗୋଟାଏ ବେସିସ, ମାନେ, ମୂଳକାରଣ ଥିବ । ମୋର କହିବାର କଥା, ଏସବୁ ଗ୍ରୋସାରି ଓ ଅନ୍ୟାନ୍ୟ ବାବଦରେ ଆମ ସଂସାରର ସାଇଜ୍ ବା ଆକାର ଦୃଷ୍ଟେ ସାଧାରଣତଃ କେତେ ଟଙ୍କାର ଖର୍ଚ୍ଚ ବ୍ୟବସ୍ଥା ହେବାର କଥା ତା'ର ତ ଗୋଟିଏ ସିଲିଂ ଆଗରୁ ଧାର୍ଯ୍ୟ ହୋଇଥିବ ଓ ସେଇ ସିଲିଂ ସହିତ ଏକ୍ଚୁଏଲ୍ ଖର୍ଚ୍ଚର ଗୋଟାଏ ବିଧିବଦ୍ଧ ସମ୍ବନ୍ଧ ଥିବା ଦରକାର । ହିସାବ ରଖିବାର ଓ ଦେଖିବାର ତ ଗୋଟାଏ ନିର୍ଦ୍ଦିଷ୍ଟ ନିୟମାବଳୀ ରହିଛି । ଆମେ ତ ପୁଣି କୋଟି କୋଟି ଟଙ୍କାର ହିସାବ ରଖିଛୁଁ !

କନକଲତା–କୋଟି ଫୋଟି ଛାଡ଼ । ତୁମର ତ ହିସାବ ହୁଏ ମେସିନ୍‌ରେ । ହାତ ଲାଗେ ନାହିଁ କି ମୁଣ୍ଡ ଲାଗେ ନାହିଁ । କହିବ ଟି, ମୋର ଏଠି କଣ କଣ କରିବାର କଥା, ଅଥଚ ମୁଁ କରିନାହିଁ ? କଥା ଗୋଲାଅ ନାହିଁ, ପରିଷ୍କାର କରି କୁହ ।

ଭୂପତିବାବୁ–ପ୍ରଥମେ ତୁମର ଉଚିତ ଥିଲା, ମୋଟ ଖର୍ଚ୍ଚ ତାଲିକାକୁ ଗ୍ରୁପ୍‌ଓ୍ୱାରି ଭାଙ୍ଗିଦେବା । ବୁଝିପାରିଲ ନାହିଁ ? ଆଚ୍ଛା, ଆହୁରି ସରଳ କରିଦେଉଛି । ଏଇ ଦେଖ– ଚାଉଳ, ଡାଲି, ବିରି, ଗୋରୁଦାନା ପ୍ରଭୃତି ଗୋଟାଏ ଗ୍ରୁପ୍; ଘିଅ, ସୋରିଷତେଲ, ବାଦାମତେଲ, କିରାସିନି ତେଲ, ମୁଣ୍ଡଲଗାଇବା ତେଲ– ଏ ଆଉ ଗୋଟେ ଗ୍ରୁପ୍ । ଏମିତି ଏକ ଜାତୀୟ ଜିନିଷଗୁଡ଼ିକୁ ଭିନ୍ନଭିନ୍ନ ଗ୍ରୁପ୍‌ରେ ସଜାଇନେବାକୁ ହେବ । ଯେଉଁ ଆଇଟମ୍ ଗୁଡ଼ା କାହା ସାଙ୍ଗରେ କେହି ମିଶୁନାହାନ୍ତି ସେ ସବୁକୁ ରଖ 'ମିସିଲାନ୍‌' ଗ୍ରୁପ୍‌ରେ । ହେଲା ତ ! ବାସ, ଗତ ଛଅ ମାସର ଖର୍ଚ୍ଚ ଏହିଭଳି ଗ୍ରୁପ୍‌ଓ୍ୱାରି ବାଣ୍ଟିଦିଅ । ତା'ପରେ ପ୍ରତ୍ୟେକଟି ଗ୍ରୁପ୍‌ରେ ମାସକୁ ମାସ କିଭଳି ଖର୍ଚ୍ଚ ହେଉଛି ତାକୁ ଯାଂଚ କରିବାକୁ ହେବ–ଦେଖିବାକୁ ହେବ, ଖର୍ଚ୍ଚର 'ଟ୍ରେଣ୍ଡ' ମାନେ, ମାନେ...., ତୁମେ ନିଶ୍ଚୟ ବୁଝିପାରୁଛ । ଯଦି କୌଣସି ଗ୍ରୁପ୍‌ରେ ଖର୍ଚ୍ଚ ଗୋଟାଏ ମାସରୁ ଆର ମାସକୁ ବଢ଼ିଗଲା ତା'ହେଲେ ତା'ର କାରଣ ଅନୁସନ୍ଧାନ କରିବାକୁ ହେବ– ତାକୁ ରୋକିବାକୁ ହେବ । ଯଦି କୌଣସି ବିଶେଷ କାରଣରୁ ତା' ସମ୍ଭବ ନ ହେଲା ତା' ହେଲେ ଅନ୍ୟ କୌଣସି ଗ୍ରୁପ୍‌ରେ, ଯେଉଁଠି କିଛି ପରିମାଣରେ ବ୍ୟୟ ସଂକୋଚ ସମ୍ଭବ ସେଇଭଳି 'ସେଭିଂ' 'ଲୋକେଟ୍' କରି ଗ୍ରୁପ୍‌ମାନଙ୍କ ମଧ୍ୟରେ "ଏଡ୍‌ଜଷ୍ଟମେଣ୍ଟ" କରି ନେବାକୁ ହେବ । ଏହି ହେଉଛି ବାଟ । ଏମିତି କଲେ ହିସାବ ଆପଣା ଛାଁ' ବାଟରେ ପଡ଼ିଯିବ । ମୋତେ ଦେଉଳିଆ କରିଦେବାର ଯେଉଁ ବ୍ୟବସ୍ଥା ହେଉଛି ସେଥିରୁ ବି ରକ୍ଷା ମିଳିବ ।

ଭୂପତିବାବୁଙ୍କର କଣ୍ଠରେ ଉଦ୍ଧାପ । ଗୃହିଣୀଙ୍କର ଓଠତଲେ ମୃଦୁ ବିଦ୍ରୁପର ସଂକେତ । କହିଲେ, "ବୁଝିପାରିଲି" । ହାତ ବଢ଼ାଇ ଆଉ ପୃଷ୍ଠାଏ ଓଲଟାଇଦେଇ କହିଲେ–

“ଏଟା ହେଲା ପେଟ୍ରୋଲ୍ ହିସାବ। ମୁଁ ମାଇପି ଲୋକ, ଏସବୁ କ’ଣ ବୁଝିବି! ତୁମେ ତ ଏ ଖର୍ଚ୍ଚର ହିସାବ ଜାଣ। ଗତ ମାସର ବିଲ୍ ହୋଇଛି ୧୦୫ଟଙ୍କା। ଆଗ ମାସ, ତା’ ଆଗ ମାସ, ତା’ ଆଗ ମାସର ସବୁ ହିସାବ ଅଛି। ଟିକେ ଧର, ମୁଁ ନେଇଆସୁଛି।” ଗୃହିଣୀ କ୍ଷିପ୍ର-ପଦରେ ଘର ଭିତରକୁ ଯାଇ ବିଲ୍‌ସବୁ ଧରି ଆସିଲେ-

“ଏଇ ଦେଖ, ଆଗ ମାସର ୧୧୫ ଟଙ୍କା, ତା ପୂର୍ବ ମାସର ୧୦୦ଟଙ୍କା। ତା ଆଗ ମାସର ୧୧୦ ଟଙ୍କା। ଏ ବାବଦ ଟିକେ ବୁଝାଇଦିଅନ୍ତ ହେଲେ, ସେହିପରି ଭାବରେ ମୁଁ ମୋ ହିସାବଟକ ସଜାଡ଼ି ଦିଅନ୍ତି।”

ଭୂପତିବାବୁ ସିଗ୍ରେଟ ଧରାଇ ଚିନ୍ତାମଗ୍ନ ହେଲେ। କିଛି ସମୟ ଅଟକିଯାଇ ଗମ୍ଭୀର ଗଳାରେ କହିଲେ-

“ଏଥିରେ ବୁଝିବାର କ’ଣ ରହିଲା?”

ଗୃହିଣୀ-ଏଁ, ବୁଝିବାର ନାହିଁ? ମାଇପି ବୁଦ୍ଧିରେ ଯାହା ବୁଝିଛି ଟିକେ ଶୁଣ। ମଟର ଗାଡ଼ିରେ ତ ଅଫିସ ଯିବା ଆସିବା ଦିନକୁ ଦି’ମାଇଲ। କ୍ଲବ, ବନ୍ଧୁବାନ୍ଧବ...କେତେବେଳେ କେମିତି ମୁଁ ସାଙ୍ଗରେ ଯାଏଁ-ମୋଟ ୫ମାଇଲ ଧର। ମାସକୁ ହେଲା ୧୦୦ ମାଇଲ। ଅଧିକରୁ ଅଧିକ ହେଲେ ୧୫ ଲିଟର ପେଟ୍ରୋଲ ଲାଗନ୍ତା। କିନ୍ତୁ ବିଲ୍ ହେଉଛି ତିନିଗୁଣା, ଚାରିଗୁଣା...

କଥା ନସରୁଣୁ ଭୂପତିବାବୁ ଅସହିଷ୍ଣୁ ଭାବରେ ପାଟିକରି ଉଠିଲେ- “ତୁମେ ଯେମିତି ହିସାବ ବୁଝିବାକୁ ବାହାରିଛ ସେଥିରେ ମୋଟର ଗାଡ଼ି ରଖାଯାଏ ନାହିଁ।”

ଗୃହିଣୀ-ଆଉ ତୁମେ ଯେମିତି ହିସାବ ମାଗୁଛ ସେଥିରେ ପେଟକୁ ଧୋବାଘରକୁ ଦେବାକୁ ହୁଏ।

କଥା ଛିଡ଼ିଗଲା। ଭୂପତିବାବୁ ଆଖି ବୁଜି ଢୋକ ଗିଲିଲେ। ଗୃହିଣୀ ଛାଡ଼ିବାର ପାତ୍ର ନୁହଁନ୍ତି- “ରୁହ, ରୁହ, ଆର ପୃଷ୍ଠାଟା ଦେଖ। ସିଗ୍ରେଟ୍, ଗତ ତିନି ମାସର କାହିଁକି, ପୂରା ବର୍ଷର ମାସ ମାସ ହିସାବ ରଖିଛି। କେଉଁମାସ ଷାଠିଏ, କେଉଁ ମାସ ସତୁରି... ବଢ଼ି ବଢ଼ି ଚାଲିଛି। ଯା’ର କି ମାନେ, ମହାଶୟ?”

ଭୂପତିବାବୁ-ସାଙ୍ଗସାଥୀ ପାର୍ଟି... କିଛି ନାହିଁ! ତୁମେ କିମିତି ଜାଣିବ, ଗୋଟେ କଡ଼ା ଡ୍ରାଫ୍ଟ ଡିକ୍ଟେଟ୍ କରୁକରୁ କେମିତି ଦୁଇ ତିନି ଚାରିଟା ସିଗ୍ରେଟ ପୋଡ଼ିଯାଏ, ଖିଆଲ ରହେନାହିଁ! ତୁମେ ଡ୍ରାଫ୍ଟ ବୁଝ, ନା ସିଗ୍ରେଟ୍? ତୁମକୁ କେମିତି ବୁଝାଇବି?

ଗୃହିଣୀ-ବୁଝାଇବା ଦରକାର ନାହିଁ। ତେବେ ଏତିକି ଜାଣି ରଖିଥାଅ, ଅଫିସରୁ ଯେଉଁ ଅର୍ଡରଗୁଡ଼ା ଝାଡ଼ିଦିଅ’ ଏତେ ଜଣ ଯାଉଛନ୍ତି, ଲଂଚ ଖାଇବେ,’ ବୈଠକଖାନା ଘରୁ ଯେଉଁ ଫରମାସ ପଠାଅ, ‘ଏତେ କପ୍ କଫି, ନୂଆ ସିଗ୍ରେଟ୍ ଟିଣ ପଠାଅ’... ସେସବୁ ଏଣିକି ବନ୍ଦ।

ଭୂପତିବାବୁ ଅନ୍ୟମନସ୍କ ଭାବରେ ଖାତାର ପୃଷ୍ଠା ଓଲଟାଇ ଓଲଟାଉ ଦୃଷ୍ଟି ପଡ଼ିଗଲା ଇଲେକ୍ଟ୍ରିକ୍ ବିଲ୍ ଉପରେ । ଉତ୍‌ଫୁଲ୍ଲ ଚିତ୍ତରେ ମନକୁ ମନ କହିଲେ, "ଜୁଲାଇ ମାସର ଇଲେକ୍ଟ୍ରିକ୍ ବିଲ୍ ଷାଠିଏ ଟଙ୍କା !"

ଗୃହିଣୀ– ହଁ... ସେଥୁ କ'ଣ ହେଲା ?

ଭୂପତିବାବୁ–କିଛି ନୁହେଁ । ଜୁଲାଇ ମାସଟା ତୁମର ଆଷାଢ଼ ମାସ, ଏ ଖବରଟା ଜଣାଅଛି ତ ?

ଗୃହିଣୀ–ନା, ଆଞ୍ଜା, ଜୁନ୍ ମଝିରୁ ଜୁଲାଇ ମଝି ଆଷାଢ଼... ତା' ପରେ ଶ୍ରାବଣ ମାସ । କ'ଣ କହିବାକୁ ଚାହୁଁଛ ?

ଭୂପତିବାବି–ଆଷାଢ଼ ମାସରେ ମନ୍ସୁନ୍ ବ୍ରେକ୍ କରେ ।

ଗୃହିଣୀ– କରିବାର କଥା, କିନ୍ତୁ ଏ ବର୍ଷ କଲାନାହିଁ । ସେ ଖବର ଯୋଜନା ପଣ୍ଡିତଙ୍କୁ ଜଣାଥିବ ବୋଲି ଧାରଣା ଥିଲା ।

ଭୂପତିବାବୁ–ଯୁକ୍ତି ପାଇଁ ତୁମ କଥା ଯଦିବା ସତ ବୋଲି ଧରି ନିଆଯାଏ ତା'ହେଲେ ଶ୍ରାବଣ ୧୫ ଦିନ ତ ଧାରା ବର୍ଷା ହୋଇଥିବ । କିନ୍ତୁ ଏ ଘରେ ପଞ୍ଜାଗୁଡ଼ାକୁ ବିଶ୍ରାମ ନାହିଁ, ଯ୍ୟା ନାଁ କ'ଣ ?

ଗୃହିଣୀ–ତୁମର ସ୍ମୃତିଲୋପ । ଏ ବର୍ଷ ଆଷାଢ଼ ମାସରେ ଜମା ଦି'ଚାରି ଅସରା ବର୍ଷା ହୋଇଥିଲା । ଶ୍ରାବଣ ପ୍ରଥମ ଭାଗରେ ମଧ ସେଇ ଅବସ୍ଥା । ଯାହା ବର୍ଷା ଶ୍ରାବଣ ଶେଷକୁ ଓ ତା'ପର ମାସରେ । ଅଗଷ୍ଟ ସେପ୍ଟେମ୍ବର ବିଲ୍ ଦେଖିଲେ ଯାହା ଖୋଜୁଛ ପାଇବ ।

ବାଧା ପଡ଼ିଲା । ଅଫିସର ବଡ଼ବାବୁ ଆସି ପହଁଚିଲେ । ହାତରେ ଖୋଲା ଫାଇଲ୍ । ଗୃହିଣୀ ଭିତରକୁ ଚାଲିଗଲେ । ଭୂପତିବାବୁ ପଚାରିଲେ, "କ'ଣ, ସରିଗଲା ତ ?"

ବଡ଼ବାବୁ ଧୀର କଣ୍ଠରେ କହିଲେ, "ଆଞ୍ଜା, ଟିକିଏ ପଚାରିବାର ଥିଲା । ଏ ବର୍ଷର ପ୍ରଥମାର୍ଦ୍ଧରେ କୃଷିଫାର୍ମରୁ ଯାହା ଆମଦାନୀ ହେବାର କଥା ତା'ର ଅଧାଅଧି ତ ରିପୋର୍ଟରୁ ଦିଶୁନାହିଁ । କି କାରଣ ଦେଖାଇବାକୁ ହେବ ?"

ଭୂପତିବାବୁ ବିରକ୍ତ ହୋଇଉଠିଲେ– "କେତେ ବର୍ଷ ହେଲା ଡିପାର୍ଟମେଣ୍ଟରେ ରହିଲଣି ? କୁହ, ପ୍ରଶ୍ନର ଉତ୍ତର ଦିଅ !"

ବଡ଼ବାବୁ ଅସ୍ବସ୍ତ ଗଳାରେ ଜଣାଇଲେ ବର୍ଷର ସଂଖ୍ୟା । ଭୂପତିବାବୁ ନ ଶୁଣି କାରଣମାନ ସୂଚାଇ ଦେଇ ଚାଲିଲେ–

"ଅନାବୃଷ୍ଟି, ବିଳମ୍ବରେ ବୃଷ୍ଟି । ତୁମେ କ'ଣ ଜାଣ ନାହିଁ ଏ ବର୍ଷ ବର୍ଷା କେମିତି ଅଭୁତ ଭାବରେ ପଛେଇଯାଇଛି ! ଜୁଲାଇ ଅଗଷ୍ଟରେ ବର୍ଷା ନାହିଁ କହିଲେ ଚଳେ । ସେକଥା ଯଦି ଡ୍ରାଫ୍ଟରେ ସ୍ପଷ୍ଟ କରାଯାଇ ନାହିଁ ଏବେ କରିଦେବାକୁ ହେବ । ଯାହା

କରିବାର ମୁଁ କରିଦେବି। ଯାଅ, ଯାଅ, ଶୀଘ୍ର ରିପୋର୍ଟଟା ପଠାଇଦିଅ। ଟାଇପ୍ କାମ କେତେ ବାଟ ଗଲା? ତୁମମାନଙ୍କୁ ନେଇ କାମ ଉଠାଇବା... ମାଡ଼ଁ ଗଡ଼!"

ବଡ଼ବାବୁ ଚାଲିଗଲେ। କହିଲେ, ଏଇ ଗୋଟାକ ବିଷୟରେ ଟିକିଏ ସନ୍ଦେହ ଉଠିବାରୁ ଦୌଡ଼ି ଆସିଥିଲେ? ଏଇ ଅଧଘଣ୍ଟା ଘଣ୍ଟାଏ ଭିତରେ ଡ୍ରାଫ୍ଟର ନିଟ୍ କପି ପଠାଇଦେବେ।

ତାଙ୍କ ପଛେପଛେ ଆସିଲେ ନରସିଂହବାବୁ। ରବିବାର ସକାଳ ୯ଟା ବେଳେ ତାଙ୍କର ନିୟମିତ ଆଗମନ ହୁଏ, ଚା' ଖାନ୍ତି, ତିନି ଚାରିଟା ସିଗ୍ରେଟ, ସମାନସଂଖ୍ୟକ ପାନ ଗ୍ରହଣ କରି ଉଠୁଉଠୁ ଦିନ ୧୨ଟା ବାଜେ। ଆଜି କିନ୍ତୁ ସେ ବସିପାରିବେ ନାହିଁ। କଟକ ଯିବାକୁ ହେବ ବସ୍‌କୁ ଅପେକ୍ଷା।

ଏଣୁ ତେଣୁ କଥା ପଡ଼ିଲା। ହଠାତ୍ ନରସିଂହବାବୁ ଚାରିଆଡ଼କୁ ଆଖି ବୁଲାଇ କହିଲେ–

"ଆଚ୍ଛା, ଭୂପତିବାବୁ, ଆଗପଟ ଏ ବଗିଚାଆଡ଼େ ଦୃଷ୍ଟି ଦେଉନାହଁ, କ'ଣ ହୋଇ ପଡ଼ିଛି, ଦେଖିଲ! ତୁମ ଭଳି ରୁଚିସମ୍ପନ୍ନ ଲୋକର..."

ଭୂପତିବାବୁ–କହନ୍ତୁ ନାହିଁ, ଲଜ୍ଜାର କଥା; କିନ୍ତୁ କ'ଣ କରାଯାଏ। ବହୁତ ଚେଷ୍ଟା କଲିଣି, କିଛି ଲାଭ ହେଲା ନାହିଁ; ଗୁଡ଼ାଏ ପଇସା ଖର୍ଚ ସାର। ମାଟିଟା ଏମିତି ପଥୁରିଆ ଆଉ ଟାଣ ଯେ ଖଡ଼ାଟାଏ ପୋତିବାର ଉପାୟ ନାହିଁ। ଯଦି ବା ମାଟି ଖୋଲାଇ ନୂଆ ମାଟି ବଦଲାଇ ଦିଆଗଲା, ଗଛ ଚାରି ଇଞ୍ଚ ନ ଉଠୁଣୁ ପୋକ କାଟି ସାଫ୍। ସୟଲ୍ ଏନାଲିସିସ୍ ପାଇଁ ସେମ୍ପଲ ପଠାଯାଇଛି। ତା'ରି ଫଳାଫଳ ଜଣାପଡ଼ିଲେ ତଦନୁଯାୟୀ ବ୍ୟବସ୍ଥା ହେବ। ସବୁଠୁ ବଡ଼ ଅସୁବିଧା ହେଲା ପାଣିର ଅଭାବ। ଗାଧୋଇବାକୁ ତ ପାଣି ନାହିଁ, ଆଉ ବଗିଚା! ଆଉ ଗୋଟେ କଥା ଆପଣ ଦୃଷ୍ଟି କରିଛନ୍ତି କି ନାହିଁ– ଏଠି ଯେଉଁ ପାଣି ଅଭାବ ତା'ର ମୂଳ କାରଣ ହେଲା ଏଇ ବଗିଚା। ଏଟା ଗୋଟାଏ ସମସ୍ୟା। ଯେ ପର୍ଯ୍ୟନ୍ତ ପାଣି ଯୋଗାଇବା ବ୍ୟବସ୍ଥା ଯୋଜନାନୁଯାୟୀ ସମ୍ପୂର୍ଣ୍ଣ ନ ହୋଇଛି, ବଗିଚା କରିବା ବିଲକୁଲ୍ ବନ୍ଦ କରିବା ଦରକାର। ଆପଣ ତ ଜାଣନ୍ତି, ଦ୍ୱିତୀୟ ରିଜର୍ଭୟର ପାଇଁ ଯେଉଁ ସ୍କିମ୍ ଆସିଥିଲା ତା' ମଞ୍ଜୁର କରାଯାଇ ପ୍ଲାନ୍'ରେ ଅନ୍ତର୍ଭୁକ୍ତ କରାଯାଇଛି। ସେଥିରେ ପୁଣି ଫରେନ୍ ଏକୁଚେଞ୍ଜ ରହିଛି। ସେ ଆଉ ଏକ ସମସ୍ୟା। ଏଇ ସବୁ କାରଣରୁ କିଛି କରି ହେଉନାହିଁ ମନ ଥିଲେ, ରୁଚି ଥିଲେ କ'ଣ ହେବ! ତା' ଛଡ଼ା ଏଠି ମୁଣ୍ଡ ପିଟିଦେଲେ କ'ଣ ଗୋଟାଏ ଭଲ ମାଲୀ ପାଇବ! ନିଜର ବା ସମୟ କାହିଁ ଏ ସବୁ ଦେଖିବାକୁ?

ବସ୍ ଆସିଗଲା। ନରସିଂହବାବୁ ବିଦାୟ ନେଲେ। ଗୃହିଣୀ ବାରଣ୍ଡାକୁ ବାହାରି

ଆସି ଡାକିଲେ ହାତଠାରି- "ଏ ଆଡ଼େ ଟିକେ ଆସିବ କି ?" ଭୂପତିବାବୁ ତାଙ୍କ ପଛେ ପଛେ ଚାଲିଲେ। ଅଗଣା ପାର ହୋଇ ବାଡ଼ି ଦରଜା ଦେଇ ବାଡ଼ିରେ ଆସି ପହଞ୍ଚିଲେ। ଆଗେ ଆଗେ ଗୃହିଣୀ। ଭୂପତିବାବୁ ଅଟକିଗଲେ। ସେ କେବେ ଏ ଆଡ଼କୁ ଆସି ନ ଥିଲେ। ବେଳ କାହିଁ। ଚାରିଆଡ଼କୁ ଚାହିଁ ଦେଖିଲେ- ଫଳଫୁଲରେ ସାରା ବାଡ଼ିଟା ଭରି ଉଠିଛି। ପେଣ୍ଟାପେଣ୍ଟା କଳା ମୁଚ୍‌ମୁଚ୍‌ ବାଇଗଣ, କେଡ଼େ ବଡ଼ବଡ଼ ନାଲ ଟମାଟୋ, ଘନ ହୋଇ ମାଡ଼ିଛି ଲାଉ, କଖାରୁ, କାକୁଡ଼ି ଲତା, ଡଙ୍କ ମାରୁଛି କେଉଁଠି ଲାଉ, କେଉଁଠି କାକୁଡ଼ି। ସେପଟେ କ୍ଷେତ ତିଆରି ଚାଲିଛି- ଲାଗିବ ଫୁଲକୋବି, ବନ୍ଧାକୋବି, ଗାଜର। ନାଳୀ ଚାଲିଛି କିଆରିକୁ କିଆରି। ଝିରିଝିରି ହୋଇ ପାଣି ବୋହି ଚାଲିଛି ଘର ଅଗଣାକୁ ଗାଧୁଆଘର।

ଭୂପତିବାବୁ ମୁଗ୍ଧ ଦୃଷ୍ଟିରେ ଦେଖୁଛନ୍ତି। ଗୃହିଣୀ ପାଖକୁ ଲାଗି ଆସି ସ୍ୱାମୀଙ୍କର ଆଙ୍ଗୁଳିରେ ସାମାନ୍ୟ ଚାପ ଦେଇ ପଚାରିଲେ- "କ'ଣ ଦେଖୁଛ ?"

ଭୂପତିବାବୁ ଚମକିପଡ଼ି ଫେରି ଆସିବାକୁ ଗୋଡ଼ ବଢ଼ାଇଲେ। ଗୃହିଣୀ ନିଜର ସରୁସରୁ ଆଙ୍ଗୁଳିରେ ଗଣିଲେ ଗୋଟିଗୋଟି କରି, ପଥୁରିଆ ଟାଣ ମାଟି ଏକ, ଜଳାଭାବ ଦୁଇ, ମାଳୀର ଅଭାବ ତିନି, ସମୟର ଅଭାବ, ମଞ୍ଜିର ଅଭାବ, ଖତର ଅଭାବ... କୀଟଙ୍କ ଆକ୍ରମଣ...

ଭୂପତିବାବୁ ଦାଣ୍ଡପଟ ବାରଦାକୁ ଫେରିଆସି ଆରାମ ଚେୟାରରେ ବସି ସିଗ୍ରେଟ ଧରାଇଲେ। କିଛି ସମୟ କଟିଗଲା। ଗୃହିଣୀ କପେ ଚା' ଆଣି ପାଖ ଟି'ପୟ ଉପରେ ରଖିଗଲେ। ସାଇଡ୍‌ ଟେବୁଲ ଉପରେ ସେତେବେଲୁ ଥୁଆ ହୋଇଛି ହିସାବଖାତା, ଚେକ୍‌ ବହି, ଫାଉଣ୍ଟେନ୍‌ ପେନ୍‌। ନିରବରେ ସେ ଘର ଭିତରକୁ ଚାଲିଗଲେ।

ଷ୍ଟେନୋବାବୁ ଆଣି ଦେଇଗଲେ ଟାଇପ୍‌କରା ରିପୋର୍ଟର ତିନିକିତା ନକଲ। ଟେବୁଲ ଉପରେ ପେପରଓ୍ୱେଟ୍‌ର ଚାପା ଦେଇ ଭୂପତିବାବୁ ଆଖିବୁଜି ପଡ଼ି ରହିଲେ।

ସମୟ ଗଡ଼ି ଚାଲିଲା।

ଦିନ ପ୍ରାୟ ଏଗାରଟା, ଭୂପତିବାବୁ ଗାଧୋଇ ନାହାନ୍ତି, କିଛି ଖିଆ ହୋଇନାହିଁ। ଗୃହିଣୀ ରୋଷେଇଘରୁ ଉଦ୍‌ବିଗ୍ନ ଚିଉରେ ବାହାରି ଆସିଲେ, ଦାଣ୍ଡ ବାରଦାରେ ଭୂପତିବାବୁ ନାହାନ୍ତି। ଚେକ୍‌ ବହି ଉଠାଇ ନେଇ ଦେଖିଲେ ପୂରା ଟଙ୍କାର ଚେକ୍‌ କଟା ହୋଇଛି। ହଠାତ୍‌ ତାଙ୍କ ଦୃଷ୍ଟି ପଡ଼ିଲା ବାରଦା କୋଣରେ କୁଢ଼ୁଲି କୁଢ଼ୁଲି ଜଳୁଛି ଏକ କାଗଜ ବିଡ଼ା।

ଗାଧୁଆଘରୁ ଶୁଭୁଛି ମୁଣ୍ଡ ଉପରେ ଲୋଟାଲୋଟା ପାଣି ଢାଳିବାର ଶବ୍ଦ।

ନାଚ ବେନୁଆଁ ନାଚ

ଭୁବନେଶ୍ୱର ବେହେରା

ଦୂର ପାହାଡ଼ରେ ଯେତେବେଳେ ନିଆଁଲାଗେ ଆଉ ରାତିରେ ସେ ନିଆଁ ଗୋଟିଏ ବିରାଟ ସୁନାହାରର ରୂପ ନିଏ, ମାଙ୍କଡ଼ ବାହାଘରର ରୋଶଣି କଥା ମନେପଡ଼ିଯାଏ– ଆଉ ତା' ସାଙ୍ଗରେ ମନେପଡ଼େ ପିଲାଦିନର କେତେ ଅଭୁଲା ସ୍ମୃତି ।

ସେଦିନର ସ୍କୁଲଜୀବନ । ଛାଟ ବିନା ପାଠର କଳ୍ପନା ମଧ କେହି କରନ୍ତିନି । ମାଷ୍ଟରମାନଙ୍କୁ ତେଣୁ ବାପାଙ୍କ ଅନୁରୋଧ, ସେମାନେ ମନଇଚ୍ଛା ଯେତେ ମାଡ଼ଦେବେ ଦିଅନ୍ତୁ, ପୁଅକୁ କୌଣସିମତେ ମଣିଷ କରନ୍ତୁ । ସେ କାଳର କର୍ଭ ବ୍ୟପରାୟଣ ଶିକ୍ଷକମାନେ ଏପରି ଅନୁରୋଧ ଏଡ଼ିଦେବେ ବା କେମିତି ? ଆମପରି ମାଙ୍କଡ଼ମାନଙ୍କୁ ମଣିଷ କରିବାକୁ ଯାଇ ପିଠିରେ ଗୋଟା ଗୋଟା କନିଅର ଛାଟ ଛିଣ୍ଡାଇଦିଅନ୍ତି– କିଛି ଗୋଟାଏ ବାହାନା ମିଳିଗଲେ ହେଲା । କିଏ କ୍ଲାସରେ କାହାକୁ ଦେଖ ହସୁଛି, କିଏ କାହାକୁ ଖେଟେଇ ହେଉଛି, କିଏ ତେନ୍ତୁଳି ଖାଉଛି, କିଏ କାହାର ଟାଙ୍ଗରା ମୁଣ୍ଡରେ ଥରେ ଦି'ଥର ଠଣା ମାରିଛି, କିଏ ଅବା କାହାର

ଚୁଟି ଚାଣିଛି–ବାସ୍‌! ତଥାପି ସେଦିନ କାହା ବାଡ଼ିରେ ଗୋଟାଏ ଦି'ଟା କାକୁଡ଼ି ନିର୍ଲଜ ଭାବରେ ଝୁଲୁଥିବା ଦେଖିଲେ ଅଥବା କାହା ଗଛର ପିଜୁଲି କିମ୍ବ ଆମ୍ବ ଆମକୁ ଦେଖି ସାମାନ୍ୟ ଟିକିଏ ପବନରେ ବି ଅଣ୍ଟାହଲାଇ ମୁଣ୍ଡ ଟୁଙ୍ଗାରିଲେ ଲୋଭ ସମ୍ଭାଳି ହୁଏନି ବୋଲି କହି କୌଣସି କୌଣସି ଶିକ୍ଷକ ଆମ ପିଠିର ଛାଲ ଉତାରିବାକୁ ଚେଷ୍ଟା କରନ୍ତି। ଆଉ ସେପରି ଦୋଷ କରିଥିବା ଯୋଗୁଁ ଦଣ୍ଡ ଯେ ଆମର ପ୍ରାପ୍ୟ ସେକଥା ବୁଝିହୁଏ। କିନ୍ତୁ ଏକଥା ବୁଝିହୁଏନି ଯେ ପଞ୍ଚମ ଷଷ୍ଠ ଶ୍ରେଣୀ ପଢ଼ିଲାବେଳେ ଆମର କି ଅବା ବୟସ। ସେଥିରେ ଆମେ କାହିଁକି ଯେ 'ନିଦ୍ରା ପରିହରି, ଚିନ୍ତାର ଲୋଚନ ଫେଡ଼ି ନିଃଶବ୍ଦେ ଜୀବନସ୍ରୋତ ଧାଉଁଛି କିପରି, ଭେଟିବାକୁ ମୃତ୍ୟୁସିନ୍ଧୁ କରାଳ ଲହରୀ' ବୋଲି ଜୀବନ ସମ୍ବନ୍ଧରେ ଚିନ୍ତାକରି ବସିବୁ, ଆଉ ଡୁଡ଼ୁ, ବୋହୁଚୋରୀ, ଫୁଟ୍‌ବଲ ନଖେଳି 'କି ବେଗରେ ଯାଉଅଛି ଚାଲି, ସେହି ସ୍ରୋତ ସଂଗେ ଭାସି ଜୀବନର ସୁଖରାଶି' ବୋଲି ଶୋକୋଚ୍ଛ୍ୱାସ ଢାଳିବୁ। ଏସବୁର ଅର୍ଥ ବୁଝି ନ ପାରିଲେ ଅଥବା କିଛି ନ ବୁଝି ମୁଖସ୍ଥକରି ଓଗାଳିଲାବେଳେ ଭୁଲ୍‌ଭଟ୍‌କା ହେଲେ ଯେଉଁ ମାଡ଼ହୁଏ ସେତିକିବେଳେ ବିନା ଦୋଷରେ ମାଡ଼ ହେଉଛି ବୋଲି ଦେହରେ ନିଆଁ ଜଳେ, କିନ୍ତୁ କିଛି କରିହୁଏନି। ହ୍ୟାଂଲେ ଛାଡ଼ି ଅନ୍ୟ କେତେଜଣଙ୍କ ପରି ଘରକୁ ପଳାଇଗଲେ ବା ରକ୍ଷା– କିନ୍ତୁ ତେଣେ ବାପା ବସିଛନ୍ତି, ଜବରଦସ୍ତ ପୁଣି ସ୍କୁଲକୁ ନେଇଆସିବେ। ମାଆଙ୍କର ତ ଆପତ୍ତି କରିବାର କିଛି ଅଧିକାର ନାହିଁ। ଏସବୁ ବିଷୟରେ କୁଆଡ଼େ ତାଙ୍କର ମୁଣ୍ଡ ନ ଖେଳେଇବା କଥା– ଘରକୁ ପଳାଇଗଲେ ମାଡ଼ ଖାଲି ଦ୍ୱିଗୁଣିତ ହେବ ଯାହା। ତେଣୁ ଛାତ୍ରଙ୍କର ଏକମାତ୍ର ପରମବନ୍ଧୁ ଖରାଛୁଟି ପାଇଁ ଆମେ ଦିନ ଗଣିବୁ। ସେହି ପ୍ରିୟ ଖରାଛୁଟି ପାଖେଇ ଆସିଲାବେଳକୁ ହିଁ ଏମିତି ପାହାଡ଼ମାନଙ୍କରେ ମାଙ୍କଡ଼ ବାହାଘରର ରୋଶଣି ଦପ୍‌ଦପ୍‌ କରି ଜଳିଉଠେ।

ରୋଶଣି ଆଲୁଅ ଦେଖି ମୋର ପ୍ରବଳ ଇଚ୍ଛାହୁଏ କେମିତି ଏ ବାହାଘର ଥରେ ଦେଖନ୍ତି! ଏଡ଼ିକି ଟିକିଏ ଟିକିଏ ମାଙ୍କଡ଼ ଆଉ ସେମାନଙ୍କର ବି ବରାଟ ରୋଶଣି! ଆଶ୍ଚର୍ଯ୍ୟ ଲାଗେ। ଆମ ସବ୍‌ଜାନ୍ତା ଉପର କ୍ଲାସର ପିଲାମାନେ କିନ୍ତୁ ଟିକିଏ ମାଙ୍କଡ଼ ବୋଲି କହିଲେ ବିରକ୍ତ ହୁଅନ୍ତି, ଆଉ ହନୁମାନ ଅଙ୍ଗଦ–ସୁଗ୍ରୀବଙ୍କ ସାଙ୍ଗରେ ମର୍କଟସୁନ୍ଦରୀମାନଙ୍କ କଥା କହିବସନ୍ତି। ଆମର ବିଶ୍ୱାସ ହୋଇଯାଏ ଯେ ଯୁବରାଜ ଅଙ୍ଗଦଙ୍କ ବାହାଘରର ଏ ରୋଶଣି।

ତେବେ ଯୁବରାଜ ଅଙ୍ଗଦ ଏମିତି ପ୍ରତିବର୍ଷ ଖରାଛୁଟି ପାଖେଇ ଆସିଲାବେଳକୁ କାହିଁକି ଯେ ବାହାହୁଅନ୍ତି ଆଉ ସବୁ ରାତିରେ କାହିଁକି ଏ ବାହାଘରର ପ୍ରଶେସନ୍‌ ପାହାଡ଼ରୁ ପାହାଡ଼ ଡେଇଁ ଚାଲିଥାଏ, ଆଉ ବେଲେବେଲେ ପୁଣି ସେହି ପୁରୁଣା

ପାହାଡ଼ରେ ଉଙ୍କିମାରେ, ସେ କଥା ବୁଝିହୁଏନି। ସେଇ ବୁଢ଼ିଆ ସର୍ବଜ୍ଞାନ୍ତାମାନେ ସେ କଥା ମଧ୍ୟ ବୁଝାଇଦିଅନ୍ତି। କେତେ ରୋଶଣିଆ ମାଙ୍କଡ଼ କୁଆଡ଼େ ଏତେବାଟ ଚାଲି ଚାଲି ଥକିଗଲା ପରେ ତାଙ୍କ ଯୂଥପତି ଆଉ ପ୍ରହରୀଙ୍କ ମାଡ଼ଭୟରେ ସେମାନଙ୍କ ଅଜାଣତରେ କେଉଁ ଗଛମୂଳେ ଲୁଚି ରହନ୍ତି, ଆଉ ସମସ୍ତେ ଚାଲିଗଲା ପରେ ସୁବିଧା ଦେଖି ପୁଣି ତାଙ୍କର ରୋଶଣି ଧରି ବାହାରନ୍ତି ସେଇ କିଷ୍କିନ୍ଧା ଅଭିମୁଖରେ। ଗୋଟିଏ ଜଟିଳ ସମସ୍ୟାର ଏପରି ଏକ ସରଳ ସମାଧାନ ହୋଇଯାଏ।

ବିରାଟ ବିରାଟ ମାଙ୍କଡ଼ଙ୍କ କଥା ଶୁଣିଲା ପରେ ରାତିରେ ଲୁଚିଛପି ସେ ବାହାଘର ଦେଖିଯିବାକୁ ଆଉ ସାହସ ହୁଏନି- ଇଚ୍ଛା ଇଚ୍ଛାରେ ହିଁ ରହିଯାଏ। ତଥାପି ସେ ମାଙ୍କଡ଼ ବାହାଘରର ରୋଶଣି ମନରେ ପୁଲକ ଦିଏ। ଖରାଛୁଟି ପାଖେଇ ଆସିଲା ବୋଲି ଜାଣି ହୋଇଯାଏ ଏବଂ ଘରକଥା ବାରମ୍ବାର ମନେପଡ଼େ। ହଷ୍ଟେଲରେ ଅସିଝା। ଡାଲି ଆହୁରି ପାଣିଆ ଲାଗେ, ବଗଡ଼ା ଭାତ ତଣ୍ଟିକୁ ଗଳେନି, ତରକାରି ରାଗରେ ପାଟି ଜଳାଏ। ସତରେ ମା' ଯେମିତି ରାନ୍ଧନ୍ତି! ଆଉ ଏ ଭୁଷୁଣ୍ଡା ଢାଲୁଆ ରାନ୍ଧୁଣିଆଗୁଡ଼ାକ! କିଏ ଖାଇଲେ କି ନ ଖାଇଲେ ତାଙ୍କର ଯାଏ ଆସେ କେତେ? ଏ ହଷ୍ଟେଲ ସୁପରିଣ୍ଟେଣ୍ଡେଣ୍ଟମାନେ କାହିଁକି ଯେ ଏଗୁଡ଼ାଙ୍କୁ ରଖନ୍ତି?

ଛୁଟିରେ ଡାଲମାକୁଡ଼ି ଖେଳକଥା ମନେପଡ଼େ। ବାପା କ'ଣ ସନ୍ଷ୍ଟୋକ୍ ଫ୍ରୋକ୍ କଥା କହି ଦିନ ଦିପହରବେଳେ ଏଇ ଡାଲମାକୁଡ଼ି ଖେଳିବା ପାଇଁ ଆମ୍ବତୋଟାକୁ କିମ୍ବା ପହଁରିବା ପାଇଁ ପୋଖରୀକୁ ନଯିବାକୁ ତାଗିଦ୍ କରିଦେଇଥାଆନ୍ତି- କିନ୍ତୁ ଖରାବେଳେ ସେ ଯେତେବେଳେ ଶୋଇପଡ଼ି ଘୁଙ୍ଗୁଡ଼ି ମାରନ୍ତି, ସୁଯୋଗ ମିଳିଯାଏ। ଆଉ ମନେପଡ଼େ ବେନୁଆଁ ନାଚ।

ଆମ ଗାଁମାନଙ୍କରେ ମାଙ୍କଡ଼ ନାଚକୁ କାହିଁକି ଯେ ବେନୁଆଁ ନାଚ କହନ୍ତି ଠିକ୍ ବୁଝିହୁଏନି। ବୋଧହୁଏ ସେ ମାଙ୍କଡ଼ନଟାଲିଙ୍କ ନିଜ ଭାଷା। ମାଙ୍କଡ଼କୁ ସେମାନେ ତାଙ୍କ ଛତିଶଗଡ଼ୀ ଭାଷାରେ ବେନୁଆଁ କହୁଥିବେ। 'ନାଚ୍ ବେନୁଆଁ ନାଚ୍' ମନେପଡ଼ିଲାକ୍ଷଣି ମନ ଆନନ୍ଦରେ ଭରିଯାଏ।

ବେନୁଆଁ ନାନା ଢଙ୍ଗରେ ଅଣ୍ଟା ହଲାଇ ନାଚେ। ଫ୍ରକ୍ ଖଣ୍ଡିଏ ପିନ୍ଧି ବୋହୂ ସାଜି ଯେତେବେଳେ ସେ ପାଣି ଆଣେ, ଟିକି ମୁଣ୍ଡରେ ଛୋଟ ଆଲୁମୋନିୟମ୍ର ଗିନାକୁ ଦି'ହାତରେ ଜାବୁଡ଼ି ଧରିଥାଏ। ଲାଞ୍ଜ ତଳେ ଘୋଷାରି ହୁଏ, ଠିକ୍ ପଣତକାନି ପରି। ନଟାଲି ନାଚ ମଝିରେ ଚିତ୍କାର କରେ- 'ବେନୁଆଁ, ତୋର ଶଶୁର ଆସିଛନ୍ତି...' ଟିକି ଗୋଲ ମୁଣ୍ଡକୁ ଭୁଆଁରେ ଥାପି ବେନୁଆଁ ଆମ ଭିତରର କାହା ପାଦତଳେ ମୁଣ୍ଢିଆ ମାରେ। କେବେ ଆଖି ବୁଜିଦେଇଥାଏ ତ କେବେ ଆଖି ଜୁଲୁଜୁଲୁ କରୁଥାଏ। ସେ

ଯାହା ପାଦତଳେ ମୁଣ୍ଡିଆ ମାରେ ତାକୁ ଆମେ 'ବେନୁଆଁ ଶଶୁର, ବେନୁଆଁ ଶଶୁର' କହି ତାଳିମାରି ନାଚିଉଠୁ ।

ବେଳେବେଳେ ନଚାଳିର ଦିଓଟି ବେନୁଆଁ ରହୁଥିଲେ । ଗୋଟିଏ ଫ୍ରକ୍ ପିନ୍ଧି କନିଆଁ ବନେ, ଆଉ ଆରଟି ଟୋପି ପିନ୍ଧି ବର ସାଜେ । କନିଆଁ ମୁଣ୍ଡରେ ଛିଟକନା ଖଣ୍ଡିଏ ପକାଇ ନଚାଳି ଯେତେବେଳେ ବରକୁ କହେ, – 'ଆରେ ବେନୁଆଁ, ଯା' ଦେଖଆସିବୁ ତୋର କନିଆଁ ଦେଖିବାକୁ କେମିତି', ସେତେବେଳେ ବର ଗମ୍ଭୀର ହୋଇ କନିଆଁ ପାଖକୁ ଯାଏ ଆଉ ଓଢ଼ଣା ଟେକି ତା' ମୁହଁ ଆଡ଼କୁ ଉଙ୍କିମାରେ । କନିଆଁ ଲାଜ ଲାଜ ମୁହଁ କରି ଯେତେବେଳେ ମୁହଁ ବୁଲାଇଦିଏ, ଆମ ଭିତରେ ହସର ରୋଲ ଖେଳିଯାଏ । କେବେ କେବେ ବେନୁଆଁ ବରପିତା ହୁଏ, କାଖରେ ଛତା ଜାକି, ବାଡ଼ିଧରି ଠୁକୁରୁ ଠୁକୁରୁ କରି ବୋହୂ ଅନ୍ଵେଷଣରେ ବାହାରେ । ବେନୁଆଁ ଯେତେବେଳେ ସମୁଦ୍ର ଡେଇଁ ଲଙ୍କାକୁ ଯାଏ, ନଚାଳିର ବାଡ଼ିଉଠାରେ କୁଦାମାରି ସେମିତି ଲଙ୍କାରୁ ଫେରିଆସେ, ଖେଳ ଶେଷହେଲା ବୋଲି ଆମେ ସବୁ ଜାଣିନେଉ । ବେନୁଆଁ ଶେଷରେ ମା'ଙ୍କ ପାଖରେ ମୁଣ୍ଡିଆ ମାରେ, ଆଉ ଆମେ ଖୁସିରେ ଘର ଭିତରକୁ ଦୌଡ଼ିଯାଇ ଚଣା, ମୁଗ, ବିରି ଯାହା ମିଳିଲା ମୁଠାଏ ନେଇଆସି ତା' ଆଗରେ ବିଞ୍ଚିଦେଉ । କାଲେ କିଏ ସେହି ଅମୂଲ୍ୟ ସମ୍ପଦ ତା' ହାତରୁ ଛଡ଼ାଇ ନେଇଯିବ, ସେଇ ଭୟରେ ବେନୁଆଁ ଦି'ହାତରେ ଚଣା ଗୋଟାଇ ଚଟାପଟ୍ ପାଟି ଭିତରେ ଭର୍ତ୍ତିକରେ, ଆଉ ଗାଲର ଥଲି ଭରପୂର କରି ସମସ୍ତଙ୍କୁ ମିଟିମିଟି କରି ଚାହେଁ ବେସ୍ ହସିଲା ହସିଲା ମୁହଁରେ, ସତେ ଯେମିତି "ହାଓ ଡୁ ୟୁ ଡୁ' କହିବାକୁ ଚାହୁଁଛି ।

ଗୋଟାଏ ଘରୁ ବେନୁଆଁ ଯେତେବେଳେ ଆଉ ଗୋଟାଏ ଘରକୁ ତା'ର ନାଚ ଦେଖେଇବାକୁ ଯାଏ, ଆମେ ଗାଁର ସବୁ ପିଲା ତା' ପଛରେ ଗୋଡ଼ାଇଯାଉ । ସେଇ ଖେଳ ଆଉ ଆମର ପୁଣି ସେଇ ଆନନ୍ଦ ।

ଏଇ ପିଲାଦିନର ସ୍ମତି ଯୋଗୁଁ ବୋଧହୁଏ ମାଙ୍କଡ଼ନାଚ ପାଇଁ ଆଜି ମଧ ମୋର ଦୁର୍ବଳତା ରହିଯାଇଛି । ସେଦିନ ଘର ବାହାରେ 'ତାକ୍ ତାକ୍ ଘିଡ଼ି ତାକ୍ ତାକ୍' ଶୁଣି ନିଜ ଅଜାଣତରେ ହିଁ ଘରୁ ବାହାରିଆସିଲି । ବୁଢ଼ା ତଲେ ବାଡ଼ି ପିଟିପିଟି ଗୋଟାଏ ସ୍ଵରରେ ସେଇ ଏକା ତାଲ ହିଁ ଧରିଥାଏ । ତାକ୍ ତାକ୍ ସଙ୍ଗରେ ତାଲ ମିଲାଇ ମାଙ୍କଡ଼ଟି ହଲି ହଲି ନାଚୁଥାଏ– ଛୋଟଛୁଆଙ୍କ ଥେଇ ଥେଇ ନାଚ ପରି । ଛଅଫୁଟିଆ ମସ୍ତବଡ ସେ ବୁଢ଼ା ପାଖରେ ଟିକି ମାଙ୍କଡ଼ଟି କେମିତି ଅଖାଦୁଆ ଦିଶୁଥାଏ– ସମ୍ପୂର୍ଣ୍ଣ ଖାପଛଡ଼ା । ମାଙ୍କଡ଼ଟି ବୋଧହୁଏ ନିହାତି ସାନ ଆଉ ଅନୁଭୂତିବିହୀନ–ଅଙ୍ଗକୁ ଉପର ତଲ କରି ହଲାଇବା ଛଡ଼ା ଆଉ କିଛି ଜାଣେନି । ମଝିରେ ମଝିରେ ଯେତେବେଳେ ନାଚ

ବନ୍ଦକରି ହାଲିଆ ମୁହଁରେ ଚାରିଆଡ଼କୁ ଅନାଏ, ବୁଢ଼ା ଗଳାର ଶିକୁଳିକୁ ଜୋରରେ ଟାଣି ଗାଳିଦିଏ ଆଉ ବାଡ଼ି ଉଠାଏ। ବିଚରା ମାଙ୍କଡ଼ ସ୍ପ୍ରିଂରେ ଚାବି ସରିଆସିଥିବା ଗୋଟିଏ ଖେଳନା ପରି ଥମି ଥମି ଅଙ୍ଗକୁ ଉପର ତଳ କରେ—ନିହାତି ଅନିଚ୍ଛାରେ ମାଡ଼ ଡରରେ।

ବଡ଼ ବୋରିଂ। ଘର ଭିତରକୁ ଚାଲିଆସିବା ଆଗରୁ କିନ୍ତୁ ମନେହେଲା ମୁଁ ବୁଢ଼ାକୁ କେଉଁଠି ଦେଖିଛି— ବେଶ୍ ଚିହ୍ନାଚିହ୍ନା ମୁହଁ। ତା'ପରେ ବୁଢ଼ା ଯେତେଥର ଆସିଛି, ମୁଁ ବାହାରକୁ ଯାଇନି। ବରଂ ବୁଢ଼ାକୁ ସବୁଦିନ ପଖାଳ ଦେଇ ଘରକୁ ଆସିବାକୁ ଉତ୍ସାହିତ କରାଯାଉଛି ବୋଲି ବିରକ୍ତ ହୋଇଛି।

ସେଦିନ ଟିକେ ଅନ୍ଧାରୁଆ ହୋଇଆସିଲାଣି। ମୁଁ କ'ଣ ଗୋଟିଏ ଗୁରୁତର ବିଷୟରେ ମନ ଦେଇଛି, ହଠାତ୍ 'ଢାକ୍ ଢାକ୍ ଘିଡ଼ି ଢାକ୍ ଢାକ୍' ସାଙ୍ଗକୁ ବାଡ଼ିର ଆବାଜ୍ ଆସିଲା। ଅବିରାମ ସେଇ 'ଢାକ୍ ଢାକ୍' ଆଉ ବାଡ଼ିପିଟା ଶବ୍ଦ। ସନ୍ଧ୍ୟାରେ ମଧ ଏଥର ବିରକ୍ତ କଲାଣି ବୋଲି ବୁଢ଼ାକୁ ପାନେ ଦେବା ଇଚ୍ଛାରେ ମୋର ଚୌକି ଛାଡ଼ି ବାହାରିଛି, ଭିତର ବାରଣ୍ଡା ପାଖରେ ଥମି ଠିଆହୋଇଗଲି। ବୁଢ଼ା ନୁହେଁ, ଏଗୁଡ଼ାକ ପାଲା ଲଗେଇଛନ୍ତି।

ଟିକୁ— ମୋର ସାନପୁଅ ବାଡ଼ିଟିଏ ଧରି ଡାଇନିଂ ଟେବୁଲରେ ବାଡ଼େଇ ବାଡ଼େଇ ଢାକ୍ ଢାକ୍ କରୁଛି ଆଉ ସାନ ଭଣଜା ଟୁନା ଟେବୁଲ ଉପରେ ଗୋଡ଼ ବଙ୍କେଇ ଠିଆହୋଇଛି ଓ ହାତ ଦି'ଟାକୁ ଦଉଡ଼ି ପରି ସିଧା ତଳକୁ ଝୁଲାଇଦେଇ ଥେଇ ଥେଇ ନାଚୁଛି— ଠିକ୍ ବୁଢ଼ାର ସେଇ ମାଙ୍କଡ଼ ପରି। ମୁଁ ଚୁପ୍ ଚାପ୍ ଠିଆହେଲି। ମଝିରେ ମଝିରେ ବାଡ଼ିର ତୋଡ଼ ଟିକିଏ ବଢ଼ିଗଲେ ଟୁନା ଟେବୁଲ ଉପରେ ଆହୁରି ଜୋରରେ ଡିଆଁ ମାରୁଥାଏ।

ଟିକୁ ଆଦେଶ ଦେଲା— କାନ ଧର। ଟୁନା ଦି' ହାତରେ ନିଜ ଦୁଇକାନ ଧରିଲା। ତା'ପରେ ପୁଣି ସେଇ ଢାକ୍ ଢାକ୍। ଟୁନା କାନଧରି ଏଥର ଚାରିଆଡ଼ିକି ଘୁରି ଘୁରି ନାଚିବସିଲା। ତା' ଆଖି ଯେମିତି ମୋ ଉପରେ ପଡ଼ିଛି, ଟେବୁଲରୁ ସେ ଏକା ଡ଼ିଆଁକେ ତଳେ ହାଜର ହୋଇ ତୀର ପରି ଘର ପଛଆଡ଼େ ଅଦୃଶ୍ୟ ହୋଇଗଲା। 'ରାସ୍କେଲ, ଏତିକିବେଳୁ ଲଙ୍କା ଡେଢ଼ଲାଣି', କହି ଟୁନାକୁ ଧରି ଠିକ୍ କରିଦେବା ଉଦ୍ଦେଶ୍ୟରେ ଟିକୁ ଯେମିତି ବୁଲିପଡ଼ିଛି ତା' ଆଖି ମଧ ମୋ' ଉପରେ ପଡ଼ିଗଲା। ଗୋଟିଏ ମୁହୂର୍ତ୍ତର ଇତସ୍ତତଃତା—ଆଖି ପିଛୁଲାକେ ସେ ବି କେଉଁଠି ମିଳେଇଗଲା।

ସେଦିନ ବୁଝିଲି ପିଲାଙ୍କ ପାଇଁ ମାଙ୍କଡ଼ନାଚ ହିଁ ମାଙ୍କଡ଼ନାଚ। ତାଙ୍କ ପାଇଁ ନାଚର ମାନ କିମ୍ବା ଗୀତର ତାନ ଅର୍ଥହୀନ। ମାଙ୍କଡ଼ ଦି'ଗୋଡ଼ରେ ଠିଆହୋଇ ଅଙ୍ଗ

ହଲେଇଲେ ହିଁ ହେଲା। ସେଥିରେ ହିଁ ସେମାନଙ୍କର ପରମ ଆନନ୍ଦ। ବୋଧହୁଏ ମାଙ୍କଡ଼ଦ୍ୱୟର ପାରସ୍ପରିକ ଆକର୍ଷଣ। ଏଥର ବୁଢ଼ା ଯେତେବେଳେ ଆସିଲା, ସ୍ତ୍ରୀ ଓ ପିଲାଙ୍କ ସଙ୍ଗରେ ମୁଁ ବି ବାରନ୍ଦାରେ ଯାଇ ବସିଲି।

ସେଇ ପୁରୁଣା ନାଚ। ମାଙ୍କଡ଼ର ହାଡୁଆ ମୁହଁରେ ଦୁର୍ବଳତାର ଚିହ୍ନ ସ୍ପଷ୍ଟ। ଛୋଟ ହେଲେ ବି ବୁଢ଼ାଙ୍କ ମୁହଁ ପରି ଶୁଥୁପୂର୍ଣ୍ଣ ସେ ମୁହଁ। ନାଚିବା ପାଇଁ ଆଗ୍ରହର କୌଣସି ଚିହ୍ନ ତା' ପାଖରେ ନଥାଏ। ବେଳେବେଳେ ଗୋଡ଼ ବଙ୍କେଇ ସେମିତି ଠିଆହୋଇ ରହିଯାଏ ଆଉ ଅଣ୍ଟା ପାଖରେ କୁଣ୍ଠାଇହୋଇ ଏପାଖ ସେପାଖ ଅନାଇ ଆମକୁ ଚାହେଁ। ମୁହଁରେ କେମିତି ଗୋଟାଏ ବିକଳିଆ ଭାବ। କଥଁଲ ଉଦାସ ଆଖିରୁ ମୋର କାହିଁକି ମନେହେଲା ସତେ ଯେମିତି ସେ କହିବାକୁ ଚାହୁଁଛି– 'ହେ ମଉସା, ହେ ମଉସୀ– ସେଇଠି ବସି କି ତାମସା ଦେଖୁଛ। ତମର କ'ଣ କିଛି ଦୟାମାୟା ନାହିଁ? ତମେ ମଣିଷମାନେ ପରା ନିଜକୁ ସୃଷ୍ଟିର ଶ୍ରେଷ୍ଠ ଜୀବ ବୋଲି କହି ନିଜର ଡିଣ୍ଡିମ ପିଟ? ନିଜର ବାନା ନିଜେ ଉଡ଼ାଅ? ଆମ ପରି ଲାଙ୍ଗୁଡ଼ଧାରୀ ତମର ପୂର୍ବପୁରୁଷଙ୍କୁ ନଚାଇ କି ଯଶ ଅର୍ଜୁଛ? ହେ ବାଳପ୍ରେମୀ, ମାଙ୍କଡ଼ପ୍ରେମୀ ମଉସୀ, ମଉସାଙ୍କୁ ଯଦି କେହି ଜଣେ ବିରାଟକାୟ ଦାନବ ତୋଟିରେ ଦଉଡ଼ିବାନ୍ଧି ଦ୍ୱାରକୁ ଦ୍ୱାର ଭିଡ଼ିନେଇ ଭୋକ ଉପାସରେ ଥିଲାବେଳେ ବି ନାଚିବାକୁ ବାଧ୍ୟ କରୁଥାଆନ୍ତା ଏବଂ ତମର ଟିକୁ, ତମର ମିନିକୁ ଯଦି...' ମୁଁ ମୁହଁବୁଲାଇ ନେଇ ପାଟିକରି "ଥାଉ, ଥାଉ ଯଥେଷ୍ଟ ହେଲା ବୁଢ଼ା, ନାଚ ବନ୍ଦକର।" ମୋର ହାତ ହଲାଇବା ଦେଖି ବୁଢ଼ା ତାର 'ଘିଡ଼ି ତାକ୍ ତାକ୍' ବନ୍ଦ କଲା। ମାଙ୍କଡ଼ ଆଡ଼କୁ ଆଉଥରେ ଯେତେବେଳେ ଅନାଇଲି, ଦେଖିଲି ପୁଣି ସେ ମୋ ଆଡ଼ିକି ଚାହିଁଛି। ଅତି କରୁଣ ସେ ଦୃଷ୍ଟି। ଏଥର ପୁଣି ମନେହେଲା, ସେ ଯେମିତି କହୁଛି– "ହେ ଶିକ୍ଷକ, ଅଧ୍ୟାପକ, ମାଷ୍ଟର, ଗୁରୁ। ତମେପରା ମାଙ୍କଡ଼ମାନଙ୍କୁ ମଣିଷ କର! ତମ ପିଲାଦିନ କଥା ଥରେ ମନେପକାଅ। ସେଦିନ ତମେ ମାଙ୍କଡ଼ ଥିଲାବେଳେ ତମର ଶିକ୍ଷକ କ'ଣ ତମକୁ ଏମିତି ଫ୍ରକ୍ ପିନ୍ଧାଇ, ତୋଟିରେ ଦଉଡ଼ିବାନ୍ଧି ବାଡ଼ି ପିଟି ପିଟି, ନଚାଇ ନଚାଇ ମଣିଷ କରିଥିଲେ? ସେତିକିବେଳେ ପରା 'ଜୀବନଚିନ୍ତା' ପଢ଼ାଉ ପଢ଼ାଉ ମୃତ୍ୟୁ ସିନ୍ଧୁର କରାଳ ଲହରୀ ଆଡ଼ିକି ବିନା ଶଙ୍କରେ ଜୀବନସ୍ରୋତ ଧାଇଁଛି, ଆଉ ସେଇ ସ୍ରୋତ ସାଙ୍ଗରେ ଜୀବନର ସବୁ ସୁଖରାଶି ଭାସିଯାଉଛି ବୋଲି ଦରଦଭରା ସ୍ୱରରେ ଶିକ୍ଷକ କହିଲାବେଳେ ତମେ ଖେଳ କଥାସବୁ ଭାବି ନାନା ରକମର ଟିପ୍ପଣୀ କାଟୁଥିଲ? ଏବେ ହେଲେ ଟିକିଏ ଚିନ୍ତାର ଲୋଚନ ଫେଡ଼ ଆଉ ଆମ ଅବସ୍ଥା ନିରୀକ୍ଷଣ କର! କହ, ଶୋକୋଚ୍ଛ୍ୱାସ ଢାଳିବାରେ ଯଥାର୍ଥତା ଅଛି ନା ନାହିଁ? ବିନା ଦୋଷରେ ମାଡ଼ହେଲେ ପରା ତମ

ଦେହରେ ନିଆଁ ଜଳୁଥିଲା ? ମା' କୋଳରୁ ଆମ୍ବଗଛକୁ ଆଉ ଆମ୍ବ ଗଛରୁ ପଣସ ଗଛକୁ ଖୁସିରେ ଡେଇଁ ବୁଲୁଥିବା ବାଳ ମାଙ୍କଡ଼କୁ ତମର ଜଣେ ଜାତିଭାଇ ଧରିଆଣି ତମ ଆଗରେ ଯେଉଁସବୁ ଅତ୍ୟାଚାର କରିଚାଲିଛି ସେଇଟା କ'ଣ ନ୍ୟାୟ ? ତମର ମାପକାଠି କ'ଣ ତେବେ..."

ମୋ ମୁଣ୍ଡ ଝାଇଁମାରିଲା ଭଳି ଲାଗିଲା। ଅଜାଣତରେ ହିଁ ମୁଁ ମୋ' ଦୁଇକାନ ଢାଙ୍କିଦେଲି। ମାଙ୍କଡ଼କୁ ଆଉ ଚାହିଁପାରିଲିନି। ଟିକୁକୁ କହିଲି- "ଆରେ ଟିକୁ ଦଉଡ଼ିଗଲୁ – ଘରେ ଚଣା, ବିରି, ମୁଗ ଯାହାକିଛି ମୁଠିଏ ନେଇଆସିବୁ ଆଉ ମୋ' ପାଇଁ ଗିଲାସେ ପାଣି ଆଣିବୁ।"

ମାଙ୍କଡ଼ଟି ହାତରୁ ଚଣାତକ ପ୍ରାୟ ଝାମ୍ପିନେଇ ପାଟି ଭିତରେ ଭର୍ତ୍ତିକରିବାକୁ ଲାଗିଲା। ଟିକୁ ବିରକ୍ତି ଭରା ଛିଞ୍ଚଡ଼ା ସ୍ୱରରେ ମନ୍ତବ୍ୟ ଦେଲା- 'ରାସ୍କେଲ୍ କେଡ଼େ ଅଭଦ୍ର- ଥେଙ୍କ ୟୁ ବି କହୁନି।'

ମିନି ଟିସ୍ପଣୀ ଛାଡ଼ିଲା- 'କିରେ ଟିକୁ, ତୋର କ୍ଲାସ୍ ଫ୍ରେଣ୍ଡ କିରେ' ? ଆଉ ଟିକୁ ଚିକ୍କାରକଲା- 'ନାନୀ, ଚିଡ଼ାନା କହିଦେଉଛି।'

ଦେଲା ଚାଉଳତକ ଝୁଲାମୁଣିରେ ଭର୍ତ୍ତି କରୁ କରୁ ବୁଢ଼ା ନେହୁରାହୋଇ କହିଲା, 'ପଖାଳ ଗଣ୍ଡିଏ ଦିଅ ମା', ଭୋକରେ ପେଟ ଜଳୁଛି। କାଲି ଜର ହୋଇଥିଲା ଯେ କେଉଁଠିକି ଯାଇପାରିଲିନି। ଘରର ସମସ୍ତେ କାଲିଠୁ ଉପାସରେ ରହିଛୁ।'

କିଛି ଭାତ ଆଉ ଡାଲି ଆଣିବା ଆଗରୁ ମୋ' ସ୍ତ୍ରୀ ପଚାରିଲେ- 'ବୁଢ଼ା, ତମର ଘର କେଉଁଠି ?

ବୁଢ଼ା ଜବାବ୍ ଦେଲା, 'କୋଡ଼ିଏ ଟଙ୍କା ମା'! ସମସ୍ତଙ୍କ ଉଚ୍ଛୁଲା ହସ ମଝିରେ ବୁଢ଼ା କହିଚାଲିଲା, 'ବରଗଡ଼ ପାଖରେ ମୋର ପୁତୁରାଟି ଅଛି ଯେ ସେ କିଣିଦେଲା, ନଇଲେ ମୁଁ କୋଉଠୁ ଏତେ ଟଙ୍କା ପାଆନ୍ତି ? ଆଗରୁ ଗୋଟିଏ ଭଲ ମାଙ୍କଡ଼ ଥିଲା ଯେ ସେ ବହୁତ ଶିଖିଥିଲା- କ'ଣ ହେଲା କେଜାଣି, ହଠାତ୍ ମରିଗଲା। ଏଇଟା ଅଶିକ୍ଷିତଟିଏ।

ଟିକୁ ମିନି ଏକାସାଂଗରେ ରଡ଼ିଛାଡ଼ିଲେ- 'ତମର ଘର କେଉଁଠି ପଚାରୁଛନ୍ତି।'

ବୁଢ଼ା ଅପ୍ରସ୍ତୁତ ହସ ଟିକିଏ ହସି କହିଲା, 'ଭଲକରି ଶୁଣି ପାରେନି ମା' ମାଙ୍କଡ଼ର ଦାମ୍ ପଚାରିଲ ବୋଲି ଭାବୁଥିଲି। ମୋର ଘର ଆଉ କେଉଁଠି ସେଇ ହୀରାକୁଦ ବନ୍ଧ ତଳେ। ଅନ୍ୟ ସମସ୍ତଙ୍କ ସାଙ୍ଗରେ ମୁଁ ବି ଝୁପୁଡ଼ି କରି ରହିଛି।'

ମୋ ସ୍ତ୍ରୀ ପୁଣି ବଡ଼ପାଟିରେ ପଚାରିଲେ ତମର ଗାଁ ? ବୁଢ଼ା ଏଥର ଠିକ୍ ଜବାବ୍ ଦେଲା- 'ଗାଁ ତ ବୁଢ଼ି ଅଞ୍ଚଳରେ ଥିଲା- ବୁଡ଼ିଗଲା ମା'। ଆମେ ଆସି ବନ୍ଧତଳେ ଝୁପୁଡ଼ି କରି ରହିଲୁ-ଏବେ ଆଉ କେଉଁଠିକୁ ଯିବୁ।'

"କାହିଁକି ତମର ପୁଅ ?"

"ପୁଅ କାହିଁ ମା' ? ଗୋଟିଏ ଅଛି ଯେ ପିଲାଦିନୁ ଅନ୍ଧ। ଆଉ ବୁଢ଼ୀ ଅନେକ ଦିନ ହେଲା ଖଟରେ ପଡ଼ିଛି। ଚାଉଳ କିଛି ମିଳିଲେ ମୁଁ ଯାଇ ଫୁଟାଇଦିଏ।"

'ତମେ କ'ଣ ସବୁଦିନେ ଏମିତି ଭିକ ମାଗୁଛ ?'

ବୁଢ଼ା ମୁହଁରେ ବିରକ୍ତିର ଆଭାସ ଦେଖାଗଲା। ଟକିଏ ଚଢ଼ାଗଲାରେ କହିଲା– 'ଜୀବନ ପଛକେ ଯିବ, ଭିକ ମାଗିବି ମା' ବଳ ବୟସ ଥିବାଯାଏ କାମ କରୁଥିଲି, ଏବେ ଆଉ କାମକୁ ପାରୁନି। ଏଇ ମାଙ୍କଡ଼ନାଚ ଦେଖାଇ ଯିଏ ଯାହା ଦିଏ ନିଏ। ଆଗରୁ ଯେଉଁ ମାଙ୍କଡ଼ ଥିଲା ସେଇଟା ମରିଗଲା ପରେ ଏଇ ମାଙ୍କଡ଼ ଆଣିବା ପର୍ଯ୍ୟନ୍ତ ଭୋକ ଉପାସରେ ରହିଲୁ ସିନା ମୁଁ କାହା ଦୁଆରକୁ ଭିକ ମାଗିବାକୁ ଯାଇନି।'

'ଆଗ କେଉଁଠି କାମ କରୁଥିଲ ?'

ବୁଢ଼ାର ମୁହଁ ଏତର ଉଜ୍ଜ୍ୱଲ ହୋଇଗଲା। କହିଲା, 'ହୀରାକୁଦ ଡେମ୍‌ରେ ମା' ମୁଁ ଥିଲି ମେଟ୍‌ ଆଉ କୁଲି ସର୍ଦ୍ଦାର। ଏ ଯେଉଁ ମାଟିବନ୍ଧ ଦେଖୁଛ, ଆମେ ତାକୁ ବାନ୍ଧିଛୁ।'

ଇଏ ମୋ ଆଡ଼କି ଚାହିଁଲେ। ମୁଁ ବୁଢ଼ାକୁ ଭଲକରି ଅନାଇଥାଏ। ପଚାରିଲେ– କା'ପାଖରେ କାମ କରୁଥିଲ ?'

ବୁଢ଼ା ଉତ୍ତର ଦେଲା, 'ତମେ ଜାଣିବନି ମା'– ସେମାନେ କୋଉ କାଳରୁ ମରିହଜି ଗଲେଣି।'

'ହଁ ମା, କାହିଁ କେବର କଥା– ଆଜିଯାଏ କ'ଣ ଆଉ ଥିବେ ? ଭଲ ଭଲ ଲୋକଙ୍କୁ ତ ଯମ ବାଛି ବାଛି ନେଇଯାଏ। ଖାଲି ଆମପରି ଲୋକଙ୍କୁ ଏମିତି ଦୁଃଖକଷ୍ଟରେ ଘାଣ୍ଟିହେବାକୁ ଛାଡ଼ିଦିଏ।' ସ୍ୱଗତୋକ୍ତି କଲାପରି କହିଲା– 'ସେ ସାହେବ ବଞ୍ଚିଥିଲେ କ'ଣ ଆମେ ଏମିତି ଭୋକ ଉପାସରେ ମରନ୍ତୁ।'

'ତମେ ଯା'ପାଖରେ କାମ କରୁଥିଲ– ତାଙ୍କୁ ଦେଖିଲେ ଚିହ୍ନିପାରନ୍ତ ?'

"ଚିହ୍ନିପାରନ୍ତିନି ମା' ? ମୁଁ ଯା' ପାଖରେ କାମ କରୁଥିଲି ସେ ଜଣେ ଇଂଜିନିୟର ହେଲେ କ'ଣ ହେଲା ଠିକ୍‌ ଆମପରି ଥିଲେ, ଆମରି କଥା କହୁଥିଲେ, ଆମକୁ ଭାରି ଭଲପାଉଥିଲେ। ମୁଁ ତାଙ୍କ ସାଙ୍ଗରେ ହାତ ଧରାଧରି ହୋଇ ପାଣି ପହଁରିଛି ମା'! ସେ ଗଣ୍ଠ ଭିତରେ ମାଟିବନ୍ଧ ତିଆରି ହେଉଥାଏ ହଠାତ୍‌ ବଢ଼ି ଆସିଲା– ଆମେ ନଥିଲେ..."

ବୁଢ଼ା ଆଉ କ'ଣ ସବୁ କହୁଥିଲା, ମୁଁ ଶୁଣିବା ଅବସ୍ଥାରେ ନଥିଲି। ମନ ମୋର ଚାଲିଯାଇଥିଲା ଚବିଶ ବର୍ଷ ତଳର ଦୂର ଅତୀତକୁ। ସେଦିନର ସ୍ମୃତିସବୁ ଆଖି ଆଗକୁ ଚାଲିଆସିଥିଲା ଗୋଟିଏ ଚଳଚ୍ଚିତ୍ର ଚିତ୍ରପଟ ପରି।

କଂକ୍ରିଟ ବନ୍ଧ ଆରମ୍ଭ ହୋଇନଥାଏ । ନଈ ଗଣ୍ଠ ଭିତରୁ ସେଇ ବର୍ଷ ମାଟିବନ୍ଧ ତିଆରି ଆରମ୍ଭ ହେଲା । ଜୁନ୍ ଦୁଇ ତାରିଖରେ ଆସିଲା ବଢ଼ି । ବାମ ପାଖରେ ନଈସ୍ରୋଥକୁ ଡାହାଣ ପାଖକୁ ବଦଳାଇ ଦେଇଥିବା କଫର ଡେମ୍ ଓ ମାଟିବୁହା ହେବା ପାଇଁ ନଈ ଭିତରେ ତିଆରି ହୋଇଥିବା ହଲ ରୋଡ୍ କେତେ ଘଣ୍ଟା ଭିତରେ ହିଁ ଧୋଇ ହୋଇଗଲା– ଆଉ ତା' ସାଙ୍ଗରେ ଗଣ୍ଠରେ ତିଆରି ହେଉଥିବା ଅସ୍ଥାୟୀ ପୋଲ ।

ଏତେ ଶୀଘ୍ର ଏମିତି ଗୋଟାଏ ବଢ଼ି ଆସିବ ବୋଲି କେହି କଳ୍ପନା ମଧ୍ୟ କରିନଥିଲୁ । ଆମ ଓଡ଼ିଆ ପାଞ୍ଜି ଅନୁସାରେ ମିଥୁନ ସଂକ୍ରାନ୍ତି ପଡୁଥିଲା ଜୁନ୍ ୧୪ ତାରିଖରେ । କୋର୍ଟିନ୍ ଉପକୂଳରେ ମନ୍ସୁନ୍ ଦେଖା ମଧ୍ୟ ହୋଇନଥିଲା । ହାତରେ ଅନ୍ତତଃ ଆଉ ୭/୮ ଦିନ ରହିଛି ଭାବି ମାନସିକ ସାନ୍ତ୍ୱନା ନେଇ ଆମେ କାମରେ ଆଗେଇ ଚାଲିଥିଲୁ । ମାଟିବନ୍ଧର ସାମ୍ନା ପାଖ ବଢ଼ି ଉପର ଲେଭେଲକୁ ଉଠିସାରିଥିଲା, କିନ୍ତୁ ପଛପାଖ ଥିଲା ବଡ଼ ବଢ଼ିର ବେଶ୍ ତଳ ଲେଭେଲରେ ।

ପଥର କାମ ଆରମ୍ଭ ହୋଇନଥିବା ଫଳରେ ପଛପାଖର ମାଟି ପୂରାପୂରି ଖୋଲା ରହିଯାଇଥିଲା । ହୀରାକୁଦ ଟାପୁରେ ସୋଭେଲ୍ ଓ ଡମ୍ପର ପ୍ରଭୃତି କେତେକ ଯନ୍ତ୍ରପାତି ରଖି ବର୍ଷା ମାସଯାକ ଧୀରେ ଧୀରେ ଏ ପଛପାଖର କାମ କରିବୁ ବୋଲି ଆମେ ମନସ୍ଥ କରିଥିଲୁ । ଅଧିକାଂଶ ଯନ୍ତ୍ରପାତି ଏବେ ସେ କୂଳରେ ରହିଗଲା । ଆମର ସବୁ ପ୍ରୋଗ୍ରାମ୍ ଏଇ ବଢ଼ି ଓଲଟପାଲଟ କରିଦେଲା ।

ରାତି ଅଧରେ ଖବର ଆସିଲା– ବଢ଼ି ପାଣି ବନ୍ଧ ତଳକୁ ଉଜାଣି ବହୁଛି, ଆଉ ପଛପଟର ମାଟି ଖାଇଯାଉଛି । ଛାତିରେ କେମିତି ପବନ ଅଟକି ଗଲା ପରି ମନେହେଲା । ବର୍ଷାରତୁଯାକ ନ ବଢ଼ି ପରେ ବଢ଼ି ଆସିବ । ବନ୍ଧର ପଛପଟ ଖୋଲା, ମାଟି ଅତଡ଼ା ଖସିଲେ ବନ୍ଧ ରହିବନି । ଆଉ ବନ୍ଧ ଯଦି ଭାସିଯାଏ ।

ଚିଫ୍ ଇଂଜିନିୟର ସେଦିନ ବ୍ୟଙ୍ଗ କରିବା ଢଙ୍ଗରେ ହସି ହସି ଚେତାବନୀ ଦେଇଥିଲେ – ବନ୍ଧ ଭାସିଗଲେ ତୁମକୁ ବି ନଈରେ ଭାସିଯିବାକୁ ପଡ଼ିବ । ଉତ୍ତର ଛଳରେ ମୁଁ ବି ଟିକିଏ ହସିଦେଇଥିଲି । ସେ ହସ ପଛରେ ଯେଉଁ ଦୃଢ଼ତା ଆତ୍ମପ୍ରକାଶ କରିଥିଲା ତାହା ଥିଲା କାରିଗରବିଦ୍ୟାରେ ଧରମା– ବିଶ୍ୱ ବାଇମୁଣ୍ଡିଙ୍କ ଜଣେ ଦାୟାଦର ଉଦ୍‌ବେଗହୀନ ଆତ୍ମବିଶ୍ୱାସର ଆତ୍ମପ୍ରକାଶ ମାତ୍ର । ସତକୁ ସତ ବନ୍ଧ ଯଦି ଏବେ ଭାସିଯାଏ ।

ରାତିରେ ନଈ ପାରିହୋଇ ହୀରାକୁଦ ଆଇଲେଣ୍ଡକୁ ଯିବାର ସମ୍ଭାବନା ନଥିଲା । ରାତିସାରା ନିଦ ହେଲାନି, ମାତ୍ର ଯେଉଁ କେତେ ମୁହୂର୍ତ୍ତ ଘୁମାଇ ପଡ଼ିଥିଲି ସେ ଟିକେ ସମୟର ଦୁଃସ୍ୱପ୍ନରେ ମଧ୍ୟ ଭାସିଯାଉଥିବା ଗୋଟାଏ ଗଛର ଗଣ୍ଠିରେ ଆଶ୍ରୟ ନେଇ ମହାନଦୀ ବଢ଼ିରେ ଭାସିଚାଲିଥିଲି ନରାଜ ଅଭିମୁଖରେ ।

        ସିନ୍ଦୂରା ଫାଟିଲାବେଳକୁ ଡଙ୍ଗାରେ ନଇଁ ପାରିହୋଇ ମୁଁ ବନ୍ଧପାଖରେ
ପହଞ୍ଚିସାରିଥିଲି। ଯାହା ଦେଖିଲି ବିଶ୍ୱାସ ବି କରିପାରିଲିନି। ପୂର୍ବକୁ ବହିଯାଉଥିବା
ବଢ଼ିପାଣି ବନ୍ଧ ପାଖରେ ଦିଗ ବଦଲାଇ ପଶ୍ଚିମକୁ ବହିଚାଲିଛି, ଆଉ ବନ୍ଧ ପଛପଟେ
ପିଟିହୋଇ ଭଅଁର ଖେଳୁଛି। ମନେହେଲା ବନ୍ଧକୁ ଆଉ ରକ୍ଷାକରି ହେବନି। ବନ୍ଧର
ତଳପଟେ ପଥରର ମୋଟା କାନ୍ଥ ବାଡ଼ଦେଇ ଉଜାଣି ସୁଅକୁ ରୋକିବା ହିଁ ଏକମାତ୍ର
ପ୍ରତିକାରର ଉପାୟ। ପଥରଖଣ୍ଡ ସବୁ ତ ଭାସିଯିବ। କାଠବଲ୍ଲିରେ ଲୁହାଛଡ଼ ଗୁନ୍ଥି
ବଡ଼ବଡ଼ ବାକ୍ସ କରି ସେସବୁ ପଥର ବୋଝେଇ ବାକ୍ସକୁ ଗୋଟିଏ ଧାଡ଼ିରେ ପାଣି
ସୁଅରେ ବୁଡ଼ାଇଦେଇ ପାରିଲେ ସୁଅର ଗତିବେଗକୁ ରୋକିଦେଇ ହୁଅନ୍ତା। ଚିଫ୍
ଇଂଜିନିୟରଙ୍କୁ ଏକଥା ଯେତେବେଳେ କହିଲି ଓ ସେ ଶେଷ ନିଷ୍ପତ୍ତି ନେବାର ସ୍ୱାଧୀନତା
ମୋ ହାତରେ ହିଁ ଛାଡ଼ିଦେଲେ। ସନ୍ଧ୍ୟା ହେବାର ଯଥେଷ୍ଟ ପୂର୍ବରୁ ଏପରି କେତୋଟି
କ୍ରେଟ୍ ବାକ୍ସ ତିଆରି ହୋଇଗଲା। ଯଥେଷ୍ଟ ପଥର ଜମାହେବା ସଙ୍ଗେ ସଙ୍ଗେ ଚାରିଟି
ଡିଜେଲ ଡ୍ରମ ବନ୍ଧା ଭେଲା ମଧ୍ୟ ପ୍ରସ୍ତୁତ ହୋଇସାରିଥିଲା। କିନ୍ତୁ ବିଲେଇ ବେକରେ
ମୂଷାମାନେ ଘଣ୍ଟି ବାନ୍ଧିଲା ପରି ସେଇ ନଇଁ ସୁଅରେ କିଏ କ୍ରେଟ୍ ଆଉ ପଥର ବୋଝେଇ
ଭେଲାନେଇ ଯଥା ସ୍ଥାନରେ କ୍ରେଟ୍‌କୁ ବୁଡ଼ାଇଦେବ? କେହି ବାହାରିଲେନି।
        ଅଗତ୍ୟା ମୁଁ ଯେତେବେଳେ ପାଣି ଭିତରକୁ ପଶିଗଲି, ଜଣେ ହୃଷ୍ଟପୁଷ୍ଟ ଛଅଫୁଟିଆ
ମଜଦୁର ଅନ୍ୟମାନଙ୍କୁ ତିରସ୍କାର କରି ପାଣି ଭିତରକୁ ଡେଇଁପଡ଼ିଲା। ତା'ପରେ ପହରି
ପହରି କ୍ରେଟ୍ ଓ ପଥର ବୋଝେଇ ଭେଲାକୁ ଯଥାସ୍ଥାନକୁ ନେଇଯିବା ପାଇଁ ଲୋକର
ଅଭାବ ହେଲାନି। ଭେଲାରେ ବନ୍ଧାହୋଇଥିବା ଦୁଇଟି ଲମ୍ୱ ଦଉଡ଼ି ସାହାଯ୍ୟରେ
କୂଳରୁ ଆକଟ କରି ଭେଲା ଯେପରି ଭାସିନଯାଏ ତା'ର ଦାୟିତ୍ୱ ନେଇଥିବା ଲୋକଙ୍କ
ସିଧାସଳଖ ନେତୃତ୍ୱ ନେବାପାଇଁ ମୁଁ ସେଇ ଛଅଫୁଟିଆ ମଜଦୁରକୁ ଆଦେଶ ଦେଇଥିଲି।
ବିଶେଷ ବାଧାବିଘ୍ନ ବିନା ଗୋଟିକ ପରେ ଗୋଟିଏ କରି ଦିଓଟି କ୍ରେଟ୍ ଯଥାସ୍ଥାନରେ
ଡୁବାଇ ଦେଲା ପରେ ତା'ର ଫଳାଫଳ ଦେଖି ଆମର ଉତ୍ସାହ ଦ୍ୱିଗୁଣିତ ହୋଇଗଲା।
ତୃତୀୟ କ୍ରେଟ୍ ବେଳକୁ ହିଁ ଭେଲାର ଗୋଟିଏ ବନ୍ଧା ଦଉଡ଼ି ଛିଣ୍ଡିଗଲା। ଆସନ୍ନ
ବିପଦର ସମ୍ମୁଖରେ ଆମେ ସମସ୍ତେ ଏକାସାଙ୍ଗରେ ଚିତ୍କାର କଲୁ– 'ସୋମବାରୁ!'
        ଅଜାଣତରେ ଆଜି ମଧ୍ୟ ଭୟ ଓ ଉତ୍କଣ୍ଠାରେ ମୁଁ ଚିତ୍କାର କରିଉଠିଲି,
'ସୋମବାରୁ!'
        ବୁଢ଼ା ଚମକିପଡ଼ିଲା। ତା' ପେଜୁଆ ଆଖି କ୍ଷଣକ ମଧ୍ୟରେ ଜଳିଉଠିଲା– ସତେ
ଯେମିତି ଲିଭିଯାଇଥିବା ଦିଓଟି ମହମବତିକୁ କିଏ ହଠାତ୍ ଦିଆସିଲି ମାରି
ଜଳାଇଦେଇଛି। ମନେହେଲା ପଲକହୀନ ତୀକ୍ଷ୍ଣ ଆଖି ନେଇ ବୁଢ଼ା ମୋ ମୁହଁରେ

କିଛି ଗୋଟାଏ ଖୋଜୁଛି । ଆଖ୍ର ଦିଓଟି ଯେମିତି ଜଳିଉଠିଥିଲା, କିଛି ସମୟ ପରେ, ସେମିତି ସଲିତା। ସରିଯାଇଥିବା ତରଳିଲା ମହମବତି ପରି ଆପେ ଆପେ ଲିଭିଗଲା।

ଗୋଟିଏ କୌଣସି ଦୁଃସ୍ୱପ୍ନ ଭାଙ୍ଗିଲା ପରେ ମଣିଷ ଯେମିତି ତ୍ରସ୍ତହୋଇ ଉଠେ ବୁଢ଼ା ସେମିତି ସେଠାରୁ ଉଠିଲା। ପାଟିମେଲା, ମୁଣ୍ଡ ଟୁଣି ସତେ ଯେମିତି ଆଖର ଦୃଷ୍ଟି ସାହାଯ୍ୟରେ ଭୂଇଁରୁ କିଛି ଚିରି ବାହାର କରିବାକୁ ଚେଷ୍ଟା କରୁଥାଏ। ମନେହେଲା ବୁଢ଼ାର ଅଣ୍ଟା ଯେମିତି ଟିକିଏ ବଙ୍କେଇ ଯାଇଛି। ବୁଢ଼ାଠାରୁ କି ଇଙ୍ଗିତ ପାଇଲା କେଜାଣି– ମାଙ୍କଡ଼ଟି ବୁଢ଼ାର କାନ୍ଧ ଉପରକୁ ଉଠିଯାଇ ଦି' ହାତରେ ତା' ମୁଣ୍ଡକୁ ଜାବୁଡ଼ି ଧରିଲା। ବୁଢ଼ା ଫେରିଯାଉଥିଲା ମନ୍ତ୍ରମୁଗ୍ଧ ପରି। ଟିକୁ ମିନିର 'ବୁଢ଼ା, ପଖାଲ !' ଡାକ ସେ ଆଉ ଶୁଣିନି। ମାଙ୍କଡ଼ ବୋଧହୁଏ ଶୁଣିପାରିଲା–ମିଟି ମିଟି କରି ସେ ଆମ ଆଡ଼କୁ ଚାହିଁଲା, ତା'ପରେ ମୁହଁ ବୁଲାଇନେଲା।

ପିଲାମାନେ ଘର ଭିତରକୁ ଫେରିଯାଇ ସାରିଥିଲେ। ଛାତି ଭିତରେ ଗୋଟିଏ ଅଜ୍ଞାତ ବେଦନା ନେଇ ମୁଁ ସେଠାରେ ବସିରହିଲି। ବନ୍ଧ ଉଦ୍ଘାଟନ ବେଳର ନେହେରୁଜୀଙ୍କ ବାଣୀ କାନରେ ଝଙ୍କାରି ଉଠୁଥିଲା। ସେ କହୁଥିଲେ– 'ଗରିବ ଜନତାର ଲୁହରେ– ଗରିବ ଜନତାର ଲୁହରେ ତିଆରି ସ୍ୱାଧୀନ ଭାରତର ଏଇ ପ୍ରଥମ ମନ୍ଦିର ମୁଁ ମୋର ଦେଶବାସୀ ସେହି ଅଗଣିତ ଗରିବ ଭାଇଭଉଣୀଙ୍କ ହାତରେ ଅର୍ପଣ କରୁଛି। ତାଙ୍କର କଲ୍ୟାଣ ପାଇଁ ଏ ପବିତ୍ର ମନ୍ଦିର ଆଜି ଉତ୍ସର୍ଗୀକୃତ ହେଲା।'

ମୋ ମାନସପଟରେ ଦୃଶ୍ୟମାନ ଚଳଚିତ୍ର ଏକ ଦିଗରେ ଯେତେବେଳେ ନରବାନର ସମ୍ମିଳିତ ଏକ ଶୀର୍ଷକାୟାର ଛାୟା ଅପସରି ଯାଉଥିଲା, ସେତିକିବେଳେ ଅନ୍ୟଦିଗରୁ ପରଦାଉପରକୁ ଉଠିଆସିଥିଲା ଭୁବନେଶ୍ୱରରେ ମୁଣ୍ଡଟେକି ଉଠିଥିବା ଅଫିସର, ଇଞ୍ଜିନିୟର ଓ ଠିକାଦାରମାନଙ୍କ ଅଗଣିତ ବିରାଟ ବିରାଟ କୋଠାର ଚିତ୍ରାବଳୀ। ପୃଷ୍ଠଭୂମିରେ ଦିଶୁଥିଲା ବରଗଡ଼-ବରପାଲି ଜଳସେଚିତ ଅଞ୍ଚଲର ଧନ କୁବେରମାନଙ୍କ ଶସ୍ୟଶ୍ୟାମଲା ସବୁଜ ଧରଣୀ।

ମୁଁ ବସିଥିଲି ଏକ 'ସ୍ନୋସେମ୍'ସ୍ନାତ ସରକାରୀ ସୌଧର ସାମ୍ନା ବାରଦାରେ, ମାଙ୍କଡ଼ନଚାଲି ବୁଢ଼ାର କଳ୍ପନାର ଜଣେ ଦେବତା, ମାଟିର ହସ୍ତପଦ ନେଇ।

■■

ଭୋଲି କକା

ବ୍ରହ୍ମାନନ୍ଦ ପଣ୍ଡା

ଜୀବନଟା ଗୋଟାଏ ଘଟଣାର ବନ୍ୟା। ତା'ର ସ୍ରୋତରେ ସବୁକିଛି ଭାସିଯାଏ ସମୟର ଅନନ୍ତ ଗର୍ଭ ଭିତରକୁ। କିନ୍ତୁ, ସେଥିରୁ ଇମିତି ଗୋଟିଏ ଗୋଟିଏ ଘଟଣାର ପ୍ରଭାବ ମଣିଷର ଚିନ୍ତା ଭିତରେ ବେଲେବେଲେ ଅଟକିଯାଏ, ଯାହାକୁ ଇତିହାସ ବା କାଳ ଭସେଇ ନେଇପାରେନି। ମୋର ଇଏ ଛୋଟିଆ ଜୀବନରେ ଭୋଲି କକା ସିମିତି ଗୋଟାଏ ପ୍ରଭାବ ଯାହା ମୋର ଚିନ୍ତାକୁ ପାରମ୍ପରିକ ଆତ୍ମପ୍ରତାରଣା ଭିତରୁ ମୁକ୍ତ କରି ଗୋଟାଏ ନୂଆ ଦିଗନ୍ତରେ ଆଣି ଉତୁରେଇ ଦେଲା। ସେଥିଲାଗି ଭୋଲି କକା ମୋ ମନରୁ ପାସୋରି ଯାଇନି।

ଗୋଟିଏ ଖଣ୍ଡିଲଟା ପାହାଡ଼ ତଳେ, ପ୍ରାୟ ଶହେ ଘରର ଛୋଟ ବସତି, ଆମ ଗାଁର ଅବସ୍ଥିତି। କୌଣସି ଭୌଗୋଲିକ ଅବା ଉଦ୍‌ବର୍ଜନ ସମ୍ବନ୍ଧୀୟ କାରଣରୁ ହୁଏତ ପର୍ବତ ଶ୍ରେଣୀର ପ୍ରସାର ହଠାତ୍ ଆମ ଗାଁ ନିକଟରେ ବାଧାପ୍ରାପ୍ତ ହୋଇଯାଇଛି। କାରଣ ଆମ ଗାଁର ପଶ୍ଚିମ ଦିଗରେ, ପ୍ରାୟ ଦେଢ଼ ମାଇଲ୍ ପରେ, କ୍ରମବିସ୍ତୃତ ବନାନୀର ଶ୍ରୀ ଓ ସମୃଦ୍ଧି

ଭଲଭାବେ ଦେଖିହୁଏ। ଆମ ଗାଁ ପରେ ବଡ଼ ପଥର ଖଣ୍ଡେ ବି ଆଖିରେ ପଡ଼ିବା ସୁଲଭ ନୁହେଁ। କଳା ଚିକିଟା ମାଟିର କିଆରି ମାଳ, ସେଥି ଭିତରେ ଗାଉଁଲି ଜୀବନ ଉପଯୋଗୀ ନାନା ଜାତି ଗଛ ଗହଲି ଭିତରେ ଖଣ୍ଡିଏ ଲେଖା ଉଦାସ ନିରାଡ଼ମ୍ବର ଗାଁ' ବସି ଯାଇଚି କେଉଁ ପୁରାତନ କାଳରୁ। ଦୂରରୁ ମନେହୁଏ, କେଉଁ ଯୋଗୀ ଯେପରି ନିର୍ବିକଳ୍ପ ସମାଧି ଘେନିଚି।

ପୋଖରୀ ହିଡ଼ ଉପରେ ବସି ମୁଁ ବହୁବାର କିଆରି ମାଳରେ ସମୂହ ବେଙ୍ଗ ରଡ଼ି ଶୁଣିଚି, ସୁନାର ଲହଡ଼ି ଦେଖିଚି, ଦୂର ମଶାଣିର ରଇ ନିଆଁକୁ ଅପଲକ ଆଖିରେ ଚାହିଁଚି। ବଣ ପାଣି ଗଡ଼ି ଆସିଲେ ଗାଁର ବାଲୁତ ସଂସାର ଉତ୍ସବମୟ ହେଇ ଉଠେ। ଦଲଦଲ ହେଇ ଆମେ ଝପଟି ଯାଉଁ ସେଇ ଅପୂର୍ବ ଗଙ୍ଗା ସ୍ରୋତରେ ଦେହ ବୁଡ଼ାଇବା ପାଇଁ। ପାଣିର ଗୁପତ ଡାକରା ସମଜିବା ଜ୍ଞାନ ଆମ ତୁଲେ ସହଜାତ। ଧାନ କିଆରି ଭିତରେ ନୂଆ ଆଉ ପୁରୁଣା ପାଣିର ଭେଟ ହୁଏ। ମାଛ ଉଠି ଆସନ୍ତି କଟା ହିଡ଼ ମୁହଁକୁ। ସେଇଠି ବେନ୍ଦାରେ ଧରାପଡ଼ନ୍ତି। ଗଡ଼ିଶା, ଫଳି, ଚିଙ୍ଗୁଡ଼ି, କେରାଣ୍ଡି-ନାନା ଜାତିର ମାଛ। ଜିରା, ଧନିଆ, ହଳଦୀ ଦିଆ ମୋ ବୋଉ ହାତର ରନ୍ଧା ବିଲ ମାଛ ଓ ମୋ ବୋଉର ପାକ ଭିତରେ ଥିଲା ସ୍ନେହର ସ୍ୱାଦ; ଭୋଜନାଳୟର ଗଙ୍ଗା ଇଲିସି ବା ଚିଲିକା ଭେକ୍ଟି ଭିତରେ ରହିଚି ବ୍ୟବସାୟର ବିଷ, ପ୍ରତିଯୋଗୀ ଅର୍ଥର ଅନର୍ଥ।

ସେ ବୟସରେ ପଲ୍ଲୀର ଶ୍ରୀ ବୋଧ ମତେ ସ୍ୱତନ୍ତ୍ର ଭାବରେ ଆନନ୍ଦ ଦେଉନଥିଲା। ସେଇ ମାଟି, ପାଣି, ପବନ, ଧାନ, ମାଛ, ଗଛ ଭିତରୁ ମୁଁ ନିଜକୁ କେବେହେଲେ ଅଲଗା କରି ରଖିପାରି ନଥାନ୍ତି। ମୋର ଆଜିର ଏ ସଂସ୍କୃତି ସେଇକାଳିଆ ମାଟି ପେଟରୁ ଗଜା ହେଇଥିଲା! ନଗର ସଂସ୍କୃତି ଓ ସଭ୍ୟତାର ଟେକ୍ନିକ୍ ବର୍ଣ୍ଣସଙ୍କର ପ୍ରଣାଳୀରେ ତାକୁ ମାଣ୍ଡାର ଫୁଲ ଗଛ କରି ପାରିନି। ଭୋଳି କକା ମୋର ନାକ ଭିତରେ ଚେତନା ଫୁଙ୍କି ଦେଇଥିଲା।

(୨)

ମୋର ବୟସ ଯେତେବେଲେ ସାତବର୍ଷ। ବୁଝି ପାରିଲି, ଭୋଳି କକା, ମୋର କେବଳ ନୁହେଁ, ଗାଁ ଯାକର କକା। ଗୁଡ଼ିଆ ଘରୁ ଚଣା, ଖଜା, ସାକର ସେ ମୋ ପାଇଁ କେବଳ ଆଣେନି, ଆଣେ ଅନ୍ୟ ପିଲାଙ୍କ ପାଇଁ ମଧ୍ୟ। ବେଲେବେଲେ ମୋର ରାଗହୁଏ ଭୋଳି କକାର ଏ ଆଚରଣ ଦେଖି। ମୋର ଭୋଳି କକା ଗାଁ ଯାକର କକା କାହିଁକି ହୁଅନ୍ତି! ସେଇ ଭୋବନା, ମୁକୁନ୍ଦା, ସୋଲି, ରାଧି, ପଦି ତା' ଉପରେ କାହିଁକି ଏତେ ଆବଦାର କରିବେ? କହିବି ବୋଲି ଭୋଳି କକାକୁ କହିପାରେନି। କିନ୍ତୁ ଏଇ ଗୁମର ମନରେ ରଖି ବୋଉବୋଉକା ଖେଳିଲା ବେଲେ ପଦିକି ଥରେ

କଷ୍ଟ କରି ବିଧାଏ ମାଇଲି । ଢେଲା ଢେଲା ଆଖିରେ ମତେ ଥରେ ବିକଳରେ ଅନେଇ ଦେଇ ସେ ଘରକୁ ପଳେଇ ଯାଇଥିଲା । ଭୋଳି କକା ଭଳି ପଦିର ସେ ଚାହାଣି ଏବେ ସୁଦ୍ଧା ମୋ ମନରେ ତତ୍କା ରହିଚି ।

ଇଂରେଜୀ ପାଠଶାଳାରେ ଭରତି ହେବା ପାଇଁ ମୁଁ ପାଖ ସହରକୁ ସ୍ଥାନାନ୍ତରିତ ହେଲି । ଶିଗଡ଼ରେ ଗଲାବେଳେ ଦଣ୍ଡା ତଳ ଜାମୁକୋଲି ଗଛ ମୂଳରୁ ଦୁଇଟି ନିରୀହ, ଅବୁଝ କଳା ଆଖି ମତେ ବଡ଼ ସନ୍ତର୍ପଣରେ ଚାହିଁ ରହିଥିଲା । ରାଗରେ ମୁଁ ମୁହଁ ବୁଲେଇ ନେଇଥିଲି । ମୋର ଅନୁପସ୍ଥିତିରେ ଭୋଳି କକା ପାଖରୁ ସାକର, ମିଠେଇ ଏମାନେ ତ ଖୁବ୍ ମଜାରେ ଖାଇବେ ! ପଦି ଆଖିର ଭାଷା ବୁଝିବା ବେଳକୁ ମୁଁ ତା'ର ଦୁନିଆରୁ ଅଲଗା ହେଇ ସାରିଲିଣି । ମୋର ଏଇ ଶରଣପଞ୍ଜିର ଦୁନିଆରେ ଥିଲା ପାଉଡ୍ରର ଘଷା ଗାଲ, ବାସନା ଓଦାଆଖି, ଜଟିଳ କଥାର ଛଳ ଭାବପ୍ରବଣତା, ବରାଦକରା ଅନୁରାଗ । ପଛରେ ରହିଗଲେ କାଳିଆ ମାଟିର ଆମ ଗାଁ, ଭୋଳି କକା ଆଉ ପଦି, ମୁଁ ଆଗେଇ ଗଲି ନାଲି ଧୂଳିର ସଡ଼କ ଉପରେ ପାଦ ଛାଟି ଛାଟି କେଉଁ ସୁଦୂର ଲକ୍ଷ୍ୟ ଉଦ୍ଦେଶ୍ୟରେ ।

ଖରାଦିନ ଛୁଟିରେ ଆସି ପ୍ରାୟ ଅଢ଼େଇ ମାସ ମୁଁ ଗାଁରେ କଟେଇଥାଏ । କିନ୍ତୁ ଭୋଳି କକା ସଂଗେ ମିଶିବାର ପ୍ରୟୋଜନୀୟତା କେବେ ବିଶେଷ ଭାବେ ଅନୁଭବ କରିନି । ତୋଟା ମାଲରେ ଘୁରି ଆମ୍ବ ପାରିବା, ଅଠାକାଣ୍ଠିଆ ପକେଇ ଚଢ଼େଇ ଧରିବା, ପାହାଡ଼ ଚଢ଼ି କୋଲି ତୋଳିବା, ପିଲାଦିନର ଖେଳ ସାଥୀ କେଉଁ କିଶୋରୀର ବଳବଳ ଚାହାଣି ଆଗରେ ସରମି ଭରମି ଠିଆ ହେବା, ମଣ୍ଡପ ଉପରେ ରାତି ପୁରାଣ ଶୁଣିବା ଅବା ଆଖଡ଼ା ଘରେ ଛାନ୍ଦ, ଚୌପଦୀ ଗାଇ ଶିଖିବା ଭିତରେ ଛୁଟିଦିନ ତକ ଜଲ୍‍ଦି ସରିଯାଏ । ମୁଁ ପୁଣି ଫେରିଯାଏ ସହରକୁ ନୂଆ ପାଠ ଆୟତ୍ତ କରିବା ପାଇଁ, ଗୋଟାଏ ଅଜ୍ଞାତ, ସମ୍ପୂର୍ଣ୍ଣ ବିପରୀତ ସଂସାର ଭିତରେ ରହି ଶିଖିବା ପାଇଁ । କିଶୋର ମନର ନିଥର, ନିର୍ମଳ, ସ୍ୱପ୍ନାବିଷ୍ଟ, ମୁଖର ଚନ୍ଦ୍ରାଲୋକ ଭିତରେ ବାଲୁତ ମନର ଚଂଚଳ ଭୋଳି କକା ନିରବ ହେଇ ଯାଇଥିଲା ।

(୩)

କଲେଜ ଛାଡ଼ିଲା ପରେ ମତେ ଗୋଟାଏ ବରଷ ରହିଯିବାକୁ ହେଲା ଗାଁରେ । ପାରିବାରିକ କାରଣରୁ ଘରେ ରହିବା ମୋର ପ୍ରୟୋଜନ ଥିଲା । ଅଧିକନ୍ତୁ, ଜୀବିକା ସମ୍ବନ୍ଧେ ମୁଁ କିଛି ନିର୍ଣ୍ଣୟ କରିପାରି ନଥିଲି । ଏଇ ବର୍ଷକ ଭିତରେ, ପିଲାଦିନର ପରିଚିତି ଉପରେ, ଭୋଳି କକାକୁ ଜାଣିବାର ସୁଯୋଗ ମୁଁ ଏଥି ଭିତରେ ପାଇଲି ।

ବିଶ୍ୱବିଦ୍ୟାଳୟର ଶିକ୍ଷା ଅପେକ୍ଷା ଭୋଲି କକାର ସାହଚର୍ଯ୍ୟ ମତେ ଅଧିକ ବିଶ୍ୱସ୍ତ ଭାବରେ ଜୀବନ ଦର୍ଶନର ଦିଗ ଦେଖେଇ ପାରିଥିଲା।

ସଦା ହସହସ ମୁହଁ ପଞ୍ଚାବନ ବର୍ଷର ବୁଢ଼ା ଏ ଭୋଲି କକା ଗାଁରେ ସବୁଠାରୁ ଗରିବ। ପାଞ୍ଚ ବର୍ଷର ପୁଅ ଓ ତିନି ବର୍ଷର ଝିଅଟିଏ କକା କୋଳରେ ଦେଇ ସ୍ତ୍ରୀ ପଚିଶି ବର୍ଷ ତଳେ ଆଖି ମୁଦିଛନ୍ତି। ପିଲା ଦୁଇଟିକୁ ମାଆର ସ୍ନେହ ଓ ବାପାର ଦାୟିତ୍ୱ ନେଇ କକା ମଣିଷ କଲେ। ପାଖ ଗାଁରେ ଝିଅ ତା'ର ଘର ସଂସାର କଲାଣି। ବେଳେବେଳେ ବୁଢ଼ାକୁ ଦେଖି-ଚାହିଁ ଯାଏ। ପୁଅ ଯାଇଚି ବର୍ମା। ଗତ ମହାଯୁଦ୍ଧ ବେଳେ ଜାପାନ ବର୍ମା ଆକ୍ରମଣ କଲାରୁ ଆମ ଲୋକ ସବୁ ଭାଗି ପଳେଇ ଆସିଥିଲେ। ବର୍ମା ଡାକୁ ହାତରେ କାହାର ପ୍ରାଣ ଯାଇଚି, କିଏ ବାଟ କଡ଼ରେ ମରିଚି, କିଏ ବା ଦରମରା ଅବସ୍ଥାରେ ଘରେ ଆସି ପହଁଚିଛି। କିନ୍ତୁ କକାର ପୁଅ ଆଉ ଫେରିନି। କିଏ କହେ, ବର୍ମା ସ୍ତ୍ରୀ ଧରି ସେ କେଉଁ ପଲ୍ଲୀ ଗାଁରେ ଘର କରିଚି। କିଏ ଅବା କହେ, ରେଙ୍ଗୁନ୍‌ରେ ପ୍ରଥମ ବୋମା ପଡ଼ିବା ଦିନ ଯେଉଁ ଲୁଟି, କଟା କଟି ହେଲା ସେଥିରେ ସେ ମରିଚି। କିନ୍ତୁ କକା କେବେହେଲେ ପୁଅକଥା ଉଠେଇବା ମୁଁ ଶୁଣିନି। ତେବେ, ହସ ହସ ମୁହଁ ତଳେ, ମୁକ୍ତ ପ୍ରାଣର କେଉଁ ନିରଭିବ୍ୟକ୍ତ ତନ୍ତ୍ରୀ ଭିତରେ, ପୁତ୍ର ହୀନତାର ଗୋପନ ବେଦନା ଅବା ନିର୍ଲିପ୍ତ ସାନ୍ତ୍ୱନା ଜମାଟ ହେଇ ଯାଇଥିବା ହୁଏତ ଅସାଧାରଣ ନୁହେଁ, କାରଣ କୌଣସି ପ୍ରସଙ୍ଗରେ କକା ଥରେ, ମନ୍ତବ୍ୟ କରିବା ମୋର ମନେଅଛି-

"ବାପ, ଜନ୍ମମାଟିରୁ ଯିଏ ଉପୁଡ଼ିଯାଏ, ମଶାଣି ମାଟି କେବଳ ତା'ର ଗତି ହୁଏ। ମାଆର ପଣତ ତଳୁ ଛଡ଼େଇ ନେଲେ ପିଲା ଉକୁଡ଼ି ପାରେନି, କି ମଣିଷ ହୁଏନି।"

(୪)

ସେଦିନ ଗାଁରେ ଗୋଟାଏ ବଡ଼ ରକମର ହଚମଚ ହେଇଗଲା। ସବୁଦିନ ପରି ଦି'ପହର ବେଳେ ଆଖଡ଼ା ଘରେ ଦଳେ ଭେଣ୍ଡିଆ ଆଠ ପଇଂଚ (ଏକ ରକମ କଉଡ଼ିର ଖେଳ) ପାଲି ଲଗେଇଥିଲେ। ଖେଳ ଖୁବ୍ ଜମିଥିଲା। ଖେଳାଳିଙ୍କ ଅପେକ୍ଷା ଉଭୟ ପକ୍ଷର ସମର୍ଥକ ଓ ଦେଖାଳିଙ୍କ ଆଗ୍ରହ, ଉଦ୍‌ବେଗ, ଉତ୍ତେଜନା ବିଶେଷ ଜଣା ପଡ଼ୁଥିଲା। ପାଟି-ତୁଣ୍ଡ, ହସ ଗମାତରେ ଘରର ଛାତ ଉଠିଯିବା ପରି ବୋଧ ହେଉଥିଲା। ଖେଳ ଆରମ୍ଭରୁ ମଦନର, 'ଯୋଡ଼ି'କୁ କଇବଲର 'ଯୋଡ଼ି' ଗୋଡ଼େଇଚି। ଠିକ୍ ପାଚିବା ମୁହଁରେ ମଦନର 'ଯୋଡ଼ି' ମିଲା। କଇବଲର ଦଳକୁ ଆଉ ସମ୍ଭାଳେ କିଏ! ସିଟି ବଜେଇ, ତାଲି ମାରି, ଗାମୁଛା ଉଡ଼େଇ ବିଜୟ ଉଲ୍ଲାସ ପ୍ରକାଶ କଲେ। ଯିଏ

ଯାହାର ବିଲ ବାଡ଼ିକୁ ଯିବେ ଏଥର, ଖେଳ ଭାଙ୍ଗି ଆସିବା ବେଳ ହେଲାଣି। 'ଯୋଡ଼ି' ଜିଆଁଇ ପଟେଇବା ଆଉ ମଦନର ସାଧ ନୁହେଁ। ଦାନ ବାନ୍ଧିବାରେ ହଡ଼ପ କଲେ ବୋଲି ମଦନର ଦଳ ଆପତ୍ତି ଉଠେଇଲେ। ଟାପରା ଟିକଲରୁ ଚଦା ଚଦି, ଧରା ଧରି ଚାଲିଲା। ସେଇଠୁ ଘୁ'ଘା, ଭିଡ଼ାଭିଡ଼ି ଭିତରେ ମଦନର ପଇତା ଛିଣ୍ଡିଗଲା। କାନ୍ଦି କାନ୍ଦି ମଦନ ଘରକୁ ଗଲା।

ଏଭଳି ଘଟଣା ଆଠ ପଇଁଚ ଖେଳରେ କିଛି ନୂଆ ନୁହେଁ। ତେବେ, ସେଦିନର ଏ ଝିମିଟିରୁ ବାହାରିବ ବୋଲି ମହାଭାରତ ଯେପରି ଅନେକ ଦିନରୁ ପାଂଚିଥିଲା। ମଦନ ବାପା ବରଜ ପାଣିଗ୍ରାହୀ ଗାଁର ଧନୀ, ମହାଜନ। ତାଙ୍କ ପୁଅ ଦେହରେ ହାତ ଦେବ, ଇମିତି ଲୋକ କ'ଣ ଗାଁରେ ଜନମ ହେଲାଣି! ରାଣ୍ଡିପୁଅ କଇବଲିଆର ଏତେ ଉଦିଆ! କାଠ ପଥର ଭଳି ଗାଁ ଲୋକ ଠିଆ ହେଇଛନ୍ତି, ପୁରାଣ ମଣ୍ଡପ ଉପରେ ପାଣିଗ୍ରାହୀ କଇବଲିଆକୁ ବିବିଧ ମାଡ଼ ମାଇଲେ। କଇବଲିଆର ନାକ ଭିତରୁ ରକ୍ତ ଗଡ଼ି ପାଟିରେ ଜାବ ଉଠିଲାଣି, ତଥାପି ପାଣିଗ୍ରାହୀଙ୍କ ରାଗ ଶାନ୍ତ ହେଇନି। ଏଟିକି ବେଳେ ଭୋଲି କକାଙ୍କର ଆବିର୍ଭାବ ହେଲା। ଦରମରା କଇବଲିଆକୁ ତଳୁ ଗୋଟେଇ ଧରି ଆଛା କରି ପାଣିଗ୍ରାହୀଙ୍କୁ କେତେ ପଦ ସେ ଶୁଣେଇ ଦେଲେ। ଦୁଇଜଣ ଭିତରେ ବଚନିକା ବି ଚାଲିଲା କିଛି ସମୟ। ଶେଷରେ, କଟେରିରେ ଦେଖାହେବ କହି ପାଣିଗ୍ରାହୀ, ତମ୍ପାସାପ ଭଳି ଫୁଲି ଫୁଲି, ଘରକୁ ଫେରିଲେ। ଭୋଲି କକା କଇବଲିଆକୁ ତା'ର ଅନ୍ଧୁଣି, ବିଧବା ମାଆ ପାଖକୁ ନେଇ ଦେଲେ। ଭୁଚୁ ଭାଚ ହେଇ ଗାଁ ଲୋକ ଭାଙ୍ଗିଗଲେ।

ଏଇ ଘଟଣା ଦିନ ମୁଁ ଥିଲିନି ଗାଁରେ। ପରଦିନ ଫେରି ସବୁ ଶୁଣିଲି। ଭୋଲି କକାଙ୍କ ସତ୍ୟସାହସକୁ ଖୁବ୍ ପ୍ରଶଂସା କଲି ମନେମନେ। କିନ୍ତୁ, ଆଶଙ୍କା ବି ହେଲା କାରଣ ଏଭଳି ଦାମ୍ଭିକତାକୁ ପାଣିଗ୍ରାହୀ ସହଜରେ ଭୁଲିଯିବା ଲୋକ ନୁହନ୍ତି। ଉପର ବେଳା ପାହାଡ଼ ତଳ ବାଇଗଣ ପଦରରେ କକା ସଂଗେ ଦେଖା ହେଲା। କହିଲି,

"ତମେ ଇମିତିରେ କାହିଁକି ଚିହ୍ନା ପଡ଼ିଲ କକା। ପାଣିଗ୍ରାହୀର କଳ, ବଳ ତ ଜାଣିଚ। କୋଉ ଅମଡ଼ାରେ ନେଇ ଫେରେ ଭରଟି କରିବ।"

କକା ବାଇଗଣ ତଳିର ମାଟି ଖୋଷୁଥିଲେ। ଖଣିତଟା ଥୋଇଦେଇ ହାତ ଦୁଇଟାକୁ ଆଣ୍ଠୁ ଆଉଜା କରି ବସିଲେ। କପାଳରେ ଟୋପିଟୋପି ଝାଳ ଭୁରୁ ଛେଦ ଡେଇଁ ରୁଡ଼ିଆ ଗାଲକୁ ଗଡ଼ି ଆସୁଥିଲା।

"ମଣିଷର କଳ ବଳ ଯଦି ସବୁ, ବାପ, ଦଇବ କାହିଁକି ଅଛିରେ। ମଣିଷର ବଡ଼ିଆ କେତେ କାଲ? ଯିମିତି ବଢ଼ିଚି ସିମିତି ଛିଡ଼ିବ।"

ମୋର ମନେ ହେଉଥିଲା, କକା ଯେପରି ନୀତି ପାଠ ଆବୃଭି କରି ଦୁନିଆର ଗତି ବୁଝିବାରେ ବେନିୟମ କରୁଚନ୍ତି । କହିଲି, "ଦଇବକୁ ତ ଆଉ କଚେରି ସୀମାର ଦହଗଣ୍ଡ ଭୋଗିବାକୁ ପଡ଼ିବନି ।"

"ତୁ ଭୁଲ୍ କରୁଚୁ, ସେ ବୁଝେଇବାକୁ ଚେଷ୍ଟା କଲେ, ଦଇବ ସବୁ ଦେଖୁଚି, ସବୁ ଭୋଗୁଚି । ସେ ପରା "କରି କରାଉଥାଏ– ମୁହିଁ !' ପାଣିଗ୍ରାହୀ ମାରିବା, କଇବଲିଆ ଦରମରା ହେବା, ପେଟ୍ ଭିତରେ କୋହ ଚାପି ଗାଁ ଲୋକେ ଜଡ଼ା, କାଲା ଭଲି ଠିଆ ହେବା– ସବୁ ସେ ଦେଖିଚି । ସେଇଟାଇ ଅସଲ ଦେଖା । କଚେରି ଯାହା ଦେଖୁଚି ଦେଖୁ ।"

"କିନ୍ତୁ, କଚେରିର ଦେଖା ତୁମକୁ ମାନିବାକୁ ପଡ଼ିବ ।"

ସେ ସହଜ ହେଇ ବସିଲେ । ମୁଁ ବି ଗୋଟାଏ ପଥର ଉପରେ ବସିଗଲି । କକା ମୁହଁରେ ଗଭୀର ଆତ୍ମବିଶ୍ଵାସ ପ୍ରକାଶ ପାଉଥିଲା,

"ମାନି ନେବା ଓ ମନେ ନେବା ଭିତରେ ଅନ୍ତର ଅଛିରେ ବାୟା । ମନେ ନେବା ଭିତରୁ ଜାତହୁଏ; ମାନି ନେବାଟା ବାହାରର ଲଦନ । ପାଣିଗ୍ରାହୀ ମତେ ପୁଲିସ ହାତରେ ବନ୍ଧେଇବଟ, ହଉ, ସେ ଯଦି ସେତକ କରେ, ଗାଁ ଯାକର ଲୋକ ବନ୍ଧନରୁ ମୁକୁଲି ଯିବେ ।"

ଏକ ରକମ ହତାଶ ଭାବେ କହିଲି,

"ତମେ କ'ଣ ଭାବୁଚ କକା, ଏଇ ମୂର୍ଖଲୋକ କେବେହେଲେ ମୁହଁ ଖୋଲି ପାରିବେ ? ମଣିଷ ଭଲି ବଂଚି ଜାଣିବେ ?

ଏମାନଙ୍କ ଉପରେ ମୋର ମୋଟେ ଆସ୍ଥା ନାଇଁ ?

କକାର ମୁହଁରେ ମ୍ଲାନ ହସ ଉକୁଟିଲା । ସ୍ଵରରେ ବେଦନାର ସ୍ପର୍ଶ ଲାଗିଲା ଭଲି ବୋଧ ହେଉଥିଲା ମଧ୍ୟ ।

"ତୁ ଏମାନଙ୍କ ପାଖରୁ ଦୂରେଇ ଯାଇଚୁ । ତୋ ମନରେ ବିଶ୍ଵାସ ଆସିବ କିମିତି ? ମୁଁ ଯେହେତୁ ଏମାନଙ୍କ ମେଲରେ ରହିଚି, ଜାଣେ ଏମାନେ କ'ଣ !"

କକାର ମୁହଁକୁ ଚାହିଁ ରହିଲି । ସେଇ 'କ'ଣ' ପଦଟିର ବିଶ୍ଲେଷଣ ଶୁଣିବା ପୂର୍ବରୁ ମୁଁ ଯୁକ୍ତି ବଢ଼େଇ ପାରୁନଥିଲି ।

ସୂର୍ଯ୍ୟର ଝଲ ମଉଳି ଯାଉଥିଲା । ଦୂରରେ କେଉଁ ଗାଈଆଲର ଲମ୍ୟ ବଇଁଶୀରେ 'କଲା ମାଣିକ' ଧ୍ଵନିତ ହେଉଥିଲା । ଖଣ୍ଡିଲଟା ଗହଲି ଭିତରୁ କେଉଁ ଘର ବାହୁଡ଼ା ଗାଈର ଉଦ୍‌ବିଗ୍ନ ହମ୍ବାଲି ଶୁଭୁଥିଲା ରହିରହି । ପଶୁ ଓ ମଣିଷ ଉଭୟ ପ୍ରାଣରେ ଯେପରି ଆଶଙ୍କିତ ମାତୃତ୍ଵ ଆକୁଲ ହେଇ ଉଠିଚି । କକା କହିଲେ,

"ଏମାନେ ଗରିବ, ଅନାଥ। ପେଟ ପୂରାଇ ଅବା ରୁଟି କରି ଖାଇବା ଦିନେ ଜାଣନ୍ତିନି। ଉପର ମଣିଷର ଲଦନ ସବୁପ୍ରକାର ବାଧା, ବିପଦକୁ କରମ କହି ମୁଣ୍ଡପୋତି ସହି ଯାଆନ୍ତି," ମୁଁ ବାଧା ଦେଲି, "କିନ୍ତୁ ଏହା ଧର୍ମ ଭୀରୁତା ନୁହେଁ। ଏହା କୁସଂସ୍କାର, ମାନସିକ ବିକୃତ।"

"ସତ, କିନ୍ତୁ ଏଥିରେ ଏମାନଙ୍କର ଦୋଷ କ'ଣ? ଯୁଗ ଯୁଗ ଧରି ସବୁପ୍ରକାର ସୁବିଧା ଓ ସୁଯୋଗରୁ ତଡ଼ା ଖାଇ ଏଇ ଲୋକେ ଏକ ରକମ ଗମାର ପାଲଟି ଯାଇଚନ୍ତି। ଧର୍ମ, ଜାତିଆଣ, ନ୍ୟାୟ, ଶାସନ–ସବୁ ବିଷୟରେ ଉପର ଲୋକେ ଏମାନଙ୍କୁ କୃଟ କରିଚନ୍ତି, ଠକିଚନ୍ତି। କେଉଁ ବଳରେ ଏମାନେ ମୁହଁ ଖୋଲନ୍ତେ? ମଣିଷ ଭଳି ବଂଚି ଜାଣନ୍ତେ କେମିତି? ଏମାନେ ମୁହଁ ଖୋଲିବେ କେବଳ ସ୍ନେହ ପାଇଲେ। କଣ୍ଠରେ ଆକୁଳତା ଭରି ଠିକ୍ ଏଇ ଗାଈଟି ଭଳି ଏମାନଙ୍କୁ ସ୍ନେହଦେଇ ଡାକିବାକୁ ହେବ, ଆପଣାର କରିବାକୁ ହେବ।"

ସନ୍ଧ୍ୟା ନଉଁ ଆସିଥିଲା। ଏକାଠି ଘରକୁ ଫେରିଲୁ। ମନ ମୋର ଭାରି ହେଇ ଯାଇଥିଲା। କଇବଲିଆ ଲାଗି ପାଣିଗ୍ରାହୀର ସାମନା କରିବା ପଛରେ କକା ପ୍ରାଣର ଆବେଗକୁ ମୁଁ ସମ୍ୟକ୍ ବୁଝି ପାରିଥିଲି। ତଥାପି ନାନା ରକମର ପ୍ରଶ୍ନ ଉଠୁଥିଲା ମନରେ। କକା କ'ଣ ସ୍ନେହ ଦେଇ ଏଇ ଲୋକଙ୍କ ମୁହଁରେ ସତରେ କଥା ଫୁଟେଇ ପାରିବେ?

(୪)

ପାଣିଗ୍ରାହୀ ବହୁତ ଉପାୟ କଲେ। ଧମକ ଦେଲେ, ପଇସା ଲୋଭ ଦେଖେଇଲେ, ତଥାପି ଭୋଲି କକା ବିରୁଦ୍ଧରେ କହିବା ଲାଗି ଗାଁରେ ଜଣେ ହେଲେ କିଏ ରାଜି ହେଲେନି। ଅଗତ୍ୟା ପାଣିଗ୍ରାହୀଙ୍କୁ ଉଠେଇବା ହାତ ନିଜ ଗାଲରେ ବସେଇ ତୁନି ଯିବାକୁ ହେଲା। ଘରୁ ଘରୁ ପୁରୁଣା ଚାଉଳ, ଜାଇ, ଘିଅ, ଆମ୍ବୁଲ, ପନିପରିବା ମାଗିଆଣି କକା ପୋଥ ପାଚନରେ କଇବଲିଆକୁ ସୁସ୍ଥ କରିଦେଲେ। ଆଖଡ଼ା ଘରେ ପୂର୍ବପରି ଖେଳ ଚାଲିଲା। ଗାଁର କିଶୋର ସଂସାର ନିର୍ଦ୍ଦୋଷ ଆମୋଦ, ଆନନ୍ଦରେ ପୁଣି ସହଜ ସରସ ହେଇ ଉଠିଲା। ଏଇ ଜୀବନରୁ ବଂଚିତ ହେଲା କେବଳ ମଦନ। ଆଖଡ଼ା ଘରକୁ ଆସିବା ଲାଗି ତା'ର ମୁହଁ ନଥିଲା।

ଅଭିନନ୍ଦିତ କରି ଦିନେ କହିଲି,

"ମୋର ବିଶ୍ୱାସ ନଥିଲା, କକା, ଗାଁ ଲୋକ ଇମିତି ଏକ ମନ ହେବେ ବୋଲି। ବାସ୍ତବିକ ତମେ ଏମାନଙ୍କ ଭିତରେ ବଳ ଆଣି ଦେଇଚ।"

କକା ହସି ହସି ଉତ୍ତର କଲେ,

"ଏହା କିଛି ପଶୁବଳ ନୁହେଁ। ସ୍ନେହ ଓ ବିବେକର ଦାବି ମାତ୍ର। ପଇସାକୁ ଯିଏ ବଡ଼କରି ଜାଣିଚି, ପଇସା ଲାଗି ସେ ସବୁ ଦେଇପାରେ। ମାନ, ମହତ ଜ୍ଞାନ ତା'ର ରହେନି। କିନ୍ତୁ ଏ ଲୋକେ ପଇସାର ମୋହରେ ପଡ଼ିନାହାନ୍ତି। କାରଣ ଚିର ଦରିଦ୍ରତା ଏମାନଙ୍କୁ ସବୁବେଳେ ପଇସାର ଦୂରେଇ ରଖିଚି।"

ମୁଁ ସନ୍ଦେହ ତୁଟେଇବାକୁ ଚାହିଁଲି,

"ଏମାନେ ସବୁଦିନେ ପଇସାର ସଂସାରରୁ ଦୂରରେ ରହିବା କ'ଣ ତମେ ପସନ୍ଦ କରୁଛ ?"

"ନା, ପଇସା ଦିନେ ଏମାନଙ୍କ ପାଖରେ ଶରଣ ପଶିବ। ସେ ଦିନ ପାଇଁ ଏମାନଙ୍କୁ ପ୍ରସ୍ତୁତ କରି ରଖିବାକୁ ହେବ।"

ମୁଁ ବୁଝି ପାରିନଥିଲି। ପଚାରିଲି,

ବ୍ୟବସାୟ, ବଣିଜ, କଳ କାରଖାନା, ଜମିଦାରି ସବୁ ତ ରହିଚି ଉପର ଲୋକଙ୍କ ହାତରେ। ପଇସା ଏମାନଙ୍କ ହାତକୁ ଆସିବ କେମିତି।"

କକା କହିଲେ,

"ଆଜିର ପଇସା ଅର୍ଥ କେବଳ ଧନ ନୁହେ, ଧର୍ମ, ନ୍ୟାୟ, ଜ୍ଞାନ, ଶାସନ ମଧ୍ୟ। ଏସବୁ ପଇସାର–,"

ସେ ଗୋଟିଏ ଅର୍ଥ-ପ୍ରକାଶକ ପଦ ପାଇଁ ଖୋଜି ହେଲେ।

ମୁଁ ବଢ଼େଇ ଦେଲି,

"ପଇସାର ବିନିମୟ ମାଧମ।"

ସେ ଆନନ୍ଦିତ ହେଲେ

"ହଁ ପଇସା ଦେଇ ଯାହା ଅଦଲବଦଲ ହୁଏ। ପଇସାର, ଏ ପ୍ରାଧାନ୍ୟ ରହିବନି।"

ମୋର ବିଶ୍ୱାସ ବଳୁ ନଥିଲା। ପଚାରିଲି, 'କିମିତି ?' "ଆଜି ଯେଉଁମାନେ ପଇସାର ମୂଲ୍ୟ ନିରୂପଣ କରୁଚନ୍ତି, ପଇସାର ଭାଉ ଜାଣନ୍ତିନି। ପଇସା ଗୋଟାଏ ଅନାବଶ୍ୟକ ସୃଷ୍ଟି ମାତ୍ର, କେତେଟା ଲୋକର ଗୋଟାଏ ବଜାର ସଉକି। ଉପଜ ସଂଗେ ଏହାର ସହଜ ସମ୍ପର୍କ ନାହିଁ। ବଜାରର ଅନିଶ୍ଚିତ ଗତି ଦିନେ ଏ ସଉକିକୁ ଅଚଳ କରିଦେବ। ତା' ସଂଗେ ଅଚଳ ହୋଇଯିବ ଏ ସଉକିର ସଂସାର।"

ବୁଝିପାରିଲି, କକା ପୁଞ୍ଜିବାଦୀ ବିଶ୍ୱରେ ଆର୍ଥିକ ସଙ୍କଟ ସଂଗେ ଶାସନ ବ୍ୟବସ୍ଥା ଅଚଳ ହୋଇଯିବା ଗଣନା କରୁଚନ୍ତି। ମତେ ଆଶ୍ଚର୍ଯ୍ୟ ଲାଗୁଥିଲା, ଗାଁର ଅଶିକ୍ଷିତ ଏ ବୃଦ୍ଧ, ଏ ଯୁଗର ଅର୍ଥନୀତିକ ଜଟିଳ, ଅସାର ତତ୍ତ୍ୱ ବୁଝି ପାରିଚନ୍ତି କିମିତି ? ହୁଏତ

ଏହା ପଛରେ ଥିଲା ସୃଜନୀ ଶକ୍ତିର ସହଜ ଅନ୍ତରଜ୍ଞାନ। ସନ୍ତାନର ବିବିଧ କ୍ରିୟାନୁଷ୍ଠାନର ଅର୍ଥ ଜନନୀ ଯଦିଓ ସମ୍ପୂର୍ଣ୍ଣ ହୃଦବୋଧ କରିପାରେନି, ତଥାପି, ସନ୍ତାନ ଉପରେ ଏହାର ପରିଣତି କିଭଳି ରୂପ ନେଇପାରେ, ତା'ର କଳ୍ପନାପ୍ରବଣ ମାତୃପ୍ରାଣ ଅବ୍ୟକ୍ତ ଭାବରେ ଅନୁଭବ କରିପାରିଥାଏ। କକା ବୁଝି ପାରିଥିଲେ, ପୁଞ୍ଜି ଶାସନତନ୍ତ୍ର ଭାଙ୍ଗି ପଡ଼ିବା ଫଳରେ କ୍ଷମତା ଆସିଯିବ ଶ୍ରମଜୀବୀ ହାତକୁ। ପଚାରିଲି,

"ଲୋକେ କିଭଳି ପ୍ରସ୍ତୁତ ହେବେ?"

କକା ଉତ୍ତର କଲେ,

"ଲୋକଙ୍କ ମନରେ ବିଶ୍ୱାସ ଆଣିବାକୁ ହେବ। ସେ ବିଶ୍ୱାସ ଆଣିହେବ ସେମାନଙ୍କ ସଙ୍ଗେ ନିଜକୁ ଏକ୍ କରିଦେବାରେ; ସେମାନଙ୍କ ସୁଖ, ଦୁଃଖରେ ଭାଗୀ ହେବାରେ, ଗଭୀର ସ୍ନେହ ଓ ସମ୍ମାନ ଅର୍ପଣ କରିବାରେ। ତମ ବର୍ଗର ଲୋକ, ଯେଉଁମାନେ ଯୁଗଯୁଗ ଧରି ଏଇ ତଳିଆ ଲୋକଙ୍କୁ ଗରିବ କରିବାରେ ସାହାଯ୍ୟ କରି ନିଜେ କୌଣସି ସୁବିଧା ପାଇ ପାରିନାହାନ୍ତି, ଏଣିକି ଏମାନଙ୍କ ସଙ୍ଗେ ମିଶିଯିବାକୁ ହେବ। କାରଣ ଉପର ଲୋକ ତୁମକୁ ମଧ୍ୟ ଭଲରେ ରଖି ଦେବେନି।"

ଭୋଳି କକାର ଗଭୀର ଅନ୍ତରଦୃଷ୍ଟି ମତେ ସେଦିନ ଅବାକ୍ କରି ଦେଇଥିଲା। ପୁଞ୍ଜି ସମାଜରେ ନିମ୍ନ ମଧ୍ୟ ବର୍ଗ ଧୀରେ ଧୀରେ ଦେଉଳିଆ ହେବା ସେ ଜାଣି ପାରିଥିଲେ।

(୬)

ମୋର ଦୃଷ୍ଟି ଲାଭ ହେଇଥିଲା। ମୁଁ ବୁଝି ପାରିଥିଲି, ମୋର ଭାଗ୍ୟ ମୋର ଭବିଷ୍ୟତ ଗୁଣ୍ଡା ଗାଁର ଏଇ ଜଡ଼ା କାଲାଙ୍କ ସଙ୍ଗେ, ନଗରୀର ବେଙ୍କ୍ ଅବା କାରଖାନା ମାଲିକ ସଙ୍ଗେ ନୁହେଁ। ଉପର ବର୍ଗର ଅନ୍ୟାୟ, ଅବିଚାର ଓ ଶୋଷଣ ବିରୁଦ୍ଧରେ ଭୋଳି କକାର ଏଇ ଲୋକଙ୍କ ସଙ୍ଗେ କାନ୍ଧ ମିଶେଇ ଠିଆ ହେବାପାଇଁ ମୋର ଅନ୍ତର ଭିତରେ ଗୋଟାଏ ବାଣୀ କି ଏକ ନୂତନ ଶକ୍ତି ଜାତ କରୁଥିଲା। ମୁଁ ଯେତେ ଦୂରେଇ ଯାଇଥିଲି, ଫେରି ଆସିବା ଲାଗି ସେତେ ବ୍ୟାକୁଳ ହେଉଥିଲି।

ଭୋଳି କକାର ମନରେ ଶିକ୍ଷାର ଅହମିକା ନଥିଲା, କିନ୍ତୁ ସତ୍‌ଶିକ୍ଷାର ଶ୍ରେଷ୍ଠ ମହତ୍ତ୍ୱ, ଅନ୍ଧକାର ଭିତରେ ଆଲୋକର ସନ୍ଧାନ ନେବା, ସେ ଭଲଭାବେ ବୁଝିଥିଲେ। ଆଭିଜାତ୍ୟର ବାହ୍ୟାଡ଼ମ୍ବର ଭଳି ତାଙ୍କର ଲୋକପ୍ରିୟ ନାଁକୁ ମିଥ୍ୟା ସମ୍ମାନ ଦେବା ଲାଗି ଆଗ ପଛରେ ବିଶ୍ୱବିଦ୍ୟାଳୟର ଶସ୍ତା ଉପାଧି ନଥିଲା, କିନ୍ତୁ, ସେ ନିଜେ ଥିଲେ ଗୋଟାଏ ଶିକ୍ଷାନୁଷ୍ଠାନ, ଯେଉଁଥିରେ ମଣିଷର ଜୀବନଯାତ୍ରାକୁ ସରଳ, ସହଜ ଓ ସୁନ୍ଦର

କରିବା ପାଇଁ ବିବିଧ ତତ୍ତ୍ୱ ଓ ସତ୍ୟ ଆବିଷ୍କୃତ ହୋଇଥିଲା। ସେ ଅଷ୍ଟବର୍ଗର ସାଧକ ନଥିଲେ, କିନ୍ତୁ ତାଙ୍କର ଧର୍ମ ଥିଲା ସ୍ନେହର ଧର୍ମ, ମୈତ୍ରୀର ଧର୍ମ। ଶିଶୁଭଳି ସରଳ ଓ ମାତୃହୃଦୟ ଭଳି ଉଦାର ସେ ଥିଲେ ମାନବତାର ପ୍ରତୀକ। ସେ ରାଜନୀତି ବୁଝି ନଥିଲେ, 'ବାଦ' ବୁଝି ନ ଥିଲେ, କିନ୍ତୁ ତାଙ୍କର ନୀତି ଥିଲା ମଣିଷକୁ ଦାସତ୍ୱରୁ ମୁକ୍ତ କରିବା। ଦୁଃଖ ଗଢ଼ା ଜୀବନକୁ ଧରି କାନ୍ଦିକରି ସେ ଦାର୍ଶନିକ ହୋଇ ନଥିଲେ, ମଣିଷର ସୁଖ ଦୁଃଖକୁ ଆପଣାର କରି ସେ ପାଇଥିଲେ ସତ୍ୟକାର ପ୍ରାଣର ଦର୍ଶନ, ଯେଉଁ ପ୍ରାଣ ସ୍ପନ୍ଦିତ ହେଉଚି କୋଟି ଶୋଷିତର ପଞ୍ଜରା ଭିତରେ।

ଭୋଲି କକା ମଲେଣି କେତେ ବର୍ଷ ହେଲା, କିନ୍ତୁ ଗାଁର ଦୀନ, ଦୁଃଖୀ ଭିତରେ ସେ ବଞ୍ଚି ରହିଚନ୍ତି ଚିରଦିନ ପାଇଁ। ପାଣିଗ୍ରାହୀ ଏବେ ବି ବଞ୍ଚିଛି, କିନ୍ତୁ ସେ ମରିଚି ଚିର ଦିନ ପାଇଁ। ତା'ର ମନଗଢ଼ା ଆଭିଜାତ୍ୟର ଦୁନିଆ ଖଣ୍ଡ ଖଣ୍ଡ ହୋଇ ଭୁଶୁଡ଼ି ପଡ଼ୁଚି ପ୍ରତିଦିନ।

ସାରୀପୁତ୍ର

ସୁରେନ୍ଦ୍ର ମହାନ୍ତି

ସାରୀପୁତ୍ର ଫେରି ଆସୁଛି ଆଜି। ଭିକ୍ଷୁ ସାରୀପୁତ୍ର ନୁହେଁ, ବୁଦ୍ଧଙ୍କର ଶିଷ୍ୟଶିରୋମଣି ସାରୀପୁତ୍ର ନୁହେଁ, ରୂପଶ୍ରୀର ପୁତ୍ର ସାରୀପୁତ୍ର ଫେରି ଆସିବ ଆଜି ଜନନୀର ଶୂନ୍ୟ କୁଟୀରକୁ।

ମୁକୁଳିତ ଆମ୍ରୋଦ୍ୟାନରେ କୋକିଲର କୁକୁରବ ଅଶାନ୍ତରୁ ଅଶାନ୍ତତର ହୋଇ ଉଠୁଛି। ସେହି ବ୍ୟଗ୍ର ଅଶାନ୍ତ କୁହୁରବ ଭିତରେ ପ୍ରକାଶ ପାଇଛି ଯେପରି ଜନନୀ ରୂପଶ୍ରୀର ଆହ୍ୱାନ– ଫେରିଆସ ପୁତ୍ର, ଫେରିଆସ ସାରୀପୁତ୍ର !

ସାରୀପୁତ୍ର ଫେରି ଆସୁଛି ଆଜି !

ଦେବତା, ବ୍ରାହ୍ମଣଙ୍କ କଥା କ'ଣ ମିଛ ହୁଏ ? ସେ ଦିନ ରାତି–କିଏ ଦେବତା ଆସି ସ୍ୱପ୍ନରେ ଦେଖା ଦେଲ କହିଲେ, "ତମେ ପୂର୍ବଜନ୍ମର ଦୁଷ୍କତରୁ ଏ ଜନ୍ମରେ ଏପରି ପୁତ୍ର ବିଚ୍ଛେଦ ଭୋଗ କରୁଛ। କିନ୍ତୁ ସେ ଦୁଃଖର ରାତି ଏଥର ପାହି ଆସିଲା। ରୂପଶ୍ରୀ ! ଦେବ ଦ୍ୱିଜରେ ଭକ୍ତି ରଖ। ବ୍ରାହ୍ମଣଙ୍କୁ ସୁବର୍ଣ୍ଣ ଦାନ କର। ସାରୀପୁତ୍ର ଫେରି ଆସିବ ନିଶ୍ଚୟ !"

ରାତି ସେତେବେଳକୁ ତଥାପି ଥାଏ ଆଉରି ବାକୀ,

ରୂପଶ୍ରୀର ଆଖିରେ ଆଉ ପଲକ ପଡ଼ିଲା ନାହିଁ । ସକାଳର ଅପେକ୍ଷାରେ ସେ ଖାଲି ବିଛଣାରେ ପଡ଼ି ଛଟପଟ ହେଉଥାଏ । ଭଲକରି ସକାଳ ନ ହେଉଣୁ ସେ ଧାଇଁଲା ବ୍ରାହ୍ମଣ ଶୁଭ୍ରଜ୍ୟୋତିଙ୍କ ଘରକୁ । ନୀଚ ଶୂଦ୍ର କୁଳରେ ଜନ୍ମ ରୂପଶ୍ରୀର । ଶୁଭ୍ରଜ୍ୟୋତି ସେତେବେଳକୁ ବାହାରିଥିଲେ ମନ୍ଦିର ପଥରେ ପୂଜାର ଉପକରଣ ଘେନି । ପଥପାର୍ଶ୍ୱରେ ଶୂଦ୍ରାଣୀ ରୂପଶ୍ରୀକୁ ଦେଖି ବିରକ୍ତ ହୋଇ କହିଲେ... "ଦେଖିପାରୁ ନାହୁଁ ପାପୀୟସି ! ପୂଜା ଉପକରଣ ଘେନି ମୁଁ ବିଷ୍ଣୁଙ୍କ ମନ୍ଦିରକୁ ଯାଉଛି । ତୋର ଛାୟା ପଡ଼ି ସବୁ ଅପବିତ୍ର ହୋଇଗଲା ଯେ !"

ଶୂଦ୍ରାଣୀ ରୂପଶ୍ରୀ, ଅନୁନୟର କଣ୍ଠରେ କହିଲା, "ମୋତେ କ୍ଷମା କରନ୍ତୁ ବ୍ରାହ୍ମଣ ଶୁଭ୍ରଜ୍ୟୋତି, ମୋର ଅପରାଧ ହୋଇଛି ।"

ତା'ପରେ ଛିନ୍ନ ମଳିନ ପରିଧାନର ଅନ୍ତରାଲରୁ ତାର, କେତେଗୋଟି ବହୁଦିନର ସଞ୍ଚିତ ସ୍ୱର୍ଣ୍ଣମୁଦ୍ରା କାଢ଼ି ଶୁଭ୍ରଜ୍ୟୋତିଙ୍କ ପାଦତଳେ ରଖି ସେ କହିଲା, ନିଆଶ୍ରୀ ହୀନକପାଳୀ ମୁଁ ବ୍ରାହ୍ମଣ ! ଆପଣଙ୍କ ପାଖକୁ ଆସିଛି ଗୋଟିଏ ପରାମର୍ଶ ପାଇଁ ।"

ଶୁଭ୍ରଜ୍ୟୋତିଙ୍କ ଗଲା ସ୍ୱର ନରମ ହୋଇଗଲା । ସେ ଆଶ୍ୱାସନା ଓ ଦମ୍ଭ ଶୁଣାଇ କହିଲେ, "କଣ ହୋଇଛି ମୋତେ କୁହ ରୂପଶ୍ରୀ । ଦୁଃଖରେ ଅଧୀର ହୁଅନା । ପ୍ରାଣୀର ଦୁଃଖ ଅପନୋଦନ କରିବା ତ ବ୍ରାହ୍ମଣର କର୍ତ୍ତବ୍ୟ । ଏ ସ୍ୱର୍ଣ୍ଣମୁଦ୍ରାରେ ବା କି ପ୍ରୟୋଜନ ଥିଲା ? ହେଉ, ଆଣିଛୁ ଯେତେବେଳେ, ନ ନେଲେ ତ ମୋର ଅପରାଧ ହେବ !"

ରୂପଶ୍ରୀ କହିଲା, "ସାରୀପୁତ୍ର କଣ ସତରେ ଫେରିବ ଆଉ ବ୍ରାହ୍ମଣ ? କାଲି ରାତିରେ ମୁଁ ସ୍ୱପ୍ନରେ ଦେଖିଲି, ଜଣେ ଦେବତା ମୋତେ ସ୍ୱପ୍ନରେ ଦେଖାଦେଇ ଅଭୟ ଶୁଣାଇଲେ, ମୋର ସାରୀ ଫେରି ଆସିବ ନିଶ୍ଚୟ । କେଉଁ ପୂର୍ବଜନ୍ମର ଦୁଷ୍କୃତରୁ ମୁଁ କୁଆଡ଼େ ଏ ଜନ୍ମରେ ଏ ପୁତ୍ରବିଚ୍ଛେଦ ଭୋଗ କରୁଛି । କିନ୍ତୁ ସାରୀ ଫେରିବ ତ । କୁହ ବ୍ରାହ୍ମଣ । ତମେ ତ ତ୍ରିକାଳଦର୍ଶୀ ।"

ଶୁଭ୍ରଜ୍ୟୋତି କିଛି ସମୟ ଦୁଇ ଚକ୍ଷୁ ନିମୀଲିତ କରିବା ପରେ କହିଲେ, "ତମେ ପୂର୍ବ ଜନ୍ମରେ ବ୍ୟାଧ ରୂପରେ ଜନ୍ମ ନେଇଥିଲ ରୂପଶ୍ରୀ । ଦିନେ ଗୋଟିଏ ମୃଗିଣୀ ମୃଗ ଶିଶୁ ସହିତ ଯାଉଥିଲା ଶାନ୍ତ ଛାୟାସ୍ନିଗ୍ଧ ଅରଣ୍ୟ ପଥରେ । ସେତିକିବେଳେ ତମେ ଶର ସନ୍ଧାନ କଲ ମୃଗିଣୀକୁ ଲକ୍ଷ୍ୟ କରି । କିନ୍ତୁ ଶରଭେଦ କଲା, ମୃଗଶିଶୁର ନବନୀତ କୋମଳ ଦେହରେ । ସଂଗେ ସଂଗେ ଯନ୍ତ୍ରଣାର ଜ୍ୱାଲାରେ ପ୍ରାଣବାୟୁ ତାର ଉଡ଼ିଗଲା । ସେହି ମୃଗିଣୀର ଅଭିଶାପରେ ତମକୁ ଏ ଜନ୍ମରେ ଭୋଗ କରିବା ପାଇଁ ପଡୁଛି ଏ ପୁତ୍ର ବିଚ୍ଛେଦ ଯନ୍ତ୍ରଣା । ତଥାପି ସ୍ୱଚ୍ଛ ହୃଦୟରେ ଫେରିଯାଅ ରୂପଶ୍ରୀ, ସାରୀପୁତ୍ର ଫେରି ଆସିବ ନିଶ୍ଚୟ !"

ରୂପଶ୍ରୀ ବ୍ରାହ୍ମଣ ଶୁଭ୍ରଜ୍ୟୋତିଙ୍କ ପାଦତଳେ ପ୍ରଣତି ଜଣାଇ କହିଲା,... "ତମର ଆଶୀର୍ବାଦ ପୂର୍ଣ୍ଣ ହେଉ ବ୍ରାହ୍ମଣ!"

ସେ ଅନେକ ଅନେକ ଦିନ ତଳର କଥା। ସାରୀପୁଭର ପ୍ରତୀକ୍ଷାରେ ଦିନ ରାତି ହୁଏ, ରାତି ଦିନ ହୁଏ ପୁଣି। ତଥାପି ଭାଙ୍ଗେ ନାହିଁ ରୂପଶ୍ରୀର ଆଶା-ସାରୀପୁଭ ଫେରିବ ନିଶ୍ଚୟ।

ଦିନେ ଦିନେ ଜନଶ୍ରୁତିରେ ରୂପଶ୍ରୀ ଶୁଣେ ପୁତ୍ର ସାରୀପୁଭର କଥା। ପ୍ରଭୁ ବୁଦ୍ଧଙ୍କର ଶିଷ୍ୟ ଶିରୋମଣି ସାରୀପୁଭ- ପ୍ରଭାରେ ତାଙ୍କର ସମୁଦାୟ ଆର୍ଯ୍ୟଭାବର୍ତ୍ତ ଉଦ୍ଭାସିତ, ମହିମାରେ ମହିମାନ୍ବିତ, କରୁଣାରେ ସ୍ନିଗ୍ଧ ଓ ସାଧନାରେ ଉଜ୍ଜଳ। କିନ୍ତୁ ପୁତ୍ରର ସୁଖ୍ୟାତିରେ ଜନନୀର ପ୍ରାଣ ଗର୍ବୋତ୍ଫୁଲ୍ଲ ହୁଏନା! ପ୍ରାଣର ନିଭୃତ କନ୍ଦରରେ ତାର ଜାଗି ଉଠେ ଅସ୍ପୁଟ ନୀରବ ପ୍ରାର୍ଥନା- ସାରୀପୁଭକୁ ସଦ୍ବୁଦ୍ଧି ଦିଅ ଭଗବାନ। ଏ ମତିଭ୍ରମରୁ ଅବୋଧ ପୁତ୍ରକୁ ତା'ର ରକ୍ଷା କର ପ୍ରଭୁ। ଦେବତା ବ୍ରାହ୍ମଣ ନିନ୍ଦାଠୁଁ ବଳି ଆଉ କି ଘୋରତର ପାପ ବା ଥାଇପାରେ? ମଣିଷ ଜନ୍ମମାତ୍ରେ ସମାନ, ଏହା କ'ଣ ସମ୍ଭବ ହୋଇପାରେ କେବେ? ଦେହକୁ ଅସ୍ବୀକାର କଲେ, ସପ୍ତନରକରେ ସୁଦ୍ଧା ସ୍ଥାନ ମିଳିବ ନାହିଁ ଯେ। ହେ ଦଶଦିଗପାଳ, ହେ ତେତ୍ରିଶକୋଟି ଦେବତା ସାରୀପୁଭକୁ ମାର୍ଜନା କର, ସଦ୍ବୁଦ୍ଧି ଦିଅ ତାକୁ!

କେବେ କେବେ ବୌଦ୍ଧଭିକ୍ଷୁମାନେ, ରୂପଶ୍ରୀର କୁଟୀରକୁ ଆସନ୍ତି ଭିକ୍ଷାପାଇଁ। କିନ୍ତୁ ରୂପଶ୍ରୀ ସେମାନଙ୍କୁ ଦୂର ଦୂର ମାର୍ ମାର୍ କରି ତଡ଼ିଦିଏ। ବୌଦ୍ଧଭିକ୍ଷୁମାନଙ୍କୁ ଦେଖିଲେ ତାର ଦେହସାରା ଯେମିତି ବିଷ ଚରିଯାଏ। କରୁଣାର ଆବରଣ ତଳେ କି ନିଷ୍ଠୁରଣ ଜୀବ ଏମାନେ। ଘର ନାହିଁ, ଦ୍ବାର ନାହିଁ, ମା' ନାହିଁ, ପୁଅ ନାହିଁ, ଝିଅ ନାହିଁ, ମାୟା ନାହିଁ, ମମତା ନାହିଁ-ଅଥଚ କିଏ ଏମାନଙ୍କୁ କହିଥିଲା ଏ ପୃଥିବୀକୁ ଆସି ପୃଥିବୀର ଦୁଃଖ ସଙ୍ଗରେ ଅଶାନ୍ତିର ଭାର ବଢ଼ାଇବା ପାଇଁ? ରୂପଶ୍ରୀ କେବେ ଅବଶ୍ୟ ବୁଦ୍ଧଙ୍କୁ ଦେଖିନାହିଁ। କିନ୍ତୁ ଶୁଣିଛି- ସେଦିନ କୁଆଡ଼େ କି ଗୋଟିଏ ପୂର୍ଣ୍ଣିମାର ରାତି। କପିଳବାସ୍ତୁ ରାଜପ୍ରାସାଦରେ ସମସ୍ତେ ଯିଏ ଯୁଆଡ଼େ ଶୋଇ ପଡ଼ିଲେଣି। ସୁକୁମାରୀ ଗୋପା ସ୍ବାମୀଙ୍କ ବାହୁ ଉପରେ ପୁଷ୍ଟିତ କବରୀର ଭାର ରଖି ଶୋଇ ପଡ଼ିଛନ୍ତି। ଗୋପାଙ୍କ କୋଳରେ ଶିଶୁ ରାହୁଲ ମଧ ନିଦ୍ରା-ଅଚେତନ। ରାତିର ସେହି ନିସ୍ତବ୍ଧ ପ୍ରହରରେ ଗୌତମ, ଗୋପାଙ୍କ ମୁଣ୍ଡ ନିଜ ବାହୁ ଉପରୁ ଖସାଇ ନେଲେ। ତା'ପରେ ସନ୍ୟାସୀର ଗୈରିକ ବସନ ପିନ୍ଧି ବାହାରିଲେ କପିଳବାସ୍ତୁର ସୁପ୍ତ ରାଜପଥରେ। ଆଉ ପଛରେ ରଖିଗଲେ ଏକ ବିରାଟ ଅଶାନ୍ତି, ଶେଷହୀନ ହା-ହା-କାର ଓ ତୃପ୍ତିହୀନ ତୃଷା। ଯେତେଥର ରୂପଶ୍ରୀ ଗୋପାଙ୍କ କଥା ଭାବିଛି, ସେତେଥର ରାଜରାଣୀ ଗୋପାଙ୍କ

ଦୁଃଖରେ ପ୍ରାଣ ତାଙ୍କର କାନ୍ଦି କାନ୍ଦି ଉଠିଛି। ଶିଥିଳ, ରକ୍ତହୀନ ଦୁଇଗଣ୍ଡ ଉପରେ ବହି ଆସିଛି ଦୁଇଧାର ଲୁହ।

ସାରୀପୁଭ ଦିନେ ବିବାହ କରିଥାନ୍ତା, ଘରକୁ ଆସିଥାନ୍ତା ପୁତ୍ରବଧୂ! ତାର ଶୁଭ କଙ୍କଣଧ୍ୱନିରେ ରୂପଶ୍ରୀର ରିକ୍ତ, ଶୂନ୍ୟ ଜୀବନର ହା-ହା-କାରମୟ କୋଣ ଅନୁକୋଣ ମୁଖରିତ ହୋଇ ଉଠିଥାନ୍ତା। ତା'ପରେ ଆସିଥାନ୍ତେ ବସନ୍ତର ନବମୁକୁଳ ପରି, କେତେ ଶିଶୁ କୋଲାହଳ କରି। ଶୀତଶୀର୍ଣ୍ଣ ଧରଣୀରେ ବସନ୍ତର କଳରବ ପରି, ରୂପଶ୍ରୀର ଜୀବନରେ ମଧ ଆସିଥାନ୍ତା ବସନ୍ତ। କିନ୍ତୁ ହେଲା ଆଉ କେଉଁଠୁ? ସବୁ ସ୍ୱପ୍ନ ଖାଲି ସ୍ୱପ୍ନରେ ହିଁ ରହିଗଲା। ସାରୀପୁଭ ହେଲା ଘରଛଡ଼ା ଉଦାସୀ!

ଏ...। ଦିନଆସି କେତେ ହେଲାଣି ମ? ରୂପଶ୍ରୀ ତରତର କରି ବିଛଣା ଉପରେ ଉଠି ବସିଲା। ନା, ଆଜି ଆଉ ସେ କାହା ଦୁଆରକୁ ଯିବନାହିଁ ପାଇଟି କରି! ଆଜି ଯେ ସେ ତା'ର ହଜିଲା କୋଟିନିଧ୍ୱ ପୁଣି ଫେରି ପାଇବ, ଆଉ ରହିବ ନାହିଁ ଦାରିଦ୍ର୍ୟ, ଅଭାବ ଓ ଦୁଃଖ। ଚାଳ ଉପରେ ଶୁଭ କାଉଟିଏ କା-କା ହେଉଛି! ରୂପଶ୍ରୀ ଉଠିଯାଇ ମୁଠାଏ ଚାଉଳ ରଖିଦେଲା ଦୁଆର ମଝିରେ। କାଉ ଆସି ଗୋଟାଏ ମୁଠା ଚାଉଳ ଖୁମ୍ପିନେଇ ପୁଣି ଉଡ଼ିଗଲା ଚାଳ ଉପରକୁ। ଶୁଭକାଉ କଥା ମିଛ ହେବନାହିଁ କେବେ... ସାରୀପୁଭ ଫେରିଆସୁଛି, ଆଜି ରୂପଶ୍ରୀର କୋଲକୁ!

ଏତେଦିନ ଏତେ ଆଶା ତ ମିଛ ହୋଇଛି। ଆଜି ଯଦି ଆଗପରି ସବୁ ମିଛ ହୋଇଯାଏ? ରୂପଶ୍ରୀର ଛାତି ଦମ୍ ଦମ୍ ହୋଇ ପଡ଼ିଲା। ... ନା ନା, ଶୁଭକାଉର କଥା କ'ଣ ମିଛ ହୁଏ କେବେ?

ସେଦିନ ରୂପଶ୍ରୀ, ସାରା ଦିନର ପେଟପାଟଣା ପରେ କୁଡ଼ିଆ ଦୁଆରେ ବସି ଚାହିଁଥିଲା, ଦୂରର ଅଙ୍କାବଙ୍କା ରାସ୍ତାଆଡ଼େ। ସେଇ ରାସ୍ତାରେ ସାରୀପୁଭ ଦିନେ କୁଆଡ଼େ ଚାଲିଗଲା। ଆଉ ହୁଏତ ଫେରିବ ନାହିଁ। କିନ୍ତୁ ଶୁଭଜ୍ୟୋତି ତ ବାରମ୍ବାର ସାନ୍ତ୍ୱନା ଦିଅନ୍ତି ତାକୁ, କେଜାଣି ହୁଏତ ଫେରିପାରେ।

୩୪... ସେ ଅନେକ, ଅନେକ ଦିନ ତଳର କଥା। ନାଳନ୍ଦାରୁ ଦଳେ ଅଭିନେତା ସବୁଆଡ଼େ ବୁଲି ବୁଲି 'ନିର୍ବାଣ' ନାଟକର ଅଭିନୟ ଦେଖାଉଥାନ୍ତି। ଦିନେ ଅଭିନୟ ଦେଖିଯିବା ପାଇଁ ସାରୀପୁଭ ଅଡ଼ି ବସିଲା। ରୂପଶ୍ରୀ ସେଥିରେ ବାଧା ଦେଲାନାହିଁ। ଅଭିନୟ ଦେଖି ଫେରିବା ପରେ ସାରୀପୁଭ ପାଲଟିଗଲା ଯେମିତି ଗୋଟିଏ ଭିନ୍ନ ମଣିଷ। ସେଦିନ ସାରୀପୁଭ ସବୁଦିନ ପରି ଗୋଠକୁ ଗାଈପଲ ଧରି ଗଲାନାହିଁ, ଗାଧୋଇଲା ନାହିଁ କି ଖାଇଲା ନାହିଁ। ରୂପଶ୍ରୀର ଲକ୍ଷେ ପ୍ରଶ୍ନ-କ'ଣ ହୋଇଛି ତା'ର? କିନ୍ତୁ ସାରୀପୁଭ କୌଣସି ଉତ୍ତର ଦେଲା ନାହିଁ। କେତେବେଳ ପରେ ସାରୀପୁଭ ପଚାରିଲା,

"ତୁ କ'ଣ ଦିନେ ମରିଯିବୁ ବୋଉ ?" ରୂପଶ୍ରୀ ହସି ହସି ଜବାବ ଦେଲା, "ସେ ଆଉ ନୂଆ କଥା କ'ଣରେ ବାପ ? ଦେବତାମାନେ ସୁଦ୍ଧା ଜନ୍ମହେଲେ ମରନ୍ତି ।"

ସାରୀପୁତ୍ର ପଚାରିଲା, "ମୁଁ ବି ତ ଦିନେ ମରିଯିବି ବୋଉ !"

ରୂପଶ୍ରୀର ମୁହଁ ଉପରେ ଯେପରି କଳାମେଘର ଛାଇ ବୁଲିଗଲା । ସେ କାନ୍ଦକାନ୍ଦ ହୋଇ ସାରୀପୁତ୍ରକୁ ଛାତି ଉପରେ ଚାପି ଧରି କହିଲା, "ସେ କଥା ଆଉ କେବେ ମୁହଁରେ ଧରିବୁ ନାହିଁରେ ବାପ ! ତୋରି ମୁହଁକୁ ଚାହିଁ ମୁଁ ଖାଲି ଛାତି ପଥର କରି ପଡ଼ି ରହିଛି । ଷଟୀଦୁର୍ଶୀ ତତେ ନଅବାଲିର ଆୟୁଷ ଦିଅନ୍ତୁ ।"

ସାରୀପୁତ୍ର ଧୀରେ ଧୀରେ ଉଠି ଠିଆ ହେଲା । ତା'ପରେ ଗାଁ ଦାଣ୍ଡର ସେଇ ଅଙ୍କାବଙ୍କା ରାସ୍ତାରେ ବାହାରିଗଲା କୁଆଡ଼େ । ରୂପଶ୍ରୀ ମନେ ମନେ ଭାବିଲା, ମୁଣ୍ଡପାଗଲାଟା, କ'ଣ ଏଣୁତେଣୁ ଗୁଡ଼ାଏ ପଚାରୁଥିଲା । ବାହାରୁ ଟିକିଏ ବୁଲି ଆସିଲେ ମନ ତା'ର ପୁଣି ବଦଳିଯିବ । ରୂପଶ୍ରୀ ନିତିଦିନିଆ ପେଟପାଟଣାରେ ମନ ଦେଲା ।

ସନ୍ଧ୍ୟା ହେଲା । ଗୋଠରୁ ଗାଈପଲ ଫେରିଲେ । ଦେଉଳରେ ଆରତି ଘଣ୍ଟା ବାଜିଲା । ରାତି ଆସିଲା । ଅନ୍ଧାର ଆଉରି ନିବୁଜ ହୋଇ ଆସିଲା । ଆକାଶରେ ଏକ, ଦୁଇ, ତିନି ହୋଇ ଫୁଟି ଉଠିଲା କୋଟିକୋଟି ନକ୍ଷତ୍ର । ସାରୀ କାହିଁ । କାହିଁ ସାରୀପୁତ୍ର ?

ନିଜର ଚିନ୍ତାରେ ରୂପଶ୍ରୀ ନିଜେ କୁଆଡ଼େ ହଜି ଯାଇଛି । ଜଣେ ବୌଦ୍ଧଭିକ୍ଷୁ କୁଆଡ଼ୁ ଆସି ରୂପଶ୍ରୀର ପିଣ୍ଢାରେ ବସିପଡ଼ି ଗାଇ ଉଠିଲା...

"ବୁଦ୍ଧଂ ଶରଣଂ ଗଚ୍ଛାମି !"

ରୂପଶ୍ରୀର ଦେହସାରା ଯେମିତି ବିଷ ଚରିଗଲା । ମାତ୍ର ନିଜକୁ ସଂଯତ କରି, ସେ କେଜାଣି କାହିଁକି ପଚାରିଦେଲା, "ଆଚ୍ଛା, ତୁମେ ସାରୀପୁତ୍ରଙ୍କ ଖବର ଜାଣିଛ ଭିକ୍ଷୁ ?"

ଭିକ୍ଷୁ କହିଲା, "ନିଶ୍ଚୟ ! ତାଙ୍କରିଠାରୁ ଖବର ନେଇ ତ ଲୁମ୍ବିନୀରୁ ଏତେବାଟ ଚାଲିଚାଲି ଆସୁଛି ।"

ରୂପଶ୍ରୀ ଆନନ୍ଦୋତ୍ଫୁଲ୍ଲ କଣ୍ଠରେ ପଚାରିଲା, "କି ଖବର ପଠାଇଛି ସାରୀପୁତ୍ର ? କୁହ ଭିକ୍ଷୁ, ତାରି ପାଇଁ ତ ମୁଁ ଚାତକ ପରି ଚାହିଁ ବସିଛି । କୁହ ଭିକ୍ଷୁ, ତାର ସବୁ କୁଶଳ ତ ?"

ଭିକ୍ଷୁ କହିଲା, "ଆସନ୍ତା ଫାଲ୍‌ଗୁନ ପୂର୍ଣ୍ଣିମା ଦିନ ସେ ଫେରି ଆସିବେ ବୋଲି ମୋ' ହାତରେ ଖବର ପଠାଇଛନ୍ତି ମା' !"

ସେ ଦିନ ରୂପଶ୍ରୀ ଦ୍ୱାରୁ ଭିକ୍ଷାତଣ୍ଡୁଲର ଭାର ଭିକ୍ଷୁ ବୋହି ପାରିଲା ନାହିଁ । ଏହି ଘରଛଡ଼ା ଭିକ୍ଷୁମାନଙ୍କ ପ୍ରତି ରୂପଶ୍ରୀର ପ୍ରାଣ କିପରି ଅସ୍ୱାଭାବିକ ଭାବରେ କୋମଳ ହୋଇ ଉଠିଲା !

ସେ ଦିନ ଫାଲ୍‌ଗୁନ ପୂର୍ଣ୍ଣିମା...

ପୂର୍ଣ୍ଣଚନ୍ଦ୍ର ଉଠୁଛି ରାଜଗୃହ ସୀମାନ୍ତରେ ବନଶୀର୍ଷ ଉଡ଼ାଇଲରୁ। ରୂପଶ୍ରୀ ସେହି ପୂର୍ଣ୍ଣଚନ୍ଦ୍ର ଆଡ଼େ ଚାହିଁ ସ୍ୱପ୍ନର ଜାଲ ବୁଣି ଚାଲିଛି। ପୁଣି ତା'ର ଭଙ୍ଗା ସଂସାର ସୁନାର ହସରେ ହସି ଉଠିବ। ସାରୀପୁତ୍ରକୁ ବିବାହ ନ ଦେଇ ସେ ଛାଡ଼ିବ ନାହିଁ ଏଥର।

ସେଇ ଯେଉଁ ଚମ୍ପାଗୋରୀ ଝିଅଟି –ଉପାଲୀ! ଅନେକ, ଅନେକ ଦିନରୁ ରୂପଶ୍ରୀ ତା' କଥା ଭାବି ଠିକ୍‌ କରି ରଖିଛି। ଉପାଲୀର କଳା ଆଖିର ସ୍ୱପ୍ନ-ଜାଲରେ ଥରେ ଧରା ପଡ଼ିଲେ, ସେ କ'ଣ ଆଉ କେବେ ଏ ଘରଛଡ଼ା ଭିକ୍ଷୁଙ୍କ ଦଳରେ ମିଶିବ ? ହେ ଭଗବାନ! ଏଥର ଯେମିତି ତା'ର ହାରାନିଧି, ହାତକୁ ଆସି ପୁଣି ହାତଛଡ଼ା ନ ହୁଏ!

ପୂର୍ଣ୍ଣିମାର ଚନ୍ଦ୍ର ଦିଗ୍‌ବଳୟର ବହୁତ ଉପରକୁ ଉଠି ଆସିଲାଣି। ରୂପଶ୍ରୀର ମନର ଆକାଶରେ ଆଶଙ୍କାର ଛାଇ କ୍ରମେ ଦୀର୍ଘରୁ ଦୀର୍ଘତର ହୋଇ ଉଠୁଛି। ଏତିକିବେଳେ ଦୂରରୁ କାହାର କଣ୍ଠରେ ଶୁଭିଲା, "ବୁଦ୍ଧଂ ଶରଣଂ ଗଚ୍ଛାମି।"

କାହାର ? କାହାର ଏ କଣ୍ଠସ୍ୱର ? ଏ ଯେ ସାରୀପୁତ୍ର ! ରୂପଶ୍ରୀ ଉଠିପଡ଼ି ଧାଇଁଗଲା ପୂର୍ଣ୍ଣିମାର ଜ୍ୟୋସ୍ନାଲୋକ ଭିତରକୁ। କଣ୍ଠରେ ତା'ର ଅଶାନ୍ତ ଚିକ୍କାର, "ସାରୀ– ସାରୀପୁତ୍ର !"

ଗୋଟିଏ ଶୀର୍ଣ୍ଣ, ଲଣ୍ଠିତମସ୍ତକ, ଜରାଜୀର୍ଣ୍ଣ ଭିକ୍ଷୁ ରୂପଶ୍ରୀର ପାଦତଲେ ମୁଣ୍ଡ ନୁଆଁଇ ପ୍ରଣିପାତ କଲେ। ରୂପଶ୍ରୀ ବ୍ୟସ୍ତ ଭାବରେ ପଚାରିଲା– "କୁହ ଭିକ୍ଷୁ ! ସାରୀପୁତ୍ର କାହିଁ ? ଆଜି ପରା ଫାଲ୍‌ଗୁନ ପୂର୍ଣ୍ଣିମା !"

ଭିକ୍ଷୁ ଜବାବ ଦେଲା– "ମୁଁ ଯେ ସାରୀପୁତ୍ର ମା' !"

ରୂପଶ୍ରୀ କାନ୍ଦ କାନ୍ଦ ହୋଇ କହିଲା– "ନା, ନା–ମୋ' ସଂଗରେ ଆଉ ଛଳନା କରନା ବାପ ! କୁହ ମୋର ସାରୀ କାହିଁ ?"

ଭିକ୍ଷୁ ସ୍ମିତ ହସି କହିଲେ– "ମୁଁ ଯେ ତମର ସାରୀପୁତ୍ର ମା' ! ଲୁମ୍ବିନୀରୁ ଆସୁଛି !"

ଏଇ ସାରୀପୁତ୍ର ! ଏଇ ଲଣ୍ଠିତମସ୍ତକ, ଜରାଜୀର୍ଣ୍ଣ, କଙ୍କାଳସାର ଭିକ୍ଷୁ ! ମୁହଁରେ ପୁଣି ସେଇ ଅଲକ୍ଷଣା ଘରଭଙ୍ଗା କଥା– "ବୁଦ୍ଧଂ ଶରଣଂ ଗଚ୍ଛାମି !"

ଏ ଯେମିତି ତା'ର ଭଙ୍ଗାସଂସାରର ବିକଟ ଉପହାସ ! ତା'ର ସ୍ୱପ୍ନର ସମାଧି ! ସେ ତ ସାରୀପୁତ୍ରକୁ ଚାହିଁ ନଥିଲା ! ରୂପଶ୍ରୀର କଣ୍ଠ ହଠାତ୍‌ କଠୋର ହୋଇ ଉଠିଲା। ସେ ପଚାରିଲା, "କୁହ ଭିକ୍ଷୁ ! ମୋ'ଠାରେ ବା କି ପ୍ରୟୋଜନ ? ତମେ ପ୍ରଭୁ ବୁଦ୍ଧଙ୍କର ଶିଷ୍ୟଶିରୋମଣି, ସାଧକଶ୍ରେଷ୍ଠ ସାରୀପୁତ୍ର ! ଆଉ ମୁଁ ଦୀନା, ହୀନା ପୁତ୍ରହୀନା, ଏକ ଜନନୀ ! କ'ଣ ବା ଅଛି ମୋର ? କି ଭିକ୍ଷା ବା ଦେବି ମୁଁ ?"

ବାଳିକା–ସୁଲଭ ଅଭିମାନରେ ବୃଦ୍ଧା ରୂପଶ୍ରୀର କଣ୍ଠ ଥରି ଉଠିଲା !

ସାରୀପୁତ୍ତ କହିଲେ, "ଗୋଟିଏ ଭିକ୍ଷା ନେଇ ମୁଁ ଆସିଛି ମା'! ଗୌତମୀ ପ୍ରଜାପତିଙ୍କୁ ସଂଘରେ ଯୋଗଦେବା ପାଇଁ ପ୍ରଭୁ ବୁଦ୍ଧ ଆଜ୍ଞା ଦେଇଛନ୍ତି। ତାଙ୍କର ସହକର୍ମିଣୀ ରୂପେ, ମୁଁ ତମକୁ ଚାହେଁ ମା'! ସେହି ମୋର ଭିକ୍ଷା!"

ରୂପଶ୍ରୀ ଆହତ ଦୃଷ୍ଟିରେ ଚାହିଁଥିଲା ଫାଲ୍‍ଗୁନ ପୂର୍ଣ୍ଣିମାର ଚନ୍ଦ୍ରଆଡ଼େ। ସାରୀପୁତ୍ତ କହିଲେ, "କୁହ ମା'! ବୁଦ୍ଧଂ ଶରଣଂ ଗଚ୍ଛାମି!"

ରୂପଶ୍ରୀ ରୂଢ଼ କଣ୍ଠରେ କହିଲା, "ଫେରିଯାଅ ଭିକ୍ଷୁ! କୋଟିକୋଟି ପ୍ରାଣରେ ଅଶାନ୍ତି ଓ ଅତୃପ୍ତିର ଦାବାନଳ ଜଳାଇ ଯେଉଁ ସଂଘର ପ୍ରତିଷ୍ଠା, ସେ ସଂଘ ରହିବ ନାହିଁ ଭିକ୍ଷୁ। ଏ ମୋର ଅଭିଶାପ!"

ସାରୀପୁତ୍ତ କିଂକର୍ତ୍ତବ୍ୟ ବିମୂଢ଼ କଣ୍ଠରେ କହିଲେ... "ମା'!"

ରୂପଶ୍ରୀ ଅଭିମାନଭରା କଣ୍ଠରେ ଉତ୍ତର ଦେଲା, "ଭିକ୍ଷୁର ମା' ପୁଣି କିଏ, ସାରୀପୁତ୍ତ ?"

ସାରୀପୁତ୍ତ ଶାନ୍ତ କଣ୍ଠରେ କହିଲେ, "ନିର୍ବାଣର ଏକମାତ୍ର ପଥ, ପ୍ରଭୁ ବୁଦ୍ଧଙ୍କର ଏହି ସଂଘ, ମା'! ନିର୍ବାଣ କ'ଣ ତମର ଅଭିପ୍ରେତ ନୁହେଁ ଜନନୀ ?"

ରୂପଶ୍ରୀ କହିଲା- "ଫେରିଯାଅ ଭିକ୍ଷୁ, ମୁଁ ଚାହେଁ ଜୀବନ; ନିର୍ବାଣ ନୁହଁ!"

ରୂପଶ୍ରୀ ଫେରି ଆସିଲା ତା'ର ସେହି ଭଙ୍ଗା କୁଡ଼ିଆ ଆଡ଼େ। ସାରୀପୁତ୍ତ ରାତିର ଅଶରୀରୀ ଛାୟା ପରି ମିଶିଗଲେ ଫାଲ୍‍ଗୁନ ପୂର୍ଣ୍ଣିମାର ଜ୍ୟୋତ୍ସ୍ନା ଭିତରେ।

ଭୋଜି

ବସନ୍ତକୁମାରୀ ପଟ୍ଟନାୟକ

ନାନୀ କହିଛି କାଲି ଗାଧୁଆବେଳେ ଭୋଜି- ସେ ନାନୀ ସାଙ୍ଗରେ ଇସ୍କୁଲକୁ ଯିବ । ରାତିଯାକ ବିନ ଆଖିରେ ନିଦ ନାହିଁ । ଥରେ ମା'କୁ ନିଦରୁ ଉଠେଇ ପଚାରୁଛି ସକାଳ ହେଲାଣି କି ନାହିଁ । ନାନୀ କହିଛି ଆଜି ତାକୁ ଇସ୍କୁଲକୁ ନେଇଯିବ । କେତେ ପିଲାଙ୍କ ସାଥିରେ ଚିହ୍ନା କରେଇ ଦେବ । ବିଛଣାରେ ପଡ଼ି ପଡ଼ି ବିନ ଭାବୁଛି ସେଇ କଥା । ହଠାତ୍ ଧଡ଼୍ ପଡ଼୍ ହୋଇ ଉଠି ବସି ମା'କୁ ହଲାଇ ଦେଲା "ମା', ମା', ଉଠ୍... ସକାଳ ହେଲାଣି, କାଉ ରାବିଲାଣି ପରା ।"

ନିଦ ମଲମଲ ଆଖିରେ ଖିଡ଼ିକି ଆଡ଼େ ଚାହିଁ ମା' ଜବାବ ଦେଲା, "ଉଃ, ଏ ଛୁଆଟା ମଣିଷକୁ ଟିକେ ଶୋଇଦବ ନାହିଁ... ଏଡ଼େ ଅନ୍ଧାର ଅଛି, ସକାଳ କୋଉଠି ହେଲା-ହଇରେ ?"

– ହଁ ଗୋଟାଏ କାଉ ବୋବେଇଛି– ମୁଁ ସଫା ଶୁଣିଛି । ମା' ଅଳସ ଭାଙ୍ଗୁଭାଙ୍ଗୁ ବିନ ରମାକୁ ଡାକିଲା "ନାନୀ, ନାନୀ ସକାଳ ହେଲାଣି... ଉଠିବୁ ନାଇଁ କିଲୋ ? ଏ ନାନୀ–"

କବାଟ ଖୋଲି ତିନିହେଁଯାକ ପଦାକୁ ଆସିଲେ। ମା'କୁ ବିନର ବାରବାର ତାଗିଦା ଆଗେ ତା କାମ ସାରି, ତା ପରେ ଯାଇଁ ଯୋଉ କଥା ହେବ।

ପୋଖରୀର ପଥର ଉପରେ ବସି, ହାତରେ ଖଣ୍ଡେ ଝାମା ଧରି, ବିନ ନିଜ ଦେହକୁ ରଗଡୁଛି ଆଉ ମଝିରେ ମଝିରେ ପ୍ରଶ୍ନ କରୁଛି– ମା' ଏଥର ମୁଁ ଗୋରା ଦୁଶିଲି? ମା' ଯେତେ କହିଲେ ବି ବିନର ମନ ମାନୁନାହିଁ। ସେ ଆଉରି ବେଶୀ ରଗଡ଼ି ହେଉଛି। ଶେଷରେ ବିନ ଜିଦ୍ ଧରି ବସିଲା ପାଖରୁ ଆସି ଦେଖିଯିବାକୁ। ବାସନମଜା ଛାଡ଼ି ମା' ଆସି ଦେଖିଲା ଝାମା ଇଟାରେ ଦେହର ନରମ ଚମ ଆଚୁଡ଼ି ହୋଇ ଲାଲ ପଡ଼ିଗଲାଣି। ପୁଥ ହାତରୁ ଝାମା ଖଣ୍ଡକ ଟାଣି ନେଇ ମା' କହିଲା, "ହଇରେ ଝାମାରେ କିଏ ଘଷି ହୁଏ?"

– ଅଲତା ନାଇଲାବେଳେ ଝାମା ଘଷି ତୁ କେମିତି ଗୋଡ଼ର ମଲି ବାହାର କରିଦୟ?

ଗାଧୁଆ ସେଟିକିରେ ବନ୍ଦ। ଦେହସାରା ପୋଡ଼ିଲାଣି। ପୋଛିପାଛି ହେଇ ବିନ ଫେରି ଆସିଲା। ଘରର ମାଟି କାନ୍ଥରେ ଖଣ୍ଡେ ଦର୍ପଣ ପୋତା ହୋଇଛି। ସେଇଠି ଆସି ଠିଆ ହେଲା ବିନ– ହାତରେ ପାନିଆ। ପାନିଆର ମଝି ଦାନ୍ତଗୁଡ଼ିକ ଭଙ୍ଗା। ଦୁଇ ମୁଣ୍ଡରେ ଯାହା ଦି' ଚାରି ଗଣ୍ଠା ଦାନ୍ତ ଅଛି, ସେଟିକି। ସେଇ ପାନିଆରେ ବିନ ନିଜର ତେଲ ଜର ଜର ଟାଆଁସା ବାଳଗୁଡ଼ାକ ଚିକ୍କଣ କରି ପାରିବାକୁ ଚେଷ୍ଟାରେ ଲାଗିଗଲା। ମନରେ ଆନନ୍ଦ ସବୁ ଆଜି ତାର ସଫା, ସୁତୁରା, ଚିକ୍କଣ।

ସ୍କୁଲ ଫାଟକ ପାଖେ ପହଞ୍ଚ ବିନ କହିଲା, "ନାନୀ, ମତେ ସବୁ ଜିନିଷ ଦେଖେଇ ଦବୁଟି? ଆଉ ସବୁ ପିଲାଙ୍କ ସାଙ୍ଗରେ ଚିହ୍ନା କରେଇଦବୁ...ଏଁ?"

"ହଉ! ହେଇ ଦେଖ। ଏଠି କେମିତି ଦୂବଘାସ ହେଇଛି... ଆଉ ଏଠି ମୁଥା ଘାସ।"

"ଆରେ ହଁ ତ" କହି ଜୀବନରେ କେବେ ଘାସ ନ ଦେଖିଲା ପରି ବିନ ନଇଁପଡ଼ି ନିଜ ହାତରେ ଥରେ ଘାସଗୁଡ଼ାକ ପରଖି ନେଲା। ତାପରେ ସେମାନେ ଆଗକୁ ଚାଲିଲେ।

ଗୋଟିକ ପରେ ଗୋଟିଏ ଗଛ ଦେଖେଇ ଚାଲିଛି– ମନ୍ଦାର, ପଳାଶ, କୃଷ୍ଟଚୁଡ଼ା, ରଜନୀଗନ୍ଧା, ଆମ୍ବ, ବେଲ– କିଏ ଫୁଲ ଫଳରେ ଲଦି ହୋଇଛି, ଆଉ କିଏ ବା ସେମିତି ଥୁଣ୍ଟା ଛିଡ଼ା ହୋଇଛି; କିନ୍ତୁ ବିନ ଆଖିରେ ଆଜି ସବୁ ସୁନ୍ଦର। ଆଖିରେ ଇନ୍ଦ୍ରଧନୁର ରଙ୍ଗ ବୋଲି ସେ ଚାରିଆଡ଼କୁ ଚାହୁଁଛି, ପୁଣି ଆଗକୁ ମାଡ଼ି ଚାଲିଛି।

ଗଛ ପତ୍ର ଦେଖାସରିଛି। ବାକି ରହିଛି ସ୍କୁଲଘର ଯେଉଁଠି ପିଲାମାନେ ଆରାମରେ

ବସି ପାଠ ପଢ଼ନ୍ତି । ରମା ଦେଖିଲା ତାଙ୍କ କ୍ଲାସ ଖୋଲା ହୋଇନାହିଁ । ଭଙ୍ଗା ଖିଡ଼ିକିବାଟେ ଉପରକୁ ଉଠି, ଭାଇର ହାତ ଧରି ଭିତରକୁ ଟାଣିନେଲା । କବାଟ ଖିଡ଼ିକି ବନ୍ଦ, ସବୁଆଡ଼ ଅନ୍ଧାର ଦିଶୁଛି । ଚାଲିଲାବେଲେ ବେଞ୍ଚ ଦେହରେ ଧକ୍କା ଲାଗିଯାଉଛି । ଆଉ ତାଆରି ସାଙ୍ଗେ ସାଙ୍ଗେ ବିନ ପାଟିରୁ ନିଜର ଅଜାଣତରେ ବାହାରି ଆସୁଚି 'ବାପଲୋ' 'ମାଆଲୋ' ଚିତ୍କାର । ଶେଷକୁ ରମାର ଜାମା ଟାଣି ଧରି କହିଲା, "ନାଇଁ ଲୋ ନାନୀ, ଭୂତ ଥିବ-ଚାଲ ଫେରିଯିବା" ତୁଣ୍ଡରୁ କଥା ସରିନାହିଁ ବିଜୁଲି ବତି ଜଳି ଉଠିଲା ଆଉ ସେଇ ଆଲୁଅ ତଳେ ଦେଖାଗଲା ରମା ମୁହଁରେ ସର୍ବଙ୍କର ଛପିଲା ହସ । ବିନ କାବା ହେଇ ଚାହିଁଛି- ନାନୀ ତାର କେତେ କଥା ଜାଣିଲାଣି । ସେ କହିଲେ ବିଜୁଲିବତି ବି ଜଳୁଛି ।

ଆନନ୍ଦରେ ଗୋଡ଼ ତଳେ ଲାଗୁନାହିଁ- ଏ ଜାଗାରୁ ସେ ଯାଗାକୁ ଯାଉଛନ୍ତି, ପୁଣି ଆସୁଛନ୍ତି । ଉପରେ ନେଲିଆ ଆକାଶ ନାହିଁ କି ତଳେ ଶାଗୁଆ ଘାସର ଗାଲିଚା ନାହିଁ; ତଥାପି ସେଇ ରୁଦ୍ଧିଲା ଘରେ ଦିଓଟି ମଣିଷଛୁଆ ବସନ୍ତ କାକର କୀଟ-ପତଙ୍ଗ ପରି ଆନନ୍ଦରେ ନିଜକୁ ଭୁଲିଯାଇଛନ୍ତି ।

xxx

ପଡ଼ିଆରେ ଦଲଦଲ ହୋଇ ପିଲା ବୁଲୁଛନ୍ତି । ଚିହ୍ନା ପିଲାଙ୍କୁ ଦେଖି ଭାଇର ହାତଧରି ରମା ତାଙ୍କ ପାଖକୁ ଗଲା । ଦଳକ ଯାକ ବିନକୁ ଚାହିଁଛନ୍ତି- ସମସ୍ତଙ୍କ ଓଠରେ ମୁରୁକି ହସ ।

– ଏ କିଏ ରମା ?

– ମୋ ଭାଇ ।

– ଠିକ ଅନାର୍ଯ୍ୟଙ୍କ ଭଲି ଦିଶୁଛି । ଜଣେ ଟିପ୍ପଣୀ କାଟିଲା ।

ରମାର ମୁହଁ ଶୁଖିଗଲା । ସନ୍ଦେହ ଭରା ଆଖିରେ ଭାଇକି ଆଉ ଥରେ ଭଲ କରି ଦେଖି ନେଲା । ବିନର ଚେପଟା ନାକ, ମୋଟା ଓଠ, ପୁଚୁକା ଗାଲ ଓ ପାଚିଲା ତାଲ ପରି ଦେହର ରଙ୍ଗ । କୌଣସିଟିରେ ରମା ଦୋଷ ଖୋଜି ପାଇଲା ନାହିଁ । ଭାଇର କାନ୍ଧ ଉପରେ ହାତ ରଖି କହିଲା, "ତତେ ମିଛରେ କହୁଛନ୍ତିରେ, ତୁ ଡର ନା" । ବିନ ଯେ ଡରି ନାହିଁ ଏକଥା ଦେଖେଇବାକୁ ହସିଦେଲା । ମୋଟା ଓଠ ଦି'ଫାଙ୍କ ଭିତରୁ ସରୁ ଜିଭଟିଏ ପଦାକୁ ବାହାରି ଆସି ଲହ ଲହ ହେଲା ପୁଣି ପଶିଗଲା- ଠିକ୍ ସାପ ପରି ।

– ହେ ପିଲା ! ଆଉ ଟିକେ ହସିଲୁ ହସିଲୁ...

– ନାଇଁ! ବିନ ମୁହଁ ଶୁଖେଇ ଛିଡ଼ାହେଲା ।

– ଆରେ ! ନିହାତି ଅବାଧ୍ୟ ଛୁଆଟାଏ ତ !! ହସ !

ନାନୀ, ଚାଲ ଖେଳିବା ।

ବିନ ନାନୀର ହାତ ଧରି ଖେଳିବାକୁ ଚାଲିଗଲା ।

ଖେଳି ଖେଳି ଦେହରୁ ଝାଲ ନିଗିଡ଼ି ପଡ଼ୁଛି । ସୂର୍ଯ୍ୟ ମୁଣ୍ଡ ଉପରୁ ତଳକୁ ଖସିଲେଣି । ତଥାପି ରନ୍ଧା ସରୁନାହିଁ ।

xxx

ଧାଡ଼ି ଧାଡ଼ି ପିଲା ଚାଲିଛନ୍ତି- ଗୋଟାଏ ହାତରେ ଚଟେଇ, ଆର ହାତରେ ଖଲିପତ୍ର । ଗୋଟିଏ ଧାଡ଼ିର ଶେଷ ମୁଣ୍ଡରେ ବସିଛନ୍ତି ବିନ ଆଉ ରମା । ବିନର ଭୋକିଲା ଆଖି ଦୁଇଟା ରହିଚି ପତ୍ର ଉପରେ । ମଝିରେ ମଝିରେ ନାନୀକୁ ଚୁମ୍ବି ଦେଉଚି ନାନୀ ଆରମ୍ଭ କଲେ ସେ ଆରମ୍ଭ କରିବ । ଖେଳିଲାବେଳେ ନାନୀ ତାକୁ ବାର ବାର କରି କହିଚି, ନାନୀ ଆରମ୍ଭ ନ କରିବାଯାଏ ସେ ଯେମିତି ଆରମ୍ଭ ନ କରେ ।

ସ୍କୁଲର ବଡ଼ ମୁଣ୍ଡିଆମାନେ ଘୂରିଘୂରି ଦେଖୁଛନ୍ତି ସମସ୍ତଙ୍କୁ ଠିକ୍ ଦିଆହୋଇଚି କି ନାହିଁ । ହଠାତ୍ ଜଣକର ଆଖି ପଡ଼ିଗଲା ରମାର ଗୋଡ଼ ଉପରେ-ମଇଲା ମଇଲା କାନ୍ଥୁ । ରମାକୁ ଚାହିଁ ସେ ଚିତ୍କାର କରି ଉଠିଲେ,- ତମର କାନ୍ଥୁ ହେଇଚି- ଅନ୍ୟମାନଙ୍କୁ ଡେଇଁବ । ତମେ ଯାଅ ଖେଳୁଥିବ । ଏମାନେ ଖାଇସାରିଲେ ତମକୁ ଡାକି ଆଣିବା । ରମା ଉଠିପଡ଼ିଲା ।

ବିନ ବିକଳ ହୋଇ ଚାହିଁଛି ନାନୀ ମୁହଁକୁ ।

– ଏ ପିଲା କିଏ ?

– ମୋ ଭାଇ ।

– ଆଚ୍ଛା, ତାକୁ ବି ତମେ ସାଥିରେ ନେଇଯାଅ । ତମେ ଖାଇଲାବେଳେ ସେ ଖାଇବ ।

ଭାଇ ଭଉଣୀ ଦୁହେଁ ଉଠି ଚାଲିଗଲେ ଖାଇବା ଜିନିଷକୁ ଲୋଭିଲା ଆଖିରେ ଚାହିଁ ଚାହିଁ ।

ବୁଝିଲୁ ବିନ, ସେମାନେ ଖାଇସାରନ୍ତୁ ଆମେ ଖାଇବା ।

ନାଇଁ ନାନୀ, ମତେ ଭାରି ଭୋକ କଲାଣି ବାନ୍ତି ମାଡୁଛି । ସକାଳେ ମା' ଖାଇବାକୁ ଦେଲାବେଳେ ତୁ ମନାକଲୁ ।

– ହଉ ରଇଥା, ଆଉ ଟିକିଏ ବେଳ ତ । ଦେଖିଲୁ ତ କେତେ ବଢ଼ିଆ ଜିନିଷ ସବୁ ରନ୍ଧା ହେଇଚି । ସକାଳେ ତ ମା' ପଖାଳ ଖାଇବାକୁ ଦେଉଥିଲା । ତାକୁ ଖାଇଥିଲେ ତୁ କଣ ଭଲ ଜିନିଷକୁ ବେଶି ଖାଇପାରିଥାନ୍ତୁ ?

– ମତେ ବାନ୍ତି ମାଡୁଚି ।

– ହଉ ତେବେ ଚାଲ, ଦିଟା ବେଲପତ୍ର ଶୁଙ୍ଘି ଦେଲେ ବାନ୍ତି ଭଲ ହୋଇଯିବ ।

ବେଲପତ୍ର ଶୁଙ୍ଘିବା ବଦଳରେ, ଦୁଇମୁଠା ବେଲପତ୍ର ଚୋବାଇ ଖାଇଦେଇ ବିନ କହିଲା, "ନାନୀ ଭାରି ଭୋକ..."

– ହେଇ ଦେଖ, କ'ଣ ସବୁ ରନ୍ଧା ହେଇଚି ତତେ ମୁଁ ଏଠି ଦେଖେଇ ଦଉଚି, କହି ରମା କାଠିକୁଟା ସାଉଁଟି ଆଣି ମାଛ ମାଂସର ଠା' ସୁମାରି କଲା । ବିନର ଭୋକିଲା ଆଖିକି ଚାହିଁ ରମା ଭୂତ ଗପ ଆରମ୍ଭ କଲା, ଏଠି ଏଇ ପାଚେରୀ ଆରପଟେ ଯେଉଁ ଅନ୍ଧାରିଆ ଘରଟା ଦେଖୁଚୁ– ସେଇଠି ଭୂତ ଥିଲା ।

xxx

ଭୂତ ଗପରେ କେତେବେଳ ଯାଇଛି ଜଣାନାହିଁ । ବୁଡ଼ନ୍ତା ସୂର୍ଯ୍ୟର ଲାଲଟିଆ କିରଣ ବିଞ୍ଛିହେଇ ପଡ଼ିଛି । ପିଲା ଦିହେଁ ଆଲିଜା ହେଇ ବସିଛନ୍ତି ସେଇ ଘାସ ଉପରେ । ହଠାତ୍ କାହାର ପାଟିରେ ଚମକି ପଛକୁ ଚାହିଁ ଦେଖିଲେ ଚପରାଶି ଡାକୁଚି । ଖୁସି ହେଇ ରମା ଭାଇର ହାତ ଧରି ଉଠିଲା, ଚାଲ ଏଥର ଖାଇବା, ଦେଖୁନୁ ଚପରାଶି ଡାକି ଆଇଚି ? ଶୁଖିଲା ମୁହଁରେ ହସ ଫୁଟେଇ ଚପରାଶିକୁ ଚାହିଁ ରମା ପଚାରିଲା– ସେମାନେ ଖାଇସାରିଲେଣି ?

–ହଁ, ସବିଁଏ ଖାଇସାରି ଘରକୁ ଗଲେଣି... ତମେ ଆସି ଏଠି ବଇଚ; ଘରକୁ ଯିବ ନାଇଁ କି ?

ନିଜର ଅଜାଣତରେ ମୁଠା ଭିତରୁ ଭାଇର ହାତ ଖସି ପଡ଼ିଲା । ରମା ଆଖିରେ ପାଣି ।

ଦୟା ଦେଖେଇ ଚପରାଶି କହିଲା, "ଚାଲ, ମୁଁ ଘରେ ଛାଡ଼ି ଦେଇଯିବି ।"

– ନା ଥାଉ । ଆମେ ଏକା ଚାଲିଯିବା ଯେ ।

ଭୋଜି ଜାଗା । ଅଇଁଠା ପତ୍ର ଉପରେ କାଉ କୁକୁରଙ୍କର ଯୁଦ୍ଧ । ସେଇଠି ଚାରୋଟି ଧୂଳି ଧୂସରିଆ ଛୋଟ ଛୋଟ ପାଦ ମୁହୂର୍ତ୍ତକ ପାଇଁ ଅଟକି ପୁଣି ଆଗକୁ ଚାଲିଗଲା ।

ସକାଳେ ଯେଉଁ ପାଦ ଚାରୋଟି ହାଲୁକାରେ ତଳେ ଲାଗୁ ନଥିଲା– ସଞ୍ଜବେଳକୁ ତାର ଯେମିତି ମାଟି ଉପରୁ ଉଠିବାକୁ ଆଉ ବଳ ନାହିଁ ।

▄▄

ଠାକୁର ଘର

କିଶୋରୀ ଚରଣ ଦାସ

ଜୀବନମରଣ-ଘାଟି । ସୁନନ୍ଦା ଦେବୀଙ୍କର ଅବସ୍ଥା ସଙ୍କଟାପନ୍ନ । ସ୍ୱାମୀ ସେ ପୁରରେ ଅଛନ୍ତି; କିନ୍ତୁ ଘରେ ପୁଅଝିଅ ନାତିନାତୁଣୀ ଭରି ରହିଛନ୍ତି– କେବଳ ଅମର ଆସିନାହିଁ । ସେ ଦୂରରେ ବଡ଼ ଚାକିରି କରେ । ସେ ମଧ୍ୟ ଚିଠି ଦେଇଛି ଯେ ସେ କାଲି ସକାଳ ଭିତରେ ଉଡ଼ାଜାହାଜରେ ଆସି ପହୁଞ୍ଚିବ, ସ୍ତ୍ରୀକୁ ସାଙ୍ଗରେ ଆଣିବ । (ସେ ଚିଠିରେ ଲେଖିଥିଲା ଯେ ବନ୍ୟାପୀଡ଼ିତ ଉଦ୍ଦେଶ୍ୟରେ ହେଉଥିବା ଗୋଟିଏ ବିଚିତ୍ରାନୁଷ୍ଠାନରେ ସୁଷମାର ଅନେକ କିଛି କରିବାକୁ ଥିଲା, ସେଇଥି ପାଇଁ ଡେରିହେଲା । କିନ୍ତୁ ବଡ଼ଝିଅ ବୀଣା ଏତେ ଗୁଡ଼ାଏ କଥା ମାଆଙ୍କୁ କହିବାର ପ୍ରୟୋଜନ ନଥିଲା । ବୀଣା (ବୁଦ୍ଧିମତୀ) ସାନପୁଅ ଭ୍ରମର ସବୁଦିନେ ପାଖରେ ଥାଏ; ସେ କଣ୍ଟ୍ରାକ୍ଟରି କରେ । ଝିଅ ତିନିଜଣଯାକ ବିବାହିତା, ସେମାନେ ତାଙ୍କ ପିଲାଛୁଆଙ୍କୁ ଧରି କାଳବିଳମ୍ୱ ନକରି ଚାଲିଆସିଛନ୍ତି । ଅବଶ୍ୟ ସାନଝିଅ ବିନି ଏକୁଟିଆ ଆସିଛି, କାରଣ ତା'ର ପିଲାଛୁଆ ନାହାନ୍ତି ।

ଗତ ଦୁଇଦିନ ହେଲା ଅବସ୍ଥା ତଳେଇ ଯାଇଛି। ପୂର୍ବରୁ ସେ ଅଳ୍ପ ବହୁତ କଥାବାର୍ତ୍ତା କରିପାରୁଥିଲେ, ଗ୍ଲୁକୋଜ୍ ପାଣି ପିଇବା ପାଇଁ ବିଛଣାରୁ ଉଠିବାକୁ ଚେଷ୍ଟା କରୁଥିଲେ, ଔଷଧ ଖାଇବାକୁ ଦୃଢ଼ ଭଙ୍ଗୀରେ ନାହିଁ ନାହିଁ କରୁଥିଲେ ଓ ସବୁ ପିଲାଏ ପାଖରେ ଅଛନ୍ତି କି ନାହିଁ ବୋଲି ଖୋଜୁଥିଲେ, କିନ୍ତୁ ଏହି କେତେଦିନ ହେଲା ତାଙ୍କର ସେ କ୍ଷମତା ଚାଲିଗଲାଣି। ତାଙ୍କର ବିଶେଷ ପ୍ରଶ୍ନ ଥିଲା – ଅମୁ ଏ ପର୍ଯ୍ୟନ୍ତ ଆସିନାହିଁ? ତା'ପରେ ସେ ଢୋକେ ଗ୍ଲୁକୋଜ୍ ପାଣି ପିଇ ଆଖି ବୁଜି ଦେଇଛନ୍ତି, ଉଠୁନାହାନ୍ତି; କିଛି କହିବାକୁ ନାହାନ୍ତି। ଦବିଲା ଓଠ ଆହୁରି ଦବିଗଲାପରି ଲାଗୁଛି। ଶିଥିଳ ଆଖିପତା ପଣ କଲାପରି ଡୋଲାକୁ ଆବୁରି ଧରିଛି ଛାତିରେ ଶଢ ଭୟ ଦେଖାଯାଇଛି।

ମାଆ କଣ ବଞ୍ଚିବ ନାହିଁ? ଝିଅମାନେ ବିଛଣାରେ ଦୁଇପାଖରେ ବସିରହି ଲୁହ ପୋଛୁଛନ୍ତି। ବେଶୀ କାନ୍ଦୁଛି ବିନି। ସେ ନିଜକୁ ସମ୍ଭାଳି ପାରୁନାହିଁ, କୋହକୁ ଚାପିବାକୁ ଯାଇ ଅଣନିଃଶ୍ୱାସୀ ହୋଇପଡ଼ୁଛି ଓ (ବୋଧହୁଏ) କାନ୍ଦଣାକୁ ସାରି ଆସିବା ପାଇଁ ଥରକୁ ଥର ଉଠି ପଳାଉଛି।

ଅନ୍ୟ ଦୁଇଜଣ ଲୁହଧୁଆ ଆଖିରେ ମୁହଁ ଚୁହଁ-ଚୁହଁ ହେଲେ। ଏଇ ବିନି! ସବୁଦିନ ଏମିତି। ଟିକିଏ ବୋଲି କଷ୍ଟ ସହିବ ନାହିଁ, ତିଲକୁ ତାଳ କରିବ, ସତେ ଯେପରି ତା'ପରି ଦୁଃଖିନୀ ଆଉ କେହି ନାହିଁ। ହେଲେ ଏବେ ସେ ସାନଝିଅ, ତା' ବୋଲି ସେ କ'ଣ ପିଲା ହୋଇଛି? ମାଆ ଆମକୁ ଛାଡ଼ି ଚାଲିଯାଇ ନାହିଁ, ତଥାପି ବଂଚିଛି। ଦମ୍ଭଧର, ଭଗବାନଙ୍କୁ ଡାକ, ଏମିତି ବାଡ଼େଇ ପିଟି ହେଲେ କ'ଣ ହେବ?

ତା'ଛଡ଼ା ସେ କାନ୍ଦୁକାନ୍ଦୁ ଏତେ ଥର ଉଠି ପଳାଉଛି କାହିଁକି? ଯାଉଛି ଆଉ ଘଡ଼ିକ ପରେ ଫେରୁଛି।

– ରାତି ବଢ଼ିଲାଣି! ଡାକ୍ତର ଅଧିକାରୀ ଯଥାରୀତି ରୋଗକୁ ପରୀକ୍ଷା କରି ଗଲେଣି। ସେ ଇଞ୍ଜେକ୍ସନ୍ ଦେଇଛନ୍ତି, "ଆଜି ରାତିଟା–କେବଳ ଆଜି ରାତିଟା– ଏଇ ଗୋଟାଏ ରାତି କଟିଗଲେ ଭୟର କାରଣ ନାହିଁ, ଜଗି ରହିବାକୁ ପଡ଼ିବ। କିଛି ମନ୍ଦ ଲକ୍ଷଣ ଦେଖିଲେ ସାଙ୍ଗେ ସାଙ୍ଗେ ମୋତେ ଫୋନ୍ କରି ଜଣାଇ ଦିଅ। ପୁରୁଣା ପୁଖାରୀ, ପୁରୁଣା ଚାକର ଓ ନୂଆ ଚହଲିଆ ଦୁଇଜଣ ଥରେ ଅଧେ ଦୁଆରବନ୍ଦ ପାଖରେ ଛିଡ଼ାହୋଇ ମୁହଁ ଶୁଖେଇ ଫେରିଗଲେଣି। ବନ୍ଧୁବାନ୍ଧବଗଣ ଗୋଡ଼ ହାତ ଆଉଁସିଦେଇ କୁଣ୍ଠିତ ଭାବେ ବିଦାୟ ନେଲେଣି। (ମୁଁ ରାତିରେ ରହିଯାଇଥାନ୍ତି, କିନ୍ତୁ କ'ଣ କରିବି ଘରକୁ ନ ଗଲେ ସବୁ ଅଚଳ ଇତ୍ୟାଦି)। ପୁଷିବିଲେଇ ଆଦର ନ ପାଇ ଅନ୍ଧାରକୁ ଚାଲିଯାଇଛି; କେଉଁ କୋଣରେ ଉସ୍ମମ ଟାଣୁଛି। ଲୁହା ଫାଟକରେ ତାଲା ପଡ଼ିଛି।

'ସୁନନ୍ଦା ନିବାସ'ର ଉପର ମହଲାର ଏଇ ଗୋଟିକ ଘରେ ଆଲୁଅ ଜଳୁଛି । ଅଧରାତିରେ କେତୋଟି ଅନାମନା ଆଲୁଅମାନଙ୍କୁ ଆଖିଠାରୁଛି ।

ଭ୍ରମର ପଦଚାରଣ କରୁଛି, ସିଗାରେଟ୍ ଫୁଙ୍କୁଛି । ବୀଣା, ବୀଥ୍ ଓ ବିନି ବିଛଣାର ଦୁଇ ପାଖରେ ବସି ରହିଛନ୍ତି, ଲୁହ ପୋଛୁଛନ୍ତି । ବିନି ବେଶୀ କାନ୍ଦୁଛି ।

ରାତି ସରୁନାହିଁ ।

ଓଃ ! ଏମିତି ସୁଁ ସୁଁ ନ ହେଲେ ହୁଅନ୍ତା ନାହିଁ ? ଭ୍ରମର ହଠାତ୍ ବିରକ୍ତ ହୋଇ କହିପକାଇଲା । ଯେପରି ଏହି ନାରୀ କାନ୍ଦଣା ନ ଥିଲେ ସମସ୍ୟାର ସମାଧାନ ହୋଇଯାଆନ୍ତା, ଅବସ୍ଥା ଶାନ୍ତ ହୁଅନ୍ତା, କିନ୍ତୁ ଭଉଣୀମାନେ ତା' କଥାରେ ବିଚଳିତା ହେଲାପରି ଦିଶିଲେ ନାହିଁ । ବୀଣା ସାନଭାଇ ଆଡ଼କୁ ଅବଜ୍ଞାସୂଚକ ଚାହାଣିରେ ଚାହିଁଲା । ବୀଥ୍ କହିଲା, "ତୁ ଯାଉନୁ, ଶୋଇ ପଡ଼ିବୁ । ଦରକାର ହେଲେ ଆମେ ତୋତେ ଡାକିବୁ ନାହିଁ ?"

ଭ୍ରମର ଉତ୍ତର ଦେଲା ନାହିଁ; କିନ୍ତୁ ତା'ର ମନରେ ଆସିଲା ଯେ ତା'ର ଏକାଧିକ ଭଉଣୀ ଅଛନ୍ତି । ଉଚିତ୍‍ରୁ ଅଧିକ । ସେମାନେ କିଛି ବୁଝନ୍ତି ନାହିଁ ।

ବିରାଗ ବହନ କରି ସେ ବାରଣ୍ଡାକୁ ଗଲା । ଆକାଶ ଓ ଶୀତଳ ପବନ ତା' ଦେହରେ ଲାଗିଲା ଓ ଅନିର୍ଦ୍ଦିଷ୍ଟ ଦର୍ଶନ ଚିନ୍ତାକୁ ଆହ୍ୱାନ କଲା । ଏ ଜୀବନ କଅଣ ? ମରିଯିବ, ବୋଧହୁଏ ମରିଯିବ, ନିଶ୍ଚୟ ମରିଯିବ । ତା' ପରେ ? ଅସୀମ ଓ ଅନନ୍ତ ? ଆକାଶ ଓ ତାରା ! ଏ ଜୀବନଟା କଅଣ ?

ଏହି ସମୟରେ ସେ ଆବିଷ୍କାର କଲା ଯେ ତଳେ ଠାକୁରଘରେ ଆଲୁଅ ଜଳୁଛି । କିଛି ସମୟ ପରେ ଆଲୁଅ ଲିଭିଗଲା ଓ ଦେଖାଗଲା ଯେ ଘର ଭିତରୁ ଜଣେ କିଏ ବାହାରି ଆସୁଛି । ଚୁପ୍‍ଚୁପ୍ ଚୋରିକଲା ପରି ଆସୁଛି, ନ ଚାହିଁଲା ପରି ଉପରକୁ ଚାହିଁ ଦେଉଛି । ତରତର ହୋଇ ଚାଲିଛି । ସ୍ତ୍ରୀ ଲୋକ । ବିନି ? ବିନି ଠାକୁରଘରେ ପ୍ରାର୍ଥନା କରି ଆସିଲା ଏଥିପାଇଁ ସେ ଥରକୁ ଥର ଉଠି ପଳାଉଥିଲା ।

ଭ୍ରମର ଆଶ୍ଚର୍ଯ୍ୟ ହେଲା । ହସିଲା । ଅଭୁତ ପିଲା । ନିହାତି ଡରକୁଳୀ । ମୁଁ ତାକୁ ପିଲାଦିନୁ ଦେଖି ଆସିଛି । ଛାଇକୁ ଦେଖି ଡରିବ, ସତ କହିବାକୁ ଡରିବ କାଳେ କାହା ମନରେ କଷ୍ଟ ହେବ, ମିଛ କହିବାକୁ ଡରିବ– କାଳେ ଧରା ପଡ଼ିଯିବ । ଭାଗ୍ୟ ଭଲ ବାହା ହୋଇଯାଇଛି; ନ ହେଲେ ମାଆ ଚାଲିଗଲା ପରେ ତା'ର କ'ଣ ଦଶା ହୁଅନ୍ତା ! (ଦୀର୍ଘଶ୍ୱାସ)

ବିନି ତା' ବାହାଘର ବେଳକୁ କମ୍ ନଟେଇ ନ ଥିଲା । କ'ଣ ନା ମୋତେ ଡର ମାଡ଼ୁଛି, ମୁଁ ତୁମମାନଙ୍କୁ ଛାଡ଼ି ଯିବିନାହିଁ, ମୁଁ ଆଉ କାହା ଘରକୁ ଯିବିନାହିଁ, ମୁଁ

ପାଠ ପଢ଼ିବି । ହୁଣ୍ଡୀ, ବାପାଙ୍କ ହାତକୁ ମୁଠେଇ ଧରିଲା । ବାପା ମଧ୍ୟ ତରଳି ଯାଉଥିଲେ । ମାଆ ଟାଣହୋଇ ବସି ନଥିଲେ ସେ କଅଣ ବାହା ହୋଇପାରିଥାଆନ୍ତା ?

ବିନିର ଅସାଧାରଣ ଭୟାଳୁ ପ୍ରକୃତିକୁ ସ୍ମରଣ କଲେ ମଧ୍ୟ ଭ୍ରମରର ବିସ୍ମୟ କଟିଲା ନାହିଁ । ବିନି ଥରେ ନୁହେଁ, ଦୁଇଥର ନୁହେଁ, ରାତି ଭିତରେ ଚାରି ପାଂଚଥର ଯିବଣି । ସତେ କି ଭୁଲିଯାଇଥିବା କଥାକୁ ଯୋଡ଼ିଦେଇ ଆସୁଛି, କେଉଁ ମୂଳମନ୍ତ୍ରକୁ ଦୋହରାଉଛି; କାଲେ ଠାକୁର ଶୁଣି ନଥିବେ ।

ବିନି ସିଡ଼ି ମୁଣ୍ଡରେ ଆସି ପହଁଚିଲାଣି । ତା'ର ସାବନା ଶୁକୁଟା ମୁହଁରୁ କିଛି ଜଣାପଡ଼ୁ ନାହିଁ, କିନ୍ତୁ ମନେ ହେଉଛି ଯେ ତା' ଦେହର ପ୍ରତି ଅଣୁରେ ଭାରିପଣ ଜଡ଼ିରହିଛି ନିବିଡ଼ତା । ନିବିଡ଼ତା ଓ ସରଳତା... ଥାତ୍ ମେଁଚଡ଼ ଟୋକା ଖଣ୍ଡେ । ଭ୍ରମର ପରିସ୍ଥିତିକୁ ହାଲୁକା କରିବାକୁ ଚାହିଁଲା, ପାରିଲା ନାହିଁ । ତା'ର ସନ୍ଦେହ ହେଲା ଯେ ବିନି ତାକୁ ଚେତାଇ ଦେଉଛି; ମରଣର ଅସଲ ରୂପକୁ ଚିହ୍ନାଇ ଦେଉଛି । ମରଣ ଅନନ୍ତ ନୁହେଁ, ଅନ୍ତରଙ୍ଗ । ଦେହ ପରି । ରାତିର କଳାପରି । ତେଣୁ ଠାକୁରଘରକୁ ଯିବା ଉଚିତ, ଶତ-ସହସ୍ରବାର...କିନ୍ତୁ ମୁଁ ଯିବିନାହିଁ । ମୁଁ କ'ଣ ବିନି ହୋଇଛି ?

ତା' ବୋଲି ମୁଁ କଅଣ ମାଆକୁ ଭଲପାଏ ନାହିଁ ?

ଠାକୁର ଘର ଡାକୁଛି । ଡାକୁ ନାହିଁ, ଆହ୍ୱାନ କରୁଛି, ଚାଲେଞ୍ଜ କରୁଛି ଆସନ୍ତୁ, ଚାଲିଆ ଏଠିକି-ଯଦି ମାଆକୁ ଭଲପାଉ ।

ଗୋଟିକିଆ ଦୀପ ଜଳୁଛି । ବିନି ଜଳେଇ ଦେଇଯାଇଛି । ଧୂଆଁ ଉଠୁଛି । ଧୂଆଁ ଆଉ ବାସ୍ନା । ପୋଡ଼ା ସଲିତା, ଘୋରା ଚନ୍ଦନ, ପଚା ଫୁଲର ବାସ୍ନା । ପୁରୁଣା ସିନ୍ଦୂର, ସିନ୍ଦୂର ପରେ ସିନ୍ଦୂର, ଠାକୁରଙ୍କ ମୁହଁ ଦିଶୁନାହିଁ, କିନ୍ତୁ ଠାକୁରେ ଅଛନ୍ତି, ପୂରାପୂରି ଅଛନ୍ତି । ଏତିକି ଜଣାନାହିଁ ? ନ ହେଲେ ଗାଧୋଇସାରି ସମସ୍ତେ ମୁଣ୍ଡିଆ ମାରି ଆସ କାହିଁକି ?

ଜାଣେ । ଘରର ନିୟମ । ବାପା ବଂଚିଲାବେଲେ ହୁଏତ ହେଲା କରି ହେଉଥିଲା; କିନ୍ତୁ ଏବେ କରିହେଉ ନାହିଁ । କାରଣ ବାପାଙ୍କ ଫଟୋ ସେଇଠି ଅଛି, ସେଥିରେ ମଧ୍ୟ ସିନ୍ଦୂର ଲାଗିଛି । ମୁଁ ଆଜି ସକାଳେ ମୁଣ୍ଡିଆ ମାରି ଆସିଛି । ହେଲେ ମୁଁ ଏଇକ୍ଷଣି ଯିବିନାହିଁ, ଏଇ ରାତିରେ ଯିବିନାହିଁ, କାହା ଧମକାଣରେ ଯିବିନାହିଁ । ବିନି ଗଲା ବୋଲି କ'ଣ ମୁଁ କାଲି ସକାଳେ, ଦିନର ଆଲୁଅରେ... ।

ଭ୍ରମର ସମ୍ମୋହିତ ହୋଇ ତଳମହଲାର ଶିକୁଳିଭରା ଛୋଟ ଘରକୁ ଚାହିଁ ରହିଲା । ଜଣାଶୁଣା ଛୋଟଘର ନୁହେଁ, ଠାକୁର ଘର ନୁହେଁ, ଗୋଟାଏ ଗୁହା । ସେଠି ଜଣେ ଅଛି, ଦେବତା-ଦାନବ । ଜୀବନ -ମରଣର ଫଇସଲା କରୁଛି । ବୋଧହୁଏ

ତା'ର ଆଖି ଦୁଇଟା ଜୁଲୁଜୁଲୁ ହୋଇ ଦିଶୁଥିବ ବିଲେଇ ଆଖ୍ ପରି, ଜଜ୍ ପରି, ସାକ୍ଷୀ ପ୍ରମାଣର ଦାବି କଲାପରି। ମୁଁ ସେଠିକି କେମିତି ଯିବି ମୁଁ କେମିତି ଯାଇ କହିବି ଯେ ଠାକୁରେ, ମୋର ମାଆକୁ ବଂଚେଇ ଦିଅ, ସେ ଆହୁରି ଦଶବର୍ଷ ବଂଚୁ, ଆହୁରି ଶହେ ବର୍ଷ ବଂଚୁ। ବାଜେ କଥା, ନନ୍‌ସେନ୍‌ସ। ଯାହା ହେବାର ଥିବ ହେବ। ମୁଁ କହୁଛି କାଲି ସକାଳେ ଯିବି—ଖାଲି ଏଇ ରାତିଟା କଟିଯାଉ। ଡାକ୍ତର କହିଯାଇଛି ପରା।

ମାଆର ଖଟ ପାଖକୁ ଫେରିଆସିଲା ବେଳକୁ ଭ୍ରମରର ମୁହଁ ଶେତା ଦିଶୁଥାଏ। ବୀଣା ସାନଭାଇର ଦୁରବସ୍ଥା ଦେଖିଲା ଓ ତା' ମନରେ ଦୟା ଆସିଲା। ମୁଁ ବଡ଼ ଭଉଣୀ, ସବୁଠାରୁ ବଡ଼। ମୁଁ ସମସ୍ତଙ୍କ ଆଗରୁ ବଡ଼ ହୋଇଛି, ଘର ସଂସାର କରିଛି। ପୁଣି ମୁଁ ବଡ଼ ଘରେ ବାହା ହୋଇଛି। ଏଇ ଭ୍ରମର, ଏଇ ବିନି, ସାତସାନ। ମୁଁ ନିଜ ହାତରେ ଏମାନଙ୍କୁ ଗାଧୋଇ ଦେଇଛି। ଛଂଚେଇ ଦେଇଛି—। ବୀଣା ଭ୍ରମରର ପାଉଁଶିଆ କାଦକୁ ଯୋଡ଼ିଦେଲା ଓ ଭାବିଲା ଯେ ଚୁପ୍ ହୋଇ ରହିଲେ ଚଳିବ ନାହିଁ। ଏମାନଙ୍କୁ ସାହସ ଦେବାକୁ ହେବ। ସେ ଯେତେବେଳେ ବଡ଼।

କିନ୍ତୁ ସେ ଦେଖିଲା ଯେ ବିନି କିଛି ଗ୍ରହଣ କରିବାର ଅବସ୍ଥାରେ ନାହିଁ। ସେ କାଠ ପରି ବସିରହିଛି। ସିଧା କାନ୍ଥକୁ ଚାହିଁଛି। ଯେପରିକି ସେ ସବୁ କାନ୍ଦଣା କାନ୍ଦି ସାରିଲାଣି, ସବୁ ଭାବନା ଭାବି ସାରିଲାଣି, ବର୍ତ୍ତମାନ ପୃଥିବୀର କୌଣସି କଥା ଶୁଣିବାକୁ ପ୍ରସ୍ତୁତ ନୁହେଁ। ଝିଅଟା ଯେତିକି କାନ୍ଦୁରୀ, ସେତିକି ଆଷ୍ଟେଇ।

ବୀଥୁ ଭୁଲେଇ ପଡ଼ୁଛି। କୋମଳାଙ୍ଗୀ କିଛି ଦାୟିତ୍ୱ ନେଇ ପାରିବ ନାହିଁ। ଖାଲି ସାଜିସୁଜି ହୋଇ ବସିଥିବ ଓ ପିଲା ଜନ୍ମ କରୁଥିବ। ଲାଗି ଲାଗି ଛଅଟା ପିଲା ହେଲେଣି, ଆଉ କେଇଟା ହେବ ? ବୀଣା ଦୁଃଖ କଲା ଯେ ଆଧୁନିକ ସଭ୍ୟ ସମାଜର ମଣିଷ ହୋଇ ମଧ ବୀଥୁ ଏତେ ହୁଣ୍ଡି, ଏତେ ମଫସଲୀ। ପୁଣି ତା'ର ମନରେ ଆସିଲା ଯେ ବୀଥୁର ସ୍ୱାମୀ ନିର୍ମଳ ବଜାରୀ ସିନା ଦେଖିବାକୁ ମନ୍ଦ ନୁହେଁ। ବୀଥୁକୁ ଅତି ବେଶୀ ଭଲପାଏ। ବୋଧହୁଏ ପ୍ରତିଦିନ ରାତିରେ... ଛି ! ଜୀବନରେ କ'ଣ ଆଉ କିଛି ନାହିଁ ?

ଛାଡ଼, ମୋର କ'ଣ ଯାଉଛି। ବୀଣା ବୀଥୁ ସମ୍ବନ୍ଧୀୟ ଭାବନାରୁ ଫେରି ଆସିଲା ଓ ସାନ ଭାଇ ପ୍ରତି ଦୃଷ୍ଟି ଦେଲା। ପିଲାଟି ଚିନ୍ତାରେ ଝାଉଁଳିଯାଇଛି ଏବଂ ସେ କୋମଳ କଣ୍ଠରେ ଆରମ୍ଭ କଲା...

"ଭ୍ରମର, ଯା ଟିକେ ଶୋଇପଡ଼ିବୁ ଯା। ମୁଁ ମାଆର ନାଡ଼ି ଦେଖି ସାରିଲିଣି ଭଲ ଆଡ଼କୁ ଗତି କଲାପରି ଲାଗୁଛି।"

“ନା ଠିକ୍ ଅଛି । ମୁଁ ଏଇ ଚଉକିରେ ବସୁଛି । (କାହିଁକି ଏମାନେ ମୋ ପଛରେ ଲାଗିଛନ୍ତି ? ଏମାନେ କ’ଣ ଏକା ମାଆର ପିଲା, ଖାଲି ଯାଙ୍କର ପ୍ରାଣ କାନ୍ଦୁଛି ?)

ବୀଣା ଭାବିଲା ଯେ ଅନ୍ୟ କଥା ପକେଇବାକୁ ହେବ । କିଛି ସମୟ ଅପେକ୍ଷା କରି ସେ କହିଲା–

“ଯଦୁ ନିହାତି ବୁଢ଼ା ହୋଇଗଲାଣି । ମୋଟେ କାମକୁ ପାରୁ ନାହିଁ । ମାଆ ଭଲ ହୋଇଗଲେ ଗୋଟାଏ ମଜ୍‌ବୁତ୍ ଲୋକ ଯୋଗାଡ଼ କରିବାକୁ ହେବ ।”

“ହୁଁ ।” (ମହାପଣ୍ଡିତଙ୍କ ପରି କଥା କହୁଛି, ସତେ ଯେମିତି ଯାକୁ ଜଣା ଯେ ମାଆ ଭଲ ହୋଇଯିବ ।)

“..... ଏତେ ବଡ଼ ଘର ଦୁଆର, ବାରି ଅଗଣା, ଗାଈ ଗୋରୁ । ଜିନିଷ ବୋଲି କିଛି କମ୍ ନାହିଁ । ଯାକୁ ସମ୍ଭାଳିବା କଅଣ ସହଜ କଥା ?”

“ହୁଁ ।”

“ବୀଣା ନିଜ କଥାର ଢେଉରେ ଭାସି ଭାସି ଗଲା । ଭ୍ରମରର ଅନାସ୍ଥା ଭାବ ଲକ୍ଷ୍ୟ କରିପାରିଲା ନାହିଁ ।”

“ଗାଆଁ ଜମି, ଆମ୍ବତୋଟା, ତିନି ତିନିଟା କୋଠା, କମ୍ପାନୀ ସେୟାର ତା’ଛଡ଼ା ଯେତକ କ୍ୟାସ-କେହି ଦେଖିବାକୁ ନାହିଁ, ତୋତେ ହିଁ ସବୁ ଦେଖିବାକୁ ହେବ । ଅମର ତ ବାହାରେ ରହିଲା । ତୋତେ ହିଁ ସବୁ ଦାୟିତ୍ୱ ମୁଣ୍ଡେଇବାକୁ ହେବ ।”

ସମ୍ପତ୍ତିର ପ୍ରଚୁରତା ଓ ଭାରୀପଣକୁ ସ୍ମରଣ କରି ବୀଣା ଗଦ୍‌ଗଦ୍ ହେଲା । ତା’ର ମନରେ ‘ଆହା’ ଭାବ ଉଦିତ ହେଲା । ଏ ଭ୍ରମରଟା ପାରିବ ନାହିଁ, ମୋ ଛଡ଼ା ଆଉ କେହି ପାରିବେ ନାହିଁ । .....ଟ୍ରଙ୍କରେ ଟ୍ରଙ୍କରେ ଘର ଭର୍ତ୍ତି ହୋଇଛି । ମଝିଘର ଆଲମାରି ଖୋଲିଦେଲେ ଜିନିଷପତ୍ର ଅଜାଡ଼ି ହୋଇପଡ଼ିବ । କେତେ ମୋଟାମୋଟା ବହି, ବିକିଲେ ଖଣ୍ଡି ପଚାଶ ଟଙ୍କାରୁ କମ୍ ହେବ ନାହିଁ । ଫୁଲ ପକା ରେଶମ ଗାଲିଚା ଘରର କାନ୍ଥ ଯାଏଁ ଲମ୍ବିଯିବ । ରୂପା ବାସନ କାହିଁରେ କଅଣ । ସିଲ୍‌କ ଶାଢ଼ୀ ଅକଳନ୍ତି । ତା’ଛଡ଼ା ଖାଂଟି ସହିସୁନାର ଧନ । ମୂଲ୍ୟ ପିଣ୍ଡ । ସେ ଯେଉଁଠି ଅଛି ମୁଁ ଜାଣେ, ଆଉ କେହି ଜାଣନ୍ତି ନାହିଁ ମାଆ କେବଳ ମୋତେ କହିଛି– ବୀଣା ମନେ ମନେ ନିଜ ଭାବନାକୁ ଘୋଡ଼ାଇ ପକାଇଲା, କାଳେ ସେହି ଗୋପନ ସ୍ଥାନର ମହିମା ପଦାରେ ପଡ଼ିଯିବ ।

ବୀଣା ଥକିଗଲା । ବ୍ୟାଙ୍କ ବାଲାନ୍‌ସ, ସେୟାର ସାର୍ଟିଫିକେଟ୍ ଇତ୍ୟାଦିର ବିସ୍ତାରକୁ ମନରେ ସଜାଇ ଗୋଟିଗୋଟି କରି ଦେଖିପାରିଲା ନାହିଁ । ଆମ୍ତ୍ୟାଗାର କ୍ଲେଶରେ କଷ୍ଟ ପାଇଲା ପରି ମନେ ହେଲା । –ମୋର କଅଣ ଅଛି ? ଭାଇମାନେ ଯଦି ଏ ସମ୍ପତ୍ତିକୁ ରଖି ନ ପାରିବେ, ମୁଁ କ’ଣ କରିବି ?

ସେ ମାଆର ଦେହରେ ହାତ ପକାଇଲା। ମାଆ ମୋର ମୁମୂର୍ଷୁ। ମାଆ ମୋର ସର୍ବଂସହା। ମୁଁ ତା'ର ବଡଝିଅ, ଘରର ବଡ଼ ଝିଅ। ମୁଁ ମଧ୍ୟ ସର୍ବଂସହା ହେବି। ମାଆର କିଛି ହୋଇଗଲେ ମୁଁ ଏହି ସଂସୃକି ମୁଣ୍ଡେଇବି ନିଶ୍ଚୟ ମୁଣ୍ଡେଇବି। ନିଜ ଘର ପିଲାଛୁଆଙ୍କୁ ପଛରେ ପକାଇ–

କିନ୍ତୁ ଭ୍ରମର କ'ଣ ବୁଝିବ?

ହଠାତ୍‌ ବୀଣା ଦେଖିଲା ଯେ ଭ୍ରମର ରୂପଚାୟ ହୋଇ ବସି ରହିନାହିଁ, ସେ ରାଗୁଛି। କାହା ଉପରେ ରାଗୁଛି– ନିଜ ଉପରେ? ନା ମୋ ଉପରେ? କାହିଁକି, ମୁଁ କ'ଣ କଲି କି, ମୁଁ ତାକୁ କ'ଣ କହିଲିକି?

ରାଗ ନୁହେଁ ଘୃଣା। ତା' ଆଖିରେ ଘୃଣା। ସେ ମୋତେ ଭଲ ପାଏ ନାହିଁ, ସେମାନେ କେହି ମୋତେ ଭଲ ପାଆନ୍ତି ନାହିଁ।

ସେ ବି ମୋତେ ଭଲପାଆନ୍ତି ନାହିଁ। ମୁଁ ଜାଣେ–ବୀଥିକୁ ଯେମିତି ତା' ସ୍ୱାମୀ ଭଲପାଏ, ସବୁ ସ୍ୱାମୀ ତାଙ୍କ ସ୍ୱାମୀନକୁ ଭଲପାଆନ୍ତି। କାରଣ ମୁଁ କାଳି, ମୋଟୀ, ଅସୁନ୍ଦରୀ। ମୁଁ ଦେଖିବାକୁ ମାଆପରି, କିନ୍ତୁ ବାପା କଥଣ ମାଆକୁ ଭଲପାଉ ନଥିଲେ? ତାହାହେଲେ? ତାହାହେଲେ ମୁଁ କି ଦୋଷ କରିଛି? ? ମୁଁ ଯେତେବେଲେ ସିତାର ଶିଖୁଥିଲି, ମୁଁ ଯେତେବେଲେ ଷୋହଲ ବୟସୀ ଥିଲି – ଗୋବିନ୍ଦ ମାଷ୍ଟର, ନାଲିଟିଆ ନରମ ଆଖି–ଘରେ ପହଁଚିଲେ ମୋ ହାତରୁ ପାଣି ପିଇବାକୁ ମାଗନ୍ତି.... କେବଲ ପାଣି ନୁହେଁ, ଆଉ କିଛି ମାଗିଲା ପରି ମନେହୁଏ। ମୁଁ ବୁଝିବା ଆଗରୁ ମାଆ ବୁଝି ନେଇଥିଲା, ଶୋଷ ମେଂଟିବାକୁ ଦେଲା ନାହିଁ। ଖାଲି ଗୋବିନ୍ଦ ମାଷ୍ଟର କାହିଁକି, ଆହୁରି କେତେ ଥିଲେ। ମୁଁ ହଳପକରି କହିପାରିବି, କିନ୍ତୁ ମାଆ –

ମୁମୂର୍ଷୁ ମାଆଠାରୁ କୈଫିୟତ ମାଗିଲା ପରି, ସେ ବାତ କାଟି ଚାଲିଯିବା ଆଗରୁ ବୁଝାମଣା କରିନେଲା ପରି ବୀଣା ସୁନନ୍ଦ ଦେବୀଙ୍କର ମୁହଁକୁ କଟମଟ କରି ଚାହିଁଲା। ସତେକି ସେ ତା'ର ସାରା ଜୀବନର ଅଭିମାନକୁ କମେଇ ତା'ର ଓହଲା ମୁହଁକୁ ତଲେଇ ତଲେଇ ଜନ୍ମଦାତ୍ରୀକୁ ଦେଖୁଛି। ଏଥିପୂର୍ବରୁ ଏହି ସାହସ, ଏହି ଅଧିକାର ପାଇପାରି ନଥିଲା। ଆଜି ସୁବିଧା ମିଲିଛି– ପ୍ରଥମ ଓ ଶେଷଥର ପାଇଁ।

କିନ୍ତୁ ଅଛ ସମୟ ପରେ ସେ ତା'ମନ ଭିତରେ ପାଟିକରି ଉଠିଲା – ନା, ନା, ନା, ପରେ ମାଆ ଆଖି ଖୋଲିବ। ମାଆ ବଂଚିବ ମୁଁ ସେଇଆ ଚାହେଁ। ନହେଲେ ମୁଁ ବୁଢ଼ୀ ହୋଇଯିବି। ମୋତେ ସେମାନେ ଆହୁରି ଘୃଣା କରିବେ।

ହୁଏତ ସେ ମାଆକୁ ଜାବୁଡ଼ି ଧରିଥାଆନ୍ତା, କିମ୍ୱା କ୍ଷଣିକ ଆବେଗରେ ଆଉ କିଛି କରି ପକାଇଥାଆନ୍ତା, କିନ୍ତୁ ତା ପୂର୍ବରୁ ଗୋଟିଏ ବିଚିତ୍ର ଘଟଣା ଘଟିଲା। ବୀଥି

ନିଦରେ ବିଳିବିଳେଇଲା ଓ ବୀଣା ଉପରେ ଅଜାଡ଼ି ହୋଇ ପଡ଼ିଲା । ତା'ପରେ ଆଖି ଖୋଲିଲା, ବୋକାଙ୍କ ପରି ଅନେଇଲା ଓ ଭୂତ ଛାଡ଼ିଲାପରି ଧଇଁସଇଁ ହେଲା ।

"କିଲୋ, କ'ଣ ହେଲା ?" ବୀଣା ଟାଣୁଆ ସ୍ୱରରେ ପଚାରିଲା ।

"ନାଇଁ କିଛି ନାହିଁ । କିଛି ନାହିଁ । କଅଣ ଗୋଟାଏ ସ୍ୱପ୍ନ ଦେଖିଲି ।"

ବୀଣା ସ୍ୱପ୍ନ କ'ଣ ବୋଲି ପଚାରିଲା ନାହିଁ । ଅଧିକନ୍ତୁ ସେ ଓଠ ଚାପି ଦେଇ ତା'ର ଘୋର ବିତୃଷ୍ଣାକୁ ସ୍ୱସ୍ତ କରିଦେଲା । ବୀଥ, ଆଉ ତା'ର ସ୍ୱପ୍ନ । ଗୋରୀ ସୁନ୍ଦରୀ ଝିଅମାନେ ଆଉ କଅଣ କରିପାରନ୍ତେ ।

.... ଇତି ମଧ୍ୟରେ ଭ୍ରମର ପୁଣି ଉପର ବାରଣ୍ଡାକୁ ଯାଇ ଆକାଶ ଓ ପୃଥିବୀକୁ ଦେଖିବାକୁ ଆରମ୍ଭ କଲାଣି ।

ଫାଟକ ବାହାର ଥିବା ସଂସାର । ସେଠି ଅନ୍ୟମାନେ ଅଛନ୍ତି । ସେମାନଙ୍କର ଜୀବନ ଭିନ୍ନ, ମରଣ ଭିନ୍ନ । ଫାଟକ ସେପାଖକୁ ଧାଉଡ଼ିଏ ଦୋକାନ ଘର, ସେଠିକାର ଚା' ବିକାଳି, ପରିବା-ବିକାଳି, ପ୍ଲାଷ୍ଟିକ ଖେଳଣାବାଲା । ସେମାନଙ୍କ ପାଇଁ ପୁରୁଣା କୋଠା ନାହିଁ, ଗହ୍ବର ନାହିଁ, ଖୁଣ୍ଟ ନାହିଁ । ପୁରାତନ ମାଆ ଓ ଭଉଣୀମାନେ ନାହାନ୍ତି । ଗୁମ୍ସୁମ୍ ଗହନ ବଡ଼ପଣ କାହାରିକୁ କଲବଲ କରୁନାହିଁ । ତା'ପଛକୁ ତୋଟା ତା' ପଛକୁ ନଈ ଉପରେ ରେଲ ପୋଲ । ଧୂଆଁ ଉଡ଼େଇ ଟ୍ରେନ୍ ଚାଲିଯାଉଛି ଦୂରକୁ । କେତେ ନୂଆ ବଜାର, ବଗିଚା ମାଟିକୁ ତା'ପରେ ଢେଉ ପରେ ଢେଉ ଅସୁମାରି ଢେଉ ।

ମୁଁ ଚାଲିଯିବି । ପଳେଇ ଯିବି । ଭାଇ ବିଶ୍ୱବ୍ରହ୍ମାଣ୍ଡ ଖେଦି ଆସିଲାଣି । ଅଜାତିରେ ବାହା ହୋଇଛି, ନିଜ ଇଚ୍ଛାରେ କାମ କରୁଛି, ଫୁର୍ତି କରୁଛି, ମୁଁ କାହିଁକି ପାରିବି ନାହିଁ ? ମୁଁ କ'ଣ ପିଲା ହୋଇଛି ? ଭାଇ ଯାହା ପାରିବ ମୁଁ ବି' ପାରିବି । ମୋର ସମ୍ପତ୍ତି ଦରକାର ନାହିଁ, ମୁଁ ଏ କଂଟ୍ରାକ୍ଟରି ଚାହେଁ ନାହିଁ । ମୁଁ ଅନେକ କାମ ଜାଣେ । କିଛି ନ ହେଲେ ଛବି ଆଙ୍କି ପେଟ ପୋଷିପାରିବି । ମୁଁ ଯାହାକୁ ବାହା ହେବି, ସେ ହୋଇଥିବ ନରମ ସାନ, ପାତଲୀ । କୁରୁକୁରୁ ହୋଇ ହସୁଥିବ, ନିଜ ହାତରେ ମୋ ପାଇଁ ଭଲମନ୍ଦ ରାନ୍ଧିକରି ରଖିବ, ମୁଁ କାମ କଲାବେଳେ ମୋ ପାଖରେ ବସି ମୋ ମୁହଁକୁ ଚାହିଁ ରହିବ ।

କ୍ରମଶଃ ଭ୍ରମରର ମନେ ହେଲା ଯେ, ତା'ର କାମନା ଜୀବନ୍ତ ହୋଇଉଠୁଛି, ସେଥିରେ ଡେଣା ଲାଗୁଛି । କାରଣ ଏଇ ରାତିର ମୁହୂର୍ତ ସାଧାରଣ ନୁହେଁ । କିଛି ହେଲେ ଘଟିବ । ଭବିଷ୍ୟତର ମୁକ୍ତ ନିଶ୍ୱାସ ଅତୀତର ପଛରୁ ବାହାରି ଆସୁଛି । ଅଶୁଣା ବଂଶୀର ମୂର୍ଚ୍ଛନା, ଥିରିଥିରି ପବନ ଓ ଜୁଲୁଜୁଲୁ ଆଲୁଅ ସାଙ୍ଗରେ ଖେଳିବ ବୋଲି

ହେଉଛି । ଏତେ ଦିନେ କଟିଯିବାର, ଫିଟିଯିବାର, ଫୁଟିଉଠିବାର ସଙ୍କେତ ମିଳୁଛି । ଆଉ ଡେରି ନାହିଁ ।

... ରାତି ଫରଟା ହୋଇ ଆସୁଛି ।

କେତେ ଶଙ୍ଖ ଧ୍ୱନିତ ହେଉଛି, କେତେ ଗଛ ପତର, କେତେ କୋଠା କୁଡ଼ିଆ ଗୋଟିଆ ଗୋଟି ହୋଇ ଆସୁଛି । ପୁରୁଣା ଚଢ଼େଇ ନୂଆ ଚଢ଼େଇକୁ ଡାକୁଛି । ତାରା ସବୁ ଛଟପଟ, ମିଟିମିଟି ହେଉଛନ୍ତି, ଲିଭିବାକୁ ଡେରିନାହିଁ । ଆଉ ଡେରି ନାହିଁ ।

ଆବେଗକୁ ସମ୍ଭାଳି ଭ୍ରମର ପ୍ରତିଧ୍ୱନି, ପ୍ରତି ଆଲୁଅ ଛାଇର ଅଦଳବଦଳକୁ ଲକ୍ଷ୍ୟ କଲା, ଗ୍ରହଣ କଲା । ପର ଘରକୁ ଫେରି ଚାହିଁଲା ନାହିଁ ।

ଗୁଞ୍ଜନରୁ କୋଲାହଲ ହେବାଯାଏ, ଦିନର ଆଲୁଅ ଉଦ୍ଭତ ହେବା ପୂର୍ବରୁ ଅଧୀର ଆନନ୍ଦରେ ମାତିଯିବାପାଇଁ, ସାହି ଧାର୍ମିକର ଭଜନ କୁହାଟ ଏବଂ ସାହି କୁକୁରର ପ୍ରଥମ ମାଡ଼ଖିଆ କେଁ କେଁ ଶୁଣାହେବା ପର୍ଯ୍ୟନ୍ତ ଭ୍ରମର ବାହାରକୁ ଅନେଇ ରହିଲା ଯେପରିକି ଦିନ ଆସିବାକୁ ଆହୁରି ବାକି ଅଛି, ଅପେକ୍ଷା ସରିନାହିଁ- ଆଗମନୀ ଆସୁଚି, ତଥାପି ଆସୁଛି ।

ଏହି ଅବସ୍ଥାରେ ଦାଣ୍ଡ ଫାଟକ ଖୋଲା ହେଲା ଓ ଜଣେ ଗମ୍ଭୀର ଭଦ୍ରଲୋକ ହାତରେ ସୁଟ୍‌କେଶ ଓ ସାଙ୍ଗରେ ଜଣେ ତରୁଣୀ ସ୍ତ୍ରୀକୁ ଧରି ଭିତରକୁ ଆସିଲେ । ପ୍ରଥମେ ଭ୍ରମରର ମନେହେଲା ଯେ ଏ ଆଗମନୀର ଆଉ ଗୋଟିଏ ପଦକ୍ଷେପ । ସକାଳର ମଣିଷ

ତା'ପରେ ସେ ସେମାନଙ୍କୁ ଦେଖିଲା ଓ ଆବିଷ୍କାର କଲାପରି ପାଟି କରିଉଠିଲା-
"ଆରେ.... ଭାଇ !"

ଭାଇ ଆସିଛି । ଅମର ଆସିଛି । ସୁନନ୍ଦା ଦେବୀଙ୍କର ପରିବାର ପୂରା ହୋଇଗଲା । ଯଦୁ ସମେତ ଚାକର ବାକର ସାନବାବୁଙ୍କୁ ଘେରିଯାଇ ପାଛୋଟି ଆଣିଲେ, ସୁଟ୍‌କେଶ ହାତରୁ ନେଇଆସିଲେ । ଯଥାକ୍ରମେ ଭ୍ରମର ସାଙ୍ଗକୁ ତା'ର ଭଉଣୀମାନେ ଦାଣ୍ଡପିଣ୍ଡାରେ ଛିଡ଼ା ହୋଇଗଲେ । ପ୍ରସାରିତ ହସର ଅଭିବାଦନ ଜଣାଇଲେ ।

ଅମରର ଗମ୍ଭୀରପଣ କୋହଲ ହେଲା, କପାଳର କୁଂଚିତ ରେଖା ସମାନ ହୋଇଗଲା । ମାଆ ତା' ହେଲେ ବଂଚିଛି । ସୁଷମାର ପ୍ରସନ୍ନ ବଦନରେ ସ୍ମିତହାସର ମାଧୁରୀ ଦେଖାଗଲା ।

ବିନି ଅଭ୍ୟର୍ଥନାମଣ୍ଡଳୀରୁ ଖସି ଆସି ଏକୁଟିଆ ମାଆକୁ ମନେମନେ କହିଲା- ବଡ଼ଭାଇ ଆସିଗଲେଣି- ତୁ ଏଥର ବଂଚିଯିବୁ-ନୁହେଁ ? ତୁ ଠାକୁରି ପାଇଁ ଅପେକ୍ଷା କରିଥିଲୁ ପରା ! କିନ୍ତୁ ... କିନ୍ତୁ.... ତୁ କ'ଣ କେବଳ ଭାଇଙ୍କୁ ଦେଖିବୁ ବୋଲି ଅପେକ୍ଷା କରିଥିଲୁ ? ଆଖି ଖୋଲି ଦେଖିନେବୁ ଓ ତା'ପରେ ତୋ କାମ ସରିଯିବ ?

ନା ! ତା' ହେବନାହିଁ, ତା' ହେବାକୁ ଦେବିନାହିଁ ।

ବିନି ମାଆର ମୁହଁକୁ ନିରେଖି ଦେଖିଲା ଓ କିଛି ଲକ୍ଷଣ ପାଇବ ବୋଲି ବିକଳ ହେଲା ।

× × ×

ଅମର ଦେଖିବାକୁ ଭଲ । ତା'ର ଗୋରା ଧାରୁଆ ମୁହଁ, ଉନ୍ମୁଖ ଓଠ ଓ ଚଂଚଳ ଚାହାଣି ବୟସକୁ ସାନ କରି ଦେଖାଯାଏ । ସୁଷମା ଦେଖିବାକୁ ସୁନ୍ଦରୀ–ଶ୍ୟାମଲ, ଚିକ୍କଣ ମୁହଁ, ତୀକ୍ଷ୍ଣ ନାସିକା, ସ୍ଥିର ହସର ଆଭାସ ଓ ଗଭୀର ଚାହାଣି ବୟସକୁ ଧରି ରଖେ, ପୂର୍ଣ୍ଣତାର ଦୀପ୍ତି ଆଣିଦିଏ । ଦୁହିଁଙ୍କ ଯୋଡ଼ି ଶୋଭାପାଏ, ଅପର ଲୋକଙ୍କ ଆଖିରେ ପଡ଼େ ।

ଅମର ନାନାଦି ପ୍ରଶ୍ନ ପଚାରିଲା । ତା'ର ବିଚ୍ଛିନ୍ନ ପ୍ରଶ୍ନ ଓ ମନ୍ତବ୍ୟର କ୍ରମରୁ ମନେ ହେଉଥିଲା ଯେ ସେ, ପ୍ରଧାନତଃ "ମୁଁ ଆସି ପହଂଚିଛି" ଏହି ଘଟଣାକୁ ଉଲବଢ଼ କରିବାକୁ ଚେଷ୍ଟା କରୁଛି ।" "ଡାକ୍ତର କିଏ ଦେଖୁଛି ? ରାତିରେ ନର୍ସ ରହୁଛି କି ନାହିଁ ? ବାହାର ଲୋକଙ୍କୁ ଭିଡ଼ କରିବାକୁ ଦିଅନାହିଁ.... ବୀଣା ଅପା କେତେଦିନ ରହିବ ? ବାଥୁର ସବୁ ପିଲାଏ ଆସିଛନ୍ତି ନା ? (ସ୍ମିତହାସ).... କାର୍ଡିଓଗ୍ରାମ ହୋଇଛି ? ମୁଁ ଆମର ସେଠିକାର ବଡ଼ ଡାକ୍ତର କର୍ଣ୍ଣେଲ ଗୁନ୍ନାଙ୍କ ସାଙ୍ଗରେ ପରାମର୍ଶ କରିଥିଲି.... ବିନି ବିଚାରୀ ଶୁଣି କଲାକାଠ ହୋଇଗଲାଣି, ତା ଆଖି (କାନ୍ଦି କାନ୍ଦି ଫୁଲିଛି) – କିଛି ଭୟନାହିଁ, ମୋର ପୂରା ବିଶ୍ୱାସ, ମୁଁ ପନ୍ଦରଦିନ ଛୁଟି ଆଣିଛି, ଦରକାର ହେଲେ ଆହୁରି ଛୁଟି ନେବି... ବ୍ଲଡ ରିପୋର୍ଟରେ କ'ଣ ବାହାରିଲା ? ଭ୍ରମର କୁଆଡ଼େ ଗଲା ? ଏଇଠି ଥିଲା ପରା... ଇତ୍ୟାଦି ଇତ୍ୟାଦି ।

କାଲେ ମାଆର ଶାନ୍ତିରେ ବ୍ୟାଘାତ ହେବ, ଏଇ ଭାବରେ ଅମର ପାଦ ଚିପି ଚିପି ମାଆର ଶୋଇବା ଘର ଭିତରକୁ ଗଲା, କିଛି ସମୟ ସେହି ଶାୟିତ ଚେତନାହୀନ ସ୍ତ୍ରୀ ମୂର୍ତ୍ତିକୁ ଚାହିଁ ରହିଲା ଓ ସନ୍ତର୍ପଣରେ ଫେରିଆସିଲା ।

ହଠାତ୍ ମନେପଡ଼ିଲା ପରି ସେ ସୁଷମାକୁ ଖୋଜିଲା – "ସୁଷମା ! ସୁଷମା କୁଆଡ଼େ ଗଲା ? ତା'ର ଔଷଧ ଖାଇବା ବେଳ ହୋଇଗଲାଣି । ଏ ବିନି ! ଭାଉଜବୋହୂ କୁଆଡ଼େ ଗଲା ଦେଖିଲୁ । ତାକୁ ଔଷଧ ଖାଇବାକୁ କରିଦେ, "ଡେରି ହୋଇଗଲାଣି ।

ଭଉଣୀମାନଙ୍କ ଆଶଙ୍କା – କୌତୂହଲ ଘୁଂଚାଇବାକୁ ଯାଇ ସଂକ୍ଷେପରେ କହିଲା, "ତା' ଦେହ ଭଲ ରହୁନାହିଁ ଆଜିକାଲି– ମୋତେ ଭଲ ରହୁନାହିଁ ।"

କିନ୍ତୁ ବିନି ଯେତେବେଳେ ଭାଉଜବୋହୂକୁ ଏହି ବାର୍ତ୍ତା ଜଣାଇ ଦେଲା, ତା'ର ମନେହେଲା ଯେ ଭାଉଜବୋହୂ ରୁଗ୍ଣା ନୁହନ୍ତି କି ହୋଇପାରିବେ ନାହିଁ । ଦେଖୁନା,

ସେ କେମିତି ବିଲେଇକୁ ଆଉଁସୁଛନ୍ତି। ସତେ କି ବିଲେଇର ପ୍ରଭୁ, ସମୟର ପ୍ରଭୁ। ରୋଗ ବଇରାଗର ନିଉଛୁଣାପଣ ତାଙ୍କୁ ଛୁଇଁପାରିବ ନାହିଁ।

ଅନନ୍ତକାଳର ଅଧିକାରିଣୀ ପରି ଜଣାପଡୁଥିଲେ ମଧ ସୁଷମା ସ୍ୱଇଚ୍ଛାରେ ବିଲେଇ ଆଉଁସା ବନ୍ଦ କରିଦେଲା ଓ ଶୀଘ୍ର ଲୁଗାପଟା ବଦଲାଇ ସୁନନ୍ଦା ଦେବୀଙ୍କର ପାଖକୁ ଗଲା। ଚିକିସାର ସମସ୍ତ ବ୍ୟବସ୍ଥା ବୁଝିନେଇ ପିନ୍ଧିଥିବା ଧଳା ସିଲକ ଶାଢ଼ିର ପଣତକୁ ଅଁଟାରେ ଭିଡ଼ିଦେଲା। ଚିରପରିଚିତା ଧାତ୍ରୀ ପରି ବୀଣା-ବିଥୁଙ୍କୁ କହିଲା, "ତୁମେ ସବୁ ଯାଅ, କାମଦାମ ସାର – ମୁଁ ଏଠି ଅଛି।"

– ରାତିଠାରୁ ଦିନ ଏତେ ଭିନ୍ନ କାହିଁକି ? କାଲିରାତିରେ ଏଇ କୋଠାଘର ଆମ୍ଭଗୌରବରେ ମୁଣ୍ଡ ଟେକିଥିଲା। ଏଠିକାର ଲୋକମାନେ ସ୍ୱଗୁଣର ବର୍ତ୍ତିକା ଜଳାଇ ଜଣେ ଜଣେ ମଣିଷ ବୋଲି ମନେ ହେଉଥିଲେ। ସତେ ଯେପରି ସୁନନ୍ଦା ଦେବୀ ମରିବାକୁ ବସିନାହାନ୍ତି। ମରଣଯଜ୍ଞ ପାଲୁଛନ୍ତି ବୋଲି ଭ୍ରମ ହେଉଥିଲା। ଏହିକ୍ଷଣି ସେମାନେ ଅଗଣିତ ଥୋକେ ପରି ଦିଶୁଛନ୍ତି। ଯଥା – ଯେଉଁ ଗୋଟିଏ ଶାଳ୍ମଳୀ ତରୁରେ ଅନାମଧେୟ ଚଟେଇର ଦଳ ଏ ଡାଳରୁ ସେ ଡାଳକୁ ଡେଇଁଛନ୍ତି, କିଚିରି-ମିଚିରି ହେଉଛନ୍ତି ଫଡ଼ଫଡ଼ ହେଉଛନ୍ତି– ତାଙ୍କ ଭିତରୁ କିଏ ଜିଇଁଲା, କିଏ ମଲା ତା'ର ହିସାବ କିଏ ରଖୁଛି ?

କିନ୍ତୁ ଏହି ନିବାସର କ'ଣ କିଛି ମହତ୍ତ୍ୱ ନାହିଁ ? ହୋଇପାରେ ଯେ ଆଖି ବୁଲାଇଲେ କେତେ ଧଳା କୋଠା, ହଳଦିଆ କୋଠା, ଲମ୍ବା ଓ ଡେଙ୍ଗା କୋଠା ଆଖିରେ ପଡ଼ିବ। 'ସୁନନ୍ଦା ନିବାସ'ର ପାଟିରି କାନ୍ଥରେ ଯେଭଳି ଶିଉଳି ଲାଗିଛି। କାନ୍ଥକଡ଼ରେ ଯେଭଳି କଳା-ଶାଗୁଆ ନର୍ଦ୍ଦମା ଭୁତୁଭୁତୁ ହେଉଛି, ନର୍ଦ୍ଦମା କୂଳରେ ଯେଭଳି କନାକତରାର ଲୋକେ ବସା ବାନ୍ଧିଛନ୍ତି, ଅନ୍ୟ କୋଠାମାନଙ୍କର ଚାରିପାଖରେ ମଧ ତଦ୍ରୂପ ଦୃଶ୍ୟ ଦେଖିବାକୁ ମିଳିବ। କାରଣ ଏ ସହର ପୁରୁଣା ଏବଂ ଏହାର ବଡ଼ ଲୋକମାନେ ପୁରୁଣା। ତେବେ ଆଉ କେଉଁ ନିବାସର ପୁରୁଣାପଣ ଏମିତି ଜଳଜଳ ଦିଶୁଛି ? ଏତେ ବଡ଼ ଅଗଣା, ଏତେ ଗୁଡ଼ିଏ ବଖରା। (ମେଲା ଘରକୁ ମିଶାଇ ଅଠର) ଚକ୍‌ଚକ୍ ଚଟାଣ ଏବଂ ଅଳନ୍ଦୁ ଘେରା କଡ଼ି-ବଗରା ଆଉ କେଉଁଠି ଅଛି ? ଆଉ କେଉଁଠି ଘରଚଟିଆ ଚଟେଇମାନେ ଶୋଇବାଘର ଦର୍ପଣରେ ମୁହଁ ଦେଖନ୍ତି ଓ ଚପଳ ଚାତୁରୀରେ ଖେଳି ବୁଲନ୍ତି ?

ଏଠି ଅତୀତର ଆମ୍ଭା କାନ୍ଦୁନାହିଁ, ହାଡ଼ମାଳ ଦେଖାଇ ଦେଖାଇ ଖିଲିଖିଲି ହୋଇ ହସୁଛି। ନିଜେ ସୁନନ୍ଦା ଦେବୀ ତାକୁ ପୋଷି ରଖିଛନ୍ତି, ଉଡ଼ିଯିବାକୁ ଦେଇ ନାହାନ୍ତି। ଏଇ ଦେଖ, ଅମରର ସପ୍ତମ ଶ୍ରେଣୀ ଇତିହାସ ଖାତା କେଉଁ ଗୋଟାଏ ଟେବୁଲ୍‌ରେ ଥିବା

ପୁରୁଣା କାଗଜର ଗଦା ଉପରେ ଥୁଆ ହୋଇଛି । ମାଷ୍ଟ୍ରଙ୍କର ନାଲି ପେନ୍‌ସିଲ୍ ଦାଗ ଏବେ ମଧ୍ୟ ଚମକୁଛି । କେଉଁଠି ଭ୍ରମରର ଫଟା ଫୁଟ୍‌ବଲ୍‌ର ବ୍ଲାଡ୍‌ର ଦେଖାଯାଉଛି । କେଉଁଠି ବୀଣାର ସଙ୍ଗୀତ ଶିକ୍ଷାର ପରିଚୟ ମିଳୁଛି (ସେ ନିଜେ ଗୀତ ଶିଖୁଥିଲା, ମାଆ କହିବାରୁ ଅଧାରୁ ଛାଡ଼ିଦେଲା) । ପୁଣି କେଉଁଠି ବୀଥ୍‌ର ବାହାଘର ଫର୍ଦ୍; ବିନିର କାଚଁଟ ଡିବା ।

ପ୍ରଶ୍ନ ଉଠେ– ଜୟନାରାୟଣ ବାବୁ କେଉଁଠି ଅଛନ୍ତି । ଠାକୁରଘରେ ତାଙ୍କ ଫଟୋ ଝୁଲୁଛି । ବେଶ୍, ଆଉ କେଉଁଠି କିଛି ନାହିଁ ? ସେ କ'ଣ ଏ ଘରର ବାପ ନ ଥିଲେ । ସୁନନ୍ଦା ଦେବୀଙ୍କୁ ବାହାହୋଇ ନଥିଲେ । ଏ ପ୍ରଶ୍ନର ସମାଧାନ କରି ହୁଏନାହିଁ । ମନେ ହୁଏ ଯେ ସୁନନ୍ଦା ଦେବୀ ତାଙ୍କୁ ନିଜ ଭିତରେ ଲୁଚେଇ ରଖିଛନ୍ତି ।

ଦିନ ଦଶଟା ବାଜିଲାଣି ।

ଏହି ସମୟରେ ଦେଖାଗଲା ଯେ ପୁରୁଣା ବୁଢ଼ା ଚାକର ଯଦୁ ରୋଷେଇ ଘର ଭିତରେ ସ୍ୱୟୀଭୂତ ହୋଇ ତଳୁ ଉପରକୁ ଚାହୁଁଛି । ପାଟି ଅଡ୍ଡ ମେଲା ହୋଇଯାଇଛି, ଚାହାଁଣି ଫୋଡ଼ିଁ ଦେଉଛି । କାରଣ ସୁଷମା ବିଦେଶିନୀ । କିଭଳି ଠାଣିରେ ଛିଡ଼ା ହୋଇଛନ୍ତି ।

ସୁଷମାର ଭଙ୍ଗୀରେ ଅବଶ୍ୟ ବିନୟ ନଥିଲା, କିନ୍ତୁ ନିରେଖୀ ଦେଖିଲେ ଜଣାପଡ଼ିବ ଯେ ତା'ର ଦୃଷ୍ଟିପାତର ଦର୍ପରେ ଦୁଃଖ ରହିଛି । ସତେକି ତା'ର ନିଜ ଉପରେ ଅଟଳ ବିଶ୍ୱାସ ରହିଛି ଯେ, ସେ ପାରିବ କିନ୍ତୁ ଏହି ଅପରଘର ତାକୁ ମାନୁନାହିଁ କିଛି ସମୟ ହେଲା ସେ ଶାଶୁଙ୍କ ପାଖରୁ ଉଠି ଆସିଛି, ବିଶ୍ରାମ ଛଳରେ ପଳେଇ ଆସିଛି କାହିଁକି ? କିଏ ନାହିଁ କଲା ? ବୃଦ୍ଧାଙ୍କର କଠୋର ଦୃଷ୍ଟିହୀନତା ? (ତୁ ନୁହେଁ, ତୁ ନୁହେଁ । ତୁ ମୋ ପୁଅ ନୁହଁ, ପୁଅର ସ୍ତ୍ରୀ) ବୀଣା ଅପାଙ୍କ ଉଦାସ ପ୍ରବଣତା ? (ମୁଁ ତୋତେ ଘୃଣା କରୁନାହିଁ, ହିଂସା କରୁନାହିଁ, ମୋର ସେ ସମୟ ପାରି ହୋଇଯାଇଛି ।).... ବିନିର ତ୍ରସ୍ତାହରିଣୀ ଭାବ ? (ତୁମେ ଏ ଘରକୁ ଅତି ନୂଆ, ଅତି କାମିକା, ଅତି ସୁନ୍ଦର । କିଛି ଓଲଟେଇ ଦେଇ ଭାଙ୍ଗି ଦେଇଯିବ ନାହିଁ ତ !)... ନା ଆଉ କିଛି ? ସୁଷମା ମଢ଼ି ଅଗଣାରେ କୋଳି ଗଛକୁ ଅନାଇ ରହିଲା ଓ ଆପଣାକୁ ଥାପିବାର ବାଟ ଖୋଜିଲା ।

ବୀଣା ସକାଳର ନିତ୍ୟକର୍ମରୁ ଫେରିଆସି ମାଆର ମୁଣ୍ଡ ପାଖରେ ତା'ର ପୂର୍ବବର୍ତ୍ତୀ ସ୍ଥାନରେ ବସିଛି । ଭଗବତ୍ ଗୀତା ପଢ଼ୁଛି । ସେ ତରତର ହୋଇପଡ଼ୁଛି । ଅନ୍ତତଃ ଏହି ଦ୍ୱିତୀୟ ଅଧ୍ୟାୟଟା ସାରିଦେବାକୁ ହେବ । ଡାକ୍ତର ଯେତେ ଯାହା କହିଲେ ମଧ୍ୟ କୋଉ ଭରସା ଅଛି ? କିଏ ଜାଣିଛି ?

ବୀଥ୍ ସକାଳ ପହରରୁ ମାଆ ପାଖକୁ ଯାଇନାହିଁ । ପିଲାଙ୍କ କାମ ସାରି ଯିବ ବୋଲି ଯାଇନାହିଁ । ଅଥଚ ସେ ତା'ର ତୃତୀୟ ପୁଅ ବିଟୁକୁ ଅକାରଣରେ ତିନିଥର

ଡାକି ଆଉଁସି ଦେଉଛି, ଜାମାରେ ବୋତାମ ଲଗେଇ ଦେଉଛି, ଭୋକ କଲାଣି କି ନାହିଁ ବୋଲି ପଚାରିଛି। ବର୍ତ୍ତମାନ ମାଆ ପାଖକୁ ବାହାରିବା ପୂର୍ବରୁ ପୁନର୍ବାର ପୁଅକୁ ଡାକିଆଣି ଗେହ୍ଲା କରୁଛି। ଉଚ୍ଚନ୍ନ ହୋଇ ଗୋଡ଼ରୁ ମୁଣ୍ଡଯାଏ ଗେହ୍ଲା କରୁଛି। ସତେ କି ସ୍ନେହ-ସୁଧା ବୋଲିଦେଇ ଯାଉଛି, ତେନାଏ ଦେହ ନୁଖୁରା ରହିବ ନାହିଁ। ଶୀତ ପଶିପାରିବ ନାହିଁ। ପୁଣି ଦରୋଟି ବଚନରେ କହୁଛି, 'ତୁ ମୋ ପୁଅ ଏକା ମୋ ପୁଅ। ମତେ କୁ-ଆ-ଦେ ଛାଡ଼ିକରି ଯିବୁନାହିଁ। ଶେଷକୁ ସେ ତା'ର ମୁହଁ କାଢ଼ିଆଣି ପୁଅର ଆଖିରେ ଆଖି ରଖି କହିଲା "ତୁ ଖେଳୁଥିବୁ, ମୁଁ ଡାକିଲେ ଆସିବୁ, ଆଙ୍କଙ୍କ ଘରକୁ ମୋଟେ ଯିବୁନାହିଁ-ବୁଝିଲୁ? ମନେ ରହିଲା? ମୋ ସୁନାପୁଅ? "ପୁଅ ହଁ ହଁ ମାରି ଖସି ପଳାଇଗଲା, କିନ୍ତୁ ବିଥୁ ସହଜରେ ଉଠିଯାଇ ପାରିଲା ନାହିଁ। ନିଜକୁ ଛାତିରେ ବଢ଼ି ଉଠୁଥିବା ସ୍ପନ୍ଦନକୁ ସଫେଇ ଦେଲା – 'ମୁଁ କ'ଣ କରିବି? ମୁଁ କାହିଁକି ଏମିତିକା ସପନ ଦେଖିଲି? କାଲି ରାତିର ସେହି ଭୟଙ୍କର ସ୍ୱପ୍ନକୁ ସେ ପୁଣି ମନେ ପକାଇଲା ଓ ଦେଖିପାରିବି ନାହିଁ ଏହି ଭାବରେ ମୁହଁକୁ ହାତରେ ଘୋଡ଼ାଇଲା। ମାଆ ବିଥୁକୁ ମାଗୁଛି। କହୁଛି, ତୋର ଏଇ ପୁଅଟାକୁ ମୁଁ ନେବି। ଏଇୟା କହି ଖେଁ ଖେଁ ହୋଇ ହସୁଛି। ମାଆ ମାଆ ପରି ଦେଖାଯାଉନାହିଁ। ମଲା ମଣିଷ ଜିଇଁଲେ ଯେମିତି ଦେଖାଯାଏ ତମ ଦ୍ୱାଙ୍କଣୀ ଖୋଲିଯାଏ, ମିଛରୁ ସତ ବାହାରି ଆସେ... ବିଥୁ ସେହି ସ୍ମୃତିକୁ ଘଉଡ଼େଇ ଦେଲା। ପୋଡ଼ିଯାଉ ସେ ଅଲକ୍ଷଣା ସ୍ୱପ୍ନ! ମୋ ମା' ସେମିତି ନୁହେଁ। ତା'ପରେ ସେ ଧୀରେ ଧୀରେ ଉପର ମଜିଘରକୁ ଆଗେଇଗଲା, ଯେଉଁଠି ମାଆ ଶୋଇଛି।

ଅମର ଠାକୁରଘରେ ଗାଧୋଇ ସାରି ପିଲାଦିନର କେଉଁ ପୁରୁଣା ଟ୍ରଙ୍କରୁ ଧୋତି ଖଣ୍ଡେ ବାହାର କରି ସଯତ୍ନରେ ପିନ୍ଧି ଠାକୁରଙ୍କୁ ଡାକୁଛି- ଭଗବାନ! ମୋ ମାଆକୁ ବଂଚେଇଦିଅ। ଯେତେ ଦୂରରେ ଥିଲେ ବି ସେ ମୋ ମାଆ। ତାକୁ ମୋ'ଠାରୁ ଛଡ଼େଇ ନିଅନାହିଁ। କିନ୍ତୁ ସେ ବାରମ୍ବାର ଆଖି ଖୋଲିବାକୁ ବାଧ୍ୟ ହେଉଛି। କାରଣ ନିମୀଳିତ ନୟନର ଅନ୍ଧାର ଭିତରେ ମୂର୍ତ୍ତିମନ୍ତ ହେଉଛି ସେ। ସୁଷମା ତା'ର ନିଜସ୍ୱ ଠାଣିରେ ସ୍ୱାମୀକୁ ଦେଖୁଛି। ମୁଁ ନ ଦେଖିଲେ ତୁମେ କଅଣ ଭୁଲ୍ ଭାଲ୍ କରିଦେବ ନୁହେଁ? ଅମର ସେହି ପ୍ରେମର ପହରାକୁ ସ୍ୱୀକାର କରୁନାହିଁ ତେଣୁ ଆଖିଖୋଲି ଦୃଶ୍ୟର ଖଣ୍ଡନ କରୁଛି। ସୁଷମା କିଏ? ସେ ମୋ ସ୍ତ୍ରୀ ହୋଇପାରେ, ପ୍ରେମିକା ହୋଇପାରେ, ହେଲେ ସେ ଘରର କେହି ନୁହେଁ। ସେ ଆମ ମାଆ ପୁଅଙ୍କ ମଝିରେ ନାହିଁ, ରହିବା କଥା ନୁହେଁ। ପ୍ରକୃତରେ ମୋର ଆଗରୁ ଆସିବା ଉଚିତ୍ ଥିଲା। ତେବେ ବି ମୁଁ କେବେ ଖାଲି ସୁଷମା ପାଇଁ ଡେରି କଲି, ତା' ନୁହେଁ। ମୁଁ ଜାଣିଥିଲି ଯେ ମୁଁ ଆସି ପହଁଚିବା ଯାଏ ମାଆର କିଛି ହେବନାହିଁ। ମୋର ମନର ବିଶ୍ୱାସ।

ଅମର ବିଶ୍ୱାସ। ଅମରର ଆଗନ୍ତୁକ ନାରୀମୂର୍ତ୍ତିକୁ ଠାକୁର ଘରୁ ତଡ଼ିଦେଲା, କିନ୍ତୁ ସେହି ତଡ଼ିଦେବାର ପୁରୁଷପଣିଆ ତା'ର ପ୍ରାର୍ଥନାକୁ ବିକୃତ କରିଦେଲା। ଶକ୍ତି ସଂଚାଳନର ଗୋଟିଏ ନିକଟ ଇତିହାସ ତା'ର ଚେତନାକୁ ଆକ୍ରମଣ କଲା। ତିନି ଚାରିଦିନ ତଳର କଥା। ସେହିଦିନ ଘରୁ ଟେଲିଗ୍ରାମ ଆସିଥିଲା। ତଥାପି ସେହି ରାତିରେ। ନା, କାମନା ନୁହେଁ, କ୍ରୋଧର ଉଲ୍ଲାସ। ମୁଁ ସୁଷମାର ଦେହକୁ ନେଲି, ମନଇଚ୍ଛା ଉପଭୋଗ କଲି। ବେଶ୍ କଲି। ତା'ମାନେ ଅବଜ୍ଞା କଲି। ମୃତ୍ୟୁର ଭୀତିକୁ ମାନିଲି ନାହିଁ। ଜଣାଇଦେଲି ଯେ...। ଅମର ଆଉ ପ୍ରାର୍ଥନା କରିପାରିଲା ନାହିଁ। ଭାବିଲା ଯେ ଆଜି ଅନିଦ୍ରା ଓ ଦୁର୍ଶ୍ଚିନ୍ତାରେ ମୁଣ୍ଡ ଠିକ୍ ରହୁନାହିଁ। ହେଲେ ଫେରିଲାବେଳକୁ ତା'ର ମନେ ପଡ଼ିଥିଲା ସେହି କ୍ରୋଧଦୀପ୍ତ ରାତିର ଅନ୍ତିମ ଅନୁଭୂତି। ପରିଣାମର ଗ୍ଲାନି ଯେ ସେ ହାରିଯାଇଛି, ନିଜକୁ ସାରିଦେଇଛି ଏବଂ ସେମାନେ ଜିତିଛନ୍ତି- ସୁଷମା, ମାଆ ନାରୀ। ସବୁଦିନେ ଜିତି ଆସିଛନ୍ତି।

ବିନି ଗୋଟିଏ ସାନ ବଖରାରେ। ଏହାକୁ ଆଚାର ଘର କୁହନ୍ତି। ସେ ଏକୁଟିଆ ବସି ଆଚାର ହାଣ୍ଡିମାନଙ୍କ ସାଙ୍ଗରେ କଳ୍ପନାର ଖେଳ ଖେଳୁଥିଲା। ଧର, ଯଦି ଟେକା ଫୋପାଡ଼ି ଗୋଟାଏ ହାଣ୍ଡିକୁ ଫଟେଇ ଦିଏ, ତା' ଭିତରୁ କ'ଣ ବାହାରିବ? ଆମ୍ବ ଆଚାର ନା କୋଳି ଆଚାର? ଆମ୍ବ ବାହାରିଲେ ମାଆ ଭଲ ହୋଇଯିବ, କୋଳି ବାହାରିଲେ ଧାତ୍, ମୁଁ କ'ଣ ପିଲା ହୋଇଛି? ଠାକୁରେ କ'ଣ ଭାବିବେ?

ଭ୍ରମର ଶୋଇଛି। ତା' ଶୋଇବା ଘରେ ହାତ ଗୋଡ଼ ମେଲାଇ ଶୋଇଛି- ଯେପରିକି ସେ ଏହି ସାଧାରଣ, ଅନାବଶ୍ୟକ ଦିନ ପାଇଁ ପ୍ରସ୍ତୁତ ନୁହେଁ, ଦରକାର ହେଲେ ଅଥବା ରାତି ଆସିଲେ ଉଠିବ। ଶୋଇପଡ଼ିଥିବାରୁ ତା' ମୁହଁର ପ୍ରଧାନ ଗୁଣ ତା' ଗୋଲ ଗୋଲ ଆଖିର ବ୍ୟାପକତା ଓ ଆବେଶ ଢାଙ୍କି ହୋଇଯାଇଛି।....

ପରିବାରବର୍ଗଙ୍କ ଏହି ଭାବନାର ମୋଡ଼ରେ ଆଶା ତେଜି ଉଠିଲା। ସୁନନ୍ଦାଦେବୀଙ୍କର ଗୋଟିଏ ହାତ ଅଞ୍ଜ ଘୁଂଚିଗଲା।

ବୀଣା ଦେଖିଲା, ପୁଣି ଦେଖିବ ବୋଲି ଅପେକ୍ଷା କଲା, କିନ୍ତୁ କିଛି ସମୟ ବୀଥି, ଆଗନ୍ତୁ ମଉସା ମହୀବାବୁ, ଜନେକ କମଳା ଅପା ଏ ପାଖରେ ଥିବା ଆଉ କେତେଜଣ ନୂଆନୂଆ ଲକ୍ଷଣ ଦେଖିଲେ। ଦେଖିଲେ ଏବଂ ଫୁସଫୁସ ହେଲେ- ମୋତେ ଲାଗୁଛି ନିଃଶ୍ୱାସ ବଦଳିଛି, ଦେଖୁନା ଓ ବି ଟିକିଏ ଥରି ଆସୁଛି ନା କଅଣ... ଗୁଟୋକୋଜ୍ ପାଣି ଚାମୁଚେ ପାଟିରେ ଦେବା?... ଆଉ ସବୁ ପିଲାଙ୍କୁ ଡାକିଦିଅମ! ଇତ୍ୟାଦି।

ସୁନନ୍ଦା ଦେବୀ ଅପେକ୍ଷା କଲେ। ପ୍ରାୟ ଘଡ଼ିକ ପରେ ସେ ଆଖି ଖୋଲିଲା।

ନିଦରୁ ଉଠିଲା ପରି ଆଖି ଖୋଲିଲେ, ଉପସ୍ଥିତ ଲୋକମାନଙ୍କୁ ପରଖିଲା ପରି ଚାହିଁଲେ ଓ ତା'ପରେ ଘନଘନ ହାତ ଠାରିଲେ। ଗୁକୋଜ୍ ପାଣି ? ଭଗବତ୍ ଗୀତା ? ବୀଥୁ ହାତରେ ଶୋଭା ପାଉଥିବା ଆଠପଟିଆ ଚୁଡ଼ି ? କେତେବେଳେ ଜଣାପଡ଼ିଲା ଯେ ସେ ଗୋଡ଼ ପାଖରେ ଛିଡ଼ା ହୋଇଥିବା ସୁଷମାକୁ ଆବିଷ୍କାର କରି ତା'ର ସମ୍ପୂର୍ଣ୍ଣ ସତ୍ୟ ଜାଣିବାକୁ ଚାହୁଁଛନ୍ତି। ସୁଷମା କିଛି କହିବା ଆଗରୁ ବୀଥୁ ଓ ବୀଣା ଏକ ସାଙ୍ଗରେ କହିଉଠିଲେ – ମାଆ, ଭାଇ ଆସିଛି।

ତଥାପି ସେହି ଜାଗ୍ରତ ଚାହାଣି ଓ ରେଖାନ୍ବିତ ଓଠ ହସିଲାପରି ଦେଖାଗଲା ନାହିଁ। ମନେ ହେଲା ସେ ବିଚାର କରୁଛନ୍ତି, ପୁଣି ଆଖି ବୁଜିଦେବେ ନା ଚାହିଁ ରହିବେ।

ସୁଷମା ମନରେ ଏକ ଅଭୁତ ଧାରଣା ଆସିଲା। ତା'ର ମନେହେଲା ଯେ ଏହି ଯେଉଁ ପୁରୁଣା ଦେହ ତାର ଝରକା ଖୋଲି ଦେଇଛି; ସେ ମରିବ କି ବଞ୍ଚିବ, ଏ ପ୍ରଶ୍ନ ଅବାନ୍ତର। କାରଣ ତା'ର ଜୀବନ ପ୍ରାଣଗତ ନୁହେଁ; ପଦାର୍ଥଗତ। ଶୁଷ୍କକାଷ୍ଠ, ନିରସ ତରୁବର, ନୁହେଁ କଦାପି ନୁହେଁ।

ସୁସମ୍ୟାଦର ସୂଚନା ପାଇ ଅମର ମାଆର ଘରକୁ ଧାଇଁ ଆସିଲା। ଅନ୍ୟମାନେ ଆଡ଼େଇ ହୋଇଗଲେ। ଅମର ଉନ୍ମୀଲିତ- ନୟନାଙ୍କ ସମ୍ମୁଖରେ ଥାଇ ଫୁଟିଫୁଟି ଉଠିଥିବା ଭାଷାର ଭାବ ଦେଖାଇ କହିଲା– ମା-ଆ !

ସୁନନ୍ଦା ଦେବୀ ହସିଲେ ନାହିଁ, କିନ୍ତୁ ତାଙ୍କର ଚାହାଣି କୂଳରେ ପହଂଚିଲା ପରି ଲାଗିଲା। ସେ ସମସ୍ତଙ୍କୁ ବସିପଡ଼ିବା ପାଇଁ ଇଙ୍ଗିତ ଦେଲେ।

ଅମର କହି ଚାଲିଲା, "ସୁଷମା ଆସିଛି। ହେଇ-ଦେଖିଲୁଣି ତାକୁ ? କହିଲା, ମୁଁ ଯେମିତି ହେଲେ ଯିବି, ଡେରି ହେଲେ ମଧ ଯିବି... ଟୋନି (ପୁଅ)କୁ ଛାଡ଼ିଦେଇ ଆସିଲି... କାହିଁକି ନା ତା'ର ପଢ଼ାପଢ଼ି, ମାନେ ପରୀକ୍ଷା... ପନ୍ଦର ଦିନ ଛୁଟି ନେଇ ଆସିଛି, ଦରକାର ହେଲେ ଆହୁରି ନେବି।"

ସୁନନ୍ଦା ଦେବୀ କିଛି ଶୁଣିଲା ପରି ଦିଶୁ ନଥିଲେ। ଜଣାପଡ଼ୁଥିଲା ଯେ କେବଳ ଗ୍ରହଣ କରୁଛନ୍ତି। ତାଙ୍କର ସ୍ୱୟଂପ୍ରସାରୀ ଜୀବନସୂତ୍ରକୁ ସଯତ୍ନରେ ରଖିଛନ୍ତି, ବେଳ ଦେଖି ଛାଡ଼ିବେ କିମ୍ବ ଗୁଡ଼େଇଦେବେ।

ଅମର ରୂପ୍ ହୋଇଯାଇଥିଲା। ଅନ୍ୟମାନେ ନୂଆ କଥା ଆରମ୍ଭ କରିବା ଆଗରୁ ବିନି ବଡ଼ ପାଟିରେ କହି ଉଠିଲା– ମୁଁ କହୁ ନ ଥିଲି ବଡ଼ଭାଇକୁ ଦେଖି ମାଆ ଭଲ ହୋଇଯିବ ?

ସୁନନ୍ଦା ଦେବୀ ହସିଲେ ନାହିଁ କି କଥା କହିଲେ ନାହିଁ।

ମୁହୂର୍ତ୍ତ ପରେ ମୁହୂର୍ତ୍ତ କଟିଗଲା। ପୂର୍ବରାଗକୁ ବାଟ ବଢ଼ାଇବା ପାଇଁ କେତେ ଭଳି ଚେଷ୍ଟା କରାଗଲା। କମଳା ଅପା ମୁଣ୍ଡ ଆଉଁସି ଦେଲେ। କହିଲେ – କେତେ କଷ୍ଟ ପାଇଲା। ମୁଁ ସେଦିନୁ ଭ୍ରମର ସାଙ୍ଗରେ ଲଗେଇଛି ଯେ ମାଆକୁ ଟିକିଏ ତୀର୍ଥ କରେଇ ଦିଅ, ସେ ଦେଶ-ବିଦେଶ ବୁଲିଆସୁ। ଏଇ ଘରଟାରେ ପଡ଼ି ପଡ଼ି ତୁଛାଟାକୁ ଘାଣ୍ଟି ହେଉଛି। ମଉସା ମହାବାବୁ ତକିଆ ତଳେ ଥିବା ଫୁଲଟିକୁ ଦେଖି ତାଙ୍କ ବଗିଚାରୁ ଭଲ ଭଲ ଚମ୍ପାଫୁଲ ଆଣିଦେବେ ବୋଲି କହିଲେ, କିନ୍ତୁ କେଉଁଠାରେ କିଛି ଲାଭ ହେଲାନାହିଁ। ସୁନନ୍ଦା ଦେବୀ ଅଗ୍ରସର ହେଲେ ନାହିଁ, ବରଂ ମନେହେଲା ଯେ ସେ ଫେରିବାକୁ ବସିଲେଣି। ଦୃଷ୍ଟି ଧୀମେଇ ଆସୁଛି, ଅଙ୍ଗପ୍ରତ୍ୟଙ୍ଗ ଶିଥିଳ ହୋଇଆସୁଛି। ବୀଣା ବାରମ୍ବାର ନାଡ଼ି ପରୀକ୍ଷା କରି ଶୁଖିଲା ମୁହଁ ଦେଖାଉଛି। ଅମର ବୀଣା ଆଡ଼କୁ କଟମଟ କରି ଚାହିଁଛି।

ଡାକ୍ତର ଅଧିକାରୀ ପୁଣି ଆସିଲେ। ରାଗିଲାପରି ଆଉ ଗୋଟିଏ ଇଞ୍ଜେକ୍ସନ୍ ଦେଲେ। ସ୍ପେସାଲିଷ୍ଟ ମଧ୍ୟ ଆସିଲେ ଓ କେତେଗୁଡ଼ିଏ ସାରଗର୍ଭକ ପରାମର୍ଶ ଦେଇ ଫେରିଗଲେ। ଅତିରିକ୍ତ ଲୋକମାନଙ୍କୁ ଭିଡ଼ ଭାଙ୍ଗି ବାହାରିଯିବାକୁ କୁହାଗଲା, କିନ୍ତୁ ସଞ୍ଜ ନ ହେଉଣୁ ସୁନନ୍ଦା ଦେବୀ ପୁଣି ଆଖି ବୁଜିଦେଲେ। ଜାଣିବା ଶୁଣିବା ଲୋକେ କହିଲେ ଯେ ଏ ହେଉଛି ଶେଷ ଅଚେତନ- ଏଥୁରୁ ନିସ୍ତାର ନାହିଁ।

'ସୁନନ୍ଦା ନିବାସ' ସଞ୍ଜର ଛାଇରେ ଘୋଡ଼େଇ ହୋଇ ଆସିଲା। କୋଠିର ବାସିନ୍ଦାମାନେ ଆଉ ଗୋଟିଏ ରାତିର ଦାୟିତ୍ୱ ଗ୍ରହଣ କଲେ ଓ ନିଜ ନିଜର ସ୍ୱରୂପକୁ ପାଖରେ ପାଇଲେ। କାଲି ପରି ନୁହେଁ। କାଲି ଥିଲା ଆଲୋଡ଼ନ, ଛାତି ଦୁକୁଦୁକୁ, ଅସ୍ଥିରତା। ଆଜି ଛାତି ଦବିଯାଇଛି, କିନ୍ତୁ ଦୁକୁଦୁକୁ ହେଉନାହିଁ। ଆଲୋଡ଼ନ ଥମିଯାଇଛି। ଧୀରେ ସୁସ୍ଥେ କାନ୍ଦିବାକୁ ଇଚ୍ଛା ହେଉଛି। କରାଳ ନିୟମ ଟ୍ରାଜେଡ଼ିକୁ ସ୍ୱୀକାର କରି ଭାବିବାକୁ ହେଉଛି- ଏଇୟା ହେବାର ଥିଲା।

କାରଣ ମା' ମରୁଛି, ଏଥିରେ ସନ୍ଦେହ ନାହିଁ!

ରାତି ଅଧବେଳକୁ ସମସ୍ତ ବୁଦ୍‌ବୁଦ୍ ମିଳେଇଗଲା। ବିନି କଥା ଛାଡ଼ିଦିଅ, ଅନ୍ୟ ନିଜ ଲୋକମାନେ ନିରବରେ ବିଷାଦ ସେବନ କଲେ। କେବଳ ଘଡ଼ିକ ଅନ୍ତରରେ ଗୋଟିଏ ଗୋଟିଏ ଦୀର୍ଘଶ୍ୱାସ-ଛାଡ଼। କାମ ସରିଯାଇଛି।

...ସୁଷମାର ହଠାତ୍ ସୂର୍ଯ୍ୟକୁ ଡାକିବାକୁ ଇଚ୍ଛା ହେଲା। ସମୁଜ୍ଜ୍ୱଳ ସୂର୍ଯ୍ୟ ଅତର୍କିତରେ ଏହି ରାତିରେ ମଝିରେ ଛିଡ଼ା ହୁଅନ୍ତେ ନାହିଁ। ତାତିଲା ଚହଟ ଆଲୁଅରେ ଏହି ଧୂସର ଅନ୍ଧାରକୁ ଚିରି ଦିଅନ୍ତେ ନାହିଁ। ଅନ୍ଧାର କଳା ନୁହେଁ, ଧୂସର କୁତ୍ସିତ। ଯେହେତୁ କେତେ ପୁରୁଣା ମିଛର ସଂସ୍କାର ସତର ସହିତ ଗୋଲେଇ ହୋଇଯାଇ, ମରଣ ରାତିର ଅନ୍ଧାରକୁ କୁହୁଡ଼ିଆ କରିଦେଇଛି। ସୁଷମାର ମନେ ପଡ଼ିଲା ସେ

ଯେତେବେଳେ ସକାଳେ କୋଳିଗଛକୁ ଅନେଇ ଛିଡ଼ା ହୋଇଥିଲା, ସେତେବେଳେ ସେ ଏଠିକାର ସଂସାରକୁ ଭାବି ପାରୁନାହିଁ, କିଛି ଦେଇପାରୁନାହିଁ ବୋଲି ଦୁଃଖ କରୁଥିଲା। ହାୟ! ଦେବାର ପ୍ରଶ୍ନ ଉଠୁନାହିଁ। ଏମାନେ ଏହି ଅଶ୍ମାଳ ଧୂସରତାରେ ଘୋଡେଇ ହୋଇ ବସିଛନ୍ତି, ଜଣକୁ ଜଣେ। ସାତସିଆଁ ଶେଯର ଉଷ୍ମ ଟାଣୁଛନ୍ତି। ଏମାନଙ୍କୁ ଛୁଇଁ ହେବନାହିଁ... ଅସମ୍ଭବ।

କିନ୍ତୁ ଏମାନେ କ'ଣ ପ୍ରକୃତରେ ସୁଖୀ? ବୀଣା ଅପାଙ୍କ ଭାରୀ ମୁହଁର କ୍ଲେଶ, ସତେ କି ସେ ଉଚ୍ଚ ପର୍ବତ ହେବାକୁ ଯାଇ ପଥର ଖଣ୍ଡ ହୋଇ ଯାଇଛନ୍ତି। ବୀଥୁର ସନ୍ଦେହସୃଷ୍ଟି, ସତେ ଯେମିତି ସେ ତା'ର ବିପୁଳ ଛାତି ଭିତରେ ଗୁପ୍ତଧନ ରଖିଛି, ଭାବୁଛି କାଲେ କିଏ ଛଡ଼େଇ ନେଇଯିବ, ବିନିର ଭୟ, ସେ ବଂଚିବାକୁ ଡରୁଛି ନା ମରିବାକୁ? ଭ୍ରମରର ନିଦୁଆ ନିବୃତ୍ତ ଚାହାଣି। ସେ ଦିନଯାକ କେଉଁଠି ଥିଲା? ଶୋଇଥିଲା ନା ଆଲୁଅ ପଛରେ ଲୁଚିରହିଥିଲା?... ଆଉ ଇୟେ, ଅମରବାବୁ ମୋର ସ୍ୱାମୀ, ଏକୁଟିଆ ମୋତେ ଦେଖିଲେ ତଳକୁ ମୁହଁ ପୋତି ଦେଉଛନ୍ତି କାହିଁକି?

ସେଇଠୁ ତା'ର ମନେ ପଡ଼ିଲା କେତେବର୍ଷ ତଳର ଗୋଟିଏ କଫି ହାଉସ ଓ ସନ୍ଧ୍ୟା। ପ୍ରଥମ ପ୍ରଣୟ-ଯାଚନା। ସେଦିନ ସାଙ୍ଗରେ ଆଉ କେହି ନ ଥିଲେ। କପି ଓ କଟ୍‌ଲେଟ୍‌ର ବ୍ୟବଧାନରେ ପ୍ରଣୟ ହଠାତ୍‌ ଆସି ଦେଖାଦେଲା। ସୁଷମାର ମନେ ହେଲା ଯେ ଏ ଲୋକଟିକୁ ଭଲପାଇବା ଉଚିତ, ବାହାହେବା ଉଚିତ। ଏ ତା'ର ସମାଜସେବାର ଅନ୍ୟତମ କର୍ତ୍ତବ୍ୟ। ଭୀରୁ ଛାତ୍ର ଭରସା ପାଇଲା ପରି ଅମରବାବୁ ତରତର ହୋଇ ପଚାରିଲେ - ମିସ୍‌ ରାୟ, ମୁଁ ଗୋଟିଏ କଥା କହିପାରିବି?

କରୁଣତା ମିନତି - ମୋର ଶୂନ୍ୟ ଥାଳ ଭରିଦିଅ। କିନ୍ତୁ କେବଳ କ'ଣ ସେତିକି ଥିଲା? ସୁଷମାର ଧାରଣା ହେଲା ଯେ ସେ ଭୁଲ୍‌ ବୁଝୁଥିଲା। ପ୍ରେମିକ ଅମରର ବ୍ୟାକୁଳ ଚାହାଣିରେ ଆଉ କିଛି ଥିଲା ଅସ୍ଵସ୍ତତା, ଦୋଷୀ ଭାବ। ମୁଁ ଦୋଷ କରିଛି, ମୋତେ ଦଣ୍ଡଦିଅ, ଚାବୁକ ମାର।

ନା, ଏମାନେ ଦୁଃଖୀ ନୁହନ୍ତି, ସୁଖୀ ହୋଇପାରିବେ ନାହିଁ। ଏମାନେ ବଡ଼ ଖର୍ବ, ଅସମାପ୍ତ।

ଅଶ୍ୱସ୍ତିକୁ ଖଣ୍ଡାଧାରରେ ଛିଣ୍ଡାଇ ଦେଲାପରି ଗୋଟିଏ ଅନୁଚିତ ଭାବନା ସୁଷମାକୁ ଚମକାଇ ଦେଲା-

ବୁଢ଼ୀ ମରିବେ ଯଦି ମରି ଯାଉନାହାନ୍ତି କାହିଁକି?

ସୁଷମା ନିଜକୁ ସମ୍ଭାଳି ନେଲାବେଳକୁ ପାଖରୁ କାହାର କଥା ଶୁଭିଲା - "ସେ ପୁଣି ସେଟିକି ଗଲାଣି?"

କିଏ ? ସୁଷମା ବୁଲିପଡ଼ି ଦେଖେ ଯେ ଭ୍ରମର । ସେ ଅଗଣା ଚାହିଁଛି ଓ ସ୍ୱଗତ କହିଲା ପରି କହୁଛି –

"ବିନି, ସେ କାଲି ଯାଉଥିଲା । ଆଜି ବି ଯାଉଛି । ବରାବର ଯାଉଛି ।"

ଭ୍ରମର ଥକିଗଲା ପରି କହୁଛି । ସୁଷମା ବଲବଲ ହୋଇ ଦିଅର ମୁହଁକୁ ଚାହିଁଲା ।

କିଛି ସମୟ ପରେ ସୁଷମା ବୁଝିଲା ଯେ ଅଗଣାର ବାଆଁ ପାଖରେ ଭଣ୍ଡାର ଘରକୁ ଲାଗି ଯେଉଁ ସାନ ବଖରାଟି ଅଛି, ବିନି ସେଇଠିକି ଯାଉଛି । ସେହି ହେଉଛି ଠାକୁରଘର । ତା'ର ପ୍ରାଧାନ୍ୟ ଅଜଣା ନୁହେଁ । ସେ ସ୍ୱାମୀଙ୍କଠାରୁ ଶୁଣିଛି ଯେ ସେଠି ଅନେକ ଦେବଦେବୀ ଅଛନ୍ତି, ବାପାଙ୍କ ଫଟୋ ମଧ୍ୟ ଅଛି ଓ ସେଠିକି ପରିବାରର ପ୍ରତ୍ୟେକ ଲୋକ ଦିନକୁ ଅନ୍ତତଃ ଥରେ ଯିବାର କଥା ।

କିନ୍ତୁ ବିନି ବାରମ୍ବାର ଯାଉଛି । ଭ୍ରମର କଥାରୁ ଜଣାପଡୁଛି ଯେ, ସେ ଠାକୁରଙ୍କ ପାଖ ଛାଡୁନାହିଁ । ସାବିତ୍ରୀ ପରି ସେ ବିଧାତାକୁ ବିଶ୍ରାମ ଦେଉନାହିଁ । ମାଗୁଛି– ମୋ ମାଆକୁ ବଂଚାଇ ଦିଅ !

ସୁଷମା ଲଜ୍ଜିତା ହେଲା । କି ଅପୂର୍ବ ସରଳ ବିଶ୍ୱାସ । ଅନାବିଲ ସ୍ନେହର ଝରଣା ଅସାମାନ୍ୟ ଅଧ୍ୟବସାୟ ! ଯେଉଁ ଘରେ ବିନି ଅଛି, ଏହି ଠାକୁରଘର ଅଛି, ଅନ୍ତରର ଆନ୍ତିରକତା ଦପ୍ ଦପ୍ ହୋଇ ଜଳୁଛି, ତା'ରି ଲୋକମାନଙ୍କୁ ମୁଁ ଏତେ ହୀନଦୃଷ୍ଟିରେ ଦେଖିଲି କେମିତି ? ପୁଣି ବୃଦ୍ଧାଙ୍କୁ ନେଇ ଏପରି ନୀଚ ଭାବନା !

ଅନୁଶୋଚନାର ଆବେଗରେ ସୁଷମା ଦୁଇହାତ ଯୋଡ଼ି ପ୍ରଣାମ କଲା । ଛୋଟ ଘର ଭିତରେ ଥିବା ବିନି, ତା'ଠାକୁର, ଅପମାନିତା ବୃଦ୍ଧା ଶାଶୂ ସମେତ ସମସ୍ତଙ୍କ ପ୍ରତି ତା'ର ଗଭୀର ଶ୍ରଦ୍ଧା ଜଣାଇଲା ।

ଭାଉଜଙ୍କ ଦେଖାଦେଖି ଭ୍ରମର ମଧ୍ୟ ହାତ ଯୋଡ଼ିଲା । କାଲି ରାତି ପାହିଲା ବେଲଠାରୁ ତା'ର ମାନସ–ଶୂନ୍ୟ ହୋଇ ରହିଥିଲା, ସେ କିଛି ଭାବି ପାରୁ ନଥିଲା । ତେଣୁ ଏହି ପ୍ରଣତି ଟିକକ ତାକୁ ଭଲ ଲାଗିଲା । ମୁଁ ମଧ୍ୟ ଯୋଗଦାନ କରୁଛି, ସ୍ୱୀକାର କରୁଛି – ଏହି ଭାବ ସାନ୍ତ୍ୱନା ଆଣିଦେଲା ।

ବିନିର ଅସାଧାରଣ ପ୍ରକ୍ରିୟା ବଢ଼ିଚାଲିଲା । ତେଣୁ କ୍ରମଶଃ ଅନ୍ୟମାନେ ଜାଣିଲେ । ରାତିର ଶେଷ ପହର ବେଲକୁ ଠାକୁରଘର ଭିତରୁ ତା'ର କାନ୍ଦଣାର ସ୍ୱର ଶୁଣାଗଲା, ବାହାର କାନ୍ଥରେ ତୁ ତୁ ମୁଣ୍ଡ ପିଟିବାର ଦେଖାଗଲା । ଯଦୁ ଥରେ ଏ ଦୃଶ୍ୟ ଦେଖି କରୁଣା ବିଗଲିତ କଣ୍ଠରେ କହିଲା, "ସାନଦେଈ, ଏମିତି ହେଲେ ଚଳିବ ? ଯାହା ଭାଗ୍ୟରେ ଅଛି ।"

ତା'ର ଉତ୍ତରରେ ବିନି ତାକୁ ମୁହାଁମୁହିଁ ଗଳଗଳ ଲୁହ ଝରାଇ ପଚାରିଲା,

“ତୁ କ’ଣ କହୁଛୁ? ମାଆ ପ୍ରକୃତରେ ମରିଯିବ?” ଯଦୁ ବିଧ୍ୱସ୍ତ ହେଲାପରି ଦୃଷ୍ଟି ତଳକୁ କଲା ଓ ଫେରି ଆସିଲା।

କିନ୍ତୁ ପରିବାରବର୍ଗ ତା’ର କାରବାର ଦେଖି ଭାଙ୍ଗି ପଡ଼ିଲେ ନାହିଁ କି ହସିଲେ ନାହିଁ। ସୁଷମା ଉଉରୋଉର ମୁଗ୍ଧ ହେଲା। ଭ୍ରମର ପୁଣି କେତେଥର ମନେ ମନେ ପ୍ରଣାମ କଲା। ବୀଣା ମନଦେଇ ଏବଂ ଉଚ୍ଚକଣ୍ଠରେ ଭଗବତ୍ ଗୀତା ପଢ଼ିଲା। ବୀଥ ଭୁଲାଇ ପଡ଼ିଲା ନାହିଁ, ମାଆଙ୍କୁ ଆଉଁସିବାକୁ ଲାଗିଲା। ଅମର ଭାବଗମ୍ଭୀର ହେଲା।

କହିବାକୁ ଗଲେ ସେମାନେ ବିନିକୁ ଭଲପାଇଲେ। ଯେପରିକି ବିନିର ଶୋକ ସମଗ୍ର ବିଷାଦକୁ ଚିହ୍ନାଇ ଦେଉଛି। ଗୋଟିଏ ପରିବାରର, ଗୋଟିଏ ମାଆ। ମାଆ ଫେରିଆସିବ ନାହିଁ, ଦୁଃଖ ଘୁଞ୍ଚିବ ନାହିଁ। ବିନି କାନ୍ଦୁଛି, କାନ୍ଦୁ। ଠାକୁରଙ୍କୁ ଡାକୁଛି, ଡାକୁ।

ରାତି ପାହାନ୍ତା ବେଳକୁ ଏହି ବିଷାଦର ଶାନ୍ତି ହଠାତ୍ ଧୂଳିସାତ୍ ହୋଇଗଲା। ଡାକ୍ତର ଅଧିକାରୀ ଆସି ପହଁଚିଗଲେ ଓ ଅଯାଚିତ ଭାବରେ କହିଲେ, ‘ଲକ୍ଷଣ ଭଲ ଆଡ଼କୁ ଯାଉଛି।’

ପୁଣି ! ! !

ଏ ଡାକ୍ତର ନା ଗୁଣିଆ? ଭେଲିକି ଦେଖାଉଛି? ସୁଷମା ଦୁର୍ବିନୀତ ଠାଣିରେ ପଚାରିଲା (ଇଂରାଜୀରେ) “ଡକ୍ଟର, ଆର.ୟୁ.ସିଓର୍?” ଅନ୍ୟମାନେ ତୀବ୍ରତମ ଚାହାଣିରେ ଡାକ୍ତରଙ୍କୁ ଅନାଇଲେ।

କିନ୍ତୁ ବିନି କାହାକୁ ଅପେକ୍ଷା ନ କରି ଆନନ୍ଦରେ ହସିଉଠିଲା। ପିଲାଙ୍କ ପରି ଅଲାଜୁକ ଭଙ୍ଗିରେ ହସିଲା। ମନେ ହେଲା ଏଇକ୍ଷଣି ତାଲି ମାରିବ, ନାଚିବ।

ସବୁ କଥାରେ ଗୋଟାଏ ସୀମା ଅଛି। ନିଜେ ଡାକ୍ତର ଅଧିକାରୀ ସନ୍ଦେହ ଦୃଷ୍ଟିରେ ବିନି ଆଡ଼କୁ ଚାହିଁଲେ ଓ ବୋଧହୁଏ ଭାବିଲେ – ଏ ଜଣକ କ’ଣ ଏଇ ଘରର ପିଲା?

ସପ୍ତାହକ ପରେ। ବିନି ଓ ଠାକୁରଘରର ଆଉ ଗୋଟିଏ ଦୃଶ୍ୟ।

ସକାଳର ନରମ ଆଲୁଅରେ ଦେବଦେବୀମାନେ ଅତି ଦୟାଳୁ ଓ ଅତି ଆପଣାର ଦେଖାଯାଉଛନ୍ତି। ସଜତୋଲା ଚମ୍ପା ଓ ଗଙ୍ଗଶିଉଳି ଫୁଲର ବାସ୍ନା ଆସୁଛି। ବିନି କୃତଜ୍ଞତାରେ ଗଦ୍ଗଦ୍ ହୋଇ ଠାକୁରଙ୍କ ସାଙ୍ଗରେ ଗପୁଛି।

ଉପରମହଲାର ମଝିଘରେ ମନମୁତାବକ କିଶା ଜଳଖିଆର ଭରା ଥାଲି ବଢ଼ାହୋଇ ରହିଛି। ସୁଷମା ସମେତ ଭାଇ ଭଉଣୀମାନେ ଅପେକ୍ଷା କରିଛନ୍ତି। ବିନି ଆସିଲେ ଏକାଠି ବସି ଖାଇବେ। ମାଆର ଇଚ୍ଛା ଆରୋଗ୍ୟର ଉତ୍ସବ ପାଳନ କରାଯିବ।

ବିନିର ଡେରି ହେଉଛି । ସେ ଗପୁଛି–

ଠାକୁରେ ! ତୁମକୁ କୋଟି କୋଟି ଜୁହାର । ତୁମେ ମୋ ପ୍ରାର୍ଥନା ଶୁଣିଛ । ମାଆକୁ ବଂଚାଇ ଦେଇଛ ।

ମୁଁ କେଡ଼େ ବୋକୀ ? ମୁଁ ଯେମିତି ଭାବୁଥିଲି ଯେ ମାଆ ଆମକୁ ଛାଡ଼ି ଚାଲିଯିବ ? ମାଆ ଆମକୁ ଡରାଉଥିଲା । ତା'ର ଢଙ୍ଗ ସେମିତିକା !

ଆମେ ତାକୁ ମରିବାକୁ ଦେଇ ନ ଥାନ୍ତୁ । ତା' ବିହୁନେ ଆମର କିଏ ଅଛି । କଅଣ ଅଛି ? ସେ ଆମକୁ ଶୋଷି ନେଇଛି । ଆମର ଯେତେ ଆଶା–ଆକାଙ୍କ୍ଷାକୁ ବଳିଦେଇ, ଆମର ଖଣ୍ଡିଉଢ଼ାକୁ କାଟିଦେଇ ସୁଖ ଆଣିଦେଇଛି । ମାଆ ଜାଣେ କାହାର କେଉଁଥିରେ ମଙ୍ଗଳ ହେବ; ସବୁ ତାକୁ ଜଣା । ସେ ବାପାଙ୍କୁ ଶୀଘ୍ର ମରିବାକୁ କହିଲା, (ନିଜ ହାତରେ ମାରିଥିଲେ କଅଣ ଅଧିକା ହୋଇଥାଆନ୍ତା ?) କାରଣ ବେଶୀଦିନ ବଂଚିଥିଲେ ବାପା ସୁଖୀ ହୋଇଥାଆନ୍ତେ... ସେ ଚାହିଁଲା ଯେ ବଡ଼ଅପା ଧନରେ ଘାଣ୍ଟି ହେଉ, ତାକୁ ଆଉ କିଛି ସୁହାଇବା ନାହିଁ । ବଡ଼ଅପା ଦିନେ ସିତାର ଶିଖୁଥିଲା । ସଙ୍ଗୀତରୁ ପ୍ରେମ ଆସିଯାଇଥାଆନ୍ତା, କିଏ କହିବ ? ସେ ଚାହିଁଲା ଯେ ବୀଥୁଅପା ଗୋଟିଏ ସୁନ୍ଦର ଲମ୍ପଟ ସ୍ୱାମୀର ପିଲା ଜନ୍ମ କରୁ, ଜନ୍ମ କରାଯାଉ । ବୀଥୁଅପା ଆଉ କେଉଁଥିକି ଯୋଗ୍ୟ ? ସେ ବଡ଼ଭାଇଙ୍କୁ ଅଧିକାର କରିବାକୁ ଚାହିଁଥିଲା, ଗୋଟିଏ ପଟେ ବାନ୍ଧି ରଖିବାକୁ ବସିଥିଲା (ବଡ଼ଭାଇ ବାପାଙ୍କ ପରି ଦେଖିବାକୁ)....। ସେ ଭ୍ରମର ଭାଇର ସ୍ୱପ୍ନକୁ ଦବେଇଦେଲା, ଏଠି ନାକଘଷି ରହିବାକୁ କହିଲା । ବିଚରା, ସ୍ୱପ୍ନ ନେଇ କଅଣ କରିଥାଆନ୍ତି ?

ତା' ଭଲପାଇବାର କବଳରୁ କେହି ମୁକୁଳିପାରିଲୁ ନାହିଁ । ବଡ଼ଭାଇ ଚେଷ୍ଟା କରିଥିଲେ । ଅସ୍ତବ୍ୟସ୍ତ ହୋଇ ଆକାଶକୁ ଲମ୍ଫ ଦେଇଥିଲେ । ପାରିଲେ ?

କେତେବେଳେ ସେ ନିଜକୁ ପଚାରିଲେ – ଆଉ ମୁଁ ? ବୋଧହୁଏ ସେ ଏହି ପ୍ରଶ୍ନ ଶେଷକୁ ରଖିଥିଲା, ପଛରେ ଯୋଡ଼ିଦେବ ବୋଲି । ମୁଁ କିଏ ? ମୁଁ ସବା ସାନ । କାନ୍ଦୁରୀ ଡରକୁଲୀ । ମୋ'ଠୁ ସେ କଅଣ ଛଡ଼େଇ ନେଇଛି ? କାହିଁ, ମନେ ପଡ଼ୁ ନାହିଁ ତ ?

ବିନି ନିଜକୁ ଠକେଇ ପାରିଲା ନାହିଁ । ଦେବଦେବୀମାନେ ମୃଦୁମୃଦୁ ହସୁଛନ୍ତି । ମୁରଲୀଧାରୀ କଣେଇ କଣେଇ ଚାହୁଁଛନ୍ତି । ଦଶଭୁଜା ବରାଭୟ ଦେଉଛନ୍ତି । ଭୋଲାନାଥ ଅର୍ଦ୍ଧନିମୀଳିତ ନେତ୍ରରେ ଆଶୀର୍ବାଦ ଦେଉଛନ୍ତି । ବିନି ସାହସ ପାଇଲା, ଭାବିଲା ଏମାନେ ସମସ୍ତେ ତା' ପଟରେ ଅଛନ୍ତି ।

ସେହିଠୁଁ ସେ ବହୁବିଧ ଫଟୋ ମଧରୁ ଗୋଟିକୁ ନେଇଆସିଲା । ଓଟାରି ଆଣିଲା

ପରି ନେଇଆସିଲା। ବାପାଙ୍କ ଫଟୋ। ତାକୁ ସେ ଛାତିରେ ଚାପିଧରିଲା, ମୁହଁରେ ଲଗାଇଲା।

ସେ ମାଆକୁ ନ ଡାକି ରହିପାରିଲା ନାହିଁ। ମାଆ! ତୁ କ'ଣ ଭାବିଥିଲୁ ମରିଯାଇ ଦେବତାଙ୍କ ଫଟୋ ହୋଇ ଯାଇଥାଆନ୍ତୁ? ଏଇଠି ଆସନ ପକେଇ ମୋ ଆଡ଼କୁ ଚାହିଁଥାଆନ୍ତୁ? ସତେ?

ସେ ବାହାରିଆସି ଉପର ମହଲାକୁ ଯାଇ ଦେଖେ ଯେ ସେମାନେ ତାକୁ ଉପେକ୍ଷା କରିଛନ୍ତି, କିନ୍ତୁ ବଡ଼ଭାଇ ଗୋଟାଏ ଗରମ ଆଳୁଚପ୍ କି କଅଣ ପାଟିରେ ପୁରାଇ 'ବଢ଼ିଆ ବଢ଼ିଆ' ବୋଲି ପାଟି କରୁଛନ୍ତି। ବିନିକୁ ଦେଖି କହିଲେ, "କିଲୋ! ଏତେବେଳଯାଏ କେଉଁଠି ଥିଲୁ? ମୁଁ ଆଉ ରହିପାରିଲି ନାହିଁ... (ଆଉ କଲେ କାମୁଡ଼ି ପାଟି ପୋଡ଼ିବାରୁ ମୁଖ ବିକୃତି)... ମାଆ ତ ଭଲ ହୋଇଗଲାଣି, ତ' ଠାକୁରଙ୍କୁ ଏତେ କଅଣ ଡାକୁଥିଲୁ?" ସମବେତ ହସର କଳଧ୍ୱନି।

ସୁନନ୍ଦା ଦେବୀ ଖଟରେ ଆଉଜି ବସି ରହିଥିଲେ। ତାଙ୍କର ଶୁଷ୍କ ଉପଭୋଗୀ ମୁହଁରୁ ମନେ ହେଉଥିଲା ଯେ ସେ ଅନ୍ତତଃ ଆହୁରି ଶହେବର୍ଷ ବଂଚିବେ।

ଅନ୍ଧରାତିର ସୂର୍ଯ୍ୟ

ମହାପାତ୍ର ନୀଳମଣି ସାହୁ

ମୃତ୍ୟୁଞ୍ଜୟବାବୁ ସବୁଦିନ ଭଳି ବାସ୍କେଟ ଧରି ବଜାର ବାହାରିଲେ । ଘରଣୀ ତାଲିକା କରିଦେଇଛନ୍ତି ବାଇଗଣ, ସାରୁ, ଖଡ଼ା, ବୋଇତିକଖାରୁ, ଜହ୍ନି... ଇତ୍ୟାଦି ଇତ୍ୟାଦି । ତାଲିକା ଦେଖିବାକୁ ତାଙ୍କର ଆଗ୍ରହ ନାହିଁ । ସେହି ଚିରାଚରିତ ବୈଚିତ୍ର୍ୟହୀନ ଘାସ ଗୁଳ୍ମାଦିର ସ୍ୱାଦ । ଥୋଡ଼, ବଡ଼ି, ଖଡ଼ା- ଖଡ଼ା, ବଡ଼ି, ଥୋଡ଼, ସା'ରିଗାମା ପାଧାନିସା-ସାନିଧାପା ମାଗାରିସା । ପାଟିକୁ ଅରୁଚି ଧରିଗଲାଣି । ବଜାରରେ ପୋଟଳ ପଡ଼ିଲାଣି । ବେଶ ଟାଣ ଟାଣ ସାବ୍‌ଜା ଲମ୍ବା ପୋଟଳ । ମଝିରୁ ଦୁଇଫାଳ କରି କାଟି-ତେଲରେ ଛାଣି, ଭାଜି କିମ୍ବା ଗରମ ମସଲା ଦେଇ ଝୋଲକରି କିମ୍ବା ପୋଟଳକୁ ଦୁଇଫାଳ କରି ଚିରି, ତା' ଭିତରେ ପୁର ଦେଇ ଭାଜି, ଚମତ୍କାର ଭାତ ଖାଇହୁଏ । ବର୍ଷା ପୂର୍ବରୁ ପୋଟଳରେ ମିଠା ଥାଏ । ବର୍ଷା ପଡ଼ିଲେ ଭାରି ପାଣିଚିଆ ଲାଗେ ।

ମାତ୍ର ଗୃହିଣୀଙ୍କୁ ପୋଟଳ କଥା କହିଲେଇ ସେ କାମୁଡ଼ି ଗୋଡ଼େଇବ । "ଆରେ ଯା'ମ ! ଭାରି ପୋଟଳ

ଖାଇଲାବାଲା। ଟଙ୍କା ଦୁଇଶହ ଦରମା – ସାତପ୍ରାଣୀ କୁଟୁମ୍ବ-ଚାଉଳ ସେର ଟଙ୍କାଏ–
ଡାଲି ସେର ଦେଢ଼ଟଙ୍କା– ପନ୍ଦର ତାରିଖ ଗଡ଼ିଗଲେ ଧାର୍ ପାଇଁ ଯା' ଦୁଆର ତା'
ଦୁଆର। ଶାଢ଼ି ଖଣ୍ଡେ ନାହିଁ ଯେ, ସାତସିଆଁ କରି ଧୋଇ ଶୁଖେଇ ପିନ୍ଧୁଛି। କୁନାର
ବୀଜଗଣିତ ବହି ନାହିଁ, କୁନୀର ଫ୍ରକ୍ ନାହିଁ, ମୁନାର ପ୍ୟାଣ୍ଟ ନାଇଁ, ମୁନୀର କଲମ
ନାହିଁ। ଶ୍ୱଶୁରଙ୍କ ତ୍ରିଫଳା ଟନିକ୍ ନାହିଁ, ଶାଶୁଙ୍କର ମହାବାତ-ବିଧ୍ୱଂସିନୀ ତୈଲ ନାଇଁ,
ପୋଟଳ ଖାଇବ ? ପୋଟଳ ? ଲାଜ ମାଡୁନି ? ଜିଭରେ ଫେର୍ ସେ ଦ୍ରବ୍ୟର ନାଁ
ଧରୁଛ ?"

ଗୃହିଣୀଙ୍କ ପୋଟଳଚିରା ଆଖିକୁ ବାରେ ମାତ୍ର ଚାହିଁ ତତ୍‌କ୍ଷଣାତ୍ ତହିଁରୁ ଦୃଷ୍ଟି
ଫେରାଇ ମୃତ୍ୟୁଞ୍ଜୟବାବୁ ଆଖିବୁଜି ମନେ ମନେ ମହା ମୃତ୍ୟୁଞ୍ଜୟ ମନ୍ତ୍ର ଜପ କଲେ।
ଓଃ ! କାହିଁକି ଭଲା ଜିଭରେ ସେ ସେହି ନାମଟି ଉଚାରିଲେ ? ଯାଃପ ଜିଭ ତ ଲୋଡୁଛି
ସେଇଆକୁ ! ସମ୍ଭାଳି ପାରୁଛି କୋଉଠି ? ଜିଭର ତ କାମ ହେଲା ସେଇଆ। ଚାଖିବ–
ନ ହେଲେ ନାମ ରଟିବ।

ଏ ସମୟରେ ଗୃହିଣୀକୁ କିଛି କହିବା ଲାଗି ସାହସ କୁଲାଏ ନାହିଁ। ଏ ବେଳାରେ
ସେ ଯୋଗିନୀଭଳି ଦିଶେ। ତା'ର ଟାକୁଆଗାଲ ଆହୁରି ଭିତରକୁ ପଶିଯାଏ। ମୁଣ୍ଡର
ବାଲ ଚନ୍ଦା ହୋଇଗଲାଣି। ଦୁଇ ଆଖି ଯାଇ ରହିଲାଣି କୋଉ ରସାତଲରେ। ଦାନ୍ତଗୁଡ଼ାକ
ପଦାକୁ ବାହାରି ଆସିଲାଣି। ରାଗିଲାବେଳେ ସେଗୁଡ଼ିକ ଭାରି ଭୟଙ୍କର ଦିଶେ।

ତଥାପି ମଧ୍ୟ କୁନାବୋଉ ସ୍ୱାମୀସୋହାଗର ଜ୍ୱଳନ୍ତ ନିଦର୍ଶନ ସ୍ୱରୂପ ଗୋଟେ ମସ୍ତ
ସିନ୍ଦୂର ଟୋପା ମଥାରେ ଲଗାଇଥାଏ। ତାହା ଆହୁରି ଭୀଷଣ ଦିଶେ ଏ ବେଳରେ
ସ୍ୱାମୀ ମୃତ୍ୟୁଞ୍ଜୟବାବୁଙ୍କ ଆଖିକି।

ମୃତ୍ୟୁଞ୍ଜୟବାବୁ ବାସ୍କେଟ୍ ଧରି ପଛ ବୁଲାଇ ଦିଅନ୍ତି – ଯାଃ– ଯାଃପ ପୃଷ୍ଠଯୋଗିନୀ।
ଅଥଚ ଆଜିକୁ ସତରବର୍ଷ ତଲେ କୁନାବୋଉ ମନ୍ଦ ଦିଶୁ ନ ଥିଲା। ଏମିତି ଅବଶ୍ୟ
ଥିଲା ଦୁର୍ବଳିଆ; ମାତ୍ର ତା' ଭିତରେ କିଛି ରଙ୍ଗ ଥିଲା, ରସ ବି ଥିଲା କିଞ୍ଚିତ୍। ଏଇ
ତନ୍ବୀ ଶ୍ୟାମା ଶିଖରିଦଶନା...।

ମୃତ୍ୟୁଞ୍ଜୟବାବୁ ତାଙ୍କ ଚଉଠିରାତିର କଥା ମନେ ପକାନ୍ତି। ମନେ ପଡ଼ିଗଲେ
ଅନ୍ତତଃ ବର୍ତ୍ତମାନର କୁନାବୋଉକୁ ଟିକିଏ ସହ୍ୟ କରି ହୁଅନ୍ତା ! ମାତ୍ର ଚଉଠିରାତି
କୁଆଡ଼େ ଯାଇ ରହିଲାଣି। ମନେ ପଡ଼ୁଛି ତାଙ୍କ ଜୀବନର ଅସଂଖ୍ୟ ଉତପ୍ତ ଗ୍ରୀଷ୍ମ
ମଧାହ୍ନରେ ଚଉଠିରାତି ବୋଲି ଗୋଟିଏ ରାତି ଥରେ ଆସିଥିଲା, ମାତ୍ର ତାହା ସ୍ୱପ୍ନ କି
ବାସ୍ତବ, ସେ କଥା ବର୍ତ୍ତମାନ ଠଉରାଇ ହେଉନାହିଁ। ଯାଃ ଛାଡ଼। ଜୀବନ ଏହିଭଳି,
ଯୌବନ ବି ତା'ଠାରୁ ବଳି। ଶେଷକୁ ଏ ମହର୍ଗକାଲ। ଏ କାଲେ ଜୀବନ କେବଲ

ବାସ୍ତବକୁ ବୁଝିପାରେ, ସ୍ୱପ୍ନକୁ ନୁହେଁ, ବାସ୍ତବ ସଙ୍ଗେ ଯୁଦ୍ଧ କରିପାରେ– ସ୍ୱପ୍ନକୁ କୋଳ କରି ଶୋଇ ପାରେନାହିଁ।

ମୃତ୍ୟୁଞ୍ଜୟବାବୁ ବାସ୍କେଟ ଧରି ପାହାଡ଼କୁ ଗଡ଼ୁଛନ୍ତି, ବଡ଼ଝିଅ କୁନି କହିଲା, "ବାପା, ଆଜି ମାଛ ଆଣିବ ?"

ତା'ପାଟିରୁ 'ମାଛ' ବାହାରିଛି କି ନାହିଁ କୁନାବୋଉ ରୋଷେଇ ଘରୁ ଚିହିଁକି ଆସି ସେତକ ତା' ପାଟିରୁ ଝାମ୍ପିନେଲା।

"ଏତେ ମାଛ ଖାଆନା ମ! ଆଉ ଯଦି ହଜାରିକିଆ ବାପର ଝୁଅ ହୋଇଥାନ୍ତୁ ନା...! ଦେଖ, ଯାହା ତାଲିକା ଦେଇଛି, ସେଇଆ ଆଣିବ, କହି ଦେଉଛି। ମାଛ ଖାଇବ ମାଛ– ମାଛ ଖାଉଛି ମୋ ଭାଇ, କଣ୍ଟାକୁଟର ହୋଇଛି। ମନ୍ତ୍ରୀଙ୍କ ସାଙ୍ଗେ ମିଶୁଛି– ମାଛ ଖାଉଛି– ତା' ପିଲାଙ୍କୁ ଖୁଆଉଛି।"

ମୃତ୍ୟୁଞ୍ଜୟବାବୁ ବାତ୍ସଲ୍ୟରସ ଭିତରେ ବୁଡ଼ି ଯାଇଥାନ୍ତେ; ମାତ୍ର କୁନାବୋଉର ପ୍ରବଳ ଝିଙ୍କାରେ ସେ ବୁଡ଼ି ଉଠି ଏକାବେଳ୍‌କେ କୂଳରେ ଲାଗିଗଲେ। ତା'ପରେ ସେ ଏକାମୁହାଁ ସଡ଼କକୁ ଉଠିଲେ। ସାଇକେଲରେ ବସି ପ୍ୟାଡ଼େଲ ମାରିଛନ୍ତି କି ନାହିଁ, ତାଙ୍କ ଆଖିରେ ପଡ଼ିଲା– ପୋଲିସ୍‌ଙ୍କ ପରେଡ଼ ପଡ଼ିଆରେ ତାଙ୍କ ବଡ଼ ପୁଅ କୁନା ଗୋଟେ ସାଇକେଲ ଟାୟାର ଧରି ଗଡ଼େଇ ଗଡ଼େଇ ତା' ପଛରେ ଅନ୍ଧ ଭଳିଆ ଦଉଡ଼ିଛି। ପଡ଼ିଆଟା ଖୁବ୍ ବଡ଼, ଆଖି ପାଏନା।

ସନ୍ଧ୍ୟା ବୁଡ଼ୁ ବୁଡ଼ୁ ହେଉଛି। ଏଣେ ପଶ୍ଚିମ ଦିଗରେ ଖଣ୍ଡିଏ କଳା ମେଘ ଉଠିଆସୁଛି। ଭୀଷଣ ଗମ୍‌ଗମ୍ ଲାଗୁଛି। ପବନ ନିସ୍ତବ୍ଧ। ହଲ ନାହିଁ କି ଚଲ୍ ନାହିଁ। ବୈଶାଖ ମାସ। ଏଇ ପାହାଡ଼ିଆ ଜାଗାଟାରେ ଏଇ ସମୟରେ ଭୀଷଣ ଝଞ୍ଜା ବତାସ ହୁଏ। ଅତି ଆକସ୍ମିକ ଭାବରେ ହୁଏ, ଘଣ୍ଟାକୁ ୭୦–୮୦ ମାଇଲ୍ ବେଗରେ କାହିଁ କୁଆଡ଼ୁ ପବନ ଛୁଟିଆସି ଗଛ ଉପାଡ଼େ– ଚାଳ ଉଡ଼ାଏ– ଖୁଣ୍ଟ ଚଲାଏ– କାନ୍ଥୁ ପକାଏ– ଡିହ ଭାଙ୍ଗେ। ଗୋରୁ, ଗାଈ, ଛେଳି, ମେଣ୍ଢା ଏପରି କି ମଣିଷକୁ ଉଡ଼ାଇ ନେଇଯାଏ– କାହିଁ କୋଉ ଅପନ୍ତରାରେ ପକାଇଦିଏ। ଘଡ଼ଘଡ଼ି, ଚଡ଼ଚଡ଼ି– ସେ ଏକ ପ୍ରଳୟ କାଣ୍ଡ।

ମୃତ୍ୟୁଞ୍ଜୟବାବୁ ତୋଫାନର ଆଶଙ୍କା କରି– କୁନାକୁ ଡାକ ଛାଡ଼ିଲେ, "ହେ କୁନା ! ଯାଆ– ଯାଆ ପଳା ଘରକୁ। ଭୀଷଣ ବତାସ ମାଡ଼ି ଆସୁଛି। ଧୂମାଳ ପବନ ଯାଆ ଯାଆ– ଘରକୁ ପଳାଇ ଯା।"

କୁନା ଶୁଣିଲା ଭଳି ହେଲା। ଘରଆଡ଼କୁ ତା'ର ସାଇକେଲ ଟାୟାର ସଲଖିଲା। ତା'ପରେ ଦଉଡ଼ିଲା ସିଧା ଘରମୁହାଁ। ମୁହଁରୁ ଗୋଟେ ଫଁ ଫଁ ଶବ୍ଦ କରି ଦଉଡ଼ୁଥାଏ। ଟାୟାର ଗଡ଼ାଇ ଗଡ଼ାଇ। ବାଁରୁ ଡାହାଣକୁ ପୁଣି ଡାହାଣରୁ ବାଁ, ଫେର କିଛିବାଟ

ସିଧା– ପୁଣି ଥରେ ବାଁ ଆଡ଼କୁ ଟାୟାର ମୋଡ଼ିଲା। ତା'ପରେ ବାଁ ଡାହାଣ– ଡାହାଣ ବାଁ– ଏମିତି ହେଇ ଘଡ଼ିଏ ଏପଟ ସେପଟ ହେଲା। ମୃତ୍ୟୁଞ୍ଜୟବାବୁ ତାଙ୍କୁ ଆଉ ଥରେ ଘରକୁ ଫେରିବା ଲାଗି ସାବଧାନ କରିଦେଇ ସାଇକେଲ ମୁହାଁଇଲେ ବଜାର ଆଡ଼େ।

ବାଟରେ ଦେଖିଲେ– ଚନ୍ଦ୍ରମୋହନବାବୁ ମଧ ବ୍ୟାଗ ଧରି ସାଇକେଲରେ ବାଁ ପଟୁ ଆସୁଛନ୍ତି। ବାଃ– ଭଲ ହେଲା। ବଜାର କରିବାଭଳି ଅପ୍ରୀତିକର କର୍ମ ସହିତ ଯଦି ଚନ୍ଦ୍ରମୋହନବାବୁଙ୍କ ଭଳି ରସିକ, ସହୃଦୟ ବନ୍ଧୁଙ୍କର ସାହଚର୍ଯ୍ୟ ମିଳେ– ତେବେ ଭାଗ୍ୟବାନ ବୋଲି ବୁଝିବାକୁ ହେବ।

ଚନ୍ଦ୍ରମୋହନବାବୁ ତାଙ୍କଠାରୁ କିଞ୍ଚିତ୍ ରୋଜଗାର କରନ୍ତି। ଛୋଟ ପରିବାର– ସୁଖୀ ପରିବାର। ଚମକ୍ରାର ପୁରୁଷ। ପ୍ରତିଦିନ ବ୍ୟାୟାମ କରନ୍ତି। ପରିପୁଷ୍ଟ ସ୍ୱାସ୍ଥ୍ୟ। ସ୍ୱଚ୍ଛଭାଷୀ– ମାତ୍ର କଥାର ବିଦଗ୍ଧ ଭଙ୍ଗୀ, ହୃଦୟଗ୍ରାହୀ। ବାହ୍ୟ ଚେହେରାରେ କିଞ୍ଚିତ୍ ସ୍ଥୂଲ ରୁକ୍ଷତା ହୁଏତ ଅଛି– ମାତ୍ର ହୃଦୟଟି ବୈଷ୍ଣବଜନସୁଲଭ ଅତି କୋମଳ– ଅତି ସ୍ନିଗ୍ଧ। କର୍ତ୍ତବ୍ୟନିଷ୍ଠ କର୍ମଚାରୀ। ସାହାୟ୍ୟକାରୀ ସାମାଜିକ ବନ୍ଧୁ।

ନମସ୍କାର ଆଦାନ ପ୍ରଦାନାନ୍ତେ ଦୁହେଁ ପାଖାପାଖି ଚାଲିଲେ, ନାନାଦି ବିଷୟରେ ଆଲୋଚନା କରି। ଚନ୍ଦ୍ରମୋହନବାବୁ ଟିକିଏ ଭୋଜନ ବିଲାସୀ ମଧ।

ଚଞ୍ଚଳ ଫେରି ଆସିବା। ଆପଣଙ୍କର ବୋଧେ ବହୁତ କିଛି ବଜାର କରିବାର ଅଛି ! !

ଚନ୍ଦ୍ରମୋହନବାବୁ ଅଳ୍ପ ହସି କହିଲେ, "ନା–ନା, ଆଜି ମୁଁ କିଛି କିଣିବି ନାହିଁ। ଶୁଣିଲି ବଜାରକୁ ସୀତାସାଗର ବନ୍ଧରୁ ରୋହି ଆସିଛି। ସୀତାସାଗର ରୋହି ଖାଇଛନ୍ତି ?"

ମୃତ୍ୟୁଞ୍ଜୟବାବୁ ଦୀର୍ଘଶ୍ୱାସ ପକାଇଲେ।

"ନାଇଁ ଭାଇ, ଆମ୍ଭେମାନେ ସେ ମହାର୍ଘ ବହୁଦର୍ଶିତାର ଅଧିକାରୀ ନୋହୁଁ। ମାସକରୁ ବେଶୀ ହେବ ଆଇଁଷ କାଟିଟିଏ ବି ଦେଖିନାହୁଁ। ଆଉ ରାମରାଜ୍ୟ ହେବ– ନା– ସୀତାସାଗର ରୋହି ଆମ ଭଳିଆ ଲୋକଙ୍କ ପାଟିରେ ବାଜିବ ! !... କେତେ ଦର ?"

"ସାତ ଆଠ ଟଙ୍କା ହେବ– ଆଉ କେତେ ? ମଝିରେ ଦଲାଲ ପଶି ଏମିତି ଦର ବଢ଼ାଇ ଦେଉଛନ୍ତି। ଆଉ କଳାବଜାରର ପଇସା ଯେଉଁମାନଙ୍କ ପାଖେ, ତାଙ୍କର ବା ପରୁଆ କ'ଣ ? ସନ୍ଧ୍ୟାସୁଦ୍ଧା ଚାରି ମହଣ ମାଛ ଚିଲପରି ଝାମ୍ପିନେବେ।"

ମୃତ୍ୟୁଞ୍ଜୟବାବୁଙ୍କ ମନ ବୈଗୁଣ୍ୟରେ ଛଟପଟ ହେଲା। ହେ ଭଗବାନ୍ ! ଇଏ କି ଜୀବନ ? ନିମ୍ନ ମଧ୍ୟବିତ୍ତର ଏଇ ଦୟନୀୟ ଜୀବନରେ ନା ଅଛି ରଙ୍ଗର ବାହାର ନା ଅଛି ରସର ସ୍ୱାଦ ! ପୋଟଳ କିଲୋ ଦୁଇଟଙ୍କା ବୋଲି ଯାହାକୁ ଛୁଇଁ ହେଉନି– ସାତ

ଆଠ ଟଙ୍କା କିଲୋର ସୀତାସାଗର ରୋହିକୁ ସେ'ବା ଚାହିଁ ପାରିବ କିପରି ? ତା' ଆଖି ଝଲସି ଯିବନାହିଁ ? ଧିକ୍‌ରେ ଜୀବନ !!

କିନ୍ତୁ କାହାକୁ ସେ କ'ଣ କହିବେ ? ଏ ଅବସ୍ଥା ଯେଉଁମାନେ ଭୋଗୁଛନ୍ତି- ସେମାନେ ତାଙ୍କରି ଭଳି ଦୁର୍ବଳ, ଦାୟିତ୍ଵହୀନ, ଭୀରୁ ସହଣିକ। ଭାଗ୍ୟକୁ ନିନ୍ଦିଲେ ସୀତାସାଗର ରୋହି ଜିଭରେ ବାଜିବ ନାହିଁ, ଈଶ୍ଵରଙ୍କୁ ଡାକିଲେ ସେ ପୋଟଳ କିଲୋ ଘରକୁ ପଠାଇ ଦେବେନାହିଁ।

ସମାଜର ଏ ଅବସ୍ଥାର ପରିବର୍ତ୍ତନ ଲାଗି ବିପ୍ଲବ ଆବଶ୍ୟକ, କିନ୍ତୁ ବିପ୍ଲବ ? ମୃତ୍ୟୁଞ୍ଜୟବାବୁଙ୍କ ମୁଣ୍ଡ ଘୂରାଇ ଦେଲା। ଥାଉ – ଥାଉ- ସେ ଦିନ ଆସୁଛି। ସେଇ ଦିନକୁ ଡାକି ଆଣୁଛନ୍ତି- ତାଙ୍କର କୁନା, ମୁନା, ଟୁଟୁ, ମୁଟୁମାନେ। ସେମାନେ ସହିବେ ନାହିଁ ଲଢ଼ିବେ। ସେମାନେ ପୋଟଳ ଫଳାଇ ଖାଇବେ। ରୋହିମାଛ ପାଣିରୁ ଛାଣି ଆଣି ଖାଇବେ। ନ ହେଲେ ସେମାନେ ଛଡ଼େଇ ନେବେ – ଛାଡ଼ିବେ ନାହିଁ। କଳାବଜାର ଆଉ କଳାବଜାରୀଙ୍କ ବିରୁଦ୍ଧରେ ସେଇମାନେ ଲଢ଼ିବେ। ଅତ୍ୟାଚାରୀ ପୁଞ୍ଜିବାଦୀ ଶାସନ ଆଗରେ ସେମାନେ ମୁଣ୍ଡ ନୁଆଁଇବେ ନାହିଁ। ବ୍ୟକ୍ତିଗତ ଲାଭର ନିଶା ସେମାନଙ୍କୁ ଧରିବ ନାହିଁ। ବର୍ତ୍ତମାନର ସମାଜ ବ୍ୟକ୍ତିଗତ ଲାଭ ମନୋବୃତ୍ତି ଓ ତା' ଲାଗି ପ୍ରତିଦ୍ଵନ୍ଦ୍ଵିତାପୂର୍ଣ୍ଣ ପ୍ରଚେଷ୍ଟାର ଫଳ ଭୋଗି ମରୁଛି। ଆଗାମୀ ସମାଜ ଆଉ ଏହାକୁ ବରଦାସ୍ତ କରିବ ନାହିଁ। ସେମାନେ ଆସୁଛନ୍ତି- ସମାଜବାଦର ନୂତନ ନେତୃତ୍ଵ ନେଇ। ସେମାନେ ଆସୁଛନ୍ତି, ସେମାନେ ଭାଙ୍ଗିବେ, ମାରିବେ, ମରିବେ, ଗଢ଼ିବେ।

କିନ୍ତୁ ଆପାତତଃ ସୀତାସାଗରର ରୋହିମାଛ ଲୋଭ, ତାଙ୍କ ମୁଣ୍ଡରେ ଭୀଷଣ ଅସ୍ଵସ୍ତି ସୃଷ୍ଟିକଲା। ଗୃହିଣୀ ମାତ୍ର ଦୁଇଟି ଟଙ୍କା ଦେଇଛନ୍ତି। ସେଥିରେ ଖଣ୍ଡିଏ ବି ମାଛ ମିଳିବ ନାହିଁ। ମିଳିଲେ ବି ସେ ଅବା କିଣିବେ କୁଆଡ଼ୁ ? ତିନି ଦିନର ପରିବା ଖର୍ଚ୍ଚ ସେ ! ଆଳୁ, ସାରୁ, କଙ୍ଖାରୁ, ଖଡ଼ା, ନା... ଓଃ !!!

ଆମିଷରେ ଇନ୍ଦ୍ରିୟର ବାସନା ପୂରଣ ଅପାରଗତା ହେତୁ– ମନଟା ଖୁବ୍ ବେଶୀ ଆଇଁଷିଆ ଧରିଗଲା ମୃତ୍ୟୁଞ୍ଜୟବାବୁଙ୍କର। ଚନ୍ଦ୍ରମୋହନବାବୁ ସେତେବେଳେ ଆଉ ଗୋଟିଏ ଗୂଢ଼ କଥା ପକାଇଥାନ୍ତି। ମଣିଷ ଭିତରୁ ପଶୁର ମୃତ୍ୟୁ କେବେ ହେବ ? ମାତ୍ର ମୃତ୍ୟୁଞ୍ଜୟବାବୁ ସେକଥା କାନରେ ଶୁଣୁଥିଲେ ବି ମନ ଯାଇ ଥାଏ ସୀତାସାଗରର ରୋହିମାଛ ଉପରେ। ତାଙ୍କର କଳ୍ପନାରେ ଭାସିଉଠାଏ- ସେଇ ରୌପ୍ୟକାନ୍ତି, ଲାଲସିକ୍ତ, ରକ୍ତଚକ୍ଷୁ, ଦୀର୍ଘାକାର ପରିପୁଷ୍ଟ, ରୋହିତ ମସ୍ୟର ଅତି ଆକର୍ଷଣୀୟ ଅନିନ୍ଦିତ ଦିବ୍ୟରୂପ।

ମାତ୍ର ଚନ୍ଦ୍ରମୋହନବାବୁ କହି ଚାଲିଥାନ୍ତି- ତାଙ୍କର ସ୍ଵଭାବସୁଲଭ ନରମ ସ୍ନିଗ୍ଧ ଆବେଗପୂର୍ଣ୍ଣ କଣ୍ଠରେ-

"କ'ଣ ଭାଇ ଆମେ ସଭ୍ୟ ହୋଇଛୁ କହ ? ପୃଥିବୀରେ ହଜାର ହଜାର ବର୍ଷ ଧରି ବହୁ ସାଧୁ, ସନ୍ତ, ମୁନି, ମହାତ୍ମା ଜନ୍ମ ହେଲେ ପର ଲାଗି, ଈଶ୍ୱରଙ୍କ ଲାଗି ସେମାନେ ଜୀବନ ଦାନ କରିଗଲେ। ସେମାନେ ସ୍ୱର୍ଗର ଆଲୁଅ ଏ ପୃଥିବୀକୁ ଉତାରି ଆଣିଛନ୍ତି– ସେମାନେ ଦେବଦୂତ – ଦେବଶିଶୁ– ସ୍ୱୟଂ ଈଶ୍ୱରଙ୍କ ଅବତାର, ମାତ୍ର ସାଧାରଣ ମଣିଷ ? ଯେଉଁ ତିମିରରେ– ସେଇ ତିମିରରେ। ମନୁଷ୍ୟ ସଭ୍ୟତାର କ୍ରମବିକାଶରେ ବୁଦ୍ଧ, ଖ୍ରୀଷ୍ଟ, ଚୈତନ୍ୟ, କନ୍‌ଫୁସିଅସ୍, ମହମ୍ମଦ ବା ରାମ, କୃଷ୍ଣ, ଶ୍ରୀ ଅରବିନ୍ଦ– ସବୁ ବ୍ୟତିକ୍ରମ। କହ ଭାଇ, ତୁମ ଆମଭଳି ମଣିଷର କ'ଣ ଉନ୍ନତି ହୋଇଛି ? ଆମ ଭିତରେ କି ଛୋଟଲୋକୀ, ହିଂସା, ଦ୍ୱେଷ, ମିଥ୍ୟା, କାମ, କ୍ରୋଧ–ଇସ୍... ଆମେ ସବୁ କାହିଁକି ଜନ୍ମ ହୋଇଥାଉଁ ମୃତ୍ୟୁଞ୍ଜୟବାବୁ!"

ମୃତ୍ୟୁଞ୍ଜୟବାବୁ ତଥାପି ମଧ୍ୟ ସୀତାସାଗରର ରୋହି କଥା ଭାବୁଥିଲେ। କୋଉ ଖଣ୍ଡରେ କେମିତି ଭଲା ଆଉ ଟଙ୍କା ତିନିଟା ମିଳିଯାନ୍ତା! ବାଟରୁ ହେଲେ ପାଆନ୍ତେ! କାହିଁ ? କୋଉଠି ଉଡ଼ୁଛି ଟଙ୍କା, କାହିଁ ? ତାଙ୍କ ସାନ ଶଳା ମାଟ୍ରିକ୍ ପାସ୍ କରି ବର୍ତ୍ତମାନ କଂଗ୍ରେସରେ ମିଶି କଣ୍ଟ୍ରାକ୍ଟର ହୋଇଛି– ପ୍ରଥମ ଶ୍ରେଣୀ କଣ୍ଟ୍ରାକ୍ଟର। ସେ ଦିନେ କହୁଥିଲା ତାଙ୍କୁ– ଶାଶୂ, ଶ୍ୱଶୁର ଆଉ ତାଙ୍କ ସ୍ତ୍ରୀଙ୍କ ଆଗରେ,

"ତୁମେ ମୃତ୍ୟୁଞ୍ଜୟ ଭାଇ ସେ କିରାଣି ବୃତ୍ତି ଛାଡ଼ି ଚାଲିଆସ ମୋ ପାଖକୁ। ଟଙ୍କା ବର୍ତ୍ତମାନ ପବନରେ ଉଡ଼ୁଛି। ମୁଁ ତୁମକୁ ମାସକୁ ହଜାରେ ଟଙ୍କା ଦେବି।"

ମୃତ୍ୟୁଞ୍ଜୟବାବୁ ମନେ ମନେ ହସିଛନ୍ତି ସେତେବେଲେ। ଯୋଉ ଟଙ୍କା ପବନରେ ଉଡ଼େ– ଆଉ ଯାହାକୁ ଜାଲପାତି ଧରାଯାଏ– ସେ ଟଙ୍କା ଦେବଦଉ ନୁହେଁ– ଆସୁରିକ।

କିନ୍ତୁ ସୀତାସାଗର ରୋହି କଥା ଭାବିଲାବେଲେ ମୃତ୍ୟୁଞ୍ଜୟବାବୁ ନିଜର ଆଧ୍ୟାତ୍ମିକ ଚେତନା ଉପରେ ବର୍ତ୍ତମାନ ଭୟଙ୍କର ଚିଡ଼ିଉଠିଲେ। ଦୁତ୍‌ଡେରୀ!! ସବୁ ଅନର୍ଥର ମୂଲ ଏଇ ତାଙ୍କର ଆଧ୍ୟାତ୍ମିକ ସଂସ୍କାର। ସେ ସଂସ୍କାର ବନଶୀଖଡ଼ା ଧରାଇ ଦିଏନାହିଁ କି ମାଛ ପ୍ରତି ଲୋଭକୁ ବି ମାରିପାରେ ନାହିଁ; କିନ୍ତୁ ଏ ସଂସ୍କାର ଯଥାର୍ଥରେ ଆଧ୍ୟାତ୍ମିକ କି ନୈତିକ ? ଛାଡ଼ ଛାଡ଼– ସୀତାସାଗର ରୋହି !!

ଆଃ...

ବଡ଼ଝିଅ କୁନୀ। ହାଉଡ଼ୀଟାଏ। ଦଶମ ଶ୍ରେଣୀରେ ପଢ଼ିଲାଣି। ତଥାପି ଗେଲବସରପଣ ଗଲାନାହିଁ। ଚାଉଳୀ ଖୋଇ ଛାଡ଼ିଲା ନାହିଁ। ସବୁଦିନେ କହିବ, "ବାପା! ଆଜି ମାଛ ଆଣିବ ନାଇଁ ?"

ବିଚାରୀ ଭାରି ଆଇଁଷରକୁଣୀ!

ଥରେ ଚାଉନ୍ତର ବଡ଼ ଟ୍ରକ୍ ଓ ବସ୍ ବ୍ୟବସାୟୀଙ୍କ ଝିଅ (କୁନୀର କ୍ଲାସମେଟ୍)କୁ

ଶିଖାଇ ତାଙ୍କ ରୋଷେଇଘରୁ ଇଲିସ ମାଛ ଭଜା ଚୋରିକରି ଖାଇଥିଲା ବୋଲି, ତା'
ବୋଉ ସେଦିନ ତାକୁ ଛାଁଉଣୀ ମାଡ଼ରେ ଛେଚି ଦେଇଗଲା। ବିଚାରୀ ସେଦିନ ମାଡ଼
ଆଉ ଅପମାନର ଆଘାତରେ ଭାଙ୍ଗି ପଡ଼ିଥିଲା। ଆଉ ସେଇଦିନୁ...।

ଆଃଃଃ...

ମୃତ୍ୟୁଞ୍ଜୟବାବୁ ସୀତାସାଗର ରୋହି ସଙ୍ଗେ ତାଙ୍କର ହାଉଡ଼ୀ, ଆଇଁଷ ଡାହାଣୀ
ଗେହ୍ଲ ଝିଅଟିର ଆକର୍ଷଣକୁ ମିଶାଇ- ନିଜ ଛାତି ଭିତରେ ଦାରୁଣ ଯନ୍ତ୍ରଣା ଅନୁଭବ
କଲେ।

ଚନ୍ଦ୍ରମୋହନବାବୁ କହିଚାଲିଥାନ୍ତି।

"ମଣିଷ ଭିତରେ ତଥାପି ପଶୁ ବଞ୍ଚ ରହିଛି ମୃତ୍ୟୁଞ୍ଜୟବାବୁ! ମଣିଷ ବର୍ତ୍ତମାନ
ପଶୁଠାରୁ ମଧ୍ୟ ବଳିଗଲାଣି। ଶୁଣିବେ ?"

"କୋଉକଥା ?"

"ବାଉଦପୁରଠାରେ ଯେଉଁ ରେଲ ଦୁର୍ଘଟଣା ହେଲା।"

"ହାଁ ହାଁ- ବହୁତ ଲୋକ ତ ମରିଗଲେ!! କେବଳ ଜଣେ ଲୋକର
ଅନ୍ୟମନସ୍କତା ଆଉ କର୍ତ୍ତବ୍ୟ ଜ୍ଞାନର ଅଭାବ ଯୋଗୁଁ..."

"ଆଃ- ସେ ତ ହେଲା। କିନ୍ତୁ ଶୁଣନ୍ତୁ। କେତେ ଲୋକ ତ ଡବାଗୁଡ଼ିକରେ ଚାପି
ହୋଇଯିବାରେ ଚିପି ହୋଇ ମରିଗଲେ। କେତେ ଲୋକ ଛିଡ଼ିକି ପଡ଼ିଲେ। କେତେ
ଖଣ୍ଡିଆ ଖାବରା ହୋଇଗଲେ। ଅନ୍ଧାର ରାତି- ନିଛାଟିଆ ମଫସଲ ଷ୍ଟେସନ- ଶିଶୁ
ଆଉ ସ୍ତ୍ରୀ ଲୋକଙ୍କର ବିକଳ ଚିତ୍କାର- ମୃତ୍ୟୁ, ଯନ୍ତ୍ରଣାର ଆର୍ତ୍ତଚିତ୍କାର- ତ୍ରାହି ତ୍ରାହି
ରବ- ମଣିଷ ରକ୍ତରେ ପ୍ଲାଟଫର୍ମ ଆଉ ରାସ୍ତା ଭାସୁଛି। ଏଣେ କ'ଣ ହେଲା ଜାଣିଛ ?
ଆଖପାଖ ଗାଁମାନଙ୍କରୁ ଲୋକେ ଛୁଟି ଆସି, ସେଇ ଭଙ୍ଗା ଟ୍ରେନ୍ ଭିତରୁ ଆହତ,
ମୃତ, ଚିତ୍କାରରତ ମୁମୂର୍ଷୁ ଯାତ୍ରୀମାନଙ୍କର ଜିନିଷ ପତ୍ର ଲୁଟି ନେଉଥାନ୍ତି- କିଏ କାହା
ହାତରୁ ଘଣ୍ଟା ଭିଡ଼ି ନେଉଛି- କାହା କାନରୁ ଦୁଲ୍ ଛିଣ୍ଡାଇ ନେଉଛି- କିଏ ବୋହି
ନେଉଛି ସୁଟକେସ- କିଏ ରେଡ଼ିଓ... ଇଃ କି ବୀଭତ୍ସ!!"

କଥାର ବୀଭତ୍ସ ଧ୍ୱନିରେ ମୃତ୍ୟୁଞ୍ଜୟବାବୁ ମଧ୍ୟ ଶିହରି ଉଠିଲେ। ସେ ଆଖି ତରାଟି
ଅନାଇଲେ ଚନ୍ଦ୍ରମୋହନବାବୁ ଆଡ଼େ। ତା'ପରେ ଦୀର୍ଘଶ୍ୱାସ ଛାଡ଼ିଲେ। ସୀତାସାଗର
ରୋହି ଆଉ ତାଙ୍କର ଆଇଁଷ-ରକ୍କୁଣୀ ହାଉଡ଼ୀ ବଡ଼ଢିଅ କୁନୀ- ଏ ଦୁହିଁଙ୍କ ଆଡୁ ତାଙ୍କର
ମନ ଖସିଆସିଲା। ଛାଏଁ ଛାଏଁ ଚନ୍ଦ୍ରମୋହନବାବୁଙ୍କ କଥାର ବ୍ୟଞ୍ଜନାରେ ସେ ବ୍ୟଥିତ
ହୋଇପଡ଼ିଲେ। ତାଙ୍କୁ ବଡ଼ ନିରାଶ ଲାଗିଲା।... ସେ କିଛି କହି ପାରିଲେ ନାହିଁ- ସତେ
କି ଏ ବୀଭତ୍ସତା ତାଙ୍କ କୃତ। ଆହୁରି ଗୋଟେ ଦୀର୍ଘଶ୍ୱାସ ଛାଡ଼ି ସେ କହିଲେ,

"ବାସ୍ତବିକ୍ ବଡ଼ ଦୁଃଖର କଥା ଏଃ ।"

ଚନ୍ଦ୍ରମୋହନବାବୁ ପୁଣି କହିଲେ,

"ପୃଥିବୀକୁ ଅତିମାନସ ଶକ୍ତି ଓହ୍ଲାଇ ଆସିଲାଣି । ଅଥଚ ସାଧାରଣ ମଣିଷ ପଶୁଭଳି ସେହି ହୀନ ସ୍କୁଲ ଆବେଦନର ଦାସ ହୋଇ ରହିଛି... ଆଶ୍ଚର୍ଯ୍ୟ ଆଉ ଶୋଚନୀୟ ! ! "

ଏହି ସମୟରେ ମୃତ୍ୟୁଞ୍ଜୟବାବୁଙ୍କ ସମର୍ଥନକୁ ଅପେକ୍ଷା ନ କରି ବହୁକାଳୁ ଅପେକ୍ଷାମାଣ ଧୂମାଳ ତୋଫାନ ଉତ୍ତର ପଶ୍ଚିମ କୋଣରୁ ମାଡ଼ିଆସିଲା । ପ୍ରଥମେ ସାମାନ୍ୟ ଧୂଳି ଉଡ଼ାଇ- ତା'ପରେ ଚାହୁଁ ଚାହୁଁ ତୁହାକୁ ତୁହା ପବନ ତା' ସାଙ୍କୁ ଓକାରିଲା ଭଳି ଧମାକୁଟା ବର୍ଷା-ବିଜୁଳି-ଘଡ଼ଘଡ଼ି । ଦୁଇ ତିନିଟା ଚଡ଼ଚଡ଼ି ମଧ ପାଖ ଆଖରେ କୋଉଠି ପଡ଼ିଗଲା । ହାଉଁ ହାଉଁ ହୋଇ ବୟାର ସବୁ ଖେଦିଗଲେ ଚାରିଆଡ଼େ । ମାଡ଼ିଆସିଲା ଲହଡ଼ିଆ ଅନ୍ଧାର । ମତୁଆଲ ପବନ- ଅନ୍ଧଭାବରେ ଘାଉଁରେଇ ଦେଇଗଲା ପୃଥ୍ୱୀକି ଘଣ୍ଟାକେ ସତୁରି ଅଶୀମାଇଲି ବେଗରେ ।

ଦୁଇବନ୍ଧୁ ତରସ୍ତ ହୋଇ ସାଇକେଲମାନ ପଦାରେ ଫୋପାଡ଼ି ଦେଇ ଗୋଟିଏ ଫଟୋଦୋକାନ ଭିତରକୁ ପଶିଗଲେ । ତା' ଭିତରେ ବି କୋଡ଼ିଏ ତିରିଶି ପଥଚାରୀ ଆଶ୍ରୟ ନେଇଥାନ୍ତି । ଦୋକାନୀ କବାଟ ବନ୍ଦ କରିଦେଲା । ଘର ଭିତରେ ନିରାପଦରେ ରହି ସେମାନେ କାନେଇ ରହିଲେ ବାହାରେ ପ୍ରକୃତିର କି ତାଣ୍ଡବଲୀଳା ଚାଲିଛି- ତା'ର ନାନାପ୍ରକାର ଧ୍ୱଂସକାରୀ ଶବ୍ଦରାଜି । ସେଇଥିରୁ ସେମାନେ ବୁଝୁଥାନ୍ତି, କ'ଣ ସବୁ ଚାଲିଛି ଘର ବାହାରେ । ମଡ଼ମଡ଼ ଶବ୍ଦ, ଗଛମାନେ ଟଳିପଡ଼ୁଛନ୍ତି- ଡାହିମାନ ଭାଙ୍ଗିଯାଉଛି- ଛପର ସବୁ ଉଡ଼ିଯାଉଛି । ସିନେମାଘର ଛାତରୁ ଟିଣ ଚାଦରମାନ ଗୁଡ଼ି ଭଳି ଉଡ଼ିଯାଇ କୋଉଠି ବାଡ଼େଇ ହୋଇଯାଉଥାଏ । କୁଆଡ଼ୁ ସବୁ ମଣିଷ ଆଉ ଜୀବଜନ୍ତୁଙ୍କ ଚିକ୍ରାର । ପବନର ହାଉଁ ହାଉଁ, ବର୍ଷାର ଝପ ଝପ, ଘଡ଼ଘଡ଼ି ସାଇଁ ସାଇଁ ବିଜୁଳି । ହଠାତ୍ ଘର ଭିତରୁ ଆଲୁଅ ଲିଭିଗଲା । ଅନ୍ଧାର । ବିଜୁଳି ତାରମାନ ଛିଡ଼ିଗଲାଣି ରାସ୍ତାରୁ । ଖୁଣ୍ଟମାନ ଉପୁଡ଼ି ପଡ଼ିଲାଣି । ସମଗ୍ର ସହର ଅନ୍ଧାର – ଆଉ ଏଇ ଅନ୍ଧାରରେ ଏଇ ପ୍ରଳୟ ଲୀଳା... ।

ଚନ୍ଦ୍ରମୋହନବାବୁ ସ୍ଥିତପ୍ରଜ୍ଞ ବ୍ୟକ୍ତି ଭଳି ଚୁପ୍‌ଚାପ୍ ଠିଆ ହୋଇଥାନ୍ତି; ମାତ୍ର ମୃତ୍ୟୁଞ୍ଜୟବାବୁଙ୍କର ସ୍ନାୟୁ ସବୁ ଭୟ ଆଉ ଆଶଙ୍କାର ଉତ୍ତେଜନାରେ ବିବ୍ରତ ହୋଇପଡ଼ିଥାନ୍ତି । ତାଙ୍କ ମନରେ ଦକା ପଶିଯାଇଥାଏ । ପେରେଡ଼ ପଡ଼ିଆରେ ତାଙ୍କ ବଡ଼ପୁଅ କୁନା ସାଇକେଲ ଟ୍ୟାର ସାଙ୍ଗେ ମାତିଥିଲା । ସେ ଘରକୁ ଫେରିଥିବ ତ ? ଏ ଯୋଉ ପବନ- ଘଣ୍ଟାକେ ସତୁରି ଅଶୀ ମାଇଲ ଗତି- ଉଃ- ହେ ଭଗବାନ ! !

ମୃତ୍ୟୁଞ୍ଜୟବାବୁ ଏକ ନିରୁପାୟ ଆଶଙ୍କାରେ ଛଟପଟ ହେଲେ । ତା'ପରେ ଅଭ୍ୟାସଗତ ବ୍ୟାକୁଳ ଚିତ୍ତରେ ମନେ ମନେ ଈଶ୍ୱରଙ୍କୁ ଡାକିଲେ ।

"ହେ ମଧୁସୂଦନ ! ହେ ଦୈତାରି ! ହେ ତ୍ରିଲୋକେଶ ! ହେ ଆର୍ତ୍ତତ୍ରାଣ ! ଗଜକୁ କୁମ୍ଭୀର ମୁହାଁରୁ ରଖ୍‌ଥିଲ - ମୃଗୁଣୀକୁ ରଖ୍‌ଥିଲ ବ୍ୟାଧ ହାତରୁ - ଦ୍ରୌପଦୀର ଲଜ୍ଜା ନିବାରଣ କରିଥିଲ- ପରୀକ୍ଷିତକୁ ରଖ୍‌ଥିଲ ଚକ୍ର ଉହାଡ଼ କରି ମାତୃଗର୍ଭରେ ! ଏ ସଙ୍କଟରୁ ତ୍ରାହିକର ପ୍ରଭୁ !!"

ଦୋକାନ ଘର ଭିତରେ ତାଙ୍କର ଏହି ବ୍ୟାକୁଳ ପ୍ରାର୍ଥନା ଯେମିତି ଏକାଗ୍ର- ସେମିତି ଆନ୍ତରିକ ଆଉ ଆର୍ଦ୍ର ହୋଇଉଠିଲା। ଅଳ୍ପ ମୁହୂର୍ତ୍ତ ପରେ ସେ ମନ ଭିତରେ କିଞ୍ଚିତ୍‌ ଆଶ୍ୱାସନା ଓ ଭରସା ମଧ୍ୟ ପାଇଲେ। ସେ ବହୁବାର ଅନୁଭବ କରିଛନ୍ତି ଯେ, ହୃଦୟ ଯେତେବେଳେ ଭାବପ୍ରବଣ ହୋଇଉଠେ, ଆଉ ଯେତେବେଳେ ନୈରାଶ୍ୟର ଅନ୍ଧକାର ଘୋଟିଆସେ ଚାରିଆଡ଼ୁ ନିବିଡ଼ ହୋଇ, ଯେତେବେଳେ ମନ ଆଉ ଥଳକୂଲ ପାଏନା ଅର୍ଷିତ ଭଳି ଯେତେବେଳେ ସେ ସେଇ ଆଶା ଶୂନ୍ୟ ନିର୍ମମ ଅନ୍ଧକାର ଛାତିରେ ମୁଣ୍ଡକୋଢ଼େ-ସେତେବେଳେ ଅନ୍ଧକାରର ପଥର ଛାତି ମଧ୍ୟ ତରଳିଯାଏ। ସେତେବେଳେ ସେଇ ଅନ୍ଧକାର ନିଜେ ଏପରି ଏକ ଗଭୀର ଆସ୍ଥା ଆଉ ଆଶ୍ୱାସନା ଦିଏ, ଯାହା ଆଲୁଅ ଦେଇପାରେ ନା। କ୍ରମେ ତାଙ୍କୁ ଲାଗିଲା- କୁନାର ସେଇ ଆଶଙ୍କାଜର୍ଜ୍ଜର ଗୁରୁଦାୟିତ୍ୱ ତାଙ୍କ ମୁଣ୍ଡ ଉପରୁ ଓହ୍ଲାଇ ଯାଉଛି...।

ମାତ୍ର ସାଙ୍ଗେ ସାଙ୍ଗେ ତାଙ୍କର ଗୃହିଣୀଙ୍କ କଥା ମନେ ପଡ଼ିଲା। ସେ ନିଶ୍ଚୟ ପ୍ରମାଦ ଗଣୁଥିବ। ଏ ଯେଉଁ ପ୍ରଳୟ ଚାଲିଛି- ସେଥିରେ ବିଚାରୀ ତାଙ୍କରି କଥା ଭାବୁଥିବ ଅଥୟ ହୋଇ। ବିଚଳିତ ହୋଇପଡ଼ୁଥିବ... ବାହାରେ ଗଛମାନ ଭାଙ୍ଗୁଛି- ବିଜୁଳି ଖୁଣ୍ଟ ଉପୁଡ଼ି ପଡୁଛି - ଅସ୍ଥିର ହୋଇଉଠୁଥିବ ତା'ର ମନ- କେଉଁଠି ସେ ଥିବେ !!

ପ୍ରଭୁ ହେ ! କୁନୀ ବୋଉର ମନରେ ଶାନ୍ତି ଦିଅ।

ବହୁ ସମୟ ପରେ ଚନ୍ଦ୍ରମୋହନବାବୁ ପାଟି ଖୋଲିଲେ।

"ଫେରିବା କେମିତି ମୃତ୍ୟୁଞ୍ଜୟବାବୁ ?"

"ଆଗ ଏ ୫ଡ଼ ତୋଫାନ କମୁ
କମିଲେ ବି ଫେରିହେବନାହିଁ– ରାସ୍ତା ବନ୍ଦ ହୋଇଯାଇଥିବ...।"

... କିଛି ସମୟ ପରେ ବର୍ଷା ଓ ତୋଫାନ କମିଆସିଲା। ପ୍ରାୟ ପଇଁଚାଳିଶି ମିନିଟ୍‌ ଧରି ଚାଲିଥିଲା ଏ ତାଣ୍ଡବ। ତୋଫାନ କମିବା ପରେ ଭୟଙ୍କର ବର୍ଷାଟାଏ ବି ହେଲା ଅଧଘଣ୍ଟାଏ ଧରି।

ବର୍ଷା ଛାଡ଼ନ୍ତେ- ଦୁଇବନ୍ଧୁ ଦୋକାନରୁ ବାହାରି ସାଇକେଲ ପାଖକୁ ଆସିଲେ

ମାତ୍ର ସାଇକେଲ ପ୍ରାୟ ଅଧା ପୋତି ହୋଇ ଯାଇଥିଲା । ଗୋଟାଏ ଚାଳଘରର ସବୁତକ ନଡ଼ା ଉଡ଼ିଆସି ତା’ ଉପରେ ଜମା ହୋଇଯାଇଛି ।

ଚାରିଆଡ଼େ ଅନ୍ଧାର । ମୃତ୍ୟୁଞ୍ଜୟବାବୁ ତାଙ୍କର ମଳିନ ଟର୍ଚ୍ଚଟିକୁ ଜଳାଇ କଷ୍ଟେମଷ୍ଟେ ସାଇକେଲ ଉଠାଇଲେ । ତା’ପରେ ଦୁଇବନ୍ଧୁ ସାଇକେଲ ଧରି ସେହି ନିସ୍ତବ୍ଧ ଟର୍ଚ୍ଚ ଆଲୁଅରେ ବାଟ ଅଣ୍ଡାଳି ଅଣ୍ଡାଳି ଘରମୁହାଁ ଚାଲିଲେ; ମାତ୍ର ଝଡ଼ ତୋଫାନର କ୍ରିୟା ଅପେକ୍ଷା ତା’ର ପ୍ରତିକ୍ରିୟାଟା ଆହୁରି ଭୟାବହ । ଚାରିଆଡ଼େ ଅମୁହାଁ ଅନ୍ଧାର–ତୋଫାନ ମାଡ଼ଖୁଆ ସେଇ ଓଦାଲିଆ ଅନ୍ଧାର ଭିତରେ ବହୁ ପ୍ରକାର ଶବ୍ଦ । ବହୁ ଲୋକ ଆଶ୍ରା ଛାଡ଼ି ଘରମୁହାଁ ଦଉଡ଼ିଛନ୍ତି, ଦଉଡ଼ିଛନ୍ତି, ତୋଫାନ–ପାହାରଖୁଆ କୁକୁରମାନେ କିଲିବିଲି ହୋଇ । ଗୋଟାଏ କୁକୁର କୋଉଠି ମୃତ୍ୟୁ ଚିତ୍କାର ଛାଡ଼ିଛି । ତା’ଉପରେ ମସ୍ତ ଏକ ଡାହି ପଡ଼ିଛି– ସେ ମୁକୁଲି ପାରୁନାହିଁ । ପୋଖରୀ କୂଳରେ ବାଡ଼ କଡ଼େ କଡ଼େ ଚିତ୍କାର ଛାଡ଼ିଛନ୍ତି ବେଙ୍ଗମାନେ । ବର୍ଷା ଛାଡ଼ିଯାଇଥିଲେ ବି ବିଜୁଳି ଚମକୁଛି । ରାସ୍ତାର ଉଭୟପଟେ ଲୋକମାନେ ଛୁଟିଛନ୍ତି । କିଏ କାହାକୁ ଡାକୁଛି ଅତର୍କ୍ଷାହୋଇ– କିଏ ବା କାହାକୁ ପାଉନାହିଁ– କିଏ କାହାକୁ ଉତ୍ତର ଦେଉଛି ଚିତ୍କାରକରି– କିଏ ବା ଉତ୍ତର ନ ପାଇ ଡାକ ଛାଡ଼ିଛି । ବିଭିନ୍ନ ସ୍ଥାନରୁ ରାସ୍ତା ଉପରକୁ ବାହାରି ଆସୁଛନ୍ତି ଲୋକେ । କିଟି କିଟି ଅନ୍ଧାର– ଓଦାଲିଆ ମେଘୁଆ ଅନ୍ଧାର ଆଉ ତା’ ଭିତରେ ହାଉଯାଉ ଅନ୍ଧାରବର୍ଣା ଅତର୍କ୍ଷ ପ୍ରାଣୀମାନେ ଦଉଡ଼ିଛନ୍ତି ଘରମୁହାଁ ।

ଦୁଇବନ୍ଧୁ ତାରି ଭିତରେ ଡାହିମାନ ଡେଇଁ ଡେଇଁ ଚାଲିଛନ୍ତି । ଗୋଟାଏ ପିଲା ବିଜୁଳି ତାରରେ ଛନ୍ଦିହୋଇ ପଡ଼ିଯାଇଛି– ଚିତ୍କାର ଛାଡ଼ୁଛି– କିଏ ପଞ୍ଝାଏ ଉଠିପଡ଼ି ସିଆଡ଼େ ଦଉଡ଼ୁଛନ୍ତି । ଚନ୍ଦ୍ରମୋହନବାବୁ ଥରେ ପଡ଼ିଯାଇ ପୁଣି ଉଠି ଚାଲିଲେ । ମୃତ୍ୟୁଞ୍ଜୟବାବୁ ମଧ୍ୟ ପଡ଼ୁପଡ଼ୁ ଉଠି ଚାଲିଛନ୍ତି ।

ବହୁ କଷ୍ଟରେ ବହୁ ବାଧା ଓ ପ୍ରତିବନ୍ଧକ ଅତିକ୍ରମ କରି ସେମାନେ ଚାଲିଛନ୍ତି । ଦୁହିଁଙ୍କ ମୁହଁରେ କଥା ନାହିଁ । କିପରି ଯେଖୋର କୁଟୀରମାନଙ୍କରେ ପଶିଯିବେ– ଆପଣାର ପରିବାରକୁ ନିରାପଦରେ ଥିବାର ଦେଖିବେ । ମନର ସେହି ଉଦ୍‌ବେଗ– ସେହି ଆକୁଳତା । ସେମାନେ ମଧ୍ୟ ଅମୁହାଁ ଧାଇଁଛନ୍ତି ।

ଡାହାଣ କଡ଼ରେ ପଡ଼ିଲା ସୀତାସାଗର ବନ୍ଧ । ବନ୍ଧର ଏକଡ଼କୁ ରାସ୍ତାର ବାମପଟେ ଅଶ୍ୱତ୍ଥ, ବର, କୃଷ୍ଟଚୂଡ଼ା, ଆଉ ତିନ୍ତୁଳି ଆଦି ଗଛ । ବେଶ୍‌ ଝଙ୍କାଳିଆ ଗଛମାନ । ଖରାଦିନେ ପତ୍ର ପୂରି ରହିଥାଏ । ଖୁବ୍‌ ଉଚ୍ଚ–ବହୁଶାଖା ପ୍ରଶାଖାଯୁକ୍ତ ଏଇସବୁ ଗଛ । ଏଇ ଛାଇ ଓ ଶୀତଳତା ଲୋଭରେ ସେଠି ବାଦୁଡ଼ି ଗହନ କରିଥାନ୍ତି । ବର୍ଷ ବର୍ଷ ଧରି ଲକ୍ଷ ଲକ୍ଷ ବାଦୁଡ଼ି ଓହଲିଥାନ୍ତି ସେଠରେ । ପାଖରେ ରାଧାକାନ୍ତ ମଠ । ମହନ୍ତ ମହାରାଜାଙ୍କ

ହୁକୁମ୍‌, କେହି ଯେମିତି ଏ ଗହନରୁ ବାଦୁଡ଼ି ନ ମାରନ୍ତି । କେହି ମଧ୍ୟ ମାରନ୍ତି ନାହିଁ; କିନ୍ତୁ କେବେ କେବେ ବିଜୁଳି ତାରରେ କେତୁଟା ବାଦୁଡ଼ି ଅଟକିଯାଇ ମରନ୍ତି । ସେତେକ ମାଂସାଶୀମାନେ ଟାଣିନେଇ ଜିହ୍ୱାଲାଳସା ମେଣ୍ଟାନ୍ତି ।

ସୀତାସାଗର ପାଖ ହେଲାବେଳକୁ ଗୋଟେ ଆଇଁଷିଆ ଗନ୍ଧରେ ମୃତ୍ୟୁଞ୍ଜୟବାବୁ ଟିକିଏ ବିଚଳିତ ହୋଇଉଠିଲେ । ଆଜି ଦି’ ପ୍ରହରେ ମରାହୋଇଛି ଏ ପୋଖରୀରୁ ପ୍ରାୟ ତିନି ଚାରିମହଣ ରୋହି । ସେଇ ଗନ୍ଧ ଏବେ ବି ଛାଡ଼ିନି ଏଇ ବାୟୁମଣ୍ଡଳରୁ ।

ସୀତାସାଗର ରୋହି !!

ଆଃ...

ଆଜି ଏ ବରଷା ରାତେ...

ଏ ଝଡ଼ ରାତିରେ... ଆହା...

ଆଇଁଷରଙ୍କୁଣୀ ହାଉଡ଼ୀ ଝିଅ କୁନୀ...

ପଡ଼ୋଶୀ ସପ୍ଲାଇ ଅଫିସର ଦୀନବନ୍ଧୁବାବୁଙ୍କ ରୋଷେଇ ଘରୁ ନିଶ୍ଚୟ ଭାସିଆସୁଥିବ ବର୍ତ୍ତମାନ ସୀତାସାଗର ରୋହିର ତୈଳସ୍ନିଗ୍ଧ ଉଦ୍ଦୀପ୍ତ ପ୍ରଲୁବ୍ଧ ବାସ୍ନା । ଝଡ଼ ତୋଫାନାକ୍ରାନ୍ତ ରାତିର ଏଇ ଶୀତଳ ଅବସନ୍ନ ହାଓ୍ୱା ଚାଙ୍ଗା ହୋଇଉଠୁଥିବ– ଉଡ୍ଡୀନ ହୋଇ ଉଠୁଥିବ ସେଇ ଲୋଭନୀୟ ଗନ୍ଧରେ କୁନୀ । ବିଚାରୀ ଛଟପଟ ହେଉଥିବ । ତା’ର ମୋଟା ମୋଟା ନାକପୁଡ଼ା ବିସ୍ତାରି ସେ ସେଇ ଗନ୍ଧକୁ ଆଘ୍ରାଣି ଯାଉଥିବ । ତା’ର ଆମିଷଲୁବ୍ଧ ଜିହ୍ୱା ତରଳି ଯାଉଥିବ, ବହିଯାଉଥିବ ।

ପ୍ରକୃତରେ ଏ ରାତି ମଧ୍ୟ ଆମିଷଲୋଲୁପୀ । ଅତି ତୀବ୍ର ଆଉ ହିଂସ୍ର, ତା’ର ଏଇ ଆମିଷଲୋଲୁପତା ।

ମୃତ୍ୟୁଞ୍ଜୟବାବୁ ଗୋଟେ ଶାଖା ପ୍ରଶାଖାଯୁକ୍ତ ଡାହି ସନ୍ଧିରୁ ସାଇକେଲର ପାଡ଼େଲଟାକୁ ମୁକୁଲାଇ ସାଇକେଲ ଟେକୁ ଟେକୁ ଦେଖିଲେ ଅସଂଖ୍ୟ ଲୋକ ବନ୍ଧଆଡ଼ୁ ରାସ୍ତାକୁ ଛୁଟୁଛନ୍ତି । ଆଉ କେତେକ ରାସ୍ତା ଉପରୁ କ’ଣ ସବୁ ଝାମ୍ପମାରି କୁଆଡ଼େ ଛୁଟି ପଳାଉଛନ୍ତି । ହୈ ହୈ ଚିକ୍ରାର । ଉଲ୍ଲ୍ୱସିତ କୋଲାହଳ ।

ଚନ୍ଦ୍ରମୋହନବାବୁ ଆଗେଇ ଚାଲିଥାନ୍ତି । ହଠାତ୍‌ ସେ ଅଟକିଯାଇ ଡାକ ପକାଇଲେ ମୃତ୍ୟୁଞ୍ଜୟବାବୁ !!

କହନ୍ତୁ ଉଉଉଉ !!! କ’ଣ ହେଲା ଆ ଆ ଆ ? ? ?

ଦେଖିଲେଣି ଇ ଇ ଇ ? ?

କଅଣ ଅ ଅ ଅ ? ? ?

ସେଇ ଗଛଟି ଭାଙ୍ଗି ପଡ଼ିଛି ଛିନ୍ନଛତର ହୋଇ । ଆଉ ଲକ୍ଷଲକ୍ଷ ବାଦୁଡ଼ିଙ୍କ ଗହନ

ମଧ୍ୟ ଯାଇଛି ଛିନ୍‌ଛତର ହୋଇ । ଅସଂଖ୍ୟ ବାଦୁଡ଼ି ରାସ୍ତାଉପରେ ଆହତ ହୋଇ ପଡ଼ିଛନ୍ତି । କାହାର ମୁଣ୍ଡ ଛତୁ ହୋଇଯାଇଛି । କାହାର ଡେଣା ଭାଙ୍ଗିଯାଇଛି । କିଏସବୁ ଚିପି ହୋଇ ଯାଇଛନ୍ତି । ଆଉ ସେମାନଙ୍କର ସେ କି ବିକଳ ଚିତ୍କାର !! ରାସ୍ତା ଉପରେ ପାଦ ପକାଇବାକୁ ଜାଗା ନାହିଁ । ମାଲମାଲ ଆହତ ବାଦୁଡ଼ି ଆର୍ତ୍ତ-ବାଦୁଡ଼ି, ବିକଳ ବାଦୁଡ଼ି; ମୃତ-ବାସଭ୍ରଷ୍ଟ-ତ୍ରସ୍ତ ଚିତ୍କାରରତ ଲକ୍ଷଲକ୍ଷ ଅସଂଖ୍ୟ ବାଦୁଡ଼ି !!

ଆଜି ରାଧାକାନ୍ତ ମଠ ମହନ୍ତଙ୍କର କରୁଣାପୂର୍ଣ୍ଣ ଆଦେଶକୁ ନିଷ୍ଠୁର କରାଳ ପ୍ରକୃତି ପଦାଘାତ କରିଛି । ଛୁଟି ଆସୁଛନ୍ତି ସେମାନେ– ମାଂସ ଲୋଲୁପୀ ଆମିଷଲୁବ୍‌ଧ ହିଂସ୍ର ମଣିଷମାନେ– ଟୋକେଇ ଧରି– ଖାଲି ହାତରେ ଯେ ଯେତେ ଗୋଟାଇ ପାରିଲା ନେଇ ପାରିଲା– ଟାଣି ପାରିଲା । ଉଠେଇ ନେଉଛନ୍ତି– ଅନ୍ଧଜଡ଼ ପ୍ରକୃତିର ଏଇ ନିର୍ମମ, ବିଶୃଙ୍ଖଳ, ଉଦ୍ଦାମ, ଧ୍ୱଂସକାରୀ ତାଣ୍ଡବଲୀଳାର ମୃତ୍ୟୁଯଜ୍ଞର ନିଦାରୁଣ ଅବଦାନ । ଏଇ ଅନ୍ଧ ତାମସୀ ଝଡ଼ ରାତିର ତୋଫାନ୍‌କ୍ଷୁବ୍‌ଧ ହିଂସ୍ର ପାଶବିକ କ୍ଷୁଧା ଲାଗି ଉପଯୁକ୍ତ ଆହାର୍ଯ୍ୟ ।

ମୃତ୍ୟୁଞ୍ଜୟବାବୁ ସେହି ଅସଂଖ୍ୟ ଭୂପତିତ ଆହତ ବାଦୁଡ଼ିମାନଙ୍କୁ ଚାହିଁଲେ । ଚାଇଁ ଚାଇଁ କରି ଗୋଟାଏ ବିଦ୍ୟୁତ୍‌ସ୍ରୋତ ପହଁରିଗଲା ଆକାଶରେ ଆଉ ପୃଥ୍ବୀରେ । ମେଘାବୃତ ଆକାଶର ବୁକୁ ଚିରି ହୋଇଗଲା । ମେଘାର୍ଦ୍ର ଧରଣୀର ବକ୍ଷ କମ୍ପି ଉଠିଲା । ଆଉ ସାଙ୍ଗେ ସାଙ୍ଗେ ଏକ ଆଦିମ, ହିଂସ୍ର, ମାଂସଲୁବ୍‌ଧ, ପ୍ରାଣୀବିନାଶକ, ପୈଶାଚିକ ଲାଲସାର ଲହ ଲହ ଲୋହଜିହ୍ୱାର କାମନାଗ୍ନି ଜଳିଉଠିଲା ମୃତ୍ୟୁଞ୍ଜୟବାବୁଙ୍କ ଦୁଇ ଆଖିରେ, ଯେଉଁ ଲାଲସା ଜଳିଉଠେ ଶିକାରୀ ଝିଟିପିଟିର ଆଖିରେ– ଶିକାରୀ ବାଘର ଦାନ୍ତ ଉପରେ – ଶିକାରୀ କୁମ୍ଭୀର ଲାଞ୍ଜ ଅଗ୍ରରେ । ସେଇ ଆଲୁଅରେ ତାଙ୍କୁ ଦେଖାଗଲା ଅସଂଖ୍ୟ ମାଂସପିଣ୍ଡ ସାଲୁବାଲୁ– ଅନାୟାସଲବ୍‌ଧ ଏଇ ସବୁ ମାଂସର କୁଦ-ମାଂସର ଖଣ୍ଡ-ମାଂସ ମେଞ୍ଜା ମେଞ୍ଜା ନାଲ୍‌-ନାଲ୍‌-ସ୍ନିଗ୍‌ଧ-କୋମଳ-ଉଷ୍ଣ ରକ୍ତଯୁକ୍ତ ମାଂସ ।

ମୃତ୍ୟୁଞ୍ଜୟବାବୁଙ୍କ ଶିରା ଓ ସ୍ନାୟୁଗୁଡ଼ିକ ଲୋଭରେ ଟଣ୍‌କେଇ ଉଠିଲେ । ସେ ନିର୍ବିଚାରରେ ଗୋଟି ଗୋଟି କରି ବାଦୁଡ଼ି ତଳୁ ଉଠାଇ ବାସ୍କେଟ୍‌ରେ ପୂରାଇବାରେ ଲାଗିଲେ । ତା'ପରେ ମନଇଚ୍ଛା ପରିବା ବ୍ୟାଗରେ ଭରତି କରିଗଲେ । ଯେତେବେଳେ ସବୁ ପୂର୍ଣ୍ଣ ହୋଇଗଲା– ସେ ପରମ ତୃପ୍ତିରେ ତତ୍ପର ହୋଇଉଠିଲେ ଘରକୁ ଫେରିବା ଲାଗି । ଚତୁର୍ଦ୍ଦିଗରେ ବାଦୁଡ଼ି ସଂଗ୍ରହକାରୀମାନଙ୍କର ମହୋଲ୍ଲାସପୂର୍ଣ୍ଣ ହର୍ଷ ଚିତ୍କାର ଓ ଲକ୍ଷଲକ୍ଷ ଆହତ ବାଦୁଡ଼ିଙ୍କର ଆର୍ତ୍ତ ମୁମୂର୍ଷୁ ଯନ୍ତ୍ରଣାଜନିତ ବିଳାପ । ସେଠି ଝେଲିର ମେଁ ମେଁ ଆଉ ବାଘର ହେଙ୍କାଳ– ସବୁ ମିଶି ସେ ଏକ କିମ୍ଭୁତ ଶବ୍ଦ ଆଉ ଦୃଶ୍ୟର ସମାହାର ।

ମୃତ୍ୟୁଞ୍ଜୟବାବୁ ହିଂସ୍ର ଉଲ୍ଲାସରେ ଆଗକୁ ସାଇକେଲ ମଡ଼ାଇଲେ। ତାଙ୍କର ମନ ଚଞ୍ଚଳ ହୋଇପଡ଼ିଲା ଘରକୁ ଫେରିଯିବା ଲାଗି।

ମାତ୍ର ଏ କ'ଣ ? ସାଇକେଲଟି ଗଡ଼ୁ ନାହିଁ। ମୃତ୍ୟୁଞ୍ଜୟବାବୁ ବ୍ରେକ ଦେଖିଲେ ଠିକ୍ ଅଛି। ପ୍ୟାଡ଼େଲ ମଧ୍ୟ କୋଉଠି ଅଟକି ଯାଇନାହିଁ। ଆଉ ତେବେ ? ସାଇକେଲକୁ ଦୁଇଥର ଉପରକୁ ଟେକି ତଳେ କରିଦେଲେ। ନା ତ' ଠିକ୍ ଅଛି– ତେବେ କାହିଁକି ?

ଖାଲି ଚିଁ ଚିଁ ଚିଁ–

ଲକ୍ଷ ଲକ୍ଷ ଆହତ ମୁମୂର୍ଷୁ ଆର୍ତ ବାଦୁଡ଼ିଙ୍କର ସାଲୁବାଲୁ କରୁଣ ବିଲାପ... ଚିଁ ଚିଁ ଚିଁ...

କିନ୍ତୁ ସାଇକେଲ ଗଡ଼ୁନାଇଁ କିଆ ?

ଏଇ ଯେ– ତାଙ୍କର ହାଣ୍ଡେଲ, ପ୍ୟାଡ଼େଲ, କ୍ରାଁକ, ଦୁଇ ଚକା– ଚାରିଆଡ଼େ ସେମାନେ ଘେରିଯାଇଛନ୍ତି, ଯାବୁଡ଼ି ଧରିଛନ୍ତି, ଚିତ୍କାର କରୁଛନ୍ତି – ସେମାନଙ୍କର ସେଇ ପାତଳ ଚମର କୁଲାପରି ଡେଣାମାନ– ଆଉ ପ୍ରତି ପଦରେ ସେଇ ସବୁ ତୀକ୍ଷଣ ନଖ–ସେମାନେ ଜାବୁଡ଼ି ଧରିଛନ୍ତି ମୃତ୍ୟୁଞ୍ଜୟବାବୁଙ୍କ ସାଇକେଲକୁ–ସେମାନେ ଛାଡୁ ନାହାନ୍ତି– ଚିଁ ଚିଁ କରୁଛନ୍ତି– ସେମାନେ ଘେରି ଯାଇଛନ୍ତି...

ଅନ୍ଧାର–

ବିଜୁଳି–

ହିଂସ୍ର ପ୍ରମତ୍ତ କୋଲାହଲ–

ଆର୍ତ ମୁମୂର୍ଷୁ ଯନ୍ତଣାର ଚିତ୍କାର–

ଚାରିଆଡ଼େ ତୋଫାନ ପରି ଭୀତିପ୍ରଦ ସାଲୁବାଲୁ ପ୍ରତିକ୍ରିୟା।

ମୃତ୍ୟୁଞ୍ଜୟବାବୁ ପାରୁପର୍ଯ୍ୟନ୍ତେ ବାଦୁଡ଼ିମାନଙ୍କୁ ସାଇକେଲରୁ ଛଡ଼ାଇବାକୁ ଲାଗିଲେ; ମାତ୍ର ଅସମ୍ଭବ। ସେମାନେ ଅଧିକ ଚିଁ ଚିଁ କଲେ। ପ୍ରାଣ ବିକଳରେ ଅଧିକ ଶକ୍ତିରେ ସେମାନେ ସାଇକେଲକୁ ଘେରିଗଲେ। ସେମାନେ– ସ୍ବୟଂ ମୃତ୍ୟୁଞ୍ଜୟବାବୁଙ୍କ ଦେହଯାକ ଘେରିଗଲେ।

ଟର୍ଚମାରି ଦେଖିଲେ ମୃତ୍ୟୁଞ୍ଜୟବାବୁ।

ସାନ ସାନ ମୁହଁଟିମାନ।

ମୃଷା ମୁହଁପରି

ନା– ନା ମଣିଷର ମୁହଁ ପରି... ମଣିଷ ପିଲାର ମୁହଁ ପରି...

ସେଇପରି ତ୍ରସ୍ତ ବିକଳ, ଅନୁଯୋଗଭରା ଚାହାଣି... ସାନ ସାନ କାନଟିମାନ– ସାନସାନ ପାଟି– ଆଉ ଦାନ୍ତ – ସେମାନେ ଦାନ୍ତ ନିକୁଟି ଚିଁ ଚିଁ ହେଉଛନ୍ତି, ବାଟ

ଛାଡ଼ୁନାହାନ୍ତି, ସେମାନେ ଆଙ୍ଗୁଠିଧରିଛନ୍ତି– ଜାବୁଡ଼ି ଧରିଛନ୍ତି। ଡେଣା ହଲ ହଲ କରୁଛନ୍ତି – ସାନ ସାନ ରକ୍ତାକ୍ତ ଆଉ ଭୟାର୍ତ ମୁହଁଟିମାନଙ୍କୁ ଏପଟ ସେପଟ ବୁଲାଉଛନ୍ତି– ଦାନ୍ତ ନିକୁଟି ଚିଁ ଚିଁ ହେଉଛନ୍ତି। ସେମାନେ ଯେପରି କାନ୍ଦୁଛନ୍ତି– ଅନୁଯୋଗ କରୁଛନ୍ତି– ଗାଳି ଦେଉଛନ୍ତି– ସଁପୁଛନ୍ତି– ଅଭିଶାପ ଦେଉଛନ୍ତି – ରକ୍ଷାକର ରକ୍ଷାକର ବୋଲି ଡକା ଛାଡ଼ୁଛନ୍ତି... ସେମାନେ ବୋଧେ କ'ଣ ସବୁ କହୁଛନ୍ତି...

ମେଘାବୃତ ଆକାଶ ବକ୍ଷକୁ ଚିରିଦେଇ ପୁଣି ଥରେ ଚାଇଁକିନା ବିଜୁଳି ମାରିଲା। ମୃତ୍ୟୁଞ୍ଜୟବାବୁଙ୍କ ଦେହ ହାତ ଅବଶ ହୋଇଆସିଲା। ବାଦୁଡ଼ିମାନେ ତାଙ୍କୁ ଘେରି ଯାଇଛନ୍ତି। ତାଙ୍କର ସାଇକେଲ, ତାଙ୍କର ପାଦ–ଗୋଡ଼–ଛାତି–ବେକ–ମୁଣ୍ଡ– ଚାରିଆଡ଼େ ବାଦୁଡ଼ି। ସେମାନେ ଚକା ଭିତରେ ପଶି ଗୋଟେ ଡେଣାରେ ଚକା ଓ ଆଉ ଗୋଟାଏ ଡେଣାରେ ସାଇକେଲର ଫ୍ରେମ୍ ରଡ଼୍କୁ ଜାବୁଡ଼ି ଧରିଛନ୍ତି – ସାଇକେଲ ଗଡ଼ୁନାହିଁ।

ମୃତ୍ୟୁଞ୍ଜୟବାବୁଙ୍କ ଦେହ ଶିଥିଳ ହୋଇଆସିଲା। ଏକ ଅବଶ ଶୀତଳତାରେ ସେ ଜଡ଼ ପାଲଟିଗଲେ। ତାଙ୍କ ମନରେ ଖେଳିଗଲା ସେଇ ଚିତ୍ର–ବାଉଦପୁର ଟ୍ରେନ୍ ଦୁର୍ଘଟଣା– ଅସଂଖ୍ୟ ଅସହାୟ ଆହତ ନିହତ ଯନ୍ତ୍ରଣାକାତର ଯାତ୍ରୀଙ୍କର ବିକଳ ବିଳାପ– ଆଉ ଆଖ ପାଖ ଗାଁମାନଙ୍କର ଧାଇଁଆସି, ବାକ୍ସଟିମାନ, ବିଛଣାଟିମାନ ଘଣ୍ଟାଟିମାନ, ରୁଢ଼ି ଆଉ ଦୁଲ୍, ଟ୍ରାଞ୍ଜିଷ୍ଟରମାନ ଲୁଟି ନେଉଛନ୍ତି– ସେଇ ସବୁ ନିର୍ଦୟ ପଶୁ–ମଣିଷମାନେ, ଯେଉଁମାନଙ୍କ ମୁହଁ ସବୁ ଲୋଭରେ ଲାଲ୍– ହିଂସ୍ରତାରେ ଯେଉଁମାନଙ୍କର ଆଖିର ଚାହାଣିରେ ନରକର ନିଆଁ ଜଳେ; କିନ୍ତୁ, କିନ୍ତୁ, କିନ୍ତୁ... ସେ ନିଜେ ୩୪... ହେ ଭଗବାନ!!

ମୃତ୍ୟୁଞ୍ଜୟବାବୁଙ୍କ ମୁଣ୍ଡ ବୁଲାଇଦେଲା। ତାଙ୍କ ଛାତି ରୁନ୍ଧି ହୋଇଗଲା। ସେ ପାଟିକରି କାନ୍ଦିବାକୁ ବ୍ୟାକୁଳ ହେଲେ। ସେ ଭେଁ ଭେଁ ହୋଇ ପାଟିକରି କାନ୍ଦିଉଠିଲେ– ଆକାଶକୁ ଚାହିଁ, ପିଲାଙ୍କ ଭଳି କାନ୍ଦିଉଠିଲେ। ଆର୍ତକଣ୍ଠରେ ବୋବାଲି ଛାଡ଼ିଲେ...। ତାଙ୍କର ଏ ବୋବାଲି ଅନ୍ଧାର ସଙ୍ଗେ ମିଶି ଆକାଶ ଆଡ଼କୁ ପହଁରିଗଲା। ସେ ବିକଳ ହୋଇ ଡକା ପାରିଲେ–

"ହେ ଭଗବାନ!

ହେ ତ୍ରିଲୋକେଶ!

ହେ କରୁଣାସାଗର!

ହେ କ୍ଷମାନିଧି!

ହେ ଆର୍ତତ୍ରାଣ!!

ଦ୍ରୌପଦୀର ଲଜ୍ଜା ନିବାରଣ କରିଥିଲ– ଗଜକୁ କୁମ୍ଭୀର କବଳରୁ ରକ୍ଷା କରିଥିଲ–
ହରିଣୀକୁ ରକ୍ଷା କରିଥିଲ ବ୍ୟାଧ ହାତରୁ ପ୍ରହ୍ଲାଦକୁ ତୋଳି ଧରିଥିଲ ଅଗ୍ନିକାଣ୍ଡରୁ...
ମୋତେ ଏହି ନାରକୀୟ ଲୋଭ ହାତରୁ...”

ସେହି ଝଡ଼ ତୋଫାନକ୍ରାନ୍ତ ମେଘା ମେଘା ଓଦାଳିଆ ଅନ୍ଧାର ଭିତରେ– ସେହି
ପାଶବିକ ହିଂସ୍ରତାର ଲୋଭାତୁର ପ୍ରମତ୍ତ ଅନ୍ଧାର ଭିତରେ– ସେହି ଅସହାୟ ଅନ୍ଧ
ମାଂସର ଲାଲସାର ବୀଭତ୍ସ ଅନ୍ଧାର ଭିତରେ ମୃତ୍ୟୁଞ୍ଜୟବାବୁଙ୍କର ସେହି ମାନବ–ଶିଶୁ
ଆତ୍ମାଟିର ଆକୁଳ ପ୍ରାର୍ଥନା ଏକ ପବିତ୍ର କରୁଣାର କ୍ଷୀଣ ଶୁଭ୍ର ଧାରାରେ କ୍ଷିପ୍ରତମ
ଗତିରେ ବହିଚାଲିଲା ଛଳଛଳ ହୋଇ ସେହି ପରମ କାରୁଣିକଙ୍କର ମହାକରୁଣାର
ମହା ସମୁଦ୍ର ଭିତରକୁ।

ମୃତ୍ୟୁଞ୍ଜୟବାବୁ ସେଇ ସ୍ରୋତରେ ଆପଣାକୁ ଭସାଇ ଦେଲେ ଏବଂ ଶେଷ ପର୍ଯ୍ୟନ୍ତ
ସେ ସେଇ ସ୍ରୋତରେ ଭାସି ଭାସି ପାରି ହୋଇଗଲେ, ସେଇ ନାରକୀୟ ବୀଭତ୍ସ
ହିଂସ୍ର ତାମସିକ ରାତିର ଘୋର ଲୋଲଜିହ୍ୱ ଅନ୍ଧକାରକୁ।

ସେଦିନ ଘରକୁ ଫେରି ଆସି ମୃତ୍ୟୁଞ୍ଜୟବାବୁ ଦେଖିଲେ, ପରିବାର ନିରାପଦରେ
ଅଛି। କୁନା ଯଥାସମୟରେ ଘରକୁ ଫେରିଆସିଛି, ମାତ୍ର ଏ କ’ଣ ? ସାନ ଛେଲିଛୁଆଟିଏ
ବାରଣ୍ଡାରେ ଠିଆହୋଇ କାକୁସ୍ଥ ହୋଇ ଥରୁଛି। କୁନା କହିଲା–

“ବାପା ! ତୋଫାନ୍‌ ବେଳେ ତା’ ମାଆ ଆଉ ଅନ୍ୟ ଛୁଆମାନେ ଦଉଡ଼ି
ପଳାଇଲେ। ଏକୁଟିଆ ଏଣିକି ତେଣିକି ଚାହିଁ ବିକଳରେ କାନ୍ଦୁଥିଲା। ଧୂମାଳ ଯେମିତି
ମାଡ଼ିଆସିଲା– କୁଆଡ଼େ ଯାଇପାରିଲାନି। ମୁଁ ଆଣି ଘରେ ରଖିଛି। କାଲି ସକାଳେ ତା’
ମା’ ପାଖେ ଛାଡ଼ିଦେଇ ଆସିବି। ଏଇ କାନୁଗୋଇବାବୁଙ୍କ ଛେଲି ମ!!”

ମୃତ୍ୟୁଞ୍ଜୟବାବୁ ସ୍ନେହ ଆଉ କଲ୍ୟାଣରେ ପୁଅର ମୁଣ୍ଡକୁ ଆଉଁଶି ଲାଗିଲେ। ଏଇ
ସମୟରେ ତାଙ୍କର ଆଇଁଷଲୋଭୀ ହାଉଡ଼ୀ ବଡ଼ଝିଅ କୁନୀ ଆସି କହିଲା,

“ବାପା ! ଦେଖିବ ଆସ”–

“କ’ଣ ଲୋ ମା!!”

“ଗୋଟାଏ ବାଦୁଡ଼ି। ତୋଫାନ୍‌ରେ କୁଆଡ଼ୁ ଉଡ଼ିଆସି ଆମ ପିଣ୍ଢାରେ ପଡ଼ିଗଲା।
ତା’ ଡେଣା ଭାଙ୍ଗିଯାଇଛି। ବୋଉ ସେଥିରେ ଆଇଡ଼ିନ୍‌ ତୁଳା ଲଗାଇ ଦେଇଛି। ମୁଁ
ତାକୁ ଡାବଲ ଭିତରେ କନା ପକାଇ ଶୁଆଇ ଦେଇଛି। ତାକୁ ଦୁଧ ଦେଲି ଭାତ ଦେଲି
କିଛି ଖାଉନି ଅଲକ୍ଷଣା।

ମୃତ୍ୟୁଞ୍ଜୟବାବୁଙ୍କ ଆଖି ଛଳଛଳ ହୋଇଉଠିଲା। ସେ ପୁଅକୁ ଛାଡ଼ି ଝିଅକୁ ଆଲିଙ୍ଗନ
କରି ଆର୍ଦ୍ର କଣ୍ଠରେ ପଚାରିଲେ,

"ତମର ବୋଉ କାଇଁରେ କୁନା ?"

କୁନାବୋଉ ରୋଷେଇଘରୁ ଆସି ପହଁଞ୍ଚିଲେ।

"ସେ ତୋଫାନ୍ ବେଳେ ତୁମେ କୋଉଠି ଥିଲ ?

ବେଶ୍ ନିରାପଦରେ ଥିଲି। ଫଟୋ ଦୋକାନରେ"—

"ହେ ଭଗବାନ! ମୁଁ ଖାଲି ଭଗବାନଙ୍କୁ ଡାକୁଥାଏ ଯୋଉ ପବନ! ଯୋଉ ଚଢ଼ଚଢ଼ି!! ଅର୍ଷିତଙ୍କୁ ଦେଇବ ସାହା!!"

ଅନ୍ୟ ପିଲାମାନେ ଆସି ବାପକୁ ଘେରିଗଲେ। ପାରିବାରିକ କଳରବରେ ସେଇ ସାନ ମଳିନ ଘରଟି ମୁଖରିତ ହୋଇଉଠିଲା। ମୃତ୍ୟୁଞ୍ଜୟବାବୁ ସେହି ନିରୀହ, ନିଷ୍ପାପ, କଲ୍ୟାଣପୂର୍ଣ୍ଣ କାରୁଣିକ ଦରିଦ୍ର ପରିବାରଟିକୁ କୁଣ୍ଢାଇ ଧରି ମହାନନ୍ଦରେ ଉଲ୍ଲସିତ ହୋଇଉଠିଲେ। ତାଙ୍କ ମନରେ କେମିତି ଗୋଟେ ଆସ୍ଥା ଆସିଗଲା, ବିଶ୍ୱାସ ଆସିଗଲା, ଏ ପୃଥିବୀ ନିଶ୍ଚେ ବଦଳିଯିବ। ଏ ଦାରିଦ୍ର୍ୟ ନିଶ୍ଚୟ ଅପସରିଯିବ। ମଣିଷ ନୁହଁ– ତା' ଭିତରେ ସୁପ୍ତ ମନୁଷ୍ୟତା ହିଁ ଦିନେ ଏ ପୃଥିବୀକୁ ରକ୍ଷା କରିବ। ଡେରି ହେଉ– ଯେତେ ଡେରି ହେଉପଛେ!

ଝଡ଼ର ଇଗଲ ଓ ଧରଣୀର କୃଷ୍ଣସାର

ଅଖିଳ ମୋହନ ପଟ୍ଟନାୟକ

ମଧ-କାର୍ତ୍ତିକର ଗୋଟିଏ ଶୀତ-ନୀରବ ସନ୍ଧ୍ୟା। ପୃଥିବୀ ବୁକୁରେ ବିସ୍ତୀର୍ଣ୍ଣ ଗାଲିଚା ପରି ପଡ଼ିରହିଛି ସବୁଜ ନିର୍ଜନ ପ୍ରାନ୍ତର-ଅତି ନିର୍ଜନ ଅଥଚ ପ୍ରାଣବାନ୍। ପ୍ରାନ୍ତରର ପଶ୍ଚିମ ଉପକଣ୍ଠରୁ ଏବେ ମଧ ସୂର୍ଯ୍ୟର ଶେଷରାଗ ଲିଭିଯାଇ ନାହିଁ ସମ୍ପୂର୍ଣ୍ଣ। ସେହି କ୍ରମମ୍ଲାନବତୀ ସନ୍ଧ୍ୟାରେ ନିଜର ଆସ୍ତରଣ ଛାଡ଼ି ମୁଣ୍ଡ ଟେକିଲା କୃଷ୍ଣସାରଟିଏ। ମୁହୂର୍ତ୍ତେ କୃଷ୍ଣସାରର ଲୋମ କୂପେ କୂପେ ଛାଇଗଲା ସୁବର୍ଣ୍ଣ- ତା'ପରେ ଗଲା ଲିଭି।

କୃଷ୍ଣସାର-ସବଳ, ସଜୀବ କୃଷ୍ଣସାର। ଅଙ୍ଗେ ଅଙ୍ଗେ ତା'ର ଆଦ୍ୟ ଯୌବନର ନୂତନ ଆଗମନୀ; ଅଥଚ କିପରି ନିସ୍ତବ୍ଧ, ମ୍ଲାନ ଆଉ ମଗ୍ନ ମନୋରଥ।

କୃଷ୍ଣସାର ମୁଖ ଫେରାଇଲା ପୂର୍ବ ନଭକୁ, ଯେପରି କାହାର ପ୍ରତୀକ୍ଷାରେ-କେହି ନାହିଁ। କୃଷ୍ଣସାରର ଯୂଥ ଏବେ ମଧ ଆସି ନାହିଁ ଶସ୍ୟ ଆହରଣ ପାଇଁ। ତଥାପି ଅନେକ ଡେରି।

ସୂର୍ଯ୍ୟ ଗଲାଣି ଲିଭି ପ୍ରାୟ। ଅଥଚ ଆଜିର ଏ ଚନ୍ଦ୍ରୋଦୟ ବିଳମ୍ବିତ କାହିଁକି? ଶିଶିର ପଡ଼ି ଆସିଲାଣି। ଘାସରେ ପାଦ ପକାଇ ଚାଲିଲେ ଏଇ ମୁହୂର୍ତ୍ତଟା ଅତି କରୁଣ ମନେହୁଏ। ଓଃ। ଅତି କରୁଣ- ଯେପରି ସମଗ୍ର ପୃଥିବୀ ନୀରବରେ ବିଳାପ କରିଉଠୁଛି। ଶିଶିରସିକ୍ତ ଏ ସର୍ବାଂସହା ଧରଣୀ, ଦିଗନ୍ତ ଘେରି ନୀରବତାର ହାହାକାର, ସୂର୍ଯ୍ୟର ସଭା ଲୁପ୍ତପ୍ରାୟ, ଅଥଚ ତ୍ରୟୋଦଶୀ ଶଶୀ ଅନାଗତ। ଅତି କରୁଣ ଓ ମୁହୂର୍ତ୍ତ-ଅତି ପୀଡ଼ିତ କରେ ଏ ମୌନାବତୀ ଭୀରୁ ସନ୍ଧ୍ୟା। ଠିକ୍ ଏଇ ମୁହୂର୍ତ୍ତରେ ଚକ୍ରବାକର ଛାତି ଫାଟେ।

ଉପରକୁ ଦୃଷ୍ଟିକ୍ଷେପ କଲା କୃଷ୍ଣସାର। ଇଗଲ ଆସ୍ତେ ଆସ୍ତେ ଚକାଭଉଁରୀ ଖେଳି ଆସୁଛି ତଳକୁ; ନିହାତି ପାଖରେ। ଏଇ ଇଗଲ-ବୃହତ୍, ଅଥଚ ସୁନ୍ଦର। ଆକାଶର ଧାରେ ଧାରେ ଉଡ଼ିବୁଲେ ଏଇ ଇଗଲ- ଆଉ ଶିକାର କରେ। କୃଷ୍ଣସାର ଏଇ ମାଟିର ଧରଣୀରୁ ସବୁ ସମୟରେ ଲକ୍ଷ୍ୟ କରିଛି ଇଗଲକୁ ଅନେକ ଦିନ ଧରି। ଆଃ- ଇଗଲ କି ସୁନ୍ଦର। ଦୁଇଟା ମୁକ୍ତ ପକ୍ଷାଘାତରେ ସେ ପବନ ପହଁରିଯାଏ ଅନାୟାସରେ।

ଇଗଲ ଯେପରି ଝଂକାର ଅଗ୍ରଦୂତ। ସକାଳ ଆଉ ସନ୍ଧ୍ୟା ସେ ବୁଲେ, ଆଉ ବୁଲେ। ଇଗଲ ମଧ୍ୟ ଅନେକ ଦିନ ଧରି ଲକ୍ଷ୍ୟ କରେ ମାଟିର ଏଇ କୃଷ୍ଣସାରକୁ। ଅତି ସୁନ୍ଦର ଏଇ ଦୀର୍ଘକାୟ କୃଷ୍ଣସାର- କି ଚଞ୍ଚଳ। ଘୂର୍ଣ୍ଣିବେଗରେ ସେ ଛୁଟିପାରେ ନିଜକୁ ପୃଥିବୀର ଶ୍ୟାମଳିମା ସହିତ ଏକାକାର କରିଦେଇ। କି ସୁନ୍ଦର କୃଷ୍ଣସାରର ଆକର୍ଷଲାୟିତ ଦୁଇଟି ଲୋଚନ। କି ଭୟଙ୍କର ତା'ର ମୋଟା ମୋଟା ଶିଙ୍ଗଗୁଡ଼ାକ। ପୁରୁଷର କି ସୌଷ୍ଠବ- ଅଥଚ କେତେ ନିରୀହ, କେତେ ଶାନ୍ତ ସେ। ମର୍ମସ୍ପର୍ଶୀ ତା'ର ନୀରବ କରୁଣ ପ୍ରତୀକ୍ଷା।

ଏଇ- ଇଗଲ୍ ଆସିଗଲା ଖୁବ୍ ନିକଟକୁ। ସିଧା ଆସି ସେ ବସି ପଡ଼ିଲା କୃଷ୍ଣସାର ପାଖରେ। କୃଷ୍ଣସାର ମଧ୍ୟ ଅଭିନନ୍ଦନ ଜଣାଇଲା। ତା'ପରେ ହଠାତ୍ କୃଷ୍ଣସାର ଛଲନା କରି ପଚାରେ-

"ତୁମେ ଏ ଧରଣୀରେ ଇଗଲ?"

ଇଗଲ କହେ, "ନା-ଅତି କ୍ଲାନ୍ତ ଲାଗିଲା ଏ ଉଡ଼ି ବୁଲିବା-ତା' ଛଡ଼ା ମୋର ଗୋଟାଏ ଡେଣା ଜଖମ ହୋଇଯାଇଛି ୫ଡ଼ରେ।"

କୃଷ୍ଣସାର ଭାବପ୍ରବଣ ହୋଇଉଠେ- "ସତରେ ଇଗଲ, ତୁମେ ଏ ପୃଥିବୀକୁ ଆସିଛ ଓଃ! ଏତେ ଦିନର ପ୍ରତୀକ୍ଷା- ମୁଁ ଭାରି ଭଲପାଏ ତମକୁ।"

ଇଗଲ କୁହେ, ମୁଁ ବି କୃଷ୍ଣସାର! ମୁଁ ବି ... ଅତି କ୍ଲାନ୍ତ ମୁଁ।

ଇଗଲ ଅତି ଅସ୍ପଷ୍ଟ ଭାବରେ ପ୍ରକାଶ କରେ ନିଜକୁ; ଆଉ ଆସ୍ତେ ଆସ୍ତେ ଦୁଇଟି କ୍ଷୁଦ୍ରପାଦରେ ଲମ୍ପଦେଇ କୃଷ୍ଣସାର ଦେହକୁ ଆଉଜି ଆସେ।

କରୁଣ ସନ୍ଧ୍ୟା ଉତ୍ତୀର୍ଣ ହୋଇଯାଇଛି । ଆକାଶରେ ଅନେକ ଦୂର ଉଠି ଆସିଛି ଚନ୍ଦ୍ର । ତରଳ ରୁପାରେ ଧୋଇ ହୋଇଯାଉଛି ଇଗଲର କୋମଳ ଶରୀର, ଆଉ କୃଷ୍ଣସାରର ଦେହେ ଦେହେ ଖାଲି ରୁପା– ଆଉ ରୁପା ।

ଦୁହିଁଙ୍କ ଆଖିରେ ନୀରବ ଅଶ୍ରୁ; କିନ୍ତୁ କାହିଁକି ଏ ଅହେତୁକୀ ଅଶ୍ରୁ ଦରଦୀ ପ୍ଲାବନ ?

କୃଷ୍ଣସାର ତା'ର ଈଷତ୍-ଦୀର୍ଘ ମୁହଁଟି ନେଇ ଆସ୍ତେ ଇଗଲର କୋମଳ ପର ଉପରେ ରଖେ, ଆଉ କହେ – "ତୁମେ ଅତି କୋମଳ ଇଗଲ ! ଇସ୍ ଡ଼େର ପକ୍ଷୀ, ଅଥଚ ଏତେ କୋମଳ ।"

ଇଗଲ ତୃପ୍ତିରେ ଚକ୍ଷୁ- ତାରକା ଦୁଇଟି ମୁଦ୍ରିତ କରି ଆଣେ କେବଳ । କିଛି ଦିନ ବିତିଯାଏ ।

କୃଷ୍ଣସାର ପଚାରେ, "ତୁମେ ଆଗରୁ କେବେ ପୃଥିବୀକୁ ଆସିଥିଲ ?" ଇଗଲ କହେ– "ଅନେକ ଥର ଆସିଛି, ଅନେକ ଥର । ଶିକାର କରିବା ପ୍ରବୃତ୍ତିଟା ଯେପରି ମୋର ନିହାତି ରକ୍ତଗତ । ଆକାଶରେ ଉଡ଼ୁ ଉଡ଼ୁ ଯେତେବେଳେ ଦେଖେ, ନିରୀହ ମେଷଯୂଥ ତୃଣ ସନ୍ଧାନରେ ବାହାରନ୍ତି, ଆନନ୍ଦରେ ନାଚି ଉଠେ ମୁଁ । ତା'ପରେ ନିହାତି ଗୋଟାଏ ହିଂସ୍ର ଆନନ୍ଦରେ ଘୂରି ଘୂରି ମୁଁ ଓହ୍ଲାଇ ଆସେ ପୃଥିବୀ ଉପରକୁ । ଆଉ ଏ ନଖ ଦେଖୁଛ କେତେ ତୀକ୍ଷ୍ଣ, ଆଉ ଶିକାରୀ ନଖ । ଏଇ ନଖରେ ଅନେକ ଅନେକ କୋମଳ ମେଷଶିଶୁ ମୁଁ ଝାମ୍ପି ନେଇ ଉଡ଼ିଯାଇଛି ଉପରକୁ । ସେଇ ପାହାଡ଼–" ଇଗଲ ଆଉ କହିପାରିଲା ନାହିଁ– କେବଳ ଆଖି ଦୁଇଟାକୁ ଧୀରେ ଧୀରେ ଛୋଟ କରି ଆଣି ଅନେଇ ରହିଲା ସେହି ପାହାଡ଼ ଚୂଡ଼ାକୁ ତୁଙ୍ଗ ଗିରିଚୂଡ଼ା । ତା' ଉପରେ ନୀଳ ଆକାଶର ଧୂସର ବାଦଲ ଲହଡ଼ା ମାରୁଛି– କୃଷ୍ଣସାର ବି ଅନେଇ ରହେ ସ୍ଥିର ଦୃଷ୍ଟିରେ ।

– କିଛି ସମୟ ପରେ କୃଷ୍ଣସାର ପ୍ରକୃତିସ୍ଥ ହୋଇ ପଚାରେ, "ତା'ପରେ ? ତା'ପରେ ?" ଇଗଲ ପ୍ରକୃତିସ୍ଥ ହୁଏ ।

"ତା'ପରେ ମୁଁ ସେହି ନିର୍ବୋଧ ନିରୀହ ମେଷ ଶିଶୁକୁ ନେଇ ଉଡ଼ିଯାଏ ସେହି ପାହାଡ଼ର ଚୂଡ଼ାକୁ । ଏହି ନଖରେ ସେମାନଙ୍କର ଛାତି ଚିରେ । ସେମାନଙ୍କର ଉଷ୍ଣ ରକ୍ତ ସ୍ରୋତରେ ନିଜର ଥଣ୍ଟ ବୁଡ଼େଇ ଦେଇ ଆକଣ୍ଠ ପାନ କରେ । ଭାରି ଭଲ ଲାଗେ ସେମାନଙ୍କର ଲୁଣି ଲାହୁ । ବଡ଼ ତୃପ୍ତି ଦିଏ ସେମାନଙ୍କର ନରମ ମାଂସ ।"

ଉତ୍ତେଜିତ ହୋଇ ଉଠେ ଇଗଲ । କିପରି ଗୋଟାଏ ହିଂସ୍ର ଆନନ୍ଦରେ ତା'ର ପରଗୁଡ଼ାକ ଫୁଲି ଉଠନ୍ତି ଭୟାନକ ଭାବରେ । ବିସ୍ତାରିତ ଆଖି ଦୁଇଟାରେ ସେ ଚାହିଁରହେ କେବଳ ।

ଅଥଚ ନିରୀହ କୃଷ୍ଣସାର ଆଶ୍ୱସ୍ତିର ନିଃଶ୍ୱାସ ନିଏ। ଯେପରି ସେ ଅନୁଭବ କରିପାରୁ ନାହିଁ- ସମର୍ଥନ କରିପାରୁନାହିଁ ଏ ହିଂସ୍ର ଆନନ୍ଦ। ତଳକୁ ଅନାଏ। ତଳେ ସବୁଜ ତୃଣର ମଦୁଆ ଗନ୍ଧ। ମାଟିର ମାତାଲ ନିଶା।

ଏଇ ପୃଥିବୀ ଓ଼! କୃଷ୍ଣସାର ଏତେ ଭଲପାଏ ଏଇ ପୃଥିବୀକୁ।

କୃଷ୍ଣସାର ହସେ- ଛଳନା କରେ। "ତାହାହେଲେ ଏଥର ମତେ ବୋଧହୁଏ ଶିକାର କରିବାକୁ ଆସିଥିଲ ତୁମେ?"

ଦୁଃଖ କରେ ଇଗଲ। ତା' ଆଖିରେ ଜମିଆସେ ବିନ୍ଦୁ ବିନ୍ଦୁ ଅଶ୍ରୁ। "ଛିଃ, କୃଷ୍ଣସାର ଏତେ ଅମଙ୍ଗଳ କଥା କହିବନି ଆଉ କେବେ- ମୁଁ ତୁମକୁ ଭଲପାଏ- ମୁଁ ତୁମ ପାଖକୁ ଆସିଥିଲି ଆତ୍ମନିବେଦିତା- ଠିକ୍ ଝଡ଼ରେ ଆହତ ଭୀରୁ କପୋତୀ ପରି। ତା'ଛଡ଼ା କୃଷ୍ଣସାର। ତୁମେ କେଡ଼େ ସୁନ୍ଦର। କେଡ଼େ ଶକ୍ତ ତୁମର ମାଂସପେଶୀ। କି କ୍ଷିପ୍ର ତୁମର ଗତି। ଆଉ କି ଚଞ୍ଚଳ ତୁମର ଦୁଇଟା ଚପଲ ଚତୁର ନୟନ। ତୁମର ଶିକାର-ମୋର କ୍ଷମତା କାହିଁକି, କଞ୍ଚନାର ବି ବାହାରେ। ମୁଁ ତୁମ ପାଖରେ ପରାଜିତ।"

କୃଷ୍ଣସାର ତା'ର ନରମ ମୁହଁରେ ଇଗଲର ଲୁହ ପୋଛିଦିଏ। ଏକା ସାଙ୍ଗରେ ରହନ୍ତି ଇଗଲ ଓ କୃଷ୍ଣସାର।

ସ୍ନେହର ପୀଡ଼ାରେ ପରସ୍ପର ନିକଟରୁ ନିକଟତର ହୋଇଆସନ୍ତି। କୃଷ୍ଣସାର ଆଉଁଶି ଦିଏ ଇଗଲର କୋମଳ ପର- ଆଉ ଇଗଲ ଫୁଲି ଫୁଲି କାନ୍ଦେ କୃଷ୍ଣସାରର ଏ ଅନହୁତି ସ୍ନେହରେ। ଇଗଲ କେବଳ ମର୍ମେ ମର୍ମେ ଅନୁଭବ କରେ ଏ ନିବିଡ଼ ସାନ୍ଦ୍ର ସ୍ନେହ। ଲୋମ କୂପେ କୂପେ ସେ ରୋମାଞ୍ଚିତ ହୁଏ।

କେବେ କେଉଁ କରୁଣ ଅପରାହ୍ନରେ କୃଷ୍ଣସାର କହେ-

"ଇଗଲ, ତୁମେ ସହି ପାରିବନି ମୋର ଏ ସ୍ନେହ।"

ଇଗଲ ନୀରବ ରହେ- ଆଖିରେ ସେହି ଅହେତୁକୀ ଅଶ୍ରୁ।

ଇଗଲର ଯୂଥ ଆସି ଆକାଶ ଛାଇ ଦିଅନ୍ତି ଝଡ଼ର ପାଞ୍ଚଜନ୍ୟ ନିନାଦ କରି। ଆପେ ଆପେ ହସନ୍ତି, ଆଉ ବିଦ୍ରୂପ କରନ୍ତି ଧରଣୀର ଇଗଲକୁ। କୁହନ୍ତି, "ଆଶ୍ଚର୍ଯ୍ୟ! ଝଡ଼ର ଇଗଲ ପୁଣି ଯାଇ ପୃଥିବୀର କୃଷ୍ଣସାରର ଭୁଜବଲ୍ଲରୀ ଭିତରେ! ହାୟ, ମାଂସାଶୀ ଇଗଲ ପୁଣି ଯାଇ କୃଷ୍ଣସାର ସହିତ ତୃଣଭୁକ୍!"

ବିଦ୍ରୂପର ଶ୍ଳେଷ ଅତୀତ ହୋଇଯାଏ।

ନାଚିନାଚି ଅସରନ୍ତି ଶସ୍ୟ କାଙ୍ଗାଳ କୃଷ୍ଣସାରର ଯୂଥ ସବୁଜ ପୃଥିବୀ ଉପରେ। ବିଦ୍ରୂପ କରନ୍ତି କୃଷ୍ଣସାରକୁ। ବେଲେବେଲେ ସହାନୁଭୂତିର ସ୍ୱରରେ କହନ୍ତି- "ହାୟ କୃଷ୍ଣସାର! ଅକୁଣ୍ଠ ଚିତ୍ତରେ ତୁମେ ଢାଲି ଦେଉଛ ତୁମର ଭଲପାଇବା- ନିଃଶେଷ କରି

ଦେଉଛ ତୁମର ଶକ୍ତି- ତୁମର ପ୍ରତିଭା- ତୁମର ଯୌବନ ଗୋଟାଏ ମଶାଣି ଆଲୁଅ ପଛରେ। ଆହତ ସେ ଝଡ଼ର ଇଗଲ- ପୃଥ୍ୱୀରେ ଓହ୍ଲାଇଛି- ପୁଣି ଯିବ ଉଡ଼ି- ଶିକାରୀ ଇଗଲ- ଝଡ଼ର ଇଗଲ।"

ଏ ବିଦ୍ରୁପ ବିନ୍ଧେ ଦୁହିଁଙ୍କୁ- ଆହତ ହୁଅନ୍ତି ଉଭୟେ। କୃଷ୍ଣସାର କୁହେ, "ନାଁ ଇଗଲ, ଶୁଣ ନାହିଁ ଏମାନଙ୍କର କଥା-ଏମାନେ ଭ୍ରାନ୍ତ, ଏମାନେ ଆମର ଶତ୍ରୁ- ଏମାନେ ଈର୍ଷା କରନ୍ତି ଆମର ଏଇ ଭଲପାଇବାକୁ। ସମ୍ଭବ- ଆକାଶର ଇଗଲ ଓ ଧରଣୀର କୃଷ୍ଣସାର ମଧ୍ୟରେ ଭଲପାଇବା ସମ୍ଭବ- ନିଶ୍ଚୟ ସମ୍ଭବ।"

ତ୍ରସ୍ତ ଇଗଲ ଆଉଜି ଆସେ କୃଷ୍ଣସାରର ପଶମ କଅଁଳ ଦେହକୁ ଆଉ ଆସ୍ତେ କୁହେ, "ହଁ ସମ୍ଭବ କୃଷ୍ଣସାର!"

ଦିନ ବିତିଯାଏ।

ଅନେକ ଦିନ।

ଇଗଲକୁ ଭଲ ଲାଗେ ନାହିଁ ଏ ପୃଥ୍ୱୀ।

ସେ କୃଷ୍ଣସାର ପରି ଶୁଣିପାରେ ନାହିଁ ପୃଥ୍ୱୀର ସଂଗୀତ। ସେ ତୃପ୍ତି ପାଇପାରେ ନାହିଁ ତୃଣ ଭୋଜନ କରି। ଶିକାର କରିବା ପ୍ରବୃତ୍ତିଟା ଯେପରି ତା' ଭିତରେ ଚେଁଇ ଉଠେ ବାରମ୍ବାର। ଇସ୍! ଯଦି ସେ ଥରେ ପାରନ୍ତା ଶିକାର କରି ଏଇ କୃଷ୍ଣସାରକୁ। ହଉନା ବଳବାନ ଏ କୃଷ୍ଣସାର- ହଉନା ତା'ର ଅତି ପ୍ରିୟ- ତଥାପି ଯଦି ସେ ଥରେ ପାରନ୍ତା। ଦିବାସ୍ୱପ୍ନ ଦେଖେ ଇଗଲ। ସେ ନିଜେ ତା'ର ଶାଣିତ ନଖଗୁଡ଼ାକରେ କୃଷ୍ଣସାରକୁ ଝାଂପି ନେଇ ଚାଲିଯାଉଛି ସେଇ ପର୍ବତ ଚୂଡ଼ାକୁ- ଅତର୍କିତରେ ଛାତି ଚିରି ସେ ପିଇଚାଲିଛି ଉଷ୍ଣ ରକ୍ତପ୍ରବାହ। କି ତୃପ୍ତି। କି ଆନନ୍ଦ! ତା'ପରେ ନିରୀହ ମେଷ ଶିଶୁଙ୍କର କ୍ଷୁଦ୍ର ଉପେକ୍ଷିତ ଅସ୍ଥିମେଳରେ ମିଶି ଏକାକାର ହୋଇଯାଉଛି କୃଷ୍ଣସାରର ଅପେକ୍ଷାକୃତ ବୃହତ୍ତର ଅସ୍ଥି ରାଶି। ଇସ୍! ସେ କ'ଣ ଭାବୁଛି। ପୁଣି ଆଖିରେ ଭରି ଆସେ ଅଶ୍ରୁ। ଭୀଷଣ ଦ୍ୱନ୍ଦ୍ୱ। ସେ ଶିକାର ଚାହେଁ- ଅଥଚ କୃଷ୍ଣସାର ତା'ର ଅତି ପ୍ରିୟ।

ଦିନେ ହଠାତ୍ ଇଗଲ କୁହେ, "କୃଷ୍ଣସାର। ମତେ ଚାଲିବାକୁ ଖୁବ୍ କଷ୍ଟ ହେଲାଣି। ଦେଖୁ ନାହିଁ, ମୋର ଗୋଡ଼ଗୁଡ଼ାକ କେଡ଼େ ଶୀର୍ଷ। କିନ୍ତୁ ମୋର ଡେଣା ଖୁବ୍ ଶକ୍ତ।"

କୃଷ୍ଣସାର ହସି ହସି କୁହେ, "ଭୟ କର ନାହିଁ ଇଗଲ। ମୋର ପିଠିରେ ବସ। ମୁଁ ତମକୁ ବହି ନେଇ ଯାଇପାରିବି ଚିର ଜୀବନ। ମୁଁ ତୁମକୁ ନେଇ ଯାଇପାରିବି ଏଇ ମୋ'ର ଅତି ପ୍ରିୟ ଶିଳାରାଶି ଭିତରେ। ମୁଁ ତୁମକୁ ନେଇ ଡେଇଁ ଯାଇପାରିବି ଯେ କୌଣସି ପ୍ରଶସ୍ତ ଝରଣା।"

ଘୃଣାରେ ଇଗଲର ନାସିକା କୁଣ୍ଠିତ ହୋଇଆସେ।

ନା, ସେ କାହା ଉପରେ ନିର୍ଭର କରି ଚଳିପାରିବ ନାହିଁ– ସେ ବଞ୍ଚି ପାରିବ ନାହିଁ ପରାଙ୍ଗପୁଷ୍ଟ ହୋଇ। ତାକୁ ଉଡ଼ିଯିବାକୁ ହେବ। ସେ ଝଡ଼ର ଇଗଲ– ଶିକାରୀ ଇଗଲ। ଇଗଲ କୁହେ– "ଛିଃ! କ'ଣ କହିବେ ସମସ୍ତେ? ତୁମର ପକ୍ଷ ନାହିଁ ମୁଁ ଜାଣେ; କିନ୍ତୁ ଯଦି ଉଡ଼ିବାକୁ ଚାହଁ, ଆମେ ମୋର ମଧ୍ୟ ଅଛି ଅଶେଷ ଶକ୍ତି, ମୁଁ ତୁମକୁ ମୋର ପକ୍ଷରେ ନେଇଯିବି। ଉଡ଼ିବା ଆକାଶରେ। କି ସୁନ୍ଦର ସେଇ ସୁନୀଲ ଆକାଶ! ମିଶିଯିବା ଗୋଟିଏ ବିନ୍ଦୁ ହୋଇ। ତା'ପରେ ଆସିବ ଝଡ଼, ଆଉ ସେ ଝଡ଼ର ମଦ ପିଇବା ଉଭୟେ।"

କୃଷ୍ଣସାର କୁହେ– "ନା ଏଇ ଧରଣୀରେ ରହିବା ଇଗଲ। କି ସୁନ୍ଦର ଏଇ ସବୁଜ ଧରଣୀ। ମଦୁଆ ଏ ମାଟିର ଗନ୍ଧ– ଏଇ ପାହାଡ଼ର ବିଚିତ୍ର ଶିଲାରାଶି– ସ୍ୱଚ୍ଛ ଝରଣାର ପାଣି– କି ଚମତ୍କାର ଏଇ ଧରଣୀର ସଂଗୀତ।"

ହାୟ! ଇଗଲ ସହିତ କୃଷ୍ଣସାର ଉଡ଼ିପାରେ ନାହିଁ ବା କୃଷ୍ଣସାର ସହିତ ଇଗଲ ଚାଲିପାରେ ନାହିଁ।

XXX

ଏତିକି ଗପ। ଗପଟାକୁ ଟେବୁଲ ଉପରେ ପକାଇ ଦେଇ ଯାଇଥିଲି ବାହାରକୁ। ଫେରିଲାବେଳକୁ ପ୍ରାୟ ସନ୍ଧ୍ୟା। ଆସି ଘରର ସୁଇଚ୍‌ଟାକୁ ଜଳାଇ ଦିଏତ କାଉଚ୍ ଉପରେ ହାତରେ ଗପଟାକୁ ଧରି ବସିରହିଛି ସୁଜାତା। ସୁଜାତା! ମୁଁ ଆଶ୍ଚର୍ଯ୍ୟ ହୋଇଗଲି ଏକାବେଳକେ। ଏଇ ସୁଜାତା, ଯେ ମୋ' ପାଖକୁ, ରାଗରେ ଆଉ ଘୃଣାରେ ଘରକୁ ଆସିବା ଦୂରେ ଥାଉ, ଚିଠି ମଧ୍ୟ ଦିଏ ନାହିଁ, ସେଇ ସୁଜାତା ପୁଣି ଏଠି– ପୁଣି ମୋର ଅନୁପସ୍ଥିତିରେ। ସୁଜାତା କୁହେ, "ଏଟା ତା'ର ଅଭିମାନ– ସେ ଦୂରରୁ ରହି ମତେ ଅନୁଭବ କରିବାକୁ ଚାହେଁ।" କିନ୍ତୁ କି କ୍ରୂର ଏ ଅଭିମାନ! କି ନିଷ୍ଠୁର ଏ ସଚେତନ ଅବହେଲା। ଛାଡ଼।

ନିଜର ଭାବନାକୁ ଗୋପନ ରଖି ହଠାତ୍ ହସି କହିଲି–

"ଚା' ଖାଇବ ସୁଜାତା?"

"ହଁ"

ଚା' ପିଆଲାରୁ ମୁହଁ ଫେରାଇ ସୁଜାତା କହିଲା– "ତା'ପରେ ଲେଖକ। କେବେ ଆପଣଙ୍କର କୃଷ୍ଣସାର ଉଡ଼ି ଶିଖିବ ବା ଇଗଲ ଚାଲି ଶିଖିବ?"

ମୁଁ କହିଲି– "ନା, ସେମାନେ ସେହିପରି ରହିଯିବେ।"

ତିର୍ଯ୍ୟକ୍ ଦୃଷ୍ଟି ଫେରାଇ ସୁଜାତା କହିଲା, "ଇଗଲର ମନୋବୃତ୍ତି ଆପଣ ଲକ୍ଷ୍ୟ କରିଛନ୍ତି ଏଇ କେତେ ଦିନ ଧରି?"

ସଂକ୍ଷେପରେ କହିଲି, "ପ୍ରୟୋଜନ ନାହିଁ।"

ତଥାପି କହୁଛି ମୁଁ– "ଇଗଲର ହିଂସ୍ର ପ୍ରବୃତ୍ତି ଅନେକଟା ମରି ଆସିଲାଣି।" ମୁଁ ଅନେକ ସମୟ ନୀରବ ଥିଲି।

ଖାଲି ଚା' କପ ଥୋଇଦେଇ ସେ ଚାଲିଗଲା ବେଳକୁ କେବଳ କହିଲା, "ଅନ୍ୟାୟ ହବ ଲେଖକ। ସେମାନେ ପରସ୍ପରକୁ ଏତେ ଭଲ ପାଉଥିଲେ– ତା'ର ଅନ୍ତତଃ ଗୋଟାଏ କିଛି ସମାଧାନ ଆପଣଙ୍କର କରିବା ଉଚିତ୍।"

"ହୁଏତ ଦେବି"– ମୁଁ କହିଲି।

ସୁଜାତା ଗଲାବେଳେ କେବଳ କହିଗଲା, "ଆଶାକରେ ସାମାଧାନ କରିବେ।"

xxx

ପୁଣି ଗପଟାକୁ ବଢ଼ାଇବାକୁ ବସିଲି।

ତା'ପରେ ଆଉ ପାରିଲା ନାହିଁ ଇଗଲ। ଶିକାର ପ୍ରବୃତ୍ତି ତା' ଭିତରେ ଚେଙ୍ଗ ଉଠିଲା ବାରମ୍ବାର। ତାକୁ ଯିବାକୁଇ ହେବ। ଦିନେ କୃଷ୍ଣସାରର ଅଜାଣତରେ ଇଗଲ ଯାଇଛି ଉଡ଼ି।

କୃଷ୍ଣସାର ଉପରକୁ ଚାହିଁଲା। ଇଗଲ ପ୍ରାୟ ଅର୍ଦ୍ଧ ଆକାଶରେ। ତା'ର ମନେହେଲା, ଯେପରି ଇଗଲ ଉଡ଼ିଉଡ଼ି ତାକୁ ଉପହାସ କରି ଯାଉଛି– ହାଁଦେଇ ଯାଉଛି ଶାଣିତ ବ୍ୟଙ୍ଗ ବାରମ୍ବାର ସେହି ତିକ୍ତ ଶ୍ଳେଷ, "ତୁମେ ହାରିଗଲ କୃଷ୍ଣସାର, ତୁମେ ହାରିଗଲ, ମୁଁ କିନ୍ତୁ ଝଡ଼ର ଇଗଲ, ଝଡ଼ରେ ଯାଉଛି ମିଶି।"

ତା'ପରେ ବିତିଗଲା ଅନେକ ଦିନ–

ଇଗଲ ମନେହୁଏ ଝଡ଼ରେ ଅନେକ ସମୟ ଯୁଦ୍ଧ କରି ଆନନ୍ଦ ପାଇଲା। ଆହୁରି ଅନେକ ନିରୀହ ମେଷଶିଶୁ ବୋଧହୁଏ ଶିକାର କଲା। ବେଲେବେଲେ କିଏ ଜାଣେ, ହୁଏତ ଇଗଲ ଭାବୁଥିବ– "ହାୟ କୃଷ୍ଣସାର– ତୁମକୁ ଯାହା ମୁଁ ଶିକାର କରି ନପାରିଲି।"

ଇଗଲ ପୁଣି ଦିନେ କ୍ଲାନ୍ତ ହୋଇପଡ଼ିଲା। ଧରଣୀର ସବୁଜିମା ଯେପରି ତାକୁ ହାତ ଠାରି ଇସାରା କଲା– "ଝଡ଼ର ଇଗଲ– ଝଡ଼ ଭିତରେ ସବୁ ମିଳିପାରେ ନାହିଁ– ତୁମେ ଫେରିଆସ।"

ଇଗଲ ଓହ୍ଲାଇଲା ଧରଣୀକୁ।

କିନ୍ତୁ କୃଷ୍ଣସାର ସେତେବେଳକୁ ଯାଇଛି ମରି।

ଇଗଲ ଦୁଃଖ କଲା, ନିଜକୁ କେତେ ଧିକ୍କାର କଲା। ଆପଣାର ଆତ୍ମଗ୍ଲାନିରେ ସେ କ୍ଷୀଣରୁ କ୍ଷୀଣତର ହେବାକୁ ଲାଗିଲା। ଖାଲି ବସି ବସି ଅଶ୍ରୁ ଗଡ଼ାଇଲା କୃଷ୍ଣସାରର ସମାଧି ଉପରେ।

ସେଦିନ ମଧ ସେହିପରି ବିଲମ୍ବିତ ଚନ୍ଦ୍ରୋଦୟ-ନୀରବ କରୁଣ ଶିଶିର-ସିକ୍ତ ସନ୍ଧ୍ୟା ।

ଇଗଲ ଅତି ମନୋଯୋଗ ସହକାରେ ବସି ବସି ଭାବୁଛି ତାର କୃଷ୍ଣସାରକୁ । କେତେ ଭଲ ପାଉଥିଲା ତାକୁ ସେ । ତା'ର ମନେହେଲା, ଯେପରି ସେହି ଅଣ୍ଡରେ ତିଲେ ତିଲେ ଜୀବନ୍ତ ହୋଇ ଉଠୁଛି କୃଷ୍ଣସାର; କିନ୍ତୁ ହାୟ ! କୃଷ୍ଣସାର ଯାଇଛି ମରି । ଇଗଲ ସେହିଦିନ ପ୍ରଥମ କରି ଶୁଣିଲା- ମାଟିର ବାଣୀ ଓ ଧରଣୀର ସଂଗୀତ- ଶେଷଥର ପାଇଁ ଅନୁଭବ କଲା କୃଷ୍ଣସାରର ନିବିଡ଼ ଚୁମ୍ବନ ।

କିନ୍ତୁ ଠିକ୍ ସେହି ମୁହୂର୍ତ୍ତରେ ଏକ ସୁନ୍ଦର ସୌଷ୍ଠବାନ୍ଵିତ କୃଷ୍ଣସାର ଆସ୍ତେ ଆସ୍ତେ ପାଲଟି ଯାଉଛି ଫସିଲ୍, ମାଟିର କେଉଁ ନିଭୃତ ସ୍ତରରେ । ଦୀର୍ଘ, ଦୁର୍ବୋଧ୍ୟ ଦେବଦାରୁ ଚୂଡ଼ାରେ କ୍ଷୀଣ ବଙ୍କିମ ଶଶୀଲେଖା ଯେପରି ସ୍ଥିର ହେଇଯାଇଛି ମୁହୂର୍ତ୍ତକ ପାଇଁ ।

■ ■

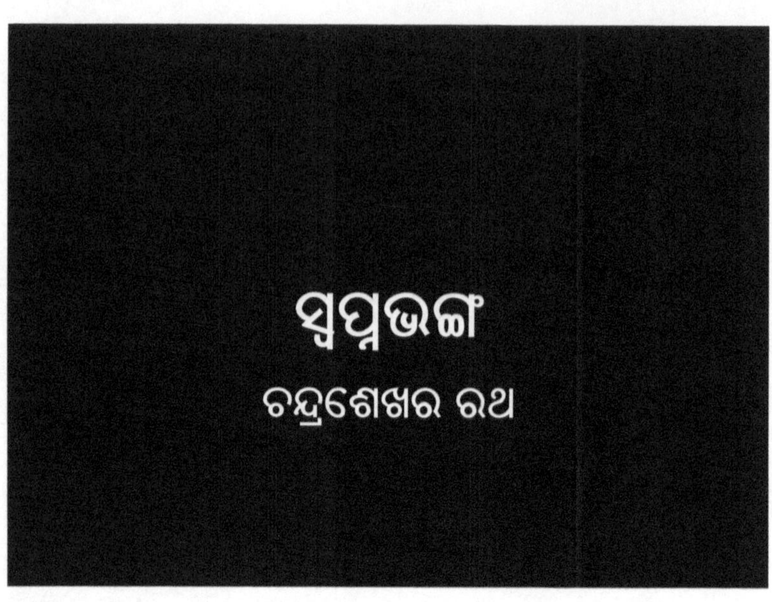

ସାନପୁଅର ନୂଆ ଗଜେଇଥିବା ଦାଢ଼ି ଉପରେ ଢୋ କିନି ଗୋଟାଏ ଚାପୁଡ଼ା ପକେଇଦେଇ ଗର୍ଜିଉଠିଲେ ବଳଭଦ୍ର ରାୟଗୁରୁ–

'ଚୋପ୍ ବେ ନାଲାଏକ୍ ଇଡ଼ିଅଟ୍ କାହିଁକି। ତତେ ଅଲବତ୍ ମେଡ଼ିକେଲ୍ ନେବାକୁ ହେବ। ଡାକ୍ତର ତ ହବୁ ନାଇଁ ଆଉ କ'ଣ ଜୁଲୋଜି ପଢ଼ି ମାଷ୍ଟ ହବୁ? ମା... ରିବି ଚଟକଣା ଧରି ଯେ ଦାନ୍ତ ଝାଡ଼ିଦେବି। ଯା', ଆଜି ଦରଖାସ୍ତ ଦାଖଲ୍ କରି ଆସିବୁ।'

ଧୋତି, ମଠା ପଞ୍ଜାବି ଏବଂ ମାନ୍ଧାତା ଅମଲର କାଳିଆ ଚମଡ଼ା ପାଷ୍ଟୋଇ ପିନ୍ଧି ଦୁମ୍ଦୁମ୍ ହୋଇ ତାଙ୍କ ଶୋଇବା ବଖରାକୁ ସେ ଚାଲିଗଲେ। ବୁବୁ ଅଧିକାଂଶ ଦିନ ବାଘ ସପନ ଦେଖେ। ପଟାଳିଆ ଚାଦର ଘୋଡ଼େଇ ହୋଇ ସେ ବାଘ ମୁହଁ, ମେଲେଇ ମାଡ଼ି ଆସେ। ଦିନେଦିନେ ସେ ପାନ ଚୋବାଇଲା ପରି ତାକୁ ଦିଶିଯାଏ। ପାଟି ଭିତରଟା ତା'ର ଗୋଟିଏ ହିଙ୍ଗୁଳ ଗୁମ୍ଫା। ତା' ଭିତରୁ କଡ଼କଡ଼ ହୋଇ

ବକ୍ର ଭାଙ୍ଗି ପଡ଼ୁଥାଏ। ଝାଲ ସରସର ହୋଇ ବୁବୁ ଧାଇଁଥାଏ ଅନ୍ଧାରର ଆଢୁଆଲକୁ। ପଛରେ ଦୁମ୍‌ଦୁମ୍‌ ଗୋଡ଼େଇଥାଏ ବାଘ। କେତେଥର ସେ ଦେଖିଛି ଯେ ବାଘ ପାହ୍ଣୁଲରେ ଏମିତି କଲା କଲା ପାଞ୍ଜୋଇ।... ଏତେଦିନେ ତା' ଧାଇଁବା ରାସ୍ତାରେ ଆସିଗଲା ଜିମ୍‌ନାସିୟମ୍‌। ସେ ସେଠୁ ଭିଡ଼ି ଆଣିଲା ଲୁହାର ଗୋଟିଏ ଶାବଲ। ଗୋଟାଏ ହୁଁକାରରେ ସେ ବୁଲିପଡ଼ି ଚାହିଁଲାବେଲକୁ ବାଘ ପେଟେଇ ଶୋଇଯାଇଛି। ତା' ଆଗଗୋଡ଼ ଯୋଡ଼ାକ ଶରଣ ପଶିବା ଢଙ୍ଗରେ ଲମ୍ବିଯାଇଛି। ଆଖିବୁଜି କୁଁ କୁଁ କରୁଚି ପଡ଼ିଶା ଘରର ଦୋ-ମିଶା କୁକୁର 'ଲିଲି'। ବୁବୁ ଶାବଲ ଆଗରେ ତାକୁ ଟେକି ଦେଉଛି ! ସେ ଲେଉଟି ପଡ଼ୁଛି ପ୍ଲେଟ୍‌ରେ ବଢ଼ା ହୋଇଥିବା ଗୋଟିଏ ମାଛର ପୁଟାପରି। ଛୁରୀରେ ତା' ମୁଣ୍ଡ କାଟିଦେଇ ବୁବୁ ତାକୁ ପାଟିରେ ପୁରେଇ ଦଉଚି କଣ୍ଟା ସାହାଯ୍ୟରେ।

ନିଦ ଭାଙ୍ଗିଗଲା। ନିରାମିଷ ଛେପ କଲେ ଢୋକିଦେଇ ବିବୁ ଦାନ୍ତ ଯାବି ବାହାରିଲା ଘରୁ। ମେଡ଼ିକେଲରେ ନାଁ ଲେଖେଇବାକୁ ହେବ। ହଉ ଶାଲା, ବି.ଏସ୍‌.ସି. ପରେ ଡାକ୍ତର ହେବି-ତ ହଉ, ଆଉ ପାଞ୍ଚବର୍ଷ। ତା'ପରେ ଖାଲି ଫୋଡ଼ିବି-କଥା କଥାକେ ଇଞ୍ଜେକ୍‌ସନ୍‌ ଛୁରୀ-ମର୍‌ ଶାଲା ଆରସେନିକ୍‌, କେ.ସି.ଏନ୍‌. ଖା !

ଝରକା ପାଖରୁ ଦେଖୁଥାନ୍ତି ବଲଭଦ୍ର ରାୟଗୁରୁ। ଗେଟ୍‌ ବନ୍ଦ କରି ବୁବୁ ରାସ୍ତାକୁ ବାହାରିଗଲା। ପଛରେ ହାତ ଛନ୍ଦି ସେ ତଲକୁ ଚାହିଁ ରହିଲେ କିଛି ସମୟ। ଭିଡ଼ିହୋଇ ରହିଥିବା ତାଙ୍କର ସହସ୍ର ନାଡ଼ି ଭିତରୁ ଗୋଟାଏ ଦୀର୍ଘଶ୍ୱାସ ଓହ୍ଲେଇ ଗଲା। ସେ ସେଇଭଲି ତଲକୁ ଚାହିଁ ଆସ୍ତେ ଫେରିଲା। ଦୁଇ ଚାରି ପାହୁଣ୍ଡ ପରେ ମନକୁ ମନ କହିଲେ, "ଉଲ୍ଲୁ !... ଭାବିଛି ସବୁବେଲେ ଏମିତି ବାପ ବସିଥବ... ଭାତ ଡାଲମା ସିଝେଇ ଖୁଆଉଥବ। ବେ, ତୁ କ'ଣ ଆଉ ମଣିଷ ହବୁନି ? ଉଲ୍ଲୁ କାହାଁକା- କହିଲା କ'ଣ ନା ଡାକ୍ତର ହବନି !- ହବନି ତ ଆଉ କ'ଣ ତୋ ମା' ସେ ହାସ୍‌ପାତାଲ ପିଣ୍ଡାରେ ବଲ୍‌ ବଲ୍‌ ଅନେଇ ସବୁବେଲେ ମରୁଥବ ? ତୋ ବାପ ବୁକୁବାଡ଼େଇ ସେଗୁଡ଼ାକର ପାଦ ଧରୁଥବ। ସେଗୁଡ଼ାଙ୍କୁ ଠିକଣା ଜବାବ୍‌ ଦବ କିଏ ? ତାଙ୍କ ଉପରେ ହାକିମ ହୋଇ ତାଙ୍କ ପାଟିରେ ଲଗାମ ଭିଡ଼ି କିଏ ତାଙ୍କୁ ଚାବୁକ୍‌ ମାରି କହିବ- ମନେପକାଅ ଶଲେ, ସେଦିନ ସେ ମାଇକିନିଆକୁ ଟିକିଏ ଦେଖିବାକୁ ତୁମର ତର ନଥଲା ପରା- ଚା' ଭୋଜି କରୁଥଲ-ସିଗ୍ରେଟ ଶୋଷି ଖୋଁ ଖୋଁ ହସୁଥଲ- ଚାହିଁ ଦେଲ ନାହିଁ ଟିକିଏ। ମାଛ ମଣ୍ଟି କାଢ଼ିଲା ପରି ମଶାଣିରେ ତା' ପେଟ୍‌ ଉଲାରି ମୋତେ କଢ଼ା ହୋଇଚି। ମୁଁ ଆସିଚି ବୁଟ୍‌ମାରି ତୁମ ଦାନ୍ତ ଝାଡ଼ିବାକୁ। ତୁମ ପାପର ପ୍ରାୟଶ୍ଚିତ କରାଇବି ମୁଁ। ମୁଁ ଡାକ୍ତର ବିବେକାନନ୍ଦ ରାୟଗୁରୁ।

ବଲଭଦ୍ର ବାବୁ ନିଛାଟିଆ ଘରେ ଚାରିଆଡ଼କୁ ଟିକିଏ ଚାହିଁଲେ। ଆଉ ଯୋଡ଼ାଏ

ବର୍ଷ ଚାକିରି । ପୁରୁଣା ଡିହ ଉପରେ ବହୁ କଷ୍ଟରେ ଏ ଘର ଖଣ୍ଡ ସେ ଉଠେଇଛନ୍ତି । 'ବଗୁଲି' ଇଞ୍ଜିନିୟର ହୋଇ କିଛି ଆଉ କରିପାରିଲା ନାହିଁ । ସେ ଭାବିଥିଲେ ବଡ଼ପୁଅ ଇଞ୍ଜିନିୟର ହେଲେ କାହୁଁକାହିଁ ସବୁ ଟଙ୍କା ଆସିଯିବ । - ଯେମିତି ଯାମିନୀ ବାବୁ, ରମଣୀ ବାବୁ, ଗାଙ୍ଗୁଲି ବାବୁ, ମହାରଣା ବାବୁଙ୍କର ଆସୁଚି । ସବୁଦିନ ଫେଣାଏ ଚନ୍ଦନପୁରୀ କଦଳୀ ଜଳଖିଆ ହେବ । ସୁଜି ହାଲୁଆ, ପୁରି, କଚୋଡ଼ି, ଅଣ୍ଡା, ମାଂସ, କ୍ଷୀର, ଫଳ-ଘରେ ପିଲାଙ୍କୁ ପଢ଼େଇଲାବେଳେ ତାଙ୍କ ବହିରୁ ଖାଦ୍ୟପ୍ରାଣ ପ୍ରସଙ୍ଗ ତାଙ୍କର ମୁଖସ୍ଥ ଥାଏ ସେ ଭାବିଯାନ୍ତି ।

ଇଞ୍ଜିନିୟର ହେବା କିଛି କମ୍ କଥା ନୁହେଁ । ଓଃ, ସେଦିନ ଗୁଡ଼ାକ- "ଆରେ ବଗୁଲିଆ, ଖାଇଦେଇ ଯା' ପରୀକ୍ଷା ଦବୁ ପରା । ଓପାସରେ କାହିଁକି ଯାଉଛୁ ? ଉପରୁ ଉପରୁ ଡାଲମାଟା ନେଇଆସିଛି-ପୋଡ଼ା ଗନ୍ଧେଇବ ନାହିଁ ।"

'ବଗୁଲି' ଶେଷରେ ଇଞ୍ଜିନିୟର ହେଲା । ହେଲେ କ'ଣ ହେଲା ? ବଳଭଦ୍ର ବାବୁ ଘଣ୍ଟାକୁ ଅନେଇଦେଲେ । ଦଶଟା ବାଜିବାକୁ ଆଉ ଦଶମିନିଟ୍-ଭାତଟା ଓଦ୍ଧେଇ ରଖିଦେଲା ପରେ ସାଇକେଲ ମାରି ସେ ଠିକ୍ ପହଂଚିଯିବେ । ଆଜି କ'ଣ ଇଲେକ୍ସନ ହବ ପରା । ଅଧେ ତ ଅଫିସ୍ ଆସିବେ ନାହିଁ- ଏ ପୁଣି ଯେଉଁ ବିଭାଗ ଏଠି କିଏ କାହାକୁ ପଚାରେ ?

ଅନେକ ଦିନରୁ ଅଭ୍ୟସ୍ତ ହାତଗୁଡ଼ିକ ଭୁଲ୍ କରିବାର ନୁହେଁ । ଭାତ ଗଲା ହେଲା । ଘରେ କୋଲପ ପଡ଼ିଲା । ସାଇକେଲ ଧରି ବଳଭଦ୍ର ବାବୁ ରାସ୍ତାକୁ ବାହାରିଗଲେ । ମନ ଭିତରକୁ କିନ୍ତୁ ଗୁଡ଼ାଏ ନରମ ପାଦ ଶବ୍ଦ ଚାଳିଶ କି ପଚାଶ ବର୍ଷର ଧୂଳି ଉପରେ ଚଂଚଳ ହୋଇଉଠୁଥାନ୍ତି ।

ଛକ ପାଖରେ ସବୁଦିନ ପରି ଶ୍ରୀକାନ୍ତ ବେହେରା ଆସି ଯୋଗ ଦେଲେ । ବୟସ ତାଙ୍କରି ପରି । ମୁହଁ ଉପରେ ଥୋଲାଥୋଲା ଅତୀତ । ଆଖି ଗହୀର । ହସିଦେଲେ ମାଉଁସିଆ ମୁହଁ ଓସାରିଆ ହୋଇଯାଏ । ପାଟି ଭିତରେ କାଁ-ଭାଁ କେତୋଟି ଦାନ୍ତ ପାନପିକ ବୋଲରେ କଳା ମଚମଚ ଦିଶିଯା'ନ୍ତି ।

"କଣ ବଳିଭାଇନା, ଆଜି ତ' ବଜାର ଗଲ ନାହିଁ ସକାଳୁ ।"

"ଏଁ ... ହଁ... ଆଜି ଯାଇ ନାହିଁ ।"

"ଆଜି ନୂଆହୋଇ କୋବି ପଡ଼ିଥିଲା-କିଲୋ ଆଠଟଙ୍କା ।"

"ଶୁଣିଲ ନା ନାଇଁମ-କିଲୋ ଆଠଟଙ୍କା ।"

"ଶୁଣିଲ ।"

"ମୁଁ ଅନେଇଥାଏ- ଯାମିନୀ ବାବୁଙ୍କ ସେ ଯେଉଁ ନୌକର ଟୋକା ନୁହେଁ-

ସୁଦର୍ଶନ, ତା' ଅଖା ମୁଣାରେ କିଲେ ଭର୍ତ୍ତିକରି ନେଲା... କିନ୍ତୁ ଏ ନୂଆ କୋବି ଗୁଡ଼ାକ ଯାହା ଟିକିଏ ପାଣିଟିଆ ।"

"କାଶ୍ମୀର ସେଓ ଆସିଛି ମିଆଁ ଫଳ ଦୋକାନକୁ । ମୂଲରୁ ଶଳା ହାକୁଟି ବାର ଟଙ୍କା । ଯାହା କହ, ସେ ଗୁଡ଼ାକର ବାସ୍ନାରେ ଅଧେ ପେଟ ପୂରିଯାଏ ।"

ଏମିତି ପ୍ରାୟ ବଜାରର ସମସ୍ତ ମହାର୍ଘ ବସ୍ତୁର ତାଲିକା ଶ୍ରୀକାନ୍ତ ବେହେରା ବାଡ଼ି ଦେଇଗଲେ । ସବୁଗୁଡ଼ିକ ଅପହଞ୍ଚ ଡାଲର ଫଳ-ସବୁ କେବଳ ଚର୍ଚ୍ଚାର ବସ୍ତୁ । ତା'ରି ଉପରେ ସମୟ ସମୟରେ ଜୋର-ସୋର ତର୍କ ହୁଏ, ବିତଣ୍ଡା ହୁଏ । ଉଭୟ ପକ୍ଷ ସେଠାରେ ଆପ୍ୟାୟିତ ବୋଧ କରନ୍ତି । ଆଜି ସେସବୁ କିଛି ନାହିଁ । ଶ୍ରୀକାନ୍ତ ବାବୁ କେତେବେଲକୁ ଅନୁଭବ କଲେ ଯେ ବାଲି ଉପରେ ସେ ଏକୁଟିଆ ଚାଲିଚନ୍ତି । ପାଦ ଶବ୍ଦ ବି ଶୁଭୁ ନାହିଁ ।

ସେ ସାଇକେଲ ପାଖେଇ ଆଣି ପଚାରିଲା- "କଣ କିଓ- ଆଜି ଏମିତି ଗମ୍ଭୀର କାହିଁକି ?"

ବଳଭଦ୍ର ରାୟଗୁରୁ ଭୃରୁ କୁଞ୍ଚେଇ ଆଡ଼ ହୋଇଗଲେ । ଘାଇଁ ଧଡ଼ଧଡ଼ ହୋଇ ଗୋଟାଏ ଟ୍ରକ ପାରିହୋଇଗଲା । ଧୂଲିରେ ଆଖି ନାକ ରୁଦ୍ଧ ହୋଇଗଲା । ଇଆଡ଼େ ଚଢ଼ାଣି ରାସ୍ତା- ଦୁହେଁ ନିରବରେ ଲଞ୍ଜପଡ଼ି ସାଇକେଲ ଠେଲିଲେ । ବୁଝିଗଲେ ପରସ୍ପରକୁ ।

ଅଫିସ୍ ପାଖରେ ସାଇକେଲ ରଖି ଓହ୍ଲାଇଲା ବେଲକୁ ବଳଭଦ୍ର ବାବୁ ଖଣ୍ଡେ ପାନ ପାଟିରେ ଦେଇ କହିଲେ- "ଆଜି ବାବୁଆ ମେଡ଼ିକେଲ୍‌ରେ ନାଁ ଲେଖେଇଲା ।"

"ସତେନା ?... ବାଃ, ଏଥର ଆପଣଙ୍କ ଦୁଃଖ ଗଲା । ବଡ଼ଟିକୁ ତ ଇଞ୍ଜିନିୟର କରିଦେଲେ-ଏଇଟି ଡାକ୍ତର ହୋଇଯିବ... ଆପଣଙ୍କର ଆଉ ଚିନ୍ତା କ'ଣ ? ଆରେ ହଁ, ଆପଣଙ୍କ ବଡ଼ ପୁଅ ପାଇଁ କ'ଣ ପାତ୍ରୀ ପ୍ରସଙ୍ଗ ସବୁ ଆସିଚି ପରା ? ମତେ କିଏ ତ କହୁଥିଲା ଚିଫ୍‌ ଇଞ୍ଜିନିୟର ପ୍ରଭାତ ରଞ୍ଜନ ମିଶ୍ରଙ୍କର ସାନ ଝିଅଟିଏ ଅଛି- ତା' ପାଇଁ ତୁମକୁ ପଚାରିବାକୁ ।"

"ଓ... ପ୍ରଭାତ ରଞ୍ଜନ ? ଯେ ବ୍ରହ୍ମପୁର ମହାପାତ୍ର ଘରେ ବିଭା ହୋଇଛନ୍ତି ? ତାଙ୍କ ଶ୍ୱଶୁରଙ୍କ କୋଠା ଚାରିଆଡ଼େ ଆଇଭି ଲତା ମାଡ଼ି ରହିଛି ? ମୁଁ ଜାଣେ ତାଙ୍କୁ । ତାଙ୍କ ସ୍ତ୍ରୀଙ୍କ ନାଁ ସୁଲୋଚନା । ଅସାମାନ୍ୟା ସୁନ୍ଦରୀ । ଗୋଲାପୀ ଶାଢ଼ୀ ଆଉ ମୁକ୍ତାମାଲ ପିନ୍ଧି ଗଜଦନ୍ତର ଗଜରା ଜୁଡ଼ା ଉପରେ ଖୋସିଦେଲେ ସେ ଅତି ଅଭୁତ ଦେଖାଯାଏ ।"

ଶ୍ରୀକାନ୍ତ ବାବୁ ରସିକତାରେ ହୋ-ହୋ ହସିଉଠିଲେ । "କ'ଣ ଭାଇନା- ଘଟଣା କ'ଣ ?"

ଏ ତ ଭାରି ପୁରୁଣା ପରିଚୟ ପରି ଜଣାଯାଉଚି ।

ବଳଭଦ୍ର ରାୟଗୁରୁ ଖୁବ୍ ଗମ୍ଭୀର ।

"ତାଙ୍କର କୋଉ ଝିଅ ପ୍ରସଙ୍ଗ ପଡ଼ିଚି ?"

ଶ୍ରୀକାନ୍ତ ବାବୁ ମଧ ସ୍ୱାଭାବିକ ସ୍ୱରରେ କହିଲେ, "ସବା ସାନଝିଅ-ଏବେ କଲେଜରେ ବି.ଏ ପଢୁଚି । ଦେଖିବାକୁ କୁଆଡ଼େ ଭାରି ସୁନ୍ଦରୀ ।"

"ସେଇଟି ବିଭାଘର ହେବ ବୋଲି କହିଦେଇ ପାର ।"

"କିଓ ଏମିତି କ'ଣ ହୁଏ ? ସେ ପିଲା ଟିକିଏ ଦେଖାଦେଖି କରୁ ।"

ହଠାତ୍ ଚିଡ଼ିଯାଇ ରାୟଗୁରୁ କହିଲେ- "ସେ ଆଉ କ'ଣଟାଏ ଦେଖିବ ? କହିଦିଅ ଆମର ରାଜି ।"

ଶ୍ରୀକାନ୍ତ ବାବୁ ବିସ୍ମୟରେ ଟିକିଏ ଚାହିଁ ଚାଲିଗଲେ ବାଁ ଆଡ଼େ ତାଙ୍କ ଅଫିସ୍କୁ । ରାୟଗୁରୁ ଦୃଷ୍ଟିହୀନ ଆଖିରେ ଶୂନ୍ୟକୁ ଚାହିଁ ରହିଥାନ୍ତି... 'ସୁଲୋଚନାର ଝିଅକୁ ମୋ ପୁଅ ବିଭା ହେବ ନାହିଁ ତ ଆଉ କାହାକୁ ବିଭାହେବ ? ତିରିଶ ବର୍ଷ ତଳେ ରାୟଗୁରୁ ପରିବାରରେ ଇଞ୍ଜିନିୟର ନଥିଲେ ବୋଲି ସିନା ଅପମାନ ସହିବାକୁ ପଡ଼ିଥିଲା- ଏବେ ସେ ମହାପାତ୍ର ବୁଢ଼ା ନାତୁଣୀ ବିଭାଘରକୁ ଆସିବ ନା ନାହିଁ ? ଯାହା ମୁଁ ପାରିଲି ନାହିଁ- ମୋ ପୁଅ କ'ଣ ପାରିବ ନାହିଁ ?'

ସେଇ ମାନ୍ଧାତା ଅମଳର କଳା ପାଣ୍ଟୋଇ ଆଉ ଚାଦର-ଦୁମ୍ଦୁମ୍ ହୋଇ ଡାହାଣ ଆଡ଼େ ଚାଲିଗଲେ ।

ଅଫିସରେ କାମ ପ୍ରାୟ ନାହିଁ କହିଲେ ଚଲେ । ଦି' ଚାରିଜଣଙ୍କୁ ଛାଡ଼ି ଆଉ ସମସ୍ତେ ପ୍ରାୟ ଆସିନାହାନ୍ତି । ଆସିବେ ସେଇ ତିନିଟା ବେଲକୁ । ଭୋଟ ଦେବାବେଲକୁ ତାଙ୍କୁ ଅନ୍ୟମାନେ ଅଣେଇ ଆଣିବେ ।

ବଳଭଦ୍ର ବାବୁ ଭାରି ଗମ୍ଭୀର ହୋଇ ତାଙ୍କ ଚୌକିରେ ବସିଗଲେ । ଅନ୍ୟମନସ୍କ ହୋଇ ଟେବୁଲରେ କାଗଜ ଖେଲାଉଥାନ୍ତି । ଆଖିରେ ଆଉ ଗୋଟାଏ ରାଜ୍ୟ, ଆଉ ଗୋଟାଏ ସମୟର ଛାଇ ପହଁରୁଥାଏ । କିଏ ଜଣେ ସେ କଡ଼ରୁ କହିଲା, "ଆପଣଙ୍କର ଚିଠି ଅଛି । ସେଇଟି ରଖି ଦେଇଛି, ଦେଖିବେ ।"

ଆଖି ମଟକା ମାରିବାରୁ ଟେବୁଲ୍ ଦିଶିଗଲା । ଅଫିସରୁ କାନ୍ତ, ପଞ୍ଜା ଫାଇଲ୍ ଚିହ୍ନା ଚିହ୍ନା ମୁହଁ କେତୋଟି ସବୁ ଦିଶିଗଲା । ବଳଭଦ୍ର ବାବୁ ନିଃଶ୍ୱାସଟିଏ ମାରି ଡାକ ଘାଣ୍ଟିଲେ । ଖଣ୍ଡିଏ ଅନ୍ତର୍ଦେଶୀୟ ପତ୍ରରେ ଅପରିଚିତ ହସ୍ତାକ୍ଷରରେ ତାଙ୍କ ଠିକଣା ଲେଖାଥାଏ । ସେ ଲେଉଟେଇ ଦେଖିଲେ ରବର ସ୍ଟାମ୍ପ ଠିକଣାଟିଏ- 'ଜେ.ଭାଦୁରୀ, କାଠ କଣ୍ଟାକ୍ଟର, ଯସିପୁର, ମୟୂରଭଞ୍ଜ ।' ଏ କିଏ ? ଯସିପୁରରେ ତ ବରଗୁଲି ଅଛି- କ'ଣ ତା ଦେହପା' ଅସୁଖ ହେଲା କି କଣ ?

ଚିଠି ଚିରିଲା ବେଳକୁ ଓଲଟା ବାଟେ ଚିରିଗଲା। ଚିଠିଟି ମଝିରୁ ଦୁଇଖଣ୍ଡ ହୋଇଗଲା। କାଚ ଟେବୁଲ ଉପରେ ସେ ତାକୁ ଯୋଡ଼ି ପଢ଼ିଲେ 'ଆପଣ, ଚିଠି ପଢ଼ି ବିସ୍ମିତ ହେବେ', ...ଓ... ଛାଡ଼।

'ଆପଣଙ୍କ ପୁଅ ପ୍ରିୟଦର୍ଶନ ଭାରି ଚମତ୍କାର, ଅଭୁତ ପ୍ରତିଭାଶାଳୀ'... ଓ ବଗୁଲିକୁ ମୋ ଠୁ ତମେ ବେଶୀ ଜାଣିଲ ନା କ'ଣ?

'ତାଙ୍କର ଏଠି ଅନେକ ସୁନାମ। ସମସ୍ତେ ତାଙ୍କୁ ପ୍ରଶଂସା'... ଓହୋ ତମର କ'ଣ ମତଲବ କହୁନା। ସେ ଡେଇଁ ଯାଉଯାଉ ହଠାତ୍ ଝୁଙ୍କି ପଡ଼ିଲେ ଗୋଟାଏ ନାଁ ଉପରେ–ସିପ୍ରା ଭାଦୁରୀ।... ପଛକୁ ଫେରିଲେ।

ଚମକିପଡ଼ିଲେ। ଆମୂଳଚୂଳ ପୁଣି ପଢ଼ିଲେ। ତାଙ୍କ ଦେହ କେବଳ ଝାଳେଇଗଲା।

'ପ୍ରିୟଦର୍ଶନ ଆପଣଙ୍କୁ ଜଣାଇବାକୁ କହିଛନ୍ତି ଯେ ସେ ସିପ୍ରାକୁ ବିବାହ କରିବେ। କନ୍ୟାପିତା ହିସାବରେ...ତା'ପରେ କେବଳ ଧୂଆଁ ଡଳଡଳ ପାଣି। କେତେବେଳେ ଶ୍ରୀକାନ୍ତ ବାବୁ ଆସି ପାଖରେ ଠିଆ ହୋଇ କ'ଣ ସବୁ କହୁଥାନ୍ତି, ବହୁ ଦୂରରୁ ତାଙ୍କୁ ଶୁଭୁଥାଏ– 'ବୁବୁଆ ଫୋନ୍ କରିଛି...।'

ତା'ପରେ ସେ କାହିଁକି ଶ୍ରୀକାନ୍ତ ବେହେରା ମୁହଁକୁ ଚାହିଁ ରହିଲେ– 'ତମକୁ କ'ଣ ହେଉଛି ଆଜି ବଳିଭାଇନା?'

"ବାବୁଆ ପରା ଫୋନ୍ କରିଛି ଯେ ତା'ର ମେଡ଼ିକଲ୍ ହେଲା ନାହିଁ। ଶେଷ ତାରିଖ ଚାଲିଯାଇଛି। ତମେ ଯାଇ ଟିକିଏ ନ କହିଲେ ହବ ନାହିଁ।"

ଉଠିବାର କିମ୍ବା ଶୁଣିବାର କୌଣସି ଲକ୍ଷଣ ନାହିଁ। ଅନେକ ସମୟ ପରେ ମନକୁମନ ବୋଧହୁଏ କହିଲେ, 'ବାବୁଆ କାହିଁକି ମେଡ଼ିକେଲରେ ପଶିବ? ମୁଁ କହୁଛି ବୋଲି? ମୁଁ କିଏ କି?'

ନାଏଗ୍ରା ଓ ଦେବଯାନୀ

କୃଷ୍ଣପ୍ରସାଦ ମିଶ୍ର

ସମ୍ମୁଖରେ ଭୀମକାନ୍ତ ନାଏଗ୍ରା ପ୍ରପାତ।
ସ୍ୱୟଂଭୁ ଶଙ୍କରଙ୍କ ମୌଳି ଉପରେ ଚତୁର୍ଥୀର ଚନ୍ଦ୍ର।
ଚତୁର୍ଥୀ ଚନ୍ଦ୍ରର ଆକାର ନାଏଗ୍ରା ପ୍ରପାତର।
"ପବନଃ ପବତାମସ୍ମି ରାମଃ ଶସ୍ତ୍ରଭୃତାହମ୍
ଝଷାଣାଂ ମକରଶ୍ଚାସ୍ମି ସ୍ରୋତସାମସ୍ମି ଜାହ୍ନବୀ"।
ଜାହ୍ନବୀ କିଏ ? ନାଏଗ୍ରା କିଏ ?
ଗୋଟିଏ ସୌନ୍ଦର୍ଯ୍ୟର କୋଟିଏ ପ୍ରକାଶ।

ନଚିକେତା ଓ ମୁଁ ଗଦ୍‌ଗଦ୍ ଚିଉରେ ନମସ୍କାର କଲୁ।
ଗାଢ଼ନୀଳ ରଙ୍ଗର ନାଏଗ୍ରା ପ୍ରସ୍ତରଚଟାଣ ଉପରୁ ପରମ
ଉଲ୍ଲାସରେ ଡେଉଁଛି। କେତେ ତଳକୁ ? କାହିଁକି ? ଅଯଥା
ପ୍ରଶ୍ନ। ନଟରାଜର ନୃତ୍ୟରେ ଅର୍ଥ ନାହିଁ, ସୌନ୍ଦର୍ଯ୍ୟ ଅଛି।
ପ୍ରତ୍ୟେକ ପଦପାତରେତ ଲକ୍ଷ ବ୍ରହ୍ମାଣ୍ଡର ସୃଷ୍ଟି। ଡିବିଡିବି
ନାଦର ପରମ ସଙ୍ଗୀତ। ହା ହା, ହୋ ହୋ, ହି ହି,–
ନାଏଗ୍ରାର ହସ, ଧାବବତୀ ନଦୀର ଉଚ୍ଛୃଙ୍ଖଳ ହସ। କୋଟି
କୋଟି ଜଳକଣା ମଲ୍ଲିକଡ଼ ପରି ଶୁଭ୍ର। ଫୁଲର ବାସ୍ନା,

ଜଳକଣାର ସ୍ପର୍ଶ, ଅଧରାମୃତର ସ୍ୱାଦୁ। ମହାକାଳ ଶ୍ୱାସରୁଦ୍ଧ ହୋଇ ଠିଆହୋଇ ଯାଇଛି। ଅତ୍ୟଧିକ ଆନନ୍ଦରେ ପ୍ରମତ୍ତ ଦେବଦେବୀ–ଆକାଶବକ୍ଷରେ ଶ୍ୱେତରଙ୍ଗର ଗୁଡ଼ାଏ ମେଘ। ଗଙ୍ଗା ନାଏଗ୍ରା। ନୀଳଶାଢ଼ୀ ପିନ୍ଧି ଶିବଦର୍ଶନରେ ସିନା ଆସିଥିଲା! ସୃଷ୍ଟିବେଳେ, ଲୀଳାମୟର ଲୀଳାବେଳେ, ଆନନ୍ଦମୟ ଚେତନାର ବଜ୍ରାଲିଙ୍ଗନ ସମୟରେ,–

ନୀଳଶାଢ଼ୀ ଅଙ୍ଗ ଛାଡ଼ି ଆକାଶରେ ବ୍ୟାପି ଯାଇଛି,

ଉଲଗ୍ନା ନାଏଗ୍ରାର ଶଙ୍ଖମର୍ମର ପରି ଅବୟବ।

ଅସଂଖ୍ୟ ଜନ୍ମର ଅବରୁଦ୍ଧ ଇଚ୍ଛା, ଆକାଙ୍କ୍ଷା, କଳ୍ପନା–ଆବର୍ତ୍ତିତ ଜଳରାଶି–ନାଏଗ୍ରାର ବକ୍ଷ– ଲମ୍ଫ ପ୍ରଦାନପୂର୍ବରୁ ସ୍ଥିତ ହୋଇ ଉଠିଛି। କୋଣାର୍କର ମୃଦଙ୍ଗବାଦିକାର ସ୍ଥିତ ବକ୍ଷ ପରି।

ସୃଷ୍ଟି, ସୃଷ୍ଟି!! ହର –ପାର୍ବତୀଙ୍କର ମିଳନ ସ୍ଥାନ।

ଓଁ ନମଃ ଶିବାୟ!!

ନଚିକେତା ଓ ମୁଁ ନମସ୍କାର କଲୁ। ପାଖରେ ଠିଆ ହୋଇଥିବା ଟୁରିଷ୍ଟ କେତେଜଣ ଆମ ଆଡ଼କୁ ଆଶ୍ଚର୍ଯ୍ୟ ହୋଇ ଚାହୁଁ ଥାଆନ୍ତି। ପଚାରିବାକୁ ଅନେକ ପ୍ରଶ୍ନ ମନରେ, ହୃଦୟରେ ସଙ୍କୋଚ, ଲଜ୍ଜା। କିଛି ସମୟ ଚାହିଁ ସେମାନେ ପୁଣି ନାଏଗ୍ରାର ଫଟୋ ଉଠାଇବେ। ଯୋଷ୍ଟିକା, କନିକା, ଫୁଜିକା, ଆଗ୍ଫା... ଆଗରୁ ନିଧାର୍ଯ୍ୟ ସମୟ ଭିତରେ ଫିଲ୍ମ ସାରିବାକୁ। ପତ୍ନୀକୁ ତାଗିଦା, ରେଲିଂ ଉପରକୁ ଅଳ୍ପ ଆଉଜ, ବେଶୀ ନୁହଁ– ଠିକ୍ ଅଛି, ବର୍ତ୍ତମାନ ହସ। ତା'ପରେ ହସ–କ୍ଲିକ୍। ନେକ୍ସଟ୍, ପିଲାଏ ମୋ ପାଖକୁ ଦଉଡ଼, ଜଲଦି ଦଉଡ଼। ଟେରି ହୋଇ ଯାଉଛି, ବୁଫାଲି ଫେରିବାକୁ ହେବ। ପିଲାଏ ଦଉଡୁଛନ୍ତି, ହାଡ଼ାନି ଉପରେ ଟୁରିଷ୍ଟ, ନୃତ୍ୟର ଛବି– ପିଲାଏ ଠିଆ ହେଲେ। କ୍ଲିକ୍। ସବୁ ଧରାବନ୍ଧା, ଭାଗମାପ, ପୂର୍ବରୁ ନିଧାର୍ଯ୍ୟ। ନାଏଗ୍ରାରେ ଦୁଇଘଣ୍ଟା, ଗୋଟିଏ ଫିଲ୍ମ। ହୋଟେଲରେ ପଇଁଚାଳିଶ ମିନିଟ୍, ଡ୍ରାଇଭିଂ କରି ଘରେ ପହଞ୍ଚିବାକୁ ଦୁଇଘଣ୍ଟା। ସ୍ତ୍ରୀକୁ ହନି ବା ଡାର୍ଲିଂ ସମ୍ବୋଧନ କରାଯିବ, ପ୍ରେମିକାକୁ ବେବି ବା ସେହିପରି କିଛି। ସେହିପରି ଗାର୍ଜା। ଭିତରେଇ ପ୍ରଭୁ, ବାହାରେ ସଂସାର। ଈଶ୍ୱର ନୁହେଁ! ପ୍ରେମିକା ପ୍ରେମିକା, ସ୍ତ୍ରୀ ସ୍ତ୍ରୀ, ନାଏଗ୍ରା ନାଏଗ୍ରା, ପ୍ରଭୁ ଯୀଶୁ– ସବୁ ଅଲଗା ଅଲଗା, ସବୁରିର ସ୍ୱତନ୍ତ୍ର ସ୍ଥାନ ନିଧାର୍ଯ୍ୟ।

ନଚିକେତା ଓ ମୁଁ ରାସ୍ତାଠୁ କିଛି ଦୂରରେ ଯାଇ ବସିଥିଲୁ ଘାସଗୁଡ଼ାକ ଉପରେ। ନଚିକେତା ପଛଆଡ଼େ ଫ୍ଲୋରିଡ଼ା ଟାଇପ୍ ଓ୍ୱାଟେଲିଆ ଫୁଲ ଗଛର ଧାଡ଼ି, ତାକୁ ଲାଗି ପିଙ୍କ୍ ସିରିଆର ବେଡ଼ି। ସବୁ ଗଛରେ ଫୁଲ।

ନଚିକେତା ! ପଛରେ ଫୁଲଗଛଗୁଡ଼ାକ, ଟିକିଏ ଆଗକୁ ଚାଲିଆ । ନଚିକେତା ଆଗକୁ ଘୁଞ୍ଚି ଆସିଲା । କିଛି ପଛରେ ମଟରକାର ପାର୍କିଂ ପାଇଁ ଜାଗା । ମଟରକାରଗୁଡ଼ାକ– ଅସଂଖ୍ୟ–ଧାଡ଼ି ଧାଡ଼ି ହୋଇ ପାର୍କିଂ ହୋଇଛି । ସାରା ବାତାମଣ୍ଡଳରେ ଯାତ୍ରା, ଉପଭୋଗର ଚେତନା । ନାଏଗ୍ରାକୁ କ୍ୟାମେରା ଭିତରକୁ ଆଣିସାରିବା ପରେ ପରସ୍ପରର ମୁଖ, ଅବୟବ, ବକ୍ଷ, ବେଶଭୂଷାକୁ ଚାହିଁବା ବା ରେସ୍ତୋରାଁ ଭିତରକୁ ପଶି କଫି ପିଇବା, ନଚେତ୍ କିଛି ଖାଇବା ପାଇଁ ସମସ୍ତଙ୍କର ଉଦ୍‍ଯୋଗ ।

ଦୁଇଜଣ ଆମେ ବ୍ୟତିକ୍ରମ ଥିଲୁ, ମୁଁ ଓ ମୋର ଏକମାତ୍ର ସନ୍ତାନ ନଚିକେତା । ନଚିକେତାକୁ ମୁଁ ବୁଝାଉଥିଲି ଜଣେ ଶିକ୍ଷିତ ଭାରତୀୟର ଜୀବନଦର୍ଶନ । ଆମମାନଙ୍କର ନମସ୍କାର ଏହି ପ୍ରପାତ– ଦୈର୍ଘ୍ୟ, ପ୍ରସ୍ଥ, ଉଚ୍ଚତା ବିଶିଷ୍ଟ, ଗୋଟିଏ ପ୍ରପାତ ପ୍ରତି ଉଦ୍ଦିଷ୍ଟ ନୁହେଁ । ପ୍ରପାତରେ ପ୍ରକାଶିତ ଚିରନ୍ତନ ଯେଉଁ ସୌନ୍ଦର୍ଯ୍ୟ, ତା'ରି ପ୍ରତି ଆମେ ସମ୍ମାନ, ଶ୍ରଦ୍ଧା ଓ ଭକ୍ତି ଜଣାଉଛୁ । ସକଳ ସୌନ୍ଦର୍ଯ୍ୟର ଆଧାର ଈଶ୍ୱର ବହୁ ରୂପରେ – ଉଷାରେ, ସନ୍ଧ୍ୟାରେ, ଅସୀମ ଆକାଶର ନୀଳିମାରେ, ଜ୍ୟୋତିର୍ମୟ ତାରକାପୁଞ୍ଜରେ ପ୍ରକାଶିତ । ମନ୍ଦିର, ମସ୍‍ଜିଦ୍, ଗୀର୍ଜା, ସିନାଗଗ୍– ଏଗୁଡ଼ାକର ସୃଷ୍ଟିରେ ଈଶ୍ୱର ନାହାନ୍ତି । ଏଗୁଡ଼ାକର ସୃଷ୍ଟି ଯେବେଠୁ, ଅସୀମକୁ ସସୀମ, ସୁନ୍ଦରକୁ ଅସୁନ୍ଦର କରିବାର ଚେଷ୍ଟା ସେବେଠୁ । ରୁଷି ପାଇଁ ମନ୍ଦିର ନଥିଲା, ଯୀଶୁ ପାଇଁ ଗୀର୍ଜା ନଥିଲା କି ମହମ୍ମଦ ପାଇଁ ନଥିଲା ମସ୍‍ଜିଦ୍ ।

ନଚିକେତା– ତ୍ରୟୋଦଶ ବର୍ଷର ମୋର ସନ୍ତାନ, ମୋ କଥାକୁ ବୁଝିବାକୁ ଚେଷ୍ଟା କରୁଥିଲା । ତା ମୁଖମଣ୍ଡଳରେ ମୁଁ ଦେବଯାନୀର ଆକୃତି ଦେଖୁଥିଲି । ଦେବଯାନୀର ନାକ ପରି ଅବିକଳ, ଦାନ୍ତଗୁଡ଼ାକ ବି ତା'ରି ପରି । ଦେବଯାନୀ ମରି ଯାଇଛି, କିନ୍ତୁ ସେ ଥିଲାବେଳେ ବି ଠିକ୍ ଏହିପରି ବସି ଜୀବଦର୍ଶନ ମୋର ଶୁଣୁଥିଲା, ମୁଁ କ୍ଲାନ୍ତ ହୋଇ ବନ୍ଦ କରିଦେଲେ କହୁଥିଲା– ଆଜି କେଉଁଠି ବନ୍ଦ କରୁଛ, କାଲି ସେହିଠାରୁ ଆରମ୍ଭ କରିବ । ଆଜି ତୁମେ ଯାହା ସବୁ କହିଲ ସେ ସବୁ ଉପରେ ମୁଁ ଚିନ୍ତା ବି କରିଥିବି; କାଲି ପଚାରିବି । ତୁମର କଥା ଶୁଣିବାକୁ ମୋତେ ଭାରି ଭଲ ଲାଗୁଛି ।

ଦେବଯାନୀ ବୁଦ୍ଧିମତୀ ଥିଲା । ତା ପ୍ରଶ୍ନର ଉତ୍ତର ଦେବାପାଇଁ ମୋତେ ବହୁ ସମୟରେ ଭାବିବାକୁ ପଡ଼ୁଥିଲା । ଥରେ ସେ ପଚାରିଥିଲା–ମହୋଦଧିର ସୌନ୍ଦର୍ଯ୍ୟ ଓ ନରନାରୀର ଶରୀର–ସୁଷମା କ'ଣ ଏକଜାତୀୟ ? ସେ ତର୍କ କରିଥିଲା, ସେ ଦୁଇଟିର ସୌନ୍ଦର୍ଯ୍ୟ ଏକଜାତୀୟ ନୁହଁ ବୋଲି ।

ଦେବଯାନୀ ମୋର କଥା ଶୁଣୁଥିଲା; ସବୁ ବୁଝୁଥିଲା, କିନ୍ତୁ କଥାଗୁଡ଼ାକୁ ପାଳୁଥିଲା ଖୁବ୍ କମ୍, ଦର୍ଶନକୁ ବ୍ୟବହାର କ୍ଷେତ୍ରକୁ ଆଣିବାକୁ ସେ ଆଦୌ ଯେପରି ଇଚ୍ଛୁକ

ନଥିଲା । ବୋଧେ ସେ ମୋଠୁ ବେଶୀ ଧାର୍ମିକ ଥିଲା ଓ ପ୍ରାକ୍ଟିକାଲ୍, ମୁଁ ତା’ ତୁଲନାରେ ସମ୍ଭବତଃ ପାପୀ, ଥିଓରେଟିକାଲ୍ ତ ନିଶ୍ଚୟ; ମୁଁ ତାକୁ ବାରମ୍ବାର କହୁଥିଲି–ଯାନୀ ! ପର୍ବ ପର୍ବାଣିରେ ତୁମେ ମନ୍ଦିରକୁ କାହିଁକି ଯାଉଛ ? ସେ ଭୟଙ୍କର ଭିଡ଼ରେ, ଯେତେବେଳେ ତୁମ ପାଦର ଭୂମି ସ୍ପର୍ଶ କରିବାର ସମ୍ଭାବନା ରହେନାହିଁ, ସେ ଭିଡ଼ରେ ପଶି, ତୁମେ କେଉଁ ଦେବସଭା ଉପଲବ୍ଧି କରିପାରୁଛ ? ମଣିଷ ମନ୍ଦିରକୁ ନ ଯାଇ ପ୍ରାକୃତିକ ସୌନ୍ଦର୍ଯ୍ୟ ଥିବା ଜାଗାକୁ ଯିବା ଉଚିତ୍– ସମୁଦ୍ରକୂଳ, ଗିରିପ୍ରପାତ, ଘୋର ଅରଣ୍ୟ, ନଦୀସଙ୍ଗମ ବା ଉତ୍ତୁଙ୍ଗ ଶିଖର । ଦେବତା ସେହି ସବୁ ସ୍ଥାନରେ ଥାଆନ୍ତି ଯାନୀ, ତୁମର ଶିଳା ସିମେଣ୍ଟର ମନ୍ଦିର କି ମସ୍‌ଜିଦ୍‌ରେ ନୁହଁ । ମହୋଦଧି ପାଖରେ ଥାଉ ଥାଉ...

ଦେବଯାନୀ ସବୁ ଶୁଣେ, ସମ୍ମତ ହୁଏ, ହସେ, କିନ୍ତୁ ଠିକ୍ ବେଳକୁ ମୋତେ ନ କହି ସେ ମନ୍ଦିରକୁ ଚାଲି ଯାଇଥାଏ– ସବୁ ପର୍ବରେ ପ୍ରାୟ ଓ ସବୁ ଗୁରୁବାର ଦିନ । ଶ୍ରୀମନ୍ଦିର ପ୍ରତି ତା’ର ମୋହ ଦେଖି ମୁଁ ଆଶ୍ଚର୍ଯ୍ୟ ହୁଏ, କିଛି ବୁଝିପାରେ ନାହିଁ । ଦିନେ ତାକୁ ପଚାରିଲି– ଦେବଯାନୀ, ତୁମେ ମୋତେ କ’ଣ ବୋଲି ଭାବୁଛ ?

ଦେବଯାନୀ କହିଲା– ତୁମେ ମୋର ଦେବତା ।

ମୁଁ ଦେବଭକ୍ତ ନା ନୁହେଁ ? ମୁଁ ଆସ୍ତିକ ନା ନାସ୍ତିକ, ତୁମ ମତରେ ?

ଦେବଯାନୀ କିଛି ନ କହି ଚୁପ୍ ହୋଇଗଲା । ମୁଁ ଉତ୍ତେଜିତ ହୋଇଗଲି । ମୁଁ କହିଲି–

ଦେବଯାନୀ, ମୁଁ ମନ୍ଦିରକୁ ନ ଗଲେ ମଧ ମୁଁ ଆସ୍ତିକ । ମୁଁ ଶିବଭକ୍ତ, କୈଳାସଶିଖର ମୋର ଶିବଲିଙ୍ଗ । ମୁଁ ପରମ ବୈଷ୍ଣବ, ଅନନ୍ତ ସାଗର ମୋର ନାରାୟଣ । ମୁଁ ଗାଣପତ୍ୟ, ମୁଁ ବାଲ୍ମୀକି, ବ୍ୟାସ, କାଳିଦାସ, ଭବଭୂତି, ସେକ୍‌ସପିୟରର ଲେଖା ପଢ଼ିଛି । ଦିଗନ୍ତର ବିସ୍ତାରରେ ମୁଁ ଜଗନ୍ନାଥଙ୍କର ଭୁଭଙ୍ଗୀ ଦେଖେ, ମୁଁ...

ଦେବଯାନୀର ଚୁମ୍ବନରେ ମୁଁ ଆଉ କିଛି କହି ପାରିଲି ନାହିଁ । ସେ ବ୍ୟାକୁଳ ହୋଇ ମୋତେ ଆଲିଙ୍ଗନ କରି ପକାଇ କହୁଥିଲା– ଆଉ କିଛି କହିବା ଦରକାର ନାହିଁ । ତୁମର ଆସ୍ତିକ କି ନାସ୍ତିକ କିଛି ହେବା ଦରକାର ନାହିଁ । ତୁମେ ନିଜେ ତ ଦେବତା, ଦେବତା ପାଇଁ ପୁଣି ଆଉ ଦେବତା କ’ଣ ?

ଦିନେ ଥଟ୍ଟା କରି ତାକୁ ମୁଁ କହିଲି– ତୁମେ ବୋଧେ ମନ୍ଦିରଗାତ୍ର କୌଣସି ପିତୁଳା, ମଣିଷ ହୋଇଯାଇଛ କିପରି । ମନ୍ଦିରଭକ୍ତି ତୁମର ଯେପରି, ପରଜନ୍ମରେ ଦେବସାନ୍ନିଧ୍ୟ ପାଇବ ସେହିପରି ପିତୁଳା ହୋଇଯାଇ ।

ମୋ କଥାରେ ତୀବ୍ର ବ୍ୟଙ୍ଗ ପ୍ରଚ୍ଛନ୍ନ ଥିଲା; କିନ୍ତୁ ମୋ’ଠୁ ବ୍ୟଙ୍ଗ ଶୁଣିବା

ଦେବଯାନୀର ଅଭ୍ୟାସ । ସେ ହସି ଦେଇ କହିଲା– ଈଶ୍ୱର ଅଣୁ ଅଣୁରେ ବିଦ୍ୟମାନ । ଜଡ଼, ଅଶିବ, ଅସୁନ୍ଦର, କ’ଣ ତାଙ୍କଠୁ ଅଲଗା ?

ବାସ୍‍ ସେତିକି । ମୋତେ ସେ ସ୍ଥାଣୁ କରି ଦେଇ ଗୃହର ନିତ୍ୟକର୍ମ ସାରିବାକୁ ଚାଲିଗଲା । ତାକୁ ମୁଁ କେତ କିଛିଦିନ ତଲେ କହିଥିଲି ଓ ଯାହାକୁ ଶୁଣି ସେ ଖୁସିରେ କାନ୍ଦି ପକାଇଥିଲା ।

"ଯୋ ମାଂ ପଶ୍ୟତି ସର୍ବତ୍ର, ସର୍ବଞ୍ଚ ମୟି ପଶ୍ୟତି",
ମୋତେ ଯିଏ ସବୁଠି ଦେଖେ ଏବଂ ସବୁକୁ ମୋ ଭିତରେ ଦେଖେ !

ନଚିକେତାର ଜନ୍ମ ପରେ ଦେବଯାନୀ ସହିତ ମୋର କଳହ ବଢ଼ିଲା ‘ମନ୍ଦିର ନା ମହୋଦଧିକୂଳ’ର ଅଛିଣ୍ଟା ତର୍କ ନେଇ । ନଚିକେତାର ପ୍ରତିଜନ୍ମଦିନେ, ନିଶ୍ଚୟ, ଆଉ ବାକି ଦିନମାନଙ୍କରେ ସୁବିଧା ଦେଖି, ସେ ଜିଦ୍ କରି ତାକୁ ମନ୍ଦିରକୁ ନେଇଯାଏ । ବଡ଼ହେଲେ ସେ ଧାର୍ମିକ, ସତ୍‍ଚରିତ୍ର ଓ ନ୍ୟାୟପରାୟଣ ହେବ ବୋଲି ଭଗବାନଙ୍କ ନିକଟରେ ପ୍ରାର୍ଥନା କରିବାକୁ । ମୁଁ ଯୁକ୍ତି କରେ–ଛୋଟ ପିଲାକୁ ମନ୍ଦିରକୁ କାହିଁକି ନେଉଛ, ଚାଲ ତାକୁ ସମୁଦ୍ରକୂଳକୁ ନେବା । ପୂର୍ଣ୍ଣିମୀ ତିଥିରେ ଜନ୍ମ ହୋଇଛି, ପୌର୍ଷମାସୀ ସମୁଦ୍ରର ସୌନ୍ଦର୍ଯ୍ୟ ଅବର୍ଷନୀୟ । ସେଇଠି ସେ ସୌନ୍ଦର୍ଯ୍ୟମୟ ଭଗବାନଙ୍କୁ ଦେଖିବ ।

ଦେବଯାନୀ ହଁ କରେ । କହେ, ସେ’ ତ ରାତିକଥା । ବହୁତ ଡେରି ଅଛି ରାତି ହେବାକୁ । ବନ୍ଦାପନା ସାରି ମୁଁ ତାକୁ ଆଗ ମନ୍ଦିରକୁ ବୁଲାଇ ଆଣେ । ଦେବତା ଆଶୀର୍ବାଦ, ବ୍ରାହ୍ମଣ ଆଶୀର୍ବାଦ ତାକୁ ଦୀର୍ଘାୟୁଷ କରିବ ।

ମୋର ବାରଣସତ୍ତ୍ୱେ ସେ ତାକୁ ମନ୍ଦିରକୁ ନିଏ । ମନ୍ଦିରରେ କ’ଣ କ’ଣ କରେ କେଜାଣି, ଫେରୁ ଫେରୁ ଦି ପ୍ରହର ହୋଇ ଯାଇଥାଏ । ଲୋକଗହଳି– ରୁଗ୍ଣ, ଦୁଃଖୀ, ଦରିଦ୍ର, ଅଶାଳୀନ, ଗୁଡ଼ାଏ ଲୋକଙ୍କ ସମାବେଶ । ମୋତେ କେଶ୍‍ରେ ଜିତାଏ, ମୋତେ ସ୍ୱାସ୍ଥ୍ୟବାନ୍‍ କର, ମୋର ପ୍ରେମିକର ସାନ୍ନିଧ ମୁଁ ପାଏ, ପରୀକ୍ଷାରେ ମୁଁ ପାସ୍‍ କରେ, ହେ ପ୍ରଭୁ, ମୋ ସ୍ୱାମୀ ମୋତେ ଯେପରି ଭଲ ପାଆନ୍ତୁ–ଗୁଡ଼ାଏ କିମ୍ଭୁତକିମାକାର ପ୍ରାର୍ଥନା ଓ ଭକ୍ତଙ୍କ ଜମଘଟ, ଅନ୍ଧକାର, ହାଉଜାଉ, ସନ୍ତସନ୍ତିଆ ଭୂମିତଳ, ରୁଗ୍ଣ ଅସୁନ୍ଦର ଅଶିକ୍ଷିତ ପଣ୍ଡା ପଣ୍ଡିହାରୀ–ମୋର ମନ ବିଦ୍ରୋହ କରି ଉଠେ ଦେବଯାନୀର କାର୍ଯ୍ୟରେ । ଛୋଟ ପିଲାଟାର ମନରେ କି ପ୍ରକାର ସଂସ୍କାର ପଡ଼ୁଥିବ କେଜାଣି ! ଦେବଯାନୀ ସହିତ କଜିଆ ହୁଏ ସେ ଫେରିବା ପରେ । କଳହ ବେଶୀ ବଢ଼ିଲେ ସେ ପୁନର୍ବାର ମନ୍ଦିର ଚାଲିଯାଏ ନଚିକେତାକୁ ଶୁଆଇ ଦେଇ । ନଚିକେତାକୁ ନିଦରୁ ମୁଁ ଉଠାଏ ନାହିଁ, ସମୁଦ୍ରକୂଳ ଯିବା କିପରି ବା ସମ୍ଭବ ହୁଅନ୍ତା ?

ନଚିକେତାର ଷଷ୍ଠ ଜନ୍ମୋତ୍ସବ ଦିନ କିନ୍ତୁ ଦେବଯାନୀ ସହିତ ମୋର କଳହ ହୋଇ ନ ଥିଲା । ସକାଳର ବନ୍ଦାପନା ଓ ହୋମ ପରେ ସେ ନଚିକେତାକୁ ଧରି ମନ୍ଦିର ଗଲା ନାହିଁ । ମୁଁ ବିସ୍ମିତ ହେଲି, ପଚାରିଲି—ଦେବଯାନୀ ! ଆଜି ତୁମର କ'ଣ ହୋଇଛି ? ମନ୍ଦିର ଯିବ ନାହିଁ ?

ନା, ମୁଁ ଆଜି ମନ୍ଦିର ଯାଉ ନାହିଁ । ସ୍ତ୍ରୀ ହୋଇ କ'ଣ ସାରା ଜୀବନଟାକୁ ସ୍ୱାମୀର ଅବାଧ ହେଉଥିବି ? ଆଜି ସମସ୍ତେ ମହୋଦଧି ନିକଟକୁ ଯିବା । ମୁଁ ଜଲ୍‍ଦି ଖିଆପିଆର ବନ୍ଦୋବସ୍ତ କରି ଦେଉଛି ।

ଦେବଯାନୀର କଥାରେ ମୁଁ ଖୁସିରେ ପାଗଳ ପରି ହୋଇଗଲି । ଦେବଯାନୀକୁ ଆଲିଙ୍ଗନ କରି ବାରମ୍ବାର ଚୁମା ଦେଇ କହିଲି— ଦେଖିବ ଦେବଯାନୀ, ଆଜି ଚନ୍ଦ୍ର, ଆକାଶ, ସାଗର, ଉର୍ମ୍ମ ସମସ୍ତେ କିପରି ତୁମକୁ ସ୍ୱାଗତ କରିବେ ! ସାଗରରେ ଜୁଆର କିଛି ବଢ଼ିଯିବ, ଚନ୍ଦ୍ରରେ ଉଜ୍ଜ୍ୱଳତା, ତରଙ୍ଗରେ ବିଶାଳତା । ଦେବଯାନୀ, ହସି କହିଲା— ତୁମେ ଏତେ ଅଧୀର ହୁଅ ନାହିଁ । ମୁଁ କିବା ମଣିଷ ଯେ ସାରା ପ୍ରକୃତି ମୋ ଉପସ୍ଥିତିରେ ଖୁସି ହେବ ?

ପ୍ରକୃତି ନୁହେଁ ଯାନୀ, ପ୍ରକୃତିତ ଜଡ଼ । ଚେତନାମୟ ଈଶ୍ୱର ଖୁସି ହେବେ, ପ୍ରକୃତିରେ ପ୍ରକାଶିତ ଈଶ୍ୱର ତାଙ୍କର ଭକ୍ତକୁ ଦେଖି ଖୁସି ହେବେ !

ନଚିକେତା ବି ସମୁଦ୍ରକୂଳକୁ ଯିବ ବୋଲି ଶୁଣି ଖୁସି ହୋଇଗଲା । ବାଲିରେ ଦଉଡ଼ାଦଉଡ଼ି କରି ଶାମୁକା ସଂଗ୍ରହ କରିବାରେ କ'ଣ କମ୍ ଆନନ୍ଦ ଅଛି ।

ସେଦିନର ଆନନ୍ଦ, ଆମ ତିନି ପ୍ରାଣୀଙ୍କର ଆହ୍ଲାଦ ବର୍ଣ୍ଣନାତୀତ । ନଚିକେତା ତ ଦଉଡ଼ାଦଉଡ଼ି ପରେ କ୍ଲାନ୍ତ ହୋଇ ଶୋଇଗଲା; କିନ୍ତୁ ଆମେ ଦୁହେଁ କଥା ହେଲୁ, ଖୁସିରେ ଦଉଡ଼ିଲୁ, ନାଚିଲୁ ଶେଷରେ ଅର୍ଦ୍ଧମୂର୍ଚ୍ଛିତ ପ୍ରାୟ ପଡ଼ିଯାଇ ଚନ୍ଦ୍ର, ସମୁଦ୍ରର ଘୋ ଘୋ ଶବ୍ଦ ଓ ସୁ ସୁ ହୋଇ ବହୁଥିବା ପବନ ସହିତ ନିଜକୁ ମିଶାଇ ଦେବାକୁ ଚେଷ୍ଟା କଲୁ ।

ଦେବଯାନୀ ସେହି ବର୍ଷଠୁ ଆଉ କେବେ ମୋର ଅବାଧ ହୋଇ ନାହିଁ । କାରଣ ସେହି ବର୍ଷ, ସେହି ଜନ୍ମଦିନ ପରେ, ସେ ମୋତେ ଓ ନଚିକେତାକୁ ଛାଡ଼ି ଚାଲି ଯାଇଛି । ବାଧ ଅବାଧର ସେ ଅତୀତ ହୋଇଯାଇଛି । ମୁଁ ଯଦି ଜାଣିଥାଆନ୍ତି, ଆମର କଳହ, ଶେଷରେ ଏପରିଭାବେ ଶେଷ ହେବ, ତାହାହେଲେ ମୁଁ ଆଗରୁ ସାବଧାନ ହୋଇଥାଆନ୍ତି ନିଶ୍ଚୟ । ହେଲା ନାହିଁ, ଉତ୍ସାହ-ଆବେଗରେ ମୁଁ ଭୁଲିଗଲି ଯେ ଦୁଇ ତିନି ଦିନ ହେଲା ଦେବଯାନୀକୁ ଥଣ୍ଡା ହୋଇଛି, କାଶ ବି ହେଉଛି, ଆଉ ତା ଶରୀର ଲକ୍ଷଣ ଏପରି ଯେ ଥରେ କାଶ ହେଲେ ସହଜରେ ତା ଛାଡ଼େ

ନାହିଁ । ତା ସଙ୍ଗେ ସେ ନଚିକେତାର ଜନ୍ମଦିନ ବୋଲି ସକାଳୁ ସକାଳୁ କେଶ ଧୋଇ ଖୁବ୍ ଗୁଡ଼ାଏ ଗାଧୋଇଛି ।

ଦେବଯାନୀ ମୋତେ ଛାଡ଼ି ଚାଲିଗଲା; ତେଣୁ ମୁଁ ତା’ର ଦେଶ ଛାଡ଼ି ଦେଇଛି । ତା’ର ମୃତ୍ୟୁ ହିଁ ମୋର ଯାଯାବର ଜୀବନର କାରଣ । ଇମିଗ୍ରାଣ୍ଟର ଜୀବନ ମୋର ସେହିଦିନୁ । ମୋ ସହିତ ନଚିକେତା । ଦେବଯାନୀକୁ ପୂରା ଛାଡ଼ନ୍ତି କିପରି ?

ଦେବଯାନୀ ଯିବାପରେ ନଚିକେତା ପାଇଁ ଆଉ କେହି ମନ୍ଦିର ଖୋଜି ନାହାନ୍ତି; ତେଣୁ ନଚିକେତାର ଜନ୍ମଦିନ ପାଳିବାରେ କେବେ ଅସୁବିଧା ହୋଇନାହିଁ । ସ୍ୱିଜରଲାଣ୍ଡର ଆଲ୍ପସ୍ ପର୍ବତମାଳା, ଫ୍ରାନ୍ସର ରାଇନ୍‌ନଦୀ, ବିକ୍ଷୁବ୍‌ଧ ପ୍ରଶାନ୍ତ ମହାସାଗର, ସମୟ ସମୟରେ ମହାଶୂନ୍ୟ ଆକାଶ, ସବୁଠି ଆମେ ଈଶ୍ୱରଙ୍କୁ ଦେଖିଛୁ, ନଚିକେତାର ଜନ୍ମଦିନ ଉପଲକ୍ଷେ ଦେବତାର ଆଶିଷ ମାଗିଛୁ । ତାଙ୍କର ବନ୍ଦନା ଗାଇଛୁ ।

ଆଜି ପୁଣି ନଚିକେତାର ଜନ୍ମଦିନ ଆସିଛି ।

ଟରଣ୍ଟୋଠୁ ନାଏଗ୍ରା ଖୁବ୍ ପାଖ । ନିଜର କାର୍ ଥିଲେ ଜମାରୁ ଘଣ୍ଟାଏ ଦେଢ଼ଘଣ୍ଟାର ଯାତ୍ରା ।

ପବନ ତା’ର ଦିଗ ପରିବର୍ତ୍ତନ କରିଛି । ମୁଁ ଜଳକଣାର ସ୍ପର୍ଶ ପାଇ ଶୀତ ଅନୁଭବ କଲି । କେତେବେଳେ ସନ୍ଧ୍ୟା ଆସି ଯାଇଛି । ନାଏଗ୍ରା ବନାରସୀ ଶାଢ଼ୀ ପିନ୍ଧିଥିଲା ଯେପରି । ନଚିକେତାକୁ ସମ୍ବୋଧନ କରି ସେ ବସିଥିବା ସ୍ଥାନକୁ ଚାହିଁଲି, ସ୍ଥାନ ତା’ର ଶୂନ୍ୟ ପଡ଼ିଥିଲା । କୁଆଡ଼େ ଗଲା ସେ ? ମୋତେ ଭାବନାମଗ୍ନ ଦେଖି କେତେବେଳେ ସେ ଉଠି ଚାଲିଯାଇଛି । ଚିନ୍ତିତ ହୋଇ ଏଣେ ତେଣେ ଚାହିଁଲି । ଟୁରିଷ୍ଟମାନଙ୍କ ସଂଖ୍ୟା ବଢ଼ି ଯାଇଥିବା ପରି ଲାଗିଲା । ନଚିକେତା କାହିଁ ? ଦେଖିଲି, ଦୁଇଜଣ ପାଖ ରେଷ୍ଟୋରାଁରୁ ମୋ ପାଖକୁ ଦଉଡ଼ିଆସୁଥିଲା । ଦଉଡୁଥିବା ଅବସ୍ଥାରେ ବି ଦୁହିଁଙ୍କ ହାତ ଛନ୍ଦାଛନ୍ଦି ହୋଇଥିଲା । ଆଲୋକରେ ଦେଖିଲି, ନଚିକେତା ଜଣେ ପିଙ୍ଗଳକେଶା ସୁନ୍ଦରୀ ବାଲିକା ସହିତ ମୋ ଆଡ଼କୁ ଦଉଡ଼ି ଆସୁଛି । ଦୁହିଁଙ୍କ ପଦପାତରେ ଜାଗ୍ରତ ହୋଇଆସୁଥିବା ଯୌବନର ଶକ୍ତି, ମୁଖମଣ୍ଡଳରେ ଆହ୍ଲାଦ ଓ ପରମ ଲାବଣ୍ୟା ନଚିକେତା ଉପରେ ବିରକ୍ତ ହେବାକୁ ପ୍ରଥମେ ଇଚ୍ଛାହୋଇଥିଲା; କିନ୍ତୁ ଦେବଯାନୀର ସ୍ମୃତି ମୋତେ ସଂଯତ କଲା । ବୋଧେ ଅସୀମ ସହିତ ମାନବ ମନର ତୃପ୍ତି ପାଇ ସସୀମର ଉପସ୍ଥିତି ମଧ୍ୟ ଆବଶ୍ୟକ ପଡ଼େ । ବୋଧେ କେତେକଙ୍କ ପାଇଁ ଈଶ୍ୱର ମନ୍ଦିର ଭିତରେଇ ପ୍ରକାଶିତ ହୁଅନ୍ତି ।

ମୋ ପାଖରେ ପହଞ୍ଚିବା ପରେ ନଚିକେତା କହିଲା–

ସେ ମୋର ଗାର୍ଲଫ୍ରେଣ୍ଡ ଡାଡ଼ି। ଯାହା କଥା କହୁଥିଲି। ସେମାନେ ଇଂଲଣ୍ଡରୁ ଆସିଛନ୍ତି।

ବାଲିକାଟି ମୋତେ ଚାହିଁ ମୋର ମନକଥା କିଛି ଜାଣିବାକୁ ଯେପରି ଚେଷ୍ଟା କରୁଥିଲା। ମୋର ପ୍ରଲମ୍ବିତ ଶ୍ମଶ୍ରୁ ଉପରେ ତା'ର ଦୃଷ୍ଟି ନିବଦ୍ଧ ରହିଗଲା। ମୁଁ ହସି ବାଲିକାଟି ସହିତ କରମର୍ଦ୍ଦନ କଲି। କହିଲି–

ସୁଜେନ୍ ମେନାଡ଼୍। ଠିକ୍ ମନେ ରଖିଛି ନା ?

ମୋ ଆଡ଼କୁ ପ୍ରଶଂସମାନ ଦୃଷ୍ଟିରେ ଚାହିଁ ସୁଜେନ କହିଲା– ଆପଣଙ୍କ ପେଣ୍ଟିଂସ୍‌ଗୁଡ଼ାକ କାଲିଠୁ ଟରଣ୍ଟୋ ଆର୍ଟ ଗ୍ୟାଲେରୀରେ ମାସକ ପାଇଁ ପ୍ରଦର୍ଶନ କରାଯାଉଛି !

ମୁଁ ହସି କହିଲି–ହାଁ।

ମୋର ଡାଡ଼ି, ମମି ଓ ମୁଁ ଆପଣଙ୍କ ପେଣ୍ଟିଂସରେ ଭାରି ଆଗ୍ରହାନ୍ଵିତ। ଆମେ କାଲିପାଇଁ ଟିକଟ୍ ବି କିଣି ସାରିଛୁ। ଡାଡ଼ି କହୁଥିଲେ, ଆପଣ ଭାରତବର୍ଷର ପୌରାଣିକ ଚରିତ୍ରମାନଙ୍କୁ ପ୍ରାକୃତିକ ଦୃଶ୍ୟ ସହିତ ଅଭିନ୍ଦାୟକ କରି ସେମାନଙ୍କୁ ନୂତନ ରୂପ ଦେଇଛନ୍ତି।

ମୋର ଦୃଷ୍ଟି ନାଏଗ୍ରା ଆଡ଼କୁ ଚାଲିଗଲା। ବନାରସୀ ଶାଢ଼ୀ ଛାଡ଼ି ସେ ଗାଢ଼ ନୀଲରଙ୍ଗର କାଶ୍ମୀରୀ ସିଲ୍କ ଶାଢ଼ୀ ପିନ୍ଧୁଥିଲା। ମୁଁ ସୁଜେନ୍ ପ୍ରଶ୍ନର କ'ଣ ଉତ୍ତର ଦେବି ଠିକ୍ କରି ନ ପାରି ଚୁପ୍ ରହିଗଲି।

■■

ଲେଖକ ପରିଚୟ

ଫକୀର ମୋହନ ସେନାପତି (୧୮୪୩)

ବ୍ୟାସକବି ଫକୀର ମୋହନ ସେନାପତି ଓଡ଼ିଆ କ୍ଷୁଦ୍ରଗଳ୍ପର ଜନକ। ଏକାଧାରରେ ସେ କଥାକାର, ଔପନ୍ୟାସିକ, ଅନୁବାଦକ ଓ କବି। ଜଣେ ସଂସ୍କାରୀ ସ୍ରଷ୍ଟା ଭାବେ ତାଙ୍କର ସମସ୍ତ ସୃଷ୍ଟି ମଧ୍ୟରେ ମିଳେ ଆଦର୍ଶ ସାମାଜିକ ଜୀବନର ପ୍ରେରଣା। ଛ'ମାଣ ଆଠଗୁଣ୍ଠ, ମାମୁ, ପ୍ରାୟଶ୍ଚିତ, ଲଚ୍ଛମା ଆଦି ଉପନ୍ୟାସ ଆମ ସାରସ୍ୱତ ଭଣ୍ଡାରକୁ କରିଛି ରୁଦ୍ଧିମନ୍ତ। ଗଳ୍ପ ସ୍ୱଳ୍ପ ୧ମ ଓ ୨ୟ ଭାଗରେ ତାଙ୍କର ସମସ୍ତ ଗଳ୍ପ ସଂକଳିତ। ୧୮୯୮ ମସିହାରେ ରଚିତ 'ରେବତୀ' ଆମ କଥା ସାହିତ୍ୟର ପ୍ରଥମ ଗଳ୍ପ। 'ଆତ୍ମଜୀବନ ଚରିତ' ତାଙ୍କର ଏକ ସାର୍ଥକ ସୃଷ୍ଟି।

ନନ୍ଦକିଶୋର ବଳ (୧୮୭୫)

ପଲ୍ଲୀ ଜୀବନର ଅକପଟ ଚିତ୍ର ପରିବେଷଣରେ କଳାମୟ ଇନ୍ଦ୍ରଜାଲ ସୃଷ୍ଟି କରି ପଲ୍ଲୀକବି ନନ୍ଦକିଶୋର ବଳ ଓଡ଼ିଆ ସାହିତ୍ୟରେ ଅମର ହୋଇଛନ୍ତି। ସେ ଏକାଧାରରେ ଜଣେ ଔପନ୍ୟାସିକ, କାବ୍ୟସ୍ରଷ୍ଟା, ସମାଲୋଚକ ଓ ଅସଂଖ୍ୟ କ୍ଷୁଦ୍ର କବିତାର ସ୍ରଷ୍ଟା। କବି ନନ୍ଦକିଶୋର କୃଷ୍ଣକୁମାରୀ, ଶର୍ମିଷ୍ଠା ଏବଂ ସୀତା ବନବାସ ପରି ତିନିଗୋଟି କାବ୍ୟ ଲେଖିଥିଲେ ହେଁ ତାଙ୍କ ପ୍ରତିଭାର ମୌଳିକ ବିକାଶ ପଲ୍ଲୀଶ୍ରୀ ଜନିତ କବିତାଗୁଡ଼ିକରେ ରୂପାୟିତ ହୋଇଛି। ତାଙ୍କ ଉପନ୍ୟାସ 'କନକଲତା' କ୍ଷୁଦ୍ର ହେଲେ ହେଁ ଏକ ସାର୍ଥକ ସାମାଜିକ ଉପନ୍ୟାସ ଭାବେ ସ୍ୱୀକୃତ। ତାଙ୍କର ଉଲ୍ଲେଖଯୋଗ୍ୟ ରଚନାଗୁଡ଼ିକ ହେଲା- ପଲ୍ଲୀଚିତ୍ର, ନିର୍ଝରିଣୀ, ସୀତା ବନବାସ, କୃଷ୍ଣକୁମାରୀ, ବସନ୍ତ କୋକିଳ, ଚାରୁଚିତ୍ର, ଜନ୍ମଭୂମି, ନିର୍ମାଲ୍ୟ, କୃଷ୍ଣକୋଇଲି, ନାନାବାୟାଗୀତ, ଲକ୍ଷ୍ମୀ, ସଂଧ୍ୟା ତାରା ଇତ୍ୟାଦି।

ଗୋଦାବରୀଶ ମିଶ୍ର (୧୮୮୬)

ବହୁମୁଖୀ ପ୍ରତିଭାର ଅଧିକାରୀ ପଣ୍ଡିତ ଗୋଦାବରୀଶ ମିଶ୍ର ଓଡ଼ିଆ ସାହିତ୍ୟକୁ କଳାଗତ ଓ ସୁଷମାୟିତ ରୂପ ପ୍ରଦାନ କରିବାରେ ଜଣେ ଅନନ୍ୟ ସ୍ରଷ୍ଟା। ସେ ଏକାଧାରରେ କବି, ନାଟ୍ୟକାର, ଔପନ୍ୟାସିକ, ପ୍ରାବନ୍ଧିକ ଓ ଗାଳ୍ପିକ। ତାଙ୍କ କ୍ଷୁଦ୍ରଗଳ୍ପଗୁଡ଼ିକରେ ସାମାଜିକ ପରିବେଶ ଓ ହାସ୍ୟରସ ସୃଷ୍ଟି ପାଇଁ ପାଠକଙ୍କ ଦ୍ୱାରା ଆଦୃତ। 'ପାଣୁମିଶ୍ର', 'ତୋଲାକନ୍ୟା' ଏବଂ ଅନ୍ୟାନ୍ୟ ଗଳ୍ପରେ ମାନବୀୟ ସମ୍ବେଦନାର କରୁଣ ଚିତ୍ର ପାଠକକୁ ଅଭିଭୂତ କରେ। ଓଡ଼ିଆ ସାହିତ୍ୟରେ ଗାଥା- କବିତାର ସେ ଜନକ। 'ପୁରୁଷୋତ୍ତମ ଦେବ' ଓ 'ମୁକୁନ୍ଦ ଦେବ' ନାଟକ ଉଚ୍ଚକୋଟୀର ସାହିତ୍ୟିକ କୃତିରୂପେ ପ୍ରତିଷ୍ଠିତ। 'ଆଲେଖିକା' ଗ୍ରନ୍ଥ ତାଙ୍କ ରଚିତ ଗାଥ-କବିତାର ଏକ ସଂକଳନ। ତାଙ୍କ ଆମୃଜୀବନୀ 'ଅର୍ଦ୍ଧ ଶତାଦ୍ଧୀର ଓଡ଼ିଆ ଓ ତହିଁରେ ମୋର ସ୍ଥାନ' ର ଉନ୍ନତ ଗଦ୍ୟଶୈଳୀ ପାଇଁ ସେ ମରଣୋତ୍ତର କେନ୍ଦ୍ର ସାହିତ୍ୟ ଏକାଡେମୀ ପୁରସ୍କାର ଲାଭ କରିଛନ୍ତି।

ଲକ୍ଷ୍ମୀକାନ୍ତ ମହାପାତ୍ର (୧୮୮୮)

ଫକୀର ମୋହନଙ୍କ ଉପଯୁକ୍ତ ଦାୟାଦ ଭାବେ କାନ୍ତକବି ଭାବେ ସୁପରିଚିତ ଲକ୍ଷ୍ମୀକାନ୍ତ ମହାପାତ୍ର ଓଡ଼ିଆ ସାହିତ୍ୟର ଜଣେ ବଳିଷ୍ଠ ସ୍ରଷ୍ଟା। କବି ଭାବରେ ସେ ବିଶେଷରୂପେ ପରିଚିତ ହେଲେ ମଧ ଗଳ୍ପ ରଚନାରେ ନିପୁଣ। ସ୍ଥାନୀୟତା ଓ ମାନବିକ ସହାନୁଭୂତି ତାଙ୍କ ଗଳ୍ପକଳାର ବିଶେଷତ୍ୱ। ତାଙ୍କ ଗଳ୍ପଗୁଡ଼ିକ ସଂସ୍କାରଧର୍ମୀ, କାହାଣୀଧର୍ମୀ ଓ ବଳିଷ୍ଠ କଥାବସ୍ତୁ ଉପରେ ଆଧାରିତ। ପ୍ରତିଦାନ, ପ୍ରାୟଶ୍ଚିତ, ପ୍ରଜାପତିର ଉପହାସ, ପ୍ରଜାପତିର ଅଭିଶାପ, ପରୀକ୍ଷାର ଫଳ, ଆଦର୍ଶ ପତ୍ନୀ, ବୁଢ଼ା ଶଙ୍ଖାରି ଆଦି ଗଳ୍ପ ପାଠକକୁ ପ୍ରଭାବିତ କରିବାକୁ ସାମର୍ଥ୍ୟ ରଖେ।

ବାଙ୍କନିଧ୍ ପଟ୍ଟନାୟକ (୧୮୮୯)

ବିଂଶ ଶତାଦ୍ଧୀର ପ୍ରଥମ ପାଦରେ ଅନ୍ୟତମ ବିଶିଷ୍ଟ କଥାକାର ହେଉଛନ୍ତି ବାଙ୍କନିଧ୍ ପଟ୍ଟନାୟକ। ତାଙ୍କ ଗଳ୍ପରେ ଥାଏ ବିଷାଦର ରାଗିଣୀ ଓ ବଳିଷ୍ଠ ସାମାଜିକ ଆବେଦନ। ମଣିଷର ଲହୁ ଲୁହ, ଜୀବନ ଯନ୍ତ୍ରଣା, ମଣିଷପଣିଆକୁ ସେ ଚିତ୍ରଣ କରିଛନ୍ତି ସମ୍ବେଦନଶୀଳ ଭାବେ। ପ୍ରବଞ୍ଚନା, ପୋଷ୍ୟପୁତ୍ର, ମୁକ୍ତି, ପ୍ରତିଦାନ, ଲଛମନଜୀ, ମୋହର ଚୋରି ତାଙ୍କ ଗଳ୍ପ ମାନସର ସାର୍ଥକ ନିଦର୍ଶନ।

ଗୋଦାବରୀଶ ମହାପାତ୍ର (୧୮୯୮)

ସତ୍ୟବାଦୀ ସାହିତ୍ୟର ଜାତୀୟବାଦୀ ଭାବଧାରାର କବି, ଗାନ୍ଧିକ, ଔପନ୍ୟାସିକ, ଶିଶୁ ସାହିତ୍ୟିକ, ସାମ୍ୟାଦିକ ଗୋଦାବରୀଶ ମହାପାତ୍ର ଜଣେ ପ୍ରଭାବଶାଳୀ ସ୍ରଷ୍ଟା ଭାବେ ଓଡ଼ିଆ ସାରସ୍ୱତ ଜଗତରେ ସୁବିଦିତ। 'ହେ ମୋର କଲମ', 'ହାଣ୍ଡିଶାଳର ବିପ୍ଳବ' ପ୍ରଭୃତି କନିଷ୍ଟ ସଂକଳନ ଏବେ ମଧ୍ୟ ବଂଚିଛି। ନୀଳ ମାସ୍ତାଣୀ, ସ୍ମୃତି ସଂଚୟନ ପ୍ରଭୃତି ଗଳ୍ପଗ୍ରନ୍ତୁ ରାଜଦ୍ରୋହୀ, ରକ୍ତପାତ, ବିଦ୍ରୋହ, ବନ୍ଦୀର ମାୟା ପ୍ରଭୃତି ଉପନ୍ୟାସ ତାଙ୍କର ସଫଳ ସୃଷ୍ଟି।

ଉପେନ୍ଦ୍ର କିଶୋର ଦାସ (୧୯୦୧)

ଓଡ଼ିଆ ସାହିତ୍ୟରେ ଏକ ସାର୍ଥକ ଉପନ୍ୟାସ 'ମଲାଜନ୍ମ'ର କାଳଜୟୀ ସ୍ରଷ୍ଟା ହେଉଛନ୍ତି ଉପେନ୍ଦ୍ର କିଶୋର ଦାସ। ସେ ଏକାଧାରରେ ଔପନ୍ୟାସିକ ଓ କଥାକାର। ତାଙ୍କ ରଚନାଗୁଡ଼ିକ ଆବେଗସିକ୍ତ ଓ କଳାତ୍ମକ। ତାଙ୍କର ଏକମାତ୍ର ଉପନ୍ୟାସ ମଲାଜନ୍ମରେ ସାମାଜିକ କୁସଂସ୍କାରର ଚିତ୍ର ପ୍ରଦାନ କରି ଜଣେ ସଂସ୍କାରବାଦୀ ସ୍ରଷ୍ଟା ଭାବେ ନିଜର ପରିଚୟ ପ୍ରଦାନ କରିଛନ୍ତି।

କାଳିନ୍ଦୀ ଚରଣ ପାଣିଗ୍ରାହୀ (୧୯୦୧)

ସାମାଜିକ କ୍ରାନ୍ତି ଓ ଜନବାଦୀ ଲେଖକ ଭାବେ କାଳିନ୍ଦୀ ଚରଣ ପାଣିଗ୍ରାହୀ ଓଡ଼ିଆ ସାରସ୍ୱତ ପରିମଣ୍ଡଳରେ ଜଣେ କାଳଜୟୀ ସ୍ରଷ୍ଟା। ମାଟିର ମଣିଷ, ଲୁହାର ମଣିଷ, ମୁକ୍ତାଗଡ଼ର କ୍ଷୁଧା, ଆଜିର ମଣିଷ ପରି ଉପନ୍ୟାସଗୁଡ଼ିକରେ ସେ ସାମାଜିକ ବାସ୍ତବତାର ନିବିଡ଼ ଚିତ୍ର ଉପସ୍ଥାପନ କରିଛନ୍ତି। ଏତଦ୍ଭିନ୍ନ 'ଦ୍ୱାଦଶୀ', 'ସାଗରିକା', 'ରାଶିଫଳ', 'ଶେଷରକ୍ଷୀ', 'ମୋ କଥାଟି ସରିନାହିଁ' ପ୍ରଭୃତି ଗଳ୍ପ ସଂକଳନ ଏବଂ 'ମନେନାହିଁ', 'ଛୁରିଟିଏ ଲୋଡ଼ା', 'କ୍ଷଣିକ ସତ୍ୟ', 'ମହାଦୀପ', 'ମୋ କବିତା' ଆଦି ତାଙ୍କର କାବ୍ୟ ସଂକଳନ।

ଅନନ୍ତ ପ୍ରସାଦ ପଣ୍ଡା (୧୯୦୬)

କଥାକାର ଅନନ୍ତ ପ୍ରସାଦ ପଣ୍ଡା ଓଡ଼ିଆ କଥା ସାହିତ୍ୟର ଜଣେ ଅନନ୍ୟ ସ୍ରଷ୍ଟା। ସାଧାରଣ ମଣିଷର ଦୁଃଖ, ଦୈନ୍ୟ ପ୍ରତି ଗଭୀର ଭାବେ ସମ୍ୱେଦନଶୀଳ ହୋଇ ସେ ସୃଷ୍ଟି କରିଛନ୍ତି ଅନେକ ଗଳ୍ପ। 'ତୃଣଗୁଚ୍ଛ', ନେଶ ସୁନ୍ଦରୀ, ଯୁଗ ରହସ୍ୟ, ସଭ୍ୟତାର ତଳେ ତାଙ୍କର ଗଳ୍ପ ସଂକଳନ। ଅର୍ଥନୈତିକ ବୈଷମ୍ୟ, ସାମାଜିକ ନ୍ୟାୟ ପ୍ରତିଷ୍ଠା ତାଙ୍କର କଥା ଭୂମିର ପୁଷ୍ଟି।

କାହ୍ନୁଚରଣ ମହାନ୍ତି (୧୯୦୭)

ଓଡ଼ିଆ ଉପନ୍ୟାସ ସାହିତ୍ୟରେ ଅର୍ଦ୍ଧଶତରୁ ଊର୍ଦ୍ଧ୍ୱ ଉପନ୍ୟାସ ରଚନା କରି କାହ୍ନୁଚରଣ ମହାନ୍ତି ଓଡ଼ିଆ ପାଠକ ମହଲରେ ଆଦୃତି ଲାଭ କରିଛନ୍ତି। ତାଙ୍କ ଉପନ୍ୟାସ ଗୁଡ଼ିକରେ ସାମାଜିକ ସମସ୍ୟାର ଚିତ୍ର ଏବଂ ପଲ୍ଲୀଚେତନା ପରିଲକ୍ଷିତ ହୁଏ। ବାଲିରାଜା, ଶର୍ବରୀ, ପଳାତକ, ତଥାସ୍ତୁ, ହା ଅନ୍ନ, ଶାସ୍ତି, କା, ଓଲଟପାଲଟ, ଅଦେଖା ହାତ, ଭୁଲିହୁଏନା, ଝଞ୍ଜା, ପ୍ରତୀକ୍ଷା, ମେଳାଣି ମାଗୁଣି, ମିଳନର ଛନ୍ଦ, ଏପାରି ସେପାରି ଇତ୍ୟାଦି ତାଙ୍କ ଉପନ୍ୟାସ ମଧରୁ କେତୋଟି। ବିଷୟବସ୍ତୁ ପରିବେଷଣରେ ଅଭିନବ ରୀତି, ଚରିତ୍ର ଚିତ୍ରଣରେ ତୀକ୍ଷ୍ଣ ପର୍ଯ୍ୟବେଷଣ ଶକ୍ତି, ଜୀବନଧର୍ମୀ ଭାଷା ତାଙ୍କ କଥା ସାହିତ୍ୟର ପୁଞ୍ଜି। କାହ୍ନୁଚରଣ କେତୋଟି କାହାଣୀଧର୍ମୀ ଗଳ୍ପର ସ୍ରଷ୍ଟା। ତାଙ୍କ ଗଳ୍ପଗୁଡ଼ିକ ବର୍ଣ୍ଣନାଧର୍ମୀ ସୌନ୍ଦର୍ଯ୍ୟବୋଧ ଏବଂ ମାନବିକ ସମ୍ବେଦନାରେ ଗୋଟେ ଗୋଟେ ସଫଳ ସୃଷ୍ଟି।

ଭଗବତୀ ଚରଣ ପାଣିଗ୍ରାହୀ (୧୯୦୮)

ବାମପନ୍ଥୀ ଆଭିମୁଖ୍ୟ ନେଇ ଗଳ୍ପ ରଚନା କରୁଥିବା ଭଗବତୀ ଚରଣ ପାଣିଗ୍ରାହୀ ଆମ କଥା ସାହିତ୍ୟ ପରମ୍ପରାର ଜଣେ ପ୍ରତିଭାଶାଳୀ ପଥିକୃତ୍। ମେହନତି ଜନତାର ଅନ୍ତର୍ଦାହ ଓ ବ୍ୟଥା, ସାମାଜିକ ଶୋଷଣ ଓ କଷଣ, ଅସହାୟ ଓ ଦରିଦ୍ର ଜନସାଧାରଣଙ୍କ ପ୍ରତି ସମବେଦନା ଏବଂ ଏକ ଶ୍ରେଣୀହୀନ ସମାଜ ବ୍ୟବସ୍ଥା ପାଇଁ ବିପ୍ଲବର ସ୍ୱର ତାଙ୍କ ଗଳ୍ପ ସ୍ୱର। ଶିକାର, ହାତୁଡ଼ି ଓ ଦାଆ, ମୃତ୍ୟୁର ବିବେଚନା, ଝଡ଼, ଆରମ୍ଭ ଓ ଶେଷ, ମୀମାଂସା ଆଦି ଗଳ୍ପ ଓଡ଼ିଆ ସାହିତ୍ୟରେ ସାମାଜିକ ବାସ୍ତବବାଦର ଇସ୍ତାହାର। ମଣିଷକୁ ସ୍ୱାଧୀନଭାବେ ମଣିଷ ପରି ବଂଚିବା ପାଇଁ ସେ ତାଙ୍କ ଗଳ୍ପଗୁଡ଼ିକରେ ଆହ୍ୱାନ ଦେଇଛନ୍ତି।

ନିତ୍ୟାନନ୍ଦ ମହାପାତ୍ର (୧୯୧୨)

ଆଧୁନିକ ଓଡ଼ିଆ ସାହିତ୍ୟରେ ଜଣେ ପଥିକୃତ୍ ରୋମାଣ୍ଟିକ୍ ଶିଳ୍ପୀଭାବେ ନିତ୍ୟାନନ୍ଦ ମହାପାତ୍ର ଏକ ସ୍ୱତନ୍ତ୍ର ସ୍ଥାନ ନିରୂପିତ କରିଛନ୍ତି। ସାହିତ୍ୟ ଓ ସାମୟିକତାର ସବୁ ବିଭବରେ ସେ ସ୍ୱଚ୍ଛନ୍ଦ। ଭୁଲ, ଭଙ୍ଗାହାଟ, ହିଡ଼ମାଟି, ଜଳନ୍ତା ନିଆଁ, ଜିଅନ୍ତା ମଣିଷ ପ୍ରଭୃତି ଉପନ୍ୟାସଗୁଡ଼ିକରେ ସେ ଆଙ୍କିଛନ୍ତି ସମକାଳୀନ ଜୀବନର ସଂଘର୍ଷମୟ ଚିତ୍ର। ଧଳାଗାର କଳାଗାର, ଏଗାରଟା, ଆଖି ନାହିଁ କାନ ନାହିଁ, କ୍ଷଣିକା ଆଦି ତାଙ୍କର ଗଳ୍ପ ସଂକଳନ।

ସଚ୍ଚି ରାଉତରାୟ (୧୯୧୬)

ଆଧୁନିକ ଓଡ଼ିଆ କାବ୍ୟ ସାହିତ୍ୟର ଅଗ୍ରଦୂତ ତଥା ମାଟିର ମହାକବି ସଚ୍ଚିଦାନନ୍ଦ ରାଉତରାୟ ଏକାଧାରରେ କବି ଓ କଥାକାର । କଥାରେ ଓ କବିତାରେ ନୂତନ ଶୈଳୀ ପ୍ରୟୋଗ, ସ୍ଥିତିବାଦୀ ଚେତନା ସହ ବ୍ୟକ୍ତି ସତ୍ତାର ମହନୀୟତା ପ୍ରଦର୍ଶନ ତାଙ୍କର ସୃଷ୍ଟିଭୂମି । ଆଧୁନିକ ସାହିତ୍ୟକୁ ସେ ଦେଇଛନ୍ତି ଈର୍ଷଣୀୟ ଉଚ୍ଚତା । ପଲ୍ଲୀଶ୍ରୀ, ବାଜିରାଉତ, ପାଣ୍ଡୁଲିପି, ଭାନୁମତୀର ଦେଶ, ସ୍ୱାଗତ, କବିତା-୧୯୬୨, କବିତା-୧୯୬୯, କବିତା-୧୯୭୧, କବିତା-୧୯୭୪ ପ୍ରଭୃତି କାବ୍ୟଗ୍ରନ୍ଥ ସହ ସେ ସୃଷ୍ଟି କରିଛନ୍ତି ମାଟିର ତାଜ୍, ମଶାଣିର ଫୁଲ, ମାଙ୍କଡ଼ ଓ ଅନ୍ୟାନ୍ୟ ଗଳ୍ପ ପ୍ରଭୃତି ଶକ୍ତିଶାଳୀ ଗଳ୍ପଗ୍ରନ୍ଥ ।

ବସନ୍ତ ଶତପଥୀ (୧୯୧୪)

ସମକାଳୀନ କଥା ସାହିତ୍ୟରେ କଥାକାର ବସନ୍ତ ଶତପଥୀ ଜଣେ ବିଚକ୍ଷଣ ଶିଳ୍ପୀ । ସମକାଳୀନ ଜୀବନର ବ୍ୟବଚ୍ଛେଦ କରିବାରେ ସେ ବିଶେଷ ନିପୁଣତା ଦେଖାଇଛନ୍ତି । ମଣିଷର ନିର୍ବୋଧତା, ମିଥ୍ୟାଭିମାନ, ଛଳ ଗାମ୍ଭର୍ଯ୍ୟକୁ ସେ ବ୍ୟଙ୍ଗ କରିବାରେ ବେଶ୍ ଦକ୍ଷ । ନାଡ଼ୀଛ୍ରୟୀ, ଗଙ୍ଗା ଓ ଗାଙ୍ଗୀ, ମାଂସାଶୀ ମାନଙ୍କ ଉଦ୍ଦେଶ୍ୟରେ, ଆକାଶୀ ଫୁଲ ତାଙ୍କର ସଫଳ ଗଳ୍ପ ସଂକଳନ ।

ଗୋପୀନାଥ ମହାନ୍ତି (୧୯୧୪)

ପ୍ରଚଣ୍ଡ ପ୍ରତିଭାଦୀପ୍ତ ସ୍ରଷ୍ଟା ଗୋପୀନାଥ ମହାନ୍ତି ଜଣେ ସଫଳତମ ଔପନ୍ୟାସିକ ଭାବେ ଓଡ଼ିଆ କଥା ସାହିତ୍ୟକୁ ପ୍ରଦାନ କରିଛନ୍ତି ଏକ ସଂଭ୍ରାନ୍ତ ପରିଚୟ । ନିଷ୍ପେଷିତ ସାଧାରଣ ମଣିଷର ଚିତ୍ର ସହ ବସ୍ତୁବାଦୀ ଆଧୁନିକ ମଣିଷର ପ୍ରବଂଚନା ତାଙ୍କର କଥାଭୂମି । ଅମୃତର ସନ୍ତାନ ପାଇଁ କେନ୍ଦ୍ର ସାହିତ୍ୟ ଏକାଡେମୀ ପୁରସ୍କାର ଓ 'ମାଟିମଟାଳ' ଉପନ୍ୟାସ ପାଇଁ ସେ ଲାଭ କରିଥିଲେ ଜ୍ଞାନପୀଠ ପୁରସ୍କାର । ପରଜା, ଦାଦିବୁଢ଼ା, ଦାନାପାଣି, ଲୟବିଳୟ ତାଙ୍କର ବିପୁଳ ଭାବଭୂମିରୁ ନିଃସୃତ ସଫଳ ଉପନ୍ୟାସ । ତାଙ୍କ ଗଳ୍ପ ସଂକଳନ ମଧ୍ୟରେ ଘାସଫୁଲ, ଗୁପ୍ତଗଙ୍ଗା, ଉଡ଼ନ୍ତା ଖଇ ଉଲ୍ଲେଖଯୋଗ୍ୟ ।

ରାଜକିଶୋର ରାୟ (୧୯୧୪)

ରାଜକୀୟ କଥାଶୈଳୀ, ରୋମାଣ୍ଟିକ୍ ଭାବପ୍ରବଣତା, ମାନବିକ ସମ୍ବେଦନ କଥାକାର ରାଜକିଶୋର ରାୟଙ୍କ କଥାପ୍ରାଣ । ନୀଳଲହରୀ, ବିକଚ ଶତଦଳ, ଅଶୋକଚକ୍ର, ବନଜ୍ୟୋସ୍ନା, ଜୟଶଂଖ, ଜୟଶ୍ରୀ, ମନର ମୃଣାଳ, ଶୋଣିତ କାବ୍ୟ, ପଙ୍କ ଚନ୍ଦନ, ଦୁର୍ବଳ ଦେବାଳୟ ତାଙ୍କ କମନୀୟ ଭାବଭୂମିରୁ ନିଃସୃତ ଅପୂର୍ବ କଥାଗ୍ରନ୍ଥ ।

ପ୍ରାଣବନ୍ଧୁ କର (୧୯୧୪)

କଥାକାର ପ୍ରାଣବନ୍ଧୁ କର ନାଟ୍ୟକାର ଭାବେ ଓଡ଼ିଶା ସାହିତ୍ୟ ଏକାଡେମୀ ଦ୍ୱାରା ସମ୍ମାନିତ। ଉଭୟ ଗଳ୍ପ ଓ ନାଟକ ରଚନାରେ ସିଦ୍ଧହସ୍ତ ପ୍ରାଣବନ୍ଧୁ କରଙ୍କ ପ୍ରତିଟି ସୃଷ୍ଟିରେ ଗୁମ୍ଫିତ ହୋଇ ରହିଥାଏ ମନସ୍ତାତ୍ତ୍ୱିକ ବିଶ୍ଳେଷଣ ଏବଂ ବ୍ୟକ୍ତିଚେତନାର ରୂପାୟନ। ଭ୍ରାନ୍ତି, ବ୍ୟକ୍ତ କଲି ମୁଁ ମର୍ମବାଣୀ, ପରାହତ, ଦୁଇସଖୀ, ମରୁମୌସୁମୀ, ଗଳ୍ପ ନୁହେଁ ଫଟୋଗ୍ରାଫ୍ ଆଦି ତାଙ୍କର ଗଳ୍ପଗ୍ରନ୍ଥ। ନାଟକ 'ଅଶାନ୍ତ' ପାଇଁ ସେ ସର୍ବଭାରତୀୟ ସ୍ତରରେ ପ୍ରଥମ ସ୍ଥାନ ଅଧିକାର କରିଛନ୍ତି।

ବାମାଚରଣ ମିତ୍ର (୧୯୧୫)

ଜୀବନବାଦୀ କଥାଶିଳ୍ପୀ ବାମାଚରଣ ମିତ୍ର ଓଡ଼ିଆ କଥା ସାହିତ୍ୟର ଜଣେ ପ୍ରତିଭାସମ୍ପନ୍ନ ସ୍ରଷ୍ଟା। ମଣିଷ ଅନ୍ତରର ସୂକ୍ଷ୍ମ ରହସ୍ୟ ଉନ୍ମୋଚନ, ଜୀବନାନୁଭୂତିର ବୌଦ୍ଧିକ ବିଶ୍ଳେଷଣ ତାଙ୍କର ଗଳ୍ପଭୂମି। ନରଛଞ୍ଜାଣ, ସ୍ୱପ୍ନସିଦ୍ଧ, ପାଷାଣର ପ୍ରାଣ, ଅସୀମ, ବଟ ମହାପୁରୁଷ ତାଙ୍କର ଉଲ୍ଲେଖନୀୟ ସୃଷ୍ଟି।

ଫତୁରାନନ୍ଦ (୧୯୧୫)

ଓଡ଼ିଆ ପାଠକମାନଙ୍କ ନିକଟରେ ଫତୁରାନନ୍ଦ ନାମରେ ପରିଚିତ ରାମଚନ୍ଦ୍ର ମିଶ୍ର ଜଣେ ପ୍ରତିଭାସମ୍ପନ୍ନ ସ୍ରଷ୍ଟା। ହାସ୍ୟରସ ଓ ବ୍ୟଙ୍ଗବିଦ୍ରୁତ ତାଙ୍କ ଶୈଳୀର ଆଦର୍ଶ ହେଲେ ହେଁ ଏକ ଅବ୍ୟକ୍ତ କରୁଣାର ମୂର୍ଚ୍ଛନା ତାଙ୍କ ସୃଷ୍ଟିଗୁଡ଼ିକୁ ସରସ କରିଛି। 'ନାକଟା ଚିତ୍ରକର' ତାଙ୍କର ଏକ ହାସ୍ୟ ରସାମ୍ଳକ ସୁଖାପାଠ୍ୟ ଉପନ୍ୟାସ। ମାନବ ଜୀବନର କାରୁଣ୍ୟର ଗଭୀରତାକୁ ଆବିଷ୍କାର କରି ସେ ସବୁର ହାସ୍ୟବ୍ୟଙ୍ଗପୂର୍ଣ୍ଣ ବର୍ଣ୍ଣନା ତାଙ୍କର ବିଶେଷତ୍ୱ। ହେରେସା, ସାହିତ୍ୟଚାଷ, ମଙ୍ଗଳବାରିଆ ସାହିତ୍ୟ ସଂସଦ, ବିଦୂଷକ, ହସକୁରା, ସାହିତ୍ୟ ବେଉଷଣ ତାଙ୍କର ବ୍ୟଙ୍ଗ ବିଦ୍ରୁତାମ୍ଳକ ଗଳ୍ପ ସଂକଳନ।

ରାଜକିଶୋର ପଟ୍ଟନାୟକ (୧୯୧୭)

ସାମାଜିକ ବୈଷମ୍ୟ ବିରୁଦ୍ଧରେ ଲେଖନୀ ଚାଲନା କରିଥିବା କଥାକାର ରାଜକିଶୋର ପଟ୍ଟନାୟକ ଏକାଧାରରେ ଜଣେ ଔପନ୍ୟାସିକ ଓ ଗାଳ୍ପିକ। ନିଷ୍ପେଷିତ ଜନଗଣଙ୍କ ପକ୍ଷ ରଖି ସେମାନଙ୍କ ଲହୁ ଲୁହରେ ସେ ସୃଷ୍ଟି କରିଛନ୍ତି ତୁଠପଥର, ହୃଦୟର ବନ୍ଧନ, ପଥୁକି, ନିଶାଣ ଖୁଣ୍ଟ, ଶାଳଗ୍ରାମ, କଦ୍ଦନାର ଫୁଲ, ହାଟ ସଉଦା, ହାଟବାହୁଡ଼ା ଆଦି ଗଳ୍ପ ସଂକଳନ। ପଞ୍ଜୁରି ପକ୍ଷୀ, ପ୍ରେମର ନିୟତି, ସିନ୍ଦୂରଗାର, ସପନ କୁହୁଡ଼ି, ଭସାମେଘ, ଚଲାବାଟ ପ୍ରଭୃତି ତାଙ୍କର ଉପନ୍ୟାସ।

ବିଭୂତି ଭୂଷଣ ତ୍ରିପାଠୀ (୧୯୧୯)

ଜଣେ ସମ୍ବେଦନଶୀଳ କଥାକାର ଭାବେ ବିଭୂତି ଭୂଷଣ ତ୍ରିପାଠୀ ଓଡ଼ିଆ କଥା ସାହିତ୍ୟରେ ପରିଚିତ । ଆଧୁନିକ ମଣିଷର ଜୀବନଚର୍ଯ୍ୟାକୁ ସେ ତାଙ୍କ ଗଳ୍ପକଳା ମାଧ୍ୟମରେ ପ୍ରକାଶ କରିଛନ୍ତି ତାଙ୍କ ଗଳ୍ପରେ । 'ନିଶାନ୍ତ' ଓ 'ସେତୁ' ତାଙ୍କର ଦୁଇଟା ଶକ୍ତିଶାଳୀ ଗଳ୍ପ ସଂକଳନ ।

ଭୁବନେଶ୍ୱର ବେହେରା (୧୯୧୯)

ପରିପକ୍ୱ ଅଭିଜ୍ଞତା ଓ ଯୁକ୍ତିନିଷ୍ଠ ବିଚାର ବୁଦ୍ଧି ନେଇ ସାହିତ୍ୟିକ ଭୁବନେଶ୍ୱର ବେହେରା ପରିଣତ ବୟସରେ ଜଣେ ସଫଳ ସ୍ରଷ୍ଟାରେ ସୁପରିଚିତ ହେଲେ । 'ଶୁଣ ପରୀକ୍ଷ', 'ସହାବସ୍ଥାନ', 'ପଶ୍ଚିମ ଆଫ୍ରିକାରେ ଓଡ଼ିଆ ଢେଙ୍କି' ପ୍ରଭୃତି ବହୁ ପଠିତ ରଚନାମାନ ପାଠକପ୍ରିୟ ହୋଇଛି । ତାଙ୍କ ଗଦ୍ୟ ଶୈଳୀ ସରସ, ସଂଭ୍ରାନ୍ତ ଓ ରୁଚିପୂର୍ଣ୍ଣ । ସମ୍ବଲପୁର ବିଶ୍ୱବିଦ୍ୟାଳୟର ମାସିକ ସାହିତ୍ୟ ପତ୍ର 'ସପ୍ତର୍ଷି'ର ଜନକ ।

ବ୍ରହ୍ମାନନ୍ଦ ପଣ୍ଡା (୧୯୨୨)

ସମ୍ପୂର୍ଣ୍ଣ ନୂତନ ଶୈଳୀରେ ଗଳ୍ପ ରଚନା କ୍ଷେତ୍ରରେ କଥାକାର ବ୍ରହ୍ମାନନ୍ଦ ପଣ୍ଡା ବହୁ ଆଭାସଧର୍ମୀ କ୍ଷୁଦ୍ରଗଳ୍ପ ଲେଖି ଯଶସ୍ୱୀ ହୋଇଛନ୍ତି । ବାସ୍ତବବାଦୀ ଜୀବନଧର୍ମୀ ଗଳ୍ପ ମାଧ୍ୟମରେ ତାଙ୍କର ନୂତନ ଦୃଷ୍ଟିଭଙ୍ଗୀ ଓ ଅପାରମ୍ପରିକତା ପରିଲକ୍ଷିତ ହୁଏ । ପ୍ରୟୋଗବାଦୀ ଶୈଳୀରେ ସେ ରଚନା କରିଛନ୍ତି ଅନେକ ଚିନ୍ତାମୂଳକ ଓ ଅନୁଭୂତିସିଦ୍ଧ କାହାଣୀ । ତାଙ୍କର ଗଳ୍ପ ସଂକଳନ ମଧ୍ୟରେ 'ସାଧାରଣ ସତ୍ୟ', ମହ୍ଲକ, ଭୋଳିକିକା, ଆତ୍ମପରିଚୟ, କଳା ଓ କଳ୍ପନା, ଫଲ୍ଗୁର ତରଙ୍ଗ, 'ପ୍ରାନ୍ତ ଯମକ' ପ୍ରଭୃତି ବିଶେଷ ଆଦର ଲାଭ କରିଛି ।

ସୁରେନ୍ଦ୍ର ମହାନ୍ତି (୧୯୨୦)

ଓଡ଼ିଆ କଥା ସାହିତ୍ୟରେ ସୁରେନ୍ଦ୍ର ମହାନ୍ତି ଏକ ସ୍ମରଣୀୟ ନାମ । ଜଣେ ଶ୍ରେଷ୍ଠ ଗଦ୍ୟଶିଳ୍ପୀ ତଥା ପ୍ରସିଦ୍ଧ କଥାକାର ଭାବେ ସ୍ୱାଧୀନୋତ୍ତର ଓଡ଼ିଆ ସାହିତ୍ୟରେ ପ୍ରଥିତଯଶା । ଉପନ୍ୟାସ, ନାଟକ, ସମାଲୋଚନା, ପ୍ରବନ୍ଧ, ଜୀବନୀ, ରମ୍ୟ ରଚନା, ସାହିତ୍ୟର ଇତିହାସ ଲେଖିଥିଲେ ମଧ୍ୟ ଜଣେ ସଫଳ କଥାକାର ଭାବେ ସେ ଅବିସ୍ମରଣୀୟ । ମଣିଷର କାମନା, ବାସନା, ମନଗହନର ରହସ୍ୟ, ମଣିଷର ଅସହାୟତା ତାଙ୍କର କଥାବସ୍ତୁ । ଅନ୍ଧଦିଗନ୍ତ, ନୀଳଶୈଳ, ନୀଳାଦ୍ରି ବିଜୟ, କାଳାନ୍ତରର ପ୍ରଭୃତି ଉପନ୍ୟାସ ଓ ଧୂସର ଗୋଲାପ, ମରାଳର ମୃତ୍ୟୁ, ୦୪ କାଳକାଟା, କବି ଓ ନର୍ତ୍ତକୀ, ମାଂସର କୋଣାର୍କ ଆଦି ଗଳ୍ପଗ୍ରନ୍ଥ ଓଡ଼ିଆ ସାହିତ୍ୟର ଅମୂଲ୍ୟ ସମ୍ପଦ ।

ବସନ୍ତ କୁମାରୀ ପଟ୍ଟନାୟକ (୧୯୨୩)

ଏକାଧାରରେ ଜଣେ ଔପନ୍ୟାସିକା ଓ ଗାଳ୍ପିକା ଭାବେ ବସନ୍ତ କୁମାରୀ ପଟ୍ଟନାୟକ ଜଣେ ଜଣେ ସଫଳ କଥାଶିଳ୍ପୀ ଭାବେ ପରିଚିତ । ତାଙ୍କର କାଳଜୟୀ ଉପନ୍ୟାସ ଅମଡ଼ାବାଟ । ଏତଦ୍‌ଭିନ୍ନ ଚୋରାବାଲି, ଭଉଁରି, ଅଲିଭାଚିତା ପ୍ରଭୃତି ତାଙ୍କର ଉପନ୍ୟାସ ସମୂହ । ରାତ୍ରିର ତପସ୍ୟା, ସଭ୍ୟତାର ସାଜ, ଜୀବନ ଚିହ୍ନ, ପାଲଟା ଢେଉ ପ୍ରଭୃତି ତାଙ୍କର ଗଳ୍ପ ସଂକଳନ ।

କିଶୋରୀ ଚରଣ ଦାସ (୧୯୨୪)

ଓଡ଼ିଆ କଥା ସାହିତ୍ୟରେ ଜଣେ ସଂଭ୍ରାନ୍ତ ତଥା ମନନଶୀଳ କଥାକାର ଭାବେ କିଶୋରୀ ଚରଣ ଦାସ ସୁପରିଚିତ । ଆଧୁନିକ ମଣିଷର ମନସ୍ତାତ୍ତ୍ୱିକ ବିଶ୍ଳେଷଣ, ସ୍ମୃତିବାଦୀ ଚେତନାର ରୁଦ୍ଧିମନ୍ତ ପ୍ରୟୋଗରେ ସେ ନିପୁଣ । ଭଙ୍ଗା ଖେଳନା, ଘରବାହୁଡ଼ା, ଠାକୁରଘର, ଭିନ୍ନ ପାଉଁଶ, ଶୀତ ଲହରୀ, ଲକ୍ଷ୍ୟ ବିହଙ୍ଗ ପ୍ରଭୃତି ତାଙ୍କର କେତୋଟି ସୁପରିଚିତ ଗଳ୍ପ ଗ୍ରନ୍ଥ । ଗଳ୍ପ ପାଇଁ ସେ ଓଡ଼ିଆ ଓ କେନ୍ଦ୍ର ସାହିତ୍ୟ ଏକାଡେମୀ ଦ୍ୱାରା ପୁରସ୍କୃତ ।

ମହାପାତ୍ର ନୀଳମଣି ସାହୁ (୧୯୨୬)

ସ୍ୱାଧୀନତା ପରବର୍ତ୍ତୀ ଆଧୁନିକ ଓଡ଼ିଆ କ୍ଷୁଦ୍ରଗଳ୍ପକୁ ଉଭୟ ପ୍ରକରଣ ଓ ପୃଷ୍ଠଭୂମି ଦୃଷ୍ଟିରୁ ଭାରତୀୟ କଥା ସାହିତ୍ୟର ପରଂପରା ସହ ସମନ୍ୱିତ କରି ଭିନ୍ନ ଏକ ସ୍ୱାଦରେ ସମୃଦ୍ଧ କରିବାରେ କଥାକାର ମହାପାତ୍ର ନୀଳମଣି ସାହୁଙ୍କ ସ୍ୱାତନ୍ତ୍ର୍ୟ ସୁବିଦିତ । ଗଭୀର ଜୀବନ ସଂସକ୍ତି ଓ ଆବେଗତୃଷ୍ଣା, ଆଧ୍ୟାତ୍ମିକ ନିଷ୍ଠା, ରସିକପଣ, ସଂସ୍କୃତି ପ୍ରୀତି ମାଧ୍ୟମରେ ସେ ଜୀବନକୁ ସଂଧାନ କରିଛନ୍ତି ତାଙ୍କ କଥା ଓ କାହାଣୀରେ । ପ୍ରେମ ଓ ତ୍ରିଭୁଜ, ମିଛବାଘ, ଶୃଣ୍ୱନ୍ତୁ ସର୍ବେ ଅମୃତସ୍ୟ ପୁତ୍ରାଃ, ଗଞ୍ଜେଇ ଓ ଗବେଷଣା, ସୁମିତ୍ରାର ହସ, ଆକାଶ ପାତାଳ ତାଙ୍କର ବହୁଚର୍ଚ୍ଚିତ କଥାଗ୍ରନ୍ଥ । ଧରା ଓ ଧାରା, ତାମସୀ ରାଧା ଉପନ୍ୟାସ ଗୁଡ଼ିକରେ କଥାଶିଳ୍ପୀ ଭାବେ ତାଙ୍କର ସାମର୍ଥ୍ୟ ଓ ସିଦ୍ଧି ସ୍ୱୀକୃତ ।

ଅଖିଳ ମୋହନ ପଟ୍ଟନାୟକ (୧୯୨୭)

ଓଡ଼ିଆ କଥା ସାହିତ୍ୟରେ ଅପାରଂପରିକ ଶୈଳୀ ମାଧ୍ୟମରେ ମନୁଷ୍ୟର ମନଗହନର ଅବଚେତନ ସ୍ତର ଉଦ୍‌ଘାଟନ ଓ ଅବ୍ୟକ୍ତ ଚିନ୍ତାର ବର୍ଣ୍ଣନା କରିବାରେ ସିଦ୍ଧହସ୍ତ କଥାକାର ଅଖିଳ ମୋହନ ପଟ୍ଟନାୟକ ଏକ ସ୍ୱତନ୍ତ ଆସନ ଦାବି କରନ୍ତି । ମନୁଷ୍ୟର ଜୀବନଯାତ୍ରାର ରହସ୍ୟ ଓ ଅବଚେତନାର କୁଆର ଭିତରେ ବ୍ୟକ୍ତି ଚେତନାର ସୂକ୍ଷ୍ମାତିସୂକ୍ଷ୍ମ ବିଶ୍ଳେଷଣ

ତାଙ୍କର ଗଳ୍ପଗୁଡ଼ିକର ଉପଜୀବ୍ୟ। 'ଝଡ଼ର ଇଗଲ୍ ଓ ଧରଣୀର କୃଷ୍ଣସାର' ଏବଂ 'ଓ ଅନ୍ଧଗଳି' ତାଙ୍କର ବିପୁଳ ବୌଦ୍ଧିକତା ଓ ସ୍ୱତନ୍ତ୍ର ପ୍ରତିଭାର ପରିଚୟ ପ୍ରଦାନ କରେ।

ଚନ୍ଦ୍ରଶେଖର ରଥ (୧୯୨୯)

ମାର୍ଜିତ ଗଦ୍ୟଶୈଳୀ ଓ ନିପୁଣ କଥକତା ଲାଗି ଔପନ୍ୟାସିକ ଗାଳ୍ପିକ ଚନ୍ଦ୍ରଶେଖର ରଥ ଓଡ଼ିଆ ପାଠକଙ୍କ ନିକଟରେ ଆଦୃତ ଓ ପରିଚିତ। ବୌଦ୍ଧିକ କଥକତା ସହିତ ବାସ୍ତବଧର୍ମୀ ଦାର୍ଶନିକତା ତାଙ୍କର ଉନ୍ନତ ରୁଚିଶୀଳ ସମ୍ଭ୍ରାନ୍ତ ମାନସ ବିଳାସର ପରିଚୟ ଦିଏ। ଅସୂର୍ଯ୍ୟ ଉପନିବେଶ, ଯନ୍ତ୍ରାରୂଢ଼, ନବଜାତକ ତାଙ୍କର ବହୁଚର୍ଚ୍ଚିତ ଉପନ୍ୟାସ। ଓଡ଼ିଆ ସାହିତ୍ୟରେ ଲଳିତ ନିବନ୍ଧର ସେ ପୁରୋଧା। ଏହି ରଚନାରେ ଅଛି ଆଧୁନିକ ବୁଦ୍ଧି ଓ ବୋଧର ସମବାୟ ସଂଯୋଗ। ଦୃଷ୍ଟିଦର୍ଶନ, ଏ ଯେଉଁ ପୃଥିବୀ, ମୁଁ ସତ୍ୟଧର୍ମୀ କହୁଛି ପ୍ରଭୃତି ସରସ ସୁଖପାଠ୍ୟ; ମନନ ମାଧୁରୀରେ ବୁଦ୍ଧିଦୀପ୍ତ ତାଙ୍କ ଲଳିତ ନିବନ୍ଧ। ସମ୍ରାଟ୍ ଓ ଅନ୍ୟମାନେ, ଏତେ ପାଖରେ ସମୁଦ୍ର, କ୍ରୀତଦାସର ସ୍ୱପ୍ନ, ବିକ୍ରି ପାଇଁ ଫୁଲମାଳ ତାଙ୍କ ଉଲ୍ଲେଖଯୋଗ୍ୟ ଗଳ୍ପ ସଂକଳନ।

କୃଷ୍ଣପ୍ରସାଦ ମିଶ୍ର (୧୯୩୩)

ଜଣେ ସୁପ୍ରସିଦ୍ଧ ଔପନ୍ୟାସିକ ଓ କଥାକାର ଭାବେ କୃଷ୍ଣପ୍ରସାଦ ମିଶ୍ର ଓଡ଼ିଆ କଥା ସାହିତ୍ୟରେ ସୁବିଦିତ। ତାଙ୍କର ଗଳ୍ପ ଉପନ୍ୟାସରେ ଥାଏ ଦାର୍ଶନିକତାର ଦ୍ୟୁତି। ପ୍ରକାଶ ଭଙ୍ଗୀରେ ଚିନ୍ତା ଓ ଚେତନାର ସ୍ୱସ୍ତତା, ଶବ୍ଦ ପ୍ରୟୋଗରେ ନିପୁଣତା, କଥାବସ୍ତୁରେ ବଳିଷ୍ଠତା, ମୃଗତୃଷା, ସିଂହକଟି, ନେପଥ୍ୟେ ପ୍ରଭୃତି ତାଙ୍କର ଉପନ୍ୟାସ। ମୌନାବତୀ ରାତ୍ରି, କ୍ରୀତଦାସର କାବ୍ୟ, ନାଏଗ୍ରା ଓ ଦେବଯାନୀ, ନିଜକୁ ନାୟକ କରି, ପଶ୍ଚିମା, ଅରଣ୍ୟ ଓ ଉପବନ, ଚିତ୍ରିତ ଚାଦର, ପର୍ବତାରୋହଣ, ମାଣିକ୍ୟ ସଂଧାନ ତାଙ୍କର ମନୋଜ୍ଞ କଥା ସଂକଳନ।